广场诗学

石天河 著

西南大学出版社

图书在版编目(CIP)数据

广场诗学 / 石天河著. -- 重庆 : 西南大学出版社, 2024.6
ISBN 978-7-5697-2206-2

Ⅰ.①广… Ⅱ.①石… Ⅲ.①诗歌研究-中国-当代 Ⅳ.①I207.22

中国国家版本馆CIP数据核字(2024)第030836号

广场诗学
GUANG CHANG SHI XUE

石天河　著

责任编辑：张　昊
责任校对：李　君
装帧设计：散点设计
排　　版：杨建华
出版发行：西南大学出版社(原西南师范大学出版社)
　　　　　地址：重庆市北碚区天生路2号
　　　　　邮编：400715　市场营销部电话：023-68868624
经　　销：全国新华书店
印　　刷：重庆市正前方彩色印刷有限公司
成品尺寸：160 mm×235 mm
印　　张：30
字　　数：415千字
版　　次：2024年6月　第1版
印　　次：2024年6月　第1次印刷
书　　号：ISBN 978-7-5697-2206-2
定　　价：98.00元

作者简介

石天河（1924—2023），本名周天哲，湖南长沙人。1947年开始文学活动。1949年1月加入中国共产党。曾任《川南日报》编辑。1952年调四川文联专业从事文艺工作，曾任四川省文联理论批评组组长。《星星》诗刊创刊时任执行编辑。1957年被错划为右派，1980年落实政策后在原江津师范高等专科学校（现为重庆文理学院）中文系任教，1985年离休。中国作家协会会员，当代著名的诗人和诗学家。著有长篇童话诗《少年石匠》；诗集《石像——石天河九五自选诗集》；文学评论集《文学的新潮》；专著《广场诗学》；《石天河文集》四卷（第一卷，诗：《复活的歌》；第二卷，杂文、随笔：《野果文存》；第三卷，文学评论：《劫后文心录》；第四卷，诗学专著：《广场诗学》）。另有回忆录《逝川忆语——〈星星〉诗祸亲历记》一卷。

目录 Contents

引言：诸神下界与诗学的复兴　　　　　　　　　　　　　　Ⅰ

第一章　诗的原发过程——诗情的启动　　　　　　　001
　　一、情感结构与动情机制　　　　　　　　　　　　　005
　　二、净化　　　　　　　　　　　　　　　　　　　　020
　　三、灵感之谜　　　　　　　　　　　　　　　　　　035

第二章　诗的继发过程（Ⅰ）——诗意的蕴涵　　　　047
　　一、立意　　　　　　　　　　　　　　　　　　　　053
　　二、蕴涵　　　　　　　　　　　　　　　　　　　　066
　　三、纯诗之辩　　　　　　　　　　　　　　　　　　074

第三章　诗的继发过程（Ⅱ）——意象的诞生　　　　101
　　一、意象与心境　　　　　　　　　　　　　　　　　105
　　二、移情与对应　　　　　　　　　　　　　　　　　128
　　三、心印　　　　　　　　　　　　　　　　　　　　145

第四章　诗的继发过程(Ⅲ)——心灵的音响　159
　　一、"非声韵化"问题　163
　　二、天籁与人籁　172
　　三、情调　179
　　四、通感解析　186

第五章　诗的表达过程(Ⅰ)——语言的妙用　197
　　一、语言艺术运用举要　202
　　二、特殊的修辞　213
　　三、隐秀与通变　223
　　四、风格　238

第六章　诗的表达过程(Ⅱ)——形式的选定　251
　　一、形式问题的历史回顾　255
　　二、自主性　260
　　三、形式美　273

  四、创新 　　　　　　　　　　　　　279

  五、完美 　　　　　　　　　　　　　290

结语　诗学的真传与假传　　　　　　　297

〖附编〗　谈诗散墨　　　　　　　　　305

  信息论诗学平议　　　　　　　　　306

  诗歌艺术审美解释的难题　　　　　332

  关于诗是"独立世界"的思考　　　　345

  意象新探二例　　　　　　　　　　351

  低谷的沉思——"第三代诗"的得失　359

  《牧场》与《长干曲》的比较　　　　367

  诗学断想(二题)　　　　　　　　　372

  诗学的龃龉　　　　　　　　　　　377

  诗人的弱点　　　　　　　　　　　382

  诗人的"蝉蜕期"　　　　　　　　　385

  文学的迷宫与理论的穷途　　　　　389

后记   399

   《广场诗学》后记   399

   《石天河文集》第四卷——《广场诗学》后记   401

附录   411

   诸神下界与诗学家的使命——兼评石天河的《广场诗学》 蒋登科   411

   让诗学走出理论的误区——石天河《广场诗学》述评 马立鞭   417

   评石天河的《广场诗学》 翟鹏举   422

   石天河和他的《广场诗学》 地 山   428

   石天河《广场诗学》的当代意义浅识 李天福   430

   《广场诗学》的学术语境与理论意义 万书辉 祝新艳   433

   "佯谬语言"好——读《广场诗学》 彭斯远   454

再版后记   459

   想起一些难忘的事 蒋登科   459

   我想说的几句话 袁珍琴   463

引 言

诸神下界与诗学的复兴

谈诗,究竟应该从哪里谈起呢?

这就像一个人置身于海天茫茫之间,他有很多话要说,却突然感到不知从何说起。

全世界的诗学并不像数学那么统一。从我们祖宗的祖宗那时候起,古代诗学就分成了许多派,各立门户、互相争论,一直到现在,也没有公认的结论和令人信服的仲裁。这样一门纷乱如丝、迷茫如雾的学科,看来很像是扪天不得其边、穴地难觅其窍。我们当然不可能从开天辟地谈起,至多只能从诗学的历史与现实情况中,选取那些已成传统和渐辟新风的有代表性的观点,做一些类似"丝中见理,雾中见象"的探讨。

诗,在人类历史中已有了几千年绵延不绝的发展,世界各民族都有自己的诗歌。一些文化发达的民族,都对诗学做出了自己的独特贡献。在西方,从亚里士多德的《诗学》、贺拉斯的《诗艺》,到近代欧洲黑格尔、克罗齐等人的美学著作,西方古典诗学早已形成了几套较完备的体系。而随着科学与文化的进步,又伴随着现代哲学、心理学、语言学的发展,进一步地更新观念、创新法式,形成了各种不同形态的现代诗学。西方现代诗学的理论深度及其在艺术方法、艺术形式上的自由灵动,体现了西方现代文明的精神成果。

反观我国,一个足以傲视世界的、长于诗歌的伟大民族,她的诗学,却在近二百年中,降低了前进的速率。数千年来,中国辉耀于世界的古代文明一直是以诗歌作为文学的主要形式,浩如烟海的诗歌创作,甚至渗透和支配着其他艺术领域,使图画、音乐、戏剧、舞蹈等都在一定程度上成为诗歌艺术的附庸。世界上没有任何一个别的民族,有中国这样绵亘数千年的诗歌艺术发展历史;也没有任何一个别的国家,出现过如同中国唐诗、宋词、元曲那样长达近千年的诗歌艺术黄金时代。历代中国诗学论著,也曾为诗歌艺术总结经验、积累知识,做出过许多深邃的探讨。但是,由于18世纪以后,中国社会没有得到与世界先进国家同步的发展,封建思想的僵固统治与科学技术文化教育的落后,使中国诗学的发展也不能不陷于停步不前的状态。这是可慨叹的!诗学的兴衰,往往也折射出一个民族的历史命运。

1919年"五四"运动中掀起的"文学革命"浪潮,冲垮了中国旧文学传统的封建宝座,民间口语的"白话诗文"以一种崭新的姿态登上了历史舞台,中国传统诗学也"玉石俱焚"地随着旧文化一同衰落,西方古典的和现代的诗学开始渗入中国诗坛,并以其冲决封建桎梏的精神,为中国新诗引路。于是,中国诗歌发生了一次历史性蜕变,自由体的中国新诗创立了。

但后来,由于中国社会历史的特殊性质与特殊情况,中国的诗歌艺术与诗学理论,并没有在西方诗学影响下获得令人满意的发展。二十年代至三十年代中期,新诗基本上只在高文化层次的知识界流传,社会接受面不广。三十年代后期到四十年代末,由于处在战争与革命时期,新诗肩负起了动员人民与宣扬革命的历史任务,迅速拓展了其社会活动范围,形成了"大众化"的新诗主潮,产生了极为宏大的历史作用。于是,新诗的艺术价值也逐渐得到社会的重视与确认。这一时期的诗歌艺术,一方面仍部分地保有"五四"运动以来所受外来诗学的影响,一方面也渐次有融入传统诗学理论及吸取民间语言形式的趋向。但五十年代以后,由于中华人民共和国建立初期国际环境的剧烈变化,中国诗歌艺术与诗学理论,迅即形成了独尊苏联现实主义诗学理论的道路化规范,从而与传统诗学及其他外来诗学日益疏远,甚至隔绝。久而久之,诗歌艺术与诗学理论的发展,便由于单向延伸而渐近于自身凝定,失去了与世界各民族诗歌艺术交流融合的机会,也失去了继承本民族诗学传统以求嬗变创新的可能。尽管一些有才华的诗人,都曾以自己的努力,试图在某些方面对苏联诗学理论模式所造成的僵固局面进行突破,但宏观的成效是非常有限的。其后,"文革"十年,诗坛冷落,诗艺荒芜,中国诗学的发展振兴更无从谈起。

未来的历史学家也许会深深地遗憾:一个最伟大的最长于诗歌的民族,在她精神淬砺、一往无前、百劫千磨、奋进不息的近二百年中,竟然没有同时产生与之相称的伟大诗篇,而且,也没有创建或重构自己的现代诗学。

幸而,1976年10月以后,中国人民如拨云见日似地进入了改革开放的新时期。诗和诗学,几度冲腾跳踉,终于冲出了困死骅骝的旧栅栏,看到了绿浪平芜远处一道希望之光在瞳瞳升起。

可是,在"文革"的长期封禁以后,一旦乍然开放,人们又不能不立刻感到面临着许多十分陌生的问题。在科技文化方面,中国和西方之间,存在着许多歧异和各种不同程度的差距,该怎样对待西方文化与西方诗学呢?有一个时期,一种竞学西方的趋新热潮在知识分子和青年中很快地掀起。就诗歌方面来说,西方现代诗学的普泛引进,在两方面产生了非常显著的影响:一方面,它吸引了许多青年诗人,在诗歌艺术实践中,更新了观念与方法,开创了诗歌艺术的新风,建立了一些独树一帜的诗歌艺术流派;另一方面,它也刺激起了另一些诗人,在反向探索中国传统诗学理论,重新评价诗歌艺术遗产的回溯中,进行了"寻根""审祖"的深思。这样一来，在横向交流与纵向追溯之中，就使中国当代诗学的视野变得异常开阔，头脑也变得十分冷静。大家都已经意识到，当代诗学的探讨，肩负着无可推卸的双重使命：一方面，要为中国现时的诗歌艺术实践广泛地开拓创新嬗变的途径，促成"艺术多样"与"百花齐放"的实现；另一方面，也要对诗歌艺术自身的方法、目的、价值、原理做出科学的探索与追求。在这改革与开放的时期，我们既不可以继续墨守成规，闭眼不看世界；也没有必要一味"从人乞食"，因袭外来诗学而放弃独立思考。

我们现在对诗学的探讨，应该特别地重视从科学分析与实践验证中，实事求是地去认识诗歌艺术的普遍真理。政治与道德、哲学与宗教、教育与劳动、语言与逻辑、生理与心理、历史与民俗，人文科学的一切领域无不与诗学有关，但它们都不能代替诗学自身的研究。诗学的外延是广袤的，诗学的内涵是独特的。

在诗学研究中，如果我们要旁及与诗学有关的一切学术领域，那不仅时间精力的耗散无法支付，而且也难于获得切近可靠的知识。我们唯一能采取的态度，是确认世界各民族的当代诗学，是他们诗学发展的最新成果。因此，我们的眼光主要是专注于它们影响中国当代诗学的现实情况。

当我们抱着这样一种科学研究的态度，去观察当代中国诗学的现实情况时，我们发现，在我们眼前出现的，是一个远远超于我们的预期和想象之上的"诸神下界"的现象。

现在，中国传统诗学中"言志""缘情""明理""载道"的诗学观念，以及"禅悟论""格调论""神韵论""性灵论""境界论""童心论"等有代表性的诗学理论，虽然已有人重新研究、重新评价，并开始与西方诗学做某种有意义的比较与沟通。但是，在当代新诗的艺术实践中，传统诗学是不受重视的，许多写新诗的诗人，甚至只把它看作是学者们用来助谈兴的"古董"，与现代新诗创作已没有多少实际关系了。现在流行的诗学，几乎都是外来的各种不同的"主义",这些"主义"都各有一套关于诗的基本概念和理论,往往各是其是、各非其非、自立门户、互相对立。例如,对于"诗是什么"这样一个问题,现代的各派诗学就有下述的各种不同的说法。

现实主义的诗学说:诗是现实生活在诗人心灵中的反映。只有现实生活,才是诗歌艺术永不枯竭的源泉。诗人,就是在生活中拨动竖琴来歌唱现实生活的歌手。没有现实生活,就没有诗。所以,现实主义道路是诗歌艺术创作唯一正确的道路。

象征主义的诗学说:诗,根本不是什么反映现实与摹写生活。诗,是诗人心灵直觉的象征表现。诗人全凭直觉去把握世界,在外部世界去寻觅和自我心灵相对应的象征物象,把它做成艺术意象来表现心灵的经验和情感。没有象征表现的理性直白与对生活的摹写,不过是散文误用了诗的形式。象征意象,是诗人创造的艺术直觉品,它是暗示性的,不确指的,有多层多面隐喻的意义,可以因读者不同而有无数个不同的理解,诗意内涵是无限宽广的。因而,诗,如果不用象征,就没有艺术表现力。

浪漫主义的诗学说:诗,都是诗人的"自我表现"。诗的实质,就是诗人自我心灵积淀的情感,真情、深情、激情或柔情。当诗人以自我的心灵情感在自由的倾泻中染遍世界,世界的万事万物就全都披上了诗人情感的色彩,世界为之"诗化",这才产生了诗。以这样的诗去冲击旧世界,才能冲破旧世界的枷锁,创造一个人人都能实现"自我"美好愿望的新世界。只有"自我表现"的诗,才是真诗。离弃"自我"去说别人的话,那是鹦鹉学舌,是伪诗。

表现主义的诗学说:诗,并不只是放纵自我的情感,而是人类共通情感的富于艺术想象的表现。诗人并不是用语言去激发别人的情感,能够激发别人情感的政治演说并不就等于诗。诗之凭借艺术想象做表现是要使读者的情感也在诗中得到表现。这样,诗才能对读者产生影响。诗的完成,不是完成于诗人自我的心灵之中,而是完成于诗的艺术表现在读者心灵中产生的审美效果。没有审美效果的诗,没有艺术生命。

形式主义的诗学说:诗,只是有意味的语言艺术形式。形式是从素材升华而来的,任何一种"内容"都只有经过"形式化"才能成为艺术。形式并不屈从于内容,诗人追求自由解放的心灵,对美的热爱与渴求,趋向于形式的自主创造。形式的自主品质,意味着诗人有超越社会既成现实,批判与否定现实世界,开拓美的世界的自主权。一切诗都是形式的艺术,不懂得形式的深长意味,就不懂得欣赏诗。不能自主创造"陌生化"的艺术形式,年年依样画葫芦的作品,会变得陈腐。诗,是否真有艺术性,就看它的内容是否变成了自主创造的形式。

心理分析主义的诗学说:诗是"白日梦",就是说诗的艺术创造与平常人的做梦相似。平常人的梦,是人的本能情欲(无意识非理性的"力比多"冲动)在社会道德与人的理性意识压抑下得不到满足时,转移到睡梦中去发泄。在睡梦中,由于理性压抑的解除,人们内心积淀的情欲冲动,能在幻想的世界中去寻求满足,这便是梦的成因。梦幻是不用语言而用形象思维的精神活动。诗人的艺术创造与梦相似,是"白日做梦"。诗人把他在现实世界中无法满足的欲望,转移到幻想的世界中创造性地展示出来,这便是诗。诗的"白日梦"与平常人的睡梦不同之处,在于它有一个可供审美欣赏的艺术形式,这种艺术形式是诗把本能情欲加以美化的伪装。所以,诗人把情欲转移到艺术创作中去宣泄,意味着在摆脱现实社会压抑的幻想世界(白日梦)中去实现人性本能情欲的艺术升华。

像这样的诗学派别还有许多,如结构主义的"神话原型在现代意识中重新结构"的观点,符号学的"艺术符号有情感性、意象性、启示性"的观点,新批评派的"本文语义中心"观点,接受美学的"本文未定性"观点,等等,都已经在中国当代诗歌创作和诗学理论中露面,我们无法一一列举。前面所列举的影响较为普遍的几派,对它们的理论,这里也只是用我的语言做了点模拟性的表述。实际上,这样一些诗学派别的基本理论,都来自西方现代诗学那些著名理论家的许多系统性专门著作。简略的表述,是无法做得精确和明晰的。

在中国经历了长期封禁而乍然开放的时候,西方现代诗学以积数百年努力发展得相当繁复的各派理论,一齐涌进来,于是,便在中国诗坛造成了"诗派各树一帜""诗学多元并立"的现实情况。在这种情势下,诗界的反应是很不一致的:有的人心怀疑虑,有的人则倡导"新潮"。但更多的则是一些初学写诗的青年人,他们对纷纭的旗帜,目迷五色;对竞新的理论,不知何从;对自己的诗歌艺术实践从何起步,恰如亡羊歧路,难以判断。真的,面对着从奥林匹斯山上一齐下界来的诸神,你究竟在哪一位大神面前磕头才是对的呢?谁能辨别哪一位大神才真能为我们指引一条上天之路呢?

诗人和诗学家对待"诸神下界"的态度,也都是各不相同的。诗人,他可以依从自己的兴趣与需要,自由地选择走向这一派或那一派;也可以从各派诗学吸取有用的艺术方法、艺术技巧,灵活地运用于自己的诗歌艺术创作之中,自树一帜,自成一派。比较起来,诗学家的考虑要不同些,他必须从各具特色而又互相龃龉的各派诗学理论中,去进一步探究:哪些是经验的归纳?哪些是思辨的推理?哪些是可疑的论据?哪些是未明的难题?哪些是限于时代的谬误?哪些是历史遗留的争议?哪些是还待深思的结论?哪些是值得注意的分歧?哪些是能够自圆其说的偏见?哪些是说得不够清楚的真理?……而且,诗学家明白自己的使命,是要紧紧抓住这个历史转折期的良机,在与世界各民族诗学交流融合的过程中,为中国诗学的复兴,为发展与重建中国现代诗学,做出努力。

振兴中国诗学,这是一项巨大的工程,可能需要一代又一代诗人和诗学家共同付出,不断努力,当然不是一蹴可就的事情。但我们也不能怕吃第一只螃蟹，必须使这项工程从现在就开始。我这样说，也许不自量力，也许对可能招致的一系列失败估计不足。但我相信：我们有几千年传统诗学的丰厚遗产可供研究，有新诗百年来的艺术实践经验可供探讨，又有当代世界各民族的诗学可供参照，只要不采取过去那种没祖没宗、无亲无友、自我封闭、自我孤立的态度去对待一切，那我们就可以在传统诗学的纵向采择与外来诗学的横向交流中四通八达地去吸取精神营养，在知识的广场上纵横驰骋上下腾飞，去探索诗歌艺术的真理。

因此，这部诗学命名为《广场诗学》。

第一章 诗的原发过程
——诗情的启动

当代各派诗学"诸神下界"的现象,给人们带来兴奋,但也带来了困难与迷惑。诗学的流派如此纷繁,又都有着整套的诗学理论,那些理论都有"诗是什么"的定义,每一种"定义"也都有其令人钦佩的思想深度,而又是互相龃龉的。这就不能不使初学写诗的人感到:要想穿过如此漫长的诗学长廊去学会写诗,几乎是不可能的。好像诗什么也不是,是一个谜,而且是许多谜联结起来的一个让人猜不透的谜疙瘩。

当代青年人,往往都吃过科学的"智慧之果",不再迷信权威。因而他们不免要绕到各派诗学的后面,像安徒生童话里那个好奇的小孩,要细心地去瞧瞧,看皇帝的新衣,是否存在。这样的"小孩",当然不好对付,但他们可能就是诗学最认真的朋友。我们愿意和这样的朋友走在一道,去探索诗学的奥秘。

我们是不信教的。因此,我们的探讨,不在任何一派诗学的"定义"面前逗留,而是径直沿着诗歌艺术实践的道路,对诗歌创作过程做一次切实的考察与探讨。相对于"形而上"的诗学理论,我们是并不高深的、浅近的"形而下"的诗学;相对于不谈作诗只研究诗的"艺术本体"的诗学来说,我们是只谈与人们作诗有关问题的实践的诗学。对于我们不知道的东西,我们老实承认自己无知,绝不去规定"宇宙精神"在诗里面应怎样表现的方法与程式;对于我们不相信或不完全相信的说法,我们采取科学辨析与论证的态度。例如对"诗神附体"与"力比多冲动"我们都持有自己的看法。而对于我们确实可以依据科学与生活的常识去做判断的问题,我们就撇开一切不甚可靠与说得不清楚的理论,直接做出简单的判断。请别见笑,有时我们尊重从经验而来的常识,会胜于尊重过于高深的理论。比如说,当我们走到沙漠里,看到一只庞大的动物,有人指着它说:"这样神奇的动物,独特地生存于这黄沙漫漫的荒凉世界,这是上帝向诗人做出的启示,它有无限深邃的诗意!"又有人说:"在诗人的直觉感受中,这家伙四条腿一个头,庞大的躯体,背肿得像高高耸起的山峰,这显然是一个与病马相似的意象,是背负重任走向死亡的悲剧命运的象征物。"对于这样一些说法,我们就不去做过多的理论分析与争辩,而只是依据常识去说明:"那不是上帝用来做启示的神奇动物,是沙漠里人们用来运东西的动物;那也不是与病马相似的直觉意象,那就是骆驼!"

我们就这样和读者一起来探讨。我们把诗歌艺术的整个创作过程,划分为三个部分:一是"原发过程",探讨诗歌艺术创作的情感启动,即人的生命内在的艺术创造力如何在生活中发而为诗的问题;二是"继发过程",探讨诗歌艺术创作中人的意识与想象如何转化为诗的精神与艺术内涵来表现的问题;三是"表达过程",探讨诗作为人的情感、意识与想象所孕育的胚胎,怎样通过语言形式来完成其艺术创造的问题。

这三个"过程",主要是按性质来划分,以便于我们分别进行探讨。因而,这里必须说明,这里的排列次第(一、二、三),只有诗学篇目顺序按论说先后排列的意义,并不是指作诗的整个过程中,情感、意识、想象与语言、形式等,在时间先后上有什么"一、二、三"的呆板程式。不,在时间上这些过程都是在人的心灵活动中有机结合、互相交织着的。虽然一般说来,在作诗的整个过程中,情感具有原发初动性质,但也不是绝对的,有时,人们是先在某些问题的思考中,想到了一个可以作诗的主题,然后才在问题的思考中触发了感慨,启动了诗情。也有时,是一种境况或一个什么自然物象,触动了人的情感,似乎意境、意象是先感受到的。也有的人是早在情感还处于朦胧状态时,心中已涌动起一股情绪性的音流,像巫师的咒语或没字的歌。甚至还有人是先做好了一首诗的中间两句或最后一段,然后再回到前面来,或是先想到要采用一种什么形式然后才开始写。这些都是可能的,也都没有什么不合理之处。天下没有什么别的东西能比人的心灵更活泼,因而也没有什么别的事情能像作诗这样并无一定的规程。作诗有活法而没有死法。我们所说的"一、二、三"三个过程,不是死板的时间程序性的安排,其中每一个环节都是与别的环节有机结合着的。这就是说,诗歌艺术是一个"活娃娃",它的每一部分有神经脉络相互联系,如果把它当作可以截成几段按排列顺序来加工制造的工艺品,那就未免把"活娃娃"说死了。

现在,我们先从"原发过程"说起。"原发过程"中,我们要探讨的是,诗歌艺术创作的原动力从何而来?它是什么性质?在人的生命内部它是怎样结构的?如何形成了诗的艺术创作机制?原发过程中有哪些主要环节?这些环节有什么重要作用?原发过程中又有什么特殊的情况?

各派诗学对诗歌艺术原动力的探讨以及道路分歧,均有过许多争论。有来自理性目的、来自生活感受及来自生命意志或来自"力比多冲动"的种种说法,见解悬殊。在现代,基本上形成了主于"理性"与主于"非理性"的两极对立状态。在中国古典诗学中,也有过"明理—载道"与"言志—述情"之争。可见这样的意见分歧是历史性的、世界性的。我们把诗歌艺术创作的整个过程,区分为"原发过程"与"继发过程"以后,问题显得比较清楚:"原发过程"只是一个情感启动的过程,人的情感基本上是"非理性"的。在诗歌艺术创作过程中,"理性"的导向作用,是在"继发过程"中才显示出来的。这样的区分,我们认为可以解决那种笼笼统统的、偏执的"诗是理性的"与"诗是非理性的"之争。

"原发过程"中关于"诗情"的探讨,区分为三项:

一、情感结构与动情机制

二、净化

三、灵感之谜

一、情感结构与动情机制
诗的原发启动力

什么是诗歌艺术创作的原发启动力？在当代，这几乎成了一个争论不休的问题。

在探讨这一问题的时候，我们首先就会接触到当代各派诗学在理论认识上的一个根本分歧："诗是理性的"与"诗是非理性的"。在这个问题上，各派诗学固执己见由来已久，而且愈到近几十年，两派的意见争执愈激烈。人们之所以难于对这个历史性、世界性的问题做出有说服力的仲裁结论，我们认为，主要是因为偏执"诗是理性的"与"诗是非理性的"双方，并没有把诗的创作作为一个活动过程来考察，也没有把整个诗歌艺术创作过程，按其性质划分为"原发过程"与"继发过程"来研究。这就正如一个黑白两半的球，对立的双方中一方看去是全黑，另一方看去是全白。就其所看到的一面来说，他们都有其真知灼见；就其没有看到的一面来说，他们都是有偏蔽，有错误的。

美国当代心理学家S.阿瑞提曾在其美学著作《创造的秘密》一书中，把艺术创造力划分为三个过程来进行研究，我们觉得他那划分过程的方法是合理的。但我们借鉴他的方法，把诗歌艺术创作划分为三类性质不同的过程时，还联系实际对其所包含的分支过程做了具体区分。对S.阿瑞提的某些基于弗洛伊德主义的观点，我们并不完全同意，当然也不能因袭。我们主要不是从心理分析出发而是从诗歌艺术创作实践着眼，去探讨有关的问题。

诗歌艺术创作的主体是人，因而诗歌艺术的原发启动力是基于人的生命活动。当代有一种观点认为，诗是由外界生活刺激而启动的。我们反复思考，从"原发"的意义来看，外界刺激只有应合于主体内在生命力的活动，才能成为诗歌艺术创作机制的一个外在因素。一内一外，虽然同是形成创作机制的条件，但可以说，有主宾之分。中国古典诗学所谓"人禀七情，应物斯感"，虽然说得有些模糊，但我们仍然可以分辨出："七情"是内在于人的，是人的生命活动；而"物"只是刺激于人以影响其情感活动的外在因素。就拿当代常见的"反映论"观点来说，"反映"也只能是通过人的心灵活动做"主观能动的反映"，而不是"镜子式的反映"。所以，诗，不是纯客观的摹写；诗，实际上明显呈现出"主观抒情艺术"特征。这就表明，诗的艺术创作原动力，只能存在于人的主体生命活动之内。

人的生命活动，有知、情、意三个主要方面。我们排除了对外在事物的感知是原发启动力的说法，就要进一步来探讨情感与意识这两者，哪一个是原发启动力的问题。两相比较，理性的意识主要是人对外界事物的主观知解力；非理性的情感却主要是发自人自身内在的生命需求。从诗歌的艺术功能来看，诗主要在于以情感人，而理性的启导往往都要与情感表现相结合，或蕴涵于情感表现之中。没有情感的知识与道德的说教，都不能产生感人的艺术效果。尤其是从作诗的动因来分析，"情动于中"而作诗，是普遍而直接的；而由于某种意识引导去作诗，必须使这种意识沉入深心激发起强烈的爱憎情感，才能使这种意识在为之激发的情感中得到表现，它是间接的，而且远不如情感动因之普遍。因此，可以确信，在"原发过程"中，诗的启动力是人的情感。诗，根于情。

ℬ 情感的结构

　　情感是人的生命活动,是与生俱来的。婴儿呱呱坠地的第一声哭喊,就已经是本能情感的表现。他还不识不知,但他从娘胎里出来,感到冷,感到饿,他需要温暖,需要吃,这是他生命本能的需求,他用哭来表现生命受到威胁的恐惧与挣扎,这就是情感开始于生命本能需求的明证。

　　但这是不是说,诗人作诗,都是纯粹由于这样一种本能情感的启动呢?这却不能说得过于简单。诗人不同于婴儿,成人的情感远比婴儿复杂。婴儿初生的时候,他还只是一个自然生命,只有一般自然生物的本能情感。稍长大了一些的儿童,由于接受成人教育,逐渐发展出各种基本的生活情感,有了喜怒哀怨爱恶欲的情感表现,但他没有独立的社会生活经验,生活限于家庭与幼儿园、小学校等,情感仍然是比较单纯的,饿了就要吃,游戏起来就高兴,听人说起大灰狼和魔鬼就害怕,挨了打就哭,基本上对各种生活刺激都是直接出现简单的心理反应,这种反应与生理本能情感也并没有显著的区分,所谓"童心"的"天真",就是这样一种出于自然的"璞玉未琢"的情况。青少年时期,这种情形日益变化:渐渐学会说谎,隐瞒自己的真情,掩饰自己的错误;向同龄人炫耀穿着;在长辈面前讨好。于是,智慧渐开,天真渐隐,本能自然的情感由于理性的压抑与支配而消退、变质,表现出来的是一种学来的、与人做应对的、被理性修缮装饰过的情感。这时,"童心"的蒙昧已被智识所凿穿,"真情"趋于"伪化"。成人以后,独立的社会生活、各种人际关系的复杂情况,使人每时每刻都处于理性支配下的应对之中。即使是对自己所讨厌的上司,也只好故做谦恭;对自己所送迎的主顾,不能不强赔笑脸;为虚荣驱使,虽陌生人也称兄道弟;从利害考虑,即使骨肉也疏远避绝;矜才炫学则高谈阔论，挪钱借米则虚与委蛇，甚至丧人格以求得宠，昧良心出于无奈。这样，人就在日常生活中习惯了一种全由理性支配的、受社会规范的、用于人际应对的情感，即世俗常规的情感。这种情感，实际上是后天由社会生活所塑造出来的，与先天的本能自然情感有显著的"质"的区分。相对于先天的"真情"来说，它是后天"伪化"了的"俗情"。不过，一般说来，人自己并没有这种自觉。由于那种发自本能天性的"真情"，不能用于社会的应对，如果把那种"真情"用于社会应对，人就难于在社会上生活下去。所以，人自己就觉得这种社会生活中的情感，原本就是从早先那种幼稚的情感发展而来，是成人的正常情感。而且在社会生活应对中，只能由这种"现实性的常情"做主。原来那种天性的"真情"已经失去了现实的应对功能，没有存在的条件了。

天性本能自然的情感，是不是真的不存在了呢？其实不然，它仍然潜伏隐藏在人的内心深处，并且，仍然对人的行为表现起作用。它经常与人的社会现实生活情感发生冲突，并使人的情感产生矛盾。不过，由于人在社会生活中的行为，只能依靠理性做主。所以，天性本能的自然情感，实际上经常被理性压抑，作为一个矛盾因素，统一于人的社会现实生活情感的表现之内。这样矛盾统一地表现出来的情感，就是平常所谓"人之常情"。但在这种随处可见的"常情"之中，却往往有一种像是人"生来如此"的"天性"，时不时要突出地表现出来，愈是在情感激动的时候，表现得愈明显。如"蛮横""犟直""悖逆""狂放"，这根本不可能是受理性支配的，而是明显的"反理性"的表现。对这类"反理性"的表现，人们一般都觉得说不清是什么原因，就把它归之于"生来的坏脾气"。其实，它就是被理性压抑潜在于内心深处、与"常情"矛盾的天性本能自然之情，可以名之为"性情"。

这种"性情"，在人的日常社会生活应对中，隐而不显。但在大悲大喜或报仇与求爱的时候，由于心灵激动，它就冲决理性的制约，一反常情,表明它才是人的真正心灵之主,是可以使人狂歌激怒、敢拼敢杀、不敬于天、无畏于死的"真情"。所以,我们说,人的情感基本上是"非理性"的,但不是任何时候、任何情况下都绝不受理性制约的。

这里需要着重说明一点:我们所说的"性情",与弗洛伊德"力比多冲动"之说,并不是同一概念。弗洛伊德发现了人的潜意识本能情欲冲动,认为那是人的生命活动中最基本的活力。他的发现,对我们研究人的情感结构,有启发的作用。但是,由于弗洛伊德对人的本能的分析,单一地偏重人的生殖本能,而忽视了人的生存本能,所以,他几乎把一切归根于情欲的"力比多冲动",甚至把婴儿吸乳也看成了情欲需要。这实际上是不正确的。人的本能,实际上是两种:一是生殖本能,它使人类的生命得以生生不息地繁衍、发展;另一是生存本能,是为了使人的现实生命能够生存下去而不至于灭绝。这两种本能,一者是情欲,另一者主要是食欲。婴儿吸乳是食欲的需要,与情欲无关,把食欲混同于情欲,是弗洛伊德执于偏见的失察之处。这一偏蔽,使弗洛伊德后来陷入"泛性论"的谬误,全世界有许多学者,从各个方面对他的学说进行了批评。在我们看来,他的学说的根本缺陷,就在于忽视了人的现实生存需要与人的求生本能。

一个婴儿生下来,他的第一个需求就是吃奶,要活下去,这是生存的本能。至于生殖、情欲需求,那是很久以后的事。就本能来说,人和其他生物都有类似之处。野兽天天忙于觅食,就是求生本能的表现,它要先能活下来,才能繁殖后代。这种生存本能与生殖本能二者都存在于生命活动中,在自然生物界是普遍而明显的。弗洛伊德在这方面的失察,说来是颇为令人惊讶又颇为令人惋惜的:一个震惊了世界的学说,却在某一重要方面,没有能经得住与生活常识的核对。比较起来,似乎萨特的存在主义哲学对于人一生下来就感到了"匮乏"的认识,倒是合乎实际地把人的生存需求放到了第一位上。而马克思主义把人类求生所采取的生产方式的发展,看作是促使人类社会历史进步的最重要因素,更明显是从满足人类生存需求的社会生产这一基点出发,去考察人类历史发展的规律。这些道理,当然无须说得过多。我们所要讲明的,只是:我们所说的本能,是包括生存本能与生殖本能二者在内的"人的生命本能"。所以,我们所说的"本能情感"("性情"),并不是单指"力比多冲动"。

现在,我们可以进一步探讨:人的情感,由于有来源于自然天赋的"性情"与来源于社会习染的"常情"的内在矛盾,人在生活中,就经常会产生内心的不安。有时候,这种不安会使人感到极大的痛苦。有一个故事,是大家都知道的:晋代的大诗人陶渊明由于不愿"为五斗米折腰",竟宁肯弃官不做,回去耕田。这是为什么呢?这就是由于"性情"与"常情"的严重冲突。按照当时社会应对的"常情",做官的人在上级长官到来的时候,是必须"折腰"迎送的,而陶渊明那个"性情",却不允许他这样做。因为,那个上级长官在他心里本来只是个"乡里小儿";自己做的这个官,也只是个"五斗米"的卑贱小官,并不值得留恋;如果他要强使自己顺乎"常情"去"为五斗米折腰",那是为他的天性真情所不能忍受的,是会使他感到比死还难受的内心羞辱。这样一场"常情"与"性情"严重冲突的结果是:陶渊明一反常情地弃官归隐了。

这里,我们又会遇到一个问题。因为,在"情感反理性论"者看来,陶渊明的这件事只能证明:人的行为是完全由"反理性"的情感做主的,由"理性"做主必然会扭曲人的本性。但在"情感理性论"者看来,则完全相反:陶渊明弃官归隐,仍然是理性的选择,如果纯粹由"反理性情感"做主,那他为什么没有冲去和那位"乡里小儿"打几架呢?这样一个有趣的问题,提醒我们对人的情感结构,还须做更进一步思考。

我们觉察到,在人的情感结构里面,除了来源于自然天赋的"性情"与来源于社会生活的"常情"这两个层次之外,还有第三个层次,即来源于人类文化精神教养对人的心灵的深永影响。

荣格在其心理分析学著作中,曾有关于"集体无意识"的论述。他的观点对诗学颇有影响。按照荣格的说法,在人的内心无意识的深层,沉睡着人类共同的原始意象,那是人类史前文化、世代经验累积所遗留给人的潜在影响。那是一些类似"远古梦痕"的东西,是超个体的,每个人自己所不知道的,但它对人的行为却能产生潜在的作用。荣格的这种理论,尽管已传遍世界并获得了很大的声誉,但他所说的"集体无意识"源于史前人类遗传,甚至源于人类以前的物种遗传的说法,毕竟是连考古学和人类学也无从验证的。世界各国有许多学者对他的这种说法都持保留、怀疑的态度。我们觉得,人脑从史前到现代不断地遗传与变异的进化过程中,"远古梦痕"式的祖先经验是否都能经由生物性遗传而保存在其"集体无意识"的记忆仓库里,根本是渺不可稽的事。但"集体无意识"这个观念,仍然有科学性。并且,"集体无意识"在其内容的性质上确是"超个体"的。但我们认为它不是源于人脑遗留的"远古梦痕",而是源于人生下来以后,从婴儿到成人所接受的人类文化的精神教养。这种人类文化精神教养,是在长时间中一点一滴地积淀在人的心中,形成"无意识"状态而起潜移默化作用的。由于人类文化精神教养的内容非常庞杂,它往往不适用于社会应对,或至少是不能直接用于社会应对的。因而,这些"无用"或"暂时无用"的东西,平时都不存在于人的意识之中,也像往昔的或童年的"梦痕"般,混杂而茫昧地积淀在人的"无意识"深处。例如,儿童听母亲或其他人讲的神话、寓言、传奇故事,什么"女娲补天""大禹治水""七仙女下凡""八仙过海""牛郎织女""济公活佛""孙悟空大闹天宫""哪吒闹海""观音菩萨收孽龙""雷打蜈蚣精""狐狸精变美女"……这许许多多的神秘性内容,几乎都与荣格所说"原始意象"有相似的意义与作用。它们也许就是荣格所谓史前文化"原始意象"在人类历代意识中的重构,而其在后代人心理上能积淀为"集体无意识"的原理,也与荣格所说的近似。只不过,这种"集体无意识"的产生,在我们看来,并非来自人脑里先天的生物性遗传,它是可以在后天由人类文化精神教养的"意象性"作用,而在从婴儿到成人的成长过程中形成的。

此外,人类文化的精神教养中,还有很大一部分,是作为一种"精神财富",带着"超个体"的"人类集体智慧"的性质,对人的意识与情感能起到极为深刻的"哺乳"与"塑造"作用的。例如,各种哲学的抽象观念及其深度内涵,各种宗教的神秘教义及其启示作用,历史的多重性教育寓意,艺术品对应于心灵的直观启迪等。这些东西,当其作为人类文化的精神财富印入人的心灵以后,一部分作用于人的显意识,就成了人所显有的文化意识;但也有一部分,与人的"真情"较接近,即沉入人的心灵深处,构成了"集体无意识"的潜在内容。

所以,在我们看来,在人的意识与情感结构中,都有来源于人类文化精神教养的一个"超个体"的较高层次。在显意识中,它显现为人的文化教养;在潜意识中,它就是"集体无意识"的文化积淀。

于是,我们可以说明:人的情感结构的第三个层次,就是由于人类文化精神教养积淀的"集体无意识",构成了人深心内在的、隐而不显的"情操"。它与人显意识的文化教养同源而异质,它无济于人的社会应对,却大有助于人的内在精神素质的养护与提高。它是"超个体"的,不为个人生活中一时一事的刺激所摇撼,故而经常是稳态的、静态的。只有在人的内心矛盾激烈,或人的"性情"与"常情"严重冲突,有可能导致人格的二重性分裂时,它才凸显出带有"超个体"的"人类集体智慧"的精神潜力作用。一方面,它监护人的天性真情不被扭曲与伪化;另一方面,它使人的情感在"超个体"智慧的精神潜力作用下,超越内在矛盾,避免发疯和人格的二重性分裂。这时,人的情感会表现出一种非常特殊的变化:世俗的"常情"被扬弃了,天性的"真情"被保护住,却又不带本能的粗野狂悖,而带上了超乎常人的智慧,好像它已变成由这种内在"情操"发出的"超个体"的高级情感。这种情感,我们姑名之为"高情"。

现在,我们就回到陶渊明"不为五斗米折腰"而退隐归耕的问题上来。他为什么既没有顺乎"常情"去"折腰"参拜上官,也没有为"性情"驱使而去和"乡里小儿"斗架呢?这就是由于他内在的"情操",使其情感提升到"高情"做主的状态,既保持了真实的"性情"不被扭曲,又表现出解决矛盾的明智。

上面,我们不惮其烦地说明人的情感结构的三个层次:"性情""常情""高情",目的是在于说明:人的情感是非常复杂的,它的内部交织着来源于自然的、来源于社会的、来源于人类精神文明的不同成分。同时,我们这样地说明了情感结构以后,既可以确定人的真实情感基本上是"非理性"的,但不是与理性绝无关系的;又可以解决历来各派诗学关于诗是"理性的"与诗是"非理性的"那种各执一面而得不出结论的陈旧争议。下面,我们就可以转入关于诗的情感启动机制的探讨了。

C 诗情启动机制

为什么说,诗是由情感启动的呢?这个问题,可以从几个不同的方面来看。

第一,情感转移于诗歌艺术的表现,是人的精神需要。所以,情感的掀动,普遍地成为诗人作诗的内驱力。

人的生命,是时刻不停地在活动着的。人的生命需求,时刻都希望得到最适意的满足。因而对自然界和社会生活中的一切事物,都非常敏于感受。但是,人的活动,总是局限于一定的环境中,自然条件和社会制约,常常使人的各种欲望,得不到满足,于是,许多事情都能触动人的情感。所谓情感的掀动，就是人的生命感受刺激，原来在内心中与理性压抑保持平衡的情感，在刺激下躁动起来，要求对刺激做出反应，要求满足长期压抑在心里的欲望。例如，人都希望住好房子，杜甫住的茅屋，原本就是他所不满意的，但由于他是流寓成都，依傍着人家过日子，既没做大官又穷得很，没法满足住好房子的欲望，只好隐忍在心里。这本来就够苦的了，一旦茅屋为秋风所破，他内心压抑的情感，在如此强烈的刺激下，就再也压抑不住了。于是，他心里的辛酸、怨愤、希望、幻想，便如江河的浪涛滔滔滚滚地掀动起来，心灵的理性堤防全被突破。

在当时，怎么办呢？秋风并不负赔偿责任，旁人也没谁管他的闲事，唐朝那时也没有社会保险……满肚皮的辛酸怨愤找谁说去？

这时，如果要把原发的情感直接发泄出去，那就只好是埋天怨地、咒风骂雨、大哭大闹一场，甚至恨官家、怨皇帝、冲到官府衙门去拍桌打椅大吵大骂，才能把气消掉。

可是，杜甫没有那样做，他在情感掀动无可抑制的时候，把它转移到诗歌艺术领域中去发泄了。这一转移，就满足了一肚皮辛酸怨愤非发泄出去不可的精神需要。

由此可见，情感的内驱力，是启发作诗动机的根本原因。杜甫的《茅屋为秋风所破歌》，是一个较为明显的，易于解说清楚的例证。

至于诗人为什么不被反理性的本能情感驱使，去做出咒风骂雨或甩东打西的泄气行为，而是把强烈的情感转移到作诗方面去，那就是由于诗人文化教养积淀的内在情操，起到了使情感提升和转移的作用。

第二，情感不仅转移为作诗的动机，它同时也能启发诗歌艺术创作中的想象活动。

英国诗人济慈在《致 B. 贝莱》一信里面说："我对人们所有的激情和爱情都持这个看法，它们在达到崇高境界时都能创造出本质的美。"这几句话，非常恰当地指出了：人的情感，能转化为艺术美的创造力。

情感是怎样转化为艺术美的创造力的呢？这主要是因为人在情感激动的时候，想象力就会活跃起来，各种不同的情感能引起相应的联想，创造出具有艺术审美价值的意象与诗境，给读者提供"诗意美"的享受。

人在生活中，是以一个主体生命在自然界和社会事务中活动。人是最敏于感受的"万物之灵"，外界事物的缤纷万象，都会刺激人的情感，并在人的心灵上留下印象。因此，这些印象都和与之相联系的情感，一同保存在人的记忆里。人的大脑有一种能够长期保存各种记忆的功能。不过，它好像是一个记忆仓库，在仓库里存放着的各种记忆，平时一般都是没在意的，并不出现在人心上。可是，一到情感掀动的时候，与这种情感有联系的印象，就会在心上浮现出来。而且，由一种情感唤起的印象，会连及一些与之相关的印象，这些印象也会连带唤起一些与之相关的情感。于是，情感在活动中深化，印象在由此及彼的活动中，编织成想象，伴随着人的理性意识导向性作用，想象力的运动，就能创造出为情感和意识做表现的艺术意象与诗境。"诗意美"于是诞生。

就这一点来说，情感也是启动艺术想象力闸门的钥匙。

宋词里面，牛希济的《生查子》有极富于美学情趣的两句："记得绿罗裙，处处怜芳草。"按照词中的意思，这两句话是从一个女性的口里在临别时说出来的。她希望他"记得绿罗裙"，是因为"绿罗裙"这个印象，会和爱穿绿罗裙的人的情爱，一同保存在他的记忆里。为什么"记得绿罗裙"便会"处处怜芳草"呢？是因为罗裙的"绿"与芳草的"绿"有可以引起联想的关系，无论何时，一见到芳草的"绿"，便会牵动对"绿罗裙"所标志的那个人常绿的爱苗。从这两句话，可以体味到人的情感、印象、联想之间，存在着的心理联系，从而也就不难理解情感可以具有对艺术想象的启动力。中国有句俗话说"情人眼里出西施"，正是一语道破了"美生于爱"、情感启动想象的秘密。

以上所说的，情感成为促使诗人作诗的内驱力与情感成为诗人艺术想象的启动力,这两个方面,就是中国传统诗学所谓"诗根于情"的主要原因。现在,我们可以再进一步探讨:诗人的情感掀动,通常是在一些什么样的情况下发生,可能概括为哪几种类型的"动情"?

在生活中,特别是在现代这种信息社会的生活中,人的心灵情感活动幅度是非常宽广的。不仅个人的离合悲欢、亲友的存亡病祸,直接与自己痛痒相关;即或从电视节目中看到某个地区的水灾、饥荒、空难事故,或某个地区的种族歧视与战争,等等,哪怕是远在非洲或大西洋,也会牵动我们的同情心或正义感。至于诗人,那是比一般人更为敏感,情感也更容易激动的人。自古以来,几乎没有一个真正的诗人,不带有那种"落花溅泪""啼鸟惊心""望月怀乡""听歌感旧"的特殊气质。不仅看到"古罗马斗技场"会掀动心灵的悲慨,就是"微风吹动了我的头发"也会撩起一片相思。但是,由于每个诗人的个性和生活经历,都有所不同,作诗时的境况与心情,更是千差万别。所以,诗人情感发动的临场机制,可以说,于每一首诗都是很特殊的。在谈这个问题时,我们只能取其同而忽其异,概略划分一下,区别为下述三大类型:

一是诗人心灵突然受到巨大的创伤或震动,情感勃发不可抑止。这是一种"被动突发型"的动情机制。

二是诗人心中积贮已久的深厚情感,主动在寻找一个向外宣泄的机会,找啊找的,终于把这个机会找到了。于是,心中积贮的情感就自然地宣泄出来了。这是"主动宣泄型"的动情机制。

三是诗人在日常生活中,自由地游心于万事万物之间,于有意无意中偶然被某一事物现象,诱发了一些微妙的内心情趣。于是,就作起诗来。这是"随机对应型"的动情机制。

如果需要举例,那么,这三大类型的区分,其实是可以从很多著名诗人的诗作中看出来的。比如说,高兰的《哭亡女苏菲》,是上述的第一类型;艾青的《黎明的通知》,是上述的第二类型;徐志摩的《沙扬娜拉》,是上述的第三类型。可以说,诗人作诗的情感启动机制,就其基本区分来看,都可以包括在这三大类型里面。

不过,社会生活是很复杂的。诗人作诗,有时也会遇到一些"社会应对"的干扰,使得作诗的情感启动,出现一些十分特殊的情况。相对于上述三种类型来说,那是完全例外的。

比如说,中国古诗中有许多"应制诗"。那些诗是怎么来的呢?一般都是封建时代的帝王们,在车驾淫游、嫔妃纵饮、庭歌宴舞、朝欢暮乐之余,忽然想到要用诗来助一助兴。于是把诗人叫来,出个题目,或指定一件什么事物,限定用什么韵,叫诗人作诗"应制"。其目的,无非想诱迫诗人歌功颂德或对其宫廷生活赞美一番,所谓"夸文治以传世,炫武功而张威,美妃子如天仙,饰淫乐为盛德",大体上都是这么一回事。在这样的情况下,诗人完全处于"诗不由己"、情不由衷的被挟持状态,与所要表现的对象,在情感上原是毫无联系的、隔膜的、距离很大的,甚至是内心嫌恶的。要按帝王们的要求来作诗,很难于真正动情。所以,历代的"应制诗",多半是繁饰谀辞、骈俪艳语、虚情强笑、工艺文章,难得有真正的佳作。只有极少数才力过人、心灵情感积贮丰富的诗人,能够机敏地调动才情,借机宣泄,化被动为主动。如传说中魏文帝曹丕命令他的兄弟曹植限"七步中作诗,不成者行大法。"那是一种更特殊的"应制",时间特别紧迫,政治压力也特别大。但曹植机敏地调动他胸中积贮的情感,借"煮豆燃萁"的意象,把对曹丕"兄弟相煎"的怨愤发泄出来,竟成功作出了一个化被动为主动的杰出范例。可惜,这样的例子,在诗歌发展史上是太少太少了。"七步诗"是否真有其事,也难确证,它只是《世说新语》所记下的一个传说。

为了进一步弄清在诗的"原发过程"中,情感启动机制形成的具体情况,我们不妨就一首大家所熟知的诗,来做一次联系实际的探讨。这虽然不能全部说明这一过程中各种不同类型的情感启动机制的形成经过。

但是，对于我们理解这一过程机制形成的条件，与在其中起作用的主要因素，是有实证性说明作用的。

艾青的《大堰河——我的保姆》，是他的成名作，也是感人至深传诵极广的名篇。诗中不仅以真挚的感情，对在贫苦生活中死去的保姆，寄予了亲切的怀念，而且，从诗中浮现的"保姆——真正的母亲"的形象，表现了诗人确认自己是"劳动人民哺育的儿子"的深情觉识，是一个能启迪人性真知，具有永恒性象征意义的艺术创造。这首诗的时代历史意义及其对人心的感化作用，都是可以传之久远的。但是，这样一首诗，为什么没有在保姆生前或她刚死的时候写出来，却是过了很久以后，当诗人被关押在阴暗冷酷的监狱里，偶然地遇到了一个下雪天，才忽然把这首诗写出来了呢？

研究这一过程及其情感启动的机制，我们不难发现，诗人对保姆的情感，是早已积蓄在心上的。也许保姆生前，他还没有学会写诗，也许他曾想给保姆买些东西但没有钱，都不一定。但有一点是可以肯定的：诗人在思想上日益进步，日益趋近于走上革命道路的时候，他对保姆的情感，也日益加深了。为什么那情感没有随着时间的消逝而淡化，却反而加深了呢？这是由于诗人思想上从世界文化的新思潮中接受了一个超于个人意识之上的新观念：革命者把劳动人民看作是自己的母亲。而且，诗人接受这个观念，不是把它徒然地作为文化与意识形态上的信条，而是结合自己切身感受到的保姆的抚育之情、母子之爱，确切体会到保姆就是具体担当着抚育自己的一切辛劳的一个普通劳动人民——一个连名字也没有的劳动妇女。只有她才是自己"真正的母亲"，远远胜过亲生父母。诗人把这个观念沉入自己的心灵，就使得过去积蓄的情感，有了一个"质"的提高。这也就是一个"超个体"的观念，结合于诗人内在的情操，从而使得那积蓄的情感愈见加深，保姆所留下的印象也更为亲切。加之，被关在监狱中失去自由的生活与残酷无情的迫害，会使人本能地想起自己的父母,而在诗人心中,则只有这位保姆才是自己"真正的母亲"。一想起保姆辛勤哺育的慈爱与眼前饥寒的监狱中冷酷的迫害相对比,诗人的情感就在这种强刺激下进一步激化。而在监狱中偶然地"看见下雪",又猛然触发了诗人从"雪"到保姆"被雪压着的草盖的坟墓"的联想。这一联想,便由此及彼地联想到保姆的一切。那长时期积蓄在心上,并深化激化了的情感,就再也无法抑制了。于是,一个作诗的情感启动机制,就在这时形成。

从这首诗的研究中,我们可以体会到:诗人作诗,往往要有一个情感积蓄过程。长诗如此,短诗也未必不如此。内心积蓄的情感,在某种心灵情操的影响下,会更见提高和加深。加上生活中来自外界的强刺激,情感就随之而激化。这时候,只要有一种偶然事物的触动,就会成为启动情感与艺术想象的触媒。瞬间,情感的宣泄,就伴随着艺术想象力的运动而被"诗化"了。总体来看,作诗的契机,是在诗人主体生命活动与外界生活刺激的交互作用所到达的一个情感高峰上,为一个偶然因素所促成的。

当然,仅仅从对一首诗的分析中,我们无法绝对断言这种情感启动机制的形成,是否能有一个或几个普遍性的模式。但从这首诗的分析中,我们至少已经获得了对情感启动机制的概略认识。

简单地说:诗,是从人被激发的高级情感中启动的。

二、净化

诗歌创作与情感净化

"净化"是什么意思呢？如果只从中文的字面意义上来说，"净化"这个词，就是使一样东西经过提炼或沉淀而变得更为纯净的意思。在物理和化学实验工作中，这是很常见的。但这个词在诗学中的含义，却相当复杂。自从亚里士多德的《诗学》中出现了"净化"这个词以后，历代的好些文学家、美学家、心理学家，都对"净化"做出过一些解释。那些解释是各不相同的。其中有代表性的，是"心灵涤罪说""情欲升华说""情感调节说"三者。

1. "心灵涤罪说"认为："净化"就是把人的心灵中不洁净的东西，清洗干净，和宗教家所说的"涤罪"意思差不多。诗歌艺术具有一种"净化"人心灵的作用，也像是使人从尘世的罪恶中超脱出来，保持人心灵的洁净。

2. "情欲升华说"认为："净化"指的是，当人的生理本能情欲在现实生活中得不到满足时，转移到艺术的幻境中去发泄，从而使人的情欲在艺术形式的美化表现中，变得高尚起来。这就意味着情欲的艺术升华，也即人性的"净化"。

3. "情感调节说"认为：所谓"净化"，主要是由于人们对诗或其他艺术作品的审美欣赏，通常都采取对作品保持一定"距离"去做审美静观的态度。所以，作品中所传达的那种情感（如恐惧和怜悯等），并不会使欣赏作品的人也直接产生同样的情感。相反地，欣赏者从充满恐惧与怜悯的悲剧作品中，可以感受到艺术审美的愉快。这是因为，作品中所传达的那种情感,在审美静观中被心理"距离"所"净化"了的缘故。所以,"净化"实际上就是人的情感在艺术审美"距离"中的缓和、转移,亦即调节。

上述这些说法,都有其经验依据,也都有其独特的认识与见解。其观点不仅言之成理、持之有故,从其对"净化"的作用与性质的深入探讨来说,都是对我们有启发性的创见。当然,这些说法,也都留有继续做进一步探讨的余地。已故著名美学家朱光潜先生在他早年所著的《悲剧心理学》中,对这个问题做过多方面分析与研究。上述的"情感调节说",就是他当时的结论。

不过,上述的几种说法,所谈的主要是指诗或其他艺术品在审美欣赏过程中对读者或观众所起的"净化"作用。我们现在要研究的,则是在诗歌艺术创作的"原发过程"中,诗人自己"原发的情感",也关涉到一个往往被忽视了的环节,即情感"净化"问题。

作诗的人都不难体会到:作诗时表现在诗里面的情感,实际上都只是原发情感的一部分,甚至只是一小部分。这一部分事后看来,好像是经过挑选与提炼的最精纯的那一部分,是涤去了各种杂质的、"净化"了的情感。尽管表现在诗里面的情感,仍然是相当复杂,远非单一性的,但与原发的情感比较起来,它已经涤去了不适于在诗中表现、不需要在诗中表现的许多杂质。

那么,这情感的"净化"在作诗的"原发过程"中究竟是怎么一回事呢?

一般说来,作诗的情感启动,一开头,都带有混混茫茫的无条理、不清晰状态。好比一支乐曲,它有一个主音调,却全都淹没在一片嘈嘈杂杂的噪声里面。所谓人的情感的"原发初动"状态,根本不是什么有条理、有秩序的东西。而且,它十分强烈、十分复杂。比如说,面对一个被仇人杀害的自己亲人的尸体,那情感激动的状态及其所包含的复杂成分,往往就是很难说得清的。它可能强烈到恨不能把仇人立即抓来生食其肉，可又感到绝望的悲痛与无可奈何的颓丧；同时，在对亲人死亡的哀悼中，会勾起许多亲切的忆念，也会夹杂着对自己亲人不听劝告疏于防范以致惨遭毒手的怨艾；也会有对人的命运变化无常的叹息，以及人世不平、人生虚幻、人对人太残忍等种种感慨。像这样强烈、这样复杂的情感，当其混成一片喷涌而出的时候，人是不可能马上作诗的。他或许会拿起刀枪去找仇人拼命，或许是抱着亲人的尸体放声号哭。一般地，都要等情绪有所缓和，才能转移到诗里面去做艺术的表现。那么，这"缓和"便伴有不明显的理性"自我抑制"作用；这"转移"也便是情感在流动之中涤去了一些杂质，并超越"原发初动"的本能情感而有所提升。在这"缓和"与"转移"之间，情感得到了理性的"调节"，也因无意识的内在情操作用而得到了提高（或谓提纯）。因而，这"缓和"与"转移"便是情感的"净化"。"净化"了的情感，是由人的内在情操做主的高级情感。这样的情感才是适合于做艺术表现的。

这里，有一点，也许需要说明一下，不然，是很容易引起误解的。因为"缓和"这两个字，很容易使人产生一种类似"降低了"的印象，好像转移于诗中做艺术表现的情感，都是经过"缓和"了的，不再具有"激情"的性质与"强烈"的程度。那么，诗里面所表现出来的情感，岂不都成了"温开水"似的东西，它还能感动人吗？

实际上，上面所说的"缓和"，主要是指在情感发泄的时机上"缓和"一下，不采取直接的、本能的发泄方式，而在转移到诗中用艺术表现来发泄的时候，诗中的情感，不仅仍然可以是激情性质并保持强烈程度，还可以是更为纯净、更为精粹，并有所提高的。

对这个问题，我们还可以从另一方面来做点联系实际的研究。无论是举出哪样的一位诗人，你都可以发现，在他的全部诗作中，尽管有识见高下、艺术表现优劣等各种不齐一的现象。但是，每个诗人，总会有一种个性情操与个人意识特征来构成他的作品的一条"水平线"。高下优劣的情况,都像是在这一"水平线"附近上下浮动,通常并无特别悬远的差距。因此,在名诗人的诗集中,如果掺入后人伪托他的名字的作品,是不难于鉴别的。这就表明,作诗的时候,诗人的情感意识,都要提高到一定的水平,才能艺术地表现出来。并不是一旦被人称作诗人或自命为诗人,就真能做到"张口便是诗"。曾经有人说过一句有趣的话:"缪斯女神不许人轻佻地走近她,她对情感有很高的要求。"这话是值得深思的。

诗人,也和普通人一样,生活在世俗社会中,他的心灵也很难免于世俗社会的沾染。所以,他的情感里面,有"高情"也有"俗情"。诗人在作诗的时候,一般总是尽他自己的努力,把情感提高到一定的水平来做艺术表现,排除或超越"俗情"的干扰。即使如此,由于时代、环境的制约,以及诗人个人的局限性,要在诗里面完全超绝一切俗情俗念,还是很困难的,几乎是不可能做得十分彻底的。中国古代有少数几个最受尊敬的大诗人,如屈原,后人曾评论他是"自疏濯淖污泥之中,蝉蜕于浊秽,以浮游尘埃之外";又如陶潜,后人评论他"横素波而傍流,干青云而直上"。这两位诗人,在他们各自的时代环境中,可算超尘绝俗。然而,现在看来,屈原的忠于故君,陶潜的怀念旧朝,仍然没有能超越时代与个人的局限。现在,有的诗人口头上高谈"超脱现实",而心里则总在想着如何才能使自己出名,实际上与"超脱现实"是离得很远的。在现代社会生活中,要像古人那样逃名避俗,尤其困难。所以,诗里面总不免会有一些俗情俗念的掺杂,这是不足为奇的。

但是,过于低级的趣味、过于卑鄙庸俗的意识与情感,与时代意识和诗人情操的一般"水平线"差距过大,是根本不适于在诗里面做艺术表现的。即使有人勉强把它写入诗,也仍然会一望而知地显出它根本不具有诗的实质。有一出川戏里面,一个丑角表演一位胸无点墨的花鼻梁公子哥儿自鸣风雅地在月下作诗。第一句是"月儿弯弯照楼台",虽说是套用一句民间小调,看来还有一点像诗。但他接下去念第二句"楼高又怕栽下来"，就引起了哄堂大笑。因为，那是显然不可以写进诗里面去的卑下庸俗的情感。《红楼梦》里面，写薛蟠作诗，正是《红楼梦》作者对以卑鄙下流的情感写诗的绝妙讽刺。由此，可以更明白地理解这一点：人们"原发初动"的情感，在转入诗的艺术表现之前，情感的"净化"是应有的、必要的。愈是有艺术创作经验的诗人，愈不会忽略这一点。

但也正是在这一点上，有的人，由于受了某种有偏蔽的诗学观念的影响，往往弄不清楚何谓高卑，何谓真假，何谓俗与不俗。就拿一般"爱情诗"来说吧，就存在着这样的问题：为什么诗里面经常用最富于艺术表现力的语言来美化爱情，却并不去美化强烈的性欲呢？爱情不也就是根源于两性间的性欲需要吗？如果说诗里面要表现的是"真情"，那么，性欲便是本能真实的爱情，不直接表现性欲，而又要去美化爱情，这是不是意味着把人的"真情"用艺术做"伪化"的表现呢？这就是我们常常要遇到的那种把性欲与爱情等同起来的观点。如果以这样的观点来看我们所谈的"净化"问题，就会把情感的"净化"看成"伪化"。所以，这是应该辨别清楚的。

爱情与性欲（即生命本能情欲）有关。从某种意义上说，两性的爱是以性的需求作为一种自然基础。但是，两性的爱也并非仅仅是以本能的生殖需求做基础，它还以两性互助、共同觅食、共同抗御灾害与外力侵犯的生活需求做基础。原始人和野生动物都有这样的两种需求。所以，人类的爱情既是在"性爱"基础上发展起来的，也是在"同类爱"基础上发展起来的。随着人类文明的进步性发展，人类对两性之爱的精神需求日益提高，渐渐"爱情"已不仅是为了生男育女和共同过日子，更主要的是要能满足两性双方的精神需求，即那种互相信赖、互相抚慰、互相默契、互相奉献的永恒情谊的需求。这就是说，"爱情"已经发展为人类精神性的高级情感，它已经不同于原初的自然生物性本能情欲，也不局限于社会契约性的生活配偶情感，它已经在人的心灵中占据一个崇高、神圣与庄严的地位,一般是纯洁而不可亵渎的。在宇宙万物中,只有人才有这样高级的心灵情感。所以,它也是"人性"情感的一种标志。人的爱情,既是基于真实的生理本能情欲,又扬弃了低级的自然生物性的粗犷;既包含着生活配偶的需求,又超越于社会契约的常规之上。真实的爱情,本质上是纯洁高尚的心灵自主选择,它当然不是"伪化"了的。所谓爱情的"伪化",实际上是不健全的社会制度所导致的人的爱情自主选择被遏制的现象。那种封建社会中"父母之命、媒妁之言"所决定的婚姻或现代商品社会由金钱与财产撮合的婚姻,才是对爱情的扭曲与"伪化"。此外,现代社会生活中由于爱情"伪化"而产生逆反心理,导致某些人因反抗社会压抑走向极端而狂热地去追求"性解放"的现象,则是一种病态意识所导致的人性沉沦现象,它只能求得性欲的满足,难以求得真正的爱情。任何把爱情与性欲等同起来的观点,都是反人性、反社会的"生物人"观点。

我们弄清楚了这样一个问题,就可以得到一个更明确的观念:所谓情感的"净化",也就是汰除了野性与俗性的情感提升。"净化"了的情感,是"人性"的高级情感,是可以与人类心灵普遍感通的情感。这样的情感,在诗的艺术表现中,就有真与美的感人魅力。

这里,我们也不妨涉及一下现代浪漫主义诗学所强调的"自我表现"问题。现代浪漫主义诗学认为:只有诗人"自我"的一切才是真实的,"自我表现"的诗才是真诗,否则便是伪诗。这样的诗学观点,有其基本合理的一面。因为诗中所表现的情感意识,本来都只应该是诗人"自我"心灵独立自主的活动,才不会像宗教仪式的大喇叭一样被别人派作定了音、定了谱的传声筒。不过,"自我表现"这个术语,也容易被做成非常狭隘的、极端个人化的理解。因为,实际上,并非诗人"自我"的一切都适于在诗中做艺术的表现。原因在于:1.诗人"自我"也可能有一些平庸卑俗的情感,在诗中表现出来是没有真实意义,也不能产生美感的。2.纯粹"自我"的一己之私，不与人类情感普遍相通的那种表现，由于不被他人接受和理解，也就会失去表现的作用和意义。3.诗人的"自我表现"，必须是一种对象性的活动，才是实际的"表现"，如果没有对象，"自我表现"只是为了"自我欣赏""自我陶醉""自我理解"，则这一切都只是包容在"自我"心灵范围之内，而并没有"表现"出来。4.诗人的"自我"要"表现"，就必须有"表现活动"。"自我"在与"自我"有关的事物中活动，就在"自我表现"的同时，也超出"自我"，表现了与其活动有关的事物。如果不表现任何一点与"自我"有关的事物，则"自我"也无从"表现"。无表现的"自我"是一个静止的、无内容的空洞抽象概念，无论对于人类或对于诗人自己来说，那样一个空洞抽象的"自我"，实际上等如不存在。5.实际上，在诗中艺术地表现出来的"自我"，不可能是"自我"的一切，而是一个"净化"了的"自我"。这就是我们关于"自我表现"与"净化"的关系的认识。

　　据说，法国艺术大师罗丹说过这样一句话："因为对一人非常真实的东西，对众人也非常真实。"这话本来是他在艺术创作中的实际体会，这样说是为了说明艺术真实感，是艺术家与社会人群所共有的审美基础。但有的人借用这句话来作为"自我表现"理论的一种依据，似乎做成了一种这样的偏颇解释："自我"感到是真实的，众人也会有同样的感受，说明人和人的一切都是相通的，不会有互相隔膜和互不理解的地方。因而，"自我表现"是不受客观限制，自然会与一切人相通的。这样的解释，不仅忽视了现实社会中人与人之间由于意识形态、生活经历、文化素养，以及年龄和性别的差异，都可以产生隔膜与误解的事实。而且，还特别明显地忽视了，在现代的社会生活中，人们的所谓"自我表现"，有时对"自我"来说，也并不是完全真实的。且不说某些"头上插着风向标"或"为赋新词强说愁"的诗人，其表现出来的"自我"，都带有明显的失真与矫作。就拿许多个人品质无可怀疑的诚实、善良与正直的诗人来说，在某一时期，其倾注全部激情写出来的诗，后来在历史的检阅中，不也证明只是在不知不觉中参与了某种应时的随声大合唱吗？在现代社会生活中，诗人要保住"自我"的真实，甚至可以说已经成了件很不容易的事。所以，我们认为，"净化"，对于生活在现代社会条件下的诗人，也许还有更特殊、更深刻的意义。这一点，在每个人清夜扪心的时候，自己都是很明白的。

上面这些话，可能会使人感到，我们把有关"净化"的问题，说得这样严峻，那还怎么能有兴趣作诗呢？诗人作诗，不过兴之所至，敞口吟哦，哪还会考虑到什么情感的"净化"问题呢？不"净化"不也一样作诗吗？

是的，薛蟠不"净化"也能作诗。而且，"净化"并不是什么大不了的事。一般说来，它只是诗人情感启动以后，到开始作诗之间，一个时间不长的过渡环节。对于较长的诗来说，情感的"净化"伴随着诗人的艺术构思而一步步深入，可能明显地占住一定时间。但对于即兴抒情的短诗，三言五句的小诗，"净化"这个过渡的环节，也可能极短极短，甚至短到使诗人自己不甚有这种自觉，好像只是定了定神，只在极不在意的一瞬间，便过去了。我们对"净化"的探讨，是为了探明这一过渡环节在诗歌艺术创作过程中的作用与意义。并且，力求对它认识得深入一些，并不是把"净化"作为一个硬性规定的程式，强行塞进作诗的过程中去，要求作诗必须使情感"净化"到合乎标准。没有那样的"标准"！谁也不能做那样的"要求"！这里只是说明"净化"对作诗有重要意义，不可忽视。比较言之，情感"净化"入诗，和不净化的情感是大不一样的。

净化的不同类型

中国古典文论和传统诗学,有所谓"澡雪精神""洗涤胸心"之类的说法,也与"净化"有近似的意义。不过,古人是把它看作创作前的精神准备,而不是看作创作过程中的一个环节。至于"净化"在实际作诗过程中是怎样进行的,这可能是无法做具体答复的问题。因为,人的心灵在每一瞬间都可能有许多复杂的变化,那是难以捉摸的。只不过,诗人"净化"自己心灵的痕迹,及其所采取的方式,大致都可以从他所作的诗里面看出来。我们按其方式与性质的不同,划分为下述的三类情况,即:1.自然的"净化";2.自觉的"净化";3.自反的"净化"。

所谓"自然的'净化'",主要是由于诗人的内在情操和心中积贮的情感,有一种潜在的矢向作用。这种作用,就是一种随时向大致一定的方向投射的势能。就好像猎人隐蔽地安装在丛林中的弩机,一触即发。而且,那弩箭总是沿着那大致一定的方向射出去,射向预期的目标,而对目标之外的东西,弩箭是浑无所觉的。比方说,春天的花朵,这对一般人来说都是可以引起美感的,可是,在一个满怀重愁深恨的诗人眼里,也许那清芬浓艳的红花紫蕊,都并不能掀动他的诗情,倒是那花瓣上的一滴露珠,使他想起了情人的眼泪。这是由于其内心情感的倾注,自然地起到了情感"净化"的作用,其他的闲情杂念,都被摒除在诗情之外。有时,这种内在情感的矢向作用,能使诗人在接触外界事物的一刹那,情感"净化"并提升到一个很特异的高度,显示出诗人在运用意象构成诗境时有一种敏于感受、长于选炼的艺术才能。比如说,大足石刻,是一座内容丰富的石刻艺术宝库,曾有许多诗人,各自写出了观赏时的感受与心灵情味,而诗人孙静轩的《地狱》一诗,其情感矢向却最为奇特:

多么怪诞,多么离奇
天堂的台阶下,竟有一座地狱
阴森森的,血淋淋的
酷刑下,无数的鬼魂在哀号哭泣
一个个受难者伸出绝望的手
伸向大慈大悲的释迦牟尼
呵,至高无上的佛
请回答我一个解不开的谜
人,犯下过错,该受可怕的火刑
神,竟残酷地杀戮
为什么却是天经地义
大慈大悲的释迦牟尼呵
不正是你践踏了自己创立的教义

大足石刻,有许多精美绝伦的作品,也有一些别具风韵的创造,如"千手观音""媚态观音""数珠观音"等,都特别能吸引游人注目。有的美术家,还能讲出其中个别作品(如"养鸡女")在全国所有石刻艺术中的特殊风格及其在石刻艺术史上的地位。可是,诗人对那许多美的东西,都没有触发其特具深层诗意的想象与赞赏,倒是这阴森恐怖的地狱,各种各样刀山、油锅、炮烙之类的刑罚与受难鬼魂的丑恶而悲惨的形象,触动了诗人的心灵,使他对大慈大悲的佛家教义,发出了疑问。为什么诗人会"忽其美而见其恶",对天堂与地狱相邻和慈悲与杀戮对比,会感受得特别深呢?这可以看作是诗人心灵矢向"自然'净化'"之一例。

所谓"自觉的'净化'",是诗人内心情感所迸发出一种强力,牵动理性的自觉意识向一个很高的境界飞升。情感与意识的交互影响,促成了整个心灵的"净化",在诗人心中出现一种高于"自我"的心境。好像诗中情感之来,如一支冲天的火箭,把诗人的心灵意识射入高空,超离"自我",而在高空上俯视着尘寰"自我"的现实处境,抒发出深心彻悟的情感。在这种情况下,诗中的情感不是倾注于某一物象,而是结合于理性觉识,在高于现实生活的心境中表现出来。这样表现出来的情感,幅度很宽。有时,好像是"心事浩茫连广宇",关怀着人间的一切;可又好像是"万古云霄一羽毛",显得十分纯洁、高尚。闻一多先生的《静夜》一诗,可以看作是这种"自觉'净化'"的典范。

所谓"自反的'净化'",是一个比较特殊的问题。这是我们在对"反净化现象"的研究中,所获得的一点新的认识。

我们发现,有两种表面上有些相似而实际上大不相同的诗歌现象,通常都可能被看作是"反净化"的。一种是《红楼梦》里面的薛蟠以卑下的俗情入诗,那当然是货真价实的"反净化"。但也有另一种现象,即一向被视为表现"颓废"意识,内容涉及社会生活中许多丑恶现象的诗歌,看来与"反净化"相似,而实质上,由于它含有在丑恶生活中对丑恶做暴露与鞭笞的性质。所以,它实质上不是"反净化",而是另一种方式的"净化",即"自反的'净化'"。这个问题,我们需要做具体的探讨与说明。

这个问题的发现,最先是来自一些诗人向我提出的一个关于"净化"的命题:"既然如你所说,诗中情感,一般应是诗人原发情感经过'净化'而转入艺术表现中去的,那么诗中所表现出来的,就应该都是纯洁与高尚的情感。但是,诗里面难道就一点也不许有丑恶的表现吗?诗人自己灵魂里面存在着某些丑恶的东西,就一点也不能在诗里面做真实的表现吗?对法国象征主义诗人波德莱尔的《恶之花》,你将怎么解释呢?你们关于'净化'的观点,是不是仍然停留在几千年前孔子所说的'诗三百,一言以蔽之,思无邪'的那个'诗教'观念上呢?"这确实是一个尖锐的反题,而且涉及世界诗歌发展史上的重要现象、涉及对"净化"观念做反面探索的问题。我们既要探讨诗歌艺术的真理,就不能回避这样的问题。因而,这问题的奇特与深邃,更激发了我探讨的兴趣。

我们在探讨这一问题时,发现一向被有些诗学家看作"用诗表现丑恶"或"以丑为美"的波德莱尔的《恶之花》,其实际的艺术目的、作用与意义,与有些诗学家的评价是大不一致的。对波德莱尔诗的"颓废"倾向,我感到,应该从新的角度来做切实的观察、分析与衡量。

波德莱尔的诗,的确充斥着现代社会都市文明生活中许多丑恶与肮脏现象的描写,如放荡的情欲、虚伪的交谊、吸血的自私、无聊的生活、奸淫与凶杀、遗弃与自弃等,怎样解释呢?生活中的丑恶面,为诗人的内在情操所不容,一般容易产生嫌恶与拒斥的情感,表现在诗中,通常是正义地斥责、尽情地嘲笑,或者用美好的东西与它做对比,使丑恶的东西普遍地为人们的心灵所觉识与厌弃,从而收到"净化"的效果。但是,波德莱尔是一种特殊的情况。由于诗人不仅觉识到自己的生活环境充满了丑恶的现象,而且觉识到自己的生命和灵魂,已经为这些丑恶的东西所侵入、所污染,并感到自己在邪淫罪孽的纠缠中难以自拔。同时,除了自己,他还发现,整个社会里别的人们也都是过着这样一种丑恶的生活。只不过,他们是习惯了用伪善来掩饰罪恶,用忏悔来安抚心灵,"以为廉价的眼泪会洗尽污垢",无聊地苟安,行尸般地过活。诗人想追求理想、追求美、追求真实的爱,但他在追求中发现,那个充满自私与虚伪的社会,使一切都异化了,没有真正的美与真实的爱情。他发现自己生活于其中的那个环境,号称"世界花都"的巴黎,在城市繁荣的掩盖下,正直的诗人被流放、善良的弱者受凌辱,它实际上是一个充满不平和苦难、罪孽与虚伪的渊薮。他也体验到在这样一种社会生活中,希望从酒的迷醉中去做暂时的逃避,不但无济于事,而且可能陷入更深的堕落。于是,他索性让自己沉入罪恶生活中去看个究竟,想揭露这些秽恶的真相。在这样的生活中,诗人发出对天主叛逆的反抗之声,但他的反抗是无力和徒劳的。最后,诗人就只能从死亡中去寻求对丑恶现实世界的超脱。这就是波德莱尔的诗集《恶之花》里面所包含的六个部分:"理想与忧郁""巴黎风光""酒""恶之花""叛逆""死亡"所表现出来的丑恶现象及贯穿于其中的心灵线索。

我们借助《恶之花》中文译者钱春绮所做的简略提示,研究了《恶之花》作为诗歌艺术的精神实质。我们发现,波德莱尔不愧为对西方现代商品社会的生活异化现象最敏感的诗人。他的诗歌艺术目的,是揭示一切伪善与丑恶,发出人类心灵涤罪与自救的呼喊,并激发人们对丑恶社会生活的叛逆与反抗。这样的诗,实际上不是什么"艺术地表现丑恶",也不是什么"以丑为美",它是诗人不甘沉落的心灵在罪恶氛围中的挣扎。他由于自身陷入邪恶生活之中而感受到"自我异化"——灵与肉分离的痛苦,他无力改变丑恶的现实,而不得不寻求精神上的超脱。所以,他以坦诚的自我暴露,揭去自己,也揭去别人的道德伪装;他以痛苦的自我控诉,来减轻罪恶感对自己心灵的压力;他甚至以自我蔑弃与自我嘲讽的态度,希望使自己在精神上能提升到蔑弃邪恶的水平。虽然,表面看来,这一切都似乎玩世不恭,但实际上是他的灵魂想拯救自己的肉体,在无可奈何的异化中想尽最后的努力来保住人性的纯真。所以,应该承认波德莱尔的诗,仍然是为了心灵的"净化"。不过,由于诗人自己觉识到自己的心灵已经深深地浸染了许多邪恶,所以,表现为一种特殊的"自反的'净化'"。

波德莱尔这种"自反'净化'"的意识,在他的诗集《恶之花》的序诗《致读者》中,实际上已表露得十分明白。如果要批评他毕竟不能免于"颓废"的话,那也只有在这样的意义上才是较为公允的。那就是:他单纯地依靠自己心灵的挣扎,实际上不能改变那丑恶的生活处境,因而也终究无法避免自己的沉沦。最后,他只能通过死亡去求超脱,把希望寄托于生命陨灭后的永恒的逃避。就这一点说,他没有以积极的行动去改变世界,也没有寄希望于有力量改变世界的社会群体。他从死亡去求超脱,等于默认了丑恶对世界的统治,并让丑恶世界最终决定了自己的命运。只有这个结局,才是沦于"颓废"的。

但是,波德莱尔并不是没有做出最大胆的抗争,他在《亚伯与该隐》一诗中呼唤:

该隐的后代,去登上天庭,
把天主揪来摔倒在地上!

如果我们现在细心地读一读《亚伯与该隐》这首诗,那就不仅会惊异地发现波德莱尔对他所生活于其中的那种病态社会的无比憎恨。而且,那《亚伯与该隐》一诗,竟好像是用象征主义手法写的关于不公正的社会将由于人的利益冲突而爆发革命的预言与祈望。

上面,为了探讨"自反的'净化'"这个较复杂的问题,我们不得不对波德莱尔的《恶之花》这一诗歌艺术的特殊现象,做了较多的解析与说明。现在,我们把对"净化"这一环节的查考所获得的不同于其他各派诗学的认识,简略地归纳如下:

1."净化",并不只是如西方古典诗学所说,是诗在读者审美欣赏中所产生的心灵效果,"净化"同时也是诗歌艺术创作"原发过程"中的一个环节。诗人原发初动的情感是经过"净化"而转入艺术表现之中的。

2.作诗时情感"净化"所占时间一般是短暂的,但无论是明显地占住一定时间或短到使诗人自己不甚自觉的短短一瞬,这个环节一般都是实际上存在着的。

3.情感"净化"有"自然的""自觉的""自反的"不同性质的区分。以往被视为"颓废"的或"反映腐朽没落生活"的诗歌,其中也有"自反的'净化'",即心灵自救与不甘堕落的人性表现。对这样的诗歌,应做具体分析,不应一例笼统地斥为"颓废"而忽视了它内在的精神与艺术价值。

  诗,对人的心灵情感的"净化"作用,实际上意味着促进人性向善的进步性发展。而诗要能有"净化"读者心灵情感的艺术功能,诗人在创作时首先"净化"自己的情感,自然就是不可忽视的。

三、灵感之谜

灵感现象及其解释

在关于作诗"情感启动机制"与"净化"问题的探讨中，我们已经不可避免地接触到了一个带有神秘色彩的问题："灵感"。

"灵感"现象，迄今还像是一个没有猜透的谜，它表现为艺术创造的奇迹，往往使人惊讶。有时，诗人作诗作得飞快，又作得非常之好，好像是灵机一动信手拈来，不仅没有情感"净化"的自觉，连诗意构思、语言锤炼，都像是没有占去多少时间的。诗人自己也不知其所以然。在这样的情况下，一切在理论上或经验上看来是作诗必经的阶段或固有的环节，似乎都在不知不觉、无拘无束中自由自在地超越过去了，一切都成了例外。这就是"灵感"现象。

这样一来，"作诗要有灵感"就成了人们的一句口头禅。作诗作得顺手，就说是"灵感"来了；想作诗而无从下笔，就说是缺少"灵感"。还有人说，要到生活中去找"灵感"，好像"灵感"也如同百万富翁失落在大路上的钱包，走运的人可以去找到它似的。可是，找"灵感"的人，往往又有一种奇异的感觉，好像那"灵感"是一种"浮云头""野猫脚"样的东西，"尽日觅不得，有时还自来"。它是找不着、抓不住、望不见、等不来的，甚至像一个飘然而去的情人，"越是相思，越是无消息"。

这"灵感"究竟是怎么一回事呢？

这并不只是诗人和诗学家所关心的问题，许多哲学家、科学家，都有过一些解释和议论。例如，西方古代诗学，很早就有过一种神秘主义的

说法,说"灵感"是由于"诗神附体",让诗人把神的话说给人们听。柏拉图的《伊安篇》里面是这样说的:

伊安:对,苏格拉底,我确实觉得你是对的。你的话感动我灵魂,而且我也已经被说服了:有本事的诗人总是通过一种神赐的灵感把神的一些话解释给我们听。

现在看来,这"诗神附体"之说,只不过是人们对未知事物无法解释时把它归之于神而勉强做出的一种玄解。不过,对这样的玄解,我们也不能因其不足凭信就简单地斥为迷信而撂过一边去,它多少还是说出了所谓"灵感"现象的几个特征:

1. 灵感是自外而来的,不由诗人自主。这个外在于诗人的灵感来源,有神秘性。

2. 灵感依附于"有本事"的诗人,这"本事"意味着诗人自身具备的才能,它是灵感赖以发挥作用的主体条件。

3. 灵感依附时,诗人说的话能感动人,在别人看来是"诗神附体",超出了诗人平日的才能。它也意味着灵感能见之于诗的艺术效果,并非单指作诗做得快。

这样看来,这个"诗神附体"之说,也不是毫无意义,它启示我们:灵感有外在因素;灵感有主体因素;真正的灵感与伪装的灵感,可以从诗的艺术效果来做验证。

西方近代的客观唯心主义哲学家黑格尔,在他的《美学》中,对"灵感"现象也做了深入考察。他基本上揭去了灵感的"神秘性"面纱,他的认识有这样的一些特点:

1. 创作时"其实,上面说的那种外在机缘及其对创作的推动力就是天生自然性与直接性的因素,这因素对于才能的概念是不可少的,对于灵感的出现也是一个条件"。但是,如果"人们以为通过感官的刺激就可以激发灵感",那是无济于事的。"最大的天才尽管朝朝暮暮躺在青草地上,让微风吹来,眼望着天空,温柔的灵感也始终不光顾他。"

2."反之,单靠存心要创作的意愿也召唤不出灵感来。谁要是胸中本来还没有什么内容在活跃鼓动,还要东张西望地搜求材料,只是下定决心要得到灵感,好写一首诗,画一幅画或是发明一个乐曲,那么,不管他有多大才能,他也绝不能单凭这种意愿就可以抓住一个美好的意思或是产生一部有价值的作品。"

3."因此,要煽起真正的灵感,面前就应该先有一种明确的内容,即想象所抓住的并且要用艺术方式去表现的内容。灵感就是这种活跃地进行构造形象的情况本身(这一方面是就主体的内在的创作活动来说,另一方面也是就客观的完成作品的活动来说,因为这两种活动都必须有灵感)。""如果我们进一步追问艺术的灵感究竟是什么,我们可以说,它不是别的,就是完全沉浸在主题里,不到把它表现为完满的艺术形象时绝不肯罢休的那种情况。"

黑格尔用一句话,概括了他对"灵感"的看法:"想象的活动和完成作品中技巧的运用,作为艺术家的一种能力单独来看,就是人们通常所说的灵感。"

黑格尔的这个说法,与柏拉图显然不同的是,他认为"外在机缘"只是具有"对创作的推动力",灵感主要是来自艺术家的才能、想象力和艺术技巧,以及"完全沉浸在主题里"去进行创造的、忠于艺术的精神。这个说法,在某些方面,有点像是中国大诗人李白论诗时所说的那种"安得郢中质,一挥成斧斤"的艺术才能,加上庄子所谓"用志不分,乃凝于神"的精神状态。这种解释,把"灵感"从神的执掌中取回来还给了人,当然是一大进步。但是,它并不能完满解释"灵感"的偶然性、突发性,以及那稍纵即逝的机遇性。

现代的生理、心理科学和思维科学,对于"灵感"现象有不少新的见解。如所谓"心理潜能""超常智觉""自然启示""人体特异功能"等,都各有其说。但是,在很大程度上,这些说法,多属于主观猜度性的揣想,没有可靠的科学依据,也难于切合实际地解释"灵感"现象。比较切合实际的,是下述的两种说法:

1.直觉顿悟说

认为"灵感"是人的一种特殊的思维活动方式。它是不同于感性(形象性)思维与理性(逻辑性)思维的"第三种思维活动方式"。著名的科学家钱学森,就持这样的见解。这所谓"第三种思维活动方式",就是指人们在某一瞬间的思维活动中,感性认识能力与理性认识能力高度融合交互促进,从而产生出一种思维飞跃活动的状态,达到对于所感受的东西立即有深入透彻的理解,即所谓"直觉顿悟"。这种"直觉顿悟"是人的思维所能达到的最佳状态,自由灵动无所滞碍,万事万物皆了然于心,故而能从心所欲,挥洒自如,"下笔如有神",自然就表现为"灵感"。

"直觉顿悟"说,在中国古代就有,其理论渊源来自佛教的禅宗。中国古代诗学中的"禅悟论",也曾对诗歌艺术的发展产生过重大影响。所以这种说法,尽管与常规的思维方式不符,却不是绝无可能的玄虚之论。在中国古代有张旭见公孙大娘舞剑而悟书法的传说,在西方古代也有阿基米德在洗澡时发现了浮体原理的故事。从古代到现代,有许多作家、艺术家或科学家,都有"灵感"的经验,其心灵豁然通达的情况,也与"直觉顿悟"之说相合,它往往是由一件具体的事物启发了平日百思不得的悟解。所以,"直觉顿悟"之说也与现代诗学中常常谈到的"触媒"的作用密切相关。"触媒"之说认为"灵感"是由于某一事物触动了诗人的心灵,使之在一刹那间对事物所涉及的一切都豁然悟解,这从现象上看是合乎实际的。不过,"触媒"的作用只能说明它可以导致"灵感"出现,不能说明"灵感"本身的原因。我们觉得,"触媒"之说可以归入"直觉顿悟"说,作为"灵感"出现的导因,来说明这一问题。

2. 天然妙机说

认为"灵感"是外界客观事物所形成的条件与诗人内心主观情意的活动,在生活错综复杂的变化中,一刹那间的偶然遇合。这一遇合,使诗人感到是外界事物所构成的一种机缘,给自己碰上了,碰巧地做成了诗。是所谓"文章本天成,妙手偶得之",因此有一种奇妙的机遇感。中国诗坛大匠艾青在他的《诗论》中说:"灵感是诗人对于外界事物的一种无比协调、无比欢快的遇合;是诗人对于事物的禁闭的门偶然的开启。"他所说的,可能就是他在作诗时得到的关于"灵感"的实际体会。这种偶然机遇,显然不是单靠个人努力所能造成的,外界客观条件并不由诗人做主,只能说它是一种"天然妙机"。这种"天然妙机"是稍纵即逝的。

但是,对这种"天然妙机",如果用"天数注定"或"天人感应"的观点去做解释,那就仍然会是一团神秘的迷雾。我们从逻辑的角度去探讨这一问题的结果,认为所谓"天然妙机",就是"偶然性的集合",更确切地说,是许多个偶然性因素在时空坐标一个点上的交会与集合。这可以用一个通俗的比喻来说明:

比如张三打牌把买米的钱输掉了,老婆跟他吵起来,他一面赔不是一面夸下海口说马上就去把米买回来。一转身,悄悄捉了老婆养的两只鸡去赶场,卖鸡买米。李四家里来了几位客人,要招待客人喝酒,家里一时没有闲钱,只好挑点米去赶场,卖米买酒。王五的小舅子开酒厂,叫他搞个"分销点",他挑了点酒去试销,打算卖了酒买些菜回去招待小舅子。赵六的婆娘落了月,要吃鸡,他连忙砍了一挑菜挑去赶场,卖了菜买鸡。这几个人去赶场的原因都是偶然的,各人的目的也都是不同的,相互间也没有什么预约和其他联系,但这几个人在三岔路口忽然相遇,要买要卖的问题一下子都解决了。这就是"天然妙机"。

作诗的"天然妙机",也与之相似。诗人心中久已积蓄的情感,与他所熟悉的艺术手法、技巧、形式,恰好与触动他情感与想象的某一事件、某一物象,或某个人的一言一动,巧相遇合。于是,诗人就在这"天然妙机"中触发了"灵感"。而"灵感"的出现,似乎只是心灵中的火花一迸,顷刻间,妙趣成诗。

上述这两种对"灵感"的解释,看来仍然各有所偏。"直觉顿悟"说偏重从诗人的主观才能方面去解释"灵感";"天然妙机"说则偏重从作诗的客观机制方面去解释"灵感"。"灵感"的真谛,可能就存在于这两者的综合作用之中。如果读者想彻底地揭开"灵感之谜",那只有亲自从诗歌艺术实践中去体会。

B 灵感可靠吗?

现在,我们要进一步探讨的是:诗人是否能有把握地趋近"灵感"?"灵感"是否能决定诗的艺术质量? 就是说,它是否各方面都很可靠?

"灵感"作为一种特殊的现象来看,它那"突发""顿悟"的性质是很明显的,"偶然""机遇"的性质也是很明显的。从"突发""顿悟"的方面看,诗人必须重视自己深情、敏感与富于想象的才能气质的培养。从"偶然""机遇"的方面看,作诗的最佳机缘似乎不可强求,也不可坐待,但它又是随时都可能出现的。对于有才能的诗人来说,最佳的机缘能使他的才能得到最卓异的发挥,但对才气不足的诗人来说,最佳的机缘也可能会白白放过。所以,黑格尔在他的《美学》中,不太重视"灵感"的偶然机制,而把"灵感"归结为诗人的才能与忠于艺术的实践精神。他的见解,仍然是值得重视的。因为,黑格尔显然是把诗人的才气,看作导致"灵感"的内在必然性因素，而外在的作诗机缘，只是导致"灵感"的可能性条件，能否使"灵感"实现，仍然要决定于诗人有没有那种临机挥洒、运斤成风的才能，有没有那种"语不惊人，死不休"的精神。

诗人才能的特点，与科学家是不同的。从导致"灵感"的"触媒"来看，二者的区别更为明显。对于科学家，"灵感"的"触媒"是那些能启示科学真理的事物。而对于诗人，则是一些能触动其内心情感与想象的东西。一个苹果从树上落下来，可以启发牛顿对地心引力的思考，而对诗人，也许并不在意。夏夜天空中的一颗流星，在科学家眼里可能是常见的自然现象，但在诗人心中，却往往会由于面对一个光辉生命的突然陨灭而掀动无穷的悲慨。比较起来，诗人比科学家获得"灵感"的机会，是要多过无数倍的。因而，诗人往往有一种信赖"灵感"的心理表现，而科学家一般都只信赖自己的能力。仔细想来，在这一点上，诗人也许还是应该向科学家学习那种对待"灵感"的态度，才是对的。这也就是说，诗人要想有把握地趋近"灵感"，主要的还在于不断增长自己的才能，培养自己深情敏感与忠于艺术的精神素质。用一句笑话说：不去祈望"诗神附体"，而致力于把自己变成"诗神"，岂不更好些吗？

从理论上概括说来，所谓"灵感"，就是当诗人情感启动的时候，他的主观精神状态和艺术才能，与客观作诗机缘条件（题材与所要表现的对象等），恰好都处于互相适应的最佳状态，在这样的情况下作诗，当然可以又快又好。但是，这也并不意味着凡是好诗都是"灵感"造就的，也不能认为没有进入这种"灵感"状态就一定写不出好诗。"灵感"至多只能促使个人的艺术才能得到最充分的发挥，并不能作为衡量一切诗歌艺术质量的客观标准。一般说来，敏于感受，捷于反应的诗人，"灵感"的机遇较多，信赖"苦吟"与"精思"的诗人，"灵感"的机遇较少。"灵感"在这样一种比较中，主要是作为诗歌艺术创造力爆发的标志而在一些有"捷才"的诗人身上表现出来，却并不能决定这些有"捷才"的诗人的作品，一定具有高出其他诗人作品的精神价值与艺术水平。换一种方式说,同样是在有"灵感"的状况下写成的诗,其精神价值与艺术水平也并不见得都是一条等高线,不同的作品一比较,仍然会有某种程度的等差。所以,"灵感"终究只能起到使个人才能发挥到顶点的作用,超越他自己平日作诗的一般水平,却并不能保证它在诗人群体的客观竞技场合,一定具有艺术质量可以超群出众的决定作用。可见,"灵感"是可贵而不可恃的。

在这一节中,我觉得,还应该附带地说明一下,"灵感"这个词,在诗坛上,有时是被过分地神化了,似乎那是凡人不可企及的。因而,有的人把它解释为一种纯粹的精神迷狂的状态,与"诗神附体"差不多。实际上,诗人在作诗时,热情满注凝神集虑而近乎"迷狂",固然是可以趋近于"灵感"的一种精神状态,但也用不着把"灵感"都解释成"迷狂"。特别要说清楚的是,这"迷狂"只不过是作为一个"近似"意义的形容词在用,与真正歇斯底里的"迷狂"症状,根本不是一回事。不然,初学写诗的人为"迷狂"之说所惑,为追求"灵感"强使自己进入精神"迷狂"状态,那不仅写不出好诗,反而会语无伦次,甚至会闹出很多笑话。另外,在有一些人心目中,"灵感"两个字又似乎过于像贬了值的钞票,用得太随便,几乎把凡是有了点想作诗的意念,都说成是"灵感"。这当然说不上有多大害处,但这样看待"灵感","灵感"两个字就失去意义了。所以,实事求是地说,"灵感"有时近似"迷狂",却并非一定要真正陷入精神"迷狂"才能趋近"灵感",清醒自醒的诗人,也一样可以有"灵感"。有了想作诗的意念,就可以作诗,也可以把它看作"灵感"要来的征兆,但那确实还并不等于"灵感"。

我们探讨"灵感"问题,目的只在于实事求是地澄清这个观念,并破除笼罩在"灵感"这两个字上面的一些神秘的迷雾。我和大家一样,谁也指不出一条追寻"灵感"的终南捷径。

近似"灵感"之一例

这里,谈一点个人对"灵感"的体会。

1955年2月间,我在自贡盐场搜集创作素材。那时,管这叫"体验生活",日常都和盐工们生活在一起。当时,世界和平理事会发起的"和平签名运动"正在我国热火朝天地展开,我为这个运动在工人中做过一些宣传,却没有想要写诗。有一天,我走进盐厂大门,坝子里正在开全厂的和平签名大会。大门口,一位熟识的同志递给我一张印有维也纳世界和平理事会《告世界人民书》的传单,笑笑地向我说了句:"请你签名!"这句话,似乎当时就给了我一个诗意的触动。当天下午,我就在这张《告世界人民书》传单的背面,写下了一首《请你签名》。(这首诗,发表在1955年4月的《西南文艺》上,现已编入《中国新文艺大系1949—1966诗集》)我记得,当时诗思如涌,写得很快,句子自然形成了那个形式,修改不多。现在重新看这首诗,仍觉得语言流畅、声韵自然、形式还相当工整。当时并没有什么"诗神附体"式的迷狂的感觉,只觉得那位递传单给我的同志说了句"请你签名",就触发了我要为这运动写一首诗的动机,而他说的那句"请你签名",竟成了这首诗的题目,使我从这句话展开了一系列的联想与想象,这也就有点与"灵感"近似了。

现在,我把《请你签名》这首诗抄附在这一节的后面,作为一个可供研究的材料。

请你签名

请你签名!
我从摇篮里发出声音——

你听这婴儿的手镯,
叮叮当当地响着银铃,
他急忙地揉开睡眼,
迎着那玫瑰色的黎明。
你看见他在乳香笼罩的摇篮里微笑,
你可知道他刚才正梦着自己的母亲。

你难道愿意那手镯变成镣铐?
你难道愿意那乳香变成血腥?
你难道愿意那黎明变成原子弹的闪光?

你有孩子,
请你签名!

请你签名!
我从大海里发出声音——

你看这深沉的海水,
它来自无数流泪的眼睛。
谁能流下这许多眼泪?
全世界被大战夺去儿子的母亲。
我只能说出那泪海中的一滴,
我无法说出那纷纷碎裂的心。

你难道愿意让眼泪淹没地球?
你难道愿意再听见母亲们的哭声?
你难道愿意原子弹在她们的心上爆炸?

你有母亲,
请你签名!

请你签名!
我来自一个晚霞灿烂的黄昏——

最美丽的不是晚霞,
是爱人脸上羞涩的红晕;
最迷人的不是晚霞,
是微风吹动了她的衣裙;
最可爱的不是晚霞,
是那任人留恋的和平的黄昏。

你难道愿意那晚霞变成漫天的大火?
你难道愿意这黄昏变成空虚的梦境?
你难道愿意原子弹把你的爱人变为灰烬?

你有爱情,
请你签名!

请你签名!
我来自长崎广岛的废墟之中——

那儿是一片凄凉的地狱,
那儿是一座巨大的荒坟,
那儿的每一点每一点灰烬,

曾经是生活着的日本人民，
他们已经没有什么尸骨，
我代表他们屈死的幽灵发问：

你难道愿意地狱等候在你的门前？
你难道愿意坟墓吞噬掉你的青春？
你难道愿意和屈死的幽灵做伴？

你有生命，
请你签名！

请你签名！
请你倾听维也纳的呼声——

我们不要原子炸弹，
我们不要世界战争，
我们要毕加索的鸽子，
我们要罗伯逊的歌声，
我们要聂鲁达的诗句：
"让和平属于未来的每一个黎明……"

我们反对一小撮战争贩子的阴谋，
我们是全世界爱好和平的人民，
请你走进我们的行列！

你有良心，
请你签名！

第二章 诗的继发过程（Ⅰ）
——诗意的蕴涵

诗歌艺术创造力的"继发过程"比"原发过程"远为复杂。在"继发过程"中,诗人的情感是伴随着意识与想象的活动而求得艺术化的表现,同时情感活动的内在节奏也随着这一过程外化为声韵,向语言表达过渡。所以,"继发过程"交织着诗意、诗象、诗声,我们把它作为"继发过程"中并列的三个分支过程,分为Ⅰ、Ⅱ、Ⅲ三个部分来进行探讨。

　　在有关"诗意"的探讨中,我们首先要研究的是:诗歌艺术创作过程中,人的理性意识究竟有没有作用？它可能有一些什么性质的作用？是积极作用还是消极作用？其次,"诗意"是怎样的结构？它一般是怎样在诗里面表现出来的？"诗意"的表现有时会出现什么样的,不同于一般的特殊情况？

　　在关于"诗情"的探讨中,我们已经明确地认识到:诗,是由情感启动的;情感,基本上是"非理性"的。那么,照说,诗,就无非是艺术地表现情感,在诗歌艺术中怎么还会有理性意识的地位与作用呢？如果诗的创作,也要受人的理性意识支配,那么,当诗被打上了种种社会意识形态的烙印之后,诗作为表现人性真情的艺术,岂不也要在各种社会复杂关系的应对之中,逐渐因俗情纠结而迷本失真,以致成为社会意识形态的传声筒而使诗歌艺术成了牺牲品吗？

　　这是一个很严肃的问题。但是,这同时又是一个无可奈何的问题。如果诗,真的只是纯粹情感的艺术表现,不带有任何理性意识的作用,不沾染任何一种社会意识形态的尘埃,那一定是人性纯真的表现。中国传统诗学"贵童心"之说就是这个意思。可是,由于人的情感和意识,事实上是相互关联地存在于人的生命内部,它们似乎都可以有单独的活动,而根子底下却又都是由一个统一的心灵在联系着,密切相关。如果有一块石子飞来,打在人的额头上,人感知到痛,心灵情感会立刻发出惊怖与愤怒的反应,但人却不会马上采取报复行动,去把这块石子砸得粉碎。因为,心灵意识已经在思辨:这石子是从哪里飞来的?是什么人甩过来的?他是有意的,还是无意的?等等。人的情感和意识这种几乎密不可分的关联,在任何情况下都是一样。因而,在作诗的时候,除非诗人自觉地意识到:诗,要排除俗情俗念,时刻保持人性的纯真高尚情操,否则就很难确保自己的诗会自然趋向这样的目的。这也就是说,人的意识对于情感,可以有各种不同的影响。诗情启动以后,意识就同时对情感产生抑制、调整、转移、促进等不同的作用,它可以影响到情感被"伪化",也可以使情感"反本归真"或得到"提升"。意识对情感的作用通常是一种导向性作用。这种作用,有时是消极的,有时是积极的,这是因为人的意识,也是很复杂的,它自身存在着二重性矛盾。

这里谈的"意识",都是指"显意识",即理性意识,不包括"潜意识"(或谓"无意识")在内。在我们看来,潜意识对人的心灵情感确有一种"势能"与"矢向"作用存在,但在人的行为中,潜意识并不都能起支配作用。在这一点上,我们不同意弗洛伊德的观点。我们认为在一般正常(即不是疯迷)的情况下,人的行为都是受理性意识支配的。不过,人的理性意识,并不是清一色纯净的东西,即使外表呈现出某种统一的形态,里面实际上是存在着复杂矛盾的。

人的理性意识,在每一个人身上,都表现为统一的"自我意识"。但这"自我意识"里面,实际上包含着不同来源、不同性质的两种意识:一种是"社会规范意识",另一种是"人性自觉意识"。这是由于人,一方面只能在现实社会中生活,他必须与别的人交往,习惯于熙熙攘攘的社会应对,他知道自己是社会的一分子,在社会上有各种权利和义务,因此,他的意识也不能不带上"社会规范性";另一方面,人从人类文化教养中,意识到自己是人,是自然界唯一能独立自主的精神实体,是世界的主人,是负有改造世界、创造历史伟大使命的人类的一分子,因此,自然地也形成了"人的自觉性"。这两种不同的意识,统一在人的"自我意识"里面,就经常表现为人的内心矛盾。按照"社会规范意识",人只应该是"非礼勿视、非礼勿听、非礼勿言、非礼勿动"的人;而按照"人性自觉意识",则人是"主体自尊、能量自信、心灵自觉、意志自为"的人。这种"二重性矛盾",在人身上每时每刻都存在着。不过,在日常的生活小事中,这种矛盾一般不会暴露出来,只是在面对重要问题时,这种矛盾才会发展得十分尖锐。在作诗的时候,这两种不同的意识,可以把"原发过程"中启动的诗情,导向完全不同的目的。"社会规范意识"倾向于使原发情感"伪化",而"人性自觉意识"则倾向于使原发情感"提升"。在作诗的"继发过程"中,这是一个有重要意义的环节,诗人要想创作出有较高精神价值的诗,就要把原发情感进一步导向一个人性自觉的艺术目的。这种使情感趋合于意识导向的艺术目的之过程,借用中国传统诗学的一个术语来说,就叫作"立意"。

"立意"是一个很复杂的问题。因为,一般说来,"诗主情,不主理",诗歌艺术本质上是抒情的。诗如果偏于说理,或者以理压情,就会使诗明显失去抒情艺术的特征,也会失去"以情动人"的艺术感染力。所以,诗意的表现,在诗里面一般都是"含而不露"的,甚至是"潜隐深晦"的。我们把诗意隐含在情感与意象中表现的方式,叫作"蕴涵"。

西方现代诗学,对作诗是否要"立意",即是否有一个艺术目的,有许多不同的见解。它与中国传统诗学的看法是相反的。这在后面的各节里,要做具体探讨。这里需要先做一点说明的是:西方现代诗学里面"反理性"的观点,"艺术无目的"的观点,并不都是从诗歌艺术实践经验中得出的结论。在很大程度上,这些观点都来自西方社会意识形态。西方现代发达的资本主义社会,异化现象普遍而突出地见于日常生活,原来人们一心向往的"自由、平等、博爱"等种种人道理想的异化与幻灭,导致人们对"理性"的失望与逆反心理,于是"反理性"的意识形态,就以各种现代哲学、社会学、心理学的形式出现。它们在理论探讨的深度上,及其对于现实世界的意义,都是不可忽视的,它们提出的各种观点及其所涉及的问题,都有值得我们重视之处。在诗学的探讨中,涉及意识形态分歧的地方,也是很难避免的。但我认为,理论的是非与问题的解答,都可以从科学的可信性、逻辑的合理性、经验的有效性与实践的可行性中,去求得解决。

在我看来,所谓"理性不可靠"及"理性意识扭曲人性"的观点,显然是把人的理性意识看得太囫囵了。真正扭曲人性的,只不过是占住统治地位而又阻碍人类历史进步的某些"社会意识形态"。现代西方社会生活中的人,由于对理性设计出来的世界感到失望,进而对理性从根本上失去信心,于是便转而求诸"反理性"的意志或本能的创造力。其实,适应于这种情况而产生出来的"反理性"学说,本身并没有离开理性一步。我们所看到的西方"反理性"的现代哲学、社会学、心理学等等,它们本身都是理性思维的产物,即说,它们的内容也都是一些理性意识。如果说"理性意识"是扭曲人性的,那它们本身也就都是扭曲人性的。这就是一切"反理性"学说自身的悖论。

因此,我们在诗学研究中,不赞同那种无分析地囫囵否定理性作用的反理性观点。我们分析了理性意识的二重性,肯定了理性意识对情感有导向性作用。并且,我们明白地知道,这种作用,对于诗人作诗来说,实际上是无法做到从根本上"超脱"或"挣脱"的。这就同时说明了我们的主张:我们认为,作诗应该重视"立意",诗人应该把握自己的心灵动向,以人性自觉的精神意识,蕴涵于诗的艺术表现之中,形成诗歌艺术的内在目的性。

不过,这里要说清楚,作诗和谈诗是两回事。在理论上,把"人性自觉意识"与"社会规范意识"从字面上做出清晰的划分,是比较容易的。但是,在实践中,这两者统一存在于人的"自我意识"里面。既然意识对情感有导向性作用,那么,上述互相矛盾的两种意识就同样都具有这样的作用。正是由于这点,所以,"诗意"的蕴涵,往往能见出诗的精神价值的高下及高下之间的无数等差。因而,诗人在这一环节上,往往要付出更多的心力。

对"继发过程"中"诗意"的探讨,区分为以下的三项:

一、立意

二、蕴涵

三、纯诗之辩

一、立意
要不要立意之争

在作诗要不要"立意"这个问题上,中国传统诗学和西方现代诗学的分歧是十分明显的。其中,有基本观念的对立,也有理论认识的差异,但它们都有作为"参照系"的意义与价值。

中国传统诗学大都非常重视"立意",它导源于二千余年前的"诗言志"说,融合中古绘画美学"意在笔先"的观点,发展为"以意为主"的诗学理论。这种理论,可以拿王夫之《姜斋诗话》里面的两段话做代表:

> 无论诗歌与长行文字,俱以意为主。意犹帅也,无帅之兵,谓之乌合。李杜所以称大家者,无意之诗,十不得一二也。烟云泉石,花鸟苔林,金铺锦帐,寓意则灵。

> 把定一题、一人、一事、一物,于其上求形模,求比拟,求词采,求故实,如钝斧子劈栎柞,皮屑纷霏,何尝动得一丝纹理?以意为主,势次之。势者,意中之神理也。唯谢康乐为能取势,宛转曲伸以求尽其意;意已尽则止,殆无剩语;夭矫连蜷,烟云缭绕,乃真龙,非画龙也。

这种理论的特点,主要在于它全从作诗的经验出发,说明"意"在诗中的地位与作用。

这两段话说明这样三点:

1."意犹帅也。"说明诗人的主体意识,在诗中具有支配一切的统帅地位。

2."势者,意中之神理也。"说明意识转化为贯穿在诗的艺术想象与语言表达中的一种运动力,这种运动力,就是意识的导向作用。

3."寓意则灵。"说明诗中的一切事物镜像,都是由于含寓着诗意,为诗意做表现,它才有了灵动的艺术生命。有真实艺术生命的作品,是真龙,不是龙的外形的摹画。

由这三点,可以看出中国传统诗学对"诗意"的重视,它认为"诗意"就是诗人主体意识赋予诗歌的艺术生命。

西方现代诗学,大都对"立意"持否定态度,但各派诗学理论的出发点及其观察问题的角度与论证方式,是各不相同的,并不全是一个调子,所以,我们也不能笼统地对待它。扼要地说来,其否定"立意"的主要理由,有以下几点:

1.诗是诗人心灵情感的自由抒发,不受理性制约,只以抒情为目的。如果把情感纳入理性思维,变成有功利目的性的说教,诗就会失去抒情艺术的特征,也不再是诗了。

2.诗的内容,是诗人凭感官直觉从外界摄取与内心情感相对应的客观形象,做成意象表现出来的。意象是包含一切的浑然统一体,不能割裂为单独的"意"与单独的"象",离了"象"便无所谓"意"。因此,说作诗过程中有一个理性化的单独"立意"的环节,是根本不可能的。

3.诗的意义,是在诗的"本文"中全部呈现出来的。而在作诗的时候,诗是一字一句地写出来的,是线性发展方式,每一字一句之间,都会有情感发展与艺术构思的变化。所以,整个作诗的过程,乃是一个不断探索、发展和创造的过程,诗人自己也只有在诗全部写出来以后,才知道它包含了一些什么意思。因此,在创作开始时的事先"立意",是不可能也不起什么作用的。

4.诗人在作诗过程中,不可避免地要受文化传统、时代思潮、社会政治和伦理道德等方面的影响,也要受语言和艺术规律的制约。因此,诗人作诗最初的主观意图,并不一定能在诗中全部实现。有时,诗的客观意义与诗人主观意图之间会出现很大差距。所以,诗的意义,是在诗歌艺术审美欣赏中出现的客观意义,不是作者作诗的本意。"立意"与否,与诗的客观意义无关。

5.一首诗创作出来以后,就是一个语言符号系统,语言符号的意义,只有在人与人的交往过程中才会实现。同一语言,由于接受者的文化教养、生活经验与心理状态等各种情况的差异,会产生很多不同的理解。诗,既然只能用语言作媒介,语言符号在社会群体性的人际交往过程中,又必然会有十分多样的差异性理解。那么,诗的实际意义,就不是完成于诗人作诗的时候,而是完成于读者之中,由社会接受群体(读者)来确认诗的意义。由此可见,作诗时的"立意",即使有那么回事,也是在读者的接受过程中被扬弃了的,与诗的实际意义无关。

6.作诗,只是由于诗人生命本能无意识的冲动,通过"白日梦"式的艺术思维,用幻象表现出来的。它的意义,是朦胧的隐喻或暗示,远非清醒明确的理性意识的表白。所以,理性的"立意",非但无益于作诗,反而可能妨碍诗人的幻想,压抑艺术创造力的发挥。对诗来说,理性的作用,可能只适用于对诗中幻想做探索与推度性的解释。

西方现代诗学各派理论都是自成体系的,上面就"立意"问题概述的几点,是有代表性的见解。它们原本是对西方传统诗学观念提出的异议,在传入中国以后,就明显地也与中国传统诗学观念对立。从这种对立中,我们不难看出,作诗要"立意"这件被中国传统诗学看作"头等重要"与"理所当然"的事情,在西方现代诗学面前,竟完全是"不可能""不必要""没关系"与"无意义"的。而且,西方现代诗学各派观点之新颖与对问题探索的深度,处处表现出十分雄辩的科学外观,远非长期以来陷于停滞与无发展状态的中国诗学所能企及。无怪乎在西方现代诗学的普泛引进之后，中国诗学在其世袭领地上所建立的许多古堡，仅仅经过短暂的交锋，就一个接一个地被攻垮，在理论上能发挥作用的据点，已经不多了。如果中国诗学继续株守传统观念而不能更新自己的生命，那么，在当代诗歌艺术实践中，中国诗学就可能被整个地忘怀与废弃。

在我们的探讨中，我们发现，中国传统诗学理论落后的情况是明显的，但由于它的理论多是从诗歌艺术实践的经验总结而来，较之于从理论思辨出发，或依附在某种哲学、心理学、语言学的既成理论之上而建立起来的西方现代诗学，它毕竟又还保有经验实然性与实践可行性的优点。所以，我们认为，过去某些人"玉石俱焚"式地对待传统，并不合理。重要的是要在中西诗学的比较研究中，去探求一种既合于经验又合于科学，经得起思辨分析也经得起实践验证的认识。

我们探讨的结果，认为作诗"立意"仍然是一个必要的，有重要意义的环节，否定"立意"，并无充分理由。只是我们对"立意"，应该有比中国古代诗学家不同的理解。

1. 所谓"以意为主"，应该只是指作诗"继发过程"中意识对情感与想象的导向性作用，就诗歌艺术的主观抒情性特征来说，诗仍然是"主于情"的。所以，诗中之"意"，应该是在情感启动时的"依情立意"，即与情感矢向一致的，与情感共振谐和的心灵觉识。事实上，一种爱或憎的情感，伴随着一种爱或憎的意识，是常有的普遍性的情况，并不一定导致理性对情感的压抑。相反地，它可以使情感提升。所谓诗的"只以抒情为目的"，在实践中，实际上是抒什么样的情，就伴有一个什么样的意念，情感本身并不排斥"立意"。只不过，这是一种"不自觉的立意"，比较地说来，它一般都不如"自觉立意"能达到一个较高的精神境界。至于诗是否应该完全排斥"功利性目的"的问题，我们的看法与认为"诗纯为抒情而不涉功利"的观点，有很大的分歧。我们认为，诗应该排斥个人自私与市侩的庸俗功利目的,也应避免流于纯粹政治宣传与道德说教而排斥艺术的做法。但诗,不可能排除全人类的或民族的、社会的趋向于进步的功利目的。问题在于诗是诗人的心灵创造,一个有高尚情操的诗人,他的心灵情感,总是和社会进步、民族利益和人类命运息息相关的。

2. 在主要以艺术意象做表现的诗中,诗的"立意"自然是与客观物象(或事象、境象)相结合的。但无论是"见象启意"或"以意取象","意"仍然是艺术表现的目的,诗,也仍然是"以意为主"。这是一个比较复杂的问题,我们将在后面有关"意象"的章节里,再做进一步的具体探讨。

3. 中国传统诗学把"立意"看成"意在笔先"式的一次性的确立,这一般只对较短的诗来说才可能是合适的。对于较长的诗来说,由于在写作过程中,诗人的思想感情确实会有或大或小的变化,所以,我们应该认识到,"立意"不是一次性确立,而是一个有变化发展的过程。西方现代诗学从"诗的线性发展"出发,把诗看做一个"不断探索、发展与创造的过程",是很切合实际的见解。但是,这个过程,也就是"诗意"形成的过程,即从最初的"启意"到最后的"确立"的过程,非但不能排斥最初的"立意",而且过程的每一步都是在"立意"。没有理性意识的导向性作用,所谓"探索与发展"也是不可能的。

4. 诗的客观意义与诗人作诗本意不相符合的情况,是时常有的。而且,在一些纯任意象做隐喻和暗示的诗中,这种情况更为普遍。对于这种情况,中国传统诗学历来是把诗分解为"题中之意"与"题外之意",对"题外之意"(即诗的客观意义)不大重视,认为"虽有胜义,非出作者本心"。有时候,由于对一首诗的感受和理解,分歧的意见很多,也不能推明作者的本意究竟是什么,便只好采取一种妥协性的说法,叫"诗无达诂",也就是承认读者对诗意内涵的释义难以达到与诗人本意准确无误切合。但即使这样,中国古代诗学仍然重视"立意",重视在诗的审美欣赏中"推原作者之心"。古代诗歌没有现代社会信息网络式的传播媒介,诗的"客观意义"问题还不像现在这样突出。在现代社会生活中，诗实际上都是以其"客观意义"被接受和理解的。因此，诗人的主观意图若与诗的客观意义相距太远，则诗人作诗的本意易被湮没。这有两种不同情况：一是诗人的意识过于落后于时代，其诗中所表现的生活感受甚深，有足发人憬悟之处，而其识见卑下，甚至一无足取。二是诗人的艺术表现才能超过了他的个人意识，读者从诗的艺术表现所得到的启迪，高于诗人自己。因为，诗人个人的才能学识都是有局限性的，即使是大诗人也不能免。所以，在诗歌创作过程中，诗人的"立意"，并不具有限制读者应如何理解才算正确的那种"准尺"。相反，诗人"立意"的高下，也是读者对它进行评价的内容之一。在诗的审美欣赏中，主要的只是以诗的客观意义作为评价依据，读者可以"推原作者之心"去做进一步研究，也可以把作者的本意搁置起来，只从诗的"本文"的客观意义来做解释。诗在审美欣赏中的"多义性"，是必然的。尤其是在历时性的审美欣赏发展过程中，后人的见解不同于前人，今人的见解不同于古人，几乎是中外皆然的普遍现象，但我们并不能因此就否认作者作诗有其本意，因而也不能以这样的理由去否认作诗"立意"。我们倒是觉得，现代的诗人如果对这种情况有较深的认识与理解，就可以在作诗临场"立意"之际，有对读者审美解释的预期考虑。诗人自己，作为所作诗的"第一个读者"，也可以对诗的客观意义与自己的作诗本意有多大幅度的上下差，自行做出客观的审度。这对诗人"立意"时追求视野的开阔、胸次的高远，是大为有益的。

5.西方现代诗学中有一些受符号学和接受美学影响的诗论，依据诗是在客观审美欣赏活动中被接受和理解这一事实，进一步推论，认为诗是完成于读者的审美接受，是由读者来确认诗的意义，诗的"本文"只不过是一种意义尚未确定的符号系统，从而认为诗人"立意"与否是无关紧要的，即使"立意"也是在读者群体性的审美欣赏过程中被扬弃了的。这种"本文未定性"观点，尽管是一度风行于世界的时髦理论，但我们认为它只是一种极端片面的"读者主体"观点,在逻辑上是自相矛盾的,在审美实践方面来说也是没有根据的。因为,诗所用作媒介的语言符号,都是人类共知其意义的符号,即或单个的符号有未确定的多义性,在诗的"本文"中通过上下文关系结合为一个特定的语言符号系统,其意义一般是比较稳定的。尽管读者由于意识形态或文化与心理素质等种种差别而可能做出各自不同的理解,但"本文"作为一个可释义的稳定性结构,显然对分歧理解具有限制性。就是说,"本文"不是"未定性"的,分歧理解是被限制在对"本文"能做出说得通的解释(即"解释的有效性")范围之内的。所谓"接受",原本就是读者对"本文"语义的接受,当然不是去接受一个"未定性"的符号系统。就诗歌审美欣赏的实际情况来说,一首诗之所以被读者欣赏,是由于诗中有打动读者心灵情感或使读者感兴趣的东西,才成为读者的"接受对象",并没有谁是把诗都当成"未定性"的,意义不明的东西去自作解人的。

相反地,一般读者对诗中意义为自己所不懂的字词(语言符号),总是力求按字词语义去理解,然后才会有结合于自己心灵情感与经验的独特领会。所以,"本文未定性"的观点,作为符号学的观点来看,它自相矛盾地否定了符号在人际交往中的语义功能;作为接受美学的观点看,它是不合于诗歌审美实际情况的片面性"读者主体"观点。这样的理论当然是不正确的。

6.诗在"原发过程"中的情感启动,无意识的本能冲动有"内驱力"作用是明显的,但在情感启动后的"继发过程"中,是否全是类似"白日梦"式的艺术幻想而没有任何意识的导向性作用呢?这个问题,其实,在弗洛伊德的《作家与白日梦》一文中,他自己已经有所说明。弗洛伊德说明了这样几点:A.一个普通的"白日梦"者会为他自己的幻想感到害羞,便小心地在别人面前掩藏自己的幻想。即使他把幻想告诉别人,我们听了也会厌恶,至少是不感兴趣。但是,当一个作家把他的戏剧奉献给我们,或把我们认为是他个人的"白日梦"告诉我们时,我们会感到极大的愉悦。B.作家克服我们心中厌恶感的技巧,在于通过改变或伪装,使"白日梦"的利己主义性质被减弱或软化;同时,他在表达幻想时,向我们提供了纯形式的(亦即美感的)艺术享受或乐趣。弗洛伊德在该文中所提到的"改变或伪装",以及把幻想构成美感艺术形式,实际上就是作家意识的导向性作用。这种作用,在内容上抑制或排除利己主义,把想象力导向美感艺术形式的创造。由此可见,弗氏的理论,实际上并没有完全否定意识在艺术创作中的作用,这与某些复述"白日梦"观点而走了样的"无意识写作"论者,是不一样的。据说,美国有一位著名的诗人和诗学家罗伯特·潘·沃伦在一篇题为《一首纯粹想象的诗》的论文里面说过:"诗人能够具有的唯一意图就是要写一首诗。至于他要写些什么,在这首诗全部完成以前他并不十分清楚。"这大概可算"无目的论"或"无意识写作论"的代表性观点吧。我们觉得,这样的写作实际上是无法进行也无法开始的。"要写一首诗",是没有内容的抽象的"诗"吗?如果是所谓"一首纯粹想象的诗",那么,不被自己意识引导的"纯粹想象",它就只能永远停留在"想象"那一步,如何会变成语言文字呢?如果诗人自己真的并不知道他要写什么,他又如何能写下第一个字或者字母呢?我想,外来诗学中的这类奇谈异说,如果不是译传有误,而是确有其事,那也只能看作是个别诗人或诗学家未经深思熟虑的即兴之谈,未必可以看作是一种"理论"。在我们看来,所谓"无意识写作"或"无目的论",既不合科学,也不能实践,它根本是不可信的。诗学不是巫术,诗学理论必须有科学可信性与实践可行性。

综上所述,我们从中西诗学的比较研究中所得出的关于"立意"的理解,可以简明归纳为这样几点:

1.总的来说,每一首诗都是诗人的一次有目的性的艺术创作活动,都要"立意"。

2."立意"的高下,与诗人的人生观、某一时期的精神状态以及作诗时的临场心境,都有关系。

3.意识在诗中的导向性作用,一般是隐而不显或半明半昧地贯串在"继发过程"的每一环节中,对情感的提升与意象及诗境的艺术结构,起一种"暗中做主"的作用。意识也要受情感与想象力的制约。

B 立意的高与新

在对"立意"的各种不同见解,经过科学分析而澄清了认识以后,我们就可以进一步探讨:诗中的目的性意识与情感、想象的关系,及"立意"求"高"求"新"的有关问题。

我们认为,诗人目的性意识与情感的结合,首先是要"依情立意",然后才能达到"情以理高,理以情见"。意识如果不与情感偕合,直接的理性说白就没有感人力量。"矫情作意"更是诗家大忌,这是比较容易明白的。比较复杂的是,意识与想象力的结合,有相互制约关系。一般说来,人的想象力是无边无际的,所谓"上穷碧落,下及黄泉""仙宫琼阁之奇,牛鬼蛇神之怪",都是人想象出来的,且并不一定限于"火中无鱼,泥里无鸟"。不过,就每一个诗人的具体情况来说,个人的想象力,多少都由于其生活阅历、心灵经验与知识幅度,无形中有一种想象的阈限。因为想象力的根源,毕竟来自外界客观事物所留下的印象。所以,诗人想象力的活动,实际上都有其个性心灵经验及艺术思维定势等方面的局限性。诗人必须不断打破自己的局限性,才能有艺术的创新。就这一点来说,意识的导向性作用,一方面是要渗入想象力的活动,把想象力导向一个意象与诗境结构,使诗意得到美化的表现;另一方面,意识又要超出诗人想象力的活动之外,引导诗人突破自己于艺术思维定势和惯用艺术手法等方面的局限性,去实现艺术创新。诗意与想象力的结合,有时像是从实在的境象中生出一种虚妄的意念;有时又像是一个实在的意念从虚幻的境象中表现出来;有时,诗意半含不露,如隔帘花影,朦胧可见;也有时,诗意深隐秘藏于诡谲的境象中,全如一个难以猜透的谜;还有一种所谓诗意"超于象外"的诗,只一个平淡无奇的日常生活境象,却包含着人生哲理的启示与幽深邈远的遐思。由此可见,诗意与想象力的结合,是通灵变幻妙用无穷的,诗的"立意",也是依情随象不拘一格的。在"意象""意境"的结构中,重要的是要有新意妙想,不落窠臼,不随俗套。

那么,究竟要怎样才算是"立意"的高与新呢?这是没有一定规格的。"高""新"都只是相对性的概念,只能略举一两个实例,以窥见其一斑。

当代诗人韩瀚有一首短诗《重量》:

她把带血的头颅,
放在生命的天平上,
让所有苟活者,
都失去了
——重量。

这是韩瀚1979年为悼念张志新而写的一首短诗,诗只有五行,然而这五行诗,在中国诗坛和社会各阶层读者中,获得了普遍的赞赏性评价。在当时,这同一题材的悼诗,写的人很多,其中也有写得很好的,如雷抒雁的《小草在歌唱》,传诵很广。但唯独这首《重量》,特别受到老诗人艾青的推许,诗评家也谓为绝唱。

这首诗的高于其他同题悼诗之处,就在于它"立意"高。诗中对女英雄的死,没有一般悼诗的哀生惜死之情,悲愁怨叹之调,而是从这血淋淋的事实中,直接展示出死者生命的价值与意义,把无穷悲愤、无限哀思和对死者无比崇敬的赞美,都含寓在不言之中。诗只有简短质朴的五行,只用"带血的头颅"与"生命的天平"作为象征惨杀与对比评价的意象,表现出死者生命的"重量"。这是一颗多么纯洁的心灵,一个多么崇高的生命!对比衡量出她生命的"重量",足以使我们全民族都为之憬悟。我们认为,这首诗"立意"之高,是由于诗人有宏观历史的眼光与人格评价的尺度,即所谓"眼界高,胸次高",所以"立意高"。

在中国古代的诗歌里面,有的诗,我们可以看出它那"立意"之新是新在哪里。如唐代诗人章碣的《焚书坑》:

竹帛烟销帝业虚,
关河空锁祖龙居。
坑灰未冷山东乱,
刘项原来不读书。

这是章碣过秦始皇"焚书坑"的一首凭吊历史遗迹的诗。秦始皇在历史上是封建时期建立了大功业的一位开国皇帝,但在人民眼中,他是一个暴君,特别由于他"焚书坑儒"残酷地迫害知识分子,弄得骂名千载。但在章碣的这首诗中,却没有着重于抨击他"焚书坑儒"的惨无人道,也没有涉及他统治期间繁重的徭役与苛暴的刑法,而是换了一个角度去看他,认为这暴君的另一面是他的无知和愚蠢。他以为焚百家之书,禁锢人民思想的愚民政策,可以巩固他的统治,不惜采取坑杀儒生与毁灭文化的手段。可是,"坑灰未冷",仅仅是"焚书"才过了四年,陈胜吴广就揭竿起义;隔不多久,刘邦和项羽就起兵把秦王朝灭亡了。灭秦的人并不是秦始皇所嫉恨的知识分子,却是刘邦项羽这样一些不曾读书的人。诗人把眼前的"焚书坑"与秦王朝的覆灭联系起来,看出了其中的历史因果关系,说"竹帛烟消帝业虚",就是说秦始皇当年"焚书"时也同时焚掉了自己的"帝业","帝业"好像是和所焚的"竹帛"一起"烟销"了。这首诗,由于换了一个角度来看历史,着力于以辛辣的嘲笑来揭示一个毁灭文化与迫害知识分子的暴君本质上的愚蠢,所以,诗中"立意"显得非常新颖,也非常深刻,至今也还有历史鉴戒的意义。像这样,转换一个视角,以求"立意"之新,对今天写新诗的诗人,也是有艺术上的参照与启发作用的。

当然,上述这两首诗,诗意比较明朗,这里,我们把它作为"立意"高与新的例子,做了一些说明,并不足以为"立意"的代表性模式。因为,诗中之意,是可以用许多迥然不同的方式去做艺术表现的。

黑格尔《美学》中,把诗看成"理念的感性显现"。可以说,他也是重视诗意的。不过,黑格尔的"理念",在他的哲学体系中,是来自无人身的"绝对理念"即"宇宙精神",所以,黑格尔那个美学命题"理念的感性显现",容易导致把诗中的一切都当成是对"理念"的图解。

我们关于"立意"的观念,与黑格尔的不同之处,主要在于我们认为诗的内容,最根本的是人的情感,不是无人身的"理念"。我们把诗看作是人的情感在意识引导下从人的艺术想象中表现出来,只有人是诗的主体。情感是生命的真,意识导向人性的善,想象力创造艺术的美,诗的真、善、美是融合在人的心灵活动中创造出来的。诗之促进人类社会历史进步的作用,主要是通过诗的精神传导,在人的心灵中产生感应而实现的。诗的艺术永恒性,实际上指的是诗在潜移默化中能使人性不断向善向美发展的恒久有效性。由此可以体味到,诗的"立意"自然是诗歌创作过程中的一个重要环节,"立意"高卑,一般能决定诗的精神水平。

当然,诗意要得到与之谐和的美化表现,诗人必须同时具备足够的艺术素养与艺术才能。单从"立意"着眼,忽视艺术质量难以获得令人满意的效果;一个有高尚情操意识的诗人,通常也会致力于追求最富于艺术表现力的美学手段。

二、蕴涵

何谓蕴涵

所谓"蕴涵",就是把诗意融合于情感、结合于想象的表现之中,通常是所谓"意在情中""意在象中"(这个"象",包括事象、物象、境象)。由于诗人的"立意"有自觉的也有不自觉的,诗人的艺术表现方式,也各有所偏:有偏重抒情的、有偏重叙事的、有偏重意象表现的、有以情景结构做表现的。所以,诗意的"蕴涵"也有深有浅,有明有昧。虽然一般说来"诗贵含蓄"以隐而不显、含而不露为好,但也不能说"真情直露"就一定不好。大概一般是"柔情易深""激情易直",只要能把情感引导于有目的的艺术表现,"蕴涵"适度,诗就不会成为"浮情的泛滥"或"理性的直白"。所以这"蕴涵"指的是从诗情诗意向艺术表现过渡的环节。

在上节"立意"的探讨中,谈的是作诗时诗人在情感启动的一霎,捕住了作诗契机,就要"依情立意",顺势将情感导入一个有深刻理性内涵的目的。而这一节所讲的"蕴涵",则是探讨作诗时如何使诗中之意能包容在情感镜像中去做艺术表达的结合方式。

前面我们谈到黑格尔《美学》中那个"理念的感性显现"观念时,曾指出它有过偏于只把"理念"看作内容而忽视"情感"也是内容的失误。但是,就诗歌创作实践的"蕴涵"方式来说,黑格尔的那个观念,也有可以用来对"蕴涵"方式做近似性说明的可取之处。因为,就诗歌创作艺术实践来说,诗的情感内容,是可以在诗中直接抒发的,而诗的理性内容即诗意却要包容在情感及镜像中,与情感境象相结合地表现出来。这样的包容结合,也就近似于是"理念的感性显现"。我们所说的"蕴涵",就是指"诗中之意"包容结合在情感境象中的各种方式。

B 蕴涵方式例说

由于诗人的艺术个性与作诗的临场机制各不相同,"蕴涵"的具体方式是多种多样的,我们只能就几种常见而各具特色且有某种代表性的"蕴涵"方式,举例来做扼要的说明。

例1. 舒婷《雨别》:

我真想摔开车门,向你奔去,
在你的宽肩上失声痛哭:
"我忍不住,我真忍不住!"

我真想拉起你的手,
逃向初晴的天空和田野,
不畏缩也不回顾。

我真想聚集全部柔情,
以一个无法申诉的眼神,
使你终于醒悟;

我真想,真想……

我的痛苦变为忧伤,
想也想不够,说也说不出。

这首诗,纯任激情浪漫倾泻,情感真挚而灼热,似乎丝毫不加遮掩,不加制约,是十分明显的"自我表现",而且带有"纯情感表现"的特点。这样的诗,是不是只以"自我""纯情"的表现为目的而谈不上什么别的"蕴涵",因而是与理性意识无关的呢?

我们在探讨"立意"的时候说过,这样的诗,诗人自己很可能就是以"自我""纯情"的表现为目的,不一定有自觉"立意"的深层思考。可是,对这类"纯情感表现"的诗,我们也不能认为它是根本没有理性意识包容在内的。诗中对聚会无限缠绵依恋的深情,对分离不能须臾强忍的痛楚,以及"逃向初晴的天空和田野"的向往,都包含着对爱情的高度珍惜与执着追求,以及对无拘无束的自由爱恋的希冀。实际上,诗的情感表现同时就表现了一种解脱心灵桎梏追求真情挚爱的自觉意识,表现这种意识,客观上也是想唤起他人的觉醒。所以,这诗的诗意,明显就是对爱的自由权利的张扬。

这首诗的特点,是它那雨中上车,隔着车门和相爱者告别的"诗境",只在诗的抒情语言中约略地用一两个字点出,"诗意"是融合在情感的表现中,是"境在情中、情显意隐"的"蕴涵"方式。

例2.艾青《树》

一棵树,一棵树
彼此孤立地兀立着
风与空气
告诉着它们的距离

但是在泥土的覆盖下

它们的根伸长着

在看不见的深处

它们把根须纠缠在一起

  这是一首"纯意象"的诗,诗中只有一个意象:"树"。"树"是自然物,它本身没有什么意义,只有当诗人把它做成"意象"艺术地表现出来,它才具有诗人赋予它的那种意义。但在这首诗中,诗人一点也没有说明这"树"是什么意思,他只是用对这"树"的形象做暗示,让读者只能通过自己内心的琢磨从这"树"的形象表现中去领会诗意。所谓"象外无言,全在妙悟",就是读这种诗的特殊情况。那么,"诗意"在哪里呢?这只能从诗中所描述的意象物的特征去把握它。诗中的"树",有两个主要特征:在地面上,它们是"彼此孤立地兀立着",而在地下,"它们把根须纠缠在一起",诗中意象所表现的就是这样一种精神现象,启示读者要去认识这种精神的可贵。这种精神现象借"树"作为意象表现出来,当然是对应于当时社会生活的。这首诗,作于抗日战争时期的重庆。当时,一些在国民党统治区从事革命与爱国进步活动的人士,为了避免国民党政府的迫害与监视,在公开的社会活动中,都表现得好像是"彼此孤离",相互间没有什么联系与往来的,可是,在秘密的地下活动中,他们实际上联系得非常紧密,生死相依地团结成一个集体。诗中借"树"的形象来做象征,所表现的就是这样一种为革命与进步而坚持地下联系团结一致的精神。诗中的情感,就是对这种精神的赞美。所谓"风与空气/告诉着它们的距离",主要也是隐喻当时那种经常是"风声不好""空气紧张"的政治环境中,革命与进步人士在表面上有保持"距离"的必要。这首诗的"诗意",之所以要完全隐蔽在意象里面,也是由于当时的政治环境,不得不采取这样一种"全不说破"的"纯意象"表现方式。读这样的诗,要从意象的特征对应于社会生活内容去领会诗意,然后从明白了的诗意中才能见出诗人的情感。这是一种"意隐于象、以象传心"的"蕴涵"方式。

这种所谓"纯意象"的诗,由于全是用意象做暗示,诗意隐晦,一般都不容易一下子就读懂,读者对诗意的领会,往往会形成客观理解的分歧。所以,诗意的"蕴涵",要求意象与其所象征的内容,要有准确的对应,尽可能避免分歧理解。西方"意象派"的理论中,有一种看法,认为诗中意象是诗人从外界事物摄取的"直觉品",不是理性意识的产物,因此不能固定用某一种意义去解释它,它本身是不确指的,有多方面的、幅度很宽的象征意义。这种看法,有一定的合理性,但并不完全合理,在某种程度上,明显带有直觉主义的偏见。在联系诗歌艺术实践的探讨中,我们已发现,"意象派"的这种直觉主义观点,并不真正合乎实际,即如这首诗中的"树",它作为一个自然物的形象,当然是诗人凭直觉从外界摄取的,但是"树"本身并不含有任何社会政治意义,诗中所"蕴涵"的意义,显然是诗人早已有感于心,触于"树"的形象而"立意",这才把"树"做成了表现自己内心情感与意识的"意象"。这"意象"是从"以意取象"或"见象启意"而来,并不是完全不带理性意识的"直觉品"。这个问题,在后面有关"意象"的章节里,我们还要做进一步的探讨。这里先做一点说明,是为了使读者对"纯意象"诗的"蕴涵",不致因"意象不确指"之说而在心里揣着一个疑团。

例3.孙静轩《在北方》

　　在北方的风沙里,我寻觅着
　　寻觅那坟也似的帐篷
　　寻觅那单调而嘶哑的驼铃
　　还有那松花江畔流亡者的影子
　　那云烟也似悲壮的旧梦……

忘却了吧,永远地忘却了吧
为什么还要挖掘那记忆的伤痛?
山峦和原野给了我一个淡然的笑
那笑容呵,就像枫叶一样的殷红……

这是一首即景抒情的诗,是以情境结构而成的诗境来做表现。诗中的情是景中的情,诗中的景是情中的景。情感和艺术想象融合在一起,语言明朗,诗意却含而不露。这是一个在中国西南的大盆地里,由于五十年代后期的历史悲剧而度过了二十多年苦难岁月的诗人,回到他青少年时在那儿生活、在那儿参加革命的北方故土时,一种特殊感受的表现。那从前所熟悉而隔绝了几十年的风沙、帐篷、驼铃……一切都使他回想起"云烟也似悲壮的旧梦",触发了"记忆的伤痛"。可他忽然又感到那山峦原野"一个淡然的笑","就像枫叶一样的殷红"。用枫叶的殷红,来表现他所感受到的北方故土仍然寄予他会心的同情与热诚的期望。这诗中情境所含蓄的,实际是一种从伤感中昂奋起来的情感,似乎故土的温慰已使深心的创痕为之消释。这是一种把"诗意"含蓄在情境结构中,"浅层传情,深层显志"的"蕴涵"方式。

这诗的情境结构方式,在中国传统诗歌艺术中是很常见的,在新诗中运用这种手法,显得更加灵动,含蓄自然。可说是从传统蜕变出了新的生命。运用这种"情境结构"方式,重要的是:诗中之景,应该从情感渲染中表现出来,诗中之情,应该表现为现景在场之情,要使情境融合无间,才显得自然。

中国新诗近四十年的发展过程中,有过"大众化"主流时期,也有过"新民歌"泛滥时期,近十年中又出现过"朦胧诗"和"第三代诗"的崛起时期,新诗作者对传统诗歌艺术手法,似乎都有些淡漠和疏远的意味,直到近年,才有人喊出了"回到古典主义"的口号。我们认为,各派诗学的艺术方法无妨并行,不必都回到古典主义去,但中国传统诗歌艺术中"情境相融、含蓄见意"的艺术表现方式,常常能平易近人地把读者引入诗境去作亲切的领会,从而收到雅俗共赏的效果,确实是值得继承和发扬的。

例4.贾岛《访隐者不遇》

松下问童子,言师采药去。
只在此山中,云深不知处。

这是三岁小孩都能背出来的一首唐诗,在诗学探讨中举出这样一首诗来谈,也许会有人感到诧异。我们也想过,想找一首新诗来做例子,但没有找到合适的。因为在这里要谈的,是"纯境界"的表现。

贾岛这首诗的特点是近乎口语的白描叙事,淡淡四句话,没有一点诱人的风光与迷人的色彩。诗中有主有客,有耳边之言、身在之境,却把诗人的情感意念都隐没在这诗境里面,一个字也没有提到。这是全凭"境界"去启发读者直觉领悟的表现手法,是"诗境直前、情意俱隐"的"蕴涵"方式。

这首诗,三岁小孩会念,可是,教小孩念诗的人却未必都能领会诗中的深意。这诗,乍读的时候,好像只是表现了一种访友不遇时的怅惘之情。读诗如果停留在这一步,那就只有浅层的情绪感受,如同喝了杯白开水,别无深味。如果读诗的人能使自己沉入这诗境中去领会,那就有根本不同了。诗境所显示的是:诗人在松树下久久停住,翘首以望白云深处,若有所思也若有所失的情态。这诗境启示什么呢?诗人为什么来访这位隐士?这位隐士是何等样人?诗中能看出的,只是一个没名没姓的"师"和一个没名没姓的"童子"在山中隐居,他们唯一的活动是"采药",可能是希仙慕道自求长生,也可能是为了修行积善用医药去活人济世。他们"只在此山中",不与世俗通往来,把人间的是非名利全都弃绝了,成天出没在"云深不知处",过着神仙般超尘绝俗的生活。诗境告诉我们:这种生活,就是这首诗的作者所仰慕的,也就是他要来访这位隐者的心理动因。当诗人来访隐者而没有见到面时,他感到自己虽然到了这隐居之地,与隐者同处一山之中,却仍然隔着一片深深的白云,见不着他的面。这,一方面使诗人若有所失地生出一种怅惘之情;另一方面也使诗人有所感悟,感到自己和隐者之间这一片白云之隔,也就意味着人生觉识与精神境界上的一段距离。所以,怅惘之情中也同时存在着心灵的自省。由此可见,这四句诗的深层诗意,还包含着诗人对超尘脱俗的人生向往,以及"欲超而未得"的内心自省。这种纯粹以境界做表现的诗,从前的诗评家说它"于平淡见深沉",主要的其实是因为它有一种"境中含情、境外传心"的妙用。中国古代诗学把这种白描写实的诗境叫"实境",以区别于心灵幻想的"虚境"和情感渲染的"情境"。我们觉得说它是用"纯境界"做表现,似乎更能表明它的特点。

以上所举四例,艺术风格是各不相同的,诗意"蕴涵"的方式也各具特色。我们之所以列举这四个例子来说明诗意"蕴涵"的具体做法,是因为这四者("纯情感""纯意象""纯境界""情境结构")界限分明,便于说明问题。这四个例子,当然不能包括"蕴涵"方式。诗的"蕴涵"方式是有很多变化的,在一首长诗中,上述的几种方式有时也可以混合或交替运用。我们对于"蕴涵"的探讨,主要只是想说明在"继发过程"中,诗的目的结合于艺术表现的基本方式。

三、纯诗之辩
纯诗观念与认识的分歧

"纯诗"是从西方传来的,是一种排斥"立意"、排斥诗歌艺术目的的"纯艺术"诗学观念。在中国,传统诗学一般都把诗歌艺术价值建立在人伦教化基础上,"诗教"观念长期居于统治地位,支配和渗透了各派诗学理论。虽然在十六世纪出现过李贽"童心论"那样一种十分激进的反传统诗学,但它的理论核心,只是以"童心"与"教化"相对抗,把诗歌艺术价值的基础从"教化"转移到"童心"上,却并没有重视对诗歌艺术自身美学价值的深入探讨。由于中西文化不同源、不同质,西方诗学从古希腊就已经开始了对诗歌艺术美的特性的探讨。随着历史演进,艺术审美的非功利性、非实用性,在西方的诗学和美学中日益被视为有重要意义的理论问题。愈是发展到近现代,不仅艺术审美价值的相对独立性已被确认,而且排除一切实用性、功利性、伦理性社会目的的"唯美主义""纯艺术"的诗学,也已经形成了独特的理论形态。"纯诗"观念,就是近现代西方诗学与美学理论在探索与发展进程中的一种表现。

当代中国诗坛,"纯诗"观念及其理论,在部分诗人中曾有一定的影响。在一些青年诗人中,曾引发过追求或向往于"纯诗"的探索热情。有人说:"诗就是诗,不是别的东西,我们追求的是诗,只是诗,纯粹的诗。"也有人说:"我们既不把诗卖给政治,也不借给你们去做人道主义的宣传,请把诗交还给诗人吧!诗,纯粹以自身为目的。"还有人说:"诗在现代是独立的艺术,不再从属于外在目的。一切从属于外在目的的艺术,都是古代巫术的遗留。巫术才会有一个预定的目的。艺术——真正的艺术,自身是独立的,只以追求艺术的美为目的。"

由此可见,这类诗学认为:"为追求艺术的美"而"只以自身为目的"的诗,就是"纯诗"。不过,这还只是关于"纯诗"的一个素朴观念,因为诗里面既有感情,又有意象,还有语言形式,等等。要"纯",怎样才"纯",着重于哪一方面的"纯"才对呢?这就成了个实际问题。

对于这个实际问题,各个不同流派的诗人,不能不对"纯诗"提出各不相同的看法和各自规定的标准。这些标准很不一致。有的人认为"纯诗"是表现"纯情"之美;有的人认为"纯诗"应是一个"纯意象"的艺术直觉品;有的人认为"纯诗"只能是"纯形式美"的诗;有的人认为"纯诗"必须是"纯粹无意识的幻想";等等,各有所据,各有所说,而又好像是俗话所谓"各人都只梦见自己的情人",并没有一个共同的标准。因此,尽管有一些诗人写出了一些"纯情感""纯意象""纯幻想"的诗,甚至创造了某种特具"图像性""音乐性"的新形式,大家还是不能确切地判断那是否就是"纯诗"或比较近似于"纯诗"。因为,归根到底,很多人对"纯诗"是怎么一回事,并不完全清楚。

"纯诗"观念的模糊与认识的分歧,容易导致诗歌艺术探索性实践的犹疑,使诗人感到一种好像置身于迷宫的窘境。因此,对这个无法回避的现代诗学难题,必须做一次联系实践的理论探讨。

我认为,要弄清"纯诗"的底蕴,还是要从西方近现代诗学中的"纯诗"理论谈起。但由于西方的诗学理论,有许多诗人和理论家都与"纯诗"的理论渊源有关,我们在有限的篇幅内不可能牵涉过宽,所以,只能就有权威性与代表性的两种"纯诗"理论形态,做一些科学分析与经验比照的探讨。

布拉德雷的神秘"想象"

英国著名哲学家、诗学家布拉德雷的《为诗而诗》可能是较早提出"纯诗"观念并为之做出理论表述的一篇文章。文中对"纯诗"从何而来，做了这样的说明：

纯粹的诗，不是对一个预先想到的和界说分明的材料加以修饰；模糊不清的想象之体在追求发展和说明自己的过程中，含有创造的冲动，纯粹的诗便是从这种冲动中生发出来。

布拉德雷为什么只把诗看作是从"模糊不清的想象之体"的创造冲动中生发出来，而不涉及爱与恨的情感表现，以及心灵意念、生活感受或某种理想与正义感的抒发呢？这是因为，他所主张的"为诗而诗"的"纯粹的诗"，"它所具有的诗的价值，只能是这个内在自有的价值"。其他，无论产生什么效果，那都不过是以诗做手段而产生的"远在题外的价值"。

那么，这种"纯粹的诗"内在自有的"诗的价值"，我们怎样才能领会到呢？布拉德雷提出的一个办法叫"把诗当诗来念"。那意思就是：只集中注意于诗的艺术审美感受，而不要有"远在题外的价值"的其他考虑。布拉德雷说："我相信，任何人把诗当诗来念，并精密检查他的经验，将会明了这一点。"明了什么呢？布拉德雷的意思是想教别人学会一种经验：

当你念诗时，我要问你——不去分析它，更不去批评它，而是让它在念的本身过程中激起你的纯为自娱的想象，从而将它的全部印象给予你——那时候,你难道会把某一意义或实质作为一桩事物,把某些有节奏的声音作为另一事物,来把握和享受吗?抑或你会在不知不觉中把两者混合起来吗?

布拉德雷在他的文章里面反复说明"诗的本身就是目的",诗的形式和内容是不可分开的:"那么,如果有人问你,一首诗的价值,是否寓于这首诗被分解之后所得到的实质,是否只有当我们在沉思中进行想象时,这价值才作为实质而存在?""然而,要去测验诗对我们所提供的诗的价值,却只要看看诗是否满足我们的想象。"并且,诗是在我们"把诗当诗念"的经验之中,满足了我们的想象,满足了整个我们,我们才在诗的"暗示"的"意义"中,获得绝大部分诗的价值。

布拉德雷的这种理论,要说神秘也确实神秘:对诗,不能做内容与形式的分析,只能去做整体的经验感受。而且,不能从其他方面去做价值评判,只能在满足想象后从诗所暗示的意义中去获得诗的内在价值。只有这种价值,才是"纯粹的诗"的价值。

但这种理论要说简单也真简单,几乎简单到了"A=A"的水平:诗的目的是诗;诗从想象的创造冲动中来;作诗始于想象;念诗激发想象;诗的价值测定是看它能否满足想象;为诗而诗就是为满足想象而想象。而且,这好像不受别的情感意识支配,只是一种"纯为自娱的想象"。

如果我们对这种"纯诗"理论做一点科学分析,就可以看出,它的神秘和简单,都有其理论渊源,包含着几种不同成分。

第一,布拉德雷说:"在一首诗里,真正的内容和真正的形式并不分开而存在,也不能分开加以想象。"这种内容与形式统一的观点,渊源于黑格尔哲学。布拉德雷是英国的新黑格尔主义的重要代表,他的这种论证语言与逻辑方式,都与老黑格尔相似。但在老黑格尔的美学中,"艺术是理念的感性显现",理念是精神内容,感性显现是艺术形式,二者是统一的，但又都是可分析的。在布拉德雷的理论中，内容与形式的辩证关系被抹去了。而且，诗的内容只是源于想象，诗的价值只是满足想象，诗的艺术作用只在于激发想象，想象便是"诗本身"，所谓"纯粹的诗"，无非就因为它仅仅只是"纯粹的想象"。这样的诗，既与诗人的人生信念、生活感受无关，也与想象之外的抒情写景等诗歌艺术表现方式无关。就是说，这种新黑格尔主义之"新"，就在于它把老黑格尔美学中所谈到的"理性""感性"范畴，全部抽空，只留下一个孤零零的"想象"，派定它去做"纯粹的诗"的唯一构成因素。这种观点，不仅是非科学和不切实际的，它甚至不能说明"想象"怎么会变成有声韵节奏的诗歌语言。因为，语言符号总是有意义的，而有声韵节奏的语言就是诗的形式，如果这些都不能算是"诗本身"，纯粹想象的"诗本身"又如何存在？又通过什么而把意义和价值暗示出来呢？由此可见，布拉德雷的这种理论，虽然个别地方借用了老黑格尔"内容与形式统一"的观点，实际上却抛弃了老黑格尔辩证论述的许多客观美学范畴。"为诗而诗"的"自身目的"论，与"纯粹的诗"源于"想象之创造冲动"的说法，都是既没有合逻辑的科学内容又不能实践验证的。这种理论的"纯粹"之处，只在于它纯粹是主观唯心的武断。因此，它与老黑格尔客观唯心主义的逻辑推论大不相同。

第二，布拉德雷说："这里，如果不求绝对精确的话，我们可以说，一首具体的诗是当我们尽可能把诗当作诗来念的时候，所经历的一连串的经验——声音、形象、思想、感情等等。诚然，这种想象性的经验——倘若我可以为了简括而用这一短语——对每一读者以至在每次阅读时都会有所不同：一首诗便是以这种无数的程度差别而存在的……"这里，布拉德雷似乎是用英国传统经验主义的方式，用读诗时的直接经验来证实他的说法。从其合理的方面来看，他强调诗的价值与效果，是在读者的艺术审美感受过程中，通过自身的感官接受与内心体验，以类似于"仁者见仁、智者见智"的无数等差的情况来实现的。读者对诗的欣赏，也确实要经由感受体验激发自己的想象,才能进入诗境的审美再创造,从而体味诗情诗意并获得置身诗境的美感享受。这是符合实际的。但是,布拉德雷在这一段话里,耍了一点小小的手法:他把那"一连串的经验——声音、形象、思想、感情等等",都说成是"想象性的经验",这是根本不符实际,也不合乎语言逻辑的说法。读者对一首诗的审美接受过程,是一个从感官接受转入心灵综合审美的过程,那"一连串的经验"并不都是"想象性经验",诗的声音,使人感受到一种情绪,诗的语言,诱发出某种思想感情,这和激发想象,都是交互作用或同步进行的。但思想感情的内容与性质,绝不会混同于想象。思想的内容是某种观念和意识的活动;感情的内容是喜怒哀乐爱憎等的反应;想象的内容,无论是人、物、事、境或仙女与恶魔等等,都只是以或美或丑或奇特或平凡的形象出现。三者的性质是不同的。只是由于人的心灵统摄一切,三者由于心灵的内在联系而必然交互影响。某种思想感情可以启发某种想象,某种想象也可能加深某些思想或情感。所以说,诗是心灵艺术;诗的审美是心灵综合审美。那"一连串的经验"是各种性质不同的经验。例如:李白的《蜀道难》,开头那一声"噫吁嚱"只是用声音传达出一种惊奇与心灵被震慑的情绪,然后"危乎!高哉!"这两个混合着观念与感慨的短语,才开始启动读者对那"危""高"之境的想象。可见声音与思想情感的经验,不仅在日常生活中与想象的经验有明显的区别,即使在它们渗入想象,参与诗境构想的过程中,它们的作用与性质,仍然是与想象不同的。一句话说穿:布拉德雷把读诗时的"一连串的经验"都说成是"想象性的经验",无非是为了使他那"诗本身=纯粹想象"的公式,在不能自圆其说的情况下,避免因诗中出现各种经验而露出"不纯"的破绽。可是,事与愿违,他愈是小心谨慎地用了"倘若我可以为了简括而使用这一短语"来作为把各种经验混同于想象的障眼手法,就愈是把"纯诗"理论的破绽十分显眼地袒露出来了。由此可见,布拉德雷的理论,虽然在论证方式上具有貌似经验主义的外观,实际上,却并没有认真区别各种不同的经验。就经验主义来说,人们也许会把他看做一个不够诚实的经验论者。

第三,布拉德雷说:"因为诗的本质并非真实世界(像我们通常所理解的真实世界)的一个部分,或一个摹本,而是独自存在的一个世界,独立的、完整的、自己管自己的;为了充分掌握这个世界,你必须进入这个世界,符合它的法则,并且暂时忽视你在另一真实世界中所有的那些信仰、目标和特殊条件。"布拉德雷的这一段话,如果只从文字上粗枝大叶地会意,好像并没有什么不对。诗境都是一个艺术想象的世界,与真实世界确有不同。相对于真实世界来说,它也可以是独立自足的精神世界、幻想世界。诗的创作,有内在的艺术法则,因而也可以说是"自己管自己"。诗人在创作过程中,沉迷于艺术创构的诗境,暂时地忘情于尘凡世界,也是可能的、有先例的。那么,这一段话有没有可疑之处呢?问题在于布拉德雷说这一段话的"弦外之音",是要达到论证"诗的价值内在于自身"的目的。因而,他的话,并不止于说明诗中艺术想象世界的相对独立性,而是要在诗的想象世界与真实世界之间划开一道断绝任何精神联系的鸿沟,然后去论证诗的价值只在于满足想象。所以,他的逻辑实际上是这样的:既然诗境是一个不同于真实世界的想象世界,那么在独立自足的想象世界里,就只能以"激起纯为自娱的想象"与"满足想象"来衡量诗的价值。布拉德雷的这种"纯诗"价值观,只承认诗的"内在价值",根本否认诗对真实世界还有"纯为自娱"之外的意义、作用与价值。在这一点上,他既无对价值的辩证认识,又无对诗作为真实世界中的一种文化艺术现象的实地考察。对诗与个人心性、社会风习、时代思潮、人民命运、世道隆污、民族兴衰以及人类文明进步等多方面的精神联系,布拉德雷都没有去做实地考察与研究。他的"价值内在论"完全是没有客观依据的主观自为论证。

世界上任何事物的价值,都可以说是"内在于自身的",但那只是"潜在价值",只有当它作用于自身之外的真实世界,产生了某种影响与效果,才使它的价值得到实现。如果是一种单纯"内在价值"与真实世界隔绝开来的独立存在,那就类似于黑格尔哲学所说的"纯存在"状态,用黑格尔的话来说"纯存在等于纯无"。这话虽然有点玄,说的却是合乎事实的真理:对真实世界不起作用、不发生关系的"纯存在"状态的"内在价值"(潜在价值),等于"无价值"。比如说,煤的价值在于它能燃烧,生出热能,对世界有用。假使煤永远潜藏于地下,它的"内在价值"虽然并未消失,但那价值处于"纯存在"状态,世界仍然是一个无煤可烧的世界,煤的价值并未实现,那永远潜藏在地下的煤就等于无价值的东西。同样,如果一个人有价值十亿元的黄金,可他全都藏起来一个大子不用,那他在现实生活中就比任何一个穷人更穷,因为那所藏黄金的价值一点也没有实现,等于没有。由此可见,任何事物的价值,都要用它对外部真实世界的作用效果作为价值尺度,才能加以衡量,并不能以它自己作为尺度来衡量自己的价值。如果我们说"煤对煤有煤的价值,水对水有水的价值",这种全不涉及自身之外的"内在价值观",能说明价值是什么吗?诗也一样。诗的价值虽然是"内在于自身"的,但价值的实现,是在于诗对外部真实世界的作用与效果。价值是内在的,但衡量价值的尺度是外在的,这就是价值本身的相对性与关于价值的辩证法观点。布拉德雷的"纯诗"理论,由于是建基于"纯粹想象",归宿于"满足想象"的"价值内在论",其错误是明摆着的:他为了建立"为诗而诗"的理论,不得不采取"诗是独立世界,自为目的,自为尺度,自为价值"的一系列主观封闭性的自为论证的方法,这是一般唯美主义诗学、"为艺术而艺术"的理论常常无法避免而不得不陷进去的"自为迷谷"。

　　第四,布拉德雷是一位大学者,他的有些话,说得非常自负而大胆,耸人听闻,对青年人有迷惑作用,却并不真是可信的诗学知识。例如他说:"所以莎士比亚的知识或在道德方面的洞见,弥尔顿的灵魂的伟大,雪莱的'对恨的恨'和'对爱的爱',以及帮助人们或使他们更为幸福些的愿望、也就是可能影响一位在冥想中的诗人的那种愿望——所有这些,正因为性质如此,都没有诗的价值:只有当它们通过诗人存在所具有的统一性,重新作为想象的品质而出现,它们才能具有诗的价值,那时候也才真正成为诗的领域中的强大力量。"这一段话里面,虽然好像是破格地承认了,在"纯粹的诗"里面,一些伟大的诗人的情感、知识、道德洞见与人格力量,也可以成为诗的价值构成因素,但他却仍然强调"想象"的主要性、根本性、支配性地位,说上述那一切,都只有"重新作为想象的品质而出现"才能具有诗的价值。这话之所以有一种迷人的魅力,是因为在诗中,诗人的情感意识等,常常都是通过艺术想象构成的诗境,才以诗情诗意的美化形式表现出来。所以,这话似乎说出了"诗中三昧在于想象"的妙理。但是,这种妙理的秘密,如果用科学分析与结构解析的方法揭开来看,就不仅说得含糊,而且还有些颠倒。我认为,诗人的情感意识等在诗境中出现,由于诗境的美化,而有了"诗的品质",并不等于全都变成了"想象的品质","诗情"仍然是情感,"诗意"仍然是意识,它们与"想象"有不同程度的结合,形成"情境""意象",有时能达到浑融无迹的统一,但这仍然不等于情感意识都变成了"想象的品质"。特别是从读者对诗的感受过程中,可以实际考察到:读者从诗情受到感动,从诗意得到悟解,从诗境想象得到美感享受,三者的心理作用是不同质的。实际上,应该说:在诗中,由于三者互相结合,才使三者都具有了"诗的品质"。把"诗的品质"等同于"想象的品质",是用含糊的说法混淆了三种心理功能的差别。如果我们反问一句:"能不能说,想象是由于诗情的启动、诗意的支配,才使想象具有诗情诗意的品质而构成了诗境呢?"这样一问,就可以明白:含糊的原因,是由于欠缺辩证的思考。统一的诗境,是由有差别的情感、意识与想象交互作用而构成的,并不是"纯粹"的某一"品质"。这里,我们就可以进一步探讨诗的价值构成问题。这个问题,在布拉德雷的这一段话里,被推到了诗学理论的尖端上,因为他耸人听闻地提到了莎士比亚、弥尔顿、雪莱那样一些举世闻名的大诗人的种种精神表现之后,却把问题做了颠倒性论述。就是说,他把诗的价值的根源与基础,与实现价值的艺术手段,做了主次地位的颠倒。本来,在莎士比亚等那些大诗人的诗里面,诗人的知识、道德、爱恨情感、崇高愿望与心灵气度等,是诗赖以作用于外部世界的精神力量。诗人,是诗歌艺术创作的主体,主体人格化的精神力量,是诗的价值的根源,表现在诗中的精神内容,是诗的价值基础。当然,这些都要用艺术手段,通过艺术想象而表现出来,才具有诗的品质。但从价值结构来说,诗的精神内容是其价值的核心,艺术想象是使其价值得到美化表现的手段。当然,相对说来,艺术手段自身,也有它的美学价值。但是,只有当艺术手段成功表现了诗的精神内容,它的美学价值才能在诗作用于外部世界时,和诗的精神价值一同实现。精神价值是广泛作用于人的"人学"价值,历史上有许多真正感人的诗篇,能引人狂歌大哭,能启人重愁深怨,能使人爱爱仇仇,能令人敢拼敢杀,这样的效果,就是诗的精神价值的实现。这难道只是"满足想象"吗?可以说,"满足想象"的美学价值,是依附于诗的精神价值的基础上,才能为人们所确认的。不然,为什么有些内容空洞而辞藻华丽的诗篇,或想象新奇而精神贫乏的诗篇,非但不能感人,有时反而会使人厌烦呢?可见在诗的价值构成上,精神价值是价值的基础与核心。谁也不能否认诗有美学价值,它也是诗的价值构成因素,并且不容忽视,但诗的美学价值是不能无所依附而独立实现的。布拉德雷的"纯想象"价值观,是唯美主义单向思维所导致的错误,他对莎士比亚等几位大诗人所说的那些话,恐怕只能引起读者,特别是英国读者的嗤笑。

第五,布拉德雷在《为诗而诗》一文中,为了说明"纯粹的诗"从何而来,创用了一个使人难于理解似乎高深莫测的术语,叫"模糊不清的想象之体"(中译者是研究西方文论的专家伍蠡甫先生,他对这个术语特注明原文是 a vague imaginative mass，可能也是因为它特别费解而又关系到布氏立论的始基，为昭慎重，才注明原文)。这个术语以意会之，就是"一团朦胧的想象"，是想象初始时还不清晰、不明确的状态，所以它迫切要求发展和说明自己。因此，它自身包含有"创造的冲动"，这冲动便产生了"纯粹的诗"。如果单就诗人作诗时的艺术想象过程来说，想象在创造冲动中活动起来，由模糊不清的状态向清晰明确的状态发展，逐渐生发出一个想象的世界，即具有艺术美感的诗境，这是说得通的。问题在于，这最初的"一团朦胧的想象"究竟从何而来？它不可能是无人身的(类似黑格尔"无人身的理念"那样)先验存在的东西，那么，它是诗人的生命或灵魂中固有的呢？还是来源于诗人生活感受中的印象与心理经验呢？它的创造冲动是本身自发的呢还是由于诗人情感冲动或有了一个意向性的艺术创作目的而启动的呢？只要这种"模糊不清的想象之体"不是无人身的先验存在，那么，它就只能存在于诗人的生命、灵魂或大脑里面。而诗人，每个人都是有七情六欲、感官意识，甚至还是有人生理想、哲学观念与文化艺术素养的人，是能"仰观宇宙之大，俯察品类之盛"在世界上活蹦乱跳、谈情说爱、能言善辩、做好事偶尔也做点坏事的人，甚至是"心事浩茫连广宇"的人，而并不是由软件装置电钮操纵规定他只能专职于"想象想象再想象"的想象型智能机器人。那么，谁能使诗人的大脑或灵魂中一直只有纯粹的想象活动在生产或创造着纯粹的诗，而不带上情感意识中不同于想象的杂质呢？"纯粹的想象"怎么能与诗人的其他心理活动绝缘而不受干扰，怎么能使别的心理活动都变成"想象性品质"而"想象"自身却能不沾上一点别的品质呢？这些问题，都是布拉德雷的"纯诗"理论所不能解答的。因为，在布拉德雷的理论中，作为"纯粹的诗"所由产生的基因，所谓"模糊不清的想象之体"，只不过类似"无源之水、无根之木"的非科学假设，也类似"惚兮恍兮，其中有象"的玄虚观念。它只能证明：布拉德雷的"纯诗"理论从根子上说，只是一种艺术神秘主义的"神秘想象论",既经不起科学分析,也经不起实践验证,它根本是荒谬的。

这种理论的其他方面可以不必申论了。

瓦莱里的"钻石"语言

法国著名诗人和诗学家瓦莱里的《纯诗》一文,是专为探讨"纯诗"问题的一篇有重要意义的文章。他的见解,可以看作是西方现代诗学在"纯诗"理论方面较成熟的代表。瓦莱里有非常丰富的诗歌艺术实践经验,他深知诗人内心创构的诗的世界与梦境相似的诗情世界,最终总必须用语言表现出来,才能存在。因而,他对"纯诗"的探求,主要着眼于语言的艺术性,要求用很美的语言去达到诗的高纯度表现,并以永远达不到的完美的"纯诗",作为诗歌艺术全力以赴的绝对境界。

瓦莱里的《纯诗》一文,有两种不同的中译文本。《现代西方文论选》所收丰华瞻先生的译文,是从英文转译,有删节。《法国作家论文学》所收王忠琪先生的译文,似是从法文原著译来,是全译。这里依据王译,把瓦莱里的几个主要论点,先做简略介绍,然后再进一步探讨。

1.瓦莱里说,纯诗的"纯"与物理学家所说纯水的"纯"是一个意思。"我想说,我们要解决的问题是我们能否创作一部完全排除非诗情成分的作品。"他说:"我过去一直认为,并且现在也仍然认为这个目标是达不到的,任何诗歌只是一种企图接近这一纯理想境界的尝试。""简言之,我们所谓的叙事长诗实际上是由已变成有某种含意的材料的纯诗片断构成的。""一行最美的诗是纯诗的一个因子。人们常常把一行美妙的诗比作一颗钻石,这说明这种纯洁性是大家都公认的。"

2.他说:"总之一句话,纯诗是从观察中得到的一种想法,它当然有助于我们弄清楚诗歌作品的一般原则,引导我们去进行非常艰巨和非常重要的研究,研究语言与它对人的感化作用之间的各种各样的和多方面的关系。""不提纯诗,而用绝对的诗的说法也许更正确。绝对的诗在这里应当理解为:对于由词与词的关系,或者不如说由词的相互共鸣关系而形成的效果,进行某种探索。实际上它首先要求研究受语言支配的整个感觉领域。对这种研究现在只能进行一些摸索。通常也正是这样进行的。但这绝不排除有一天人们会系统地去进行研究。"

3.他认为"纯诗情的感受"有一种特殊的性质和令人惊奇的特征:"至于谈到纯诗情的感受,应当着重指出,它与人的其他情感不同,具有一种特殊的性质,一种令人惊奇的特征,这种感受总是力图激起我们的某种幻觉或者对某种世界的幻想——在这个幻想世界里,事件、形象、有生命的和无生命的东西都仍然象我们在日常生活的世界里所见的一样,但同时它们与我们的整个感觉领域存在着一种不可思议的内在联系。我们所熟悉的有生命的或无生命的东西,如果可以这样说的话,好像都配上了音乐;它们相互协调形成了一种好象完全适应我们的感觉的共鸣关系。从这点上来说,诗情的世界显得同梦境或者至少同有时候的梦境极其相似。"

4.关于诗的艺术手段,瓦莱里有一段话,非常精辟地说到了在语言方面的特殊困难。他说:"在所有这些能够创造诗情世界的手段中,最古老的,可能是最珍贵和最复杂的,也是最不顺从的手段就是语言。"这是因为:"语言是一种日常的实践的自发现象,因而它不可避免地是一种粗糙的工具,因为每个人都使用它,使它适合自己的需要,力求照自己需要的样式改造它。""语言乃是一种感觉的各种杂乱刺激物和触动器的最不可思议的混合物。""大家都很清楚,音响和意思相符是非常少见的;大家也都知道,语言的特性是各种各样的,一种说法突出了某些特性,却往往会损害到另一些特性:言语可能是符合逻辑的,但是却毫无和声;它可能是富有和声的,但是却没有内容;它可能意思是明确的,但却完全不美;它可能是散文,也可能是诗……""因此,诗人与之打交道的是一个五光十色的,特别庞杂的基本特性的综合体,它实在太庞杂了,以至最终不能不成为一个杂乱无章的大杂烩,但诗人正是要从这里找到艺术的物象——产生诗情的语言结构。"这是瓦莱里对于诗人所从事的语言艺术工作的艰难,最深入实际的透视与说明。

5. 关于"纯诗为什么只可能是一个令人神往,为之竭力以赴的目标,而事实上却无法实现",瓦莱里说:"假如这个不合常情的问题能够彻底解决,换句话说,假如诗人学会了创作完全不含散文成份的诗作在这种诗中,旋律毫不间断地贯穿始终,语意关系始终符合于和声关系,思想的相互过渡好像比任何思想都更为重要,主题完全溶化在巧妙的辞采之中,——只有到那时我们才能把纯诗作为一种现实的东西来谈论。但是情况并非如此:上面所说的一切,语言的实践的或者实用的功能,逻辑的习惯和结构,以及词汇的无秩序和非理性(这是语言成分的大量不同来源和千差万别的长年积累的结果),所有这一切都使这种绝对诗歌的创作无法实现。"

以上这些,就是瓦莱里关于"纯诗"理论的基本内容。了解了这些以后,我们才能对这种"纯诗"观念及其理论的意义与价值,有一个切合实际的认识与估价。

从第一个观点中,我们看到,瓦莱里一面清晰而明确地断言:"纯诗"作为诗歌艺术的目标是不可达到的,一面却又切实地指出:"纯诗"片段,作为"诗中钻石"的存在是大家都承认的事实。这看来像是矛盾的,这矛盾启示我们追问:所谓"纯诗",究竟是子虚乌有的还是实际存在的? 在诗的艺术审美欣赏过程中,我们分明可以直接感受到,一首诗中有最美最精粹的片段，好像是酒中的乙醇一样，是诗中的"纯诗"。既然科学家可以把水制成"纯水"，从酒中提取"乙醇"，那么，要求诗做成"纯诗"，不也是一种合理的设想吗？可实际上又做不到，如果谁要想全用"钻石"样的语言写诗，那他会写不成诗，好像那"钻石"只是在一堆泥沙里面偶然闪现出"钻石"的光，把那堆泥沙分解开来，任凭你用筛子去筛，也筛不出"钻石"。"纯诗"的片段，只是"词与词的关系"在偶然碰巧的情况下聚合成"钻石语言"，分解开来，每一语言词汇并不具有独立存在的"钻石"成分与性质。既然如此，那么，把"纯诗"作为诗歌艺术全力以赴的目标，岂不是一种空想？所谓"纯诗"，岂不就是一种"语言艺术的乌托邦"？它还有值得追求与探索的意义吗？

对这个问题，我们必须辩证地思考：不仅诗，任何艺术都是不断向前发展，与时俱进、与日俱新、永无止境的。因此，艺术的绝对完美，只能是一种类似"乌托邦"的空想，是永远不会"最终实现"的。"纯诗"，也就是这种性质。但是，这个达不到的艺术目标，也并不因此就是对诗歌艺术实践毫无意义的，它有两重意义：一是它作为一个不可企及的艺术目标，一种艺术理想，虽然不可能"最终地完满地实现"，但它可以吸引诗人们在诗的艺术创作实践中，竭尽自己的才能，全力以赴。从而在实践过程中，使诗人的语言艺术才能不断增长，使诗的"钻石语言"即"纯诗的片段"有更多出现的可能，诗的"纯"度会逐步提高。这就是说，"纯诗"的终极目标虽然是虚设的，诗人们奔赴这一目标的（类似接力赛的）竞技过程中，却可以产生出诗歌艺术水平不断提高的实绩。二是这种"纯诗"理论所提出的那个"纯"，可以作为一种公认的诗歌艺术价值的尺度。这个尺度的积极意义，就在于它明确地要求诗人们在语言艺术创作中自觉地致力于"排除非诗成分"，即尽可能少用不动情的、无声韵节奏音乐性的、无艺术境象表现力的、不美的或平庸的散文化语言。这个尺度，虽然好像并没有固定的准确刻度而是只可意会的，但也正因为如此，它才适合于在不同时代环境条件下作为一个既严格又灵活的观念性尺度,用来衡量诗歌艺术的优劣与高低,也就是说,它规定了一个诗歌语言艺术评价的美学原则。

当然,我们应该注意到,这种"纯诗"观念,在其"虚"的目标与"实"的效用之间,有可能导致两种完全不同的后果:如果诗人们因"纯诗"永远不能完满实现,便感到这"语言艺术乌托邦"目标之渺茫与无望,因而丧失艺术追求的信心,这后果便会是消极性的。只有当诗人们把"纯诗"作为一个"虽不能及,然心向往之"的终极理想目标,竭尽毕生精力以求其"片断"地实现,才会有积极性的意义与成果。我们对瓦莱里的"纯诗"观念及其理论的二重性后果,必须有这种辩证的认识与估计。片面的肯定与否定,都是无科学依据的。

在第二个观点里面,我们看到,瓦莱里把"纯诗"的探索途径,主要指向语言的艺术效果,并强调要研究它"对人的感化作用"之种种关系。从这点可以看出,瓦莱里的"纯诗"理论,虽然也是一种"纯艺术"的探求,但他并没有把诗的艺术追求与其感化人心美化人性的作用完全隔绝开来,而是把语言的艺术性与其感人效果联系起来,看作是"纯诗"探索的基本领域。他所说的要"研究受语言支配的整个感觉领域",范围非常广阔,远非语言学、艺术符号学和艺术心理学的一般系统研究所能穷尽。它不仅包括神话与历史典故所能引起的联想,宗教与哲学信念所能激发的情感与思维,它甚至涉及语源考古、民俗考察、语言所传达的音像信息在人们的接受中所产生的感官生理反应,等等。语言在人的日常生活与精神文化的历史性发展中,有如此深广与异常复杂的联系,要"研究受语言支配的整个感觉领域",几乎是一个漫无边际的难题,何况诗歌艺术还在不断地创造对语言运用的新方式。所以,瓦莱里除了寄希望于将来有可能对"受语言支配的整个感觉领域"做系统研究之外,现实地来说,就只能把探索"纯诗"的途径,建立在已有的语言知识及与之有关的各项科学研究成果的基础上,而主要的行之有效的探索方法,瓦莱里也知道,是无法具体规定的,只能依靠诗人们自己经常去"进行一些摸索"。

这里,顺便说一句,在中国当代的诗歌艺术"新潮"中,出现过一些青年诗人的"探索诗""实验诗",其中很少有成功之作,大部分遭到非议,这当然是艺术途径与艺术操作方式等各方面不合艺术规律或不合审美需求所致,读者的批评或抱怨都是不可避免的。但如果评论家也把这种"探索""实验"完全看作是"走邪门",却需要慎重地做具体分析,笼统地否定"探索"与"实验"是不公正的。因为,不仅"纯诗",任何艺术的发展与进步,除了"进行一些摸索"之外,实在并无一种马到成功的良方。

在第三个观点中,瓦莱里把"纯诗情的感受"看作是诗的语言所激发的幻想,使人如同置身于一个充满音乐性和谐与共鸣的梦境中。但这"梦境"中所有的东西,仍然与日常生活中所见的一样。由此可见,瓦莱里的"纯诗"理论中的"诗境",虽然是幻想世界,是梦境,但并不与真实世界隔绝,倒是很相似的。这显然与西方传统诗学"摹仿论"观点一致。虽然他强调了那"纯诗情感受"中的一切"好像都配上了音乐",是一个绝对美的梦境,但这种把为语言艺术美化的诗境看作高于生活实境的观点,与现实主义诗学"艺术反映现实而又高于现实"的观点,在逻辑方式上,也很接近,至少可以说,并没有南辕北辙互不相容的分歧。只不过,由于他把"纯诗情感受"的诗境美,绝对理想化了,强调语言艺术所创造的,是音乐性与幻想全部和谐共鸣的世界,这在实践中是很难以达到的要求,是艺术的极峰——"无限美与绝对美"的理想,也即美的空想。所以说,在瓦莱里的"纯诗"理论中,诗歌艺术的每一环节,都带有一个"不可企及的目标",这是这种理论的"艺术乌托邦"特征。

在第四个观点中,瓦莱里透辟地论述了"纯诗"的最大困难是根于语言。世界上并没有一种完全适用于作诗的"纯粹诗歌语言",语言由于是在日常生活复杂的人际交往关系中,作为实用工具而从各方面长期积累发展起来的,它自然地成了"大杂烩"。它可以文雅到如"悠然""寤寐",也可以粗俗到如"混蛋""妈的";可以朴实到如"方桌""条凳",也可以优美到如"缥渺""妖娆";它包含纯粹逻辑性的"是"与"非",也包含纯粹直观性的"黑"与"白";它可以明白到如"一行""两个",也可以模糊到如"恍惚""依稀"……而且,诗人要从这种"大杂烩"的语言中提炼出一些语词来写诗,还必然要遇到类似"信言不美,美言不信"的各种矛盾,如"方桌""条凳"很真实,却不美;"缥渺""妖娆"似乎很美,却不能确定它所指的是怎样一种具体状态;"唉嗨唉嗨哟"与"噫呀噫子梭"有音乐性,但没有语言意义;"吃喝拉撒睡"与"天地君亲师"意义都很明确,但又都平板乏味。在对语言的感受中,我们确实能体验到:有一些语言词汇组成的句子,能够十分微妙地传达出心灵深处的情感活动,也能启发很美的艺术想象,又还具有声韵和谐的音乐性,但我们同时又清楚地知道:那些语言词汇只是在对应于诗人的情感想象之际,做了碰巧恰当的表达,才显得是美的,如果离开作诗时的临场心境,那些语言词汇本身,也只不过是按约定的意义与习惯性的规则来做各种排列组合的抽象符号,它本身是不具有诗意的。因此,如果谁要想建立起一种专门用于作诗的"纯粹诗歌语言",那也和西方某些哲学家曾想建立一种高度精确的"纯粹逻辑语言"一样,只能是一个无限遥远的理想目标,或只能片段地实现,永远留有一个达不到的"彼岸"。所以,瓦莱里清楚地断言:"纯诗"是达不到的绝对理想境界。

在第五个观点里,瓦莱里把"纯诗"无法达到的根本原因,归之于"语言的实践或实用性功能""逻辑的习惯和结构""词汇的无秩序与非理性"等等,使诗人无法做出"完全不含散文成分"的"纯诗"。瓦莱里是一个有非常丰富的诗歌艺术经验的大诗人,他的理论是建立在对艺术经验的深邃悟解的基础上,所以他和别的"纯艺术"理论家不同,他并不把"纯诗"看作是可以完满实现的极峰艺术目标,他只期望诗人们献身艺术,向一个绝对理想化的不可企及的艺术目标,作永无止息的攀登。他知道经过诗人们竭尽自己才华的努力,会使诗的语言更精粹地出现在一些诗的章节句段中,他把这类语言艺术的成果,确认为"纯诗"的片段,这就使得他的诗学理论,由于"纯诗"片段以"钻石语言"而存在的经验实证性而具有更为吸引人的理论魅力。因而,他所说的"纯诗",就像是在诗人眼睛前面飞着,一片一片散落着光灿灿的惊人美丽的羽毛,却永远无法抓到的一只绝对美丽的神奇小鸟;它似乎近在咫尺而又远在天边,它似乎就在触手可及的语言艺术探索之中,而又永远处于一切人长期探索毕生追求的艺术的"彼岸"。

瓦莱里的"纯诗"理论,就其各方面的主要内容来说,有:关于"钻石语言"(纯诗片段)的可经验性;关于"诗情感受"基于"语言与感觉领域内在联系"的论述;关于"语言形成于日常生活实用,按逻辑与习惯结构",以及"词汇本身作为抽象符号的无秩序非理性"的论述;关于"语言的庞杂与诗歌艺术的矛盾"的论述;等等,都是立足于经验实证的科学内容。他所设想的"研究受语言支配的整个感觉领域",虽是一个浩瀚无边的难题,但也并非绝不可能逐渐从各方面研究去获取尽可能广泛的系统认识,因而,仍然是合理的设想,从其与诗作为语言艺术的密切关系来说,这种探索途径的提示,是正确的。甚至,他把"纯诗"作为一个虚设的永远不能达到的"彼岸"性艺术目标,即"语言艺术乌托邦"的空想,也与艺术发展本无止境的实际情况相合。我们不能因科学往往排斥空想便完全否定"艺术乌托邦"的意义与作用,事实上,科学也有许多从空想或假设经过长期研究实验而获得成果的先例(宇宙航行即一例)。一个永无止境的目标,能激发和吸引人去做永不自满的进取与追求,它是有积极意义和作用的。诗歌艺术的发展,也确如和魔鬼打了赌的浮士德博士,只要他说一声"我满足了",那就是他(艺术)生命的终结。可见,瓦莱里为诗设定一个"语言艺术乌托邦",并公开说明那是永远不可达到的目标,他是有深意的,是对诗歌艺术发展有真知灼见的。他的理论,并没有神秘意味,这是他远比别的"纯艺术"论者高明的地方。

但是,瓦莱里毕竟是一个"纯艺术"论者,他不可避免地带有"纯艺术"理论的局限性。他的整个理论中唯一不合科学不符实际的地方,恰恰就在于他用"纯"作为尺度去衡量诗的艺术价值,而根本没有考虑到诗并不是只有"纯艺术"价值而没有其他价值,或只有"语言艺术"价值而没有其他价值的东西。诗歌艺术是有内外二重性的。就其内在构成的性质来说,诗是由诗人心灵内在的情感意识与想象交互作用而构成的,所以,它是心灵艺术,只是由于诗人在构想和表达时,都必须以语言符号为工具和载体,所以诗的外在形式,只能以语言艺术的形式出现。诗,作为这样一种二重性的艺术,它的价值,实际上是诗人的心灵构想通过语言中介而在读者心灵中产生感应,才得以综合地实现的。可以说,诗的价值,包含有诗情诗意的精神价值,诗境想象的美学价值与语言形式的文学价值。也可以说,诗的价值是内在的心灵艺术创构,外显为语言艺术形式,一内一外,二者在价值构成上是结合在一起的。所以,科学地分析起来,诗的价值并不"纯"在语言艺术一方面。

当然,有的人认为诗中的语言运用,也是由诗人的心灵做主,从而只承认诗的心灵艺术特性,而把语言艺术完全置于从属于心灵构想的地位,那也是不正确的。因为,语言并不是全由诗人创造或任意支配的东西,它是在人类的社会生活交往中历史地形成的,是一整套客观存在的符号体系(是不依存于物质也不以人的心灵意志为转移的第三种存在)。语言由于社会约定性、习惯性而有其自律性的规则,一切语言的内涵及其运用方式,都是客观性的符号功能。语言符号的功能及其潜能是无限的,而诗人的语言知识和语言艺术素养,相对说来都是很有限的。所以,诗人对语言的艺术运用,既要受语言的客观自律性的限制,也为诗人自身的语言知识和语言艺术素养所制约。可见语言并不从属于诗人的心灵构想，它是独立于诗人心灵之外的符号体系。而且，由于语言符号从历史源头就参与了人类的文化教养，这就使得诗人的情感、意识、想象等内在领域，也无不打上语言符号的印记。所以，相对地说，当诗人运用语言符号作诗时，语言也在制约、影响与支配诗人内在情感意识和想象的活动。诗人心灵内在的艺术创造活动，几乎无不有语言符号无声地参与其间。诗人心灵构想的结果，更不能不用语言来做向外的表达。诗歌艺术水平的高下，直接就表现在语言的艺术运用上。所以，诗的心灵艺术价值与语言艺术价值，在诗中，是互相渗透融合在一起的。

　　但这并不是说，由于诗的价值都要通过语言表达才能实现，因而诗的价值就只能通过语言的艺术运用去追求它。不，这不是一回事！我们在前面已经说过，诗的价值，应该做"精神价值"与"艺术价值"区分。在诗通过读者的接受感应而使价值实现的过程中，读者从诗情诗意产生的精神感应与从诗境想象和语言艺术表现（语言的辞采句法、表达方式等各方面的技巧与整体形式、个性风格等）所获得的美感享受，实际上是做了这种区分的。诗中的"精神价值"，并不来源于语言的艺术运用，它来源于诗人的心灵气质、主体条件——诗人的情操、意向、品格、才华，这才是"精神价值"的根本所系。语言的艺术运用，实际上只有向外表达时的美化作用，它只是诗的艺术价值的一个构成因素。如果把诗的价值纯然归之于语言艺术功夫，那就等于是一种"见皮而不见骨"的观点。瓦莱里只着眼于语言艺术质量而用"纯"的尺度去衡量诗，显然忽视了对诗的精神价值与艺术价值的辩证分析与科学考察。

　　诗的价值，既不是与语言艺术无关，又不是纯然从语言艺术方面可以追求到的。瓦莱里"纯诗"理论的误区，主要就在于"纯艺术"的价值观。

　　从根本上说，诗不可能是一种"纯艺术"。中国传统诗学中虽也有强调"锤字炼句""声调格律"偏重语言艺术形式的种种说法，但历代的大诗学家,却大都重视诗的内外相应、价值根源于人格心灵、以精神价值为主的观点,"诗为心声""诗如其人"就是这类诗学一脉相传的基本观点。所以,中国传统诗学特别重视诗人的心灵气质与人格修养,认定那是在从根本上培养诗人的诗歌艺术内在创造力。和西方诗学比起来,虽然西方一些大诗人和诗学家也常常谈到艺术与诗人个性的种种关系,但愈是发展到近现代,"唯美"的、"纯艺术"的观点就愈是风行起来。中西诗学的源流之别,主要的就在于:一是从偏崇"诗教"的观念发展而来的,一是从偏崇"诗艺"的观念发展而来的。现在看来,"诗教""诗艺"都不可偏废。而从"纯艺术"诗学已经走到山穷水尽的地步来看,使诗歌艺术向人学价值回归,就是很必要的了。特别是现代社会的复杂多变,呈现在诗人面前的世界,田园风味的小桥流水、绿柳啼莺,已经很难引起诗兴;都市繁华的高楼大厦、歌舞通宵,也未必是太平的壮观;而战争阴影、经济危机、环境污染、社会纷争等等,把许多乌烟瘴气的陌生景象,都一层一层地堆积在诗人眼皮底下,诗人如果不开阔自己的视界、丰富自己的知识,甚至有可能分不清真与伪、美与丑。那难道无碍于诗人的题材选择,无损于诗歌的艺术价值吗?别说人类前途与国家命运,就拿日常生活感触所及的琐屑事情来说,一个大慈善家也许正是个骗子;一位很美的贵妇人也许偏有不少丑行;大摆酒筵的阔佬也许正是为了挽救自己的破产;天天教训别人要廉洁奉公的大人物也许正是个贪官……所以,在现代生活中,诗人比历史上任何一个时代都更不宜于单纯用直觉审美的眼睛去看世界,诗人的眼睛必须带有理性的智慧,往往要有广博的知识,才会有助于敏捷的才思,要能透见大楼阴影中的人肉筵席,要能默察霓虹灯光下的罪恶渊薮。这就是说,在现代,诗歌艺术所涉及的生活感触范围,是很"杂",而不是很"纯"的。这已经是"纯诗""纯艺术"所不能适应的时代!落后于时代的诗人是不幸的。青年诗人尤其不应为"纯诗""纯艺术"理论所误。

D "纯诗"的另一极考察

这里辩证的思维又提出了这样一个问题:如果说,从"纯艺术"的途径去探索"纯诗"是不能达到的,并由于"纯艺术"的追求,很容易导致对"精神价值"的忽视。那么,调转方向,单纯追求"精神价值",能不能产生一种"纯精神"性质的"纯诗"呢? 如果有,我们又如何来猜透这个斯芬克斯之谜呢?

对"纯诗"问题做反向的另一极的考察,我们首先要考虑的是:既然"纯艺术"的"纯诗",由于艺术无止境,它作为"最高艺术境界",不能在实践中达到,那么,"纯精神"性的"纯诗",就必须是"有止境"的"最高精神境界",而且是"在实践中达到了"的。这样反向考察的结果,我们发现,原来,"纯诗"之谜,确实也和希腊神话中的斯芬克斯之谜是同一个谜底,那就是:"人"。人的生命是有止境即有终点的,人,有可能倾其一生表现出一种"最高精神境界",它是在实践中达到了的。如果一首诗,表现了某一个人实际达到了的"最高精神境界",那么,这就是另一意义的"纯精神"性的"纯诗"。这样的"纯诗"应该有普遍性、永恒性的精神感应力,是诗歌精神价值的极峰。这样的诗,确实有,它一般与美学的艺术探索无关,而是人在自觉其崇高使命的人生实践中,追求真理与正义的崇高精神之人格化的表现。但这样的精神境界,只是偶尔在诗中表现出来的,在古今中外的诗史上,只有很少的一些范例。

匈牙利诗人裴多菲的《自由,爱情》,我以为可以作为这种诗的一例:

生命诚宝贵,
　爱情价更高;

若为自由故,

二者皆可抛。

在这诗中,那种为追求民族自由而把它看得高于个人生命与爱情的壮美情感与崇高心境,是十分激动人心的。这首诗的原文,句式是长短不齐的,译成中文时,译者把它译成了"五言绝句"。语言艺术形式的重大改变,竟毫未损及诗的精神内容,它不胫而走,普遍流传,其动人心魄的精神恒久不衰。可见这样的诗,其精神价值是能超越艺术形式而存在的,是对世界有普遍意义、在历史上有永恒生命的。它只有简单的四句话,却包含着高纯度的"人学"精神价值,说它是"纯精神"性的"纯诗",我以为也是切合实际的。

不过,在美学中,通常并不把这种诗叫作"纯诗",按照西方古典美学的说法,这是用诗的语言表现"崇高"。"崇高"这个观念在美学中是与"优美"观念大不相同的。"优美"就是通常我们说的"美",是通过艺术形象表现出来,使人们感到愉快的事物。"崇高"却并不使人愉快,只使人激动、震惊、敬仰、向往,它是一种伟大的精神,是可以超越艺术表现(即不用艺术形象做表现)的。这一点是"崇高感"显然不同于"美感"的地方。

在黑格尔《美学》中,有一处谈到康德对于"崇高"的看法。康德认为:"真正的崇高不能容纳在任何感性形式里,它所涉及的是无法找到恰合的形象来表现的那种理性观念;但是正由这种不恰合(这是感性对象所能表现出的),才把心里的崇高激发起来。"①黑格尔说,康德的看法"在这一点上应该被承认为正确的"。黑格尔做了一些补充说明,说这是因为:"崇高一般是一种表达无限的企图,而在现象领域里又找不到一个恰好能表达无限的对象。无限,正因为它是从客观事物的复合整体中作为无形可见的意义而抽绎出来的,并且变成内在的,按照它的无限性,就是

---

① [德]黑格尔:《美学》(第二卷),朱光潜译,商务印书馆,1979,第79页。

不可表达的,超越出通过有限事物的表达形式的。"① 黑格尔和康德所说的这些"形而上"的哲学美学语言,我们有必要联系"形而下"的实际,做点浅显明白的解释。他们说的,是这样的一些道理:类似"自由、真理、正义"等这样一些无形可见的精神性观念,是从无限多样的客观事物现象中抽象出来的,它的意义高到无限,大到无限;当这些观念变成了人的心灵内在信念时,人的心灵情感意识、整个精神状态,就由于有了这种信念而显得无限崇高。这种人格化的崇高精神,是无法用个别事物的艺术形象去表现的,没有任何一种艺术形象能恰当地表现它。所以,它一般就不用艺术形象表现,直接就让有这种"崇高"精神的人,自己表现自己,在诗里面,就是直接用简朴的语言说出来。对这种诗的评价,也不同于一般诗的评价采用的"人学美学综合评量"的尺度,而只适合于用"人学精神价值独立评量"的尺度。它的价值在"真"而不在"美",它没有美的艺术表现形式,只有"信言不美"的观念表达。例如,夏明翰的《就义诗》:

砍头不要紧,
只要主义真,
杀了夏明翰,
还有后来人。

这样的诗,是不需要艺术美化的,它就只有这样四句粗犷直白的语言。然而,诗中那真实性的崇高人格的精神辐射力,能从容面对死神的大无畏气度,为人民解放人类进步而牺牲的自觉信念,都是感人至深至广的。

这里,也许有人会问:"这样的诗,是否也由于其内容只是某种意识形态性的观念,因而都有其历史局限性,不可能具有永恒性的精神力量

---

① [德]黑格尔:《美学》(第二卷),朱光潜译,商务印书馆,1979,第79页。

呢?"我觉得,对"崇高"精神应该这样看:这是一个"人学"的精神范畴,当其从某一个人身上表现出来时,它都会带有这个人的特点及其各方面的局限性,可是,那客观实现了的"崇高"精神,不仅可以超越艺术形式而在简朴的语言形式中存在,它还可以超越个人的一切局限性转化为普遍性的"人学"精神而以"观念"的形态永远存在于人的精神感受领域中。历史上的任何一个伟大人物,都是有局限性的,个人局限、历史局限、意识形态局限等等。可是,当读到"亦余心之所善兮,虽九死其犹未悔"时,我们只感到心灵的震撼;读到"人生自古谁无死,留取丹心照汗青"时,我们只感到激动、敬仰。读这类诗时,我们有一种特殊感觉,好像自己的精神被陡然提高了,在这样的精神感受中,我们根本不会想到屈原和文天祥是古人,有古人的历史局限性或儒家正统的意识形态局限性,我们心中只有一种感受,一个观念:"崇高"。可见,"崇高"是超越一切个人局限与时空界限而在"人学"精神领域中长存的"观念"。

如果说得更透一点,那就还可以说:这种"崇高"精神,在诗中表现,不过是偶然地用了诗的语言形式,不用诗,它也一样可以以别的方式存在。这是我个人的一种体验:有一年,我到昆明去开一个学术讨论会,忽然,在偶然间,我看到路边竖立着一个约三公尺高的小桩柱般的标志,上面一行字说明这是"闻一多先生殉难处",我心中陡然升起一种震惊和崇敬的感情,想到那样一个旷代的奇才,就在这里,用血,写完了他生命的诗篇,完成了他崇高的人格。现在回想起来,这就是"崇高感"。那小四方形的桩柱状标志物,可说简朴到不能再简朴了,而那"崇高"精神,却就在那里永恒地存在着,它既没有艺术装饰,也没有诗。由是,我后来愈益相信康德和黑格尔对"崇高"的美学解释是正确的,"崇高"是压倒一切的观念,超越一切艺术表现的精神,其价值是独立的。

现在,我们就回到关于"纯精神"性的"纯诗"的探讨上来。在这方面我们得到的认识,就是这样几点:

1.如果说,"纯艺术"的"纯诗"是不可达到的,那么,可以达到的"纯诗"就是"纯精神"性的"纯诗"。不过,在古典美学中,并不叫它"纯诗",而只意味着那是用诗表达"崇高"。

这样的诗,不能从艺术的追求中达到,因为它一般是不用艺术表现的。所以,诗人如果要向提高诗的"精神价值"方面努力,就应该特别重视陆游教他儿子作诗时所说的那句话:"功夫在诗外"即重视人格与心灵修养的功夫。

2.如果说,"纯诗"追求的另一极"纯精神"性的"纯诗",即表现"崇高"的诗,是可以达到的,因而可以作为一个追求目标的话,那也必须明确地认识:这样的诗,是有高尚情操品格的诗人"蕴于一生,发于一旦"的作品,它的价值,确定于诗人人格精神达到"崇高"境界的真实性。就是说,要由诗人主体生命的行为来证实它,它的精神价值才能被确认。所以表现"崇高"的诗,是不可以从语言形式的模仿中去学会的。对于初学写诗的青年人来说,模仿这样的诗,甚至可能是一种错误。因为,从表现"崇高"的诗中,并不能学到作诗的艺术技巧。如果一个人在其精神境界上并没有达到"崇高"的境界,生硬地模仿表现"崇高"的诗,就只能学到简单直白式的语言形式,毫无艺术韵味。所以,对于初学写诗的青年人来说,只应该从这样的诗中去吸取其内在的精神,默化于自己的心灵,而不要做形式上的模仿。

3.一般地说来,在诗学中,我们不必把表现"崇高"的诗,叫作"纯精神"性的"纯诗",以避免和西方"纯艺术"诗学中的"纯诗"观念在字面上混淆起来。但我们在道理上应该知道:真正"纯"而且可以在实践中达到的"纯诗",就只能是表现"崇高"精神的诗。

4.表现"崇高"精神的诗,一般就是在诗之"立意"这一环节上达到成熟而表现出来的。它一般不用艺术表现,但也不排除有诗人能独特地创造出以艺术意象来表现崇高的方式(参看下面第三章第二节)。

第三章 诗的继发过程（II）
——意象的诞生

如果说,在诗歌艺术创造力的"继发过程"中,导向诗意目的性的思考活动,对诗的精神内容的高下,一般都有十分重要的甚至是决定性的作用。那么,诗人心灵想象力的发挥,当然就是关系诗的艺术表现水平的一个重要环节。而且,一般说来,诗情诗意都要结合于想象力的运用以可感受的艺术形象表现出来,才能被美化。所以这个使诗情诗意获得形象化表现的手段,就是诗的主要美学手段。除了对象特殊或某种例外的情况(如表达"崇高"观念之类),诗的目的性通常都不是明白说出来的,而是结合在艺术形象里面表现出来的。这种结合,使诗的目的性起了一个变化,原先是单独在理性思考中产生出来的"理性目的",由于与艺术形象的想象活动相结合,这时就变成了一个与想象力的活动相适应的、渗进想象力里边去起作用的"内在目的"。这个"内在目的",在性质上已经不再是原先那种独立自由的"理性目的",而是受艺术想象力的活动制约着,限制在艺术想象活动范围之内的"艺术目的"。而想象力的活动,由于有了这样一个内在的"艺术目的",这时也起了一个变化,在它的想象活动中所产生的艺术形象,不再有任性的、无意识的幻象性质,而是带上了为"艺术目的"做表现的那种意义。这样一来,想象力的活动,就变成了为"艺术目的"做表现的"意象化"艺术手段。想象力活动的过程,就成了"意象"诞生的过程。

意象,大概在人类文明的源头,就开始了启发人类心灵智慧的作用。对中国文化来说,意象直接就是中国文化的母亲。中国的文字,全都来自原始的意象符号。所以说,意象化的艺术手段在中国文化中有最深最深的根基,这是毫不夸张也毫无疑义的。

意象在诗里面出现,大概是在远古诗刚从民间有韵的短语中形成时就已经开始。在中国,有人以为"诗象"起于"易象",这是由于《易经》里面保存了一些古谣谚用来解释"易象",那些古谣谚意味着诗的胚形或雏形。但这种说法,现在看来并不合理。因为《易经》既然是用那些古谣谚来解释"易象",那就可见古谣谚中的"意象"早于"易象"。也就是说,诗在胚形或雏形时期,已经开始运用"意象"。现在我们从中国几千年诗歌历史嬗变发展的轨迹中,唯一可以看出的是一个宏观的规律性现象,那就是:意象的普遍、多样而灵活地运用,标志着诗歌艺术的兴盛与繁荣;反之,则是诗歌艺术的停滞与衰落。

中国传统诗学,把诗歌艺术手法归纳为三种:"赋、比、兴"。所谓"赋",是指直言的写实叙事,自古以来,没有多大的变化,尤其在抒情领域,直言的叙情述志,佳作甚少,只有以"实境"做意象表现的,较能显高妙。而"比"和"兴"则都是运用意象做表现的。"比"是纯粹的象征隐喻,"以物比意、以象传心";"兴"是从意象引发的抒情,"以象启兴,即兴抒情"。"比、兴"的手法,变化万端,是诗人借以发挥艺术创造力的主要手段,古诗中的许多佳作,几乎都从"比、兴"中来。由此可见,意象的运用,关系诗运的兴衰。无怪乎中国古代诗学家,每逢诗歌艺术不景气的年代,常常会发出"比兴都绝"的慨叹。

西方现代诗歌艺术的新开拓,也是从"后期象征主义"和"意象派"开始,然后,"现代主义"的艺术表现手法才日益丰富。西方现代的诗学家,说"意象派"是"现代主义的小学",这,一方面不无贬义,一方面也可看出,意象手法的运用,是西方现代主义诗歌艺术发展的先驱。这里,有几件事是值得注意的:西方"意象派"诗歌创建的初期,其创始人美国诗人庞德曾经极力鼓吹中国的古诗,把中国古诗中的一些名作转译到西方,作为"意象诗"的典范。而后来,"五四"运动以后中国新诗的创建期中,老一代的诗人也曾受法国象征主义诗歌和美国"意象派"诗歌的影响。不仅如此,七八十年代之交,中国"新潮"诗歌的出现,又是以"朦胧诗"的崛起为先锋。而当代所谓的"朦胧诗",实际上就是现代主义的意象诗,是以意象表现为中心,结合了感觉与幻想表现的诗歌。从这样一些事实中,似乎也使人隐隐约约地感到,每一次诗歌艺术的创新发展,都先要打出"意象"的旗帜。

那么,是不是可以说,意象的运用在诗的创作过程中,作为一种可靠的艺术手段,能有恒久的效用呢?我们认为,这是完全可以肯定的。不过,我们也应该看到,当代的诗歌艺术,已经有了许多新的发展,现代主义、后现代主义的诗歌,已经对诗歌艺术方法进行了多样性探索。其中,有一些表现感觉、幻想、反讽与意识流的手法,如何结合于意象的运用,是一个应做实际探讨的问题。特别是古典的写实手法,在现代诗歌创作中大都转向内心的写实,出现了"心理现实主义"诗歌。如果说,古典的写实手法为某些诗作提供了一个"实境",可能纳入意象表现范畴,即作为一种"镜像"看,那么,现代的"心理现实主义"诗歌,却并不提供"实境",或只提供部分可想见的不确定的含蓄在语言深层的"镜像",它与传统意象手法那种"意在象中、象明意隐"的特征完全不同,它是一种近似"恍恍惚惚、其中有象"的状态,意不甚明,象尤茫昧,只有瞬时的心理活动在若断若续的语言中表现出来,好像那意与象均在语言之外的一片空灵之中,需要读者去做"内心模拟"才能于恍惚中见其意象,西方现代诗学中谓之"语境"。对这样的诗,我们从"意象"的角度去探讨它,当然就不能株守传统的"意象"观念,而必须把这个观念的内涵扩大到包括一切"心理境象"和"语言深层境象"在内。

对"继发过程"中"意象"的探讨,区分为下列的三项:

一、意象与心境

二、移情与对应

三、心印

一、意象与心境

意象的起源

"意象",作为一个术语词在诗歌和其他艺术理论中出现,是比较晚的。在中国,学者们一般认为是在五世纪后刘勰的《文心雕龙》中,才第一次出现。那里所说的"独照之匠,窥意象而运斤",所指的已经是艺术家用心创造的"艺术意象"。它是从远古人们生活实践中的"符号化"精神活动移到艺术理论中来的。

"意象"的起源,从中国古代的"象形文字"中可以很清楚地考见。例如:"牛"字,原是画一个牛头,即以牛头上的两只角,作为它区别于其他动物的特征来代表它,逐渐简化为"牛"字,作为符号运用,符号的意义,就是来自这一"物象"。"步"字,原是画的一前一后一左一右的两个脚印,简化为"步"字,作为符号运用,符号的意义也就是来自这一"事象"。有一些事,意义比较复杂,就由有代表性的"物象"组合起来,如"贼"字,是画的一个代表财物的"贝",一个代表武器的"戈",中间用"十"来表示被伤害者的创口和流下的血,整个符号,是这件事的现场"镜像"。由此可见,在中国古代,作为文明起源的"符号化活动",实质上就是"意象化活动"。"意象"是起源于人对外界"物象""事象""境象"的感受与内心模拟,从而,"意象"从它起源的时候就已经具有了符号的两种属性:一种是来自直觉感受的"形象性",一种是来自内心认识的"意义性"。从"意象"的形成来说,是由直觉感受的外界事物境象转化为人的内心领会其意义的"意象",并用一个符号把"意义性"与"形象性"结合在一起。从意象的运用来说，则是人把内心的情感意识用"意象符号"做表达，凭借符号的"形象性"，唤起他人的"形象感"，从而使符号的意义被领会。"意象化活动"的心理过程，就是一个"见象启意"和"以象传心"的过程。这个原理，是在远古人类"符号化活动"的实践中就已经存在着的，后来转入艺术领域，就成为诗人和艺术家自觉运用的一种艺术表现方法，即所谓"意象手法"。

那么，这是不是说，在中国，语言文字符号的运用，本来就是意象性的，在作诗的时候，只要把语言文字符号排列组合起来就自然都有了"意象"？这却有些不同。作诗虽然确实就是把语言文字符号排列组合以表达诗人内心的情感意识并使之包含着"意象"的作用。但是，如果诗人心里事先并没有一个"意象"的构思，情感意识并没有"意象化"，那么，诗中就不会有"意象"。这是因为，语言文字符号在其形成时的"符号化活动"过程，本质上是一个把外界事物镜像"抽象化"的过程。经过"抽象化"而形成的符号，实体的"形象"已被扬弃，蜕变成为各种"意义"的单纯概念。而且，符号的发展愈到后来愈繁复，从一种"意义"符号滋生出另一种"意义"符号，符号的"意义性"越来越强化，"形象性"越来越淡化。于是，现存的语言文字符号，全都成了单纯概念性的"语义符号"，单个的符号或组合的符号都不再有实体形象的那种"具象性"，至多也只能从传达某种概念而引起某一方面或某一特征的一般"形象感"。例如："牛"这个符号，它只能表达"牛"的一般概念，引起"牛"的一般形象感，并不提供一头实体牛的形象呈现在人们眼前。如果要表明这"牛"的性别和其他特征，就必须加上另一些概念符号，说明它是"公牛"或"母牛"，"黄牛"或"黑牛"，"水牛"或"黄牛"，"大牛"或"小牛"，"乳牛"或"耕牛"，"中国牛"或"荷兰牛"，等等。而且，即使你用各种符号组合成"张家耕地的大黄牯"或"李家的荷兰大乳牛"，仍然只具有概念性的一般形象感，而没有实体的可见形象性。由此可见，符号的抽象性，单纯语义概念性，实际上已使得诗中的"意象"永远只具有朦胧的形象感,而不具有可见的形象性。因此,诗人永远不能像画家或摄影师那样把自己所见到的能引起美感的外界事物境象准确地传达给别人。诗人唯一可依靠的,是语言文字符号。诗人知道,在人类长达数千年运用符号来做心灵交往的历史过程中,已经使符号具有了对应于心灵活动的意义,某种符号能传达某种情感意识,某种符号能引起某种想象,诗人就凭借这一点,把自己的心灵活动传达给别人,以唤起别人依凭符号所传达的情感、意识、想象,调动自己的心灵经验来领会它。诗中"意象",实际上也就是传达诗人心灵经验的艺术中介,它需要先在诗人心中构想然后才能用符号表达。诗人构想"意象"的过程,就是"意象"诞生的过程。

  这也就是说,诗人并不是单纯地依靠摆弄语言文字符号就在不知不觉中使"意象"自然地在诗中出现,而是自觉地把内心所营构的艺术意象,选用最恰当的符号来做表达。在这一点上,诗人与画家的"意象手法"所共性的是:画家要"胸有成竹"然后才用线条和色彩画竹,诗人也要先有一个心灵中的意象,然后才能用符号做表达。不同的是:画家提供视性可见的直观艺术形象,而诗人提供的则只能是非视性的,可感而不可见的,要经由心灵感受摹想才能被领悟的心灵"意象"。画中形象是直接地被领会,而诗中"意象"是经由符号传达间接地被领会。诗中"意象"的这种特殊性,使诗中"意象"的创构不能不处处带有"心灵艺术"的特点。可以说,诗中"意象"都是诗人"以意取象""从心造象"地创构出来的,它的"取"或"造",只适应于诗人表现心灵情感意识的需要。在这一点上,我们和其他各派诗学中某些片面要求诗中意象"再现现实"的观点,以及把诗中意象看成纯为"艺术直觉品"的观点,都不相同。

B 意象的创构

过去,现实主义诗学认为象征主义诗歌"心造的虚幻意象不能再现现实"。象征主义诗学认为,现实主义诗歌"摹写自然,摹写生活,根本不是艺术;艺术只能是内心直觉意象的创造性表现"。这互相对立的两种观点,如果联系作诗的实际情况来探讨,则两者都不是真理,只代表各自的流派艺术偏见。

因为,诗中的"意象",即或来自纯粹的生活实境与自然景物,它也不可能通过摹写而真实地"再现现实"。写实地取象,一般也只是选取外界真实事物的某种特征、轮廓、概貌等,在诗人某一瞬间的感受中所留下的印象。取其一鳞一爪、一颦一笑、一顾一盼之间的某一特点,来构成适合于表现诗中情感意趣的"意象"。这种"意象",可能在某一方面或某一点上提供令你十分深刻的感受,却根本不具有什么"再现客观现实形象"的性质。说它是"摹写"吧,也只不过是在某一点上的"摹写";说它"真实"吧,也只不过是追求使读者在心灵领会时有心理经验的"真实感";说它"反映现实"吧,也只能限于在诗意的蕴涵和表现的意义上去做诗意的"反映"或真情实感的"反映"。诗中"意象",既没有再现外界客观形象的必要,也没有再现外界客观形象的可能。诗中的"意象"由于都是"以意取象"或"从心造象"而来,都带有诗人心灵情意的主观性。哪怕是面对自然界一山一水一草一木的即景吟诗,诗中景物全都来自眼前现实,那现实的景物形象也都要经由诗人心灵选取、扬弃、洗练、烘染,另行艺术地创造过,才能融合于诗人的主观情意"意象化"地表现出来。外界的客观景物,一旦被取入诗中作为"意象化"的景物表现出来,就都已经扬弃了与诗人情意无关的原型和细节,而只保留和强化了为诗的艺术表现所必需的轮廓概貌与特征。就是说，它已经变成了为诗人的主观情意所渗透了的景物。

唐诗中杜牧的《山行》，大概不会有人怀疑他是从客观外界的生活实境出发即景吟诗的吧？诗中景物都是他眼前所见：

远上寒山石径斜，
白云生处有人家。
停车坐爱枫林晚，
霜叶红于二月花。

这诗中的"山"只用一个"寒"字来表明它的特征，诗中的"叶"也只用"霜"和"红"来表明它的特征，谁能从诗中看出"山"是什么样子的一座山？"叶"是多大一片枫林的叶吗？如果刻板地要求"再现"这自然景象，至少还得花许多笔墨来描绘山和枫林的样态。在散文和小说中，也许可容纳若干"再现"性的细节描写，但在诗中一切与诗人情感意趣无关的景物风貌则都要被弃去。《山行》一诗中，取来做意象表现的，只在于诗人要表现他独特的爽朗襟怀，新奇的心灵情趣，上寒山无衰飒之思，见秋叶起春花之兴。他发现了这山中有比春天更美的秋天。自然景象，被他的心情美化了。

由此可见，作诗的"以意取象"，对即景写实的抒情诗也不例外。诗的所谓"写实"，只意味着"实境取象"或"意象直寻"，不可能是客观形象的"再现"。

在当代新诗中，有些采用现代象征主义艺术手法来写诗的青年诗人，一般都不从实境取象，而是"从心造象"。所谓"从心造象"，也并非全是"河神共工横吹铁箫站在浊涛上放牧豹子"那样的纯幻想，多半还是杂用一些外界的自然物象或常见的事象、境象。不过，在他们作诗的时候，诗中意象，都是从心灵经验中来，是心灵的自由营构，临笔时不假外求。由于现代生活条件使诗人的知识面拓展得非常广阔，一切知识都可以加入意象的制作中来。所以，当代诗人的"从心造象"，也完全可以不拘于外界事物直觉形象的"反映"。他不仅可以使意象比古代诗人依凭历史或神话做成的意象更奇谲得多，而且还可以把天文地理、物理化学以及色彩学的观念和几何图形等，全都引入意象的营构。有时，意象似实而虚，似虚而实，可以分散地排列为"意象群"，也可以组合成一个"总体意象"。表面看来，这些意象也许全都没有"反映现实"，可那隐喻的意义，却往往正是非常切近地"反映"了现实生活中的某种现象。

顾城的《弧线》，可以作为一个例子：

鸟儿在疾风中
迅速转向

少年去捡拾
一枚分币

葡藤因幻想
而延伸的触丝

海浪因退缩
而耸起的背脊

这首诗，用鸟儿的转向、少年的弯腰、葡萄藤的触丝、海浪的背脊，四个不同的实像并列起来，组合成一个共同性的虚像：弧线。这意象完全是"心造"的。意象所隐喻的，是在社会生活中有某些人像鸟儿样随风转向,像葡萄藤样幻想着向上爬,像海浪般猛冲一阵又耸起背脊退缩下去。对这种种"弧线"形人格表现的讽刺,就是这首诗的主旨。把这三种"弧线"和另一种"弧线"即"少年去捡拾一枚分币"的卑屈形象并列起来,暗示说这样的人格表现只有"一枚分币"的价值。这诗用"弧线"作为"总体意象"是用得很巧妙的。因为"弧线",在直观感觉中是软弱的,在几何学的意义上,它是无定向的,每一点都在变更方向。所以用"弧线"来象征这种"没骨气"的、"随风转向"的、一味只幻想向上爬的人的人格,自然会使人感到非常切合。

在这样的诗中,"鸟儿""少年""葡萄藤""海浪"这些实象,看来也像是外界事物的形象。但其实,在作诗时这些实像全都来自心灵经验,是为了构成一个"总体意象"(即"弧线"这个虚像)而选取了它。当然,也可以说,虚像"弧线"是上述几个实像的"共相",四个实像构成一个虚像,也是一种"虚实结合""意象叠加"的手法。诗中的意象并非取自实境而是诗人有感于生活中某些人格表现之可鄙,从心里造出这样一些意象来影射它。这样一些意象的运用,全然是为了达到诗的艺术目的,是"以意为主,以象为用",意象是达到艺术目的的手段。

从上述这个例子中,我们可以看出,所谓"心造的虚幻意象不能反映现实"之说,只是一种皮相之论。在现代的新诗中,"从心造象"而有现实意义的诗,已经愈来愈普遍了。另外,我们也可以看出,西方意象派那种把"意象"看成纯粹是"直觉品"的观点,也与诗歌艺术实践的实际情况不尽符合。诗人作诗,并非一定要从外界寻觅到一个直觉品意象才能从它启发诗意。相反地,诗人完全可以从自己的心灵意念出发,调动心灵经验去构建各式各样的意象,以表现自己的思想与情感。诗中的意象,是有艺术目的性的创造,并不是什么客观性的(无主观目的性的)艺术直觉品。作诗之运用意象,诗人完全可以自我做主,从缤纷万象的外部世界中以意取象,或调动自己的心灵经验自由地从心造像,大可不必被"反映论"或"直觉论"束住自己的心灵与手脚。

　　中国古代诗学中有所谓"状难写之景如在目前"的艺术要求。对这样的艺术要求,究竟怎样去领会呢？从表面看,这似乎纯粹是要求写景的逼真,但其实,诗中要对景物做逼真的描写,纯然的写实手法是根本无法办到的,这主要是依靠意象表现来传达心灵经验。诗人从外界景物中摄取它的精魄(即最具代表性的那些特征),做成意象或意境来传达自己的心灵感受,以唤起他人心灵经验的回响,那"难写之景"才能借心灵的感通而传达,产生出"如在目前"的艺术效应,不然,就无法达到这样的艺术要求。中国古代诗人之所以能"状难写之景如在目前",其所谓"写实",并不是单纯追求细节描绘的逼真,而是通过"实境取象"去做成"意境"(即诗中境象),依凭心灵经验的传达,使读者在诗境感受中启动自己的心灵想象而得到逼真的领悟。例如唐诗中,岑参的"鸟向望中灭,雨侵晴处飞",那景象是一般人在有意无意中都看到过的,一经他写出,人们心灵经历过的印象就被唤起,从而得到对诗境的微妙逼真的领会。王维的"大漠孤烟直,长河落日圆",对于没有到过大漠,没有到过黄河的人来说,也因为"落日"和"烟"都是人们寻常所见,所以也不难想象那壮阔奇丽的诗境。这些都能启示我们去做这样的思考：不论古今中外,诗中老是有那么多的"风花雪月",这是为什么呢？是因为人们心中对"风花雪月"积存的美感经验最多,诗人用"风花雪月"做成各种各样的意象,就最利于唤起人们心中美感经验的回响。

纯意象诗的特点

这里,我们又接触到了一个当代新诗创作中常常引起争议的问题,就是:当代有一些受西方现代主义影响的青年诗人,他们写的一些"纯意象诗"(通常被叫作"朦胧诗")使人们普遍感到不好懂,好像与人们的心灵经验难于感通,这究竟是好还是不好呢?这个问题,在我们的探讨中,觉得可以分解为两个部分:

一、在诗的艺术创作中,一般情况下意象的运用,应注意一些什么样的艺术要求?

二、"纯意象诗"的特殊性及其评价。

一般地说,意象的运用,是应该有一些基本艺术要求的。从实践的经验来体味,可以归纳为这样几点:

第一,既然是"以意取象"与"从心造象"的艺术创构,就应该要求"意象"与诗人的情感意念有较为切合的对等性、适应性关系。

第二,既然"意象"是通过心灵感应使诗中的情感意念向读者传达,那么,"意象"的选取与运用,就应该事先考虑读者接受时能否产生预期的艺术效应。

第三,无论是从自然的、生活的、历史和神话的事、物、境象中摄取"意象",或是以纯粹心灵虚拟的幻象、图像来构成"意象",都应该要求"意象"的特征具有动人的艺术表现力。

第四,无论是单纯的或复合的"意象","意象"内涵的朦胧、含蓄、隐晦、多义性与不特指性,都应该尽可能避免与作诗本意完全相反或差距过大的误解与歧义。除非有某种非艺术性的必要原因(如"免干物议"之类），诗中"意象"的运用，应该避免过分奇谲诡秘，以免由于不为人所理解与接受而丧失艺术功能。

第五，"意象"的评价，一般应以美感、传情、具有理性启示作用等，作为基本评价依据。"意象"的创新，也应列为艺术评价的重要一环。但如果徒炫新奇，无助于诗情诗意的艺术表现，又没有美感效应，则虽巧也不足贵。盲目玩弄意象，是艺术的末流。

当代"纯意象诗"，大多采取西方现代意象手法（只有少数例外），其"不好懂"，有两种不同情况：一是当这种诗歌初见于世的时候，其艺术色调，与过去三十多年新诗通常是语言明朗直抒顺叙的"大众化"诗风全不相似，人们一时还不习惯于"纯意象诗"的欣赏，所以感到"不好懂"。二是随着西方现代主义诗学的普泛引进，一些青年诗人以"实验"和"探索"的态度，把他们个人对西方现代主义诗学的特殊领会和理解，全都融入"意象"的营构与运用之中，使"纯意象诗"变得愈来愈带上各种杂色，有偏重"直觉表现"的；有偏重"无意识的幻觉表现"的；有偏重"神话原型结构表现"的；还有同时着力于"语言变革"的；等等。这样，就出现了一些真正"不好懂"甚至极难破译的诗。

这两种情况，应当加以区别。初期的"朦胧诗"，一般经过艺术的解析与推度，是渐渐可以被较多的人接受、领会甚至渐渐习惯的。后来的某些"实验诗""探索诗"，则有不少作品由于意象结构的繁复，语言的诡秘，加上有意追求"多层次意义""不确定理解"等，就渐次形成了读者极难接受，甚至诗评家也为之束手的"诗谜"状态。

"纯意象诗"之带有朦胧隐晦的艺术色调，可说是必然的。这种诗的艺术手法规定了它只以意象做暗示，对诗意不做任何解说。写作这类诗的诗人，一般也是由于在生活环境或个人际遇上感受压抑，心灵中的积郁又往往不便于公开明白地宣示，才写成了这样的诗。中国传统诗学所谓"不敢明言而姑为隐语"，也就是指这种情况。写作这种"纯意象诗"，艺术熟练的诗人,一般都要在诗的某一处,故意点醒或留下使读者得以寻绎诗意的线索,用某些诗学家的话来说,是留有使诗能得到解释的"钥匙"。这样的诗,有的有很高的艺术性,并包含着深刻的人生觉识与向往于美好未来的情感,当然不应因其诗意的隐晦而轻率地否定它,应当按照对"纯意象诗"的审美欣赏方式尽可能准确地领会它,做出实事求是的综合评价。对一时"看不懂"或"懂不透"的,应该采取慎重的保留和存疑研究的态度,不应轻率地做出抹杀性的结论。当然,如果一首诗写得根本无人能懂,那无论说是"实验"也好,"探索"也好,客观上都只意味着艺术的失败。所以,故意把诗写得十分难懂是一般诗学所不提倡的。"意象"结构过于繁复诡怪,语言过于扑朔迷离,事实上是自行遗弃了读者,也就丧失了可能获得的艺术效应,是艺术的迷误。因此,单纯追求艺术新异而忽视诗的传播与接受,也是一般诗学所不取的。

不过,我们也要知道,"纯意象诗"之写得难懂,有很多都不是由于诗于人艺术情趣方面的炫新猎奇,而是由于其受到社会规范或其他方面的制约。例如,在"文化大革命"时期那种极"左"的环境气氛之下,诗人心中压抑着愤懑,为反抗那种极"左"而写的诗,当然便必须写得十分隐晦才能避免政治迫害。在那种情势下,"纯意象诗"是诗人赖以在人群中扩散其精神影响的必要手段,是不得不然的变通方式。在那种情势下产生的"纯意象诗",往往都有很高的精神价值,艺术上的创新是它的铠甲和武装,那是不可与单纯艺术上的炫新猎奇同日而语的。"纯意象诗"在特殊的历史环境条件下,有它不可替代的特殊功用,愈是在苦难的历史时期,愈能显出它强韧的艺术生命力。对这一点,也应有足够的理解与重视。

中国最古的意象诗

在当代,有的人以为"纯意象诗"全是西方现代主义诗学影响下的产物,这只是就当代一些写"纯意象诗"的青年诗人来说才是合乎实际的,如果从诗歌发展的历史情况来看,则中国可能还是"纯意象诗"的故乡。

中国最古的一首纯意象诗,是《诗经·小雅》中的《鹤鸣》:

鹤鸣于九皋,声闻于野。鱼潜在渊,或在于渚。乐彼之园,爰有树檀,其下维萚。他山之石,可以为错。

鹤鸣于九皋,声闻于天。鱼在于渚,或潜在渊。乐彼之园,爰有树檀,其下维榖。他山之石,可以攻玉。

这首诗,如果翻译成现代语言,就是两段各分四小节,每节两行的十八行诗。诗意有内在的连贯,而节与节间却是从一个意象到另一个意象的跳跃:

白鹤在沼泽深处长鸣
遍野都听到了它的声音
　鱼儿潜游在水的深处
　有时在回水沱里停聚
那个可爱的果园
檀香树下,有可用的檞树
　那山上粗硬的石头
　可以作磨玉的工具

白鹤在沼泽深处长鸣
　　满天都听到了它的声音
　　　　鱼儿在回水沱里停聚
　　　　有时潜游在水的深处
　　那个可爱的果园
　　檀香树下,有可用的榖树
　　　　那山上粗硬的石头
　　　　可以用来磨光美玉

对这首诗,中国经学家旧解,说诗意是劝告王朝统治者,应"尚贤辨不肖",善于任用在野的贤人。这解释虽也说得通,但带有儒家专爱用"微言大义"释经的褊狭性。如果广义地解释,诗意就是启示人们不要忽视那些潜隐着的、外表不惹人注意、平凡而有重要用处的东西。

王夫之在《姜斋诗话》里面说:"《小雅·鹤鸣》之诗,全用比体,不道破一句,《三百篇》中创调也。要以俯仰物理而咏叹之,用见理随物显,唯人所感皆可类通;初非有所指斥一人一事,不敢明言而姑为隐语也。"王夫之这段话里面,指出了纯意象诗的几个主要特点:

1."全用比体,不道破一句。"这是纯意象诗最根本的特征:纯任意象暗示。对诗意内涵主旨,不做任何一点说明。

2."《三百篇》中创调也。"这首诗,在《诗经》里面,开创了一种独特的艺术风格。

3."要以俯仰物理而咏叹之。"纯意象诗在艺术手法上的特点,就是从俯仰天地之间,去觅取与诗人内心相对应的外界物象,用来抒发内心情感。

4."用见理随物显,唯人所感皆可类通。"纯意象诗内涵的诗意,是用物象表现出来的。读诗的人，自己内心的感触，都可以因为与意象有相似性的意义而感通，从而领会诗意。

5."初非有所指斥一人一事。"这种纯意象诗，由于纯用意象暗示，意象所对应的是与之有相似性的某一类事情，意象内涵有比较宽泛的诗意覆盖面，因而，纯意象诗是从不表明它是针对哪一个人、哪一件事而作的。

6."不敢明言而姑为隐语也。"纯意象诗的作者，并非没有主观用意，某一首纯意象诗也并非本来就没有确定的目的、主旨，只是由于诗作者在思想上存在顾虑，不敢明说，就姑且用朦胧隐晦的语言来表达。

王夫之的这一段论述，是中国传统诗学中的精华。他不仅独具慧眼从《诗经》的"三百篇"中拈出这一首最古的纯意象诗，而且，在所引不到七十个字的几句话里，对纯意象诗的基本特征和艺术要领，做出了相当全面和非常准确的理论表述。当然，在王夫之的论述中，不可能有西方现代意象诗理论中关于"内心直觉""纯个人感受""大跨度联想""梦幻化语汇""潜意识表达"等现代性诗学理论，但王夫之的论述，至今仍可作为中国传统诗学对意象诗做出正确理解的代表。他对纯意象诗艺术方法的解析，至今仍然是可以实践的，并且，不带有西方意象诗理论中某些带有神秘色彩的成分。

在《小雅·鹤鸣》之后，中国意象诗有许多新的发展。在陶渊明的《述酒》一诗中，不仅把神话和历史故事融入意象，而且还做成了与哑谜式的语言相结合的表达方式。那首诗，尽管作者也留下了使诗能得到破译的钥匙，却过了六百多年，才被人读懂了。此外，中国历代都产生了许多纯意象诗和意象化的抒情诗，如阮籍《咏怀》、李白《古风》、李商隐《锦瑟》等，至今诗学家的解释还留有不少疑问，并不能确切地判明诗人作诗时究竟所指何事，只能从诗中意象的特征、情感的基调，大致领会诗中所表现的那种"心境"，好像是诗人作诗"本意"的一个影像。影像是朦胧的，不清晰的,无特指的,情感覆盖面也是十分宽泛的。正如唐代学者李善注阮籍诗所说,只能"粗明大意,略其幽旨"。为什么要"略其幽旨"呢?李善说是因为"文多隐避,百代下难以情测"的缘故。由此可见,"纯意象诗"自古以来就有一个"不好懂"的问题,之所以不好懂,就因为作诗的人把他作诗的"本意"完全隐没了,诗中意象只传达出一种朦胧的"心境",究竟指的是一件什么事,千百年后的读者已经无法确切地弄明白了。但那诗的艺术生命,并未消失。

E 解读的难题与心境领会

对于"纯意象诗"这种"无特指"与"本意不明"的特点,我们觉得,作诗和读诗的人应该在观念上弄清楚这几点:

1."纯意象诗"在作者作诗的时候,原是有其本意,也有其所指的,都是由于某一件事或某一些事触动了作者的情感才发而为诗的,只是由于作者处于社会的或政治的压抑下,不敢明说,不能不有所隐避,才只好用朦胧的语言和不加解说的意象,来抒发内心隐秘的情感。就作诗当时说,并非无本意,无确指。

2."纯意象诗"在读者接受时,直接呈现在读者面前的只是一些朦胧的意象,作者本意及其所指言的事,都已经完全隐没,读者只能从意象的特征及诗的情感色调去推度和揣摩诗意,现代诗学谓之"隐喻解读",是诗学的一大难题。因此,客观地看来,"纯意象诗"并没有显示作诗本意,诗意只在本文的"意象"之中,它是"无特指"或"并未确指"的,诗中的"意象",有从多方面去做不同解释与领悟的可能。因此,有人认为"纯意象诗"有客观理解的"多义性""意义不确定性"。

3."纯意象诗"作诗当时的"有本意""有所指"与客观理解上的"多义性""不确定性",是十分明显的矛盾。学诗的人怎样对待这种矛盾呢?如果执着地要追求"本意"和"所指之事",那么,诗歌欣赏便都会成为繁琐考证,诗学就会变成考据学,而且很可能到头来还是不知底里。如果从理论上确认"纯意象诗"是"多义"的,意义"不确定"的,从而依据这样的理论去作诗,岂不是只要调动语言符号做成"意象",什么意义、什么情感都可以不问,诗不也就成了无目的之意象游戏吗?要解决这样一个矛盾,我们就得先弄清一个观念,就是:"意象"作为艺术表现的手段,在作者完全不说破的情况下,它所表现的"心境",仍然是可以感受到的。"心境"和"意象"有一种艺术的对应关系,从这种对应关系去领会诗意内涵,虽然仍旧不能确切地知道具体所指何事,却可以隐约知道它大体上是指言某一类事。即使人们对这种"心境"表现可以做出几种意义不同的领会,但那几种意义也必然都有合于这种"心境"的相通性。这就是说,"多义性"并不是无限多义;"不确定性"也不是一切都丝毫不可确定。读诗的人,对"纯意象诗"主要是做"心境"的领会;作诗的人,仍然是以意象表现心灵情意,只不过不加说破而已。如果弄清了这样一个观念,那就可以明白:"纯意象诗"并没有某些理论家所说的那种艺术神秘性。

4."纯意象诗"之被某些理论家做成了一种艺术神秘性的解说,实际上是由于两个术语词所造成的理论错觉。按照那种理论的逻辑:"纯意象诗"既然是"多义性"的,读者就可以任意做出无限多样的解释;既然是"不确定性"的,那么作者本意就是不可知的、客观上与诗无关的,因而作这样的诗本来就是无所谓艺术目的性的。这种理论,在理论界和一些初学写诗的人中,曾一度被视为很新奇的现代理论。其实呢,拆穿来看,这种理论只不过是把"有好几种可能解得通的意义"抽象化为"多义性",把"不能确知诗作者所指言的具体事实"抽象化为"不确定性",经过这样的抽象化以后，"多义性"与"不确定性"这两个术语便变成了"观念"。一旦变成观念，这两个术语便都带上了抽象观念的绝对性与无限性，于是，人们便从这样的观念产生出理论的错觉，似乎"多义性"是无限的多义，"不确定性"是一切都不确定与永远不能确定。实际上，这只不过是观念戏法产生的理论错觉。"纯意象诗"的"多义"只是指有限性的几种可以解得通的意义，通过"多义"的探讨，往往也可能达到较为一致的理解。"不确定"也只是对诗人具体指言何事的不能确知，诗中所表现的"心境"则都是大致可以感知的。说到底，除非人们执意要写一种没有意义的诗（假定它也可算诗的话），否则，有意义的诗都是可以通过"意象"对应于"心境"的感知而被概略领悟的。

综上所述，我们对"纯意象诗"的探讨，已经从创作与欣赏两方面，说明了"不好懂"的原因，也说明了以此为理由的"任意理解"与"无目的创作"都是不符实际与逻辑的。我们之所以要反复探讨这一问题，主要是为了强调诗歌艺术的实践精神与诗歌理论的科学精神。我们认为，在诗学领域内，凡是科学的理论都必然有益于诗歌艺术的实践，没有实践价值地把诗歌艺术神秘化的玄虚理论，只能导致艺术的蒙昧。对于任何使我们陷入蒙昧的理论，不管它是来自轩辕黄帝的古蒙昧，还是来自西欧北美的洋蒙昧，我们都不要去迷信与膜拜它。现代的诗学，必须严格地要求科学的可信性与实践的可行性，经验的有效性与逻辑的合理性。

F 心境与心理共相

现在，我们再进一步来探讨与"心境"有关的两个问题："心境"的"超意象表现"与"心境"的"审美共相"问题。

所谓"心境",这是每个人一说而知的,是自明的。因为随时随地各人都有自己的"心境",而且"如人饮水,冷暖自知",只有自己才体会得最真切。可是,这个最容易自明的"心境"却又最不容易用语言把它说清楚,因为它不能单纯用概念表达,只有借助于意象的表现才能使别人恍恍惚惚地领会你的"心境"。比方你说"我心里很悲伤","悲伤"这个概念并没有说出你心里到底悲伤到了什么样子的那种"心境",但如果你说"我心里像一团乱麻","乱麻"的意象性,就把你心里乱的那个样子表现得使别人能够切合地领会了。所以,诗人表现"心境",一般都是运用意象做艺术的表现,"流水落花春去也!"是"心境";"尽吸西江,细斟北斗,万象为宾客"也是"心境";"雪落在中国的土地上,寒冷在封锁着中国呀……"是"心境";"把自己当作泥土吧,让众人把你踩成一条道路"也是"心境"。"心境"的表现,当然也结合着直接的抒情表意,用"纯意象"表现的多是有特殊艺术信念的诗人。但愈是复杂的"心境",就愈是需要讲求诗中意象结构的艺术表现力。如果意象表现的"心境"能使读者产生美感和亲切感,诗就具有了感人的艺术魅力。

不过,有一种"超意象表现"手法,很特殊。那诗好像是用没有意象的意象手法。因为一般说来,"意象"都是有"形象性"的,而有的诗中,似乎并没有形象的东西,它那诗的"心境"是用不具形象感的语言表现出来的,而它又和前面所说表现"崇高"的诗全然依凭真理性观念和崇高的人格力量来震撼人心不同。"崇高"可以不用艺术表现,而这种"超意象的心境表现",却仍然有艺术性。

我们采用"超意象"这个词时,曾有过犹豫,因为这既有生造之嫌又不一定合适,它是介于有意象与无意象之间的意思。也许只有通过下述的具体例子,才能把这意思说清楚。

例1.里尔克《严重的时刻》:

谁此刻在世界上某处哭，
无端端在世界上哭，
在哭着我。

谁此刻在世界上某处笑，
无端端在世界上笑，
在笑着我。

谁此刻在世界上某处走，
无端端在世界上走，
向我走来。

谁此刻在世界上某处死，
无端端在世界上死，
眼望着我。

  这是奥地利象征主义诗人里尔克的一首诗。译文转引自袁可嘉先生《现代派论·英美诗论》一书，原译者是梁宗岱先生。这诗之奇特，就是它用来做表现的"谁、世界、某处、我"和"哭、笑、走、死"都是抽象概念，实际上好像都没有形象性。然而它的艺术性和其感人的力量，又是很明显的。这样的诗，它的动人之处，主要在于它表现了一种博大的同情心，对人与人之间哀乐与共、生死攸关的世界性联系，有一种特殊深邃的心灵觉识。乍看起来这诗中的一些概念词都不具有形象感，但整个诗又仿佛含有一个无边无际的人类世界的影像。这种表现手法使我们想起了中国古代诗人陈子昂的《登幽州台歌》：

前不见古人，
后不见来者。
念天地之悠悠，
独怆然而涕下。

　　这诗也是用一些概念词表达心境，但整个这首诗又隐含着一个顶天立地的孤独者影像。和前面那首诗相比，似乎前者的感情是横向的"世界之情"，而后面这首诗则是纵向的"今古之情"。后面这首诗与前者的不同之处，是诗人那登台远眺、独立于苍茫天地之间的境象，比较易于想见，读者于无形象感的语言背后，很容易产生影影绰绰的形象感。看来这样的诗，诗中心境的表现是不用具形的艺术意象，而又隐含着一个以无边无际的"世界"和"天地"做成的境象。我想把它叫作"超意象表现"也许含义不很准确，意思只在于把它和一般意象表现手法区别开来。

　　中国的老庄哲学留下了一个很深奥的美学命题叫"大象无形"。上述这两首诗也可以说就是用"无形"的"大象"做意象。如果这样的说法是对的，那么，这"超意象表现"的手法，基本上仍然是与一般意象手法相似的，是用一个无形的"大象"来表现"心境"。这种手法，在诗歌艺术中有其特殊的妙用，所以我们对它做了这样一点必要的探讨。下面来谈"审美共相"。

　　关于诗中心境的"审美共相"问题，这是在作诗和读诗时经常会遇到的一个相当复杂的问题，它关系到我们对诗歌艺术功用的认识与理解。

　　有一句俗话："愁人莫对愁人说，说起愁来更见愁。"一个人说愁，可以引起许多愁人一起发愁，这是因为"愁"是"愁人"们的心理共相。就每个人的"为什么愁"和"愁的什么"来说，各人的愁可能是各不相同的，但由于"愁"是这些人的心理共相，它就可以产生相互影响、相互引发和因交感而加深的作用。平常我们把它叫作"情绪感染""同情共鸣"或"心灵共振"等,都是指的这种心理作用。这种"心理共相"范围有大有小,有的单纯,有的复杂。比如在"愁"这方面来说,"愁"是一切愁的最大的共相,而邦国之愁、乡里之愁、个人际遇之愁、离别之愁、患难之愁、相思之愁、失落之愁等等,则是一些互为区别的范围较小的共相。人的这种"心理共相",在诗歌艺术审美方面,有很重要的意义,从它,可以理解诗中"心境"表现的艺术功能。

一首诗,它所表现的"心境",拥有很宽泛的传情作用范围,通常所谓"情感覆盖面",就是指它能够起作用的范围,这个范围也就是一种"心理共相"。而且,这所谓"范围",也并不只是空间性的,它也包括时间性的久远。有时,人们似乎难以明确地解释:为什么读一首千百年前的古诗,还可以使现代的人为之激动甚至唏嘘流泪呢?这主要是由于诗中"心境"与读者有一种"心理共相性"的联系。

有的理论家从接受美学的角度谈诗,认为诗在创作出来以后,就是一个客观独立自在的语言符号系统,作者在诗中表现的主观情感已经被扬弃了,读者读诗是用这客观独立自在的语言符号内容,使自己的情感借诗而得到表现,所以诗的意义是由读者确认的,一代又一代的读者,不断地从各自的角度去理解诗,所以一首诗的意义就是永远没有完全确定的。

这当然只是西方接受美学各派中完全倾向于"读者主体论"那一派的偏见,但这种见解由于其理论上的新异,在青年人中是颇有影响的。其实,这种抽象谈论"接受问题"的理论,其错误是显而易见的,那就是抹杀了诗的作者与读者之间的"心理共相性"联系。

诗,在创作的过程中,作者虽然是从自己的主观情感出发,有其作诗本意,但在诗中运用意象和艺术语言表现出来的,只是他的"心境"。这"心境"的表现,已经不是他主观情意原本原样一字一眼地诉说,而是用艺术意象做表现,表现为一种与别人有"心理共相性"联系的"心境"。所以,并不是读者读诗时才扬弃了作者的主观情感,而是作者在作诗时本来就已把个人情意的具体内容隐没掉了,也可以说作者个人主观情意中非心理共相性的具体细节内容,是在他作诗时就自行扬弃了的。诗呈现在读者接受中的,固然是"语言符号系统",但这"语言符号系统"实际上只包含用艺术意象表现的"心境"。读者的接受,是通过"心理共相性联系"而接受,所以接受的理解并不是完全任意地自作理解,而是由于与诗有了"心理共相性联系",才使自己的情感与诗"共鸣""共振"从而做出了自己的理解。

举例来说,中国古代的南唐后主李煜,在政治上是个昏皇帝,在艺术上却是个颇有天才的诗人,他在亡国后作的一些诗(词),就他个人情感的具体内容来说,无非是一个亡国之君的伤感,与别人有什么相干呢?但他在作诗的时候,那亡国之君的伤感,实际上是作为一种与一般人有"心理共相性联系"的"心境"表现出来的。所以,读者接受时也不是由于对亡国之君的同情而去欣赏他的诗,倒是由于诗的"心境"表现,引发了自己"心理共相性"的情感。可见,对诗作"心境"的欣赏,扬弃的是那亡国之君的特定情感内容,接受的是"心理共相性"的"心境"表现。李煜有一首《虞美人》词:

春花秋月何时了?
往事知多少!
小楼昨夜又东风,
故国不堪回首月明中。
雕栏玉砌应犹在,
只是朱颜改。
问君能有几多愁,
恰似一江春水向东流。

读这首词的人，并不一定都有"故国"之思，也不一定都有"雕栏玉砌"的忆念，但那"愁"是一个很大的"心理共相"，所以诗中那重愁深恨凄怆无奈的心境，具有很宽泛的传情范围，能引发和深化许多人各式各样的愁绪。诗中"心境"的审美艺术功能，就是由于"共相性"的心理联系而在读者中产生作用的。即使对于原本没有任何愁绪的读者来说，也很容易从心灵经验中体味到这种"心境"而获得审美的欣赏。

当代一些"不好懂"的"纯意象诗"，其"不好懂"的原因，部分是因为诗中所表现的"心境"比较特殊，不是那么普遍地与人们有"心理共相性"联系，而只是诗人与同代青年在心理上较为切近。所以，这类诗虽然意象奇谲，青年人对应于自己的心灵，还是较为容易领会的，而老一代人，则往往由于"代沟"式的心理距离，在大多数情况下都会感到"不好懂"。由此可见，"心理共相性"联系，有时能形成诗歌艺术的"心理功能圈"，不能不重视它。

二、移情与对应

意象艺术原理简释

诗中用意象表现心境的艺术原理,在西方的美学和诗学中,有两种最为著名的理论,叫"移情论"和"对应论"。这两种理论从不同的角度,对"意象"的构成做了比较合乎实际的说明,可以说,它们就是意象艺术"从心造象"与"以意取象"的基本理论。

西方的"移情论"渊源甚古,从亚里士多德到康德、黑格尔,都曾对作者情感转移与艺术表现"对象物"的相互关系,做过一些解释。但这一理论,直到二十世纪初才由德国美学家里普斯发展成为现代艺术心理学的理论形态。

"移情论"的内容,如果现在要去复述里普斯及在他之前及之后的一些西方美学家的理论,那会是十分烦琐的。为了简明地表述这一理论,我想把它归纳为四句话:"移情入物,我在物中,物象我心,自心观照。"

就作诗来说,"移情"就是这样的意思:诗人把自己的心灵情感,移入做艺术表现对象的客观事物中,使事物"人格化",将无情之物变得像是有情感有生命的东西,就像是把诗人自我生命移入物中,使物的形象做出与诗人自我心灵情感活动互相一致的表现。从而,在物我之间,似乎主观独立的我已经消失,转移到了物中;客观自在的物也已消失,变成了为我的心灵情感做表现的意象。这样一来,诗中意象,就是"心物交融"(主客观统一)的结果,意象所做出的"人格化"表现,所表现的就是诗人投入物中的心灵情感,诗人对意象的审美观照,就是观照自己心灵情感的艺术表现。这就是"心物交融而心物两忘"的"移情观照"。诗中意象，就是通过这样一种"移情观照"，在"心物交融"的"意象化"过程中诞生出来的。

西方象征主义诗学的"对应论"，与"移情论"相近相通而略有不同。据说，"对应论"起源于瑞典神秘主义哲学家史威登堡的学说，其认为在自然界万物之间存在着互相对应的关系，在可见的事物与不可见的精神之间有彼此契合的关系。后来，法国诗人波德莱尔把它发展为象征主义诗学的"对应论"。我们现在从《恶之花》中译本里可以看到波德莱尔表达这种理论的那首诗，《感应》：

自然是一座神殿，那里有活的柱子
不时发出一些含糊不清的语音；
行人经过该处，穿过象征的森林，
森林露出亲切的眼光对人注视。

仿佛远远传来一些悠长的回音，
互相混成幽昧而深邃的统一体，
像黑夜又像光明一样茫无边际，
芳香、色彩、音响全在互相感应。

有些芳香新鲜得像儿童肌肤一样，
柔和得像双簧管，绿油油像牧场，
——另外一些，腐朽、丰富、得意扬扬，

具有一种无限物的扩展力量，
仿佛琥珀、麝香、安息香和乳香，
在歌唱着精神和感官的热狂。

从这诗中可以体会到,波德莱尔的诗学观念,是把自然界看做一个"象征的森林",它会"不时发出一些含糊不清的语音",向人们示意。自然界是一个"幽昧而深邃的统一体",它以一切互相感应的芳香、色彩、音响示意于人的精神和感官,使人感到它像有生命、有情感并且在热狂地歌唱。这种观念,作为一个诗人对自然界的感受来看,本来是没什么神秘意义的。诗人把自然界看成有生命、有情感的,也就是一种移情作用。但这种观念也确有可以做成神秘性理解的一面,与"万物有灵"或"天人感应"的神秘观念都非常接近,它仿佛是说:自然界作为一个"象征的森林",是以各种自然物象作为含有某种意义的象征示意于人,它的意义是含糊不清的,人只能从它的芳香、色彩、音响的感应中,直觉地得到精神上的感悟。这样去理解,便派生出几个特殊的观念:

1.意象,即含有某种象征意义的物象,是在自然界客观存在着的。

2.意象的寓意,是幽昧而深邃的,暗示性的。它以其芳香、色彩、音响感应于人,人不可能理性清晰地去把握它,只能直觉地感悟它的整体寓意。因此,意象与人的心灵的关系,是"直觉"与"对应"的关系。

3.诗人在自然界觅取直觉意象,对应于自己心灵情感在诗中表现出来,诗的意义也是暗示性的,也只能从意象去做直觉的领悟。

这样去理解波德莱尔的诗学观,便使得西方的象征主义诗学有了一个特殊的理论基础。后来,因与西方各国一些著名诗人(如马拉美、叶芝、庞德、艾略特等)各自的经验和见解参照起来做理论上的融合,再加上与象征主义绘画理论的美学交流,以及受柏格森直觉主义哲学和克罗齐直觉主义美学的影响,象征主义诗学在理论上便日益丰富,影响也日益扩大,成为西方现代主义的先驱,并一度使意象诗成为风靡于西方诗坛的主要倾向。

在理论上,马拉美强调象征的神秘性、暗示性;庞德强调意象是人的心灵活动的"对等物",并说"它表现的是在一刹那时间中理智和情感的复合物";艾略特也强调意象是人的思想的"客观联系物";而叶芝则把用声音、色彩、形状组合成隐喻的象征,看作是使诗达到完美的艺术因素,他说:"任何艺术作品,不管是史诗还是歌,其各个组成部分之间也存在着这样的关系,而且它越是完美,完美的因素越是多样化,则它在我们身上唤起的感情、力量或者说上帝的形象就越是强有力……"①总的来说,象征主义诗学的"对应论",由于强调意象与人的心灵活动的对应性,要求诗歌艺术在表现人的复杂而微妙的情感意念时,不用理性说明而用感性直觉的意象表现做隐喻与暗示,这一点,无疑对诗歌艺术表现力的提高有积极的促进作用。但由于它过于强调意象的"客观存在""整体寓意"和"艺术直觉性",完全排除了意象的"主观创造""目的用意"与"艺术符号性",因而在诗歌艺术实践中,它就仍然是带有神秘性色彩的理论,容易导致对"意象"的运用产生出一种非理性的、无艺术目的性(意象本身即目的)的理解,使诗中的"意象"渐渐趋向于结构繁复与晦涩难懂,甚至失去艺术表现的功能。

美国当代格式塔心理学美学家阿恩海姆,对艺术的象征作用做了一种心理学说明,他认为艺术象征的一般含义,就是艺术形象中隐含着某种观念;象征形象的创造,就是给一个无形的一般概念赋予形体。而艺术形象之所以能给某种观念做象征,是因为形象在艺术欣赏者的头脑中能唤起一种"力的结构"式样的经验领会,这一形象的"力的结构"与某一观念的"力的结构"式样同形,便使欣赏者从形象而得到对于观念的理解。这便是"异质同构"的原理。

阿恩海姆的这一见解,启发了人们对诗歌艺术意象的"对应论"做出进一步的解释:人与物不同质,自然物象为什么可以作为人的心灵情感意念的象征呢?按照阿恩海姆的见解,这是由于它们之间有"力的结构"

---

① 伍蠡甫主编:《现代西方文论选》,上海译文出版社,1983,第55页。

的相似性。例如：松树的刚劲，可以与刚直的人格相对应，骏马的奔驰可以与激奋的人心相对应。从"异质同构"原理来理解象征对应关系，就可以扬弃一切关于"意象"的神秘主义与直觉主义的理解，这在理论上可以说是一大进步。不过，诗中意象的象征作用，有很多是来自各民族的传统观念和诗人的心理联想，而且与视性直觉艺术形象"力的结构"的可见性又有很大的不同，所以，单纯用"力的结构"来做"异质同构"的解说，对诗歌艺术实践来说，是不尽能适合的。这就仍然留有继续探讨的余地。

"移情论"与"对应论"在理论上的相通之处，是二者都在说明艺术创作过程中"心与物"（主体与客体）的关系。不同的是，"移情论"着眼于诗人和艺术家主观的情感活动本身具有把外界物象做成意象的艺术创造力，因而偏重从"以意取象""从心造象"来说明意象产生的过程；"对应论"则着眼于外界客观物象具有启发诗人心灵情感的信息诱导作用，因而偏重从"见象启意""意象直寻"来说明意象产生的过程。我们认为，这两种理论，在诗歌艺术实践中都是可行的，只要不对"移情论"过偏于主观唯心的理解，也不对"对应论"过偏于神秘直觉的理解，则这两者，在理论上是可以互补相通的。

B 中西诗学的共通见解

中国传统诗学和传统美学，对于艺术创作过程中心与物的关系（即主观与客观的关系），是用"神思论"和"神化论"来做说明，与西方"移情""对应"的理论，基本相通。例如《文心雕龙·神思篇》说："神用象通，情变所孕，物以貌求，心以理应。"这几句话所说的，就是这样的意思：作者的精神活动,因与外界物象感通,就使得作品内容随着情感变化而变化,它趋向于求取物的外貌做艺术表现,同时要求心理活动内容与它达到合适的对应。《神思篇》的这种理论,因为只是从古代文学写作经验总结而来的,当然显得有些笼统,没有心理过程方面的科学分析,只从经验上去说明它"是这么回事",而没有列举足够的理由去说明它"为什么会是这么回事"。和西方现代诗学理论比较起来,它显然是古董。但是,这一千多年前的古董,却有一个值得重视的特点,它用简朴语言表述的"神思"过程,把"移情"和"对应"作为两种相对性的活动包括在一起了。它所说的"神用象通",是把心物相对活动、相互感通作为创作活动的开端;"情变所孕"意味着以"移情"作为艺术创作活动方式;"物以貌求"是寻求外界物象做艺术表现;"心以理应"是要求物象表现与心理活动相对应。这样看来,中国古代的这种"神思论"一方面把"移情"看作主观艺术创造力寻求意象的活动,一方面又把物象与心理活动的"对应"看作是对意象创构的客观艺术要求。这对现代诗学如何认识"移情"与"对应"的互补关系,是很有启发性的。

中国古代美学中的"神化论",是一种发端于绘画理论的美学思想,以"出神入化"作为艺术创作的极致。它最初是由"传神""师造化"(即要求绘画作品"传达事物精神"与"模仿自然生机现象")的观点开始,渐次发展为一种审美评价的理想,要求作品中的艺术形象能够"出神",即显出"人格化"精神;"入化",即达到"入于化境",像参与造化而自然生成的一样。怎样才能达到这样高的艺术境界呢?"神化论"随即又进一步发展为一种艺术创作理论,即认为作者要能把外界自然物象摄入自我心灵,又把自我心灵情感融合在物象中做艺术的表现。用大画家石涛的话说,就是:"山川使予代山川而言也……山川与予神遇而迹化也。"所谓"代山川而言",就是"我"变成了山川的灵魂,山川变成了"我"的形体;所谓"神遇而迹化",就是山川与"我"精神遇合,融为一体,使"我"的心迹与山川形迹（心与物的界限）全都化除了。这种"神遇迹化"的创作论，就是"人的物化"与"物的人化"，以达到"心物交融，物我两忘"为艺术创作时的心灵妙境。绘画美学的这种"神化论"，逐渐发展为一般美学理论，诗歌艺术意象的创造，便也以这种理论做参照。

C 意象运用的古典模式

从理论探讨中可以看出中国古代的诗学、美学与西方现代的诗学、美学，在以外界物象表现人的心灵情感这方面，基本观念是大体一致的，各种艺术见解是相近相通的。不过，西方的"移情论""对应论"，已经发展出现代艺术心理学的理论形态，自然较为精确也更具科学性。故我们在这一节里，就以"移情论"与"对应论"涵盖中西，再来进一步探讨意象的结构与运用的各种模式。不过，为了说明"移情""对应"的原理无论古今中外都是相通的，在这一节里，我们就特别从中国古代诗歌中选取了几首有代表性的作品来做解说。这一方面是因为当代一些诗学论著中，对西方意象手法的运用所做的介绍，如"意象并列""意象叠加"等通常只举一些外国诗做例子，容易使人产生一种印象，似乎这只是外国才有的特殊技法；另一方面，因为中西文化的隔阂与心理距离，外国诗的神理妙趣也不易为中国读者普遍领会。有些诗，如艾略特的《荒原》、庞德的《地铁车站》，在外国原本就不易懂，中文翻译又根据外国评论家的见解来做解说，多隔一层就更容易模糊或产生神秘感。中国当代诗歌中，如顾城《弧线》一诗的"意象并列""意象叠加"手法的运用方式，我们在前面已做了具体说明。现在，我们在这一节里，选取中国古诗中最具意象艺术特色、有代表性或独创性的作品,来做例子,这样就更利于从中西意象艺术手法的比较中,加深读者对意象诗艺术原理的理解。

例1.单个意象的全面对应:

萤火

杜甫

幸因腐草出,敢近太阳飞。

未足临书卷,时能点客衣。

随风隔幔小,带雨傍林微。

十月清霜重,飘零何处归。

这首诗,以一个萤火虫做意象,诗人把自己的心灵情感,移情于物,借萤火虫这一物象艺术地表现出来。

这诗一看就使人觉得奇怪,因诗中对萤火虫全是一种鄙薄与厌恶憎恨的情感。一般来说,萤火虫在人们眼中并不是特别可恶的东西,杜甫为什么在它身上集中了这样强烈的恶感呢?据唐诗的注释家说,这诗是讽刺"弄权阉宦"的。那么,这就是一首运用意象手法的政治讽刺诗。

诗所讽刺的"弄权阉宦"指李辅国,在唐肃宗、代宗两朝,官至兵部尚书,加司空、中书令,是从肃宗李亨的亲信太监擢升为掌握军政大权的大官僚,妒贤嫉能专权跋扈,是唐代有名的坏人,后来罢官并被代宗派人刺死。

诗中第一句用萤火虫从腐草中出来,象征李辅国以太监出身而得幸进。(中国古代称阉割为"腐刑",太监是"腐余之人",诗中"腐草"暗含这样的意思。)第二句用萤火虫飞近太阳,象征他因接近皇帝而有"弄权"的机会。第三句用萤火虫不足以用来照着读书,暗喻他从未接近过书本,毫无文化教养。第四句用萤火虫时常玷污过路人的衣服,暗喻他有惯于诬害好人的伎俩。第五句用萤火虫随风在幔子外面飞舞,象征他善于利用时机显示自己的活动能力。第六句用萤火虫在雨天傍着树林栖隐,象征他行为诡谲,能依傍宫廷权威避开于自己不利的局势,保存自己。最后两句,仍然是以物象人,以萤火虫自身潜在的危机来预言那太监的结局。整个这首诗,只用一个意象,全面地对应着被讽刺的那个人的行为品性,全不说破,纯粹是象征隐喻。而由于移情于物,对应入微,使萤火虫这个意象十分贴切地传达了诗人鄙弃权宦的情感,成为一首极具艺术特色的政治讽刺诗。

例2. 几个意象的并列结构:

天净沙·秋思
马致远

枯藤老树昏鸦,
小桥流水人家,
古道西风瘦马,
夕阳西下,
断肠人在天涯。

这首诗,是很多人都熟悉的,因为它的艺术特色非常突出,诗的前三句,是用九个物象组合成并列的三种景象,全凭景物形象构成画一样的诗境,使诗中情感全凭画面的景象传达,而三种景象的转换,又都对应于诗中人——一个天涯游子在秋天旅途上孤寂伤感情绪的转折与起伏。诗人移情于物,在实境中摄取意象,而由于情境融合、心物对应达到了浑融无迹、契合无间的程度,诗便显得非常自然。

"藤、树、鸦"都是寻常之物,"枯、老、昏"却并不只是季节色彩,它同时带上了诗人心灵情感的色调。"枯藤老树"了无生趣,但黄昏时的鸦群毕竟还能在这儿栖息。这旅途萧索的景象,含蓄着旅人心中未说出的一声低沉的慨叹:"我还不如那鸦呢!"这是诗中意象的潜语言。"小桥流水",这村舍人家的田园生活多么安恬闲适,就像那小桥流水般悠然自得。这里,诗人的情绪随着那明丽的景色忽然转为开朗,透出对"人家"生活的欣羡之情,但也含蓄着一句潜语言:"哪像我这样?⋯⋯"紧接着的是情感上陡然跌下的一个大落差:"古道"荒凉;"西风"寒瑟;"瘦马"踟蹰,已经是"夕阳西下",而"人"还在天涯羁旅之中,孑然一身,一个不知何所归的生命,怎么不叫人"断肠"呢?诗中并列的三种景象,一层一层地显示出旅人的心情,而最后又以"夕阳西下"猛然地加重了"黑夜就要来临"的紧迫气氛,托出一幅"断肠人在天涯"的凄迷惶惑的人生图画。这诗的艺术手法是卓绝的,其意象运用之妙,不仅在情境对应,而且在于那三种景象排列的顺序,也恰好切合于一个旅人在旅途中边走边看、边看边想、愁思起伏终至黯然神伤的那种心灵活动情况。

  这首诗与《萤火》一诗之用意象做隐喻不同,它是从实境摄取意象运用于生活的抒情。虽然也有"潜语言"的深度含蓄,也是全凭意象的可感形象性来传达情感,但那诗意就在情境之中,诗人心境是明白无隐的。而前面所举的《萤火》则不然。"萤火"这个意象是从心灵经验中来的,是"以意为主",从心灵构想中选取的"对应物",物象的表现是在诗人情感的渲染中显示出它的特征。而且诗意完全隐没于意象之外,在意象中只能感受到诗人那种鄙薄与憎恶萤火的心境,究竟所指何事,若不从作诗的时代环境去考见,单从诗的"本文"中是无法寻绎的。其主要原因,就因为它是政治讽刺诗,讽刺的对象是一个当权的大官僚,他随时可以滥用权利加害于诗人,诗人不能不巧为隐晦。所以,初学写诗的人应该这样来理解那些"不好懂"的"纯意象诗",那主要是由于诗人有隐晦的必要,才不得不做了"意在言外"与"象外传心"的艺术处理,并非"诗写得别人看不懂了,就好了"之谓。当然,诗意隐晦并不一定全是政治上的原因,两性之爱的儿女私情,有时为其与社会规范及传统观念不合,为了免于物议,诗人也有隐晦的必要。这样的例子是很多的。

例3.系列意象的连续叠加——

贺新郎·别茂嘉十二弟
　　辛弃疾

绿树听鹈鴂,更哪堪、
鹧鸪声住,杜鹃声切。
啼到春归无寻处,
苦恨芳菲都歇。
算未抵、人间离别。
马上琵琶关塞黑,
更长门翠辇辞金阙。
看燕燕,送归妾。

将军百战声名裂。
向河梁、回头万里,
故人长绝。
易水萧萧西风冷,
满座衣冠似雪,
正壮士、悲歌未彻。
啼鸟还知如许恨,
料不啼清泪长啼血。
谁共我,醉明月?

这是运用意象连续叠加来扩大与加深情感表现的一个特殊的例子。我们把这首诗加上标点分行排列,是为了使诗中语言的脉络更清晰。本来,简单的意象叠加,在中国古诗中是常见的,有一些常用词语的组合,本身就带有意象性,如美化女性的"云鬟""蛾眉""桃腮""杏眼""玉骨""冰肌""雪肤""花貌",这样一些词运用在诗里面很容易形成意象叠加。如温庭筠《菩萨蛮》词里"鬓云欲度香腮雪"就是意象叠加的表现,诗中实境的意象,是一个女子的黑发掠过她腮边洁白的肌肤,而象征美化的意象,则是一片乌云从雪地上飘过。这类简单的意象叠加,一般只能显示作者艺术想象的灵动,并无独创的意义。而辛弃疾这首诗则完全是独创的。

这是一首"送别"诗,诗中所表现的是对人生离别的感伤。但由于那种情感十分复杂,所以诗人用了一系列意象来做扩大加深的表现。首先,是实境中的感触掀动了情感,听到啼鸟悲春,移情于鸟,鸟被人格化了,它们是为送别春天而悲啼,春天一去,就再也看不见花了,那将是一个如何苦恼如何使人失望的世界呢?……其次,就把一系列联想到的有关人生离别的历史故事做成一个一个的意象,在啼鸟悲春的诗境中迭现。这种意象的运用,中国古代诗学谓之"用典",像一个个生离死别的故事镜头,在读者脑子里闪现:

一个远嫁异国的宫女(昭君),在马背上凄清地弹着琵琶,告别中原,向黑沉沉一片风沙的塞外走去。她用琵琶诉说着无穷哀怨……

一个失宠的皇后(阿娇),坐上车,离开她久住的皇宫,被送到她将被永远幽禁的冷宫里去忍受那凄苦命运的折磨。当她告别皇宫的时候,她心里的惨伤有谁知道吗?……

一个自己没有生育的王后(庄姜),她的养子也被杀害了。当她送别养子的生母,看到燕子双双地飞就痛哭起来,那绝望中的送别,谁能说出那是什么样的痛苦？……

　　一个身经百战的将军(李陵)，到头来不幸地做了俘虏，皇帝把他全家处死，他只好投降了敌人，再也不能回国了。当他在黄河大堤上送别老朋友(苏武)归国去的时候，他想到自己已经是一个身败名裂的人了，这无可挽回的命运,何等使他难堪？……

　　一位勇敢的壮士(荆轲)，决心牺牲自己去刺杀暴虐的秦王,朋友们都穿着吊丧的白衣来为他饯行。他在击筑声中唱起一曲悲歌，知道自己再不能活着回来了。这活人的生死诀别，那心情多么悲壮又多么伤感……

　　这一系列意象所表现的人间悲剧，连续叠加到"啼鸟悲春"的实境中来，对应于诗人心中堆垒积压的重愁深恨，所以他说："啼鸟若真知道人间有这许许多多的离愁别恨，它啼下的就不会是纯净的泪水，而会长长地悲啼直到一啼一声血。"

　　这诗以连续的意象叠加，抒发送别时心中难以言传的复杂情感，意象的联想是广阔的，而又旋绕于送别的情绪中心，最后以"谁共我，醉明月？"的短句，咔嗒一声作结。表明在这许多离愁别恨之后，只剩下一个孤独的我，连一个可与共醉的人都没有了。在艺术结构上，这诗除了诗境和一系列意象，并没有一句多余的话，在诗史上完全是独创的。

　　中国传统诗歌艺术，常常采用历史故事做意象表现，这和西方诗歌常用基督教圣经故事或希腊神话故事来做意象，在艺术方法上是基本相同的。不过，因为历史故事都是人间实有之事，寓意确切，故意象内涵近于明喻；而宗教或神话的故事，本身原就带有幻想和神秘启示的色彩，寓意较宽泛，故意象内涵也更多隐喻性。这是由于中西文化基础之不同，给诗歌艺术带来的差异。"五四"运动时期，新诗人主张"不用典"，主要是为求通俗。但后来，新诗往往有"用外国典"的，有人以为"用外国典"显得新鲜,"用中国典"显得陈旧,那只能说是一种时代性的心理趋向,从艺术方法上看,差别是不大的。

例4.一个无限大的意象流变衍化为意象群:

文天祥《正气歌》的原文是众所周知的,全文从略。作者文天祥是中国历史上一个辉耀史册的人物。宋末,他为捍卫民族尊严起兵抗元,他的"勤王"事业,在当时历史条件下无可避免地失败了,但他作为一个诗人,却凝聚起全生命的精神力量,创作了许多不朽的诗篇。

《正气歌》在中国已流传了七百多年,每当国家民族陷于危急存亡的关键时刻,每当社会正义与邪恶势力进行决死斗争的时候,这首诗都曾在许多人心中唤起正义感,产生出一种极大的精神力量。它能感动得人热血喷涌,鼓舞人们忠于祖国、忠于人民;坚持正义、蔑视死神;慷慨牺牲,永不屈服。这首诗,几百年来,可说真正参与了历史的进程,参与了民族灵魂的塑造,它的价值是巨大而恒久的。

但也许是因为这首诗的精神价值压倒了一切,人们反而很少谈到这首诗的艺术成就。其实,它的艺术成就是很大的。这首诗因其语言较为古奥,用典也较多,要通过翻译做世界性的流传,别的民族也许还会有文化上的隔膜与陌生感,倒是这首诗的艺术手法,特别具有值得重视的世界性的意义,它在全世界的诗歌艺术式样中,可能是独一无二的,在美学上,尤有重大的突破。

它的主体意象"正气",不是有形的,而是无形的;不是有限的,而是无限的;不是固态的,而是流变的。它是以这样一个无形的"大象",来表现人性的正义与忠诚。

我们在前面探讨"纯诗"的时候,曾经谈到西方古典美学中的"崇高"观念。康德和黑格尔的美学,都认为"崇高"一般是不能用有限的感性形象去做表现的。但是,如果艺术绝对地不能表现"崇高",艺术岂不是会大大地贬低它自身的意义与价值吗?因此就必须寻求在"纯观念"表达的"纯诗"之外,能不能有用艺术形象表现"崇高"的方式。黑格尔在他的《美学》第二卷第二章里对这个问题进行了广泛的考察。他考察了印度诗、伊斯兰教诗、基督教的神秘主义,发现"艺术的泛神主义"大致上是采取这样的一些方式使神的"崇高"得到可观照的表现:

1. 诗人心目中的"崇高",意味着一个最抽象最普遍的"太一",它是创世神性的精神实体,是一切个别事物中广泛存在的唯一实体。

2. 神内在于飘忽来去的个别事物里,个别事物因内在的神性而崇高化。因此,只有把无形体的神性"太一"转化为无穷无尽、多种多样的世界现象,才能使神性的崇高可以从其外表去观照。

3. 神作为造物主和世界主宰,超越于一切个别事物之上。因此,只有把一切个别事物全都作为隶属于神的、消逝着的幻象,才能从一切个别事物的消逝中,观照神作为世界实体的真正的崇高。

4. 神渗透于诗人内心,使诗人把自己沉没在永恒绝对的神性里,通过绝对忘我达到人神契合。从而,诗人舍弃了自我,在一切事物里都只看到神的光辉,只赞颂神的崇高。

总的来说,在黑格尔的美学体系中,"崇高"的意义,是按照"艺术泛神主义"的原则,把神的崇高建立在人的自卑自弃的心理基础上来理解。

黑格尔美学的渊博与深邃,毕竟也为他的眼界所限,他没有发现,在他的美学著作出版之前约六百年,中国的这首古诗,以特殊的不同于"艺术泛神主义"的方式,艺术地表现了人性的崇高。

在《正气歌》里面,"崇高"是天地间的"正气"流变衍化而在自然界和人身上表现出来的。"天地有正气,杂然赋流形。下则为河岳,上则为日星。于人曰浩然,沛乎塞苍冥。"这"正气"不是神性的,而是自然性的,它在天地间流动,它转化为高山大河、日月星辰,也转化为正义的人性。这正义的人性,从一系列历史事件中表现出来,具体地显示出纯真人性的忠诚、正直,达到了难以企及的崇高。诗中用了十二个历史人物的"正气"型人格来对"崇高"做形象化的表现:"在齐太史简,在晋董狐笔,在秦张良椎,在汉苏武节;为严将军头,为嵇侍中血,为张睢阳齿,为颜常山舌;或为辽东帽,清操厉冰雪;或为《出师表》,鬼神泣壮烈;或为渡江楫,慷慨吞胡羯;或为击贼笏,逆竖头破裂。"这样表现"崇高",就显然不是把"崇高"观念建立在"神的至上、人的自卑"心理基础之上,而是把自然界和人性的"崇高",都归之于"天人相通,一气所化"。这意味着肯定人本身可以有"正气"的禀赋,可以与天地山河日月星辰在精神上等高。因而这"崇高"观念是建立在人的自觉、自主、自尊、自信的心理基础之上,是中国"自然主义"与"人本主义"相结合的崇高观念。仅仅就这一点来说,这首诗在诗歌美学方面对"艺术泛神主义"观念的突破,就是足以辉耀于世界的。

在意象的运用上,这首诗以"正气"这样一个笼盖一切的无形的大象,派生衍化出高山大河日月星辰和用历史事象组成的意象群,使人感到诗人的心灵情感,已内在于天地万物和它们一同运转。并且在历史的长河中流贯古今,时时闪耀着崇高人性的光辉,显示出人格精神的力量。这在诗歌艺术史上是独创的、气概空前的、宏观的"移情""对应"。

我们在这一节里,选取这样几首古诗来作为说明"移情""对应"原理与探讨意象运用方式的实例,我们的目的,不是期望诗歌艺术的复古,也不是要打出"新古典主义"的旗号,我们只是为了说明,诗歌艺术的基本原理和基本艺术规律,古今中外都有可以相通之处。在诗歌艺术内容的意识形态与精神趋向方面,我们应该扬弃陈旧的、腐朽的东西,发扬时代精神,提倡现代意识。但是,在艺术方法上,我们应该看到,古代艺术往往也有它极可珍爱的价值,甚至在某些方面曾达到难以企及的高度,是可以保留、继承和发扬的。古代的艺术方法,可以在表现现代生活与精神内容的艺术实践中,更新其艺术生命,也可以在世界性艺术交流中,得到丰富与提高。由于我国的诗学研究,在近几十年中,还没有能吸取现代科学成果,广泛而深入地对中国几千年诗歌艺术实践的经验及其理论表现,进行历史性的总结与清理。所以,当代的诗学理论,仍然很少有融合中西、化古生新的创建。如果我们能参照外来诗学,对中国古代诗歌艺术创作的丰厚遗产,进行一次实事求是的研究、批判与清理。那么,也许就会发现,在历史的古墓葬中还掩埋着许多可以恢复其艺术生命的珍宝,对于复兴中国诗学和丰富世界诗歌艺术的宝库,都是有重要意义的。在中西诗学的交流过程中,中国新诗既可以借鉴西方现代诗学以更新观念与技法,也可以发扬中国传统诗歌艺术所特有的东方魅力,其目的都在于使现代中国人的生活与心灵得到美的表现。、美的熏陶;同时,也汇入世界诗歌艺术的海洋,为人类文明和人性的美化播散出磅礴而无形的诗力。它是春风化雨般的萌动力、是鬼斧神工般的塑造力、是潜入灵魂深处的内驱力、是超越世界万事万物的前导力。

三、心印

诗歌艺术审美的特性

"心印"这个词,原是佛家的哲学用语。佛家有一派重视人的直觉顿悟,认为佛法的传扬,全靠"心灵印证",是所谓"以心传心""传佛心印"。佛家这一派叫禅宗,它的学说对中国诗学曾产生过很大的影响,中国古代诗学中有"禅悟论"一派,其"以禅喻诗",就是禅宗哲学给诗学打下的烙印。

我们现在借用"心印"这个词来探讨诗歌艺术审美问题,不是单纯仿效"禅悟论"的"以禅喻诗"或强调"直觉顿悟",而是由于我们对诗歌艺术审美特性的认识,和禅宗那"以心传心"的说法有些近似,就是说,诗歌艺术审美的过程,是一个"心心相印"的心灵审美过程。在这一过程中,读者依据自己的心灵经验对诗中所表现的作者的心灵活动做"心心相印"的领会,这种"领会"往往有不可言传之妙。不过,由于诗歌艺术表现方式各不相同,诗歌艺术的心灵审美过程,也有很多差异。

一般说来,直抒胸臆的抒情,或兼有叙事与说理的抒情,读者是较为容易领会的。在诗歌艺术欣赏过程中,这类抒情诗,好像就是诗人的心灵情感通过语言的媒介在读者心灵上传递。那诗中动人的语言,在读者心中唤起的同情、共鸣,主要是由于读者感到那诗中的情感,就像是自己想说而没能说得出来的那种情感,因而一读到诗,便好像诗人说出了自己心里的话,好像这诗也可以把自己的情感表现出来,而且是一种美化了的艺术表现方式。这就是读者与作者的"心心相印",是心灵艺术审美的惯常情况。

不过,这"心心相印"的审美,之所以会使得读者心中产生出"美感"(或谓"审美快感"),除了读者感到自己内心积压的情感得到了艺术的表现,有一种情感得到自由抒发的愉快以外;也由于读者感到自己的情感由于诗的作用而有所提高。这提高,是一种精神"净化"和人性"升华"的性质。

有一些当代美学家,把"信息论"引入美学和文学研究领域,试图建立起"信息论的诗学"。对于他们用"信息论"方法研究诗歌艺术本质问题的做法以及建立独立的"信息论诗学"的意图,我们认为是不适当的,对于他们的个别结论(如认为诗是由于"艺术意象的启示力"才有了"艺术的永恒性"),我们认为是片面的、不正确的。其根本原因,是因为"信息论"方法的局限性,不适用于研究诗歌艺术的本质问题,我曾经写过一篇《"信息论诗学"平议》,具体论证了"信息论"方法的局限性。但是,"信息论诗学"为我们提供了一个很有用的参照,就是在探讨诗歌艺术审美过程时,我们无妨借用"信息论"方法,对诗作为"心灵信息"的传播、接受、反馈过程,做一个简易的说明。

一首诗作出来以后,它是以一个写定了的"语言符号系统"呈现在读者面前。语言符号所传播的,是一种综合性的心灵信息。之所以说是"综合性"的,是因为语言符号所传播的信息包含可领会的情感、可理解的意义、可感受的形象,三者都以"信息"的抽象符号性,结合在符号所构成的形式里面。人们读诗的时候,只在表面上像是单从符号的"语义"来理解诗,实际上是依据符号的"语义"所指,分解为上述的三种不同信息来接受的。

诗中的情感信息,诱发接受者的情感共鸣;诗中的意识信息,诱发接受者的理性思索,这都是很容易明白的。比较复杂的是诗中的艺术形象信息,并不直接传给接受者以某种具体形象而只有一些概念、特征的提示,接受者只有依据这些提示,调动自己的心灵经验,经过内心的模拟想象,才能在自己的心灵屏幕上,朦朦胧胧、若隐若现地产生出某种形象感。就是说,诗中艺术形象的审美,是要通过接受者"审美再创造"才能实现的。而由于诗中的情感意识往往有一部分或一大部分都是包容在艺术形象的表现或暗示之中,所以对诗中艺术形象的"审美再创造"具有特殊重要的意义,用"信息论"的术语来说,接受者对形象信息的"反馈",不仅是对信息的"复制"与"放大",而且还意味着是对信息的"重新编码"。

我们借用"信息论"方法,对诗歌艺术审美"心心相印"的过程,做了这样一个简易的描述,主要是为了强调这样一点:诗,是一门复杂的心灵艺术,诗的艺术审美欣赏,也是一个复杂的心灵活动过程。中国古代诗学认为:要得诗中三昧,全在妙悟,这"妙悟"是指一种综合性的内心觉识。要达到这"妙悟",单从诗的语言文字求解是不可得的,需要调动心灵经验去做置身诗境的想象(即一种"审美再创造"),才能得到曲尽心灵微妙、扩展精神殿宇的领会。这种领会,是独特的,"如人饮水,冷暖自知",不是旁人告诉你的,也不是自己说得清的。这"自知"就是"妙悟"。

B 心印例说

在不是直抒胸臆而是着重于以意象、情境做表现的诗的审美欣赏中,置身诗境的"审美再创造",尤其显得重要,它是领会诗情诗意的关键。诗把读者引入诗境,读者用诗来表现自己的心境,这"审美再创造"自然就是一种相对性的心灵活动。这相对性心灵活动的结果,使读者感到那诗"先得我心",或感到"我心即诗心",便是从"心印"得来的"妙悟"。

当代女诗人陈春琼有一首《瞬间》:

梧桐树干冰玉般清凉,
而我的脸颊滚烫,
猛然,我把脸贴紧树干,
愿树叶沙沙的低语,
将我怦怦的心跳掩藏。

我灵魂中那一册珍藏的书,
储存着一个羞涩的希望;
一旦真正地被你发现,
我又像奔逃的小兔一样惊慌,
多盼你,摘片绿叶遮住我的脸庞。
绿叶却像高倍显微镜,
无限地放大了我的焦灼与彷徨;
你呀,莫非你竟是一朵吊钟花,
任我等待,
也听不到你一点声响。

这诗,只是截取怦怦心跳的那一瞬间,从"我把脸贴紧树干"的情境中,抒写初恋的微妙心态。语言明朗而含蓄,诗境可说是恋爱生活中寻常可见的,并无特别夸张。然而,诗中那"多盼你,摘片绿叶遮住我的脸庞"和"你呀,莫非你竟是一朵吊钟花"这两句,却十分婉曲地表现出了一种娇羞难掩、爱极还嗔的特殊情味。读这样的诗,一入诗境,就自然地感受到了一颗柔情缱绻、自作痴憨的少女心灵的怦怦跳动,别有一种内在于心灵的美。

那么,这种心灵美的美感,是不是从这诗中传到读者心上来的呢?这是无疑的。但是,许多人都有过初恋,也许同样也有过"把脸贴紧树干"的瞬间,是不是当时也感受到了这样一种心灵的美呢?这却不见得。也许当时感到了爱的温馨,感到了新鲜的情趣,却是在读了这样一首诗以后,才真正地感到了诗意的美。这就是说,尽管读者也有类似的生活,类似的心灵经验,但由于没有艺术地表现出来,就还不具有诗意的美。而一旦在诗的艺术欣赏中,这种心灵经验被唤起了,于是便产生了与诗的共鸣,被诗所同化,所提升,感受到了诗意的美。这便是"心心相印"。经过这样一个"心心相印"的审美过程,读者所领会的"诗意美",便不像是单纯从诗中传来的,也像是从自己心中被诗诱发出来的。这时,读者便感到,这诗正好也表现了自己的心灵经验,是这诗"先得我心",也仿佛"我心即诗心"。

人的心灵经验,是多方面的,包括外来的感受、内在的情绪,以及逻辑思维和艺术审美等各方面的经验,范围非常广阔,成分也非常复杂。因而,每个人对诗的审美欣赏,在与其心灵经验相印证时,会呈现出个人独特的个性特征:有的人敏于情绪的感受,有的人偏重理性的启迪,有的人专注于意境的欣赏,有的人爱做语言的推敲。所以,我们所讲的"心印",也绝不是一个"人人如是"的机械化公式化过程。不仅对艺术表现手法和语言形式不同的诗,这个审美欣赏过程会有很大的不同,即使对同一首诗,每个人的欣赏态度、感受和理解的过程,以及对诗情诗意的领会,也往往是有时大体一致、有时各有差异、有时见解悬殊的。这在一些纯意象诗的审美欣赏中,表现尤为明显。例如杨炼的《诺日朗》一诗,就因为意象奇谲、语言诡异,在发表后的一年内,曾引起过好几种分歧的理解与评价。

所以,为了避免对一首诗的理解产生过于悬远的歧义,我们认为,对诗的审美欣赏，仍然要重视"推原作者之心"。故我们所说"心印"，包含诗歌审美欣赏过程的两个方面：一方面是读者依据自己的心灵经验，对诗作个性化的审美欣赏，做出自己独特的领会（这是把诗作为信息接受后的"反馈"与"重新编码"）；另一方面，则是读者以自己对诗的领会与诗作者的本心相印证（这是对诗作为信息接受的"破译"，及"新码"与"原码"的比较核对）。这两方面，是有矛盾的，"心印"，就是力求矛盾的统一。

这里说"矛盾的统一"，只是借用黑格尔的哲学语言来做近似的解释，实际上，诗学上某些问题的解决，与哲学认识论上的"统一"是并不相同的。读者对一首诗的领会，经常不可能和诗人作诗时的心灵活动完全一样，这几乎是绝对办不到的。读者的领会与诗人的心情意往往有或大或小的差异，特别是今人读古人的诗，由于时代意识相距悬远，心理差异就更大。所以，我们这里所说的"统一"，意思只是要求在精神境界、情感结构、心灵情趣等方面的近似性、相通性、共相性、一致性。这个道理，要从理论上做详细的解释，相当麻烦。现代解释学关于作品"本文"在无限阅读中，其意义将"重新建构"的观点，格式塔心理学关于艺术审美有"异质同构"心理效应的观点，对我们研究这一问题，都有可供参照的重要意义。但是，在诗学领域，我们有一个立足于"人"的，超越并涵盖这些科学理论的基本观点：人的心灵，有超越时间、空间及其他各种条件限制而互相通达的感应能力，"人同此心，心同此理"这句话，十分简明地说明了人类心灵的共性，人和人心灵情感和意识的交流或精神的呼应，都是以人类的这种心灵共性为基础。诗歌艺术的审美欣赏，有时就是在心灵情意的传达与感应中实现，也有时是经由对意象隐喻的"异质同构"效应而领会。还有另一种情况，既是对原诗"本文"语言意义的"重新建构"，又保持着对原诗精神内涵的心灵感通。我们在《瞬间》一例中，已经对心灵情意的传达与感应做了说明，下面，再举几个例子，来对另外的几种情况做些解释。

王志杰有一首《枯叶蝶》，只有六行：

丑了，便美了
生存，首先死去

栖息——一块墓碑
飞翔——一片虹霓

一个褐色的象形文
道尽了千古悲剧

这首诗，是一首纯意象诗，诗人的心灵情感是通过艺术意象的中介来表现的。诗中的意象是一个自然物——枯叶蝶，这是峨眉山或其他大山老林中特产的一种稀有蝴蝶，全身像一片枯黄的树叶，翅背上还有一圈与树叶一样的叶脉纹，当它平展双翅停在地面的落叶上时，人们的眼睛很难辨别它是否就是一片枯叶。诗中表现的是这枯叶蝶的悲剧命运：它本来是一个活泼的生命，但它所处的环境却使它只有变得像一片枯叶才有活下去的可能。它是在一个衰败的季节、枯槁的环境里，被赋予了一个"死亡的形象"，要"生存"，得"首先死去"。在它的同类里，它是最丑的，但这丑，使它能顽强地生活在死亡所统治的季节与环境里，这样一个"死里求生"的生命，显得珍奇，反而具有了"美"的意义，所以它是因为"丑"才"美"的。"丑"是它的外在形象，而"美"是它内在的生命意志与精神。它如果能自由地飞翔，它会像"一片虹霓"般美丽，可是，那环境和季节限制了它，常常只是像"一块墓碑"一样在枯黄的落叶里栖息。诗人感到这"一个褐色的象形文"，似乎说出了千古悲剧所共有的那种悲剧性，这悲剧指的是使自由的生命在死亡里挣扎、使美的生命以丑的形象存在的自然悲剧性。

　　这首诗,只有简短的淡淡的六句,读者如果不经意看过去,似乎也就是一首淡而无味的咏物诗,记录着诗人对枯叶蝶这个小生命的同情与悲悯。但是,如果读者有对意象诗的艺术审美经验,他就不会淡然看过。首先,他会调动自己的心灵经验,沉入意象,好像是使自己化为枯叶蝶,去体味它在其境遇中的心灵情感。然后,他会按照"对应论"与"异质同构"的原理,从意象是"人的物化,物的人化"的美学关系,"由物及人"地去"推原作者之心",体味诗中枯叶蝶的悲剧命运,就是诗人心中悲剧命运感的投影。这样一来,读者的心灵就通过诗中意象的中介而与诗人的心灵相印证,这是意象诗不同于一般抒情诗欣赏的特点。

　　这个特点,使意象诗具有深度的含蓄,并留给读者心灵活动(移情想象)以广阔的余地。如果读者真能沉入意象,移情入物,想象自己置身于枯叶蝶在死亡形象中生活的境地,那么,他就能体味到:枯叶蝶多么向往于自由的飞翔,又多么震惧季节和环境的肃杀;它被蒙上枯叶的色彩以"死的形象"活着,心中该积压着多少怨愤;而它那"死里求生"的精神与知道自己的"丑"就是"美"的内心觉识,又该是多么辛酸的自豪与多么痛苦的耐力。如果读者进一步让自己的情感与想象驰骋开去,那就还可以体味到:枯叶蝶在它那些"美"的同类中,忍受过多少奚落与歧视;它在像墓碑样的栖息中,经历了多少饥饿与寒冷;鸦啼雀噪,它逃避了多少被捕杀的危机;风吹草动,它度过了多少不眠的夜晚;朗月团圆的清宵,惹起过多少吊影的凄凉;流萤过眼的午夜,引来过多少黎明的幻觉……这些,诗中所不及说到的情境,读者都可以依凭自己的心灵经验,放任情感与想象去自由驰骋。这样一来,读者的心灵活动,就在审美欣赏过程中大大地丰富了原诗的艺术内涵,深化和扩展了意象的美。这种情况,就是"信息论"所谓:读者对诗中信息的"反馈"与"重新编码";也就是解释学所谓:读者对诗歌语言意义的"重新建构";而用一般诗学的语言来说,这就是读者在诗歌审美欣赏过程中对诗中艺术意象的"审美再创造"。这些不同的说法,实际上所指的是同一件事,与我们所说"诗歌艺术审美"是一个"心心相印"的过程,也并无不合之处。

当然,我们这里谈的,只是诗歌艺术的审美欣赏,而不是对诗的"研究"。诗的审美欣赏只涉及诗的"本文",而"研究"则往往要越出"本文"之外涉及诗人的生平及创作时的社会历史背景,等等。例如,对这首诗,如果有人去"研究"它,那他至少会对诗人王志杰在五十年代后期的历史悲剧中的遭遇及其心灵创伤略有所知,那么,他对诗中意象所对应的社会历史生活内涵,就都会了然于心,对"枯叶蝶"式的悲剧感也必能做出确切的解释。但那只是"研究",不是"心心相印"的欣赏。在这个问题上,我们要清楚地划分并说明这一点。因为任何研究家对诗意的明确解释,都不能代替读者自己置身诗境去进行"审美再创造"的艺术欣赏。读者个性化地追求"心心相印"的审美欣赏,也决不应在任何解释的面前停步。

C 一种特殊的情况

我们所说的"心心相印"的审美,并不限于"同情共鸣"或"同声相应"式的情况,所谓"心心相印"有时也因"异质同构"而有很特殊的种种表现。这里再举一例:

子页有一首《我不是……》:

我不是驯良的温鸽，
　　怎忍心你的抚摸！
　　我是滴血的杜鹃，
　　令你在血光中思索。

　　我不是妩媚的花朵，
　　怎甘心你的攀折！
　　我是山野的刺枣，
　　教你在贫瘠中育果。

　　我不是吉他的轻音，
　　怎陪伴你的欢乐！
　　我是爆冬的沉雷，
　　摇醒你沉睡的生活。

　　假如你不是浅薄，
　　就会在痛苦中寻我。
　　我愿在误解的重轭下，
　　耐心地把你等着……

　　这首诗，任何人一看就知道是一首情诗，婉曲而深挚地抒发了对诤友式理想爱情的执着追求，不溺于儿女温情，无取于庸常媚态，在郑重的叮咛和信守的预约中，蕴涵着一种高洁而坚实的内在情操和关于人生选择的心灵自觉。这诗，在当代情诗中无疑是别具一格的佳作。

　　但它并不只是一首情诗。有一部研究中国问题的专著，把这首诗印在它的扉页上，俨然是专为那本书所写的题词。这是为什么呢？这是由于那本书的作者,对这首诗有他独特的理解,他把这首诗印在扉页上,是借用这首诗,来表达他写作那本书时的内心情感、态度,并以之寄托对读者的期望:期望读者不要用温情的眼光来看这本书,因为书中不会有"一片光明、无边美景"的甜言温慰,书中重视的是困难与忧患,"假如你不是浅薄",你才会爱上这本不平常的书。

我们从这样一个例子可以看出:诗歌艺术欣赏中所谓"心心相印"的领会,也并非爱情诗只对应于读者心中的爱情回味,山水诗只对应于读者心中的山水情趣。不,不是这样呆板的!"心心相印"不全是直线的,而常常是心灵的折射。在诗歌艺术欣赏过程中,由于情感结构的相似性、精神境界的相通性,读者与诗人的"心心相印"是可以有许多种不同表现的。上述的这个例子,就是由于情感结构的相似,精神境界的相通,使那本研究中国问题专著的作者,感到可以用子页的这首情诗来表达自己的心志。这也就是所谓"心灵的折射",也合于"异质同构"原理。

王国维在《人间词话》里说:"古今之成大事业、大学问者,必经过三种之境界:'昨夜西风凋碧树。独上高楼,望尽天涯路。'此第一境也。'衣带渐宽终不悔,为伊消得人憔悴。'此第二境也。'众里寻他千百度,蓦然回首,那人却在,灯火阑珊处。'此第三境也。"

王国维所引来说明三种人生境界的那几句诗,也都是爱情诗。之所以他能从这类诗(词)中摘取一些句子,用来作人生境界的借喻,也是由于他对这些诗句中所含寓的那种情感与精神,从"异质同构"的审美欣赏中,做出了心境相似性的领会。

这里,当然也涉及诗歌语言的"能指""所指"与相关性问题。现代的符号论语言学家,常常谈到语言的"能指"(表示成分)与"所指"(被表示成分)的关系。一首诗作为一个由词句排列组合成的语言符号系统看,它能够表示的意思,往往并不限于一种。"能指"有一个较大的覆盖面,包含多种不同的"所指",人们可以从不同的角度,去领会其"所指"之意。

当然,那是语言学专门研究的范畴,这里无法细说。这里,需要再做一些说明的是:"情感结构的相似性"与"精神境界的相通性",不仅在诗歌艺术审美欣赏过程中,有上述的那样一些作用,它还与诗歌创作有关。诗人可以运用"情感结构相似"与"精神境界相通"来把自己的心境做成隐喻式的表现,形成一种特殊的艺术表现方式,一种技巧。

《唐诗三百首》里面有一首朱庆馀的《近试上张水部》:

洞房昨夜停红烛,
待晓堂前拜舅姑。
妆罢低声问夫婿:
画眉深浅入时无?

这首诗如果不看题目,那就好像只是一首闺情诗,描述的是一位新娘,在洞房花烛的第二天清早,赶天亮前梳妆打扮准备去拜见公公婆婆,怕自己打扮不入时,得不到公婆的喜欢,悄悄地先问一问丈夫,自己的眉毛画得怎么样。诗中情境所蕴含的,是这位新娘准备显示自己又微微有些怯场的心态,这种心态的表现就是诗人写这诗的目的。不过,作诗的可并不是一位新娘,他是以诗中所表现的这种心态,作为对应于自己心灵的借喻。诗人当时是一位考生,在科场试期临近的时候,他把自己的诗文送给前辈知名诗人,请他评定是否够得上考取的水平。这种心情,如果直率地说出来,那是索然无味的,可是,一经他借用一个新娘的那种心态隐喻地表现出来,就显得十分生动,有一种曲尽心灵微妙的情趣。而这里借用新娘要见公婆前的怯场,来表现考生应试前的怯场,就是在诗歌创作中,对"情感结构相似性"的运用。

在诗里面,"以物喻人""以象传情"的诗是很常见的。"以古人之事喻今人之情"即所谓用"典故"的借喻,也非常多。但是,像上述这首诗,只是一般地"以人喻人""以彼情喻此情",却比较少见。因而,这样的诗若不是他用题目标明,便难以领会作者的本意。但是,如果撇开这首诗的题目,撇开作者本意,依据情感结构相似性的原理,借用这首诗去表达别的意思,仍然可以作多种不同的运用。由此可见,由于情感结构相似、精神境界相通,在诗歌作者与读者之间,"心心相印"的联系是非常多样的。

"心心相印"的审美欣赏,从诗人这方面来说,是诗歌创作时就已经存在着的一种心理期待。要使这种期待能够如愿地实现,诗人应该留意为读者预先设计心灵感应的通道,在诗歌语言和艺术表现方法的运用上,尽可有艺术的含蓄与朦胧,也尽可留有任凭读者去驰骋艺术想象的空场和隙地。但是,同时也应该尽可能避免用那种足以滞碍心灵、隔塞情感、使读者难于穿透的花花屏障。

"心心相印"的审美欣赏,对读者来说,是甘露的亲尝;对诗人来说,是知音的幸会。

第四章 诗的继发过程(Ⅲ)
——心灵的音响

如果说作诗的时候诗人自己也容易有一些神秘感,那是因为诗兴之来,最初好像只是一种混混茫茫的情绪在心灵中悸动,而当诗意和意象的构思渐渐在心中明晰起来的时候,所表达的语言也就随之而源源出现。更奇怪的是,这语言不是一般的语言,而是带上了情绪的、有节奏和声韵的音乐性语言。这种有节奏有声韵的语言,形成了诗歌语言的艺术特质。

但是,几乎是从新诗发轫的时候开始,诗人们就一直在争论着"新诗要不要押韵"的问题。现在,更有人提出现代诗应该"非声韵化"的主张。因此,我们认为,对诗的音乐性问题,索性再做些寻根究底的探讨,也许对强化诗歌语言的艺术活力,有值得重视的意义。

"诗为心声"这句话,所指的是两个方面:一方面是说,诗的语言是心灵情意的表达;另一方面则是说,诗的音乐性(声韵节奏),直接就是发于心灵的音响。所以,诗的语言,既有和一般语言相同的用声音表达语意的共同性,又有不同于一般语言的、通过音乐性的声韵节奏直接传达心灵情感的特殊功能。无论是中国的还是西方的古典诗学,都对诗歌语言的音乐性艺术功能有过非常深入细致的研究。而且,在诗与散文的本质区别上,东西方古典诗学的认识基本上是一致的,即认为:有声韵节奏的音乐性语言,是诗区别于散文的最明显的艺术特征。古代的韵文,只是散文对诗歌语言的模仿。所以,有韵散文的存在,并不能作为否认"诗以音乐性语言区别于散文"的理由。

诗,在各门艺术中,和音乐的关系最为亲近。在古代,诗歌发源的时期,诗和音乐是结合在一起的。乐歌,是诗和器乐的演奏相配合。徒歌用口唱,也是诗与声乐结合在一起。后来,两者分离开,诗和音乐的艺术表现方式仍然很相近,两者都是"线性进展方式":音乐是随时间进程而依次连续奏响的声音序列,诗则是按先后顺序而依次一句句吐露出来的语言序列。音乐是听觉艺术;诗,最先也是凭听觉接受的口头吟诵,后来才演变为可凭阅读流传的书面形式。诗和音乐不同的地方,是音乐全靠声音抒情,大都通过一定的物质媒介(乐器),从人的感官刺激中去获取听觉艺术效应;而诗,却是用兼有声音和意义的语言来抒情表意,可以不要物质媒介(或只用书本做物质载体),单凭语言传入读者心灵,就能够获取心灵综合的艺术效应。当然,文学的诗,在从古代"诗乐合一"的状态中分离出来以后,已经发展为一门独立的语言艺术,语义的作用被强化,音乐性的作用大为减弱了。但是,诗仍然部分保留了音乐性的艺术功能,它能用语言的声韵节奏,去起传情、悦耳、加深印象和便于记诵的作用。在长时期的诗歌艺术实践中,声韵节奏历来都被看作是诗歌艺术的重要手段,历代诗人创造了多种多样使语言声韵化的方式,积累了非常丰富的经验,不仅能使语言美化,而且凭借语言声韵的变化创构了许多不同的诗歌艺术形式。在中国,几千年来,声韵节奏的运用,一直是诗歌艺术形式主要的构成因素。古代的诗词曲,都有关于声韵节奏的严格规定,谓之"格律"。

不过,诗歌发展到现代,古代那种有严格规定的声韵化语言形式,不能不被打破。这主要是由于语言随时代生活而发展,用现代语言写诗,不可能仍然局限在古代传留下来的形式里面。所以,五四运动以后在文学革命中创建的新诗,完全摒弃了旧的五七言句式,打破了平仄韵律等方面的种种束缚,在外来诗学及外来艺术形式的影响下,创建了自由体新诗。

但是,在新诗近七十年的艺术实践中,诗人们仍然从经验中体会到,用现代语言写自由体新诗,还是要与散文语言有质的区别,不然就不像诗而成了分行散文。而诗歌语言与散文语言的区别,主要仍然是在于诗歌语言要有一定的音乐性。于是,诗人们大都同意了这样一些主张:押大致相近的韵;不过于严格限制而又能使语音谐和、合乎自然的声韵节奏;按情绪起伏的内在旋律来进行语句的排列组合;等等。实践证明,这些主张都是合理的、可行的。

但是,也有一些人提出"散文化""不押韵"的主张,认为押韵就会像"戴起镣铐跳舞",不自由。这种主张,并没取得多数诗人的同意,却也有人拥护。后来,另一种修正的意见则认为:"保持语言的节奏感,就可避免散文化;不用韵脚,就可以比较自由。"这种意见,有一些诗人采纳了,并也见诸实践。

总的来说,关于诗的音乐性问题,在现代中国诗歌界虽然有过好些不同意见,在认识上却长时间都是不一致的。诗人们在各自的创作中各行其是,渐渐地对"要不要音乐性"这一问题,似乎就"无所谓"地淡化了。

对诗歌音乐性美感意识的淡化,在中国新诗的发展过程中,无形中造成了对诗歌语言艺术质量的贬损。因此,在关于诗声的探讨中,我们不仅要做某些必要的辩论,而且从长远和根本的意义上考虑,必须探讨到诗歌音乐性源于诗人心灵情绪及语言音响应合于自然的艺术之根。同时,要探讨语言声韵节奏在传情与形式构成方面的作用。

诗声的探讨区分为以下四项:

一、"非声韵化"问题

二、天籁与人籁

三、情调

四、通感解析

一、"非声韵化"问题

A "非声韵化"现象

在中国新诗发展中早已淡化了的音乐性问题为什么又旧话重提呢？这主要是由于八十年代中后期在诗坛涌现的一大批青年诗人中，出现了一种完全漠视声韵，因而无形中降低了诗歌语言艺术质量的现象：有相当大量的诗人，在"随意性、口语化"，"反传统、反理性、反文化"以及"语言还原""语言非非化"等创作口号的影响下，草率地写成了一些完全不重视诗歌语言艺术质量的作品；有的人迷信一种所谓"不要构思，不要形式，不要技巧，把感受到的照直写出就是好诗"的理论，生硬地模仿翻译过来的美国"垮掉派"诗人金斯堡《嚎叫》一诗那样的长句，写得冗长拖沓、枯燥疲软，但并不具有《嚎叫》的语言气势；有的诗为了显示随意性，故意懒懒散散、无精打采地摆弄字句，有时用空洞的重复来拼凑长句，有时又把通俗口语的短句写成毫无艺术韵味的说白，像一橛一橛硬邦邦的断头柴棒，摆在扫得精光的水泥地坝上，连潮气都没有，更不用说应该有的生气。这样一些现象，当然有时代风习、个人兴趣与艺术信念等方面的复杂原因，但单从其全不重视诗歌语言艺术质量这一点来看。我感到，这其实并不只是"新潮""后新潮"夹带的泥沙，它是新诗长期淡化声韵意识，历史积累下来的后果。

偶尔出现的一种新的"非声韵化"的理论，其主要的理由有这样几点：

1.现代诗要走向世界，有声韵节奏的语言不便于翻译，一经翻译，原有的声韵节奏也无法保留或完全变样。所以,现代诗无须讲究声韵,声韵诗的时代已经过去了。

2. 现代诗是阅读性的,主要是以书面的无声的语言在读者中流传,不像古典诗歌必须通过吟诵而被接受。所以,现代诗没有声韵节奏,无碍于读者的审美欣赏。

3. 声韵节奏的要求,总是要形成限制,容易束缚思想情感的自由表达。现代诗力求情感与想象的无限自由,语言的逻辑结构有时已经使诗人感到无形的限制,如果再要求语言要有声韵节奏,必然形成更多的限制,不利于诗歌创作。故现代诗的语言只能是随意性的,声韵节奏有就有,没有就只好随它没有。

这样一些"非声韵化"理论,由于以"现代"新型理论面目出现,影响不小。因而,它成了诗学应该研究的课题。

B 对"非声韵化"的探讨

"非声韵化"理论既然已经在诗坛产生了影响,有许多青年诗人早已付诸实践,写出了许多"非声韵化"的诗,我们当然不能武断地说"非声韵化"理论毫无意义,也不能说"非声韵化"的诗不能算是诗。应该看到,"非声韵化"的理论是对中国传统诗学声韵限制过苛过严的"格律化"形式主义理论的反拨,在这一点上,它有进步性,对初学写诗的人,具有解除声韵格律束缚免致滞压心灵的解放作用,这是它有利于诗歌艺术更新发展的、有积极意义的一面。但是,当这种理论走向极端,把"非声韵化"看作是现代新诗发展的必然趋势或总体路向,看作是现代新诗"走向世界"的唯一通路,那它就由于"走过了头"而产生了消极作用,完全漠视了"音乐性语言"在诗歌艺术发展中的重要意义。所以,对"非声韵化"理论的这一方面,我们要提出以下的反驳:

第一,关于"非声韵化"有利于诗歌"走向世界"的问题。现代世界各国的诗歌,实际上都是建立在许多种不同民族语言基础上的民族诗歌,并没有一种统一模式的"世界诗歌"。因而所谓诗歌"走向世界",实际上乃是各民族诗歌各以其民族语言艺术特色"走向出界"去进行世界性诗歌艺术竞技与交流。正因为这样,各民族诗歌"走向世界"非但无须放弃本民族的语言艺术特色,而且必须以自己的民族特色去参与竞技交流。这样,才能使世界诗歌艺术呈现出多色多彩的繁富。如果大家都放弃本民族语言艺术特色去趋就某种统一性的"世界模式",那岂不会使世界诗歌艺术空前单调了吗? 世界各民族的语言各有体系,其运用于诗歌艺术表现的方式也各不相同。拿声韵节奏来说,不同的语言,其构成声韵节奏的方式是各不相同的。已故美学家朱光潜先生曾在他早年所著《诗论》一书中谈过各国诗歌不同的情况,如:英语因为轻重音明显,一般是用轻重音构成节奏;法语因为轻重音不明显,就用长短及高低音构成节奏;英语重音明显,可不押脚韵;法语无明显重音,故一般都要用脚韵。朱光潜在《诗论》中对这类问题谈得很多,这里不必复述。总之,这种情况表明,声韵节奏的结构方式,是各民族语言见之于诗歌的一种艺术特色。这种艺术特色既扎根于民族语言之中,就与本民族的文化及情感意识有非常普遍而深刻的联系,它是不可能为了"走向世界"而自行放弃的。

中国的汉语诗歌,声韵节奏的构成方式确实与使用拼音文字的西方各国不同。汉语一字一音,没有语根语尾的声音变异。汉语没有明显的轻重音,有平上去入四声读法的抑扬顿挫,有习惯性的长短高低音,但一般都与上下文句读有关,比较灵活而不是刻板规定的。旧诗一般依平仄声构成节奏,限制较严,但新诗每句不限字数,节奏在句子里是可做择优调整的。汉语一个音可包含许多意义全不相同的字,如:同桐铜童潼瞳彤……同音或音近(同韵邻韵)的字,在新诗中都可通押,不像旧诗押韵有严格限制。汉语往往一个字有多种词性,如:"花"是名词,"白花花"的"花花"是形容副词,"有钱别乱花"的"花"是动词。一字一音而词性可作很多变动,这是很利于构成声韵的。与英语、法语相比,汉语如果不是更易于构成声韵节奏,至少不会是特别困难的。那么,在世界各民族诗歌都是依从自己民族的语言特点去构成声韵节奏以"走向世界"的情况下,凭什么理由说唯独中国的现代诗要放弃声韵节奏才能够"走向世界"呢?

诗歌的世界性传播,必须通过翻译,而诗的声韵节奏在别国语言的译文中难以保存,这确是事实。由于世界各民族的语言符号都是把声音和意义固定地结合在一起,各民族的语言符号不相对应,译音则不能译意,译意则不能译音,所以翻译诗歌一般都是译意而无法保证原诗声韵节奏的如实转介。文学界早有人发出过"诗不能译"的慨叹,就因为这是一个无法解决的难题。很多人都有这样的体会:读翻译的外国诗,很难有亲切感,对那诗中的神理妙趣,尤其难得有深微的领会。翻译家也感到,译诗,常常是只能达意,难得传神。诗的声韵节奏,一经翻译,便会全部分解,或仅能保存一些片段。所以说,诗的声韵节奏本身是固守民族性的,它根本不可能变成世界性的东西。在诗"走向世界"的时候,声韵节奏仍然只能在原文中提供欣赏,诗要想凭译文去"走向世界",其声韵节奏艺术性的损失,几乎是不可避免的牺牲。美国诗人艾略特曾说过这样一句话:"没有任何一种艺术能像诗歌那样顽固地恪守本民族的特征。"这话,也涉及了我们所说的这个问题。说明为了通过翻译去"走向世界"而事先要求诗放弃一部分本民族的语言艺术特征,是根本不合理的。

何况,诗要走向世界,总得是在本民族的诗歌界获得了较高艺术评价,在本民族中产生了较大的精神影响,才具有参与世界诗歌艺术竞技与交流的民族艺术代表性。若是先把具有民族语言艺术特征的声韵节奏完全去掉,就降低了诗歌的语言艺术质量,在本民族诗歌艺术中已不能达到较高水平,失去了民族艺术的代表性,那又如何能保证其"走向世界"呢？那样的诗,即使真有机会被推向世界,世界诗歌的艺术竞技场上,恐怕也不会特为设立高脚座位来优待艺术的侏儒。

可见,认为只有"无韵诗"才可以"走向世界"的这种理论,并没有哪一点是真能站得住脚的。

第二,关于现代诗主要在阅读中欣赏,是否可以不要声韵节奏的问题。这也要从诗歌在社会读者群体中流传欣赏的实际情况来做全面性考察,才可以得出正确的认识。

首先,要弄清楚的一个观念是:诗的流传欣赏,只是在历史源头的初始时期,才是以通过吟诵的接受欣赏为主,从有了书本形式的诗集在社会上流传以后,就已经是吟诵与阅读两种欣赏方式在同时并行了,到诗集由手抄本流传变为以刻印书籍大量印行的时候,诗的欣赏就已经渐次变为以阅读欣赏为主了。所以,诗之以阅读欣赏为主,并不是"现代"才有的事。在"现代"以前,诗早已经历了千百年"以阅读欣赏为主"的时间,既没有根本废除吟诵,也没有提出诗可以不要声韵的理论。可见,"以阅读欣赏为主"这件事本身,并没有提出诗有废除声韵的必要。"现代"提出了这个问题,诗歌艺术发展的历史,也并不承认"现代"是真有这种必要的。

其次,现代新诗在阅读中欣赏,仍然是诗的欣赏,与完全不讲究声韵节奏的散文不同。诗的阅读,往往也是无声的吟诵,并非完全与吟诵绝缘。读者对诗的阅读欣赏,在追求意象审美与诗情诗趣的同时,仍然有对诗的声韵美、形式美的需求。诗的语言节奏对应于读者心理生理节奏而起到的传情感应作用,阅读时仍然会有。只不过不如朗诵时的声韵节奏对听众情感有较强的激发牵引作用与悦耳的美感功能。何况,现代诗除了在报刊发表和以书籍形式印行以外,也有口头朗诵及通过电台广播的流传方式。怎么能认为现代诗只供阅读乃至可以不要声韵呢?可见,这也是没有充分理由的。

第三,诗有声韵节奏的要求,是否一定会束缚思想?追求诗歌艺术表现的"随意性",是否与声韵美的要求根本不能相容?这些问题也应做实际研究。

当然,历史经验证明:过于严格的声韵格律规定,确实会束缚思想,妨碍诗歌艺术的发展。中国的旧体格律诗,难学难工,是大家都公认的事实,我们当然不应走回头路,让新诗的声韵复古。新诗的声韵要求,应该不过分严格,也必须以不束缚思想为原则。

但我认为,要求新诗的语言有与诗中情感相适应的节奏,在整个一首诗中,要求能有体现情感起伏回旋的自然声韵,这应该是有志于诗的人不难于做到的。只要不做过分的苛求,不做僵固的规定,合乎自然的声韵节奏要求,不仅不束缚思想,相反,可以使诗中的思想情感获得为声韵所强化的艺术表现力。

新诗作者,有学外国诗押头韵不押脚韵,用鲜明的节奏感代替押韵,或者无明显节奏韵律而用松散的脚韵,等等。这些变通的做法,都可以丰富诗歌声韵的艺术技巧,也为诗歌声韵节奏的运用开辟了可供诗人作适合于个人自由选择范围的诗。我看,如果说这些都会束缚思想,那只能说是"无韵论"的偏见。

至于说到现代诗因追求"随意性"而要从根本上排斥声韵的观点,我们感到,这种观点虽然极力张扬"随意性",实际上可能并没有对"随意性"这个范畴做过认真分析与考察。

我们认为,"随意性"有两种:一种是"大匠运斤"的随意性,另一种是"信笔涂鸦"的随意性。前者强调艺术表现能力与心灵意向的契合,后者则单纯强调心灵意向的自由而忽视艺术表现。这两种对"随意性"的不同理解艺术实践的效果是截然不同的。

无论是诗歌还是别的艺术,要达到艺术表现的"随意性"并不是一件容易的事,只有那些天赋很高而又敏于感受、艺术功夫很深并能独辟蹊径的"大匠",才能得心应手、无拘无束地自由挥洒。不仅他自己感到是随意的,旁人在客观的欣赏中,也能感受到那艺术的随意性。正如看齐白石的画,看他浓淡参差、任情点染、疏疏落落地这样几笔那样几笔,就画出了一些活蹦乱跳的鲜虾子、眼尖嘴快的小鸡雏,那"随意性"是一种神乎其技的高水平,没有艺术才能与心灵意向的契合,是不可能达到的。

诗人要想能随意地写成诗,一方面,必须是"星斗撑肠"才会有"云烟盈纸";另一方面,即使题材"俯拾即是",也要自己有"着手成春"的艺术表现能力,才能够恰当地把它表现出来。至少,诗人在驾驭语言、组织声韵方面,要能像百万雄师的统帅驱使他的士兵,谋划在心,指挥若定,才不会感到语言的穷窘和声韵的艰难。一般说来,诗人平日在心灵修养和艺术素养上下功夫,就是向往于这种得心应手的"随意性"。

现在,有一些诗人所张扬的"随意性",一味只强调主观心灵意向的自由表达,几乎完全不从艺术表现能否获得满意的客观效果方面去多做考虑,结果,就把"随意性"理解为"信笔涂鸦"。而因为实际上"信笔涂来不是鸦",自然就成了读者眼中的粗制品。有一个时期,一些主观自是的"随意性"论者,用"诗歌追求心灵自由"的观点做张扬,颇能迎合初学写诗的青年人的心理,产生了相当大的影响。风靡所及,不少以"艺术革新"旗号出现的诗,反而变得非常轻视诗歌的艺术审美效应。结果,"随意性"的诗歌泛滥一阵之后,大家都感到,诗歌艺术走向了低谷。因为,它根本无法满足读者的艺术审美期待。实践证明,这种"信笔涂鸦"的"随意性"主张,是不利于诗歌艺术进步性发展的。

有人说,"随意性"的主张,是为了心灵自由的真实表现,"不做作,不拘忌"。这当然也是合理的,但这毕竟把诗学过于简单化了。从新诗发展的历史情况来看,差不多每一次"主观随意性"的张扬,都是为了某种目的性意识的宣传而把艺术性贬低到无关紧要的地步。"大跃进"民歌中"喝令三山五岳开道／我来了"之类的句子,就那个时期来说,它在作者主观上,也是自由、真实而随意的。不过,那个历史时期很快就过去了,这样的诗,却由于欠缺艺术审美价值,在完成了它的宣传任务以后,就不再有艺术生命。现在如果为了某种新的思潮的张扬而片面强调主观随意性,其结果也只能是一样的。有人把重视语言艺术质量的诗,叫作"贵族化的诗",而把"随意性、口语化"的诗与之对立起来,叫作"平民化的诗"。这种给语言艺术划分阶级的说法,不仅荒谬,而且把不重视语言艺术质量的诗叫作"平民化",实际上是给"平民"抹黑,"平民"并不见得是轻视语言艺术质量的。用"平民"口语写诗,要达到自由、灵动与通俗,仍然要讲究艺术性。要使语言自然亲切地表达某种思想情感,才是艺术表现的"随意性"。如果全凭一时之兴,把粗鄙的口头话和猥辞亵语随意地写进诗里面去,说这是"平民化",那恐怕"平民"会首先提出抗议。新诗用"口语"表达当然可以,而且,也可能写得很好。可是,把"口语"与"诗歌艺术语言"根本对立起来而划分为"平民"与"贵族",究竟有什么科学根据呢? 至于所谓"前文化意识""无意识写作"之类的惊人之论,多是把自己并未认真读懂的某种外国诗学,曲为演绎地做成陌生理论,全不顾及科学与实践的检验,那种"随意性"观点,就更近乎迷信或自欺欺人之谈,是不足凭信的。

质言之,"信笔涂鸦"的随意性,既无益于诗人养成高尚的情操气质,又无助于诗人艺术才能的增长,同时,也没有能自圆其说的理论。实践证明,它只能使诗歌艺术落入低谷,给"艺术懒汉"提供一个自我陶醉的瓮中天地。这类"随意性"主张,当然也不能作为"非声韵化"的正当理由。

综上所述,把"非声韵化"理论推向极端的各种理由,都是不符实际的,它与诗歌艺术的进步性发展,也并不合拍。不过,我们也并不是说,凡是写"无韵诗"的人,都是走了错误的路,"无韵诗"中也可能有虽然缺乏声韵美而在其他方面有其独到之处的作品。在当代,从事于诗歌艺术创新探索的诗人们,当然也会有对"非声韵化"艺术语言的深入探索,他们的探索,也有可能取得崭新的成果,我们也不反对这种探索。只不过,我们觉得,如果探索者不是只求一时的遂意,而是抱着"忠于艺术"的态度,有长远的探索目标。那么,我们相信,他们坚持探索下去,终究会发现:诗歌艺术的"声韵美"(语言的音乐性美感),是不可忽视的。因为人的语言,内在地有应合于自然的一面:人籁也是天籁。

二、天籁与人籁
声音与情感的天人相应

徐志摩在写了《庐山石工歌》之后,很激动地给他的朋友写了一封信,信里面说:

我那时住在小天池,正对鄱阳湖,每天早上太阳不曾驱净雾气,天地还只暗沉沉的时候,石工们已经开始工作,浩唉的声音从邻近的山上度过来,听了别有一种悲凉的情调。天快黑的时候,这浩唉的声音也特别的动人……尤其是在浓雾凄迷的早晚,这悠扬的音调在山谷里震荡着,格外使人感动,那是痛苦人间的呼吁,还是你听着自己灵魂里的悲声?……我不懂得音乐,制歌不敢自信,但那浩唉的声调至今还在我灵府里动荡,我只盼望将来有音乐家能利用那样天然的音籁谱出我们汉族血赤的心声!

徐志摩的这些话,表明一个诗人对声音的敏感,同时也说明声音的传情感应是直接的,并不像语言的意义要经由理性思辨的过滤才能被领会。而且,徐志摩的这些话,还提到了一个很有趣的问题:他感到那石工的"浩唉!浩唉!浩唉!",既是一种"天然的音籁",又是"汉族血赤的心声"。这正是我们探讨诗的音乐性问题所必须首先注意到的两点:1.诗的声韵节奏,是"天籁",又是"人籁";2.诗的声韵节奏,是民族性的艺术特征。

所谓"天籁",泛指一切由大自然发出的音响。如风吹沙石,雨打荷塘,霹雳惊天,波涛拍岸,鸟鸣喈喈,虫吟唧唧,流泉沥沥,落木萧萧……都是"天籁"。而"人籁"则不外是人的歌、哭、笑、谈、呼号、叹息的声音。但由于人也是置身于天地之间,人的生理自然属性,使人在呼吸之长短,脉搏之迟速,肌肉之张弛,声音之抗坠,都有同化于自然或应合于自然的节奏。人在生活中,眼之所视,耳之所听,身体的一切感受,都与自然相接,所以,人的心灵情感,喜怒哀乐的表现,也都有一种根源于生理自然的节奏。因此,当人用语言来表达自己思想情感的时候,语言的意义实际上只是那种情感性质与思想内涵的标志,而语言的声调节奏,则直接表达了那种情感的强度与气氛。而且,有时候,人还能用一些独立于语义之外的声音符号,直接地表现出一般语言的意义所不能表达的情感。这一部分声音符号,可以说,是人把自然的音乐性艺术功能,原样地保存下来,作为表达情感的符号性工具;这类声音符号,没有语义,故本质上不是语言,但它可以附着于语言而表现出十分强烈、十分微妙的情感。徐志摩在庐山听石工们吼出的"浩唉!浩唉!浩唉!",便是这样一种发自生理本能的,表现劳动时心理情绪气氛的声音。这类声音,在借用语言符号记下来时,通常被叫作"象声词",它和音乐符号的性质非常相近。在诗歌艺术中,"象声词"的运用,可说是诗歌艺术所保留的音乐性艺术功能的单独运用。

有一些民歌,习惯性地用一些"象声词"表现情感,并不需要说明什么,一听就自然地给人一种情绪的感受。如:"噫呀噫呀呀噫儿呀"的自由轻快,"哟噫儿哟嗬嗬"的悠然舒畅,"稀哩哩利、撒啦啦啦、梭罗罗罗嗨"的雄劲热烈,"哎哟哎哟唉哎哟"的温柔放荡,"弄冬弄冬一个弄地冬"的诙谐调侃……这种种活泼、强烈、微妙的情绪气氛,都纯粹是在声音的渲染中表现出来,是一般语义语言所达不到的,纯然是音乐性的妙用。

当然,民歌是没有完全与音乐分离的,像上面所说那样用"象声词"构成表达情感气氛的句子,也比较自由,好像就是音乐性语句一样,而在一般的文学诗中,单独的音乐性语句,非常少见。"象声词"除偶有对自然音响的模拟之外,大都是用于感叹。记得我小时候读李白的《蜀道难》,对开头那句中的"噫吁嚱"不懂是什么意思,拿去问大人,大人们回答说:"噫吁嚱,是惊叹词,没什么别的意思。"我当时觉得奇怪:要是这三个字真的没什么意思,李白为什么要写呢？后来,过了很久我才知道:这"噫吁嚱"之所以被看成没有意思是因为字典上说它是"无义"的词,实际上这"无义"只不过表明它没有固定的意义,而从它的用途来说,它倒反而像有说不明白的"多义",它用在哪里就有用在哪里的意义。在李白这首诗中,诗人面对险峻的蜀道,发出一声从肺腑中来的感叹:"噫吁嚱!"这三个字的声音中,混合着一片惊奇、赞赏和心灵震慑的复杂情绪。有了这一声感叹,下文的"危乎高哉！蜀道之难,难于上青天"才被渲染成一种神秘的不可测度的气氛。可见这类"无义"的象声词在文学诗中仍然保有直接传达心灵情感的音乐性功能。只不过比起民歌来,它作用的领地已经缩到很小了。

在文学诗中,"天籁"的模拟,渐渐由于语言符号惯例的使用而失真。如风声飕飕,雨声淅沥,林木簌簌,马鸣萧萧,这些"飕飕""淅沥""簌簌""萧萧"由于惯例性的使用,实际上已由"象声"性转为"示意"性,故在文学诗的语言符号中,纯粹的"天籁"保存得极少,语言符号基本上都是声音、意义结合在一起,是"人籁"。但由于诗主于情,它的语言在表达情感时,仍然必须重视与人的生理心理自然节奏相应合,必须重视声韵的传情作用。所以,诗通常就是以有声韵节奏的音乐性语言,与一般生活语言和散文语言相区别。我们说诗歌的音乐性语言既是"人籁"又应合于"天籁",就因为诗保有合乎自然的声韵节奏,作为它表达情感的特殊艺术手段。

B. 诗中声韵的传情作用

人的语言发自心灵，有传情表意的双重作用。日常着重于表意的语言，一般是理性化地平平说出，不带明显的节奏与声音的轻重差异，但一到情绪激动的时候，由于精神紧张，呼吸加快，脉搏加速，语言便会发生变化，声调的高低起伏会呈现出明显的节奏感。例如，在平常的谈话中，说："我认为那件事你不应该那样做。"声调是平平的，没有明显的节奏感。若是在盛怒之下，桌上一拍巴掌，说："老子谅你不敢！"声调变得高亢，节奏变得急促，就变成着重于表情的语言了。又如，妻子劝告丈夫："别去吧，我求你别去好不好？"这话感情平稳，仍然是理性做主的语言，节奏不明显。若是换成情势急切的央告："别去别去！亲爱的！我求求你！"这就是感情化的节奏明显的语言了。由此可见，声音的高低、起伏、长短、快慢，形成有明显节奏的语言，较适合于表现情感。因而，诗歌用这样的语言来做表现情感的艺术手段，也就因其对应于读者的心理节奏，从而能收到情感共鸣的效果。

举一个例，宋词中李清照《声声慢》的开头那十四个字的一句"寻寻觅觅，冷冷清清，凄凄惨惨戚戚"，要是我们按其念读时的自然音位用音乐符号记下来，那就是这样的：

1 1 3 3 | 2 6 1 1 | 1 1 2 6 | 3 — 3 — |

从这样一个乐句，我们也可以体味到一种孤凄的情绪，就是说，那十四个字的音调节奏本身，离开字义，单独地听来，也有一种传情作用。当然，这种情况（用十四个字构成七个叠音词来作情感表现），在诗中是很少见的，是独特的艺术运用。我们并不能说，诗歌语言的语义和音调，都有这样一种密切和谐的关系,但作为语言声韵节奏可用于传情来看,它是最明显的例证。

6 诗中声韵的形式功能

　　诗的声韵,除了传情,更主要的作用是把分行而写的诗句,前后呼应地联络起来,构成一个有音乐性的艺术形式。新诗虽然废去了旧的韵律,但并不意味着可以根本否定韵的作用。押韵,对自由体新诗仍然是艺术的维生素,而不是什么多余的累赘。因为,诗,在其线性的进展中,情感是随着语言而顺序流出来的,这源源流动的情感,其前后的呼应与共鸣,正是由语言的呼应与共鸣表现出来,而韵,就是这种呼应与共鸣的艺术表现。韵用得恰当和自然,可以使诗中情感表现得脉络分明,重心突出,并构成一个有声韵美的形式。可以说,声韵节奏所构成的某一形式,意味着心灵情感以那样一种音乐性的模式表现出来。当代新诗中,有种现象是很能发人深省的。有一些诗人,在理论上主张不押韵,提倡"诗的散文美",但写起诗来,却常常都押了韵,愈是那些"成名之作",愈显得有声韵的讲求。这种现象,并不只是由于某些诗人理论与实践的自相矛盾,更主要的是因为,运用声韵传情本是诗歌艺术自然而然的方式,它有艺术法则的意义。所以,只要是注意追求诗歌艺术美的人,便自觉或不自觉地都在适应于这样一种艺术法则。在这一点上,有一些偏执的见解显然不是从诗歌艺术审美的实际感受出发的。比如说,偏执不押韵的主张,有时使得诗意内涵很深刻的诗,却没有语言的艺术魅力,没有声韵构成的情绪气氛与美感形式。结果,那诗虽然含义很好,却近似格言、教谕、哲学语录。

有个别青年诗人,对诗的声韵节奏,做了一种颇有些神秘意味的实验:用一些音节急促、语词繁复而意义不明的长句,不加标点符号,一行连一行地接着写,好像那繁词促节连绵不断的句子,在语意不甚明了的情况下,能使读者感受到那诗的情绪气氛。他说这是追求其"咒语效果",大概是想把巫师念咒那种语意不明而能构成情绪气氛的方式,移植到诗歌艺术中来。这一实验,现在还看不出明显的收效,但这种设想是很大胆的,是对可能潜在的艺术表现力的开掘,虽然不必寄望过高,却也未可以荒诞笑之。

有的人只承认语言的民族性,却不承认诗歌语言的声韵节奏也是其民族性的艺术特征之一。这道理是容易辨明的:人们对本民族语言的亲切感,主要是由于听觉和心理的习惯性使然。诗歌语言声韵节奏的结构方式,也是历史地形成,历史地变异的,原本是以合乎本民族听觉与心理接受的愉悦自然为原则的。就习惯性来说,它虽然常常随时代而演变,结构方式有许多新样态出现,如中国古诗中四言、五言、七言的句式,乐府、律诗、绝句的体式,声韵节奏的结构都各有不同,但按平仄声抑扬相间构成节奏,按韵母划分韵部,始终是一样的。就是说,其构成声韵节奏的基本原则,是以习惯的民族语言之各种规定为依据的。有人以为现代诗既是自由诗就可以不遵守任何规定,说这话的人常常会遇到一个不可理解的现象:哪怕你从没有想过"韵部""韵律"那些规定,只要你想把诗写得合乎听觉与心理接受的愉悦自然(而不是执意要写得别扭),它往往就是不期然而然地大致合乎韵律,甚至是完全合乎韵律的。

徐敬亚有一首《别责备我的眉头》,试摘取其中两段来看:

牛顿皱眉,落地的苹果才敲醒了困惑的地球;
爱迪生皱眉,宇宙里才增添了亿万个额外的白昼;
马克思皱眉,人类才第一次懂得了自己的过去将来;
肖邦和达·芬奇皱眉,声波和色彩才获得新的自由;

人类在思考中飞腾啊！
别责备我的眉头——

现成的答案,总是灰暗,总是陈旧,
新鲜的谜底,永远等候勤奋的探求。
贫穷总是伴着愚昧姗姗而走,
科学和民主永远是难舍难分的同胞骨肉。
啊,国土上"勤劳"和"智慧"已挽起了神圣的双手,
加进思索的汗水定能浇灌出沉甸甸的丰收！

这诗的作者,大家都知道是"新潮"中涌现的诗人,并且是"新潮"的理论代表。他写诗,绝不会是以自己的情感去牵合于韵律,可是诗中所用的韵"球、昼、由、头、旧、求、手、收",全合于传统词韵《词林正韵》第十二部"尤有宥"平仄通押的规定。

由此可见,"韵律"并不是全然由于古代官家考秀才而人为圈定的东西,它是建立在一个民族所习惯的发声方式的基础上的。而任何一个民族的语言,其发声方法,都是模仿自然或应合于自然的。人籁中有天籁。

如果我们是从科学考察与实践验证两方面去探讨诗歌的声韵节奏问题,我们大概不难于确立这样的观念:

1.诗的声韵节奏,是表现情感的艺术手段。

2.诗的声韵节奏,是构成形式的重要因素。

3.诗的声韵节奏,本身具有审美价值。声韵美,是诗歌艺术审美特有的(不同于其他文学形式的)美学范畴。声韵的审美,以能表现人的心灵情绪并合乎"天籁"的自然音律为美。

4.诗的声韵节奏,是诗歌语言最显著的民族性艺术特征。中国诗的声韵结构方式,在与世界各民族的艺术交流中,当然应该有所吸取、有所变易,但本民族固有的方式是不可废弃的。

三、情调

情调例说

每一首诗都有一个调子,就像平常人们说话的语调一样,不过它是一种艺术化的语调。这调子,与诗人的个性、情感表现方式,以及作诗时心灵内在的情感状态(喜怒哀乐爱憎及其强度与开放或抑制的种种差异)有密切的关系。调子是由情感决定的,故谓之"情调"。这"情调"的具体表现,就是诗的句子,由有节奏与声韵的语言符号,以其音乐性形成与诗人情感相适应的语言结构。诗,不可能有歌曲那样明显的音乐性,它只能依靠保留在语言里面的音乐性(声韵节奏)来构成"情调",因而在作诗的时候,定调子与语言词句的选用,有直接性的关联。

新诗,由于没有固定的格律形式,每一首诗的调子,在一般情况下,好像都是由诗人惯用的情感表现方式,在临场的情绪气氛中,很偶然地决定下来的。所以,有不少诗人觉得"定调子"是自然而然的,没有多少艺术上的考究。

前面已经说过:作诗有活法而没有死法。诗人的个性各不相同,作诗的临场机制更是千差万别,定调子当然不可能有归类划一的模式。不过,调子确有艺术上的讲究,这是可以从一些诗作中看出来的。

五十年代,老诗人阮章竞的名作《漳河水》,是一部非常重视声韵的长篇叙事诗。此诗改造旧形式,吸取了民间歌谣和古典诗词的语言技巧,创造了一种极富于声韵美的特殊风格。诗中那欢快的情绪与流畅的音调和谐一致,而且在诗刚一开头就明显地呈现了出来。

试看那开头作为序曲的《漳河小曲》：

漳河水,九十九道湾,
层层树,重重山,
层层绿树重重雾,
重重高山云断路。

清晨天,云霞红红艳,
艳艳红天掉在河里面,
漳水染成桃花片,
唱一道小曲过漳河沿。

　　这诗的调子,基本上是用平声与去声相间构成节奏,重言词"层层、重重、红红、艳艳"起双声叠韵的修饰作用。第一节"湾、山"两平声韵显得舒徐,"雾、路"两个闭口音去声韵显得轻捷,有跳跃感。第二节"艳、面、片"是三个开口音的去声韵,显得轻扬愉快,"沿"与"面"按传统词韵是"先、霰"二韵平仄通押的关系,由开口的去声转为半开口平声,保持了舒徐与平和。所以,这诗的声韵结构很合于表现诗中轻快愉悦的情绪,诗的语言意义就由于这种声韵结构而合成了一种"情调"。

　　这种运用声韵节奏使诗歌语言带上某一"情调"的情况,是不是只有近似歌谣的诗才有,而一般的自由诗根本不会有呢？不是的。凡是重视传情的语言,就不得不同时重视语言的声调。而在中国的汉文语言中,一般说来,平声的平和、舒展、悠扬,上声的响亮、激烈、高亢,去声的轻快、尖利、飘逸,入声的急促、收缩、压抑,都和人的心理情绪有对应的联系。其间的变化,一般也多只表现在开口音与闭口音之不同,开口音多是放散的情绪,闭口音多是内敛的情绪。虽然没有什么刻板的规定,但语言声调与心灵情感的配谐,一般就是由四声读法与开口音、闭口音的变换来进行调整的。诗中的"情"之与"调",总是以情调谐和为工,以情离调散为拙,以矫情饰调为病。

这里不妨再举几个不是歌谣体的例子,来看看一般自由体新诗是否也应该注意"情调"的艺术性。

艾青有一首《石舫》,八行四节:

没有风帆没有桨
停泊在固定的地方

石砌的船石砌的楼房
永不出航看湖水荡漾

水也不涸石也不烂
想的是永恒的天堂

哪有不散的筵席
哪有不死的君皇

这首诗除第七句外,通首每句都用了韵,相当于传统词韵第二部(平声江阳、上声讲养、去声绛漾通押)的规定。第一句和第四句句中停逗处的"帆、航",也有与韵呼应而把句子修饰得更为铿锵的作用。平声韵的悠长与去声韵的轻捷相间,在末尾无韵的第七句歇一气,然后吐出"哪有不死的君皇",这"皇"字读来像有三拍以上的时间,长长地吁了一口气。这诗以平声韵为主,对应于基本上是平和的心绪,诗句中上去声字比平声字多,显得平静中又有内心轻微的动荡,隐含着几分讪笑的意味,末尾悠长的平声韵,正与诗中历史感叹的情味融合一致,显得非常自然。艾青在他的《诗论》中,并不特别重视押韵,他的诗一般都较为重视节奏旋律,而韵很松散,但他晚年的诗,用韵的渐渐多起来,而这首《石舫》则显得音韵铿锵并大大有助于诗味的深长隽永,这好像也是"晚节渐于诗律细"的一个例子。

著名女诗人王尔碑有一首《镜子》,是一首调子结构很特殊的诗:

珍贵的镜子被打碎了
别伤心,有多少碎片
就有多少诚实的眼睛……

这三行诗中,"珍贵""多少""诚实"三个词都是先扬后抑,扬声都是半开口平声字显得很轻,抑声较响较重,只有第二句中间的"伤心"一词是连续的两扬声,而且都是平声开口音,音量最大,因而显出其是诗中情感的重心。末尾用先抑后扬的"眼睛"一词押韵,抑重扬轻,立即收束。此外,诗中其他的字全是抑声。因而这诗的声韵结构,非常明显地对应于一种强行压抑在心中的伤感情绪。这调子,就像是诗中情感的钢琴伴奏。也许可以说,从这类诗中,最容易看出,某一种声韵结构,确实意味着是一种情感模式的征象。

要是你硬是不相信语言的声韵节奏可以构成传达某种情绪的调子,这里不妨拿一首浅明通俗的诗,把字蒙住,用"噫呀"代表抑扬,把调子列出来,看看是否能分辨出那调子带有一种什么样的情感:

噫呀呀,噫噫噫
噫噫噫呀呀噫噫
呀呀呀,噫呀呀
噫噫噫噫呀噫呀

这调子是什么风味?这是不是有点民间歌谣"诙谐调"的味道呢?正是这样。这是余薇野的一首讽刺诗《岂能容你》的开头四句:

一言堂,说了算
啥子事情都好办
群言堂,一窝蜂
七嘴八舌行不通

  由于我们平常读诗或作诗,对诗情诗意的领会与表达,经常是把注意力集中在语义方面,调子的作用,常常被忽略了,只有在这类浅近通俗的讽刺诗中,那"诙谐调"的作用才表现得特别明显。但仅从此例,也可体味到诗歌语言的"情"之与"调",关系是很密切的。

  新诗七十来,许多传诵较广的诗,大多是讲究声韵的,朱自清的《赠A.S》,闻一多的《死水》,何其芳的《听歌》,郭小川的《望星空》,都是声韵结构很好,情调很谐和的力作。近十年来,一些有成就的新一代诗人,虽然对声韵的观念各不相同,有的重视、有的淡漠,但从作品的社会效应来看,总仍然是讲究声韵的诗流传较广,影响较大,反之则流传不广,艺术生命力较弱。所以,这个"情调"的艺术结构问题,是不可忽视的。

B 情调与形式的关系

  在诗歌创作过程中,"情调"的艺术结构是向"形式"的过渡。不过,"情调"只是构成形式的重要因素之一,并不能认为"情调"可以完全决定形式,问题不是那么简单的。因为,诗的形式,还要受诗人的诗学观、艺术手法、语言才能等多方面的影响,形式是在多种因素作用下合成的。因此,不能把"情调"与形式的相互关系看成"必然性""决定性"的关系。

不然，就不能说明，为什么同一形式的诗，情调却可以有迥然不同的差异。

这一点，有许多现成的例子可以说明。在中国古诗词中，各种词牌的声韵结构都是固定的，平仄韵律都有一定之规，可是，诗人的情感基调不同，同一形式就会有完全不同的情调出现。温庭筠写的《菩萨蛮》是："水晶帘里玻璃枕，暖香惹梦鸳鸯锦。江上柳如烟，雁飞残月天。藕丝秋色浅，人胜参差剪。双鬓隔香红，玉钗头上风。"而辛弃疾写的《菩萨蛮》却是："郁孤台下清江水，中间多少行人泪。西北望长安，可怜无数山。青山遮不住，毕竟东流去。江晚正愁余，山深闻鹧鸪。"两相比较，温庭筠写的是温情软语的艳词，辛弃疾写的是沉郁的忧愁和深长的感慨，是雄词，同一形式而情调天差地远。若从声韵上考究，则不同之处是：温词用"枕、锦"上声响韵的地方，辛词用"水、泪"去声闭口敛气音为韵；温词"烟、天"平声开口音显得开放，辛词"安、山"平声半闭口带鼻音显得收敛；温词"浅、剪"上声短捷明朗，辛词"住、去"闭口去声幽远压抑；温词"红、风"平声送气音柔和，辛词"余、鸪"平声闭口音显得沉郁。可见，在同一形式中，语言的调子仍然是由情感决定，而不是由形式完全框死了的。同样，"情调"也只能看作是可能支配形式的一个因素，并不起完全决定作用。

在当代，由于新诗的发展，在外来各派诗学的影响下，已经形成了百舸争流之势，我们很难设想各派诗歌对声韵与情调的艺术结构能达成同等重视的共识。而且，诗学本身是这样复杂，谁也不能保证自己对艺术真理的认识没有偏蔽。所以，尽管我们确认声韵与情调结构在诗歌艺术中有非常重要的意义，我却仍然要再一次地说明：声韵与情调的艺术功能也不可以"绝对化"地理解。如果仅为追求声韵与情调结构的艺术性而妨碍了诗意的表达和语言的自然，那就是"矫声害意""饰调雕词"，反成病态。

木斧早年受"七月派"影响,诗风简朴而语言犀利。在国民党统治的末期,他有一首《讲故事》,那诗给人一种"黑色幽默"的印象,读了想笑笑不出,动人激愤,启人思索。诗只有六行:

有这样一个故事:

有一个国家不准人说话
一个人正在问为什么不能讲
自己的脑袋已经掉在地上……

这个故事没有讲完
因为讲故事的被抓去杀头去了……

这诗,只有三四两句的"讲、上"有韵,我曾想:如果他把末尾的"杀头去了"改成"上了杀场","场"与"完"不是可以有略为相近的声韵关系吗?但后来一想,这诗的末尾若改成有韵,便显得有收束感,作者原来的语调却是故意作成没有收束感的,用"……"是明示意有未尽。没有收束感,能给人一种心理直觉上的"还在进行"的感受并引人思索,而且,"杀头去了"是轻俏的语调,"上了杀场"则带有比较庄重的意味,一改之下,就不是那种幽默味了。所以,类似这样的地方,要保持质朴幽默的语调,便难于强求声韵。

作诗时,在声韵方面,常常会遇到一些难以修饰得满意的语句,这是不能不做多方面考虑的。在这种情况下,一方面,要尽力从提高自己运用语言组织声韵的能力方面去做必要的斟酌与推敲;另一方面,也必须避免"矫情饰调",切不可把诗情诗意拘死在韵下。调生于情,声韵结构方式,只能由诗人的情感做主。

四、通感解析

通感的性质

诗歌艺术中所涉及的"通感"运用,严格说来,并不属于"诗声"探讨的范围。不过,这个问题所以会引起人们的重视并成为美学与艺术心理学方面的一个有趣的话题,最先大都是从"音乐美"与其表现情感的艺术功能之探讨开端,所以我们把它附在这里来谈,比较容易把一些观念辨别清楚。

"通感"是一种心理现象。近年来,许多诗人和诗学家把它作为一个诗歌艺术的新问题,做了现象与实质的探讨。关于通感的性质及其产生的机制,已有各式各样的说明,有的是从生理方面去说明人的感官知觉本可相通,有的则是从心理活动方面去说明"感觉的转移"与"感觉的概括"。我们觉得,这个问题也无妨就从音乐与人的情感的关系谈起。

关于音乐何以能使人产生美感。过去,在各派音乐理论中,有许多不同见解互相对立。其中,有三种意见具有较广泛的代表性:一是认为音乐的美感是由于它表现了人的现实情感;二是认为音乐的美感是由于它能引起非现实的幻想;三是认为音乐的美感只是因为它用高低长短不同的音,组成了一个美的形式。这最后一种意见,认为音乐在听众中产生某种情感或幻想的反应,只是音乐美的影响和效果,而不是美本身。音乐美本身只存在于形式之中,形式之外,谈不上任何意义,也无从谈论其美与不美。这三种意见,前二者是表现主义观点,后一种是形式主义观点,至今还在继续争论,几乎被视为音乐美学上的难题。

在关于音乐美的探讨中,有些音乐家和音乐艺术理论家做过一些实验,企图弄清音乐美感产生的生理心理过程。那些实验,虽然难以解决上述争论所涉及的根本问题,却从而获得了许多比较可以确定的认识。比如说,实验证明:有音乐素养的人,主要是直接从音乐获得快感,并不引起视性的幻想。而没有音乐素养的人,则常常会把音乐转化为幻想的意象去玩味。音乐使人感受到某一种情调,大多数人虽有差异却大体一致,而从音乐产生的幻想则常常每个人都不相同。音乐的美确实只存在于其本身的形式中,但这种纯粹抽象的艺术形式,在艺术欣赏过程中又确实有各种不同的欣赏方式,即:有的人是直接从音乐获得快感;有的人是感到它表现了某种情感气氛;有的人则从它引起了某种内心的幻觉和想象。这三种不同的欣赏方式,可以分别地名之为:形式的欣赏、情调的欣赏、意象的欣赏。而对音乐做"意象的欣赏",就引起了一个"通感"问题。

听觉是否可以转化为视觉感受?人的各种感官知觉是否可以相通?这个问题,似乎特别吸引了诗人的注意。因为,中国古典诗歌和关于音乐欣赏的历史传说中,这种近乎"通感"的例子,比比皆是。如唐诗中,李颀《听安万善吹觱篥歌》里面:"忽然更作渔阳掺,黄云萧条白日暗。变调如闻杨柳春,上林繁花照眼新。"白居易《琵琶行》里面:"大弦嘈嘈如急雨,小弦切切如私语;嘈嘈切切错杂弹,大珠小珠落玉盘。"还有《列子》等书里面那个钟子期听伯牙鼓琴的故事,"峨峨兮若泰山""洋洋兮若江河"的赞赏,都是从音乐得到形象感受的例子。据美学家朱光潜在《近代实验美学》一文中介绍的情况,西方的实验美学家,甚至发现了与音乐引起意象有关的一种奇怪现象,就是所谓"着色的听觉"。有的人每听到一种音调立即联想起一种颜色,如听高音产生白色感觉,听中音产生灰色感觉,听低音产生黑色感觉;有的人甚至从低音到高音会顺次产生黑、棕、紫、红、橙、黄、白等各种色觉。法国象征主义诗人,就是依据这种现象而创立了关于"通感"的理论。

但是,那样的实验,也很可能只是由于某些人特殊的习惯性联想反应,并不能证明人的感官知觉真能相通。正如诗人运用意象去表现对某一音乐演奏的艺术感受,并不能保证另一个人也能从同一音乐中感受到同一意象一样。"通感"这种现象,心理联想的性质比较明显,而生理上"感官相通"的说法则是没有经由科学证明的。因而,从法国象征主义诗人创立"通感"理论到现在,时间虽又过去了几十年,人们对于"通感"的知识,却似乎并没有增长出什么新的、可以经得起敲打的真实内容,有一些类似"听觉和视觉神经交流"或"听觉神经在向神经中枢输送信息时转入视觉神经回路"等富于趣味性的说法,与猜梦差不多,至多也只能算是未经验证的猜想、假说,很难认真把它当作是科学研究的结果。只有个别美学家对"通感"性质做出的一些新的解释,有把这一问题重新提上议事日程的意义。

例如,美学家金开诚认为:"通感"是在人们丰富的感觉经验基础上产生的"感觉转移""感觉概括",能促使人们实现"表象联想"和"表象转化"的心理活动。

金开诚先生的这一说法,有十分确切可信的一点,即"通感"这种现象的发生,是在人们丰富的感觉经验基础上才有可能。但是,究竟这"通感"的性质是否真是"感觉转移"与"感觉概括",这仍然是没有科学证明的。因为,我们每个人的经验全是一样:人的感官知觉功能,都是各司其职的,目不能听,耳不能看。(前些年,虽有"耳朵听字"之类人体特异功能的研究,但如果确有其事,也是个别人的特异功能,与我们所探讨的一般情况下的"通感"无关。)一种感官知觉引起另一种感官知觉的联想,实际上只是一种知觉引起人从心理联想活动中幻化出另一种感觉的情味,并非真是这一感官知觉内容向那一感官知觉内容的所谓"转移"。感官知觉本身并不能互相转移,例如,远远地看见一堆大火的火光,这视觉感知的内容并不会"转移",使你身上感觉到热,只是由于人有丰富的感觉经验,人的心灵(大脑神经中枢)有迅速传递感官知觉信息并引起联想、想象、思维、判断的功能,人才能极其敏捷地做出"那火堆近边很热"的心理反应。这种反应,并不是"光"的感觉转移到了"热"的感觉,而只是"光"的感觉引起了"热"的联想。如果这联想活动延伸到其他方面,并扩展为生动的想象,那么这"光"的感觉便会引发出关于那个火堆非常炽热,烧焦了的东西的气味以及木材烧得噼噼啪啪的声音等一连串想象所构成的一个幻境,而这幻境中的一切,除了火的光是实际感觉以外,其他都只是联想和想象中的幻象。由此可见,这实际上并不真是"感觉转移",而只是一种感觉引发了基于感觉经验的各种联想。不过,由于人的感觉经验已经积累得无比丰富,从一种感觉引起另一种感觉情味的联想,一实一虚好像已由习惯而形成条件反射,那心理活动的反应过程在时间上仿佛只是极短的一瞬。于是,便好像是这一种感觉与那一种感觉相通,好像这一种感觉"转移"到了那一种感觉领域之中形成了"通感"。在我们看来,"通感"的神秘奇异色彩,就是由此而来的。实事求是地把它说穿:"通感"既不是感官知觉相通,也不是感觉真能互相转移,一种感官知觉也不可能对其他感官知觉进行"概括"。"通感"的心理机制,只是把对某一事物的感觉,转换成心理信息,以引起对原已积淀在心中的某些感觉经验的联想,在联想中,积淀的感觉经验被激活了,也转换成心理信息,于是,在"感觉—感觉经验联想"的心理活动中,"感觉A"与"感觉经验B"两种心理信息几乎同时出现,便形成了"通感"。实际上,只有"感觉A"才是"实"的感觉,"感觉经验B"只是联想到的原先积淀在心上的感觉影像,是"虚"的。这一实一虚的两种心理信息,A是来自感觉,B是来自联想,本来是不同质的,仅仅因为这联想是一种"感觉经验联想"。所以,当用语言来表达A与B的关系时,很容易使人因感觉信息化而把这种关系当成是"感觉转移"。实际上,这种"感觉A—感觉经验B"的关系,只是使

"感觉A"带上了"感觉经验B"的那种心理情味,并不产生B的实感。所以,这种关系,只是对某种感觉的"心理情味转移",不是"感觉转移"。

我们之所以要这样仔细地辨明"通感"的性质与心理机制,是因为如果不科学地澄清对"通感"的误解,就难于进一步说明"通感"在艺术表现中的作用。如果人们对"通感"仍然保持着一种神秘的模糊的观念,以为人的一切感官知觉都可以相通,可以互相转移,那甚至可能导致"通感"的滥用。

B 通感与语言艺术

现在,我们就来探讨"通感"在诗歌艺术表现中如何运用的问题。

所谓"通感"的运用,在实践中,主要是用语言做"通感"表现,也就是用一种特殊的语言结构,使诗中所要表现的对某一事物的心理感受,带上另一种感受的心理情味。所以,就语言表达这一方面来说,就是用一种特殊的修辞手法来构成"通感语句",这种"通感语句"的结构,一般就是用能引起某种感觉经验联想的形容词,去修饰表达实际感受到的某一事物现象之主语词。

这种"通感语句",在日常生活语言中也很常见。例如:"今天出了个响当当的太阳",这是把实际感受到的太阳的光和热,转移到声觉经验"响当当"的心理情味中去表现。又如说"她唱得很甜,行腔如线,嗓音圆润",则是把从音乐得来的听觉感受,转移到味觉、视觉、触觉等的经验联想中去做心理玩味。其他如说:"这着棋下得臭""那家伙现在到处吃香""他是领导身边的红人""害起人来心肠可黑啦""酸秀才""小日子""蜜月"……这一类语言和词的结构中,实际上都带有"通感"表现的心理情趣。类似这样的语言词句,在生活中是非常普遍的,并常常把抽象的复杂的心理感受,转移到嗅觉、视觉、味觉、听觉、触觉等的感觉经验联想中,去做那样一种"意味"的表现。只是由于大家对这些都听惯了,习焉而不察,才好像并没有谁意识到那就是在运用"通感"。

那么,这种寻常可见的、本来毫无神秘之处的"通感",怎么会引起诗人的兴趣,以至成了诗学探讨的一个话题呢?这主要是因为,在诗歌里面是把"通感"做艺术创造性运用,通过变换心理情趣的语句,传达出内心特殊深刻微妙的感受,使诗能"言人之所难言",超越一般常规语言的功能,从而使诗句具有更灵动更丰富的艺术表现力,以达到扩展心理审美情趣的目的。

例如,舒婷有一句诗是"在脆薄的寂静里"。这里用"脆薄"是什么意思呢?就是为了把那"寂静"转到另一种感觉经验中去玩味。因为"脆薄"的东西,在人的感觉经验中是很容易打破的。诗中要表现一种极度寂静的境况,那寂静好像随时都可以被一点小小的声音打破,因而就显得"脆薄"。这里,如果按常规的语法,"脆薄"在这里是不合逻辑的,但是,它却正是一种创造性的"通感语句",把"寂静"转移到可以触摸、可以度量的一种感觉经验联想中去玩味,使那种难于用言语形容的极度寂静,被表现得十分灵妙。而且,在这种"通感"的玩味中,读诗的人除了对所表现的寂静有会心的领会之外,同时也感受到了这种语言的妙趣。所以说,这种"通感语句",有超乎常规语言之上的艺术表现力,有扩展诗歌审美心理情趣的作用。

王尔碑的散文诗,有一处"通感"运用得非常自然,那两句是:"茶,渐渐淡了,话,渐渐浓了……"这里表现的是诗中的"我"和一位"山里的妈妈"在一同饮茶。茶,喝了又冲,渐渐淡了,而两人之间谈心的话却愈谈愈多,情感愈谈愈亲切。可是,这里不是用"多"或用"亲切"来表达,却是用"浓",在一般常规语言中,话是不用"浓"来形容的,唯独在这个地方,只有"浓"字才最妙、最富于艺术表现力。它是把话的亲切感,转移到与茶的色度有对比联系的心理感受中去表现。茶的淡是实感,话的浓是心理意味,一实一虚形成对比,好像是在不知不觉中偷偷地把对话的亲切感,换成了茶的色度感,几乎不露一点"通感运用"的痕迹。因而这个"浓"字再也无法用别的字来替换。"通感语句",有时像有一种迷人的魔力,甚至使人只觉得它妙而说不出为什么妙,其妙就妙在于心理情趣的转移。

在八十年代的青年诗人中,"通感"作为诗歌的一种艺术技巧,已有了相当普遍的运用。有的人已运用得非常圆活,如李钢《献诗——给Y》里面,有这样一段:

当深秋从你的眼睛里
布满黄昏,凉风伴随着音乐袭来
萦绕在我们紧靠的身躯
树梢上,我的目光凋谢
飘飘摇摇,落进你的掌心

这诗中,"眼睛里"的"黄昏";"身躯"的"树梢上";"目光"的"凋谢","飘飘摇摇""落进你的掌心",从修辞的角度来看,似乎也就是一些"借喻"的修辞手法。但这些"借喻"由于是与"通感"的心理情趣相结合的,所以它表现诗中"我"和"你"紧靠在凉风和音乐中的那种情境,显得非常灵动。那"黄昏"并不单指傍晚那个时间,同时意味着心情的忧郁;那"树梢"借喻人的头,同时又含蓄着身躯的高大;那"凋谢"不止意味着闭上了眼睛,同时也意味着心灵的迷醉。而从上句"目光"像落叶样的"凋谢"转接到下句的"飘飘摇摇",实际上是借落叶的形象感做近似电影里面"蒙太奇"式的过渡,做了所谓的转换;下句的"飘飘摇摇"所表现的已不再是"目光",而是指言心神的摇荡。像这样,把闭上眼睛和心神摇荡的那种情状,借落叶的形象感而表现出这两者的关联,也是运用"通感"而达到心理情味转移。这样的表现手法,非常新颖灵动,并且使诗的语言精练、含蓄、灵巧,富于艺术的韵味。

诗,作为心灵艺术与语言艺术,它自身有这样一种要求:愈是能促使人的心理情味丰富多变的语言,愈能产生艺术审美的快感。所以,在诗里面,历来总是通过各式各样的联想和想象,把内心的情意用外界的物象做表现,把对外物的实际感受转化为内心的幻觉来品味。所谓"人的物化,物的人化""虚者实之,实者虚之",可说是各种艺术表现手法共通的原理。古今中外,对这个原理的认识领会与理论表达,虽说存在着"来自科学分析"与"来自经验归纳"的各种差异,但这个原理,在艺术实践的运用中,则基本上是一样的。"通感"的运用,也是如此。有人认为"通感"的运用,是从法国象征主义诗人建立了"通感"理论以后才发展起来的,也有人认为"通感"运用完全是现代派的艺术手法,在我看来,这里面是存在着某种误会的。关于"通感"的艺术心理学研究,确实是现代才有的事,也确实来自西方,但"通感"的艺术运用,却是早就有了的。也许中国古代诗歌中的某些例子,正好说明古代诗人已经做了这方面的探索和实验,只是没有把它叫作"通感"而已。

古诗通感句例

这里无妨谈谈中国诗学发展史上的一大公案。清代的叶燮,是中国封建社会后期(十七至十八世纪)的诗学大师,他在《原诗》一书中,创立了一个主客观交变统一的诗学体系。"原诗"这两个字,相当于现在所说的"诗歌原理"。他认为诗的原理,是诗人以其主观的"才、胆、识、力"去表现客观的"理、事、情"。有人不同意他的说法,认为只有"情"是诗的根本,"理"与"事"对诗来说并不重要。叶燮对这个问题做了理论性答复,大意说:他所标举的"理、事、情"是相互关系相互依存,有常态的也有变化的。对于"不可名言之理,不可施见之事,不可径达之情",应该采取"幽渺以为理,想象以为事,惝恍以为情"的方式,用艺术的语言去表现它。因为那是无法实写无法直说,甚至是"言语道断,思维路绝"的所在,只能依靠人的"妙悟"。叶燮列举了杜甫诗中的四个"奇句"来做例子,这四句是:"晨钟云外湿""碧瓦初寒外""月旁九霄多""高城秋自落"。叶燮用他的理论,对这四句诗进行了解说。现在看来,叶燮的意思,主要是认为:这些不合乎常规语法逻辑的诗句,用的是艺术表现的语言,所以读者也不应该执着于语言逻辑的理性解说,只能从诗中所表现的意象情境去做直觉的会心领悟,用他的话说叫"默会意象之表"。叶燮的诗学理论,在他所处的时代,可说是一个特出的高峰。不过,由于当时科学的心理学和语言学在中国都还没有发轫,叶燮的解释,也不可能有科学的清晰性。我们现在,重新探讨叶燮所提出的那四句杜诗,不难发现,那四句诗也就是"通感"的运用。"晨钟云外湿"所表现的,是当诗人清晨听到钟声的时候,似乎感到那钟声是从云外飞来,还带着云雾中的湿气,有湿沉沉的意味。"碧瓦初寒外"所表现的,是诗人看到高高耸立的寺庙建筑,屋顶上碧绿的琉璃瓦,全没有其他绿色的东西到了冷天就变得衰黄瑟缩的样子,它还是那样高、那样绿,好像超出了这初寒时令之外。"月旁九霄多"所表现的,是在仰望月光出现于云层之上的夜晚,直觉中似乎感到月光在天上的分布是不均匀的,在最远最高的天际,月光要多一些。"高城秋自落"所表现的,是这城所处地势之高,使人感到这秋天是未觉其季节转换就自行落下来的。这样一些不合常规语法逻辑的诗句,都是把所感受到的难以言传的情境,运用"通感",在心理情味的转换中,艺术地表现出来。这和现代新诗中的"通感"运用,道理是一样的。

通感的审美作用与意义

在诗歌的艺术审美欣赏过程中,读诗的人对于某种平日里心知其意却感到难以说得入味的情境,一旦看到诗人采用某种特殊的方式把它说出来了,就会产生出异乎寻常的兴趣。为什么呢?因为"难以言传"的东西,好像是处在语言艺术表现力所达不到的地方,是在人的心灵审美的边界之外。古诗中所谓"常恨言语浅,不如人意深",就是感到那很深的情感处于语言边界之外得不到宣泄的苦恼。一旦那情感被某人用特殊的语言方式艺术地表现出来,就像突破了原先的边界,拓展了心灵审美的疆域,使人产生出极大的审美快感,精神上得到意外的满足。这就是"通感"这类艺术手法特别被诗人和诗歌爱好者重视的原因。李煜那"剪不断,理还乱,是离愁,别是一般滋味在心头"为什么会成为千古流传的佳句呢?就因为他把那无法说得清的离愁别恨,用一个"剪不断,理还乱"的特征,使别人在自己的内心中十分亲切地领会到,那是对"愁滋味"

毕真毕肖的感性表现,"愁",被表现得好像是可以看见、可以触摸的了。那诗的艺术表现力,好像是凿开了一条连通心理经验的渠道,透入了读者的心灵。

由此可见,"通感"运用的目的,主要是:变换心理情趣,言人之所不能言。"通感"运用的要求是:要能掀动感觉经验中微妙的、美的联想,贴切地表现出那一种特殊的心理情味,语言要洗练而自然,不要过于繁复与奥秘。而且,"通感"在每一首诗中的运用,都应该是创造性的,独特的,且不可因袭。一涉因袭,就落窠臼,一落窠臼,就会失去艺术审美的奇趣。

特别要注意的是"通感"手法不可以游戏地滥用。如果采取"卖弄"态度,一味去追求繁复,连锁地变换心理感受,完全迷乱各种感觉经验的界限,根本无视语言的逻辑结构,那就会由于语言造作,生涩难懂,使读者无法接受,结果是弄巧反拙。

中国的民间笑话中,记录过一首这样的诗:"墙高猫跳妙,篱密狗钻汪,跨桥蛙叮当,过渡想姨娘。"过渡为什么想姨娘呢?因为他姨娘的一双大脚,人称"渡船脚",所以他过渡时在感觉经验联想中,从渡船转到了姨娘身上。这似乎也是"通感",但这成了诗的笑话。

我们在探讨诗声的这一章里,附带解释了通感的性质及其艺术运用,一方面是因为通感问题的发生,起源于音乐艺术审美,通感理论进入诗学领域,与诗歌的"音—象"艺术表现手段有关。另一方面,因为通感的艺术运用,在作诗的时候,实际是用特殊的修辞手法,构成"通感语句"在诗中出现。所以,关于通感的探讨,也可以看作是诗学理论中,由诗声向语言艺术运用过渡的一个特殊环节。

第五章 诗的表达过程(Ⅰ)
——语言的妙用

诗的表达过程,是运用语言符号,构成一定形式,把诗人的情感意识及艺术想象综合地表达出来的过程。我们把这一过程,划分为两个部分来进行探讨,即:Ⅰ.语言 Ⅱ.形式。

一首诗,诗情诗意结合于艺术想象的构思过程,处处都要用语言符号做思维工具,好像是内心在不断选用某一个语言符号做录音录像的工具。这也就是说,诗人的心中活动着许多没有声音的语言,它和诗歌创作的每一环节,原本是交织在一起的。诗人想到一点,就用一个字或一句话记下来;艺术构思有了变化,笔下也就同时在进行删改;直到一句一段地排列组合成形式,诗就做成了。可见诗的构思和语言表达,几乎是同步进行的。

那么,为什么要把这个表达过程,作为相对独立的另一种"过程"来研究呢?这主要是因为语言的运用和形式的选择,各自都还另有一些颇为复杂的环节,需要做具体的探讨。

诗是从人的心灵活动中创造出来的,就其内在本质的根源来说,它是心灵艺术。但诗是用语言符号做表达工具、传播媒介及艺术载体,它是以语言形式直接呈现在人们面前的。所以,从其现实存在的方式来说,诗又是语言艺术。一首诗作成了的时候,通常就是一系列精选过的语言词句,排列组合成一定的形式。因而,语言运用得是否精到、是否灵巧、是否新颖、是否有独特的艺术表现力,直接关系着诗人的艺术目的能否实现。

诗,作为心灵艺术与语言艺术的两重属性是存在矛盾的。诗人的心灵情感、意识与艺术想象,每时每刻都竭力追求合于个性自由的表现。可是,一旦他要把自己的心灵活动表现出来,与别人做"心心相印"的交往,他就必须使用语言来做表达的工具。而语言却并不是诗人个人拥有或可以随心自造的东西,它是在人与人的长期交往中,由于习惯性约定而历史地形成的一整套有规则的符号。这种语言符号,基本上都是一些抽象的、指示性的概念符号,各民族都是按自己的习惯规定出一种"语法",把符号做合乎"语法"逻辑性的排列去构成语句。语言符号的功能,实际上都是用一个个纯粹静止的概念来表达某种意义。因而,它较为容易满足对外在事物做理性的说明,而非常难于清晰地表达人的内心活动的情状。

在人的内心活动中,人的情感、想象、幻觉以及对外在事物各种印象的感受,都时刻在流动变化着,七情交替、五色杂糅,几乎没有纯净与静止的状态。因而,要用概念性的语言符号来表达人的情感、想象、幻觉以及对事物的感性印象,常常会有不确切、不够味、不相适应,甚至完全无能为力的困难。

花有许多种不同的红,远不是"深红、浅红、微红、暗红"以及"桃红、玫红、朱红、赭红"这一类纯净和静止的概念所能表达的。人有许多种复杂交变的情绪,而"喜、怒、哀、乐"这些字都只有把感情做分类标记的作用,并不能使人有真实的感受和领会。可见,建立在概念性与逻辑性基础上的语言符号,它的感性表达能力确实是非常有限的。所以,古往今来,许多诗人,都曾慨叹过语言表现力的不如人意。

有人以为诗人全都是些最会搬弄辞藻的人,并不知道诗人常常要为辞藻而苦恼。而且,越是有经验的诗人,越是会担心辞藻的不可靠。比如"蓝澄澄的湖水""绿油油的草地""水汪汪的眼睛""婀娜的舞姿""袅绕的歌声""飘渺的晨雾""潋滟的微波"……这些,难道真的已经把那湖水、草地、眼睛、舞姿、歌声、晨雾、微波等是个什么样子,表达得使人能够从中感受到了吗？只消闭上眼睛想一下，就可以知道，类似什么"蓝澄澄""绿油油""水汪汪""婀娜""袅绕""漂渺""潋滟"……这些所谓的"形容词"，其实并不比"湖水""草地"等"名词"更富有实感，它和"名词"一样也只是一些概念，并且是比名词更不确切、更不清晰的概念。那都不过是对事物形象色彩的一些无法说得清楚的感受，勉强地加以辨识，用符号把它标记下来而已。这些辞藻，都只有示意人们运用自己的内心经验与想象力去朦胧领会的作用，即一种提示性、启发性、导向性的作用。诸如表达人们内心情感活动的"欢喜、愤怒、悲哀、怨恨、爱慕、厌恶、踌躇、怅惘、惭愧、别扭"等，既可作名词又可作形容词或动词符号，就更是一些与所要表达的情感活动内容难以真正切合的概念符号。因为，人的情感活动是发自生命内部的活动，它是绵延起伏、强弱交替、倏忽变化、混杂不纯而绝非单一性、静止性的。所以，拿任何一种单一性、静止性的概念表达它，实际上总不贴切。在这样一种情况下，诗人的工作就显得比画家和音乐家更多一重工具性的困难。画家用笔和颜料勾画事物的表象和色彩，许多说不清的东西他可以直接画出来，音乐家用乐器表现内心情感，许多复杂的情绪他可以直接用声音演奏出来，他们是掌握了外界的自然力做艺术表现，形象色彩与音响可以通过人的感官直觉进入人的心灵。而诗人用的工具，却只是一套抽象的语言符号，这些符号只能对读者的心灵活动起提示、启发、导向的间接作用。诗的内容，只能通过读者心中被唤起的情感与想象间接地被领会。所以，诗人永远不可能像画家那样准确地表现事物形象，也永远不可能像音乐家那样贴切地表现内心情感，而诗，又是必须表现情感与形象的。在这样的矛盾中，诗人就不得不创造出许多特殊的语言表达方式，扩大与超越现有语言的艺术表现力，并且把经验积累起来，不断丰富语言运用的艺术技巧。诗人的目的，就是要凭借语言的艺术运用，从间接作用方面，影响读者的情感与想象，去收获与绘画和音乐相似的心理效果。并且，要尽量发挥语言符号"虚灵流变、不沾不滞"的优越性，使得诗中情感与想象的表现，在某些方面或某一点上，能比绘画和音乐的表现更丰富、更深刻、更生动、更微妙。诗作为语言艺术的最显明的特色，就在于它以灵妙的语言启发心灵美感，能驾乎声色的艺术之上。

对语言的探讨分为四项：

一、语言艺术运用举要

二、特殊的修辞

三、隐秀与通变

四、风格

一、语言艺术运用举要

A 语境和语感

  一般说来,语言作为人的思维工具与人际交往工具,无非用于名物、指事、传情、达意,这都是一些实用性的功能。语言就是在生活实用中发展起来的。

  诗人要用这种实用性的语言作诗,就必须使这种实用性的语言具有艺术功能。这,首先是要发现对这种语言做艺术运用的可能性,更进一步,就是要创造语言艺术运用的各种方式。普通文科学校所讲授的修辞学,对语言艺术运用的各种方式,都有相当全面的研究,文学写作一般按照修辞学上讲述的那些方式来对语言做艺术的运用。不过,诗,毕竟还有它独特的不同于其他各种文学作品(散文、小说,等等)之处。诗的语言由于必须比其他文学作品的语言精简得多,所以,诗的语言的内涵必须特别丰富复杂,不仅要像盛得满满的一瓶纯酒,而且那酒香还要能溢出瓶子之外,散布在周围的空气中,即所谓"意在言外"。诗的语言的内涵要远远超出语言符号的表面意义之外,形成一种语言艺术的功能圈。

  这种使语言内涵超出语言符号(文字)表面意义之外的艺术功能,主要是建立在"语境"和"语感"的艺术运用上。可以说,语境和语感的运用,是诗歌语言艺术的精髓。

  这"语境"和"语感"究竟是怎么一回事呢?说来也很平常:"语境"就是要能传达出说话人的身在之境;"语感"就是要能传达出说话人的心理情感。诗的语言的传情达意,不是像简单的叙情述事那样一切都赋予明白的字面意义上的陈说,而是要尽可能采用启示与诱导性的语言,启发读者对诗境的艺术想象,引导读者调动自己的心灵经验去印证与体味诗中的复杂情感与微妙心态。因此,"语境"和"语感"既是由语言文字传达出来的,又具有超越语言字面意义之外的艺术功能。

例如,我们平常说:"下雪了,大地变成了白茫茫的一片。"这话并不能使我们感到有诗意,因为这只是一种事态的陈说,不能使我们感受到说话人的心灵情味,不能启发我们对说话人所处境况的联想与想象。这样一种简单陈述的语言,它的意义就只是停留在字面上,没有提供情绪感受与诗境想象的余地。但是,当诗人说:

雪落在中国的土地上,
寒冷在封锁着中国呀……

(引自艾青《雪落在中国的土地上》)

我们读这样的诗,马上就会有一种感受:这雪的严寒是中国大地的苦难,我们随即会领会到诗人说话时所处的境况,他面对着战争灾难降临中国大地的第一个冬天,于是,我们的想象会一步步推展开来,对诗中情感的体味也会一步步深入。这样,当我们在这首诗的最后一段读到:

中国,
我的在没有灯光的晚上
所写的无力的诗句
能给你些许的温暖吗?

这样的句子,就能使人感到诗人对祖国的热爱,对苦难人民的深厚同情,和他极力想温暖中国,为中国大地承当苦难的激奋与凄绝的情怀。那是何等真挚啊!于是,我们就不难理解,为什么这首诗在战争的苦难岁月里,会具有感人欲泣的艺术功能。同时,我们也就不难领会,为什么它的这种艺术功能,都是存在于语言字面意义之外的"语境"和"语感"中。

如果说,在主观抒情的诗里面,我们对于"语境""语感"的领会,都是以传统的接受方式,联系诗人生平与作诗的时代背景去认识与领会的,那么,在客观表现的诗里面,撇开诗人,单纯从诗的"本文"语义中,又如何来考察"语境"和"语感"的艺术运用呢?

这里,我们可以从美国诗人罗伯特·弗罗斯特的《牧场》一诗,来考察一下"语境"和"语感"的艺术运用方式。《牧场》一诗,只有两节八行:

我去清理牧场的水泉,
我只是把落叶撩干净,
(可能要等泉水澄清)
不用太久的——你跟我来。

我还要到母牛身边,
把小牛犊抱来。它太小,
母牛舔一下都要跌倒,
不用太久的——你跟我来。

这首诗,既无写实的描绘,也无意象的隐喻,通篇都是用"语境"和"语感"做表现,所表现的,是诗境和诗中主人的心理情态。

我们从"不用太久的——你跟我来"一句话,就可感受到,说这句话的人身边有一个人(你)在等着。显然是害怕他等得太久,有些焦急,说话人才用"不用太久的"来抚慰他;说"你跟我来"显然含有不让对方有被冷落在一旁等待的孤寂感和珍惜两人在一起聚会的时间的意思。那么,仅仅从这一句,就可以感受到,说话人和在旁边等着的人,是一对情人。

说话的人是一个什么样的人呢？诗中对其人的外形一点也没有透露,所透露的只是其人的心理情态:"我还要到母牛身边,/把小牛犊抱来。它太小,/母牛舔一下都要跌倒,"从这几句话中,我们感受到,说话人对小牛犊的爱怜,是充满母性温柔的爱怜。那么,这个说话人,无疑是一位在牧场工作的女性。

这样一来,诗境就可以在我们的想象中渐次清晰地展开了:这是一位在牧场工作的年轻姑娘和她的情人聚会的情境。平日,他们可能只有在工余的时候,才能在一起谈情说爱,而这一次,由于情人急于要见到她,在她还没有收工的时候就跑到牧场来会她了。情人可能是来邀她参加舞会或是与亲人朋友会面,心情是兴奋和急迫的;而她却一面说还有一些事没有做完("清理牧场的水泉""把落叶撩干净""把小牛犊抱来"等等),一面用话安抚情人的心("不用太久的——你跟我来"),一面瞅着情人那急迫的神情,满心愉悦地欣赏情人的焦急……

弗罗斯特只用八行,就把这样一个诗境呈现在我们面前。他甚至没有用一个字来点醒诗中人的性别,而我们却自然地都能感受到。这就是"语境"和"语感"的妙用。

在现代,许多诗人并不采用意象隐喻的手法而其诗境也并不直接浮现在字面意义上,关键就在于要能巧妙地运用"语境"和"语感"的艺术功能,去获取"声中有情""空中有象""言外有意""响外别传"的高峰效应。

B 暗字诀与反字旗

诗歌的语言运用,与其他文学作品的语言运用相比,有一个最为突出的特色,那就是,诗歌语言特别重视暗示。中国传统诗学有"暗字诀"

的说法,除了意象隐喻、语境暗示之外,甚至连语意的转接,也主张"暗转""暗接"。认为作诗要"诗意朦胧,在可解与不可解之间""以烟水迷离之致,为无上乘"。

这种说法,当然不是每一个诗人都会同意的。但是,"暗示"作为诗歌语言艺术的一大要领,却是不可否认的。越是富于暗示性的语言,越具有深层的艺术内涵与隽永的艺术韵味。就这方面来说,上面所举弗罗斯特的《牧场》以及前几章里面谈到的某些意象诗,都可以作为运用语言暗示性获得成功的范例。

但是,对"暗字诀"如果做成"越暗得深越好"的极端化理解,却不一定真能达到"暗示"的目的。因为"暗示",毕竟是要使所说出的语言于"暗"中能有所"示"意于读者,如果诗的意象过于隐晦,语境过于迷离,或语义过于繁复艰涩,使读者陷入难于破译与无法接受的境况,那就成为滥用"暗字诀"的哑症,在艺术上是失败的。

八十年代的青年诗人中,有致力于"后意象主义实验诗"的一派。他们是一些有才华的诗人,也写出了一些好的有艺术特色的诗,但后来,其中的某些代表人,倾向于追求以繁复意象与怪诞语言"渗入无意识深层"去"把握创造真谛""表达生命状态",在艺术上钻了牛角尖。尽管他们预言"这一代人的行列里能走出真正的艺术巨匠,河神共工将横吹铁箫站在浊涛上放牧豹子!"其实际结果却是,那样的诗,不但难于获得普通读者的欣赏,诗学家也难于充分把握其奥秘,经过短暂的狂热以后,这个诗派就渐趋于沉寂了。所以,我们对"暗字诀"的理解,也不可走火入魔。

实际上,诗的暗示,并不一定要把语言写得深奥难懂,很浅近的语言,也可以有很深广的暗示作用。暗示是语言艺术中用途很广泛的一种,需要合理合度地掌握它,不然,是很容易招致误会与曲解的。

不过,我们也要注意到另一种情况,有时,诗并不是写得深奥难懂,也并没有"陌生化"的外观,却反而是因为写得过于浅淡平易,诗的暗示

性被读者忽略了,给诗人带来啼笑皆非的苦恼。这是我自己的经验,有一次,我写了一首短诗《秋千》,只有十行:

纤索
两根长长的垂直线

踏板
光溜溜地低悬

平时是一个空空的框架
远景,近景,都在框子里出现

只有随风荡起的时候
踏板上才出现了

一张张严肃的脸
吃惊而强笑的脸

我写这首诗时,主要是因为当时有一种特殊的感触,觉得在我国,平日里人们很少有对忧患的先期意识与预防的考虑,似乎有一个既定的框架(垂直的纤索与平稳的踏板),就什么困难都没有了。而一旦局势有了点动荡,就紧张、惊慌起来,还要用强笑来掩盖自己的不安。我觉得这在应对事态方面,是一种"常时苟安、急时失态"的现象。我用"秋千"做意象,目的是想暗示出这样一种感叹的心情。

但这首诗在刊物上发表的时候,编辑把后面的两行改成了一行,"一张张"被改成"一张","严肃的脸""吃惊而强笑的脸"被改成"惊奇而嗤笑的脸"。这样一改,看似改动不大,却使诗失去了暗示功能,失去了主旨,就只像是看女孩子荡秋千的一首即兴写实的诗了。这件事,引起了我很深的思考:为什么编者会这样来删改这首诗呢? 主要是因为这诗的语言过于平淡,诗的暗示,被编者忽略过去了。我因而体会到,之所以当代诗坛有许多诗人把有暗示性内涵的诗,故意采用"陌生化"的语言来表达,故意写成不那么容易懂的样子,目的就是要引起读者的疑难,启发读者去做求解的思考,以改变读者的诗歌艺术审美习惯,从而保证诗的暗示性不被忽略。由此,我得到了一个更明确的观念:在语言艺术方面,偏执任何一种固定的成见都是不对的,难懂或易懂的语言都可用于暗示,也都各有利弊。宜浅则浅,宜深则深,运用之妙,只在于能达到暗示的艺术性。"暗字诀"只要不被片面理解,它本身是没什么不对的。所谓"在可解与不可解之间"的说法,意思也就如一个"犹抱琵琶半遮面"的美人,半面明示于人的美,是为了诱导人们去窥探那另一半未显露出来的美,而那未显露出来的美,愈是费人猜想,才愈是其味无穷。而完全没有暗示的语言,则是不耐玩味的。

接下来,我们来谈谈"反字旗"。这里谈的"反字旗",主要不是指"反传统、反理性、反文化"的诗学观点,而只是指与当代"泛隐喻"诗风同时兴起的"泛反讽"的诗风。"反字旗"的说法不一定妥当,不过,从西方"新批评派"诗学曾一度被视为"反讽诗学"来看,偏重"反讽"的诗派,确也有点像是一支打"反字旗"的队伍。

"反讽"的艺术运用,由来甚古。中国古代史传中的滑稽家(如东方朔)已有用诙谐语言做反讽的纪录。传统戏曲中的科白,也常有用反讽构成谐趣的。例如有一出戏里面,一位饰贪官的文丑上场就念了这样几句:"老爷做官清到底,只要银子不要米,有了银子往荷包里放,有了米我还挑不起。"这样的"反讽",可能是"反讽"一词最原初的意义,即"反向的讽刺",表面上把讽刺的矛头对准自己,实际上却是矛头向外针对社会的讽刺。但这只是狭义的"反讽"。在现代,经过美国"新批评派"诗学对"反讽"的研究与阐释,"反讽"被广义地解释为"悖论语言",即凡是一切属于"似非而是"的"正话反说",都被看作是"反讽"。

"新批评派"对"反讽"的广义解释,不尽合理,因为"反讽"一般都应有谐调和喜剧气氛,才能见出"反讽"的艺术性,而一般的"悖论语言",并不一定具有这种喜剧性的艺术功能。我国研究外国文论的专家赵毅衡,在介绍"新批评派"的专著中,还特别指出"新批评派"将"反讽"与"悖论"两个术语加以混用,是概念的混淆。因为"悖论"是"似非而是","反讽"则是"口是心非",两者的功能和用法都是有区别的。

不过,由于"新批评派"的理论,在诗歌界一度产生了广泛的影响。所以,现在某些诗人"泛反讽"的诗风,其对"反讽"的观念,仍然有受"新批评派"诗学影响的痕迹。

这种"泛反讽"的诗风,在西方的"后现代主义"诗歌与我国的"第三代诗"歌中,有相当广泛的表现。个别作品,对"反讽"艺术技巧的运用,达到了相当灵巧的水平,内涵也相当深刻,语言看似平淡而含蓄隽永,有谐趣而又能发人憬悟。尚仲敏的《钢铁是怎样炼成的》一诗,就有这样的特色。

这首诗以散漫而富于谐趣的口语,作冷态的自嘲,实际上是针对社会(具体地说是针对大学教育)的反讽,其最末一句"——钢铁就是这样炼成的"尤令人惊心动魄而不能不有所醒悟。这首诗在"第三代"诗歌中是较有特色的,它分明具有"后现代主义"诗歌风格,而其反讽技巧的运用却又是与传统的"反讽"观念相一致的。

"反讽"的运用方式多到不胜枚举,有时杰出的诗人甚至能把"正话反说"全都写成"反话正说"的样子。例如,在中国古诗中,杜甫的《丽人行》,通篇都写得像是赞美的语言,对"丽人"(杨贵妃姊妹)的仪态服饰之浓丽,饮食举止之豪华,写得极其令人神往与羡慕。但最后两句"炙手可热势绝伦,慎莫近前丞相嗔",用轻鄙与哂笑的诙谐语调说出来,一下子就使全篇的那些"溢美之词"全都变成了"反讽"。中国古代的这种"反讽"笔法,至今仍保有艺术典范的意义。

在我看来,"反讽"艺术技巧的掌握与运用,并不只是一个语言方面的问题,它还有以下几个要点:

1. 诗人自己必须有一种"假自卑"的心理准备。所谓"假自卑",即要能超越自卑意识。人在生活中,有时意识到自己处于对一切都无能为力的卑不足道的地位(即类似于海德格尔哲学中所谓"普通人"的地位),要改变这种状态,就要能从精神上提高自己,超越自卑意识,介入生活。要使自己的心灵,超脱自我的现状,并用心灵的眼睛,高高在上地俯视自我的卑微处境与一切可鄙可笑无可奈何的表现,然后,通过对自我的调侃与嘲笑,达到对环境的反讽。诗人愈是能超越自我,就愈能冷峻无情、无所顾忌地对自我进行嘲弄,其对环境的反讽,也就愈有深刻的意义。这里,需要有对"自卑"与"自尊","反讽"与"讽刺"的辩证关系的认识与理解。诗中的"假自卑",正是"超越自卑"的表现,也正是维护自我精神上的自尊。诗中内向的自嘲,正是外向讽刺的手段,所以"反讽"在这一意义上,也就是"反向的讽刺"。

2. 诗人既要认识到"反讽"实质上仍然是一种讽刺,又必须在艺术运用上把"反讽"与正面的讽刺区别开来,这就不仅在语言的指向上要掌握"由内向自嘲到外向讽刺"的折射方式,而且,要善于掌握"明的自嘲"与"暗的讽刺"的二重性关联。这就是说,表面上的自嘲,无妨用滑稽突兀的语言刻画入微,而内涵的讽刺寓意,却要做到含而不露。同时,要注意到这所谓"含而不露",并不是要弱化或淡化讽刺,而是要深化讽刺。所以,反讽对语言运用,有特殊的艺术要求。

3. 反讽是一种"矛盾的艺术"。它是自嘲,但实质上不是自嘲;它是讽刺,但表面上不像讽刺。因此,诗人在语言运用方面的基本观念,就是

"正话反说""反话正说""口是心非""似非而是"。同时,还必须使语言有诙谐、幽默、轻松愉快、诡谲多变的特色,尽可能在雅俗共赏自由调侃的语句中,构成喜剧气氛。

4.反讽与正面讽刺在感情基调上最显著的区别,是"冷"与"热"的不同。反讽表现为"冷嘲",不是"热讽"。诗人要能承受内心愤激之情的压力,自觉地压抑自己的热情,使热情内敛、凝定、冷化,超越自我激于是非利害的感情冲动,对世界做冷静的观察,然后出之以冷态的富于谐趣的语言,使反讽与那种热情外溢、义正词严、锋芒毕露的正面讽刺,有明显的区别。

5.反讽是积极性的。反讽的目的,在使人对自我卑微处境与环境异化有所醒悟,并促进人承受生活压力与超越异化的自觉,从而使人在无可奈何的生活处境中,能提高自己的精神境界,保持不为环境左右的纯真高尚情操,超世脱俗,出淤泥而不染,以乐观自信的态度介入生活,不因现实处境而丧失生活的耐力与希望。诗人对反讽艺术的这种精神本质,必须有确切的理解与明白无误的把握。因此,对反讽中的"自嘲",要极有分寸地掌握在"乐观的自嘲"的范围内,与"真自卑"和"悲观厌世的自暴自弃"界限分明地区别开来。不然,"自嘲"就不是积极的反讽,而会流于颓废。这是反讽艺术运用中最具重要意义的一项本质规定。

另外,对"反字旗"这种提法,我们也要做一点客观的审度。"反字旗"是八十年代我国青年诗人中极少一部分人提出来的,主要是"后现代主义"诗学的"泛反讽"观念在我国青年诗人中产生的呼应。

这里需要弄清楚的是,西方"后现代主义"思潮的兴起,是与西方"后工业化社会"的生活情况相对应的。在"后工业化社会"里,社会生活与价值观念的异化与裂变,已成为普遍事实,普通平民的生活,被置入一种"等级地位悬殊而法律地位平等"的大反讽境遇中,人们生活的每一部分、每一时刻,都浸透了大反讽的情味,例如:人人都可竞选总统,但只有大亨们才能支付竞选费用；缴纳所得税的义务是法律规定的，但是否能继续就业与经营是否亏本法律并不过问；诚实是社会公认的美德，但和投机倒把偷税走私比较起来，诚实的劳动者和诚实的纳税人是收入最低最吃亏的；居于社会高位上的人往往最卑鄙，居于社会下层、地位最卑贱的人往往最高尚；人要想快活就得先去吃苦头挣钱，但吃了苦头又再也快活不起来了（病了、残废了、离婚了、自杀了等等）。这种种人生境遇的反讽情味，是"后现代主义"反讽意识的社会生活基础。所以，"后现代主义"思潮中的"泛反讽"艺术主张，是植根于"后工业化社会"的社会生活现实中。"后现代主义"诗学越是追求诗歌艺术的平民化，追求对真实生活做自由接近的发言，就越容易趋向于以反讽作为超越自我困境与批判日常生活的普遍适用性艺术手段。由此可见，"后工业化社会"是与"后现代主义"之"泛反讽"艺术主张最相适应的土壤，"后现代主义"的"反字旗"，在"后工业社会"里打起来，是顺理成章的。

但在我们中国，现实的情况是还处于前工业化社会的阶段，人们的生活处境与"后工业化社会"不同，至少是不尽相同，传统的价值观念还在起作用，还未完全裂变。所以，在诗歌艺术中，"反字旗"也只是部分适用，并非普遍适用于一切生活领域。对这个问题，我们无法做详尽的具体说明，诗人们在生活中自己会体会到的。

在这一节的末尾，我们可以就诗的语言运用问题总括一句：诗歌语言的艺术功能，主要存在于语境语感的调度及语意正反、明暗、奇变参互的运用中。语言运用有千奇百妙不可言罄，这里只是举要而已。

二、特殊的修辞

A 特殊修辞例说

在诗学里谈"修辞",我们当然不需要复述语法修辞学的内容,现有的许多语法修辞学专著,已经把一般文学作品的修辞手法谈得够详尽了,诗歌语言的一般运用,和其他文学作品一样,都要求合乎语法修辞的常规,所以是不需要复述的。在诗学里需要研究和探讨的,是诗的特殊的修辞手法。

这里所讲的"特殊"是超出一般修辞"常规"之外的意思。因为,诗人用概念性的语言符号去表达灵动多变的情感、想象与复杂微妙的心理感受,如果完全按照常规的语法逻辑造句,常常会感到语言的艺术表现力不足。所以,诗人有时不得不打破常规,来增强诗句对情感与想象的表达。但是,这样做的结果,就使得诗歌语言在很多情况下,都变成了一种不太严格遵守语法规定的特殊语言,甚至是不合逻辑的非逻辑语言。对这种语言,有的诗人把它叫作"妙语";有的诗人把它叫作"俏语";对其中明显不合逻辑的一类,诗学家叫它作"佯谬语言"。这类情况,我们都把它归入"特殊的修辞"来做研究。

在八十年代崛起的"新潮"诗人中,有的人对"变革语言"曾做出很大努力。虽然,社会的评价很不一致,爱之者如见珍宝,恶之者如避粪螂。但平心而论,他们对语言艺术技巧的发展,是做出了新贡献的。在这一节里,我们摘出几个零散的句子,来做艺术技巧性说明,因为不涉及对诗做全篇评价,所以,这里对作者及诗的内容主旨都不另介绍,只作为例句来谈它在修辞方面的特色。

例1.定语幻化的修辞：

露珠的戒指摔得粉碎。

诗的意思是：用一个摔碎戒指的动作，来表现爱情幻灭时的激愤情感。定语词原本应该是"宝石"，宝石镶嵌在戒指上作为爱情的信物，是取其具有坚定性与永恒性的象征意义。而这里，定语词不是"宝石"而是"露珠"，在常规语言中，"露珠"是不能直接用作这句中的定语词的。这是由于诗人的情感激愤于爱情的幻灭，觉得与这爱情有关的东西都已幻化，失却了它原有的意义与价值，因而在摔碎戒指的时候，仿佛那戒指上的宝石已经幻化为毫不值得珍惜的一滴露珠。这样一来，由于定语词被情感幻化，整个这句诗，就在一个写实的动作中包含着象征隐喻的激愤情感的表现。句子好像不合逻辑，却强化了对诗中情感的艺术表现力。

例2.谓语谬化的修辞：

石路在月光下浮动

这句诗乍一接触到时是会感到奇怪的：石路不可能"浮动"，"浮动"这个谓语词在这个句子里是荒谬的。但是，如果一个人带着醉意在月光下的石路上奔跑，那么，在某一瞬间的直觉或幻觉中，感到石路在浮动，这样的心理经验却是很多人都有过的。所以这句诗恰好是以"佯谬"的语言，十分贴切地表达出那酒后奇特的瞬间感受。"佯谬"是用来触动人们的求解心理，唤起人们的心理经验，启发人们的审美想象与审美情趣，从而把原本静止的月光下的石路，表现为主观感受中带有动态美的景象。这样的语言，确有切合于诗境的逼真表现力。

例3.宾语诡化的修辞:

水母搁浅在每根灯柱上

这也是"佯谬语言"。水母是海里的浮游生物,如果在海边遇着礁石之类的东西,当然也可能暂时搁浅。但这句诗里说的是"搁浅在每根灯柱上",这就显得反乎常理。因为"灯柱"都是竖立在陆地上的,在城市里更常见,一般都有五米到十米那么高,水母怎么会在灯柱上搁浅呢?"灯柱"这个宾语词在这个句子里显得十分诡异。这就触动人们去从语义所暗示的幻境中求解。那么,只有在海水漫天、大地陆沉的情况下,海水把灯柱全都淹没了,水母才可能搁浅在灯柱上。可见,这句诗的意思,就是用象征暗示手法,夸张地表现出一个洪水滔天的离奇梦境。句子是反乎常情的,却能启发人去做合乎逻辑的幻想。

例4.全句谜化的修辞:

一把黑曜岩的刀剖开大地的胸膛,心被高高举起

这句诗,由于是把象征性的内容用夸张与隐晦的语言表达,使得整个句子全成了一个谜。这个句子里,主语词与谓语词的关系,前半句与后半句的关系,全都是象征关系,只有从象征隐喻的意义去推度,才可以求得理解。

"一把黑曜岩的刀剖开大地的胸膛",所指的是火山爆发时的情境:黑曜岩猛然间从地心喷出,像一把刀剖开了大地的胸膛。这只要知道黑曜岩是火山喷出之物,就还不难从隐喻和拟人的意义上索解。但下面接着说"心被高高举起",就使全句成了一个谜。如果说人们的心真被火山举起,心岂不是一下子就烧成了灰吗?这是完全悖理的。这悖理的句子

显然只能从夸诞与象征的意义上去领会,那么,在象征的意义上,这句诗所表现的,无非是以火山爆发象征人们心中冲天而起的狂热激情。

这样的句子,在懂得了它的象征意义以后,再去琢磨它的语法技巧,就会发现,它的前半句,可以看作是"前置"的"形容子句",后半句才是"主谓句"。但由于句子被象征变格,只在外表上还保留着常规语法形式,内容则完全覆盖在象征意象之下,成了一个谜。这是没有成法没有先例的创造性的艺术语言,它的运用只是由于诗人表现情感与想象的需要。这里,我们只要试做一个比较,就可以看出这种修辞手法的特色。用常规语言说"人们心里的激情像爆发了座火山",就语意来说,表达的内容是一样的。可是,就语感来说,却大不相同。"一把黑曜岩的刀剖开大地的胸膛,心被高高举起",这是有形象、有声色、有气势的语言,可以说,这是把理性的语义表达,改变成了偏重感性表现的语句,强化了艺术表现力。

当然,现代青年诗人所创造的各种特殊的修辞手法,我们无法一一列举,以上所举数例,是较有代表性且在语言艺术上较有开创意义的例子。前面第四章第三节所说的那种表现"通感"的语句,其实也是一种特殊的修辞。其他如"自由联想"的表现,"梦幻化"的表现,"意识流"的表现,在修辞方式上虽然也各有特色,但由于那些不同的艺术手法之运用,一般都不打乱常规的语法,没有越出常规语法修辞的范围。所以,在这一节里,不另做探讨。

B 古诗的特殊修辞

这里需要做一点历史追溯。除了现代新诗"佯谬语言"等之外,中国古代诗歌的语言结构,也有许多采用特殊修辞手法的优秀范例。如果我们能在新诗创作中,适当地采择、吸取,发展中国传统的诗歌语言艺术技巧,那么,现代中国新诗的语言结构与艺术表达方式,就会更多样、更灵动、更新颖,也更富于表现力。这里,略举几例如下:

例1.拼贴画式的修辞:

鸡声茅店月,人迹板桥霜。

这是温庭筠《商山早行》中的名句。诗意所要表达的,是在山乡清晨起身赶路,听到鸡声方起,看到茅店西边天际斜挂的月亮还未落下去,路上不见人影,只见板桥上的霜(因太阳未出霜还未化去)留下了更早走过去的人的足迹。这诗境是很不容易表现的。而这两句诗,只用十个字,全是名词,把直觉的印象,像一张张画片般拼贴起来,把一切关系词都省去,不做一点叙述与说明,这样,就构成了完全用直觉印象做表现的诗句。句中没有一个语法逻辑关系词,而这些名词的排列却没有一点不合逻辑的拼凑痕迹,语言声韵也很自然,它好像能直接给人一种身在其境的亲切感。这种修辞手法,可能只是中国古诗中独有的。陆游《书愤》诗中的"楼船夜雪瓜洲渡,铁马秋风大散关";马致远《天净沙》中的"枯藤老树昏鸦,小桥流水人家,古道西风瘦马",也都是同一种修辞手法。就语言的精练来说,这样的修辞最能做到不用一个闲字。

例2.主格隐没的修辞:

小楼一夜听春雨,深巷明朝卖杏花。

这是陆游《临安春雨初霁》一诗中的两句。在中国古典诗歌中,常常出现这种把诗中作为主格的"人"隐没于语言之外的表达方式。如果用常规语法尺度来衡量,这里好像只是"小楼"在听春雨,"深巷"在卖杏花。实际上,读诗的人自能领会"小楼"和"深巷"不是主格,只是诗人在抒情时把"我"和"我想"省略掉了,"小楼"和"深巷"才换置在主格位置上。而且,这主格隐没的作用,在于由"现境"的抒叙转入"想境"的抒叙可以不露痕迹。诗中的"小楼一夜听春雨"是"我在"的说法,是"现境",而"深巷明朝卖杏花"是"我想"的说法,是"想境",用现代诗学的话说,这后一句纯属"自由联想和意识流的语言"。由于主格的省略和隐没,诗中由"我在"到"我想"的转折,便完全不露痕迹,读者在语言表达的直觉接受中,便仿佛"听春雨"的"小楼"和"卖杏花"的"深巷"都是诗意化的实境。这种省略和隐没,可以使语言简洁、灵活,只把能启发美感想象与表现情境的词,凸现在读者面前。

例3.转接虚化的修辞:

蝴蝶梦中家万里,子规枝上月三更。

这是崔涂《春夕》诗中的两句。诗所表现的是一种远客思乡之情,是一般诗中常见的。但这两句诗全用意境表现,两种意境之间的转接关系,没有一个字的说明与交代,好像是用句子先后排列的顺序代替了它,也好像是有意的省略,任读者自己去领会。前一句是个梦境,梦中回到万里之外的家园,俨然是庄周在梦中化为蝴蝶,到处翩飞,自由自在。后一句是梦醒后的实境,一梦醒来,自己仍然在万里之外的他乡,客旅孤栖,看不见家园的景物,听不到亲人的笑语,听到的是子规鸟一声声啼唤:"不如归去！不如归去！"看到的是,三更天,一个冰冷的月亮,孤悬在子规鸟正在啼唤着的树枝上。这一虚一实的两个境象,如果按常规语法,由梦到醒是应该有所说明的,然而,对于诗来说,诗歌语言的主要职能是形象性的表现而不是逻辑性的叙述。所以,这里,只把这两种情境传达给读者,而把逻辑性的转接关系完全虚化,留给读者自己去领会。

例4.假对等的修辞:

春心莫共花争发,一寸相思一寸灰。

这是李商隐《无题》诗中的名句。这两句诗的用语之妙究竟在哪里呢？表面好像看不出,因为所用的词和"春心"与"花"的明喻都是平淡无奇的。这两句诗的修辞技巧,主要是在后一句运用了一种"假对等"的表现,使人产生一种新奇的"陌生感",从而领略到诗中深沉的哀感与悠长的余韵。"一寸"与"一寸"的对等关系是一望而知的,数量符号本身,可说毫无诗意。比如平常说"一斤棉花一斤铁",只表示两种不同质的东西重量相等,变换一下,说"一滴汽油一滴血",也只表示在来之不易的情况下,汽油有与血同等的极可珍惜的价值。这样的语言所运用的对等式,完全是建立在客观物质数量关系上的"数量对等式"。另外,如说"有一分热发一分光""有一分努力就有一分收获",也只是建立在客观事物因果关系上的"逻辑对等式"。数量对等式与逻辑对等式都是"真对等式",并没有艺术表现力,只有反乎常理,用"一寸"度量精神性的"相思",另"一寸"度量物质性的"灰",构成一个非逻辑性的"假对等式",这才有了语言的妙趣。因为这里不仅是用虚幻的对等来表现情感,而且使作为数量词的"一寸"也起了一个变化,它不再是静止的"一寸",而变成了运动中的一寸,是无限序列的"一寸一寸又一寸……"。所以,"一寸相思一寸灰"给人的实际感受,是那"一寸一寸……"的无尽相思,全都变成了"一寸一寸……"的灰。语言的艺术表现力,把心灵的哀感表现得深沉悠远,绵延不绝。这种修辞手法,其虚实之变,也有点"语言魔术"的意味。

例5.不定位的修辞:

黄河远上白云间,一片孤城万仞山。

这是王之涣《凉州词》中的两句,是大家所熟知的。然而谁要是想闭上眼睛去想象一下这两句诗所表现的边城景象,立刻就会感到一种困难,因为这诗的语言是"不定位"的。他只说那儿有"一片孤城",有"万仞山",至于这"一片孤城"是依傍于"万仞山"下还是环抱于"万仞山"中,抑或说这"一片孤城"兀立于空旷的大沙漠边缘与远处的"万仞山"遥遥相对,诗中并没有给你一个完足的印象。除了"一片"与"万仞"这两个数量词,传给你一种强化了的"孤危"与"险峻"的感受以外,并没有一个字涉及方位与距离。因为诗人所要表达的,只是宏观景象中悲凉、肃杀、孤危、险峻的心理感受与无限怆伤的感慨,并不需要对边城做实境描画。这种修辞手法,很清楚地表明:诗歌语言的表现性,只重视能传达心灵情感的景物特征,用不着做琐屑的描述。意境,并不是亭台楼阁花鸟虫鱼一一俱足的工笔画,而像是大手笔的泼墨点染:烟云泉石,都在可见与不可见之间。诗歌语言艺术技巧的三昧,仅仅在于会心、传神。所以,类似这样的修辞手法,在散文中不合理的,在诗里面却很常见。

例6.弗晰性的修辞:

感时花溅泪,恨别鸟惊心。

杜甫《春望》诗中的这两句,历来有两种不同的解释。一种是从即景抒情的角度解释,意思是由于感时恨别,看见花开残了,触动了城亡国破之悲,听见鸟儿离群孤飞的阵阵哀鸣,引起了骨肉分离的别恨。所以看花溅泪,听鸟惊心。另一种是从移情入物的角度来解释,意思说,花为感时而溅泪,鸟为恨别而惊心,是以花鸟做"拟人"的表现。这两种解释,当然都可以说得通。但现代语言学关于语言弗晰性的理论,给了我们一个启示:这两句诗,作为弗晰性语言来看,它才是"主客同格"式地表现了那种现景直前的情境,包含了上述那两方面的意义。诗的意思是:我感时,花也感时;我溅泪,花也溅泪;我恨别,鸟也恨别;我惊心,鸟也惊心;泪眼看花花溅泪,惊心听鸟鸟惊心。人与物浑然契合,同在这一境中,主客间的界限已经泯没不分,所以语言的表达,既表现人,也表现物。作为弗晰性的语句看,它的艺术内涵更丰富。中国古代诗学家谢榛在《四溟诗话》中说:"思入杳冥,则无我无物,诗之造玄矣哉!"对于"物我不分"的艺术境界,在语言的表达中,就自然会呈现语言的"弗晰性"。我们觉得,把弗晰性语言的运用,也作为一种"特殊的修辞"看,可以大大地扩展诗歌语言的艺术表现力。

关于诗歌语言的特殊修辞,我们在这一节里所列举的现代与古代的例子,都只不过像在海滩上拾贝壳,拣取了几个最显眼的。如果谁愿意在这方面去做一些专门的探索,一定会发现许多更奇特也更灵巧的修辞方式。我们对这方面所进行的探讨,目的主要在于说明诗歌语言艺术的特殊性,表现在语言结构、运用、修辞手法上,有不同于一般生活语言与散文语言的三个主要特征:

1.诗歌语言偏重情感与形象的艺术表现,不很重视一般的叙述与说明。

2.诗歌语言为追求创造性的艺术表现,往往不严格遵守语法修辞常规,时常采用非逻辑性的、打破常规的特殊修辞手法。

3.诗歌语言在某些特殊的结构与运用中,有时把语感的美学效应看得重于语义的表达功能,因而可能超越语言"一义性"而有语义与所指的弗晰性。

不过,我们在这里仍然要清楚地说明:诗歌语言不可能全是特殊结构、特殊运用、特殊修辞,常规的语法修辞,仍然是诗歌语言经常适用的。二者并非绝对对立或绝对互相排斥而是互补的。诗歌语言的特殊修辞,也意味着其是一般语法修辞的创造性发展。

三、隐秀与通变

两类不同的表达方式

诗歌的语言运用艺术，还有另一个重要方面，就是要选择能深化语言艺术韵味和强化语言艺术感染力的表达方式。

当然，诗歌的语言运用艺术，都在一般修辞学的研究范围之内。不过，有的修辞手法，只涉及个别语句结构，而与表达方式相适应的修辞手法，则必须合于整个一首诗采用某一种表达方式。所以，作诗在选择表达方式时，也就选定了一种整体性的修辞手法。

在诗歌艺术实践中，被公认为普遍有效的艺术表达方式，有两大类。我们借用中国古典文论《文心雕龙》里面的两个词，来标明它的艺术特征，叫作"隐"与"秀"。隐，就是含蓄，隐晦；秀，就是特出，警拔。在我们看来，这两类相对区分的表达方式里面，实际上包含着诗歌语言运用方式的基本技巧。

一首诗，如果含蓄得好，能做到言简意深，意在言外，言有尽而意无穷，就好比绿窗花影，能引动人许多美好的想象；也好比曲终人去，还留下绕梁三日的余音。那当然很合乎诗歌艺术的美学理想。同样的，如果一首诗中，有一些特出的警句，如铜钲铁钹能震撼人的心魄，如奇峰飞瀑能荡涤人的情怀，那也必然会获得普遍而持续的艺术效应。所以，历代诗人虽然往往不免于才有所偏、艺有所尚，在"含蓄"与"警拔"二者中只以某一方面见长，但在诗学理论认识上，却大体一致地承认这两者有同等重要的意义，不可偏废。

然而,在近几十年新诗的发展过程中,情况却不一样。在不同时期,"隐"与"秀"这两者,似乎总有些偏兴偏废。从五十年代到七十年代,中国诗坛是以"大众化"诗歌为主流。由于追求现实性的普泛社会效应,要求诗歌艺术尽可能适应人民大众的欣赏水平。因而,许多诗人都用"我手写我口"的方式作诗,以"明白如话"的语言做表达,以豪言壮语为美,以童妪能解为善。这种"大众化"的诗歌,有明显的易于接近人民大众的优点,也极合于诗歌艺术民主的精神,并具有推动社会进步的积极意义。但是,它较为忽视了诗歌艺术自身有"艺术多样化"发展以趋向"百花齐放"的要求,所以,"大众化"主流时期的诗歌,在语言表达方面,大多是一种尚直贵俗、重情轻艺的诗风,几乎普遍忽视含蓄、放逐隐喻、俚化修辞、不重技巧。久而久之,就显得诗艺单调、语直意浅、不耐咀嚼、了无余味。除了一些名诗人,一些具有社会轰动效应的名篇佳作,在艺术上各有独擅之处外,宏观地看来,"大众化"诗歌的艺术成就是不够理想的。

七八十年代之交,被称为"朦胧诗"的诗歌艺术新潮忽然崛起。一批青年诗人,一反明叙直抒的诗风,否定以诗歌作为社会实务性宣教手段的片面性做法,张扬诗人个人情感意识的"自我表现",以"吟咏性情"为本。在诗歌艺术手法上,重视意象暗示与心灵默契;在语言表达方面,开出了一派贵含蓄、尚朦胧的诗风。这一新风的传播与扩散,推动了诗歌艺术的更新,也揭开了与外来诗学交流融合的序幕。

但"朦胧诗"也带有自身的偏蔽与艺术局限性。"朦胧诗"初出时,其"自我表现"口号,有很强烈的现代浪漫主义色彩,但从其艺术特征来看,它却是以象征主义艺术方法为主要特征的诗歌。由于这一派诗人主观意向上急于追求诗歌艺术的更新,在理论意识上,渐渐趋向于对西方现代主义艺术方法与诗学理论的全面移植,有的人对中国传统诗学采取一种"全盘弃绝"的偏执态度。尽管西方象征主义诗学与中国传统诗学中的"比兴"艺术理论,本有可以相通互补的津渡桥梁,这一派诗人在理论意识上却大多忽视了对"比较"与"融合"的考虑,因而,在理论方面,"反传统"的观念曾引起激烈论争;在艺术实践中,由于这一派诗人大多偏重"纯意象表现",并有一些诗用"佯谬语言"表达,很难为读者普遍接受,个别作品,甚至诗学家也难以破译。这样一来,"朦胧诗"在社会接受方面便无形中减缩了传播范围,从而使得它自身的艺术价值与社会影响都难以充分实现。

我们在探讨诗歌语言艺术的"隐、秀"时,特对上述情况做了一次简略的历史回顾,主要是因为,从上述情况中,我们可以实际地领会到,在对诗歌艺术表达方式的探讨中,"贵含蓄"或"贵警拔",不可以偏执一端,而应该无所轩轾地同等重视。要知道,诗歌艺术流派的盛衰兴替,诗风的新旧嬗变,都与社会客观需要、时代心理需求等许多复杂的因素有关。诗歌艺术方法或语言表达方式的优劣,只可做一时一事的相对衡量,而不能做哪一种绝对好、哪一种绝对坏的评判。站在某一艺术流派的立场上,观点有所偏执,那是不可避免的,但从诗学研究追求艺术真理的目的出发,则一切都应该是实事求是的科学认识与历史评价,要能超越狭隘的流派意识,才不会盲目地"反新潮"或盲目地"反传统"。

下面我们具体探讨"隐、秀"即含蓄与警拔的艺术技巧。

B 含蓄的技巧

诗的含蓄,总的来说,就是采取"言少意多、言短意长、言简意深"或"寓言影射、无言默示"的表达方式。在具体的语言运用方面,含蓄的技巧,有时是尽量扩大每一句话的内涵容量,把很多很复杂的意思,包含在尽可能少的几句话里面,每一句话都像"压缩饼干",体积小而发热量大。有时是使语言的意义能向远处延伸,在所说的几句话里面,包含着没有说出的深层意义,像是月光斜照着的人影,影子比人能长出许多倍。有时是只用一些意象或典故做隐喻,语意朦胧,好像那意象和典故中晃动着所影射的对象,而那对象的真面目,却是不明示的。有时在语言系列的排列组合中,故意留下一些空白之处,像仙女飞升后遗留下的一座空楼,琴几妆台,动人遐想;也像强盗作案后所留下的现场,蛛丝马迹,极费侦查。总之,含蓄的技巧非常多样,几乎随诗人个性不同而有千百般的差异。故我们的探讨,只能列举两种常见的模式,并用有代表性的实例来加以印证。

第一种是"言不尽意,空白暗示"的含蓄方式。这种方式,有人把它比作俗话所谓"逢人只说三分话",也就是说,留下了七分空白,而空白处实际上是含而未说的话,是无字的语言,或者说,是包含有潜在语言的暗示。我们把这种含蓄方式,用一个抽象的模式来表述:

$$A+B+C+\cdots\cdots n < On \to \infty$$

式中A、B、C是诗中说出了的语言系列,可以有n个,O是含而未说的意思,可以有n那么多层次,内涵较大,趋向于无限∞。

诗人卞之琳的《断章》,可以作为这种模式的一个范例:

你站在桥上看风景,
看风景的人在楼上看你。

明月装饰了你的窗子,
你装饰了别人的梦。

这首诗里面的情景结构,是说出来了的A、B、C;而看风景的人为什么在楼上看"你"?"你"为什么会装饰别人的梦?"你"是什么样的一个人?这都是没有明说的,留下了十分微妙、十分宽广的想象余地,是诗中的On;而最终,诗所要表现的"你"的美,却只存在于读者无限美好的怀想中,是不可穷尽的∞。

读者玩味这四句诗,首先可以想见,当诗中的"你"在桥上看风景时,已经在不知不觉中使自己成为最引人注目的风景中心。楼上看风景的人,不再注意别的风景而专注于看"你",可见"你"是一个何等样子的人。正因为"你"使人一见难忘,才会使得别人在夜晚还要去仰望"你的窗子",感到那明月皎洁的光也只是为"你的窗子"做装饰的。"你"是那么惹人魂牵梦萦,"别人的梦"只是由于梦到了"你",那梦境才被装饰得那么美好、那么甜蜜、那么温柔、那么浪漫、那么缠绵、那么……那么不可思议。诗中没有明说的意思,比说出了的那四句话,要丰富得多,包含着意味深长的多层想象和微妙的心理情趣。诗中没有一个字说到"你"的美或"你"的风神情韵,而这方面的含蓄,正因为留给读者的是一大片无言的空白,可以任凭读者不受限制地驰骋自己的情思幻想,所以是不可穷尽的"无言之美"。

卞之琳这首诗只有四句,而其含蓄的内容却非常丰富,可见含蓄是扩大语言内涵容量的必要手段。但还有一点是更为重要的:在诗里面,要表现人的美,单纯依靠语言去做直接的描绘,那不仅是笨拙的,而且通常是不可能获得美感效应的。因此,有才能的诗人,并不去做美的描绘,而只是从语言的暗示中,启发读者去做美的想象,从想象中去获取美感效应。这就是含蓄技巧的妙用。

中国古诗中,李白的《玉阶怨》,也是这同一模式的含蓄:

玉阶生白露,夜久侵罗袜。
却下水晶帘,玲珑望秋月。

这诗中说出了环境、时间和人的动作,却没有一个"怨"字,没有一个字说到诗中女主人的内心情感,更没有对人的姿态的描画,然而,诗中人(一个宫廷女性)内心的幽怨,却全都从她的动作中暗示出来了。诗只用二十个字组成的四句,但诗境中处处有"潜语言":

白石的台阶上已经有冷清清的晶莹的露珠了。(她站在这台阶上等候着迎接皇帝。皇帝宠幸无常,因而他并不一定来。但按宫里的规矩,她必须每一夜都这样等着,长年累月地等着。她也和别的女人一样希望得到爱,而这宫里没有别的人能够爱她,她只能一夜挨一夜地长期等候着那个占有着她的青春而又见不着面的至尊的男人。)夜深了,寒气透过薄薄的罗袜,侵肌彻骨地冷。(她熬不住了,心里也知道这一夜仍然是白白地等过去了,于是,她转身向房里走。)回到房里,她仍然没有去睡,只是把卷起的琉璃帘子放下来,隔着帘子,凝神望着秋空中那个玲珑的月亮。她为什么不睡?为什么呆呆地望着月亮?诗中一点也没有说破,把那一切都留给读者去思忖想象:她望着月亮,是不是还想等一等,心里还存着被爱的希望呢?她望着月亮,是不是想到月宫里的嫦娥,和自己一样孤凄,因而感到了绝望的悲哀呢?她是否感到只有这秋空中的月亮,才是她幽居的伴侣,只有这照见她孤身独影的月光,才有几分同情的温慰呢?她是否感到,这样美好的一个月亮,孤悬在夜空的寒气中,没人欣赏,和自己一样可怜呢?她是否正想着月光下的故乡、亲人、童年时在一起嬉闹的小姐妹,以及曾经心仪的意中人呢?她是否在向月下老人默默地祈祷?是否祈求着一个团圆的月亮,作为爱的征兆呢?……这一切内心的沉愁幽怨,绵绵不尽的青春烦恼,都含蓄在一"望"之中。诗人的人道同情,对被封建宫廷幽禁的女性的深切悲悯,也全在无言的默示之中。李白这首诗,达到了含蓄艺术的极致:一片空灵中有无穷幽怨。司空图《二十四诗品》里面所说的"不着一字,尽得风流",就是指这样的含蓄。元代的诗评家萧士赟在评论《玉阶怨》时,曾说李白是"诗之圣者"。照我们看,单从艺术表达技巧来说,卞之琳的《断章》,也是同一模式的灵妙之作,只是,李白诗中那种人道同情渗透在诗的深层默示中,更显得思深艺精、格高意永。

第二种是"言此意彼,寓言影射"的含蓄方式。这是更深的含蓄,是全不说破的隐喻,有点像"声东击西"或"指桑骂槐"。它主要不是留下空白做暗示,而是把要说的都说出来,并且好像是明白易懂的,或者,虽然有些朦胧,也像是不难领会的。只是,它绝不把诗的主旨说破,读者并不容易真懂。我们把这第二种含蓄方式,抽象地表述为这样一个模式:$Xa+Xb+Xc+……Xn \rightarrow X$。

这个模式的意思是:诗中的语言系列Xa、Xb、Xc,是诗中主旨X的一个特征或一部分影像。这类特征、影像,可以在诗中依次罗列,一直罗列到Xn。n意味着不定数,有多少就列入多少。而诗的主旨X,是始终不说破的。X这个未知数,究竟指的是什么,全都包含在$Xa+Xb+Xc+……Xn$的一系列隐喻之中,全凭读者从心灵妙悟中去领会。

公刘的《哎,大森林!——刻在烈士饮恨的洼地上》可以作为这种含蓄的一个范例:

哎,大森林!我爱你!绿色的海!
为何你喧嚣的波浪总是将沉默的止水覆盖?
总是不停地不停地洗刷!
总是匆忙地匆忙地掩埋!
难道这就是海?! 这就是我之所爱?!
哺育希望的摇篮哟,封闭记忆的棺材!

分明是富有弹性的枝条呀,
分明是饱含养分的叶脉!

一旦竟也会竟也会枯朽？
一旦竟也会竟也会腐败？
我痛苦，因为我渴望了解，
我痛苦，因为我终于明白——

海底有声音说：这儿明天肯定要化作尘埃，
假如今天啄木鸟还拒绝飞来。

  这诗中的字句，可说是明白易懂的。心怀的隐忧与激愤深慨，也都溢于言表。但诗中的"波浪""止水""摇篮""棺材""枝条""叶脉""啄木鸟"等，全都是"言非所指"的 Xa、Xb、Xc……Xn，诗的主旨在对"大森林"的惋惜与忧虑，而这"大森林"也只是个 X，并没有说破。不过，这诗的副题"刻在烈士饮恨的洼地上"起了一些示意的作用，所以这诗发表时，人们很快就理解了。若是没有这个副题，它的朦胧隐晦，就会更费思循。

  在中国古典诗词中，这种表达方式也很常见，因为它基本上是与"纯意象手法"相适应的。古代和现代"意象"的艺术原理是大致相同的，只是语言的今古之分，非常明显。所以，我们在诗学探讨中，有时举了某些古诗做例子，只是为了说明诗歌艺术的原理、方式方法和技巧运用等方面的问题，不是想引导谁去模仿古诗的语言结构和辞藻典故的运用。在这一节里，我们主要是探讨"含蓄"与"警拔"的语言表达方式及其技巧，所以，古诗中的例子，我们觉得可以谈得简略一些。下面，我们把辛弃疾的《摸鱼儿·暮春》一词，作为这同一模式含蓄的例子，做一点简略的解说。

  《摸鱼儿·暮春》一词中，所用的语言包含一些典故的运用，主旨是隐晦的，但那诗中的情感，却表露得非常明显，即所谓"情明而意隐"。从开头一句"更能消、几番风雨？匆匆春又归去"起，接着是"惜春长怕花开早,何况落红无数";"春且住。见说道、天涯芳草无归路。怨春不语";"算只有殷勤,画檐蛛网,尽日惹飞絮",仅仅是上半阕的这几句中,送春、惜春、留春、怨春、伤春……种种情感,就都流露出来了。但那"春"真是时令季节上的"春"吗?"春"是X,没有说破。因而"送春、惜春、留春、怨春、伤春"的语言,都只是词中的Xa、Xb、Xc……Xn。在下半阕里,诗人用典故做暗示,那是几个被皇帝遗弃的美人(阿娇、杨玉环、赵飞燕)的故事,隐隐约约地可以看出:词中"春天的消逝"与"皇帝的变心",有一种象征性的因果关系。然而,一直到这词的最后一句:"闲愁最苦。休去倚危栏,斜阳正在烟柳断肠处。"诗人始终没有把X说破。为什么呢?因为他所说的"春"是指"政治上的春天"。

辛弃疾在南宋时是力主抗金的志士。当时,南宋朝廷中抗战派与投降派的政治斗争非常激烈,在抗金志士心中,皇帝主战,就是一个"政治上的春天",一旦皇帝因战败又倾向于屈膝求和,就意味着"匆匆春又归去"。这词的最后一句,说"斜阳正在烟柳断肠处",实际上是用象征的语言,哀叹国家已濒于灭亡。这在当时,是对朝政的抨击,对皇帝的怨谤,在没有言论自由的封建专制时期,这是封建王朝根本不容许的。所以,词中的X,始终不能说破。X在词中,是以一系列"影子符号"式的语言出现的,都是对"春"的情感表现,作为送春、惜春、留春、怨春、伤春的情感表现来看,每一句话都是明白的,而"春"何所指,则始终是朦胧的。这种"以明言做暗喻",达到"情明而意隐"的含蓄方式,是中国传统诗歌艺术技巧中极有美学价值的精华。与上述公刘那首诗,是同一模式。

上面所举两种模式,四个实例,对含蓄的技巧来说,只有"举要"与"示范"的意义,但读者举一反三,对其他各种含蓄技巧也不难领会。至于有极个别诗人,用特殊诡异的语言,去做超常隐晦的表达,因为在艺术实践方面并无普遍性的意义,我们这里不另做探讨。

警拔的技巧

现在,我们来探讨"警拔"的技巧。

所谓"警拔",指在一首诗中,能提炼出几句最精粹的语言,构成标志诗意重心与情感高潮的"警句",使诗能有强大的精神驱动力与特出的艺术水平。

"警拔"这个词的本义,包含两个方面,即"警策"与"独拔"。陆机《文赋》里面说:"立片言以居要,乃一篇之警策。"刘勰《文心雕龙·隐秀篇》里面说:"秀也者,篇中之独拔者也。"所谓"警策",意味着精神力量的重心;所谓"独拔",意味着艺术表现的高峰。诗中没有警句,就像群山没有险峰,大江没有激浪,平庸乏力,令人遗憾。警句的作用,是要打动人心,激发情感,并以其艺术魅力,叫人历久不忘。诗中有警句,可以使全篇为之生色。不过,警句与含蓄不同,警句的构成,必须以诗的情感结构为基础,它通常是出现在诗中情感波动幅度最大,情感最激烈或最深沉、最凄绝或最缠绵的地方,即所谓"情感的高峰"上。这是通常的说法,辩证地理解,也可以说是出现在情感的"高峰"或"低谷"之处。所以,含蓄是全篇内敛的艺术,而警拔是突出局部的艺术。由于诗中的情感流动不居,变幻无常,语言的表达必须与之相适应。故而就警句的构成来说,也不可能有一般适用的普遍模式,这是警句自身的"独拔"性所决定的。现在要探索警句艺术的规律性,也非常困难,我们只能以经验性的窥探方式,从实例考察入手,并与心理的及美学的分析相结合,以达到"管中窥豹"的理解。

例1.艾青《我爱这土地》中的末尾两句:

为什么我的眼里常含泪水?

因为我对这土地爱得深沉……

这两句,是艾青这首诗中的警句。艾青是用这诗抒发他对祖国的爱,诗人把自己比作为这土地歌唱的一只鸟,要一直歌唱到死,"连羽毛也腐烂在土地里面"。前面较长的一段,都是象征性的表现,诗的末尾,用这两句做成单独的一小段结束全篇。

这两句诗,单从语言方面看,只显得简洁自然,并没有什么精彩辞藻的修饰,它是怎样成为"警句"的呢? 主要的,当然是由于这两句诗所表现的,是长时期凝聚在诗人心里的对祖国的深沉挚爱。同时,在语言表达的技巧上,这两句诗也有几个特点:1.它使这种爱,从可感受的形象(眼里常含泪水)中表现出来,容易有亲切的领会。2.它在表达方式上是先做极度的压抑,而后又尽情地一气宣泄,一问一答,两句之间,情感的波动幅度很大。"眼里常含泪水"的爱,是压抑的,像一个地雷,因其深埋,一旦爆开就愈见其炽烈。后一句的宣泄因前一句的压抑而蓄积了一泄无余的倾动力。3.两句在诗中的位置,是单独放在结尾的地方,一方面它对前面用鸟作象征而抒发的情感,做了个"画龙点睛"的补笔;另一方面,也意味着把前面没有说尽的,全都概括地收揽在这两句里面,并立即收束。所以,这两句在诗中,就如一道蜿蜒的山脉,到这里突然起为高峰,又落为峭壁,显出一种语势突兀峭拔的美。

例2. 白桦《春潮在望》里首尾回环的两句:

我愿做敲破坚冰的春雨中的一滴水,

像一颗欢乐的热泪洒落在待放的花间。

这是用首尾回环的警句起结全篇,在语言结构上有鲜明的艺术特色。1.全诗热情奔放,而开头和结尾却是同样的两句,因而这感情凝重的两句,就显得非常特出。从全诗的结构来看,这首尾回环的两句,像是互相对峙着的崖岸,中间的诗句是一道奔流的河,一动一静,奔放而又庄重,警句起着构成整体形式的作用。2.全诗语言流畅,放纵自由,而这两句却是字斟句酌的精心锤炼,因而显得是诗中的精粹与诗意的重心。3.诗用这两句首尾回环,读到末尾,好像又回到了开头,如南山钟鸣,北山回响,中间的诗都笼盖在这两句诗洪大的声音之中,使这两句诗中沉甸甸的情感,贯穿了全篇。

例3.张志民《祖国,我对你说……》诗中的一小段:

前人的革命成果,
都是他们的赌注,
我们的万里国土,
只是他们一张
小小的
——牌桌!

这是一首抒情长诗中的一小段。长诗中有很多精彩的段落,每一大段都有构成警句的小段参错其间,使读的人如登九华山,一峰见一峰之胜,读起来便不觉其长。而这几句诗,又是全诗中最为震撼人心的,像群峰中的最高峰。这几句诗所表达的,是诗人心中激怒的情感,如霹雳经天的一声暴响,如狂飙扫海的一峰巨浪;是金刚怒目的当前指控,也是锥心沥血的沉思恸哭。构成这样的警句,主要在于它的内容代表着亿万人说话的正义性的激情,这种情感,本身有很强的辐射力,并不需要艺术修饰过多的语言。但它仍然有语言运用的艺术特点:1.用狂放不羁的语言表达,气豪情重,精神感应力强,能收到雅俗共赏的普泛艺术效应。2.用

"万里国土"与"一张小小的——牌桌"做最强烈的对比,能激发读者心灵情感的大动荡。3.这一小段,是在一首长诗情感层递激化,一级一级上升而形成的情感高峰上出现,因而特别能显出语言的激烈与犀利。

上述这几个例子,虽然远不足以概括"警拔"的艺术规律与多样性艺术技巧,但这些例子所包含的经验,有可以参照领会的意义。而且,我们从中可以窥见:诗歌语言适应于情感的大幅度波动,以简洁、精炼或狂放有力的语言,在情感的高峰上构成警句。这可能就是"警拔"的基本艺术规律。而强压顿泄、强烈对比、前后呼应等手法技巧的运用,也有相当普遍的实践有效性。

D 通变无穷

由于在这一节里,我们对"隐、秀"即含蓄与警拔的艺术技巧做了具体的探讨,并涉及了有关"模式"与"规律"的认识问题,因而,也有必要谈一谈关于"通变"的观念。所谓"通变",就是指"随机应变、灵活运用"。诗歌艺术规律的探讨,是诗学的天职,但我们必须头脑清醒地认识到,诗学的探讨,只是从历史和现实的诗歌艺术实践成果和现有的可供参照的文学、美学及其他边际科学的理论知识材料中,去做归纳与分析,然后做出思辨的推理与判断。诗学本身,只不过是经验知识积累与理性思辨的产物,它有一个根本的缺陷,就是:它最欠缺创造力!它基本上不能见到正在创造和将会创造出来的新东西!所以,任何诗学都是不完备的。

而诗人作诗,却全然是一种创造性活动。对于作诗,诗学只提供经验知识参照,而艺术创造力却全然只能靠诗人自己。所以,作诗,必须懂得"通变",不能迷信诗学理论中所表述的任何艺术规律。那些"规律",都是"静止性"的,是人们对现有诗歌艺术经验知识的"静止性"认识所形成的观念,是不完备的、有局限性的、本身没有创造力的!

"通变",就是要能从诗学所表述的各种艺术规律的观念制约中超脱出来,解放自己的艺术创造力。

我们在前面探讨了"含蓄"与"警拔",并列举了几种模式,归纳了一些规律,那是不是有用呢？是有用的。但那是不是在各种情况下都有用呢？不！因为那也很可能是全然用不上的。难道不讲究"含蓄"与"警拔"就一定做不好诗吗？不能这样说！

单从语言表达方面来说,人们都是用现有的语言作诗,现有语言的运用都是有规律性的,违反语法逻辑规定就会陷于文理不通,岂不是"只能规规矩矩"吗？

其实,语言和语法,也全都是人创造出来的,并且,有很多都是诗人创造的。五十年代,听人谈到苏联大作家爱伦堡访问中国时,向中国作家谈的一席话,其中说到西蒙诺夫的一首诗《等着我吧》,其中有一句"当黄雨给人带来愁闷的时候",在报刊上发表的时候,编辑认为"黄雨"不通,给改成了"阴雨"之类。爱伦堡在谈话中,批评那位编辑不懂诗歌语言的艺术性。确实,把带有感情色彩的"黄雨"改成一般性的"阴雨",显然抹去了原作语言的创造性艺术表现力。那位编辑如果知道中国古诗曾经创造过"鬼雨""梦雨"这样的词,他大概不会去改那个"黄"字。

有时,我们会遇到许多和我们在诗学探讨中所形成的观念截然不同的现象,它启示我们诗学必须重视"通变"。比方说,我们通常的观念,都肯定"言少意多"才是"含蓄"。可是,也有某种特殊情况,是用很多句淡而无味的话,含蓄着一种会心的情趣。我们通常认为,诗歌语言应该"精炼""高雅",可是,也有一些诗,全用些散漫的、市井俗人的语言,却能表现出十分复杂而微妙的心理。我们通常认为,语言必须"未经人道过"才有"创新"的意义,可是,有时,人们在现代的新诗中插入一句旧的箴言,反而显得非常新颖……

总之,"通变"无穷,诗学无底。诗人应该相信:语言、方法、技巧,都是由人做主的。在诗的艺术领域里,创造性的真理,比知识性的真理更重要。

四、风格

风格问题的复杂性

诗歌的艺术风格,都只有通过语言的表达才能实现。所以,通常谈论风格,都是先从语言艺术着眼。我们探讨风格,也把它放在探讨语言艺术的这一章里。

但是,风格的问题其实是非常复杂的。无论是从客观文本去评定诗的风格,还是从诗人主观方面去考察他的风格是怎样形成的,对其内在因素和外部关系的复杂性,都不可忽略。可说来也怪,这个复杂问题,外表上又像是可以简单判断的。人们在读诗的时候,往往都能随口说出这一首是什么风格,那一首又是什么风格,似乎风格都是摆在面上的,如同人们的姿态和表情一样。这是什么原因呢?一方面,这主要是因为"风格"是一种艺术统一性的表现,诗情诗意和艺术想象,统一地表现在语言运用上,所以是容易直接感受到的。另一方面,也因为人们读诗时的风格评定,一般都是直觉的而非分析的,所以都不免带有主观评定的简单化倾向。过去,中国传统诗学中曾有人从诗的情感气度着眼,简单地把诗划分为"豪放"与"婉约"两大派,也和现在有些青年诗人简单地把诗划分为"阳刚之美"与"阴柔之美"差不多。这样的划分,正如全世界的人都可以简单地划分为"男人"和"女人"一样,当然并没有什么不对。不过,这样的"两分法",毕竟过于粗略,正如有时遇着"男扮女装""女扮男装"的人会分不清楚一样,诗的风格是很容易被弄得说不清的。

因为,比较起来,"豪放"固可以有不同程度的豪放,"婉约"也可以有不同程度的婉约,也有既豪放又婉约或不豪放也不婉约的诗,简单地"一分为二",会使人只见大的异同而忽略小的差别。有的人之所以会笼笼统统地把某一种风格的诗,全看成好或全看成坏,也是由于这种"非此即彼"的逻辑过于忽视了事物的复杂性。"豪放"与"婉约"虽然确实是两种最常见且最显眼的可以做明白划分的风格,但超出二者之外,还可以划分出许多种不同的风格。"一分为二"的逻辑当然有用,但看得太死就反而违反了它自身的原理,因为"一分为二"的"二"本身又是两个"一",又可以"一分为二",以至无穷。辩证思维的原理自身是运动的、活的,不是死的。

不过,风格是不是真的可以无限划分呢?

这却又是一个单纯从抽象理论思辨中无法解决的问题。因为,如果把风格做无限划分,那在客观上就等于取消了"风格"这两个字的意义。过去,在诗学探讨中,曾经涉及一个有名的命题:"风格是人"。意思是说,风格是因人而异的,一个人和另一个人,绝不会完全相同,因此,风格是个性化的,艺术风格就是艺术个性。这种说法,一方面可以说,它揭示了风格的底蕴:风格决定于人;但另一方面,如果单纯把风格从人的个性差异上来划分,看不到一个人与另一个人之间,除了个性(即个人独立自觉的主体精神统一性)的差异以外,还可以有民族习性的、意识形态的、艺术方法的、文化教养与精神气质各方面的若干共同性、近似性。看不到这一方面,那就有可能会由于把"风格"看成"绝对个性化"的表现,终至于无法对"风格"做出切合实际的划分。试想,如果仅仅从人的个性差别来划分风格。那么,一个人是一种风格,任何人和其他人都没有共同风格,风格就不能成为艺术流派划分的依据,也不能成为艺术流派共同的标志,绝对差异的个性就不会有结合成艺术流派的共同性基础。而且,如果只承认"一个人是一种风格",风格的划分就会是无限多样的,无限多样的划分不仅是一件无限烦琐而无法实行的事,而且会失去划分的意义。从而,"风格"这个词,作为诗歌艺术理论的一个范畴,便会无形中被取消掉。谁能去研究无限多样的风格呢?所以,单从抽象的艺术个性差异着眼,"一个人是一种风格"的纯粹理性观念,就由于脱离实际而取消了自身的合理性。

基于上述的理由,我们在探讨"风格"时应该从实际出发,把简单的"两分法"和绝对个性化的"风格是人"的抽象观念,都暂时搁在一边,先来探讨构成诗歌艺术风格的几个主要因素,再把"个人艺术风格""流派艺术风格""语言艺术风格"几个概念区别开来,澄清对"风格"的模糊认识,然后再约略地探讨一下有关"风格"的其他问题。

B 风格的构成因素

诗的"风格",是在诗人的艺术实践中形成的,它当然要决定于人。但是,诗人作诗时并不是单凭他是一个"人"就可以作诗,他是由于某种情感的驱动,采用了某种艺术手法,运用了某种语言做表达,才写出了诗。诗的风格,是在诗的内容与形式的统一性表现中,作为一种"结构"性的东西呈现出来的。作为"结构"来看,它有几个主要的"面",它是由这几个"面"构成的。也可以说,构成"风格"的,有来自三个不同方面的因素。

1. 精神因素

精神因素,也可叫作情感因素。诗里面所表现的某种情感,是诗人精神活动的一种状态,从内心发出向外部宣泄的一种情绪气氛,它在实质上,是诗人人格的表现。因为,一个人的情感,通常都和他的性格、气质、生活意志、意识形态、文化教养等,有非常紧密的联系,心灵内在的活动,交织着上述的各种复杂成分,在向外抒发时就表现为情感。所以情感状态,就是心灵活动状态的外部标志。在诗里面,情感是诗的内容,是诗歌艺术表现的内核。对于诗的"风格"来说,具有某一特征的情感,通常都被看作诗歌"风格"的精神性标志。比如平常所说的"豪放""婉约""雄浑""冲淡""悲慨""旷达""激愤""幽怨""冷峻""柔腻"等,主要是以诗中情感所显示的精神特征,作为区分各种风格的依据。

2.艺术因素

诗人所采用的艺术手法、艺术形式,是使诗的情感内容得到美化表现的手段,是给诗带来美的"介绍人"。但是,它并不只是手段,它自身还带有一个追求美的目的。所以,它也并不只是"介绍人",它同时也是诗的主人。诗人作诗,并不以单纯的传情达意为满足,他总是极力追求艺术的新与美,要求自己的诗有很高的艺术水平或至少有不与别人雷同仅为自己所独具的艺术特色。因而,诗的艺术特色,就成为构成"风格"的另一重要因素,并也成为诗歌"风格"的艺术性标志。

不过,依据艺术特色来区别各种"风格",在现代已经和古代有很大的不同。中国古代诗学从艺术特色方面去区分风格,多是从文学经验的选题、命意、笔法、修辞着眼,很少从美学原理去说明艺术方法的特点。所以,中国古代诗学所说的"实境""虚灵""缜密""奇僻"等,都是从笔法经验方面归纳出来的风格特征。对某些诗派的特殊艺术方法,如西昆派诗的叠用典故,古代的诗学家也只是因其词语浮华内容空泛而以"獭祭鱼"讥之,并没有从其艺术方法的美学意义去做理论思辨的批判考察。大概由于中国古代诗学过于"尊经",认为《诗经》的"赋、比、兴"已足概括诗的基本艺术方法,此外,具体的"诗法",只不过是语言形式与声韵格律适应于诗情诗意的技巧而已。唐宋以来,《诗式》《白石诗说》《沧浪诗话》及其他各派谈论"诗法"的著作,多是从诗的本质、目的、美学理想、诗意构思、语言运用等方面去发挥议论,而与美学理想相联系的艺术方法的探讨,则谈得少,而且基本上不大重视艺术方法的创新发展。叶燮是大诗学家,但《原诗》一书探讨诗学原理甚深,而艺术方法则谈得笼统。王夫之是中国古典诗学的杰出代表,但由于他认定"诗有活法而无死法",似乎把具体的艺术方法都看成"死法",而忽视了对"活法"也必须做艺术规律性的具体探讨。司空图的《二十四诗品》,是一部美学价值很高的风格学专著,但他全用意境欣赏与朦胧启示的语言去区分诗的风格,欠缺科学的清晰表述。袁枚的《续诗品》系统地谈了一整套"诗法",但那实际上是谈诗的"写作方法",而不是从美学意义去探讨"艺术表现方法"。总的来说,中国古代诗学,从美学观念所派生的艺术方法去研究诗的风格,是很不深入、很不具体的。直到王国维的《人间词话》,才从"境界论"的角度,把"造境"与"写境",按艺术方法之不同划分为不同的两派。

中国一直到新诗崛起以后,受外来诗学影响,才逐渐重视艺术方法的深入探讨,并逐渐有了独特标举某一艺术方法及其美学理想的诗歌艺术流派出现。

中国文化重视经验归纳,西方文化重视特征分析。对诗学的贡献,是各不相同的。西方诗学中,艺术流派的分野,非常清晰,不同艺术流派,如现实主义、浪漫主义、象征主义、超现实主义等,都各有其与美学理想、艺术主张相联系的独特的艺术实践方法。方法的规定性实践,使诗必然具有流派艺术特色,因而流派艺术风格的划分,也常常从艺术方法着眼。艺术方法的特征比较明显,一般说来,它就是不同诗派艺术分野的主要标志。

在现代,从流派艺术特色着眼去区别诗的风格,比只从个人特色着眼去评定风格,在诗歌评论与诗学探讨中,已更为普遍了。尽管在同一流派中,个人艺术风格也还保留着因个性差异而有的不同,但在很多情况下,都是以流派艺术特色作为划分风格的主要依据,一提到某人的诗是某一派的风格,即可想见其主要艺术特征。取流派之同而舍个人之异,是现在最常见的区分诗歌艺术风格的方式,从而,也使得诗的艺术因素在关于"风格"的探讨中更显重要。

3.语言因素

语言是诗的符号性载体,诗中的情感及意象与诗境构想的美,最终都得用语言符号写出来,才能作为一种符号信息,由诗人的心灵向读者的心灵传送。说得更贴切点,语言直接就是诗本身,作诗就是用语言符号把情感和艺术想象写出来。因而,就诗的风格来说,诗的精神因素和艺术因素都要结合在语言的表达之中,才可以构成某种"风格"。从这一意义上说,所谓诗的风格,无非就是语言构成的风格。

但作诗并不是大家都以同样的表达方式、同样的修辞手法,按现成的规格去运用语言,哪怕杏花村里家家有酒,也要看诗人走的是哪一家门。诗人之运用语言,是各有所习、各有所爱,爱有偏畸、习有长短的,都是个性化的语言运用,各不相同的。即或是情感气质相近,艺术手法相似,同属一派的诗人,其个性化的语言运用,往往还是有明显的差异。如陈亮和辛弃疾都是"豪放派"诗人,而语言运用却各有自家本色。现在的新诗,语言词汇变化更多,个性语言更是显然不同的。所以,从这一方面来看,诗歌语言,并不只是消极地为情感和想象做表达,语言自身也是一门艺术。诗人总是积极地追求语言的精彩与灵动,并形成自己个性化的语言艺术特色。因而,诗的"含蓄""警拔""雕琢""自然""朴素""华丽""洗练""流畅""古雅""平易"等,主要从语言的艺术特色(包括修辞手法和表达方式)着眼,对诗做"风格"的区分。

诗中情感和艺术想象的表达以及艺术形式的具现,都是用语言做载体,语言又有自身的艺术性,这几方面相结合所构成的"整体风格",实际上又是由语言做综合表达的。所以,我们平日谈的"风格""艺术风格""语言风格",概念上似乎并无明显的差异感,就因为"风格""艺术风格"

总归都要表现在"风格化"的语言之中。可见,我们平常谈的"语言风格"这四个字,有两种不同的意义:狭义地说,"语言风格"是指语言运用的艺术特色;广义地说,它是指通过语言显示出来的诗的"整体风格"。

在分别探讨了构成诗歌"整体风格"的三个主要因素以后,我们基本上可以弄清楚这样几点:

1.诗的风格,合而言之是一个"整体风格",但若单从某一方面看,也可以分开来谈它的"精神风格""艺术风格""语言风格"。

2.在一首诗中,构成"整体风格"的三方面因素,往往有某一方面较为突出,形成那首诗的主特征。通常人们凭直觉去评定某一首诗是什么风格,就是以它的主特征为依据。

3.中国传统诗学较为偏重从诗的情感与精神气度去做个人风格的评量;西方现代诗学则主要是从艺术方法着眼去划分流派艺术风格。在当代诗歌评论中,两者互相参照,可以使关于风格的探讨与诗的内容形式两方面都有较密切的联系,从而获得较全面的认识。

4.所谓"风格是人"的说法,正确的一面,在于诗中情感、想象、语言、技法,无一不是由诗人的个性心灵做主。但是,如果把风格看成绝对个性化,而忽视许多诗人的诗歌风格都有共同性、近似性的事实,就会导致否认艺术流派的共同性基础,并使得"风格"作为一个艺术范畴无形中被虚化。这是"风格是人"这种说法片面性、不尽正确的一面。

风格探讨的意义

对诗的风格问题的探讨,有许多积极意义:

1. 从宏观考察诗歌艺术的发展情况来说,风格的多样化,意味着诗歌艺术的繁荣兴旺;风格的单调,意味着诗歌艺术的衰退与停滞。所以,对风格的探讨,含有促进风格多样化发展的积极意义。

2. 一种新的艺术风格的出现,有时意味着一种新的艺术思潮或新的艺术流派的诞生,但社会惰性意识往往倾向于对先人遗产的守成,反对任何明目张胆的更新变革,一种新的风格出现立刻就有被斥为异端、视为蛇蝎的可能,因而这就有赖于对风格问题进行科学的分析与探讨,以利于实事求是地澄清认识。例如,某些移植外来艺术形式的诗歌,其形式的新异,成为它的主特征,故而它的整体风格,就像是模仿外国某一派的风格。若是外国的那一派,在中国某些评论家眼中,是属于所谓"腐朽没落"的艺术流派,那么,移植这种风格,即有被指斥为"腐朽没落倾向"的可能。在这种情况下,倘若我们能对风格进行分析性研究,就可以看出,那样的诗歌,虽因外在形式十分新异显眼,但从诗的情感和语言来看,它仍然是中国情感中国语言。而且,判断一首诗是否"腐朽没落",应该着重于精神内容情感倾向的分析,不应采取一味排斥外来艺术影响的关门主义态度。就这一方面来说,我们对风格问题做科学的探讨,显然有助于澄清认识。

3. 诗歌艺术的审美评价有复杂性,如果对"风格"各执一词,就不能有客观科学性的评价依据。我们对"风格"的构成,做了具体分析以后,就可以知道关于诗歌艺术的评价,在哪些方面应该采取哪一种价值尺度,才不会因过于粗疏或笼统而有评价游移或武断的偏差。这对诗歌艺术及诗学理论的发展,都是必要的。

D 几种分歧意见的辨析

由于"风格"观念不同而引起的对诗歌评价的意见分歧,是一个重要问题。例如:

有一种意见,叫"不可比"论。即认为"风格"本身是"不可比"的,无所谓"客观评价"而只有读者的"主观爱好"在起一种因人而异的评价尺度作用。你爱"豪放",我爱"婉约",并非"风格"本身有何优劣。

有一种意见,叫"艺术更新"论。即认为"风格"的评价,只能从诗歌艺术更新发展角度来看,凡是新的,就比旧的好,如果出了更新的,那么原来的新的就变成旧的了。"江山代有才人出,各领风骚数百年。"诗歌艺术是在新旧更替中发展的,新的永远比旧的好。

还有一种意见,也许可叫"艺术民主"论。这种意见认为,诗歌艺术风格的好坏,完全是由人民来评定的。人民需要它的时候,那就是好的,否则,就是不好的。只有人民,才有对诗歌艺术风格好坏做出最准确判断的决定权。

上述这三种关于诗歌艺术风格评价的不同观点,都有相当充分的理由,并都有可以列举实例来加以证实的实证合理性。可它们又是互相抵牾的,要判断谁是谁非,必须有辩证的思考。为此,我们的探讨,得先针对这几种有代表性的意见,提出反证:

1. 如果说"风格"都是不可比的,那么,任何风格的诗岂不都在同一水平线上吗？人们对诗歌的审美欣赏，"主观爱好"并非先天性的，都是从经验习惯中来，见其好而爱，见其不好而不爱。如果面对的是同一水平的诗，人又如何会产生出一种"主观爱好"来呢？可见，上述风格"不可比"论，只承认"主观爱好"尺度，不承认客观价值尺度，既不合审美经验，也不能自圆其说。

2. 如果诗的风格只以艺术的新为好，旧为不好，那么，为什么有些很新的现代派新诗往往在短短几年的风行之后便渐趋褪色，而古代诗人的名作虽历千百年却仍然不会失去艺术魅力呢？可见艺术的新与旧虽然是艺术风格评价的重要准则之一，但它非但不是唯一的准则，也不是普遍有效的准则。

3. 关于诗歌艺术风格好坏由人民依据自己需要来评定的观点，这里实际上有可确定与不可确定两方面。因为，"人民的需要"这个词本身可以有极宽泛和极狭隘的种种解释。如果从"人民的一切需要"来说，这种"需要"是不确定的，无限的，因而它很难作为评定诗歌风格好坏的依据。如果从"人民的精神需要"来说，这种"需要"也非常宽泛，它可能需要多种多样风格的诗歌。合于这种需要的诗歌，其"好"的程度也有无数等差，因而只有"好、坏"两极黑白对比，而没有艺术优劣的等差分析评价，作为评价准则来看是不完备的。如果说"人民的需要"是具体地指言"人民的现实利益与迫切需要"，那么，以此为依据去评量诗歌整体风格，就没有艺术评价。而且，其适用范围至多只限于同时性的作品评价，无法解释历时性作品的评价依据。比如说，南唐后主李煜的诗词，迄今都还能获得较高的评价，它却是一个与人民现实利益并无关涉的古代"亡国之君"的诗作。由此可见"艺术民主"论的观点，也是有局限性的。

在说明了上述三方面反证的理由以后，我们再进一步思考，就可以明白：如果说，评价一首诗，应该是人学与美学的综合评价，那么，评价一种风格，至少应该对这种风格的精神主倾向、艺术主特征，结合于其语言表达的方式与技巧,去做全面的评量,才能比较合乎实际地看出它对世界文化和民族文化的发展有何种意义,对时代精神的张扬、对诗歌艺术的开拓做出了什么贡献。

因此,对各派诗歌不同风格的评价,不应该只凭主观成见去做片面性判断,而应做全面分析与综合评量。同时,对在风格问题上表现出来的各种既成理论性观点,都应联系实际去做检验与校正的思考。

比如说,风格的"不可比"性这个观点,是在抽象谈论"风格"的思维活动中产生的。因为抽象的"豪放"与"婉约"之类,是我们从大量诗歌里面抽象出来的诗歌美学观念,作为美的范畴,它们孤离了一切其他关系,当然是绝对"不可比"的。但是,只要实际地拈出一首"豪放"的诗和一首"婉约"的诗,它们的"不可比"就不是绝对而只是相对的了,就是说:一首"豪放"的诗与一首"婉约"的诗,在联系于时代要求、人民命运、人性的向善发展与美化等各方面来衡量时,其具体的价值在某些方面会呈现出"可比"性。

又如:单纯抽象地谈论艺术的"新"与"旧",实际上,也只有表面的合理性与暂时的有效性。艺术的"新"与"旧",也要联系于人类社会文化的其他进步性要求来衡量,才能作为可靠的价值标准。就是说,当旧的艺术表现方式已不能适应于新的进步性内容,而新的内容特别适合于某一新的艺术表现方式,这时,艺术表现的"新"与"旧",才具有价值标志的意义。而且,艺术的"新"与"旧"作为内在价值的外部标志来看,也只适用于同时性的艺术评价,对历时性的艺术评价是不适用的。古诗艺术的"旧",与现代新诗艺术的"新",是不可比的。在历时性艺术评价范围内,一般都是以诗在美化人性、提高人的精神境界方面,能有普遍性永恒性的效应,来作为艺术评价准则。这是因为,在历时性评价范围内,作品都是客观历史性的存在,其艺术风格是限于当时条件的表现,不可做非历史的衡量。而其作品内容的意识形态及社会功利的目的与意义,也都已被时间差距所淡化或扬弃。故其艺术价值的衡量只能以它能否美化人性、提高人的精神境界为标准。

从"人民需要"的角度去评价诗歌艺术,虽然在同时性评价及历时性评价两方面,都有相当重要的"准尺"意义,但除了不可忽视艺术优劣的等差分析外,也不可过于忽视了人民对诗歌艺术多样化的精神需要与广阔的兴趣需求。因为,诗歌艺术之作用于人,主要是通过直接作用于人的精神情感,然后才可以间接产生有益于社会的精神影响。而诗美化人性及提高人的精神境界的作用,则是普遍而永恒的。所以,即使在人民革命与民族战争的年代,有必要倡导诗歌艺术慷慨豪壮的风格,使之普泛发展,成为诗歌艺术的主流,也仍然不应排斥其他风格,不应过于忽视人们对诗歌艺术的多样需求与广阔兴味。如果把"人民需要"观念狭隘化地限制在"人民现实功利需要"的范围内,则根本不适用于历时性的艺术评价。

我们在探讨"风格"这一节里,没有着重于列举各种"风格"的类型模式去做审美分析,而是着重于探讨诗歌"风格"形成的原理及关于"风格"区分与评价的依据。这是因为,在我们看来,列举梅、兰、竹、菊等以供人直觉欣赏,固然是能引人入胜的趣事,但研究梅、兰、竹、菊等的分类栽培,则更是科学不可旁贷的任务。因而,我们这一节,只好在给"风格学""鉴赏论"留有广阔余地的情况下结束。

第六章 诗的表达过程（II）
——形式的选定

诗的表达过程最终完成于"形式"。我们在前面探讨"风格"的时候，曾经把"风格"比喻为一个人显露在外部的姿态与表情，那多样的姿态和表情，都是活动着的。而"形式"则不然，"形式"是固定了的，好像人的某一姿态、某一表情，一霎时在电影摄影的镜头中成为"定格"，就是以那一固定了的样子呈现在人们面前。而且"形式"一旦创立，它就是一种客观存在，它可以不再是"个性"的而是"普遍性"的。一个诗人创造的某种"形式"，别的诗人在情感不同、创作目的不同的情况下，也可以利用同一种"形式"。所以，"形式"虽然在创立时与诗人的"个人风格"有内在的联系，但"形式"一旦建立，它就是独立的，可以在某一时期普遍风行，有不限于某一特定内容、某种个性风格的广阔容量。不过，"形式"既然是固定的，就某一种"形式"来说，它就是既有普遍性又有局限性的。例如，中国旧诗的"律诗""绝句"形式，只适用于抒情而不适用于叙事；"乐府歌行"形式，则是可以叙事兼抒情的。外国诗也有类似情况，如英国诗用"十四行诗"及其他短诗形式抒情，而长诗则可以抒情也可以叙事。中国新诗一般也是用短诗抒情、长诗抒情或叙事。这都说明"形式"固定以后，其容量规定了它的适用范围，有一定程度的局限性。不过，在形式这方面，中国新诗是自由诗，不像旧诗那样要受"形式"的某种定型规范的严格限制，新诗可以自由选定形式，也可以自主地创造形式。旧诗有些形式，难学难工。如律诗，限定只许用同一韵部的字押韵，不许转韵；中间四句是两副对联，每个字的平仄声和字义都要"对仗"；整首诗从头到尾每句都要讲究"平仄相间"，相邻的两句还要讲"粘"（平仄相同）、"对"

（平仄相对）。那是真正的"做诗"，每个字都是要费尽心思去"做"的。旧诗的其他形式，如古体、乐府、词、曲，虽不如律诗规定得那么严，但每首字数或每句字数基本上是限定了的，不许句子过长，有的甚至不许多一个字或少一个字，平仄声和韵律也都有一定规范。新诗不受这些拘束，当然要容易学些。新诗的基本形式是"自由体"（也许还可以叫作"流水式"），就像一股水自由地流下去，每句长短不齐，爱在哪里押韵就在哪里押韵，不押就不押，节奏自然，且并无平仄声的严格规定。两相比较，自由体新诗可说基本上是不受形式约束的，从其适应于心灵情感无拘无束地自由抒发来说，自由体新诗无疑在形式方面有很明显的优点。可是，事物的优缺点都有相对性，也都是有内在矛盾的。自由体新诗的这个优点，在诗歌艺术的发展中，却渐渐表现出它同时也是新诗的一个缺点：它欠缺一种美，即缺少"形式美"的讲求。久而久之，就使人感到新诗的艺术形式过于单一化，没有多样化的艺术形式规范。如果长久地就这样"自由式地造句，流水式地抒情"，恐怕不到一百年，这单一化的形式，就会显得非常陈旧了。而且，这自由体的诗，由于没有形式规范，宏观看来是单一化的，微观看来又几乎每一首诗的形式都不相同，在诗歌艺术传习的教与学两方面，都会感到无法归纳出便于初学者掌握的形式结构要领。于是，便出现了这样的现象：初学写诗的人，学旧诗虽难，但懂得了形式上的各种规定，写出来即使不好，总还能具备诗的形式；而学新诗的人，如果写不好，就根本不像诗。这些情况，不断地提醒诗人们，不能满足于自由体的优点及其在新诗中占据"主要形式"的地位，而要寻求创造新形式的途径。

但是，新形式的探求，在中国新诗发展的七十年中，遇到了许多有形无形的障碍，发展得特别困难。一则，因为中国传统旧体诗的形式规范被打破以后，新诗因获得"形式解放"而蓬勃发展，肯定了自由体的"主形式"地位，很多诗人，由于厌恶旧形式的拘束，逐渐习惯了不受任何形式规范的"形式自由"观念,而没有觉识到这种"形式自由"观念,实际上只是以自由体为"主形式"而生成的观念形态,发展至极,它会成为一种惰性意识,忽视诗歌艺术的形式美,不再寻求艺术形式的创新。结果,使"形式自由"观念走向了"自由"的反面,使得许多诗人于不知不觉中失去了"追求形式美"与"创造新形式"的自主意识与自觉的艺术探索。二则,由于新诗还只经历了七十年的时间,诗人们对于运用现代语言来进行诗歌艺术创作,还没有积累起足够的"形式化"语言艺术经验。一些老诗人在建立新形式方面的探索与努力,没有取得有说服力的艺术成果。因而,也无法改变自由体在新诗中的"主形式"地位。三则,1949年初所引进的苏联诗学,崇尚现实主义,以及因误解马克思主义文艺观而形成的意识形态规范,完全无视"百花齐放"是发展与繁荣文艺的正确方针与客观必循途径,并由于过分强调"反形式主义"的观念而走向极端,乃至完全压抑了诗人们在形式方面的艺术创新活力。所以,我们在形式的探讨中,不得不从"破除迷信,解放思想"入手,首先对关于形式的理论,做出辩证的科学探讨,确立诗人对形式创新的自主意识,并列举实例说明形式的艺术功能及发掘语言形式艺术表现潜能的实际可能性。

形式的探讨区分为以下五项:

一、形式问题的历史回顾

二、自主性

三、形式美

四、创新

五、完美

一、形式问题的历史回顾
A 复古与还乡道路的失败

新诗的"形式问题",并不是完全没有被意识到的问题。只是,对这个问题的探讨,历史地看来,是走入了一些岔道。这些岔道并没有白走,也取得了一些经验教训,可惜的是,某些有价值的诗学见解,并没有引起重视。

四五十年代中,中国诗坛曾有过好几次关于形式问题的探讨,但当时那种探讨,目的主要在于追求为战争和革命去做深入民间的政治宣传,取得现实性的短期艺术效应,而不是着眼于艺术形式合于美学进步性的创新发展。所以,当时的座谈讨论,总是以"大众化""民族形式"为中心议题。"大众化"要求吸取"民间形式",至于"民族形式"则简单归结为"继承民族文学遗产"的原则和"旧瓶新酒"的办法等。那些讨论中的意见,虽然也涉及了新诗需要创造新形式的问题,但所提出的原则和办法,真正能在艺术实践中收到形式创新效果的,却几近于无。当时,有一些理论家对形式问题抱有成见,在他们心目中,中国知识分子诗人的自由诗,都是学外国自由诗形式而建立起来的,不能算是"民族形式",在人民大众中没有生根,不能深入民间。所以认为新诗应该更通俗些,才能合乎"大众化"的要求,应该采用"民间形式"或利用"旧诗原有形式",以求合乎人民大众的欣赏水平和接受习惯。可是,在诗人们的心目中,则认为正是因为中国的旧形式已经不合于用现代语言写诗的需要,所以才创立了自由体新诗,有什么理由要回头去学旧形式呢?"民间形式"基本上都是旧诗在民间播的种，如农村里的山歌，一般都是"七言四句"，并无形式上的特色。即使个别地区的民歌有特殊的形式，如陕北"信天游"，两句一节，形式活泼，新诗可以吸取其形式以备一格，却仍然有"形式的结构过于简单""不适用于激情倾诉""不便于朗诵"等"民间形式"所共有的局限性。所以，诗人们心里总觉得"民间形式""旧瓶新酒"的提倡，实质上是一条"复古"与"还乡"的路，是否定自由诗的"文学革命"成果，否定自由诗本身是现代民族语言发展所形成的"民族形式"，否定自由诗已经在人民中有普泛影响，并否定了自由诗可有形式多样化的发展前景。这样一来，理论家的"民间形式""旧瓶新酒"的主张越是叫得响，诗人们便越是要坚持自由诗在新诗中的"主形式"地位。只有老解放区在农村环境下长期工作的诗人，才倾向于用民歌形式或改良的旧形式写诗。到后来，原先采用民间形式或改良旧形式写诗的诗人，也渐渐发觉离开农村环境则旧形式的利用非但并无必要，反而会束缚自己的艺术表现力。因此，在新中国成立以后，这些诗人在城市或工厂生活环境中，也大都改为用自由体形式写诗。"民间形式"和"旧瓶新酒"的主张，可以说，基本上是被诗人们投了不信任票而退位了。

B 新的探索与新的见解

在"民间形式""旧瓶新酒"的"复古、还乡"道路显然走不通的情况下，一部分诗人在移植外来形式方面做了许多努力。但"十四行""彭斯体"，只有一些老诗人用过。五六十年代，比较风行的是苏联诗人马雅可夫斯基创造的"梯形句式"，这种形式，适于激情倾诉的朗诵诗，也合于

"大众化"的要求,有一些诗人(如贺敬之、郭小川)曾经成功地运用了这种形式。但这种形式,主要适用于政治鼓动性诗歌,而不甚适用于一般的生活抒情,特别不适用于爱情诗。这种形式容易使诗的语言"硬性化",妨碍语言的灵活运用与含蓄表达,当然是不可能为众多诗人普遍采用的。在诗人和读者中,也并非普遍都喜爱这种形式。

老一辈诗人曾有过"新诗建行"的设想,并做过一些实验。所谓"建行",就是想保持中国传统的"方块形式",只将每行字数由五言、七言句式,改为"九言"或"十三言"句式。这些努力,没有获得显著的成果。不过,这一设想却启示了一个探索的方向,就是:应该寻求一种有普遍适用性的新诗"格律"形式。后来,诗人何其芳便在这一基础上提出了"新格律诗"的主张。

何其芳关于建立"新格律诗"的见解,主要包括两方面:1.建立和发展现代新格律诗,创造民族诗歌的新形式。不采取"建行"论那种要求每句字数相等的办法,而只要求每句的"顿"(音节)数相等,或有顿数不同的长短句相间,组成整体一致的形式,以有规律的顿数构成节奏,多音的词(如"社会主义")可以做一顿读,轻音词(如"地""的"等助词)可附入某个词作一顿读,有规律地押现代语言中大致相近的韵。这样的形式,与现代语言的语词结构情况(即不是一音一词,而是以双音词为主,间有多音词的结构情况)能相适应,是解决形式问题的新路。2.自由诗形式虽有优点,但只是新诗之一体。(按何其芳的说法:"恐怕还不过是一种变体。")自由诗没有形式规范,不便于艺术的教学与传习,也不利于艺术经验积累。新诗如果有自由诗而没有新格律诗,是诗歌"形式"方面的偏枯现象,不利于诗歌艺术的发展。

何其芳的这些见解和主张,没有受到诗坛的重视。他自己在《听歌》《回答》等诗中,做了一些实验,且达到了较高水平。但后来由于时代的颠簸,他没有能继续在艺术实践中以突出的艺术成果来证实自己的主

张。但我们认为,何其芳关于"新格律诗"的设想和主张,有非常重要的意义:

1.新诗的形式问题,实际上,是在单一化"自由体"统治诗坛情况下,寻求有美学进步意义的新形式,以促进艺术形式多样化发展问题。建立与发展"新格律诗"是解决这一问题的合理办法。

2."新格律诗"形式,有可以用于各种叙事抒情的普遍适应性,优于"信天游"之类的民间形式与"梯形句式"之类的外来形式。如果在艺术实践中逐渐演变出多种多样的"格律"形式来,无疑地,就会使诗的艺术表现手段更丰富,更灵活多变,并给诗带来"形式美"。

3.从诗歌艺术发展的历史情况来看,每一次诗歌形式的更新发展,都与语言的发展变化有关。在语言发展变异(经过较长时间,变异达到十分显著)的情况下,旧形式与语言不相适应,于是出现了新形式。中国诗史上四言、五言、七言、长短句的兴替,都与语言发展有关。新形式出现时,往往先出现自由诗(古代的"杂言诗"也可说是古代的"自由诗"),随后,就出现自由诗向句式整齐或有规律性变化的格律诗形式过渡。而诗歌艺术的大发展,则常常是在新的格律形式出现以后。这种历史情况,可能包含着诗歌艺术发展的客观历史规律。何其芳说自由诗"恐怕还只是一种变体",大概也是有鉴于历史上的这种情况。

中国古代的四言诗,是建立在先秦古汉语基础上的。汉代以后、由于语言变异,民间歌谣很多都是"杂言",或杂言中夹着些"五言"的段落。演变到后来,"五言"句式渐渐占了主要地位。民间歌谣被采入乐府后,文人仿效乐府歌词进行创作,因此乐府诗大都成了五言诗形式。后来,诗脱离乐府音乐而独立,就成为文学形式的五言诗了。五言诗建立以后,声韵格律的精度讲求,使各种律、绝形式以"近体"的新面目出现,诗歌艺术就进入了一个大发展时期。五言诗鼎盛时,出现了"建安风骨"的划时代现象,出现了曹植、陶潜那样的诗人。这种历史情况,对我们认识诗歌艺术发展的历史规律性,多少是有启示意义的。

所以,在我们关于诗歌艺术形式的探讨中,我们不仅否定返回"民间形式"与"旧瓶新酒"的那种"复古、还乡"道路,判定它不可能发展出民族诗歌的新形式,我们也否定把"自由体"看作永远是新诗唯一"主形式"的惯性观念。我们认为,诗歌艺术形式总是处在不断创新发展的嬗变过程中,没有什么形式会是千年不变、万代相传的"主形式"!艺术形式的多样化,是诗歌艺术繁荣的重要标志之一,从而,自然也就是诗学探讨的重要项目之一。所以,在对这一问题的历史回顾中,我们感到:中国新诗的发展,应该把艺术形式创新列为一个重要课题。而且,应该预见到在改革开放时期,新诗已面临着艺术形式、艺术方法大幅度改革与多样化创新的历史形势。

二、自主性
A 内容并不决定形式

中国新诗在形式问题上有过许多探索，但从艺术实践方面来看，至今仍没有突破以自由诗为主形式的单一化格局。这种情况，虽然有多方面的复杂原因，但主要原因，是在于诗人们自己在观念上，还欠缺彻底解放自己艺术创造力的"自主性"意识。

多年以来，一种机械的、片面的"内容决定形式"的观点，被当成了诗歌艺术的铜表法规，僵固地统治着人们的头脑，几乎使得许多人都把形式看成了无关紧要的东西。因为，按照"内容决定形式"理论，"形式"完全是由"内容"派生出来的，好像诗也如同一只猫，在母猫肚子里怀孕，生下来就仍然只能是母猫的样子；又好像诗是从山上流下来的水，流成溪、流成涧、流成河……流成什么形式就是什么形式。因为据说，那是为"内容"所决定的。这种"内容决定论"的观点，有一个标准的理论公式：1.内容和形式有不可分割的关系。2.内容先于形式而存在，在内容的艺术表现中才产生了形式，内容是起主导作用的。3.内容决定形式，形式为内容服务。4.形式对内容也有反作用，合适的形式有利于内容的充分表现，不合适的形式，妨碍内容的表达，但形式的变化，是因为内容先起了变化，形式才会变化。这样一种非辩证的观点，实际上本与马克思主义文艺理论无关，但它却在很长一段时间内，被当作马克思主义的文艺学观点广泛流传，似乎弄假成真，从而窒压着诗学理论思维，并窒息了诗人对艺术形式的自主创造活力。试想，如果诗人脑子里先有了一个"内容决定形式"的观念,而且还听人说,这"内容决定形式"是"不以人的意志为转移的客观艺术规律"等,必须"先有内容的变化,才能有形式的变化",那,谁还会去考虑艺术形式的创新吗?艺术创造力就被这种"机械理论的理论机械—艺术创造制动器"无影无形地钳制住了。内容是"猫",那就任凭它的形式也是"猫";内容是"水",就让它自然地流出无定形的形式,一切都听其自然。

艺术不是自然物。艺术之所以是艺术,就因为艺术是人"自主性"的创造。猫是猫,但艺术家创造的猫可以是"黑猫警长",猫的内容在"警长"的形式里面表现出来;水自然是由山上往下流的,但是,人也可以用抽水机叫河里的水流上山去。如果忽略了人的"自主性"创造力,不仅艺术不能创新,世界也不能有任何微小的进步,这道理是很容易明白的。"内容决定形式"的观点,在马克思主义理论体系中并无根据,充其量,只不过是某些文艺理论家,从马克思主义与黑格尔哲学的理论渊源关系去找根据时,对黑格尔客观唯心义哲学和美学中的个别观点,做了错误的演绎与附会性理解后,附加到某些"马克思主义文艺学"中去的。

其实,黑格尔对"内容与形式"的关系的看法,基本上也是辩证的,是把二者作为辩证统一的关系看的。例如,在《小逻辑》一书中专谈"内容与形式"的第133节里面,他在说了"形式就是内容"之后,立即加以区分地说明,除了"内容具有的形式"之外,还有"不返回自身"的"外在形式"。书中对这一点,还专门加了一段显然有重要意义的说明文字:"关于形式与内容的对立,在思想上所要坚持的根本一点是,内容并不是没有形式的,而是具有形式于其自身内,恰如形式是外在于它的。于是便有了双重的形式。有时它返回到其自身,于是就成为与内容相同一的东西。有时它又不返回其自身,于是就成为与内容毫不相干的外在的实存。"[①]黑格尔的哲学语言是高度抽象的,有点晦涩,不好懂。不过,如果认真研究

---

① [德]黑格尔:《小逻辑》,贺麟译,商务印书馆,1980,第278页。

黑格尔，把他的理论联系到实际的事情来理解，那他实际上是说得很清楚并且合乎事实的。比如说，宋词里面《贺新郎》那个调式，据说是苏东坡创制的，就苏东坡创作的那首《贺新郎》来说，形式就是已经形式化了的那个内容。但是，《贺新郎》这个形式，是一百一十六个字，分上下两半，上半片五十七个字，下半片五十九个字，上下两半都是十句押六个仄声韵。这个调式，在苏东坡创立了以后，别的诗人都可以照这个规定的格式写。所以，这个形式并非只能与苏东坡那首词的内容"不可分割地"粘在一起，用黑格尔的话说，它可以"不返回自身"，成为"外在的形式"，用我们的话说就是：形式一经创立，它就有"独立性"，可以被普遍运用。可见黑格尔的理论并没有什么不对。

黑格尔在他的《美学》里谈的，也同样都是辩证论述理性内容与感性形式的辩证统一关系，基本上和他的哲学观点是一致的。不过，由于黑格尔的《美学》是他死后由他的门徒根据他的讲稿编成的，并未经他本人校阅，所以里面的个别地方，逻辑上不够十分严密，也有矛盾。有的理论家，从《美学》里面断章取义地摘取只言片语作为根据，便认为黑格尔是"内容决定形式"的机械决定论者。例如：黑格尔《美学》中，有这样一段话："艺术之所以抓住这个形式，既不是由于它碰巧在那里，也不是由于除它以外，就没有别的形式可用，而是由于具体的内容本身就已含有外在的、实在的，也就是感性的表现作为它的一个因素。"[①]这段话，常常被某些理论家引以为据，说黑格尔是"内容决定形式"论者。但实际上，黑格尔只是说：内容含有形式的因素。黑格尔的意思，主要在于说明"内容"与"形式"之间，有一种内在的联系，即当艺术内容抓住某一形式做表现时，是由于内容本来就含有用这一形式做表现的内在可能性。黑格尔所说的"含有"与"因素"，这些词都是有分寸的，与所谓"决定"的意义，差别是明显的。

---

① [德]黑格尔：《美学》（第一卷），朱光潜译，商务印书馆，1979，第89页。

而且,黑格尔这一段话,是在《美学》的《全书序论》中,探讨"题材的划分"这一节里说的。他是泛论在各种艺术创作过程中,艺术家的思想情感(内容),与外在自然界感性事物(形式)的关系,说明二者要互相适合,不然,外在自然的感性事物,本身是没有艺术目的的。所以他接着说明:"鸟的五光十彩的羽毛无人看见也还是照耀着,它的歌声也在无人听见之中消逝了;昙花只在夜间一现而无人欣赏,就在南方荒野的森林里萎谢了,而这森林本身充满着最美丽最茂盛的草木,和最丰富最芬芳的香气,也悄然枯谢而无人享受。艺术作品却不是这样独立自足地存在着,它在本质上是一个问题,一句向起反应的心弦所说的话,一种向情感和思想所发出的呼吁。"①

由此可见,黑格尔在这里所说的"内容"与"形式",是泛指在各门艺术的创作过程中,艺术家表现思想情感的目的(内容)与用来做艺术表现的外在感性事物形象(形式)的关系。这里所说的"内容"与"形式"两个词,含义是很宽泛的,包含"艺术目的"与"艺术表现的题材选择与形象塑造"(它说的"形式"主要是指"形象")在内。这与我们所谈的文学作品的"语言形式"问题,差距是很大的,性质是不同的。有些理论家,把黑格尔这一段话,做成"内容决定形式"的解释以后,又把这泛论各门艺术"理性内容与感性形式"关系的观点,移用到文学作品的领域,而全不顾文学"语言形式"不具感性艺术形象的抽象符号性特点,当然会造成对诗人、文学作家自主创造语言艺术形式的窒碍。

在黑格尔《美学》中,只有一处谈到"一定的内容就决定它的适合的形式"。这所谓"适合",也是指在"形式和形状可以千变万化"的非常宽泛的范围去寻求"适合"的形式,绝不是说一种内容决定了只有一种适合于它的形式。黑格尔的原话是这样的:"因为像上文已经说过的,艺术的真正职责就在于帮助人认识到心灵的最高旨趣。从此可知,就内容方面

---

① [德]黑格尔:《美学》(第一卷),朱光潜译,商务印书馆,1979,第89页。

说,美的艺术不能在想象的无拘无碍境界飘摇不定,因为这些心灵的旨趣决定了艺术内容的基础,尽管形式和形状可以千变万化。形式本身也是如此,它们也并非完全听命于偶然现象。不是每一个艺术形状都可以表现和体现这些旨趣,都可以把这些旨趣先吸收进来而后再现出去;一定的内容就决定它的适合的形式。"①黑格尔的原意,实际上是说:艺术要表现心灵旨趣,不可能放任艺术想象于飘摇不定的状态,尽管艺术形式和形状千变万化,总得适合于内容的表现。他所说的"决定",只是形式终归要为内容做表现的意思;他所说的"适合",是指在"千变万化"的艺术形式中寻求到"适合"于一定内容的表现形式。可见黑格尔的"内容与形式统一"的观点,既不是"一种内容只能用一种形式表现"的观点,也不是"内容派生出形式"的观点。黑格尔是辩证法大师,他的"内容与形式统一"观点,是辩证的统一,而不是机械的统一。所以他接着说的:"根据上述理由,我们在好像多至不可驾御的艺术作品和形式中,仍然可以按照思考的需要而找到正确的方向。"②就是说,按照表现内容的需要去寻求"适合"的艺术形式;要"找到"才"决定"。

所以,认真说来,把黑格尔说成是"内容决定形式"的机械决定论者,实际上也是对黑格尔哲学和美学的误解。不过,由于黑格尔哲学是客观唯心主义的哲学,其基本理论,是把世界万事万物都看成一个无人身的"绝对理念"自身运动显现的过程。他的美学,也把艺术看作"理性意蕴的感性显现"。就他的哲学体系来说,他所说的无人身的客观存在的"理念"(或谓"理性观念")是第一性的,感性事物现象,是第二性的。所以,人们从他的哲学体系来推断,认为他把艺术看作"理性意蕴的感性显现",意味着"内容显现为形式",因而也近似于"内容决定形式"。这样的推断,也不是毫无道理的。只是,"显现"本可以是在多种形式中选取"适

---

① [德]黑格尔:《美学》(第一卷),朱光潜译,商务印书馆,1979,第17-18页。
② [德]黑格尔:《美学》(第一卷),朱光潜译,商务印书馆,1979,第18页。

合"的形式来"显现"。如果我们从黑格尔《小逻辑》的最后一句话"存在的理念就是自然界"来领会,那就还应该科学地"颠倒过来",把"理念的感性显现",理解为"外在自然界和客观感性事物中包含着可认知的科学真理"。从而,艺术家也正是从感性事物中去发现真理,并通过感性事物表象的艺术表现,使人们从艺术感受中获得领悟真理的理性启迪。这样,我们联系艺术创作过程的实际情况,去领会黑格尔美学的具体内容,就不会单纯从他那体系的唯心主义性质去做片面性的推断,而可以看到他在具体论述艺术作品"内容与形式"的关系时,他的观点,实际上是辩证的,他并没有说过"内容决定形式"是机械地"决定"或自然地"派生"那样的话。而且,任何机械的观点,一般都是与黑格尔的辩证法观点不相容的。把机械的观点强加于黑格尔,对这位美学大师也是不公正的。所以,我们至多只能说:"内容决定形式"的观点,是由于误解了黑格尔美学中的某些片段理论而导致的谬误。至于将这一谬误又转加于马克思主义文艺观,那更是毫无根据的。马克思主义与黑格尔哲学的理论渊源关系,主要在于马克思主义吸取了黑格尔哲学的合理内核——辩证法。马克思主义并非对黑格尔的全部哲学美学观点都作为遗产而予以无批判的继承。马克思主义关于"内容与形式"的观点,早已最明白不过地表述在马克思《评普鲁士最近的书报检查令》一文中:"你们赞美大自然悦人心目的千变万化和无穷无尽的丰富宝藏,你们并不要求玫瑰花和紫罗兰散发出同样的芳香,但你们为什么却要求世界上最丰富的东西——精神只能有一种存在形式呢?"[1]

这虽然不是在探讨文学的"内容与形式"这一专题,但从这些话中可以十分明白地领会到,马克思对于作家艺术家自主选择表现自己精神(内容)的多样化形式,持着何等强烈的情感与作为原则来加以辩护的态

---

[1] 马克思,恩格斯:《马克思恩格斯全集》(第一卷),中共中央马克思恩格斯列宁斯大林著作编译局编译,人民出版社,1956,第7页。

度。这和黑格尔美学观点的界限也是很明显的:并不是什么客观性的"理念"(内容)在感性形象(形式)中显现,而是作为作家艺术家的人,为自己所要表现的主体精神内容,自主地选择绝非只有一种的多样化艺术表现形式。人,不是客观自在的"理念",而是主观能动的创作主体。

辩明了这一点,我们就可以进一步摆脱黑格尔美学那个艺术是"理性意蕴的感性显现"的抽象观念,清楚地认识到:诗的内容,并不是什么无人身的"理性意蕴",它直接就是诗人的生活感受及其所引发的思想情感;诗的形式,也不是无人身的"理性意蕴"所借以显示自身的"感性形式",而是诗人为表现自己的思想情感而自主选择或创造的艺术形式。黑格尔那种无人身的"理性显现"的理论,容易导致把一切事物关系都当成逻辑的客观必然性关系来理解。我们抛开抽象的"理性自身的显示",把诗歌艺术的创造力的来源归结到创作主体的"人"(诗人)身上,那么,我们就可以看出:诗人在作诗的时候,固然也是在为他所要表现的思想情感寻求一个合适的表现形式,但这个形式,除了可以选择一个合适的现成形式,或放任地让内容在语言表达中自然而然地构成形式以外,如果这诗人同时又是一个有美学抱负的人,他就不会仅仅满足于一般地寻求一个合适的表现形式,他还有一个美学目的,要自主创造一种最富于美感的艺术形式。诗人是有灵魂有血肉的人,不是无情无欲的纯粹理念。诗人采用某种"形式"来表现诗的"内容",并不是由于这"内容"与所采用的"形式"有机械的必然性联系,而是由于诗人对某一艺术形式有兴趣、有爱好、有美的追求,有时,甚至只是出于好奇与求新的探索。诗人,作为艺术创作主体的人,他在"内容"和"形式"两方面都是有"自主性"的。诗的内容和形式都决定于诗人独立自由的"自主性"创造与选择。内容和形式的统一,也是统一于诗人自主的心灵。诗人心中有了某一内容之后,他可以调动自己全部艺术素养所积贮的艺术表现才能,聚精凝神地去创造最新最美的艺术形式,也可以由于某种新的艺术情趣的触动,在临场一刹那间选取了某种他最感兴趣的艺术形式。一切全由诗人自心做主！在一个有自主性意识的诗人面前,根本不存在任何"形式"已经由"内容"决定了的庸俗考虑,他认定这"内容"只有由自己做主使之"形式化",才会在形式中得到艺术美化的"内容"。"形式"可使"内容"以各种不同的样子表现出来,甚至,可以表现在许多人都感到陌生的新形式里面,并不妨碍"内容"得到最充分的美化表现。

"形式"的创新,往往是诗歌艺术在美学方面有进步性发展的标志。诗人的"自主性"意识,是艺术创新的基石。因此,诗人应该紧紧掌握"自主性"原则,实事求是地澄清"内容决定形式"的机械决定论。

B 自主观点不是形式主义

可能有人要问:强调"自主性"的形式创新,会不会助长"形式主义"思潮呢？你们在前面说过反对"为艺术而艺术",而你们这种"自主性"理论,又与"形式主义"的理论有些近似,这是不是自相矛盾呢？

关于我们的"自主创造艺术新形式"的理论与"形式主义"理论的区别,我们主要辨明这样几点:

1."形式主义"把形式的创造,看作艺术唯一的目的,内容只是构成形式的材料,材料在构成形式之前,本身不具有独立自在的意义与价值,因此,内容不是艺术表现的目的。我们的"自主性"理论,承认形式是为内容做表现的,内容的意义与精神价值,是艺术的"人学"目的。但对艺术形式,也有要求其不断创新、进步、提高、完善的美学目的,形式有相对独立的美学意义与价值。所以,我们强调"自主创造艺术形式",同时也是为了使"人学"内容得到更富于艺术性的美化表现,这当然不会导致"为艺术而艺术"。

2."形式主义"的艺术评价,只以直觉的"形式美"或"有意味的形式"为标准,是简单的形式评价或主要着眼于形式的美学评价。我们的艺术评价,是"人学"与"美学"的综合评价,艺术形式的美学价值,要结合于"人学"内容的艺术表现,有使内容美化的意义与效果,其美学价值才能得到确认,否则,其艺术创新的美学价值是不能被确认的。这样,就不会流于单纯追求花样翻新的形式游戏。

3."形式主义"的"自主性"理论,特别强调自主创造"陌生化"的艺术形式,追求超越现实的审美意识,打破现实既定审美标准的审美解释垄断权。因此,他们的"自主性"理论,明显带有一个艺术流派在审美意识方面的偏激性、排他性。我们的"自主性"理论,所强调的是自主创造多样艺术形式(包括"陌生化"的艺术形式,但不专注于"陌生化",而是"百花齐放"的创新),既不超离现实内容的艺术表现,还把多元的艺术审美结合于统一性的"人学"评价。所以,我们的"自主性"理论,不是为了提出一种特殊性的流派主张,而是为了说明普遍性的诗学原理。我们对"形式主义"诗学,也和对其他各派诗学的态度一样,都是合理地参照、批判地吸取。在形式问题上,我们吸取"形式主义"诗学追求艺术形式创新的积极性合理成分,而扬弃它那以形式为目的的观点和在审美方面的排他性流派意识。

我们当然并不赞同"形式主义"诗学的全部理论见解,但我们觉得,过去一个相当长的时期,理论界对"形式主义"持绝对否定态度,也是不正确的。"形式主义"作为一个艺术流派,广泛存在于世界各门类的艺术实践中,他们绝对"非功利性"的艺术观,"为艺术而艺术"的倾向,对人类社会的进步事业来说,显然是不同道的,甚至是起消极作用的。但我们也要看到,他们致力于"形式美"的艺术追求,在美学的某些领域确有新的开拓,并不是没有艺术成果的。而且,他们既然是作为一个艺术流派在现实世界中存在并进行广泛的艺术活动,他们的艺术理论和艺术实践,实际上就不可能真正地超尘绝俗与世无关。他们中的有些人,在纯粹艺术"形式美"的追求中,也有可能逐渐转向美化人性、美化人生及对丑恶现象的批判。在他们所谓"非功利"的"纯艺术"目的论意识中,一方面固然存在着对人类进步事业的冷漠与回避态度,另一方面也含有对现代商品社会"商品拜物教"及各种社会异化现象的消极反抗。因而,我们对"形式主义"作品,仍然只应该采取"具体分析具体评价"的态度,而不应笼统否定与抹杀。对于他们的艺术实践成果,即使是纯粹艺术形式方面的某种技巧运用,我们批判地吸取它,转而用于有人类进步目的的艺术表现,未必不是有益的。而他们"自主创造艺术形式"的主张,从艺术实践来看,显然有发挥诗人、艺术家主观能动作用充分解放艺术创造力的积极意义。只要我们不是只以"形式"为目的,那么,吸取这一主张的合理成分、致力于艺术形式的创新与多样化发展及创造性实践的结果将会证明:这样的主张是远比所谓"内容决定形式"的机械观点要好得多的。

在中国近七十年的诗歌艺术实践中,实际上并不曾有过"形式主义"流派的社团群体性存在,只在诗学或其他艺术理论的探讨中,偶有受外来影响的"纯艺术"理论表现。可是,几乎在各个艺术领域,都常常能听到"反对形式主义"的声音。如果"反对形式主义"真是由于"形式主义"对艺术促进社会进步起了破坏作用与消极作用,那当然是正确的。可叫喊"反对形式主义"而用"内容决定形式"的机械决定论做理论武器,实质上是反对艺术创新的守旧观点。结果,就导致不分皂白地把凡是重视艺术形式创新的观点,都一律归之于"形式主义",发展至极,就自然要使得诗人和艺术家讳言艺术新形式的追求。这种情况,早就应该结束了。艺术形式的陈旧与偏枯,绝不是艺术兴旺与发达的标志。

自主探索艺术规律

我们强调"自主性",除了艺术形式多样化的目的以外,也还有另一层意思,就是希望通过"自主性"艺术实践,加深和扩展我们对艺术规律性的认识。

过去,有一些文艺学论著,由于把文学艺术的规律性与自然规律性等同看待,都看成绝对不以人的意志为转移的,因而,把"自主性"与"规律性"这两个范畴,看成完全对立、互不相容。但实际上,文学艺术规律和自然规律是有很大差异的,性质上是不同的。自然规律,是完全独立于人们意识之外的自然界的客观规律性,人们能认识它,但驾驭与利用它的能力却非常有限,非常小,甚至根本无能为力。例如:天在某种气象条件下一定下雨,水总是由高处往下流,太阳从东边出西边落,这都是自然规律现象。现代科学使人能有法子实行人工降雨,但只能在很小范围内和可能的气象条件下进行,并不能全面控制雨量或阻止雨季到来。人能用抽水机把水抽上很高的水塔,表面上像是局部地解决了水不能由低处流向高处的困难,但实际上,抽上水塔只不过是提高水位,利用水由高处往下流的自然规律,达到向各处供水的目的,这也只能在很有限的范围内实行,并没有改变水往下流的客观规律性。至于太阳从东边出西边落,由于人无法使地球逆转,它就是绝对不以人的意志为转移的,根本无法作任何改变的。这就是自然规律外在于人、不由人做主的绝对客观性。艺术规律则不同,艺术规律只存在于诗人或艺术家的创作过程中。而艺术的创作过程,实际上是诗人或艺术家依据自己的意志,采用某一艺术手段去使某一内容能在艺术形式中得到美化的过程。在这一过程中,所谓"艺术规律",实际上只存在于诗人或艺术家的创作目的与他所采用的艺术手段相互适应的关系中,或者说,"艺术规律"只是艺术创作过程中主客观相对活动的规律。这也就是说,"艺术规律"是一种精神性的"操作规律",它只有相对的客观性。在艺术创作过程中,诗人、艺术家是艺术创作的主体,是"操作者",他带着自主意志和目的,在多种艺术手段中进行自主选择。而且,艺术手段的客观性质、特点与功能,一般是经验已知的或有概略性认识的。艺术手段的客观规律性,在被诗人和艺术家经验及认知了的情况下,就转化成为诗人、艺术家的艺术操作方法,通常叫"手法",从而可以由诗人、艺术家按自己的需要来进行操作。这种有"可操作性"的艺术规律,与自然规律的不同之处,就在于它基本上是听凭人选择与操作的,它的客观规律性只能存在于艺术实践的操作过程中,因而人的自主选择可以决定它作用的范围。例如,我选用意象手法写一首诗,意象手法的规律才会在我这首诗的范围内起作用,如果我不用意象手法而用别的手法,那么意象手法的规律就不在我这首诗的范围内起作用,而是别的艺术规律在起作用。由此可见,艺术规律并没有根本不由人做主的那种绝对客观性,诗人"自主性"的活动是非常宽广的。过去,我们有时把艺术规律与自然规律完全等量齐观,其实是不正确的。在诗歌艺术创作过程中,诗人的意志有主导性、抉择性的重大作用,艺术规律是在诗人的意志与才能参与下通过选择与操作而实现的。

另外,我们也应该知道:"艺术规律"是一个很宽泛的概念。在我们经验已知和理性认知的艺术规律之外,还有很多艺术规律是我们所不知道的,从没有尝试过的。因为,艺术规律往往也要随着艺术的发展才会有新的发现。例如,在还没有电影的时候,限于条件,我们就根本不知道什么叫"蒙太奇"手法,诗人更无法把"蒙太奇"手法引入诗歌。未来的艺术发展,有很多是我们无法预见的,我们不可能知道以后的许多世纪的艺术会是什么样子,有些什么规律。科学真理观告诉我们:艺术真理是没有穷尽的。我们现已认知和掌握的所谓"艺术规律",只是艺术真理的一小部分,还有很大的一部分,是未知领域。即使就我们认识的这一小部分来说,我们的认识也还是很不完满,甚至是很片面很肤浅的。因此,我们不应该把现已认知的"艺术规律"神圣化,在它面前叩头礼拜停止前进,我们应该努力去探索未知领域,扩大和加深我们对"艺术规律"的认识。这种探索,需要在现已认知的各种艺术规律之外,另觅新的途径去进行探索性的艺术实践。外国的"先锋派"中,有一些人就是在不满于艺术现实的情况下,去进行这样的探索。这样的探索,往往累数十年而成果不大,甚至产生迷误,确是事实。但是,若根本没有这种探索,艺术的未知领域将永远是一个"黑暗王国"。所以,我们也不可因狭隘的门户之见或其他意识形态方面的不同,完全否定这种探索的意义。我们过去曾单一地尊奉与膜拜从苏联输入的理论中所论证的现实主义艺术规律,排斥其他艺术理论中对艺术规律的不同认识,现在看来,那与马克思主义真理论的观点及"双百方针"都并不符合。实践是检验真理的标准,实践同时也是开辟认识真理的途径。所以,我们强调"自主性"的艺术实践,也是为了扩展与加深对艺术真理的认识。"自主性"的创新,也意味着其是不断探索前进的道路。

当然,我们不是盲目地倡导"自主性"意识,艺术创造的"自主性",应该建立在两个必要的前提条件上:

1. 为人民、为人类社会进步及提高人的精神境界、美化人性的"人学"目的性。

2. 为艺术经验、艺术知识的长期积累所强化了的艺术创造力的解放,及继续向艺术高峰攀登的"美学"目的性。

这两条是艺术"自主性"的基石。

三、形式美

什么是"形式美"

诗的语言形式的"美",究竟是一种什么样的美?这个问题,历来是有不同说法的。最主要的、有代表性的说法,有以下两种:

1. 认为诗的形式美是建立在语言声韵基础上的,本质上属于音乐性的美;诗的语言符号排列组合成一定形式,就像音乐家的乐谱一样,是一种和乐曲形式相类似的东西;它的美,是在于念起来声韵铿锵,产生音乐性的美感。

2. 认为诗的形式美只在于语言符号的排列组合所构成的"形式"本身,能使人感到它有"整齐""对称""有规律的长短参差变化"等,构成了统一的形式;这形式是诗人按照语言符号的自律性规则与艺术运用的可能性,自行建构出来的;诗的外观形式一望而知,它的美,本质上是外观的"建构美"。

上述这"音乐美"与"建构美"两种说法,都有其合理的一面,却又都带有片面性,并不完全合理。诗的形式,既有声韵节奏的内在旋律,也有语言符号排列组合的外观建构,它是这两者的有机结合。但是,单纯的声韵结构,只是"形式美"的一个因素,如果单独抽取出来,无法判断它是否真能产生美感的效应。例如,中国旧体的律诗、绝句、词牌、曲调,其平仄、韵律,都是有音乐性结构意味的,词和曲,还都可以配上乐器来唱。可它在形式规定上毕竟与音乐的曲谱不同,它只有类似"平平仄仄平平仄,仄仄平平仄仄平"以及在哪里押韵的规定,单从这个抽象的格式,并不能产生美感。诗的外观建构也是一样,律诗、绝句的"方块形"整齐、对称,词和曲的长短句"有规律变化",当然是形式美的因素。可是,哪怕是白居易创制的"宝塔诗"或现代某些诗人把文字排列成某种图像的诗,单是抽取那个外观体式,我们也不能说那是美或不美。因为,照着某种格式写的诗,可能是美的,也可能是很不美的。由此可见,"形式美"的美感效应,并不只是存在于声韵结构的"音乐美"一面或外观体式的"建构美"一面。而且,它也不是从"音乐美"与"建构美"互相结合构成的抽象形式规定中产生的。"形式美"的美感,实际上是当运用某一形式去表现某一内容的时候,在诗人和读者心中所产生的一种心理效应。这种心理效应,大体上可分为两种不同的感受。

一是"合适感"。就是说,只有当诗人运用某一形式去表现某一内容,觉得这一形式用在这里是"合适"的,即内容与形式统一,这个内容在这个形式里得到了充分的艺术表现,这时,才会感到这一形式是美的。

二是"新奇感"。就是说,当诗人为他所要表现的内容,创造了一种新形式,这个形式不仅适合于内容的表现,而且是前所未见的,这时,这个形式就会使人感到"新奇",从而意识到这是美学意义上的进步性发展。于是,这个形式就会使人感到它是美的。

所以,归根结底,"形式美"并不是孤立地存在于形式自身内部的抽象规定(体式或格式)里面,它只是在形式为内容做表现的时候,才由于"合适"或"新奇"的心理效应,转化为对这一形式的美感。只有在这种"形式美"的心理效应确实存在的情况下,我们在分析中去谈论诗的声韵结构的"音乐美"或外观体式的"建构美",才是有根据的。

B 内容的"形式化"

通常,我们从哲学意义上去理解"内容"与"形式"的关系,往往只能得到一个辩证法的抽象认识:"内容,就是形式所表现的内容;形式,就是内容的表现形式。"这当然不会错,永远不会错。可是,类似这种永远不会错的观念,对于作诗来说,却只是一种空洞抽象的模糊观念。作诗是一种艺术实践,从实际上来说,作诗就是使内容用艺术形式表现出来,是内容的"形式化"过程。在这一过程中,诗人对于使内容得以"形式化"的艺术技巧的认识与掌握运用,是至关重要的。我们之所以要特别强调说明这一点,是因为过去那种"内容决定形式"的机械决定论观点,在我国文艺理论界的普泛流播,早已造成一种"重内容轻形式"的影响,把艺术形式看得无关紧要,结果,就在相当长的时间内,造成了许多诗艺术表现力弱,整个诗坛艺术形式偏枯的现象。事实上,一首诗,在其以语言文字做表达的时候,形式的选择与创造,绝不是可以忽视的。形式当然要力求适合于内容的充分表现。但是,形式的变化,也可以使内容的表达产生出非常不同的效果。譬如说,顾城有一首《一代人》,只有两行:

黑夜给了我黑色的眼睛
我却用它寻找光明

这首诗的形式所表达的,是一代青年人在"文革"后的一种心态:内心默默地存在着改变现实、寻求光明的信念,所以,这平行的两行诗,意味着一种"默念"的形式。这种表达形式,当然是与其内容适合的。

但是,即使这样简单的两行诗,也并非它的形式是完全由内容决定

了的,同一内容,可以采取不同的形式,假如我们把这两行诗另行排列,变成这样:

```
黑夜
    给了我
        黑色的
眼睛
我却
    用它
        寻找
光明
```

我们不难体会,这样排列之后,诗的内容,就不再是在"默念"的形式中表现出来,而是在"宣告"的形式中表现的了。因为,这样的排列,是把语言符号按情绪与声调高低而做出的朗诵式排列,"眼睛"和"光明"这两个词,在诗的这一形式中,变成了昂扬的情绪与高亢的声调。当然,这与顾城原作的表达目的是不合的,我们也并不想改变原作的形式,只是,借用这首诗可以说明:同一内容的形式有可变性,形式的改变可以影响内容发生"情调"性的改变,形式并不是由内容决定死了的,诗人对同一内容可以选用不同的形式。这些道理,从这个例子中,是可以得到说明的。特别是对于所谓"内容先起了变化,形式才会变化"的机械观点,这个例子,是对它的简单而明确的反驳。

我们所说的内容的"形式化",一般说来,就是要给内容创造或选取一个具有"规范化"意义的艺术形式。这个形式,要适合于内容的充分表现,而在表达方式、语句长短和押韵的部位上,都要有艺术的"统一性"规定。这样一种"形式化"手段,是在为精神性内容做表现的同时,还要求达到自身的美学目的:要使诗具有"形式美"。

何其芳早年的诗作中,有一首《无题》:

"黄昏已从林里走近身旁,
小鸟都鼓起归巢的翅膀——
薇,这还不是回家的时光?"
　"我们就举起脚步,
　　　等夜遮了路。"

"暮色已沉重地沾上外衣,
是什么使你默默地凝视——
又勾起了你陈旧的记忆?"
　"我望那粼粼的水,
　　　那枯的芦苇。"

"夜寒已偷偷地爬进袖内,
你还不觉得冷,还不想回——
啊,你怎么眼角里有泪?"
　"我是有一点儿凉,
　　　一点儿悲伤。"

这诗的诗境全从一男一女的对话中表现出来;每段前面三个长句押同一韵,后面两个短句押另一韵(大致相近的现代语言声韵);长句和短句按情绪与声调的高低排列;三段句子的长短、韵位,甚至破折号(比较显眼的标点符号)都是精心安排的,使三段诗的外观体式达到了"统一化"。作者的目的,显然是要在诗境的艺术表现中,同时创造一个美的形式。

何其芳这首诗,个别地方,语言不够自然,如第一段后面的两个短句,似乎用了倒装句法,如果改为"我想等夜遮了路,就慢慢举步"。也许较为自然。显而易见,这里有作者以语言迁就形式的痕迹。但除此之外,这首诗作为内容"形式化"及使诗具有"形式美"的范例来看,它是很成功的。

从上面举的这个例子,我们可以领会到,所谓"内容的形式化",就是把诗情诗意融合于艺术想象的诗境之后,在用语言表达的过程中,必须在语言声韵结构与诗行语句排列组合的体式方面,运用语言艺术技巧,尽可能使它形成一个具有美感的艺术形式。

"形式美"的主要艺术因素,是"声韵美"和"建构美",但衡量"形式美"的审美尺度,主要是建立在艺术表现的心理效应,有与内容相联系的"合适感",及与美学进步性发展有关的"新奇感"的基础之上。就是说,"形式"的美学价值,是在"内容与形式的统一性"及"艺术创新"的意义上,被确定的。

四、创新

第一义不可说

　　创新,是诗歌艺术生命力生生不息的跃动。没有创新的诗坛,如平静无波的一潭止水,没有生趣;也如絮絮叨叨而没有一个人大声说话的官场例会,令人闷倦。所以诗坛历来都重视艺术创新。不过,在现代,大家所谈的艺术创新,已经不只是要求诗意和语言的新颖,而是希冀着艺术方法、艺术形式,甚至美学观念的"成套装备"式的创新。故而,近十年中,"意象派""后意象派""现代派""后现代派"这些流派艺术风格的竞技现象,在中国诗坛所引起的阵阵喧哗与频频躁动,曾特别引人注目。从而,诗歌艺术方法、艺术形式的创新,也成了一个热门话题。

　　在本章开头,我们探讨了中国新诗在艺术形式创新方面的迫切需要,并约略地谈到了发展"新格律诗"的问题,但总的来说,所谈的都是语言形式,并只是通用体式方面的问题。现在要进一步探讨形式的创新,就不得不涉及艺术手段与美学观念影响到特定的具体形式创建的很多复杂问题。我们的诗学探讨,无法包揽一切,因为诗歌艺术创新,从根本上说,并不是一个理论问题,而是一个实践问题。具体的创新实践,全靠诗人们在艺术实践中去寻源问径,摸清门道。有时,创新可能是"偷来梨蕊三分白,借得梅花一缕魂",但有时也可能要等到"忽然摸着眉横面,始信维摩不二禅"。艺术创新的门,对任何一位诗人从来都是平等对待,时时都敞开着的,但艺术创新的路,却永远带着几分神秘的朦胧,并没有终南捷径,哪怕是"梦里分明见关塞",却仍然"不知何路向金微",一切都要求诗人自己付出探索的辛劳。各派诗学的理论，对创新，至多只能提供一些思考方面的线索或某种设想，而并不能提出任何一种诗歌艺术创新的具体做法，因为，凡是诗学能加以解释的东西，都已经不再是新的东西。这也有点像佛教禅宗哲学所说的"一开口即落第二义"，因为"第一义"是不可说的。诗歌艺术的创新，具体应如何做，诗学是不知道的，诗学所能谈到的，只不过是过去有某些艺术创新的例证，能引起我们的兴趣，能启发我们在艺术思维方面偶然打开某一扇原先是闭着的窗户而已。

所以，我们不想去谈那些别人可以学习、可以模仿的"创新"，我们只想选取两个特异的例子来使读者从中看到：所谓"陌生化"的艺术形式，可能以何种近乎荒诞的面貌出现，而内涵却是十分庄重的人生情感；所谓"文字游戏"式的艺术形式，有时能达到何等令人惊讶的艺术技巧，以至终于超越了"游戏"而变成了真正的艺术。这两个例子，都是独创的，"只此一家并无分店"的艺术孤本。

说实话，在探讨艺术创新的问题时，我确实感到举例的困难。因为，近些年来，有些人的"创新"，其实是在重复别人半个世纪以前早已"创"过的"新"。所以，我在这里列举两个真正独创的孤本，意思也只在于使大家睁大眼睛，看到艺术创新有其足以惊世骇俗的一面。

B 陌生化形式的个中妙理

例1. 碧果《乃》。

这是一首艺术形式极度"陌生化"，能使人感到莫名其妙的诗：

乃
旋。乃
旋之黑之旋之黑之
乃
一掘之
我之
芽
乃

  作者碧果,是台湾现代派诗人,他这首诗形式之怪,不能说"罕见",而只能说是"无人见过"。乍然见到这样的诗,人们不能不问:这是诗吗?真的能算是诗吗?……当一位青年诗人把这诗拿给我看时,他也说:"大家都看不懂,有人说,可能是故弄玄虚的……"

  但是,作者是台湾有名的诗人。俗话说:"名下无虚士。"我想,大概绝不会是无意之作,无非是由于形式的"陌生化",才显得不好懂。后来,我试探着对这诗做审美解释,并发表了一篇文章,对这首"怪诗"做了一些分析与说明。我不能断言我的分析完全能符合作者的原意,但我是从探索这种"陌生化"形式的艺术特征及其美学依据着眼。所以,我的解释也引起了很多人的兴趣。

  这首"怪诗",每行大都只有一两个字,不成句法。只有一行是八个字,而八个字的这行,实际上只是"旋、之、黑"三个字组成的一个声音急速颤抖的旋律,意义不明,像是极力想说又没能够说清楚。另外,则只有"一掘之"那三个字的一行,情感和音响最重,语意也较明确。其他各行,语意都是不完全、不清晰的。末尾两行,每行只有一个字,一"芽",一"乃",近乎生命衰微之音。整个这首诗,就语言意义来说,实际上没说清楚什么。用"乃"字开头,表示"无头",用"乃"字结尾,表示"无尾",即"不知所始也不知所终"的意思。这诗直接给人的感受,就好像是一个人在哽哽咽咽地向人哭诉,而由于过度的伤心与深沉的痛苦,使他无法把话说清楚,只是一个字两个字地吐出来,每一行都被痛苦到无可言说时的啜泣所打断,所以句子是断断续续的,语意是不完整的。那八个字的一行,显然是全身搐动以致声音颤抖的急切哀诉。那三个字的一句,"一掘之"则像是想到伤心处,无限悲愤中咬牙切齿地放声一哭。从中间两行"我之""芽"来看,意思是指"我的(生命)之芽"。最后一个"乃"字,明显是由于一切都不堪说也无法再往下说,已经泣不成声,在吐出这一个"乃"字之后,只剩下一片绝望的无言和饮恨的啜泣了。"乃"……后面的话哽断了。

这样看来,那么,这诗每一行后面的空白之处,其实便都不是空白,而是一大片啜泣的泪水。最后一个"乃"字后面,暗藏着的是一双泣不成声的泪眼和哀哀无告的心灵。整个这首诗,是浸泡在眼泪中的一曲生命的哀歌。

中国宋代诗人柳永的《雨霖铃》一词中,有一句"执手相看泪眼,竟无语凝噎"。碧果这首诗,正是用"无语"的"泪眼"和"凝噎"做表现。诗中不成语句的"词",好像是虚设的,只起构成形式的作用。诗的主要内容是那空白处的一滴泪水。这内容全是由"形式"暗示出来的。

诗意是表现一个"不知所始"的生命,被投入这世界的生活旋流之中,于是便跟着旋。"乃／旋"就是这个意思。这样"旋"的结果,是生命被污染变黑了,"旋之黑之旋之黑之"。又遇到外力的侵暴,"乃／一掘之"。由是,"我之／芽"便离根脱土,断绝了生的希望。除了哭,还能说什么呢?这就是我对这首"怪诗"的解释。

读者从我的解释中约略领会了诗的意思以后,再来看这种"陌生化"形式的艺术构成,就很明显地可以看出,它主要的是由于特殊的美学观念,使它采取了特殊的艺术表现方式。

1."原样语言"的表现

碧果是超现实主义诗人。超现实主义的艺术方法,有所谓"语言还原""情感还原"之类的主张。大概这一派的"超现实"理论,有一种特殊观念,即认为现实生活已经由于文化意识的种种作用,使得人们失去了人性本原的纯朴与天真,日常生活中的情感和语言,都已经被文化和社会意识所伪化。诗,应该超越现实生活中文化意识的种种伪化,去追求人性心灵情感的真实表现。所以,他们趋向于在人们心灵激动、真情流露的那一瞬间,抓住这一瞬之机,用他"原样的语言"去表现他"原样的情感"。这诗中的语言,就是"原样语言",是一个人在哽哽咽咽地泣诉自己人生哀怨时,由于心灵情感过度悲痛,泣不成声,以致那语言都是一个字两个字断断续续地吐出来的。不成句,每一句都没有能表达出一个完整的意思;没头没尾,并没有把想说的说清楚。但就是这"原样的语言"才最具有艺术表现力,因为它真实地表现了他哭诉时那"原样的情感"。

2."整体形式"的表现

这首诗的另一个特点,是它运用了"整体形式"的表现方式。西方的格式塔心理学美学,有一个著名的观点:"部分相加不等于全体"。因为"全体"有一个"整体形式",是不包括在各部分里面的。而且,"整体形式"的意义,在艺术作品中通常就是作品的主题内涵,是特别重要的。"整体形式"不仅包含作品的各个部分,而且包含各部分留下的空白。在"整体形式"中,"空白"是有意义的东西,譬如一幅画,画着海上远航的帆船,除了帆船、海浪和帆船在海浪中的位置以外,画的空白处,那是表示:天和遥远的彼岸。所以说,在"整体形式"中,空白是有意义的。就这首诗来说,由于它的每一行,都是在哽哽咽咽的哭泣中吐出的一个字两个字,最多只有八个字,意思都没有能说清楚,可见那没有字的空白处,都是由于他的话被哭泣所打断而留下的空白。那么,这空白之处,便全是一片泪水。可以想见那泣不成声的情态,满含热泪的眼睛,和一个哀哀无告的心灵。因此,这首诗的"整体形式"所暗示的,就是:这是一首浸泡在眼泪中的诗,空白处的一大片泪水,是这诗的主题的最重要组成部分。

3."符号暗示"的表现

现代派的诗,常常用诗的"题目"做暗示,这题目,有时就是作者有意留给读者用来打开神秘之门的钥匙。诗不好懂,显得很神秘,就要用这把"钥匙"去求得理解。而这首诗的题目,简直不像题目,只是一个语言符号"乃",这"乃"字是一个暗示。"乃"从中国古汉语中的字义来说,是"就""便"之类的意思,在这方面没有什么暗示性,但这个字的词性,是古汉语中的"虚词",这却是有暗示性的。它暗示这首诗中所用的词,是虚设的。那么,这也就是暗示说,这首诗的真实的意义,是在虚设的词句之外,即在诗中"空白"之处。

诗用上面这三种艺术表现手法,就构成了这样一个"陌生化"的形式。我们从它艺术手法的特点,就可求得对诗的理解。

当然,在这里我必须说明,我们研究这样的诗,不是要倡导这种形式或张扬其美学观念,我们研究它,主要是为求得对艺术创新有较深入的理解。现代诗歌形式的创新,出现了各种与常见形式迥异的"陌生化形式",这种追求"陌生化"的艺术思潮,有来自各种不同艺术理论的影响。由于它与人们通常习惯的审美观念不相近,很容易导致读者接受的困难,并因其"不好懂"而失去兴趣或仅以"故弄玄虚"目之。这样的诗,如果没有真正有意义的内容,单纯追求"陌生化"表现形式,其艺术价值是有限的,甚至是不能被承认的。但如果它是有深刻诗意内涵的,它的形式的独创性,就有值得重视的艺术价值。碧果这首诗,用这样一个荒诞的形式,表现出不幸的人生境遇与深沉的心灵哀感,虽然它那形式是不可仿效也不可推广的,但单就形式的创新来说,它确实能给我们以艺术的启迪。我们从这个"陌生化"的形式中,看到这首诗,向我们展示出世界与人类生活中的一种动人哀恻的画面：浸泡在眼泪中的哀哀无告的生活及其心境。所以，它的艺术效果，是促使我们对世界与生活采取清醒的怀疑、认识与批判的态度。对"陌生化"的艺术形式，我们应该先求理解，再做评价，如果仅仅因其"不好懂"便一概予以否定，那不但有失于诗学应具的慎重态度，也会导致其与许多有艺术独创性的作品失之交臂。"陌生化"是为了引起惊奇，而从惊奇到兴趣与思索，就是理解与解释的开端。

中国传统诗学的审美观念，由于历史的局限，现在看来都是古董，和现代诗歌的艺术审美，已有很长的时间差距。但是，中国传统诗学对艺术创新的态度，却历来都是"先求理解，再做评价"。所以，陶渊明的《述酒》一诗，经历了几百年，终于被解释清楚了。传统诗学这种"不妄评，不轻断"的慎重态度，至今仍然是值得我们尊重和发扬的。

文字游戏与语言形式的潜能

例2.《虞美人》回文词。

这是中国旧诗词形式中的一个"艺术孤本"。一位朋友说是他去世的父亲抄给他看的，不知何人所作。旧诗词是司空见惯的，但这"回文词"，其艺术形式之奇绝，却是世人未曾见过的。

这首词顺读是：

空江一舸轻帆挂，遍阅东楼画。湿青垂柳绿溪湾，月送扑帘疏雨晚风寒。

名花得识人无恨,野旷莺啼近。翠酣红润到春残,忽忽恼人情事恨漫漫。

倒转来读是:

漫漫恨事情人恼,忽忽残春到。润红酣翠近啼莺,旷野恨无人识得花名。

寒风晚雨疏帘扑,送月湾溪绿。柳垂青湿画楼东,阅遍挂帆轻舸一江空。

这词的艺术性,不仅在于顺读倒读,词语工雅,各成意境,而且,其最为奇特之处,是顺读和倒读,诗中的主人公一是男性,一是女性,表现了两种不同的心境。

顺读,诗中主人公是男性:

在寂寞的空江上,独自坐一只小帆船归来,看遍了那"东楼"(她居住的地方)近边如画一般的景色:青青的垂柳,湾湾的绿溪,月光下晚风疏雨扑打在她放下的窗帘上。(我走了,她放下窗帘睡了。)能有这样的机缘得结识她这样的"名花",人生再也不会有什么遗憾了。江岸上四野空旷无人,只有黄莺温软的啼声,使人感到非常亲近。心灵沉醉于那青春的翠色,留恋着那红芳的滋润,可惜又是春残花谢的时候了。(这和她在一起的时间过得太快了。)想到这些,一下子,烦恼的情绪竟无边无际地漫上心来了……

倒读,诗中主人公是女性:

过去那一片迷漫的恨事,都是多情人的苦恼,只像是一忽儿,又是残春时节了。红润的花,醉人的绿,黄莺就在近边啼唤,(这野外的景色真好呵!)只是,在这空旷无人的郊外,没有人知道这花(我……)叫什么名字。晚来寒风冷雨扑打在稀疏的窗帘上,目送月亮在湾湾的绿溪那边隐没下去了。现在,只有这柳树低垂着青湿的枝条(似乎在哭泣着),伴着我孤立在画楼东边,看着那挂上风帆的轻快的船,一只又一只过去,过去,都过去了……只留给我这一条寂寞的空江……

这首"回文词",顺读和倒读,都带着一片惜春恋春的浓情幽怨。尽管都是旧时代的情调,但有"诗意美"。语言工雅,并不低于一般旧诗词作者的水平。而就"回文词"这一形式来说,这《虞美人》调式是很不容易做成"回文"的,因为它倒转来时,断句处并不是原句的起头,全篇都要换韵。比起最初创始作"回文词"的苏东坡所作的《菩萨蛮》来,语言艺术技巧上的困难复杂得多。

中国最初创始作"回文诗"的,是前秦的女诗人苏蕙,她的《璇玑图》回文诗在历史上非常有名。苏东坡创作的"回文词",只有《菩萨蛮》一式八首,都是一句倒一句,不是全篇从后面倒转,技巧是比较简单的。如:

井桐双照新妆冷,冷妆新照双桐井;羞对井花愁,愁花井对羞;影孤怜夜永,永夜怜孤影;楼上不宜秋,秋宜不上楼。

尽管苏东坡是大诗人,他写的这类回文词却完全只有"文字游戏"的意义,而上面所举的《虞美人》,却无论从哪方面说,它都不是"文字游戏"而是真正的艺术。

我们把这样一首旧形式的回文词拿到诗歌艺术创新问题的探讨中来谈,当然不是为了激起人们对"古玩"的好奇心。我们是想借用这个例子来说明一个问题:诗歌艺术形式的创新,一般都是要有人敢于"标新立异"才会有成果出现的。但"标新立异"也很容易接近于"文字游戏"。"文字游戏"这个词,在诗学中是带贬义的,即含有不严肃认真、玩弄文字、拿诗歌艺术形式的花样翻新来做游戏的意思。"文字游戏"之不可取,就在于它的内容空泛。如果内容是充实的,包含美好的情感与意象,那么,即使它形式上与"文字游戏"很相似,实质上却仍然是诗,是真正的艺术品。而且,有时,它还可能是艺术的精品。

反过来说,在追求艺术形式创新的实践过程中,各种探索、实验,都不免于要"标新立异"。但如果完全忽视了形式的创新是为了使内容得到更突出、更充分的表现,那也就确实很容易流于"文字游戏"。

所以,艺术创新与文字游戏的界限,主要应该依据作品内容是否具有诗的实质来划分,而不能单从形式方面来做判断。因为,艺术创新都是"开生荒"似的工作,每一个新形式的出现,都不免于惊世骇俗,是很容易被看作文字游戏的。

在当代,诗歌刊物上也时而有一些用文字做图像性排列的作品出现,一般地,都是以排列的图像,对诗的内涵做直观的示意,在个别诗中,偶一用之,也有传情达意的有效性,并使人感到新颖。但就艺术形式的创新来说,这只能说是很肤浅的。

为什么我说前面所举的两个例子,能使我们得到一些关于诗歌艺术创新的启迪呢?这主要是指它们启示了诗歌艺术创新的两个重要方面:1.要开创独特的艺术表现方法。2.要发挥语言形式的艺术表现潜能。

碧果的《乃》,其成功之处,主要在于他开创了一种独特的艺术表现方法。那表现方法与所表现的内容,达到了浑然一体的统一。方法就是为表现这一内容而创造的,好像具有不可挪用的特殊性。虽然那方法和形式都没有仿效推行的艺术普遍性,只能是一个陌生化的艺术孤本,但它那艺术独创性的精神,却像一颗珍奇的钻石,在诗歌艺术创新发展的前进道路上,闪射着璀璨夺目的光彩。

《虞美人》回文词的一个最显著的特点,在于那位不知姓名的作者,在语言形式运用上,有非常丰富的经验与十分精密的技巧。在一首诗有固定的形式,有声韵格律严格限制的条件下,他能使那一系列语言符号,在顺读倒读的变换中,表现出一男一女的两种不同心境,这在发挥语言形式的艺术表现潜能方面,可说是惊人的奇迹。它启示我们:我们经常在使用着的语言形式,其艺术表现的能量是很大的,还有很多潜在的能量没有被我们发掘出来,甚至没有被意识到。因此,在语言形式运用方面,诗歌的艺术创新,还有非常广阔的天地。

前面说过,诗歌艺术创新的门道是很多的,而诗学所能谈的却非常有限。我们关于创新的探讨,也只能止于一些路向性提示。

五、完美

美的无限性与普遍性

诗学的探讨范围,本来是十分宽广的,它要包含"本质论""创作论""鉴赏论""诗人论""比较诗学"与"诗学发展史",才能构成较为完整的诗学体系。我年轻时,也曾做过这样的梦,但经过几十年的生活簸迁,现在才知道,这个梦,是我的学识和精力无法实现的。因而这部诗学,只是概略地探讨诗歌艺术原理,而且,主要只着重于探讨与创作有关的问题,只在个别章节里,涉及了诗的鉴赏与评价,在必要的地方,做了一些中西诗学观点的比较研究。对与诗学有关的哲学、美学、社会学、心理学、语言学方面的问题,在本书中,都无法做广泛深入的探讨。但是,在这一节中,我们却不能不涉及一个与哲学美学有关的纯粹理论问题:诗歌艺术能不能达到"完美"的境地?

这是一个关涉诗人的美学理想与艺术实践目的的问题。在有些美学论著中,一方面把"完美"作为美学理想的完满实现,看作是艺术自身的目的;另一方面,又有艺术随时代发展,美在发展中永无止境的观念。这就似乎意味着"完美"这个目的,在艺术实践中是永远不能达到的,于是,这就成为诗学探讨中的一个难题。因为,如果"完美"是一个永远无法实现的目的,那它就失去了作为"目的"的意义,诗人的艺术实践就不应以追求艺术的"完美"为目的。但是,如果"完美"不是目的,诗歌艺术的高峰又是以什么为标志呢?诗歌艺术评价又将以什么作为评价尺度,依据什么来衡量艺术的高下与平庸呢?而如果"完美"是可以实现的,那么,试问:你们有谁见过"完美"的诗?

　　这是一个容易使人糊涂的问题。比如说,我们都读过许多大诗人的名作,但丁的《神曲》,歌德的《浮士德》,该可以说是"完美"的吧。但又似乎不能肯定,那是不是真的已经达到了"完美"的境地。因为,也有人说,但丁《神曲》里写"天堂"的那一部,由于神学的说教太多,不如"地狱"和"净界"两部里面对罪与罚的想象与描述那么深刻感人。歌德《浮士德》的后面一部,除了浮士德悲壮结局的最后一幕之外,其他的场景,似乎也都不如前面写的甘泪卿爱情悲剧那么震撼人心。这就可见,即使是那些经得起历史淘洗的世界名著,也可能有某一部分似乎是不够"完美"的。

　　在这里,我们会突然发现一个问题:原来,我们平常所说的"完美"这个词,大家往往是在含含糊糊地使用它,因此,口头上的"完美",并不是一个具有逻辑精确意义的观念。例如,诗歌刊物编辑在向某一位诗人写退稿信时,为了客气而说上一句"相信您将会把这首诗修改得更完美些"。这句话里面的"更完美些",按理说,只能是"更接近于完美"的意思。但如果"完美"是谁也没有见过并且不知道是否可以达到的一种境况,那又如何能知道一首诗是否接近了"完美"呢?可见,人们在说"完美"的时候,并不一定真的知道"完美"是指的什么,只不过是含含糊糊地假定"完美"是艺术的最佳状态。而这一假定,如果作为一个美学观念来进行逻辑的分析,它实际上是可以做好几种不同意义来解释的:

　　1."完美"是指"绝对完美",是美学理想中的最高境界。艺术品达到了无以复加的美的极峰,在任何时空条件下,都能有普遍性永恒性的最高美学效应。

　　2."完美"是指诗人或艺术家的创作目的在其艺术实践中得到了完满实现,并达到了当时同一门类艺术中的最高艺术水平。

　　3."完美"是指某一作品"内容与形式的统一",达到了"整体性的和谐"。

4."完美"单指某一艺术形式的完美,即这一形式自身具有普遍而恒久的美学效应。

上面这四种解释,实际上是对"完美"一词的四种互不相同的观念。第一种,"绝对完美",只是一种抽象的美学理想,类似瓦莱里的"纯诗"观念,在艺术实践中,根本是永远不可能达到的。第二、三、四种则不同,那都是在艺术实践中有可能达到的,都属于"相对完美"。

那么,这是不是说,人们关于"完美"的观念,只有"相对完美"才是诗人和艺术家在艺术实践中尽力追求的目标,而"绝对完美"既然永远不能达到,它就是子虚乌有或艺术乌托邦式的东西,与艺术实践无关,因而应该根本抛弃那种观念呢?

问题并不这样简单,因为,"完美"的绝对性和相对性是互相联系着的,我们只有辩证地认识它,才能理解艺术的"完美"是怎样一回事。

所谓"绝对完美",所指的是"美的绝对完满实现"。这看来只是一个抽象的观念,是关于完美的空想,但是,如果我们对这个观念加以分析,并把它放在与艺术实践过程的关系中来思考,那么,我们就可以这样想:所谓"绝对完美"的"永远不能达到",无非就是因为"绝对完美"只有经过无限长时间的无限艺术实践过程才能达到。就这一方面来说,"绝对完美"本质上也就是"绝对无限性的美"。但是,"绝对完美"既然是存在于"无限长时间的无限艺术实践"这一过程之中,那么,它就是在这一过程中一点一点、一部分一部分地逐渐实现的。因而,在这个过程中,每一时间每一实践的进展中,就都有"绝对完美"的某一点或某一部分存在于其中。就这一方面来说,"绝对完美"的存在方式,并不只是作为一个抽象观念在空想或空谈中存在,也不只是像一片美丽的云"在无限遥远的宇宙终极虚悬着"的那种存在。它的存在方式,实际上是无限性的美在无限实践过程中的普遍存在。这也就是说,"绝对完美"一方面是作为一个"美在无限发展中趋于完满实现"的观念,存在于人们的意识;另一方面,它又是一点一点、一部分一部分地实现,并普遍存在于艺术实践过程中。"绝对完美"的这种普遍性,就转化成为"相对有限的美"在艺术实践过程中的普遍存在。

如果不用这种理论化的语言,而用普通人都懂的话来说,那就是这样的意思:平日我们心里所向往的"最高境界的美""绝顶的美""无限的美",并不是一下子见得到的,因为美是永无止境地发展着的。诗人和艺术家的种种美学理想,虚悬着一个"绝对完美"的终极目标,那也是不可能一下子达到的。但是,这种虚悬着终极目标的美学理想,也并不是毫无意义的,只要不是老挂在嘴上空谈,而是付诸艺术实践的探索,那么,在艺术实践中,就总会对艺术美有新的发现,对艺术形式、艺术方法有新的创造与认识。这就好像是一步一步地去接近那终极目标,虽然那终极目标永远不能到达,但在艺术实践中发现和创造的艺术作品的美,可以看作就是美学理想的部分实现。所谓"绝对无限性的美"转化为"相对有限性的美",就是这么回事。

B 艺术实践与美学空谈

明白了这些道理,我们就可以心中有底:在实际的诗歌艺术创作中,我们无论持有何种关于"艺术最高境界"的理想,都是不可能在作品中完全实现的。我们作诗时所追求的"完美",实际上只可能是在某一首诗中表现了某一种美。例如"豪放"的美或"悲壮"的美,"粗犷"的美或"温柔"的美,等等。由于这种种美的表现,在某一首诗中达到了"内容与形式统一"的"整体性和谐",使我们感到这一作品中的那种美,得到了最充分的

（即"完满"的）艺术表现，因此，就认为这一作品是"完美"的。或者，这一作品由于创造了一种独特的形式，使作品中的那种美得到了卓越的表现，而且，我们发现这种形式，可以普遍地用于表现其他内容，其艺术表现力恒久有效，我们便特别重视这一形式，认为是作品创造了一个"完美"的形式。这里的"完美"一词，实际上是指这一作品或这一形式，在其艺术实践的有限范围内，达到了它此时此际可能达到的"最高艺术水平"。这"最高""完美"，都是相对有限性的说法，并不是说，今后的艺术实践中别的作品再也不可能超越它。

有一些诗人，执着于追求艺术的"完美"，志趣高远，本来是很值得称赞的。可由于在思想上只把"完美"当作"绝对无限性的美"来理解，在艺术实践中，就不免于茫然。因为始终不知道自己的作品，是否算得上"完美"，就陷入了一种"镇日寻春不见春，芒鞋踏破陇头云"式的苦恼。如果在苦恼中仍然执着于实践的探索与追求，那是一定会有成果的。可也有另一种情况，即由于苦恼和茫然，对艺术美的追求渐渐失去信心，甚至由于心理上的逆反效应，一下子变成了艺术虚无论者，皈依到所谓"照直写下，照直吼出，就是好诗"的旗帜下去，把对艺术美的追求，完全抛到九霄云外去了。结果，纵情逞意于一时的诗，没有艺术生命力，自然是经不起时间淘洗的。

在诗学研究中，也还有另一种现象：有的诗学家竭力张扬"艺术本体"理论，即认为诗的"艺术本体"全在美的创造，因而只有致力于追求纯粹艺术的高度完美，才是诗自身的目的，如果用诗去表现诗人的国家兴衰之慨、人生得失之情，或有关于社会功利与道德方面的讽喻美刺，那就是用诗歌艺术去做"外在目的"（或曰"非艺术目的"）的工具、手段，就使得诗离弃了自身的"艺术本体"，成为社会、政治、功利、道德等的仆役。

这种"艺术本体"论，从其理论的出发点来说，原本也有合理的一面。它强调诗是一门艺术，它对人的心灵能够产生潜移默化的作用，主要是由于它通过艺术审美而有美感的特殊功能,这种功能是别的非艺术性的东西不可代替的。因此,诗歌艺术历来都有其自身内在的美学目的,要追求艺术的完美。但是,这种"艺术本体"论,把诗歌艺术的美学目的孤立起来,把诗人作为"人"所必然会有的其他社会人生目的、七情六欲的精神表现,完全排除在诗歌艺术目的之外,这样一来,"艺术本体"论所追求的"纯粹艺术美",就成了与诗人主体精神活动内容不相容的东西。那么,没有精神内容的"纯粹艺术美",又如何能表现出来呢?无论"艺术形式的美"还是"艺术境界的美",都不可能是没有内容的"纯粹"艺术品,我们所见到的诗,任何名篇佳作,其艺术的美,无不是为内容做美化的表现,而诗的精神内容,无非就是诗人的思想情感,即使是山水诗、咏物诗,其意象情境,也绝非与诗人的人生目的完全无关。所以"艺术本体"论完全排斥诗人的社会人生目的,只追求"纯粹艺术美"是无法实践的。而脱离实践的理论,就只能算是关于"纯粹艺术美"或"高度完美"的空谈。

我们关于"完美"的探讨,可以归结为这样几点:

1. "绝对完美"这个观念,抽象地存在于我们的意识中。它的意义,是使我们意识到:美是永无止境的,诗人和艺术家,应该不断地探索艺术的未知领域,去发现和创造新的美。

2. "绝对完美"有两重性:一是美的无限性;一是美的普遍性。从它的无限性来说,它是无限发展永无止境的,不可能在某一时期完全实现。因此,诗人和艺术家不可能到达无限美的终极。但从它的普遍性来说,艺术美只可能以"相对有限性"的方式,普遍地存在于艺术实践过程中,它就是诗人和艺术家在作品中力求其一步步提高,并一次次实现了能被感受到的美。

3. 诗歌艺术的美学目的,只能在为诗的精神内容做表现时实现。那种把诗人的其他社会人生目的完全排除在诗歌艺术之外,单一追求"纯粹艺术完美"的"艺术本体论",只不过是无法实践的"纯粹"空谈。

4.我们平常在诗歌艺术实践中所追求的"完美",通常就是指诗的"内容与形式统一"达到了"整体性的和谐",为"新的内容"的艺术表现创造了"新的形式",因而在同一时期的诗歌中达到了"比较近似于完美"的最高艺术水平,即历史现实意义上的"完美"。

关于"完美"的探讨,我们只能归结为一句最简单的话:要在艺术实践中去追求现实的尽一切力量可能达到的"完美",而不要那种形而上学"艺术本体论"的美学空谈。

结　语

诗学的真传与假传

在中西诗学的比较研究中,我们常常会发现,由于中西文化之不同,给诗学带来了许多明显的差异。西方诗学重视诗歌艺术方法的更新与诗人艺术才能的增长,中国诗学则较重视诗歌语言字句的锤炼与对诗人精神气质的修养。西方诗学富于美学原理的探求,中国诗学则深于对人学心境的窥测。如果能在中西诗学间筑成一座互相通达的立体交叉桥,那对中国诗学的振兴,无疑会有重要的意义。不过,各派诗学的典籍浩繁,议论驳杂,诗学家已感到沧海难穷,诗人们又何能捃摭星宿。对于初学写诗的青年人来说,在对诗学的一般知识有所涉猎之后,他们心中最期盼的是希望能把握住诗学的精髓———一种可以付诸实践的、把一切诗学理论简化而集中到一点的"秘诀"。

诗学可不可以简化呢？有没有一种实践真理性的"秘诀"呢？

中国民间有一句俗话:"真传一张纸,假传万卷书。"这话的意思,就是说,凡是"真传",那一切理论,都可以简化为实践性原则,只用"一张纸"就可以说明了,而"万卷书"上的理论知识,却可能由于它的浩繁驳杂,难于掌握运用,无益于实践,就只能算是"假传"。

我这样谈论"真传"和"假传",岂不是把各派诗学都说成了"假传"吗？这里,应该说清楚:"假传"是相对于"真传"的说法。各派诗学对诗歌艺术真理的探求,都做出了自己的贡献,这是不可抹杀的。但是,任何一种理论,若不能超越自身的理论形态转化为实践,它就不可能一步步接近真理。因此,诗学要接近真理,就必须使自身从客观科学理论转化为主观实践精神。

我本来应该首先告诉读者:我的这部诗学,全部章节都不过是诗学的"假传"。然后再告诉大家:各派诗学理论,无论它有多少至理真言,高论妙法,也都不过是诗学的"假传"。因为,诗学的理论知识,至多只能使读过的人知道如何去写诗,成为一个"会写诗的人",却并不能使之成为一个真正的"诗人"。"会写诗的人"和"诗人"是有很大差别的。要成为一个"诗人",就不应该满足于诗学的"假传",而要得到"真传"。

那么,"真传"是什么呢?对这个问题,我是在对诗学的探求中,经过对自己的反省与怀疑,才进一步接触到的。我年轻时学写诗,读过许多古诗和新诗,后来,我心里忽然产生出一个问题:在中国几千年的诗歌发展史上,写诗的人何止千万?为什么有作品存留下来的人,如此之少?而其作为一个诗人能够在后世长久产生精神影响的,又更少到历历可数,这是什么原因呢?元稹在唐代是和白居易齐名的大诗人,可愈到后来,他的名声和影响愈来愈淡化了,而在南宋时期及后代都并没有把他当诗人看的岳飞,一首《满江红》词却传唱至今。元代的张埜,能把在空中飘着的一根游丝,用近一百字的长调《水龙吟》,把它写得很美,那语言艺术才能是惊人的,可还有谁记得他吗?陆游一生"六十年间万首诗",豪言壮语名篇杰作之多,没有谁能超过他,可人们感动得最深的,却是他临终时那两句并没有艺术修饰的普通话:"王师北定中原日,家祭无忘告乃翁。"诗,无疑是语言艺术,可人们似乎并不以语言艺术才能定高下。诗,都是发自诗人的深心,可要感动别人,感动后代的人,却难乎其难。诗的艺术真理在哪里呢?我觉得自己完全无知。我想解除自己的迷惘,于是我开始读诗学理论书,读中国的,也读外国的,读古代的,也读现代的,我渐渐明白了一些道理,可也渐渐明白:诗的艺术真理是不能穷尽的,尤其是在现代科学知识日新月异的发展情势下,任何一个人,倾其一生,也读不完与诗学有关的各门科学著作。世界是这样复杂,诗学所涉及的知识面是如此之广,我面对着一个知识爆炸的世界,越来越感到自己在很多方面都处于无知状态的惶恐。我想从这种惶恐中解脱出来,把自己的诗学研究,限制在已有的知识经验范围内,只为在与中国当代诗歌艺术实践密切相关的问题寻求一些破迷启智的解答,即在对现有诗学知识继续保持怀疑与探索态度的同时,尽可能以科学思辨与经验实证的"去蔽"精神,先破去一些笼盖在诗学理论上的玄学迷雾。这样一来,使我确立了一个把诗学研究建立在科学可信性与实践可行性基础上的信心。可是,当我这样做着,并进一步去探讨诗歌精神价值的评量与诗歌艺术创新的途径时,我才猛然觉识到:诗学中的这类难题,是根本超越于科学思辨与经验实证之外的。一首诗的精神价值,它在语言艺术形式与语义内容中的存在,只是一种表象,它的实质是语言所表达的心灵情感意识活动所达到的境界,而这种境界是要由诗人人生历程中的行为来印证,它的价值才能被领会和确认的。至于诗歌艺术的创新途径,由于那创新,意味着某种艺术美的第一次诞生,其途径是非惯性、无定向地自行开拓,是不可预见的,不能用经验证明的。由是,我再一次感到了困窘:诗学理论知识,对诗的精神价值的提高与艺术美的创新发展,从根本上说,几乎无能为力,至多,只像是历史的模糊示意图与竞技场旁边的啦啦队。诗的人学价值与美学价值,全是在诗人的人生实践与艺术实践的统一性实践过程中,由诗人自己决定的。

到这时,我已经怅然若失,知道我的诗学研究,既不可能是完备的诗学理论知识,也不可能促使诗的人学价值与美学价值有如我所企望的那种飞跃式的提高。但我也豁然开悟，懂得了任何诗学理论，都只能使人学会写诗，成为"会写诗的人"，而不能成为"诗人"的原因，懂得了诗学"假传"与"真传"的区别。

诗的价值，是在参与人的心灵塑造，在使人性向美向善的进步性过程中实现的。那么，创造这种价值的诗人，自身必须具有一个真正能创造美与善的心灵。如果能有什么方法，使诗人的心灵成为一个真善美的创造性实践的动力源，那么，这就是诗学的"真传"了。可是，我们能在哪里去找到这样一种方法呢？

我忽然想到中国佛教禅宗六祖慧能，那是一个有大智慧然而又是一字不识的和尚。佛教的"经、律、论"三藏经文，包含着佛教各派的佛学理论，经籍浩如烟海，理论各主一宗，世界上任何一种宗教，都没有佛教那么复杂的宗教学术内容。而这个一字不识的和尚，非但没有被堆积如山的经书吓到，反而大胆地摆脱一切教条理论，创立了中国佛教影响最广泛的禅宗。他的传教方法，叫"以心传心""不立文字"。他把佛教的一切理论集中简化到一点上叫"见性成佛"，就是说，用不着念经拜佛，而要使自己变成佛。怎么变呢？就是自己发现自己心中的"佛性"。这不是别人能用理论性的语言文字教会的，只能"以心传心"。任何语言文字都会把真理说偏说错，只有"以心传心"的方法，能促成你彻底的悟解。

禅宗的"不立文字"，是避免死文字成为教条之一法。实际上，完全不用语言文字是无法传教的。但他们那"以心传心"的方法，确实具有一种超越一切理论教条、启示人自己去获得真理性悟解的作用。禅宗用这种方法，目的是启发人从自己心灵中生出一种向善向美的生活实践动力。他们把这种能够使人"顿悟成佛"的方法，看作是佛法的"真传"。

既然我们现实的各种哲学、伦理学、诗学等等，也都是一些经籍浩繁、各主一说的"假传"，并没有能使人成为诗人的有效的或有把握的方法，那么，"以心传心"，也许可以作诗学"真传"的参照。

禅宗有一个"以心传心"的故事：有两个小和尚，跟一个老和尚在深山古庙里修行。两个小和尚里，师兄是秀才出家，能读得懂佛家的经书论著；师弟是个不识字的孤儿，每天只是在庙里做些砍柴挑水之类的杂事。有一天，老和尚叫他们两个把砍的柴堆成个大柴堆，自己坐上柴堆，向他们说："现在我要归西去了，你们帮我点把火吧！"师弟一听说就哭起来，说："师父，我是个被父母抛弃的孤儿，你老人家养了我二十年，我还没有养你的老报你的恩，你老人家要上西天去，把我一起带去吧！"老和尚说："你孽根未净，凡心未退，八方布施之恩你全不晓得，胡说什么报我的恩，西天你如何去得？留在人间做点善事吧！"师兄说："师父，我跟你老人家修行十几年了，佛经也念了不少，只是不晓得到底要怎样才能成佛。你老人家要上西天，先给我讲点佛法的真传吧！"老和尚说："怎么样成佛？我如何教得来你？你能发大善心，做大善事，善心即佛心，还成佛做什么？"师兄说："我修行十几年，天天念经拜佛，这还不是善心吗？"老和尚说："修行是为自己，非善非恶，亦善亦恶，你天天想成佛哪得成佛？"师兄说："你老人家给我指条行善成佛的路吧。"老和尚说："路吗？跨出山门就是路。就在这山脚下，有个寡妇，有三个不到五岁的儿子要靠她养活，听说她病了，你去帮她找点药，不也是善事吗？善无大小，发于慈悲；恶无大小，生于私欲。你自己去找成佛的路，我不说了。"老和尚眼睛一闭，就叫："点火吧！"老和尚坐化以后，师兄想到师父指了一条成佛的路，连忙跑下山去探望那位寡妇。原来，那寡妇的病，要吃的药都找齐了，只缺一样，要用活人的心肝做药引子，才能把病医好。师兄非常失望，垂头丧气地跑回来向师弟说："师父倒是给我指了条成佛的路，只是这活人的心肝到哪里去找呢？"师弟正在泪流满面地收拾师父的遗骨，听师兄这么一说，便立即把自己的衣服撩开，把胸膛露出来，对师兄说："师兄，我这一生没做过一件善事，对不起生我的父母，养我的师父，也对不起八方施主的布施。我又不会修，经都念不成。师父说我孽根未净，西天去不得，我肯定要下地狱的。师兄，你平日修得好，读了那么多佛经，师父又给你指了条成佛的路，你一定会成佛。你就把我的心肝拿去吧！只要那寡妇的病医好了，你成佛了，我下地狱也是心甘情愿的。"师兄听了这话，就提起刀去取师弟的心肝。可是，刀尖刚一触到师弟身上，忽然间金光四射，师弟已经变成了三丈金身的一尊大佛，低头微笑，用怜悯的眼光看着手里还紧捏着一把杀人刀的师兄。

禅宗的这个故事，就是"以心传心"的方式之一。这故事并没有讲到作诗，故事的内容也可以全看成宗教的宣传或胡说，不过，要是有人能从中悟出一点什么来，也许诗学的"真传"和作诗人的"秘诀"，全都在这里面。

我在许多年的诗学研究中，历来都抱着一个"求真"和"去蔽"的目的，但到这部诗学写成的时候，我才忽然省悟：一切诗学理论都是"假传"！那么，如果我不把这一点说破，读者如何能从我的"假传"以及比"假传"更假的"假假传"里面超脱出来呢？我自己又如何能从为"求真"而"说假"，为"去蔽"而"自蔽"的无底深渊中解脱出来呢？禅宗的这个故事，给了我们一种"超脱"的智慧，它就是中国诗学超越一切诗学理论的智慧！

如果说，中国古代和西方现代的哲学中，都曾出现过引导人们"超凡入圣"——超越现实生活烦恼，经由哲学理论引向清静无为的泰然自若的精神境界以求解脱——的精神现象的话，那么，我们的诗学，倒是从禅宗哲学那里得到了一种"由圣入凡"的启示，即：超越一切诗学理论而以诗人统一的艺术实践与生活实践，凭一颗向善向美的真心独立自主地介入世界。

现在我终于欣慰地感到：我已经从诗学研究的重轭下解脱出来，我可以撒手了。无论我今后是否还要在诗学场地上溜踏，我都会轻松得多。我明白：我正像一个用"假船"摆渡的舟子，无论"假船"到岸或远还没有到岸，我都可以毫无忧虑地撒手，并放心地说：

"点火吧！……我不说了。"

1992年5月　卫星湖

【附编】 谈诗散墨

信息论诗学平议[①]

一、诗歌语言与信息符号

近来,由于现代新兴科学的方法论——信息论、控制论、系统论等,渐次被引入文学艺术领域,出现了一些新的现象。一方面,是"三论"成为热门话题,一方面是读者惊呼"名词轰炸"。对这种现象究竟应该怎样看? 我觉得,只有就具体问题作具体的分析研究,才能得出结论。

在诗学领域,出现了一种新形态的诗学:"信息论诗学"。就其现实表现来说,它是广义的诗学,即"信息论文艺学"。为了便于联系实际来做具体研究,我把它的基本论点,移到狭义的诗学领域来做探讨,专谈诗歌。这样,可以把问题放在一个比较明确的目标与有限的区划来做集中深入的研究,免得泛泛而谈,不着边际。

这种"信息论诗学"的主要内容,有以下几个基本论点:

1.认为诗,在诗人的心灵活动中产生以后,就扬弃了作者原来创作那诗时的主观思想感情与其艺术想象所反映的具体生活内容,抽象地转化为语言,即客观性的信息符号。这符号所传送的,是三种性质和作用不同的信息:语义信息、形象信息、形式信息。

语义信息,以逻辑概念传达作者的理性思维,作用于读者的理智,其作用的方式是"告知"。

[①] 本文所论"信息论诗学",其广义的形态是一种"信息论文艺学",此处转述的几个主要论点,可参看《当代文艺探索》1985年第2期上林兴宅《艺术生命的秘密》一文。

形象信息，以艺术形象传达作者的生活经验与情感，作用于读者的情感，使之得到表现，其作用的方式是"象征"。

形式信息，以艺术形式传达作者的生理心理结构（在舞蹈之类的造型艺术中，说艺术形式传达艺术家的生理心理结构，是比较容易明白的。这里，移用到诗歌艺术领域，意指诗人的生理反应与心理直觉所构成的情调、音量、节奏），作用于读者的直觉，其作用方式是"暗示"。

诗，是由包含上述三种信息的符号所构成的。诗的创作，是由观念向符号的转化。诗的欣赏，则是由符号向观念的转化。符号，是读者对诗进行审美欣赏的共同媒介。

2.诗有二重性，即观念性与符号性。诗，作为观念形态，无疑要打上时代的、阶级的、民族的烙印。但由于作为信息传送时，观念已转化为符号，符号的工具性质，使得它可以成为不同时代、不同阶级、不同民族对诗进行审美欣赏的共同媒介。因此，诗，其所以能超越作者主观观念的局限性，超越时代、阶级和民族而产生普遍的、永恒的艺术魅力，并使得诗自身的意义，在空间横向和时间纵向上不断为读者群体的"审美再创造"所扩大和变易，归根到底是由于符号具有普遍性、永恒性的功能。

3.诗在由观念转化为符号向读者传递信息时，对于不同时代、不同阶级、不同民族的读者群体来说，由于各种条件差异所形成的距离，读者并不能全部依据符号所传达的信息，直接接受诗的观念性内容。在符号所包含的三种信息中，读者只对语义信息与形式信息的传达是直接接受的。至于形象信息，由于符号的抽象性，读者只能采取间接接受的方式，即把诗的形象信息，作为一种象征启示，调动自己的经验、情感和想象力，在自己心灵活动中复制或再造诗中的形象，这样，就形成了读者对诗的"审美再创造"联系。这种联系，主要是由诗中形象信息的象征启示力在做中介。

象征，是用知觉形象或想象的图像，向读者暗示诗的内容意蕴。在诗与读者之间,这种象征联系的特点,主要是建立在物象与人格的对应,物的"结构特征"与人的"性格特征"的相似性上,而并不要求互相联系的二者同质。(例如,以劲松象征人的豪迈,以修竹象征人的正直,松竹与人不同质,而由于松竹的结构特征与人的豪迈、正直的性格特征,有相似性,就形成物象与人格对应的象征联系。这个道理,叫作"异质同构"原理。)因此,读者也可以把自己与诗作者不同质而有相似性的经验与情感,"代入"诗中(代换作者原来的经验与情感),去进行"审美再创造",把诗的信息符号,改造成为表现读者自己经验与情感的形式。

由于诗的形象信息,具有这样一种诱发和启示读者进行"审美再创造"的功能,所以,不同时代、不同阶级、不同民族的读者,有可能对诗的内容意蕴做出各自不同的理解。并且,由于一代又一代的读者,不断地在"审美再创造"中扩大和丰富诗意的内涵,从而就使得诗能够超越时代、阶级和民族的局限而具有普遍的、永恒的艺术生命。因此,诗的形象信息的象征作用所特有的艺术启示力,是诗的艺术普遍性、永恒性的原因。

以上所转述的三个主要论点,就是现今出现的"信息论诗学"的主要内容。

应该承认,上述的这种"信息论诗学",有合乎科学并富于新意的一面。像这样运用信息论方法,对诗的创作、传播与产生社会效果的全过程,进行具体考察,无疑是对诗学发展有一定促进作用的。但是,如果它只是这样一种研究,那就仍然只是一种探讨诗作为信息传播的过程的"信息学",不是"诗学"。而现在的"信息论诗学"却并不在此止步,它在探讨这一过程的同时,涉及了"诗学"的一些根本问题,最主要的是诗歌艺术的普遍性、永恒性问题。而这类问题(涉及诗的本质的问题),按说,它本来不是"信息论方法"所能研究的对象,因此,"信息论诗学"所得出的结论,都是不尽正确的,甚至是根本错误的。

这是因为,一向用于技术领域的信息论方法,在用于探讨诗学问题时,往往只是像数学运算一样,从问题的程序、结构、各部分的相互关系等方面去做探讨,而忽视了诗学内在的"人学"因素,包含有复杂的、特殊的矛盾。

从诗歌语言作为信息符号的内在矛盾来看,诗歌语言是不同于一般语言的。它除了有其适合于充当读者对诗进行审美欣赏的共同媒介这一基本性质外,还有其限制信息传递范围、非常不利于超越空间横向与时间纵向在一切人中间充当共同媒介的特殊性质。这一性质,我指的是诗歌语言的音乐性(声韵节奏),以及与此密切相关的各民族语言符号在"音义结构"上自成体系、互为差别、不相对应(译义失音,译音失义)的民族性,相当顽固地把诗歌的音乐性艺术功能,限制在本民族领域内,难于做世界性的信息传递。

而诗歌语言的音乐性,又并不是可有可无的东西,它至少与诗歌语言的形象性有同等重要的意义。在各种艺术中,诗与音乐的近亲关系,显然更甚于与绘画及其他造型艺术的关系。从诗歌发展的历史情况来看,无论是西方或中国,古代诗歌在其发源的时候,基本上都是和音乐结合在一起。后来,文学的诗,脱离音乐而独立,也并没有完全抛弃音乐性,它只是与外在的音乐艺术形式分离,而把音乐性保留在自身内部,成为内在于诗歌语言的音乐性,即声韵节奏,它是诗歌语言的艺术特质。在中国几千年诗歌发展的历史上,声韵节奏,还一直是诗歌艺术形式的决定性因素。

把诗歌语言作为信息符号来看,诗歌语言的音乐性,就使得包含在诗歌语言符号中的形式信息带上了一种特殊性——即难以完满地翻译传递的特性,通常叫"不可翻译性"。

本来,单就音乐的艺术形式来说,它本身倒是一种可以超越时空限制,在全世界各个不同时代向各个不同阶级不同民族的人们直接播送的信息，根本不需要翻译。可是，当这种音乐性，在诗歌语言里面和语义信息结合在一起，成为一个一个"音义固定结合"的符号，它就使得诗歌语言翻译，成为难题。一旦按语义进行翻译，语言的音乐性就会丧失，从而使诗的艺术形式随之分解、变质。

而且，诗歌语言的音乐性，并不只是单纯的形式因素，它与诗的内容也有关联。因为，诗的声韵节奏所表达的，是诗人心灵的音响，情绪的旋律，生命的呼号与潜意识本能的冲动。它的艺术感染力，来自诗人心灵情感与生命本能深处。因此，诗歌语言的声韵节奏，还常常要表现出或深沉、或冲淡、或欢快、或悲壮、或庄严、或浪漫、或婉约、或豪放，种种不同的感情基调。有时，甚至单凭一些无义的象声词（即单纯的声音符号），就可以传达出某种动人的情感。如古诗中的"妃呼豨""噫吁嚱"，现代民歌中的"咿呀呀得儿喂""哟意儿哟嗬嗬""噫呀噫呀呀噫呀""唏哩哩哩撒啦啦啦梭罗罗罗嗨"，都是用象声词来表达出一种非常强烈、非常活跃乃至不可名言的情感。诗歌语言的这种音乐性艺术功能，是语义性和形象性所不能替代的。

在当代诗坛，有时我们还可以看到一种非常有趣的现象：有一些诗人，极力主张诗歌摆脱声韵束缚，提倡诗的"散文美"，甚至完全不承认诗的声韵节奏有什么重要的作用和意义。在理论上，他们是彻底的"非声韵论"者。可是，在诗歌艺术实践中，他们却不得不自相矛盾，在他们的诗作中，实际上仍然不得不用声韵节奏来表达自己的心灵情感，也常常要用一声"啊！"或"唉！"来表达生命本能的冲动与自然反应。这些诗人，当然不是故意用自己的作品来反对自己的理论，只不过，因为诗歌语言音乐性是诗歌语言的艺术特质，是诗歌的基本艺术规律之一。所以，他们也只好是不自觉地在适应这一规律而已。

由于诗歌语言的每一个符号，都是声音和语义结合在一起的，诗歌创作，实际上就是把兼有音义两重性质的符号同时进行排列组合。因而诗作为已经排列组合好的一个信息符号系统,在表达语意时,同时也就构成了一种音乐性的艺术气氛。试想,李清照的《声声慢》里面,那"寻寻觅觅,冷冷清清,凄凄惨惨戚戚。乍暖还寒时候,最难将息。"如果只译出语意,而遗弃了它的声韵节奏,那将如何不可估量地减去了它的感人的艺术魅力。

由此可见,诗歌语言的音乐性,是一个关系到诗歌艺术形式、艺术质量、艺术功能的特殊问题。诗的形式,实际上决定于语义与声音在符号上结合的那种情况,而不是另有一种抽象的与语义无关的形式信息。

如果诗要作为一种信息向世界传递,那么,它就必须翻译成世界各民族的语言。而作为信息符号来看,世界各民族的语言,都是按各自的传统习惯,将语义与声音固定结合起来的,它的符号,就是各民族的文字。各民族的这种语言符号千差万别,语义与声音结合的情况完全不相对应,往往是义同声不同,声同义不同。在翻译过程中,语言符号互换时,一般都只能使语义得以基本保存,而语音则会是大不相同或完全变样。因而,诗歌的音乐性艺术功能,就会在信息传递中大部或全部丧失。

现今的"信息论诗学",只看到语言的符号性功能,在一般信息活动中可以有超越时空与阶级、民族界限充当"共同媒介"的作用,而忽视了诗歌语言的音乐性,具有限制语言符号的"共同媒介"作用不能超越本民族范围的特殊性。这不能不认为是一定程度的偏蔽。

产生这种偏蔽的原因,我认为,是与"硬搬"有关的。就是说,是与把信息论方法在技术科学实用领域中运用的现成公式"硬搬"到诗学领域中来有关的。

在技术科学实用领域中,语言的符号性功能,确实可以充当世界性信息传递的共同媒介。因为,技术科学著作的翻译,一般都只是一种单纯的"语义符号互换"的性质,不会有特别难以逾越的障碍。而在诗学领域,则情况大不相同,如果不拿诗歌语言的音乐性艺术功能做牺牲,就几乎无法翻译。"信息论诗学"既然无法解决这个诗歌语言与信息符号的矛盾，则关于抽象的"形式信息"的假设，以及关于语言符号性功能可以超越民族局限的"硬搬"，都是不符合实际的，因而，它也就是一种只有一般科学形式而不能运用于诗学领域的理论。

关于诗歌艺术的民族性及其在翻译过程中的损失，美国现代派诗人艾略特在《诗歌的社会功能》一文中，有一些话是值得重视的。他说：

我们知道，诗歌与其他艺术不同，诗歌对于和诗人同族并和诗人操同一语言的人所具有的那种价值，对于别的国家的人来说是不可能有的。

从另一方面来看，我们知道在翻译时散文作品的意义部分地会要受到损害，可是我们大家都有这样的体验，诗歌在译文中损失的要比小说多得多，而在翻译某种科学著作时，实际上并不存在什么遗漏。

正因为如此没有任何一种艺术能像诗歌那样顽固地恪守民族的特征。

艾略特还并未谈到诗歌语言音乐性有"不可翻译"的特点。现在看来，这个特点，还标志着诗学领域中的"人学"（民族性也是"人学"的范畴）因素，有完全不同于技术科学实用领域的重要意义。在技术科学实用领域中无足重视的民族性问题，在诗学领域却显得特别重要。所以，一向是在技术科学实用领域中运用的信息论方法，一旦搬用到诗学领域，就容易因忽视"人学"因素而失误。运用信息论方法研究诗作为信息传递的问题，已经显出了它的局限性，在进一步涉及诗歌艺术本质的研究时，它的偏差和失误当然就更为显著。

二、诗歌艺术审美的特性

诗歌艺术的审美欣赏,与其他艺术的审美欣赏,性质上是不同的。例如,音乐的审美主要依靠听觉对声音的传导,造型艺术的审美主要依靠视觉对色彩与形象的传导,二者都是感官直觉审美的性质。但是,诗歌的审美不同,它要经由语言符号的传达,通过符号的媒介去进行审美。语言符号(文字)本身并不是诗的审美对象,因而人们无法依凭感官(眼、耳)去对诗进行直觉的审美。诗歌的审美,只有在把语言符号所传达的语义概念,及其所揭示的色彩形象,连同它用声韵节奏构成的情感气氛,一齐摄入人的心灵(大脑)里面,经过感受与思维和想象交互作用的复杂过程,才能达到对诗歌艺术内容的心领神会。所以,诗歌艺术审美,实际上具有一种特殊性,即心灵综合审美的特性,它与感官直觉审美性质上根本不同。

"信息论诗学"在这个问题上,认为诗的艺术审美,主要是由诗的语言符号所传送的形象信息的象征功能,能够启示和诱发读者依据"异质同构"原理调动自己的经验与情感,"代入"诗中(代换作者的经验与情感),去进行审美再创造,使得读者把诗当成了自己的经验与情感的表现形式,这样,诗才在一代又一代读者的审美欣赏过程中,不断扩大和丰富了它的诗意内涵(如同信息在传送过程中,由于信息接收者的"反馈"而不断扩大了信息量一样)。因此,"信息论诗学"断言,诗中形象信息的艺术启示力,是使诗产生超越时代、阶级、民族局限的艺术普遍性与永恒性的主要原因。

这种说法,一方面忽视了诗歌艺术审美是心灵综合审美的特性;另一方面,又没有认识到,诗歌艺术审美过程的归宿,实际上是诗意内涵的"人学"精神内容,在一代又一代读者中普遍性的、永恒性的感应与传导。

因此,它的论断,在审美过程的考察方面,失之于直觉审美的偏蔽;在审美归宿的考察方面,更由于无视诗歌本质的"人学"精神内容,而只能是根本错误的。

这类问题的研究,套用公式是无济于事的,只有联系实际的探讨,才能接近真理。

"信息论诗学"在把诗歌语言的符号性功能划分为语义信息、形象信息、形式信息以后,过于抽象地、孤立地看待这三者,似乎诗歌的语义信息以逻辑概念作用于人的理智,形象信息以象征图像作用于人的想象,都是各司其职不相往来的,这样,就把三者统一于符号中的固有联系截然划断了。实际上,这样的划分虽然是合理的,划断却是不合理的。把三者划断去做审美过程考察,就难于理解诗歌的心灵审美不同于直觉审美的信息处理过程。

比方说,诗歌以语言符号传递形象信息,那形象正是依附着语义信息的概念才能够传递。"枯藤、老树、昏鸦",这三个形象是包含在六个字里面,这六个字既是六个语义信息符号,又是三个形象信息符号,它们固定在符号上的内在联系,是不能划断的,因而它们的作用是互相联系并同步作用的,它们作用的对象(人的理智与想象)也是统摄于心灵内部联系不能划断的。

同时,必须分辩清楚的是,"形象信息"并不等于真实的"形象",它只是一种信息。说得更明白点:"形象信息"并不能传送感官直觉形象,它只能凭借信息功能,给人的心灵传送一种"形象感"。诗的"形象信息",要经由人对信息的感受之后,从心灵内在的模拟与想象中才能在人的心中产生一种"形象感"。这种"形象感",至多,只可以说是在人的"心灵屏幕"上显示的朦胧影像、特征映象、精神幻象,它与造型艺术具现在人们眼前的实体形象是完全不同的。诗,并不提供任何感官直觉审美的艺术形象。

诗歌语言所提示的形象,实际上,只是一些类似"形象思维线索"的东西,如:一般概念性的"物象",个别特征性的"征象",心理意念性的"意象"。"枯藤、老树、昏鸦"这三个形象信息符号所提示的,只不过是具有"枯、老、昏"这三种特征的"藤、树、鸦"(三个物名概念)。可见,诗的形象信息所揭示的,往往只是为诗人心理意念所制约和指向的,仅具某种特征的概念性形象,一般都是"可感而不可见"的"意象"。

诗中意象的作用,一方面是提供读者通过自己内心的模拟与想象,去进行审美再创造;另一方面则是通过意象的暗示,向读者传达诗人的情感、意念及其精神力量。

诗中意象与造型艺术(绘画、雕塑、舞蹈等)所提供的形象,只要一相比较,就可以看出,二者的性质、作用及其在艺术审美评价过程中的意义,都是不同的。

1. 造型艺术所提供的形象,是外在于人的视性可见形象,一般都是完形的形象。而诗中意象是内在于人的、非视性、非完形、可感而不可见的形象,一般只具有个别特征和事物概念的形象感。

2. 造型艺术的形象,是以物质做媒介,独立自在的实体形象,占有一定空间,形象是固定的、不随时间变化的。诗中意象,是没有物质媒介的、非实体的、依存于人的心灵映象,它不占有空间,也不固定,在不同的时间条件下,随人的心灵情感而有不同程度的变化。

3. 造型艺术的形象,是审美评价的唯一对象,它和审美目的与精神归宿结合在一起,可以说,形象本身就是艺术的目的。造型艺术作品的价值,直接就是由形象决定的。而诗中意象,虽然也是审美对象却不是唯一的。意象本身不是诗歌艺术目的,而只是表现诗人心灵情感的艺术手段和把诗的精神内容传入读者心中的艺术中介。诗的审美目的与归宿不单在意象上,诗的艺术价值也不是全由意象决定的。意象在诗中虽也是重要的艺术因素,但就意象的构成来说,诗是"以意为主,以象为用,以意取象,以象传意"地把形象从属于诗的主体精神内容。所以诗中意象——诗歌语言符号的形象信息,并没有造型艺术中的形象那样绝对重要的意义。

拉辛在《拉奥孔》一书中,曾反复地论证过诗与造型艺术的区别。在该书第八章里面,说得更为明确:

斯彭司不曾想到,诗是一门范围较广的艺术,有一些美是由诗随呼随来的而却不是画所能达到的;诗往往有很好的理由把非图画性的美看得比图画性的美更重要。

拉辛所说的"图画性"也就是"形象性"。拉辛的观点与"信息论诗学"的观点,恰好形成对立。"信息论诗学"把形象的艺术启示力,看作是诗的艺术普遍性和永恒性的原因,而拉辛的意思是说,诗可以把非形象性的美看得比形象性的美更重要。拉辛这话岂不是根本否定了"信息论诗学"关于艺术普遍性、永恒性的论断吗?

谁是诗歌艺术的真理?真理通常是可以用事实证明的。

拉辛的话,我们可以拿两首诗来证明它的正确性。

其一,陈子昂《登幽州台歌》:

前不见古人,后不见来者。念天地之悠悠,独怆然而涕下。

其二,崔颢《长干曲》:

君家何处住?妾住在横塘。停船暂借问,或恐是同乡。

这两首诗,前者写的是天地无情,人生有限,登高垂涕,独立怆然的志士的孤独感;后者写的是偶然相逢而顿生爱慕,希冀亲近又怯于陌生的女性的柔媚情。两首都是隐泯形象,直写心灵。那悲怆气度与温婉情怀的表现,并没有借重艺术形象的作用。可见这样的诗,确实是把表现精神境界与心灵情感的美,看得比形象的美更重要。这两首诗的恒久艺术生命力,已可证明拉辛的话是合乎实际的。

那么,这是不是也就反过来证明"信息论诗学"关于形象的艺术启示力是诗的艺术普遍性与永恒性的原因的论断是不正确的呢？我认为,是这样的。

诗歌的艺术普遍性与永恒性的真实原因,不在诗中形象的艺术启示力与形象有诱发读者进行审美再创造的作用,而在于诗作为一种心灵艺术,它的内容,实质上是"人学"的精神内容。诗的审美,也不是由于形象启示的审美再创造能使读者调动自己的经验与情感去代换作者的经验与情感,而是在心灵综合审美的过程中,诗中的"人学"精神内容,通过艺术手段与艺术形式的多种渠道(包括观念性、形象性、音乐性的各种渠道),在读者心灵中产生了精神感应与精神传导的作用,诗,才有了普遍性与永恒性的艺术生命。诗歌的艺术方法与艺术形式(意象与声韵节奏等),只是由于在诗的"人学"精神内容的传导过程中,起了艺术中介的作用,它才附着于诗的精神内容而有了自身的价值与意义。

现在,我们不妨实地考察一下诗的艺术审美过程,看看究竟是什么东西在决定诗的价值,以及诗究竟是怎样有了普遍性与永恒性艺术生命的。

举几个不同的例子来做说明。

例一,陆游《卜算子·咏梅》：

驿外断桥边,寂寞开无主。已是黄昏独自愁,更着风和雨。
无意苦争春,一任群芳妒。零落成泥碾作尘,只有香如故。

这是一首偏重形象作用的诗。诗的内容，纯粹是让诗中意象来做暗示，诗人的心灵情感全都隐蔽在诗的主体意象（梅）里面。整个诗境，前半主要是表现"梅"的处境，后半主要是抒写"梅"的心情，一切都是通过"梅"的形象来表现的。

　　按照"信息论诗学"的看法，在这诗中，形象的艺术启示力当然是特别重要的，读者在"梅"的形象启示下，通过想象与内心模拟，领会到"梅"的凄苦命运，寂寞处境，淡泊自甘的情操，香泥自许的心志，然后，以自身的经验与情感"代入"诗中，代掉作者的经验与情感，把这诗作为自己的情感表现的形式，这当然就实现了那种"审美再创造"。读者命运和处境以及其他种种具体情况，虽然并不与陆游相同，但由于有某种相似性，按"异质同构"原理，把自己去代换陆游，也是合理的。

　　但是，这首"咏梅"诗，是否就由于一代又一代的读者，都这样在审美再创造过程中，用这诗来表现自己，就使得这诗具有了艺术普遍性与永恒性呢？

　　这恐怕恰好相反。如果诗的审美再创造只是这样一种"代数式"的"代换"，那么，读者用自己代换陆游的结果，就只能使得诗中原来本有"艺术普遍性与永恒性"的陆游的个性精神内容被"扬弃"掉，换成了一般读者各不相同的个性精神内容。结果是"普遍性"降低为各种"单一性"，"永恒性"降低为各种"偶然性"。原来的艺术形式失去了内容，换入的内容与艺术形式不相配称。诗，在这样的审美再创造过程中，就失去了原有的意义与价值。试想，如果这首"咏梅"的诗，不是表现陆游，而是做了汉奸的汪精卫把自己"代入"，用来表现他自己，这诗还会有价值吗？——这当然是荒谬的。但这绝不是我存心要用这荒谬的推论来对"信息论诗学"作有失礼貌的抨击，而是按照"信息论诗学"的"代数式"艺术审美观点去进行逻辑演绎，它自身必然导致这样一种无可否认的荒谬。

实际上,诗的艺术审美,并不是由于读者把自己"代入"诗中,就使诗有了艺术普遍性与永恒性。诗的艺术普遍性与永恒性,是诗的艺术质量的表现。诗的艺术质量,决定于用艺术形式充分表现出来的"人学"精神内容。

在陆游的《卜算子·咏梅》这首诗中,所谓"人学"精神内容,就是通过"梅"的艺术形象表现出来的那种高尚的心灵情操、优美的精神品质,它是诗人陆游人格与心灵的展示。当诗人把他毕生忧患的经历,抑郁不伸的情志,凝聚为一种精神借"梅"的形象表现出来的时候,在诗歌创作的精神抽象与艺术美化的过程中,本来就已经扬弃了陆游个人的具体生活内容,艺术地升华为具有"普遍性与永恒性"的"梅"的情操、品质。这种情操、品质是决定诗的艺术质量的"人学"精神内容。这种"人学"精神内容,借诗的艺术形式在人群中进行传导,它有作为"人的价值尺度"的作用与在人们心灵中产生感应的精神力量。这种"人学"精神力量的传导,就是诗歌心灵综合审美过程的归宿,也就是诗歌艺术目的的实现。

弄清了这一点,就可以揭开有些人没有猜透的"诗歌艺术普遍性与永恒性"的谜底,同时,也就可以顺便说明一下"信息论诗学"所谓读者把自己"代入"诗中,究竟是怎么一回事。

所谓读者由于诗中艺术形象的启示力而把自己"代入"诗中,这种说法,只说到了皮面,而没有说到骨子里。艺术形象是因为它表现了"人学"的精神内容,它才有了启示力,不然,它就没有什么力。艺术优劣的价值区别,正是在这一点上。并不是任何艺术形象都有使读者把自己"代入"的启示力,读者是为诗中艺术形象所表现的精神所牵引,才使自己置身诗境去进行心灵的审美欣赏。在审美欣赏时,他当然可以调动自己的经验与情感"代入"诗中去作心灵的领会。

不过,"代入"还只是诗歌艺术审美过程的开始,而不是审美过程的终结。因为,仅仅"代入",还不能马上对诗歌的艺术价值与效果作判断。

事实上是：当读者为诗的精神力量所吸引，调动自己的经验与情感"代入"诗中以后，他便会发觉自己的思想情感与诗中那种思想情感有一个颇为不小的距离。诗中那"无意苦争春，一任群劳妒。零落成泥碾作尘，只有香如故"是一种很高尚的心灵情操，很优美的精神品质。当读者以诗中的情操、品质来和自己相比，想用这诗来表现自己时，实际上也就是在用诗的精神内容作为"人的价值尺度"来衡量自己。当读者一比之下，发现诗中所表现的那种情操、品质是一个自己难以企及的高度时，便感到自己在精神上还处于平庸、低下，甚至是十分卑鄙、渺不足道的地位，这时，读者便从内心中产生出一种企望自己立即提高到与诗的精神境界相同的激动情绪，于是，便从这诗的审美欣赏中振奋起来，顿时生出一种高自期许的自尊心理。这样一来，读者的心灵便从诗的精神传导中得到了净化与提高；诗中的"人学"精神内容便从读者的心灵感应中获得了艺术的价值与效果。这就是诗歌这种心灵艺术的审美过程，在读者"代入"后所发生的真实情况。

从《卜算子·咏梅》这首诗可以看出，诗是怎么一回事呢？作者在诗的创作过程中，扬弃了个人生活与情感的具体内容，抽象地升华为精神，用诗的艺术形式与意象手法，把这种精神美化地表现出来。这就是诗的诞生。读者在诗的审美过程中，扬弃了个人精神与情感的现有水平，从心灵的净化与提高中趋向同化于诗的精神境界。这就是诗的归宿。

例二，文天祥《过零丁洋》：

辛苦遭逢起一经，干戈寥落四周星。
山河破碎风飘絮，身世浮沉雨打萍。
惶恐滩头说惶恐，零丁洋里叹零丁。
人生自古谁无死，留取丹心照汗青！

这首诗的艺术普遍性与永恒性是已被公认并已被历史证明了的,但是,对这诗的审美欣赏,是否也要经由诗中艺术形象的启示才能进入审美过程呢?显然不是这么一回事。读者在读这首诗的时候,首先感到的是自己的心灵一下子就被那"人生自古谁无死,留取丹心照汗青"的壮烈情感所触动,所吸引,似乎还来不及从诗中形象的艺术内涵去做领会,就已经接触到了诗中那个正气磅礴的精神主体及其情感表现。尽管诗中"山河破碎风飘絮,身世浮沉雨打萍"那样的诗句,也有象征结构的美,但在这诗中,似乎所有的形象语言都不是独立的艺术意象,只是为诗中情感所差遣,只有为情感做修饰与点缀的意义。诗中的情感,从诗句中漫溢出来,好像那诗句并不足以表现它那爱国的忧愁、不屈的气节、不甘于失败的感叹、蔑视死亡的勇气与通过死亡达到在历史上永生的信心,这无限庄严无比壮丽的情感,在诗中成了一个压倒一切的主体,使读的人感到,在这诗中只有这作为主体的情感的美,才是最动人的,并没有什么形象的美可以与之相比。诗中唯一有重要意义的象征意象,是一颗永照汗青的丹心,是诗的全部情感与精神的集结。只有这个"丹心",在诗的全部情感都表现出来以后,为之做了一个总体的象征美化。

这样的诗,显然就与运用意象手法,偏重形象暗示作用的诗有所不同。这诗,虽然在艺术手法上是写实、象征、抒情、说理的综合运用,但重心却只在于情感表现,它主要是从情感触动来吸引读者进行诗的艺术审美。读者从诗中所表现的情感直接感受到诗人的人格有一种辐射的精神力量,觉得他那忠诚的爱国热忱,纯洁的献身意志,坚强不屈的节操,视死如归的风度……处处都表现出一种人格的美。于是,读者便自然地产生一种崇敬的心理,觉得做一个高尚的人,应当像他那样子。这样,读者就在诗的审美过程中,得到了一种"人所应当"的认识。这也就是读者在自己心灵上树立了一个"人的价值尺度",使自己的心灵得到了净化与提高,趋向于与诗人的人格及其精神境界的同化。诗中的"人学"精神内容,就在读者心中产生了精神的感应与传导作用。

这个例子可以说明,诗歌这种心灵艺术,它拥有多种艺术手法,艺术手法的运用是灵活多变的,并不像造型艺术那样全靠艺术形象来产生审美效果。诗,可以偏重从情感方面去影响读者,而把艺术形象的作用放在次要或无关紧要的地位,同样地可以从审美过程中,获得精神传导的效果,也同样地可以有"艺术的普遍性与永恒性"。

"信息论诗学"单把艺术形象的启示力看作是诗的"艺术普遍性与永恒性"的原因,似乎是把造型艺术的感官直觉审美方式,搬用到诗歌领域中来,而对诗歌心灵综合审美的特性,却欠缺实际的研究与认识。

例三,裴多菲《自由·爱情》:

生命诚可贵,爱情价更高。
若为自由故,二者皆可抛。

这是一首翻译成中国形式的外国诗,因此,可以看作是超越民族界限而具有诗歌艺术普遍性与永恒性的特殊例子。

我在论述诗歌语言与信息符号的矛盾时,曾经指出,由于诗歌语言的音乐性艺术功能,在翻译成另一民族的语言时,将会全部或大部丧失,因此,它使诗歌难以超越民族局限而具有艺术普遍性。但是,也有一种特殊的、例外的情况,就是:当一首诗是直接采用单纯说理的形式,仅凭语言的逻辑意义来表达诗人心灵中的崇高观念与情感,而无需过多借重音乐性与形象性的艺术手段时,诗就变得比较易于翻译,在翻译成各民族语言时,它的意义不会有大的损失或基本上没有损失。

匈牙利诗人裴多菲的这首诗,可以作为这种诗的一个范例。这首诗原文的句式是长短不齐的,有韵。我国革命诗人殷夫把它翻译成句式整齐声韵铿锵的中国传统形式,语气和感情基调无疑是变了样的,但对这首诗来说,却没有造成多大损失,相反地,这首诗在翻译人殷夫不幸牺牲以后,偶然地在鲁迅先生的一篇纪念文章里发表出来,它就不胫而走,在中国普遍流传,现在,它已经是中国文学界、知识界熟知的一首诗了。

这首诗的特殊之处,就在于它完全不用艺术形象做中介,直接就用普通语言,说出"自由"这个观念的无限价值以及诗人心中向往"自由"的无比强烈的情感。当诗中表现出诗人对"自由"的价值高于生命和爱情的观念,以及他随时准备为"自由"而牺牲一切的决心时,诗人心灵中的这种观念和情感,便都显示出一种"崇高"的美,这种"崇高"的精神,是不需要艺术形象做表现中介的。因为诗中的"自由"(在裴多菲诗中是指"民族自由")观念,直接就是"人学"精神内容的一个重要范畴,观念本身的精神力量,可以立刻震撼读者的心灵。所以,这样的诗,那内容本身就是精粹的"纯诗"。

对于"纯诗"这个概念的认识,我们和别的诗学的认识是不同的。有的诗学认为"纯诗"是"纯艺术美",我们则认为"纯诗"是"人学"精神内容的纯度表现。在我们看来,"纯诗"由于内容的精神力量高于艺术形式,它是难于用艺术去表现的,也是可以不用艺术形象做表现的。正如一个赤裸裸的婴儿,他可以就这样一丝不挂,用不着装饰,无论你怎样看,他都是美的。因为那美,直接就是他的生命。

黑格尔《美学》中,也有关于"崇高"难于用艺术形象表现的论述,并且认为,这正是"崇高"的特征。黑格尔的话一般都有点过于抽象,但他对这个问题的见解是深刻的。他说:"崇高一般是一种表达无限的企图,而在现象领域里又找不到一个恰好能表达无限的对象。无限,正因为它是从客观事物的复合整体中作为无形可见的意义而抽绎出来的,并且变成内在的,按照它的无限性,就是不可表达的,超越出通过有限事物的表达形式的。"[1]"因此,用来表现的形象就被所表现的内容消灭掉了,内容

---

[1] [德]黑格尔:《美学》(第二卷),朱光潜译,商务印书馆,1979,第79页。

的表现同时也就是对表现的否定,这就是崇高的特征。"①

从裴多菲的这首诗可以看出,这诗的"内容的表现"采取了直接说出的形式,正是对用艺术形象来表现的否定。我们举出裴多菲这首诗来做例子,是为了说明:诗学领域是很宽泛的,诗这种心灵艺术,在以"纯诗"表现"崇高"的特殊情况下,也可以完全不用艺术形象做表现,而诗却同样可以有"艺术普遍性与永恒性"。这也就更进一步证明,"信息论诗学"单从艺术形象的作用去论证诗的"艺术普遍性与永恒性",而完全无视诗的本质是"人学"的精神内容,所以,它论证的根据,实际上只是一种艺术形象直觉审美的偏见,它所得出的结论,由于无视诗的"人学"本质而是根本错误的。

现在,有的人一谈诗,就把追求意象的直觉,强调到绝对必要的程度,或视为诗歌艺术的唯一妙窍,而不知道,诗歌艺术价值的高峰之一,就是"铅华洗净见天真"的"纯诗",它可以脱弃一切艺术形象,就像丢掉不用的烂草鞋一样。

三、诗学与数学的边界

我在上两节中,已经从诗歌语言和诗歌艺术审美两方面,联系实际探讨了现今出现的那种"信息论诗学"关于艺术普遍性与永恒性的两个基本论点,即信息符号的共同媒介性与形象信息的艺术启示力这两个论点,我认为它们都是包含偏见甚至是根本错误的。那么,究竟是什么原因使得信息论方法用于诗学研究会出现这样的结果呢?我认为,应该对作为研究工具的信息论方法与作为研究对象的诗学之间所存在的特殊

---

① [德]黑格尔:《美学》(第二卷),朱光潜译,商务印书馆,1979,第80页。

矛盾,进行一次必要的探究。

我认为应当考察一下信息论方法的性质,究竟这种方法是不是一种"万能性"的可以用于一切领域的科学方法?它有没有一个应用范围的限度?它的"边界"在哪里?

信息论方法本质上是一种数学方法,由于在技术科学领域和社会实用领域用来进行信息处理研究,取得了成果,渐次发展成了一种一般性的科学方法,并被广泛地引进了社会科学研究领域。这种方法,由于它本身的性质,它能够广泛地适用于"信息过程"式的研究。例如,对事物发生、运动、各部分结构、各阶段变化,以及对事物发生影响的各种因素的计量与效果的统计等,它都是可以适用的。它的应用范围确实很广,但是,它不是"万能的",它在各种研究中都有一定的限度,因为,它不适用于研究涉及事物本质的问题。事物本质,这就是信息论方法的边界。

用信息论方法研究问题,都是从一个简单的技术实用性假设开始:"A是信息",然后套入信息活动公式,来研究它的过程。例如,用它来研究诗,首先假设:"诗是信息",诗,来源于社会生活,所以,社会生活是"信息源"。诗人在社会生活中有所感受,发而为诗,诗人就是"信息发送器"。诗的创作过程就是"信息的编码","编码"是对"信息源"有选择的加工。"编码"后发送的信息,在社会上能产生影响,则是对"信息源"的"反馈"。诗所借以传播的媒介物,如诗刊或诗集,是"信息储存器"。"储存器"一方面是对信息有选择的储存,一方面它也有另一种作用,这是由于诗在诗集等媒介物中储存以后,可以流传久远,以至各个不同时代、不同阶级、不同民族与对诗有不同观点不同兴趣的个人,会对储存的诗,产生各种不同的理解和反应,因而就使得那诗的客观社会意义,被不断地扩大和丰富起来,所以,"信息储存器"的另一种作用,就是引起"反馈信息",这"反馈信息"就意味着"信息量的扩大"。诗在社会上作为信息传播,读者就是"信息接受器"。读者都是有主观意识倾向,对诗的见解与兴趣各不相同的人,所以,"信息接受器"对信息也是有选择的接受。由于读者是以各种不同观点对诗进行审美欣赏，所以，在信息接受时，"反馈信息"的扩大，远远超过了储存的信息量，便形成了"反馈信息"对"储存信息"的"代换"，也就是说，既然诗的客观效果，是要看诗在社会群体中的影响，那么，原诗作者是什么意思是无关紧要的，实际影响如何，决定于读者对诗的理解。所以，诗的审美，是由读者"代换"作者决定诗的客观意义与客观价值，这就是"审美再创造"。

"信息论诗学"的理论，大概就是从这样一个过程公式的推导中来的。像这样用信息论方法对诗进行研究，当然也不是毫无意义。从这样的推导中，看出诗的创作、传播与效果，都有"选择""反馈"的两方面，对诗的社会作用的研究，是有一定意义的。但是，这种过程推导，实际上只能从中看出数量的决定性作用，一点也不能看出"质"的作用。而对诗这种精神产品来说，只有"质"才是起决定作用的。诗的作者只有一个，而读者是社会群体，从数量看来似乎是读者如何理解便决定了诗的社会效果与客观价值，但实际上，诗的"质"（艺术表现的精神内容）是由作者决定的，而且，它也决定读者的理解，应该是和作者一致或大体上相接近的。即使某一时期，读者对某一首诗不完全理解，不能达到诗的精神水平，随着时间的延续，读者的理解也会加深与提高。用"信息论方法"研究诗，如果是实地就某一首诗的社会效果去进行概率统计，我想，那结果，实际将会证明，读者对诗的理解即或参差不齐，多少都在不同程度上接受了诗的精神影响，至少对诗的好坏的判断，是大体上正确的。而现在"信息论诗学"，并不是去做实地的概率统计，却是运用信息过程的公式，无视"质"的作用，只从数量关系上去推论读者"代换"作者进行"审美再创造"是诗的"艺术普遍性永恒性"的原因。这种推论，当然只能得出一个错误的结论。

"信息论诗学"从"诗是信息"的假设开始，便无视了对诗的本质的认识。它的数量决定作用的观点，"代数式"的审美再创造观点，充分显示出这种方法，本质上的"数学性质"。这种数学性质的方法，用来研究诗学,又涉及诗歌本质的"艺术普遍性与永恒性"的问题,它当然是不能适用的。

只要是实地研究过诗歌或其他文学作品的人,都会有这样一种常识:诗歌或其他文学作品的"艺术普遍性与永恒性"决定于整个作品的艺术质量。作品质量高,读者人数众多,并且可以一代又一代人地读下去,作品的艺术效果历久不衰,这便是作品具有"艺术普遍性与永恒性"的社会反应。运用信息论方法,从社会反应的概率统计中,去测度作品的艺术质量,是有可供参考的意义的。但这也只能有可供参考的意义,不能代替诗学、文艺学对作品内容精神实质与艺术水平的分析研究,尤其不能以一时的概率统计数字,去判断作品的价值与优劣。因为,古今中外的文学现象中,都曾出现过类似"阳春白雪,曲高和寡;下里巴人,和者数千"的社会欣赏的低水平表现。摆在我们眼前的是,许多"流行作品""通俗小说"发行量都超过"世界名著"许多倍,难道这就可以证明"流行作品""通俗小说"比"世界名著"更有"艺术普遍性与永恒性"吗?这显然是不正确的看法。任何一时性的概率统计数字,都只有就一时的社会效应提供参考的意义,不能作为对事物做出价值判断的科学依据。因为,事物价值基本上是决定于"质"的因素,就诗和文学作品来说,更是完全决定于"质"的高低。实际上,"世界名著"的读者人数,是远比"流行作品""通俗小说"要多得多的。因为,"流行作品""通俗小说"大都只是昙花一现,风行一时便过去了,没有持续的艺术生命,而"世界名著"由于质量高,有恒久的艺术生命,可以长久地拥有一定数量的读者,从时间延续累计的数字来说,它就必然是读者多到难以计量的。而用信息论方法去研究这方面的问题,只看见信息过程中一时的数量关系,看不见"质"的作用,所以那结论便只能是"一叶蔽目,不见泰山",甚至是根本违反文学常识的。

由此可见,在涉及事物本质的研究中,运用信息论方法,是容易产生偏差与错误的。它至多,只能在"边界"上有一点"边际效用"。例如,在研究某一问题时，从某些方面提供一些参考数字，起到一种辅助工具性的作用，它根本不能代替对事物本质的研究。

进一步说，就是在运用信息论方法作为辅助工具去研究问题时，也必须先对那问题的本质方面，做过实际的研究，有一个基本正确的科学概念，才能避免信息论方法这种辅助工具可能产生的偏差和错误。

例如，研究诗学，如果对诗是心灵艺术、诗的内容是艺术表现的精神内容、诗的审美是心灵综合审美，都没有一个基本正确的认识，那就有可能把诗的心灵综合审美混同于造型艺术的感官直觉审美，把艺术形象的意义，看成作品价值的唯一的决定性因素，研究的结果，就会呈现出类似"直觉主义诗学"的偏见。

必须明确地认识到，信息论方法只是一种数学性质的方法，它只具有数学的功能，它的信息过程公式，只相当于一种数学公式。数学公式，一般只能用于从已知求未知，只有在已知数是正确无误的前提下，所求得的未知数才可能是正确的。若是两数都是未知数，则只能运用公式推演出这两数之间的数量关系或运算程序，而不能求出实数。这时，如果运算者主观估定其中一数是某数，或偏信别人说其中一数是某数，或参考别的运算公式，把那个公式中的某个已知数移到这个公式中来，那么，运算的结果，也就只能是带有主观、偏信与移置的结果。

例如，在诗学研究中，如果研究者由于主观偏信而把直觉主义诗学的观点，套入信息论公式来进行推论，那么，推论的结果就只能是一种直觉主义诗学的信息论形态，以外表的"新兴科学"形式，掩盖了里面非科学的直觉主义旧观点的内容。

根据一些国外的社会科学报道，"信息学"在某些科技事业发达的国家，虽已有了普遍的应用与发展，但都没有用于研究涉及事物本质的问题。有的"信息学"专家，还明确规定：信息论方法的应用不涉及事物本质问题。当然，一项新兴科学的发展，不宜过早做出绝对性的判断，但对一种方法的基本属性,却是可以从实践应用中判别清楚的。目前,我国的有些理论家,在某些学术会议中公开谈论,说文学、美学的理论,将要用数学公式来表达,我觉得,这些话可能是说得太仓促了一些。有些运用信息论方法研究诗学、美学的学者,以为把研究的对象套入信息论公式,说"诗是信息""美是信息"以后,就可以从而研究有关诗学、美学的一切问题,这如果不是把科学当成了迷信,也只是对科学的一种误会。要知道,在说出了"诗是信息""美是信息"之后,只不过是说出了一种科学的假定,与假定"诗是X""美是X"并没有什么两样,"X"的值,仍然是一个未知数。

所以,研究诗学(文艺学),如果认识不到它在本质上是与"人学""美学"有关的一个相当复杂的领域,如果不对这个领域的具体问题做具体研究,如果不联系诗与文学艺术的实践来做探讨,只靠套用公式来作空泛的理论推导,而又想做出惊人成果,解决这个领域内的一切难题,那恐怕只能以假定开始,以空谈告终,与诗学并没有实际地打上交道。

我特别要重复强调的是,研究诗学,如果不从它本质上是"人学"精神内容去看问题,那是无法对诗的价值做出判断与认识的。不但不能辨别优劣,甚至会分不清真假。因为诗中那普遍性的"人学"精神内容,是从诗人的个性精神中来的,在诗人身上,它是普遍性(时代、社会、民族)精神的人格表现;在诗中,则是诗人人格力量的精神表现。如果不从本质的认识着眼,专从艺术形式、艺术形象去判断作品的价值,那样舍本逐末,就可能谬以千里。

再举个实际例子来谈吧!本来谈诗是不屑于提到这个人的。抗日战争时做了汉奸的汪精卫,也会作诗填词。他先从重庆飞往河内,发出向日本投降的"艳电"求和主张,国民党派人去刺杀他,没有刺中,把他的秘书曾仲鸣刺死了。他随即到了日本占领下的南京,组织伪政权,公开投敌叛国,出卖民族利益。这时,他却写了一首《虞美人·燕子》词:

旧梁曾是营巢处,零落年时侣。天南地北已经过,到眼残山剩水已无多。

夜深案牍明如火,搁笔凄凉我。故人热血不空流,挽作天河一为洗神州。

这诗中,也有形象,也有词采,艺术形式是合格的,艺术技巧是熟练的。试问:可有哪一位读者,会把自己"代入"诗中,用这诗的形式来表现自己吗?人们早已唾弃了它!除了在当时举国声讨,报刊上对这首词公开批判时,留下了愤怒回忆的少数当时的文学青年还能记得它外,大多数人早已遗忘了,它早已进了历史的垃圾堆。为什么呢?它是没有人格力量的,整个艺术表现都由于内容是一个出卖民族利益的汉奸为他自己的罪恶行为与动机所作的辩诉,所以那形象、词采,也都变成了虚伪的、污浊的、无价值的。这不也正好从反面说明,决定诗的艺术价值的,只能是"人学"的精神内容与诗人的情操、品质、人格力量的表现吗?研究诗学的学者,应该先做"人学"的深思。

末了,我想起黑格尔在《逻辑学》的序言中所说的一句话,他说:哲学"不能从一门低级科学,例如数学那里借取方法"。把数学看成"低级科学",这可能是黑格尔的偏见,但研究哲学不能纯用数学方法,则我认为黑格尔是正确的。诗学不一定有哲学那么深广,但诗学也是很复杂的,因此,我认为也不能纯用数学性质的方法去研究。数学性质的信息论方法,大概只能在诗学与数学的边界之处,起些边际性"信息研究"作用,不能构成一门独立的"信息论诗学"。

1986年4月　卫星湖

该文中"诗歌语言与信息符号"一节载《红岩》1986年第5期,"诗歌艺术审美的特性"一节载《红岩》1986年第6期,"诗学与数学的边界"一节载《红岩》1987年第1期

诗歌艺术审美解释的难题

读诗,常常会遇到一个审美解释方面的难题:对一首诗,当其有几种不同解释的时候,我们如何判断哪一种解释是"真解"或"正确的解释"?

这难题早已不是什么秘密,而是久已摆在中西诗学面前的一个公案。在中国传统诗学中有"诗无达诂"及把诗区分为"可解、不可解、不必解"三类的说法,在西方现代诗学中则有"意象多义性""本文未定性""艺术解释开放性"及"读者参与艺术作品本体意义的重建"等种种说法,所指的,都是同一现象:一首诗,个性不同的读者及在不同时空条件下所做出的解释,往往是各从己意、互为差异、莫衷一是的。而且,那种种不同解释,还随着时间的进程而向前延伸发展,似乎永无穷尽。因而,诗的审美解释便好像只是一个流变过程,所有的各种解释,都只是不同时空条件下各人依据自己心理定向做出的主观解释,并没有"客观准确性"的意义。

遇到这种情况,诗人也许会要提出抗议:"我写的诗,只是我的那个意思,难道可以乱解释吗?"但抗议并不能取消问题,诗一发表,就进入了社会审美解释领域,甚至连诗人作诗的动机,都会有不同于诗人本意的客观解释与评价。诗人坚持本意而社会坚持客观的不同解释,"难题"反而更加突出。

诗学在这个问题面前也顿时陷入了两难境地:若说诗没有"客观准确性解释",那么,诗歌的审美便会失去价值判断的可靠依据;若说诗只能有一种"真的、正确的解释",却又与诗歌艺术审美的实际情况不相符合。

特别是对于一些所谓"难懂的诗",要做出一般可信的解释已经很困难,要达到"客观准确性"的"真解"或"正解",究竟依据什么原则来确认它呢?文学史上,对待这样的难题,几乎没有可供参照的先例。以博学而被称为"书簏"的李善,在注解阮籍《咏怀》诗的时候,也只好采取"粗明大意略其幽旨"的态度,在远非清晰与完美的解释上止步。可见诗歌的审美解释,解而不达,自古已然,它确实有许多难以穿透的障壁,何况在现代诗歌艺术出现了许多抛弃传统、变乱语言、表现潜意识或"达达意识"的流派,解释的困难无疑也更多更复杂了。

即或我们把现代那些"反传统、反理性"的诗歌存而不论,古典诗歌和现时一般常见的诗歌,在审美解释方面的意见分歧,仍然是很多的。因此,对这个问题我们必须一步步深入地进行探索。即使我们不得不承认诗"有可解、有不可解"的事实,我们也应该把构成诗歌审美解释难题的原因,探出一些端倪和底蕴。

这里,应该事先说清楚的是:并不是每一首诗都存在着审美解释的难题,诗里面绝大部分都是可做明确解释,在社会审美过程中不易产生歧义的。许多诗流传千古,其审美解释仍然大体一致,或只有沿着一根中心线上下浮动,偏移幅度很小,不存在审美解释的重大分歧,"难题"也就不会出现。"难题"之出现,更多是在较小的范围内,在一些运用特殊艺术表现手法的诗作中萌生。但由于诗歌艺术的发展,各种不同艺术表现手法争奇斗胜,这"难题"就日益明显了。尤其是在现代诗学理论的急剧演变进程中,审美问题愈来愈变得复杂,所以,我们不能不对这一问题做出必要的科学探讨。探讨的目的,在于求得进一步的理解,并尽可能达到对这一"难题"的共识。

诗歌审美解释的意见分歧,有多重复杂因素的作用,审美解释的难题,基本上是这些因素的综合作用所形成的:

一、诗的情感覆盖面与情感结构相似性,是形成意义界限不明与意义代换解释的因素。

诗，本质上是抒情艺术。读诗，通常都是从诗中所流露的情感来体味诗意。有一些写得很难懂的诗，诗意隐晦，但情感色调却仍然是比较明显的。比方，人们常常拿李商隐的《锦瑟》来作为难于解释的典型例子，诗意内涵各说不一，但诗中那缠绵往复、凄迷怅惘的情感，却是很明显的，要解释《锦瑟》，无论如何总得以这种情感为依据。可是，由于人的情感都有一个或大或小的"情感覆盖面"，大的包容小的，比如说"愁"，它有一个很大的覆盖面，包容着邦国之愁，室家之愁、乡土之愁、离别之愁、相思之愁、失落之愁……这许多愁，具体内容是不同的，但"愁"是它们的共相，"共相"之愁有"相似性"。因而在"愁"的覆盖面内，各种愁之间的界限是不很明确的。所以，以诗中情感为依据而对诗意做解释时，就难免不因不同情感的"共相"关系而做出各种混淆不清的歧异解释。《锦瑟》诗中的情感，有人说是"悼亡"，有人说是"失恋"，有人说是"自伤身世"，都可以说得通。就因为"悼亡"之情，"失恋"之情，"自伤身世"之情，在"锦瑟"诗的"情感覆盖面"内，界限是不明确的。

另一种情况，是由于"情感结构相似性"而形成意义代换的解释，使得由于读者的领会不同，在审美欣赏过程中，产生出对诗意解释的流变。

当代诗人子页有一首《我不是……》：

我不是驯良的温鸽，
怎忍心你的抚摸！
我是滴血的杜鹃，
令你在血光中思索。

我不是妩媚的花朵，
怎甘心你的攀折！

我是山野的刺枣,
教你在贫瘠中育果。

我不是吉他的轻乐,
怎陪伴你的欢乐!
我是爆冬的沉雷,
摇醒你沉睡的生活。

假如你不是浅薄,
就会在痛苦中寻我。
我愿在误解的重轭下,
耐心地把你等着……

  这诗,看来只是一首情诗。诗中情感,执着于诤友式理想爱情的追求,不溺于儿女温情,无取于庸常媚态,显示出一种高洁而坚实的情操,张扬着自觉的人生选择。诗当然是情诗中的拔萃之作,在一般的审美欣赏中,也无非是作为情诗解释。可是,有一部研究中国问题的社会科学专著,却把这首诗印在它的扉页上,当作是这本书的题词。这是什么意思呢?很明显,是这部专著的作者,借用这首诗来表明自己执着于科学真理的追求,不谀世、不媚俗的治学态度与忠于祖国的耿介立场。在这种情况下,这首情诗就由于"借用"而被做成了另一种借喻式的解释。而其所以能做成这样的解释,就是因为"执着于理想爱情的追求"与"执着于科学真理的追求"二者之间,有"情感结构的相似性"。有这种结构相似性的情感,好像一种是另一种的影子:如花与镜中之花,月与水中之月,两相映照,产生一种可以借此喻彼的关系。因此,诗的意义就可以做出代换性的不同解释。

当然,"借用"只是"借用"。由于"借用"而在特定场合下对某一首诗所做的代换性审美解释,不会影响到一般情况下的审美欣赏也产生出不同于原诗本意的歧解。但是,由"借用"而产生不同解释的现象,也启示我们认识到:诗的审美解释,既有由于"借用"而产生变化的可能,那么,如果"倒过来",有意识地把这种"借用"作为一种艺术表现的技巧,是否就可以把诗的本意以"借用"的面目出现呢?

从文学史上的事实来看,这种"借用"的表现方式是早已有了不少先例的,《唐诗三百首》里面,朱庆馀的《近试上张水部》,借用新嫁娘婚后第二天拜见公婆前的怯场心情,去表现考生临试前的怯场心情;宋诗里面,王安石在改革失败后所写的《君难托》,借用弃妇的怨情去表现政治上的怨情。这样的"借用",就形成了一种诗人自觉运用"情感结构相似性"去做借喻性表现的模式,这种模式的诗,有时是很难捉摸其本意的。如朱庆馀的那首诗,若不是题目标明了作者意图,单从那四句诗看,就只是一首闺情诗。由此可见,从诗人创造出运用"情感结构相似性"来作借喻表现的方法以后,诗歌艺术审美解释就已经面对着一种新的情况:诗,好像变成了"假面舞会"上的美人,必须揭开它的假面才能审美。

这种情况,渐渐地在诗的社会接受领域产生影响:读者在读诗时,不能不考虑到这诗是否也是戴着假面的。愈是到了现代,由于诗歌艺术方法与诗学理论的标新立异,读者对诗的审美欣赏,也就愈益呈现出观点与审美解释角度的种种差异。对一些运用特殊表现手法、本意不明的诗,审美解释的差距往往很大,不仅因人而异,而且也随时间进程而流变。

我们不难推想:既然一首情诗,有时是运用"情感结构相似性"来抒发政治上失意的情感,那么,这诗在社会流传的无限阅读过程中,怀着不同心境来对诗做审美欣赏的读者,一定会有从人际关系、人生境界、治学态度、政治感慨……各个不同角度去做解释的可能,那么,随着时间的演进,审美解释便会出现一系列变化,类似A、A1、A2、A3、A4……这许多解释,肯定不同于原诗本意,但它对诗的"本文"来说,却又都是客观有效性的解释。诗作者本人,实际上不可能有对"本文"解释的垄断权或专利权。作者一瞑之后,原意就无从确证,在这种情况下,我们要判断什么是"客观准确性解释",就会是一个难题。情诗如此,山水诗,咏物诗,咏史诗,其他各色各样的诗,又何尝不可以如此?可见,这就是构成诗歌艺术审美解释难题的重要因素之一。

二、诗中意象隐喻的谜语结构与客观对应面的延展,是形成审美解释可变性的因素。

意象是诗歌精神内涵的美化表现,它通常都是暗示性的:意在象中,象明意隐。特别是在纯意象诗中,由于"象外无言,全不说破"的艺术特点,诗意内涵全凭意象暗示,有的甚至故意潜隐深晦,扑朔迷离,以显示其诗艺的精纯。按照"移情论""对应论"的基本原理来说,艺术意象,无非是艺术家的情感意识向外界投射时借外界相对应的物象表现出来的。但由于诗与绘画之类的造型艺术不同,诗是语言艺术,诗中意象不是可以直观的形象,而是经由语言符号传递的"形象信息"。诗中意象不具有完形清晰的形象,而只有朦胧的、仅具特征概念提示的某种"形象感",诗中意象是"可感而不可见"的。因此,读者要领会诗意,首先,要从诗中语言符号传递的信息,经过自己内心模拟,才能把握意象。其次,又要从意象的精神内涵所对应的社会生活现象或精神现象,才能得到对诗意的近似性悟解。可以说,纯意象诗都是一种谜语结构,纯意象诗的审美解释,基本上就是一个意象破译的过程。

对一个谜语,人们可能做出各种不同的猜想,但谜语是用语言描述去指向隐喻的事物,一般由于描述的清晰准确,谜底只能是事先设定的那一个。意象的破译却不同,意象的精神内涵及其所对应的某种意义,由于是一个从暗示到破译悟解的过程,读者的主观条件(个性生活经验、心理状态等等）对暗示的反应是很不一致的。意象诗的审美解释，便由于暗示的朦胧弗晰性而可以产生多向度的偏移。同时，由于诗在写定以后，是以客观化的书面语言形式在社会的无限阅读中流传，诗作者借意象隐含于诗中的原意，随着时间的流逝会逐渐淡化或部分地被忽视，而诗中意象所表现的某种精神，却仍然是那个意象所固有的客观内涵。在这种情况下，后来的读者，便会各据自心的领会，对应于意象所固有的精神，做出自己的解释。意象原本是没有说破的，所以它所固有的抽象的精神，有可能延展到很宽的客观对应面，凡是读者心中与之相对应的情意，都可以做成与之相符合的审美解释。这样，诗的审美解释，便在读者主观性的参与下，形成了一个多义性的流变过程，很难判断它将在何处终结。

在伽达默尔一派的解释学理论中，上述"意象所固有的抽象精神"，便相当于他们所说的"艺术作品本体"，读者各据己意的客观解释，便相当于他们所谓"读者参与艺术作品本体意义的重建"。

以艾青的《树》为例：

一棵树，一棵树
彼此孤立地兀立着
风与空气
告诉着它们的距离

但是在泥土的覆盖下
它们的根伸长着
在看不见的深处
它们把根须纠缠在一起

这首诗,作于1940年的重庆。诗的原意是用"树"的意象,表现当时国统区从事抗日爱国进步活动的人们"表面彼此孤离而在地下互相联系紧密团结"的精神。这诗全凭意象暗示,诗意一点也没有说破,而当时读者自能心领神会。但是,这首诗从发表以后,就一直以书面语言形式流传下来,对于几十年后的读者,这首诗是不是永远只能有原来的那种历史性的意义,而不可能有新的意义呢?如果它不再有新的意义和价值,它又如何能被人们长久欣赏呢?

诗,当然不是一过时就失去意义的东西,千百年前的诗,我们到现在也还在欣赏,这是因为诗中所含蓄的精神,永远不会失去意义。即如《树》这首诗,作为意象的"树",它所含蓄的"表面彼此孤离而在地下互相联系紧密团结"的精神,是可以超越作诗当时的情况,超越作者的原意,而在后来不同时间环境下不同个性的读者心灵中,继续引起情感共鸣和精神感应的。假如南非的黑人读到这首诗,可能有对应于他们自己反对种族歧视的斗争生活的领会;那么,当代一些不被重视的青年诗人,借这首诗来表现他们在诗歌领域内各树一帜互相呼应的进取精神,显然也是说得通的。这两种不同领会,就意味着对同一首诗的审美解释,意义迥不相同,但它们都与"树"的精神内涵相对应。可见,一个意象的对应面,可以延展到很宽很远。因此,意象诗在社会读者群体各自的独特领会与欣赏过程中,审美解释的多义性与流变性,就是不可避免的。这也是构成诗歌艺术审美解释难题的重要因素之一。

三、诗中语言"能指"(表示成分)的灵动深邃,与语义"所指"(被表示成分)的随机扩张,是使诗歌审美解释复杂化的因素。

诗是人的心灵情感和想象的艺术表现,但情感和意象构成的诗境,都是用语言表达出来的,诗的直接现实性存在,就是一系列精选过的语言符号。语言符号在"能指"方面的灵动深邃,蕴藏着很大的艺术表现潜能,可以使诗的语义"所指",有一个随机扩张的范围。诗既是心灵艺术又是语言艺术的这种特性,使诗的审美解释变得更为复杂。

例如,宋词中辛弃疾《摸鱼儿·暮春》一词中,语言符号"春"及与之有关的"留春""惜春""怨春""伤春"的情感,都是言非所指、言此意彼的。按照语词常规的意义,"春"只是一个季节的名称,但在诗中"春"的能指范围是并未固定化的。在辛词中,作者原意所指并不是"季节性的春天",而是"政治上的春天"。那么,我们就不难推想,语言符号"春"的能指范围,不是还可以包容更多的"所指"吗?在后代诗人仿效辛词用"春"做表现的诗中,"春"的所指,不是可以由于读者的心境不同而做出许多种不同的领会吗?"春",也可以指"企业的春天""文学的春天""知识分子的春天"或其他什么什么的春天,等等,"所指"会不断扩张。也就是说,审美解释会形成一系列意义不同的说法。

如果说,在辛词中"春"的意象性和"留春""惜春""怨春""伤春"的那些情感,毕竟都只有近似性的象征比附意义,审美解释的有效偏移范围是非常有限的,那么,在现代新诗中,这种限制之被突破,就不能不使人在对诗做出审美解释时往往要因面对疑难而产生犹豫。因为,同一句诗的不同解释,情感与意义的内涵可能有悬远的差异。

例如"高原如猛虎"这样一句诗,可以解释为"高原猛虎般雄劲",这是赞赏的情绪;也可以解释为"高原像一只渴血的野兽",这是恐惧与憎恶的情绪。两者的意义是有悬远差异的。

如果再考虑到诗歌语言运用中双关、谐音、上下文省略等修辞手法,都可以使语意所指发生变化,那么,"春蚕到死丝方尽"这句诗,既可以因"丝"与"相思"之"思"谐音,而在意象表现中隐含着一层暗示的意义;也可因"丝"与"私"谐音,在特殊情况下,借作对"以权谋私"者的讽刺。这虽是摘句寻词的解释,但由此也可见,诗的语义所指,是可以扩张到出人意料之外的。

由是,我们不难推想,诗歌语言的"能指"与"所指"的变动不居,也是形成诗的审美解释难题的重要因素之一。

综上所述,可以知道,对某些运用特殊表现手法的诗来说,诗歌审美解释之出现众多歧义,实际上是难以避免的。即使我们明明知道,"歧义"与"原意"不合,但在诗歌审美过程客观上是一个社会接受群体无限阅读过程的情况下,我们无法否认众多意见分歧的解释,客观地看来,都是"有效性"的解释。"有效性"的范围,虽然是被限制在"对诗的本文内涵能说得通"的范围之内,而不是"无限多义"的胡乱解释,但由于诗永远处于社会无限阅读的过程中,"有效性解释"的范围,就只能是开放性的。

所以,从诗的"客观社会意义"这方面来说,诗的审美解释,实际上不可能有一个唯一的"客观准确性"解释。在社会无限阅读过程中,诗的审美解释,是随读者主观领会而流变的。一切主观欣赏性的解释和借古喻今式的解释,都在"有效性"解释的范围之内,都应该看作是诗的"客观社会意义"的某一显现,也都各有其自身的价值。

那么,对一首诗的审美解释,是不是会因此完全陷入"没准儿"的状态呢?也不,因为,诗作者个人作诗的"原意",是恒定不变的,是可以有"客观准确性"解释的。所以,过去的诗歌评论,常常从作者生平经历、作诗时代背景等方面,去追踪作者"原意"的做法,目的就在于探求对"原意"的"客观准确性"解释。

但是,问题仍然存在:我们评价一首诗,究竟是应以"作者个人原意"的解释为依据呢,还是应以"客观社会意义"的解释为依据呢?

如果仅以"作者个人原意"的解释为评价依据,那么,问题在于:

1.每一首诗的意义与价值,都因此而只能是"当时一次性"的,往后,诗就只具有历史性的意义,不再有现实性的意义。诗之艺术内涵的精神价值,在历时性的审美欣赏中,就不再有新的意义,不再有精神价值的延展与增长。

2.对于某些诗意隐晦"作者用意不明"的诗,如果因"客观社会意义"

的审美解释不足为据，而必须追踪"作者个人原意"，那么，诗歌的艺术审美解释便只能依从专家学者的研究与考据，从而使得诗歌艺术欣赏淹没在研究考据之中，排斥读者的心领神会与主观兴趣，最终有可能导致诗歌审美欣赏的"知识化"与审美解释的"经义化"。

3.诗评家，实际上也是诗的读者，即社会读者群体中之一员，诗评家对诗的审美解释，常常也只是"客观社会意义"的反映，并且，常常带有诗评家个人的心理情趣与艺术偏见。如果把诗歌艺术评论局限于追踪"作者个人原意"的解释与评价，则诗评家个人独特的艺术情趣与创见将无从发挥，诗歌艺术评论将因不能超越原作去作新的探讨从而丧失推动艺术进步性发展的功能，结果，诗歌艺术评论会陷入神经萎缩的境地。

4.追踪"作者个人原意"的审美解释，虽然在大多数情况下，可能探求到"客观准确性"解释，但对于某些非常难懂的诗，仍然会因为前面所述"一、二、三"的种种原因，产生解释者"意见分歧、难以定论"的困难。而且，这种探求往往历时愈久，分歧愈多，终至使"作者个人原意"迷失在各种研究与考据的分歧意见中。"一篇锦瑟解人难"，就是一个历史见证。

由此可见，单纯从追踪"作者个人原意"去探求诗的"客观准确性"解释，也有困难和偏弊。而且，在直接现时性的诗歌评价中，如果忽视"客观社会意义"，就近似于放弃了评论的社会职责，也无益于提高读者的接受水平。在历时性的诗歌评价中，如果完全不重视对作品精神内涵现实性意义的发掘，也近乎漠视读者的接受兴趣，并会使解释流于因袭。

西方的伽达默尔解释学和姚斯、伊瑟尔等人的接受理论，都带有偏重"读者主体"而扬弃"作者原意"的倾向，即强调社会审美解释的流变性而无视作者原意的恒定性。他们的理论，不尽完满，但他们对诗歌审美解释的深入探讨，无疑地对这一领域做出了开拓性的贡献，对我们认识诗歌艺术审美解释的难题，有多方面的启示作用。

中国传统诗学，一般重视作者原意，但也承认对原作精神内涵的演绎及"断章取义"另为新解的合理性。只是,对诗的审美评价,一般都只以作者原意为依据,传统诗学对诗的"客观社会意义"是不重视的。"诗无达诂"之论与"诗有可解、不可解、不必解"之论,都是对诗歌审美解释难题采取"回避、取消"态度的表现,欠缺科学的寻根究底精神。

我们在探讨与认识这一难题的同时,似乎应该做一些关于现代诗歌评论的新思考。我初步想到的,有这样几点:

1.应该确认依据诗歌作者个人原意所作的审美解释与评价,是诗歌作品的"元评价"。"元评价"是当时性的,与作品随时间流变而增长的客观意义无关。

2.确认诗歌本文及其客观精神内涵,是判断社会接受过程中读者的审美解释与评价是否有效的依据。凡是"有效性"的解释,即意味着是诗的"客观社会意义"的显现,依据"有效性"解释所做的评价,是有效的"社会接受评价"。"多义并列、评价参差及意义随时间而流变"的现象,应视为"社会接受评价"的正常现象。"社会接受评价"是在扬弃了作者个人原意的准确解释以后,才出现的,故与作者创作动机无关,只以作品本文为评价对象。

我认为,在诗歌评论工作中,如果确立上述两点思考所表述的基本观念,也许就可说是在审美解释难题面前,有了与之相适应的对策。这是因为:第一,对"元评价"与"社会接受评价"做出明确的区分,可以解除诗作者对"社会接受评价"可能曲解原作本意的心理负担。第二,发展对诗歌本文"客观社会意义"的探索性解释与评价,有促进诗歌艺术价值随时代演进而在流变过程中继续增长的积极意义。第三,有利于诗歌评论工作既保持实事求是的科学态度,又能与时俱进地探索诗歌审美解释的新问题,在既不株守传统又不盲从外来诗学的独立思考中,逐渐建构较为合理的诗歌接受理论。第四,辩证地考察诗歌审美解释有作者原意可做"客观准确性"解释与社会接受可能产生"主观流变性"解释的两方面,可以澄清把诗完全看成"诗无达诂"或"无限多义"的观点,从而把对问题的探讨推进一步。

这个问题,希望能引起诗人与诗学家共同探讨。

1991年12月　改定于卫星湖

载《诗刊》1992年第4期

关于诗是"独立世界"的思考

有这样一种"诗歌观"认为:"诗是一个独立的世界(尽管它与现实社会生活与人的诸种精神形态具有千丝万缕、难解难分的联系),一个以创造性的语言为媒介的直观的、情感与表象的世界。在这个世界中,人的情感、欲念、憧憬、意绪,人在客观真实世界中无法完全实现的本质力量得到了创造性的展示,诗架起了从有限到无限,从必然到自由的桥梁。"①

应该承认,这个观点,有相当合理的一面,因为诗中所表现的世界,是诗化的艺术化的世界,与现实世界不同,即意味着有相对独立性。但这是大家都承认的,不是这种"新的诗学观"与众不同的特殊之处,所以,持这种诗学观的诗论家又补充说:"新的诗歌观必然带来新的诗歌感受方式,这种新的诗歌感受方式的最鲜明特点,就是其超验性和超感性——诗人作为一个造物主,他在创造着永恒,创造着美(而不是在临摹着什么)。"②

所谓"超验性与超感性",大概泛指一切幻觉的虚拟的,即非现实世界所有的东西,说明诗人作为"造物主"是在创造一个艺术想象的世界。这个世界之所以是一个独立的世界,后面括号里的一句话,把这种诗歌观的一个否定性目的说得比较清楚,就是因为:诗,不是在临摹着什么,说明这种新的诗歌观的主要特点,在于反对一切"临摹"。这"临摹"指的是什么呢?我想,也就是现代主义诗学经常指责的"摹写生活",即指文学现实主义的一个特征。

---

① 李黎:《诗是什么》,《诗刊》1989年第1期,第10页。
② 李黎:《诗是什么》,《诗刊》1989年第1期,第10-11页。

但我认为,这里实际上包含着部分的误解。文学现实主义,在小说之类的叙事文学领域,强调反映现实与细节描写的真实性,说它"摹写生活"是有道理的。但它也并不全是死板的"摹写",它在"摹写"中也融入了基于爱憎情感的想象,也能创造理想化的新人。至于说到诗歌这一抒情艺术领域,则现实主义关于诗歌反映现实的主张,显然并不是说诗歌也只应像小说那样去"摹写生活",而是主张着力于抒发现实生活中的真情实感,也并不排斥意象化或理想化的表现手段。不过,现实主义的诗学,确实是一般地强调"现实性""真实感",而不重视"超验性""超感性",即所谓主于真而不主于幻。

过去,现实主义与现代主义之争,常常在这一点上形成互不相容的对立:现实主义攻击现代主义"逃避现实",现代主义攻击现实主义"摹写生活"。一个说:"你没有真实性!"一个说:"你没有创造性!"对于这种文学流派的是非之争,究竟谁是谁非,是很难做出绝对性判断的。依我看,也许有一时一事的是非,却很难说在任何时空条件下,谁永远是,谁永远非。因此,我认为,在现时,在新的历史条件下来探讨适应中国现时的诗学观,我们不妨把历史的是非与流派的偏见,暂时放在一边,不再纠缠在老问题上,只就今天的现实需要,来做实事求是的探讨。这样,也许较易于把问题的探讨提高到一个新的层次,推进到一个新的阶段。

我们现在所处的时代,是社会大蜕变的时代,是一个改革与开放的时代,诗人和人民一样,都是在历史形成的现实基础上向前开拓。因此,我们无可避免地对过去的历史有继承也有扬弃,对未来的前景有试探也有幻想。我们这一时代的诗歌,不管诗人自觉或不自觉,都会或多或少地表现出这种精神状态。所以,诗人们无论是强调批判地反映现实,或是强调迷狂地憧憬未来,都可以在我们这一时代,找到充分发挥自己才能的艺术领地。因而,不同的诗学见解,也可以找到共同的精神交汇点。这就是说,在我们现在的时代条件下,过去西方和我国历史上那种不同文学流派壁垒森严的对立,已无必要,各派文学(当然包括诗歌在内)可以在多元互补并存共进的情况下,趋向"改革现实、创造未来"的共同目标。我们所必须共同维护的,就是要珍惜这多元并立"百花齐放"的文学广场;我们要一致反对的,仅仅只是那些"极左"的、封建的遗留和违反我们改革现实这一共同目标的东西。

基于这样一种认识,我认为,在诗学观念上,现实主义与现代主义的互相排斥,实际上只意味着一种诗学理论旧有矛盾的僵持,是诗学落后于时代的现象。时代需要的,是旧有矛盾的双方,在自身变异与进步的过程中,各自扬弃自身的主观偏狭性,向互竞互补并存共进的新诗学观念过渡。

这个新的诗学观念,在美学上应该是多元艺术全面开放,各自依据其所遵循的艺术原则进行美学的衡量。但同时,也依据各派艺术的共同目标(即为中国人民和世界人类美好未来促进人的生活与精神境界的提高),确立对各派诗歌艺术进行评价的"人学"尺度。

因此,我想谈一谈"诗是一个独立世界"这个观念,不仅有它自身的矛盾和局限性,而且,还有着不利于诗歌艺术发展与提高的缺陷。

第一,这个观念有偏狭性。

强调诗是"独立世界",强调诗是"人在客观真实世界中无法完全实现的本质力量的创造性展示",很容易造成一种否认诗人可以在现实世界中,通过诗歌艺术创作参与改革现实的错误理解。事实上,人的本质力量在诗里面的创造性展示,并不一定全都只能在"超验性和超感性"的艺术幻想中去实现,它更多主要依托于客观真实世界,只部分地借助于艺术想象,就可以把力量展示出来。例如,诗可以用《第五十七个黎明》《将军,不能这样做》那样的方式,把诗人心灵中的情感艺术地展示出来,去推动现实的改革。这样的诗,它与现实世界有紧密的联系,并不成为超离现实的"独立世界",它仍然是诗,是好诗。

第二,这个观念没有价值尺度。

强调诗是"独立世界"与"超验性和超感性的感受方式",结果,会给诗人和诗论家自己造成一种困难和矛盾。因为,对一个"独立世界"里面那些"超验性和超感性"的东西,怎么拿现实世界里的美学尺度或人学尺度去衡量它呢?如果没有一个评价诗歌艺术优劣的尺度,艺术都成为"不可比"的东西,艺术又怎样向美的高峰上攀登呢?如果那"超验性和超感性"的东西,可以用现实世界上真、善、美的尺度去加以衡量,那不又证明诗并不是一个"独立世界"吗?这是这种诗歌观无法解决的困难和矛盾。

事实上,在一些古典诗歌名著中,诗人所创造的虚幻的所谓"独立世界",我们是知道一些的。但丁的《神曲》、歌德的《浮士德》、拜伦的《该隐》,都展示了一个神化的、幻化的世界。但那里面的"超验性和超感性"的东西,古典诗论和文学史上,通常都是把那个"独立世界"看作是客观真实世界在诗人心灵上的投影,即只有相对独立的意义。因而,人们在研究这些古典名著时,总是努力去领悟诗中那个艺术想象的世界与我们现实世界的精神联系,从而领悟了它的意义,并用现实世界的人学尺度、美学尺度去衡量它。就是说,并不把它看作是与客观真实世界无关的"独立世界"。要不然,"诗是独立世界"的观念,在古代就已经有了,不会到今天,才成为青年诗论家的"新"的诗学观。

现在诗论家所提出的这个"独立世界"观念,当然不是特指上述那些古典诗歌名著中的神化幻化世界,而是指言诗歌创作的普遍情况,即谓每一首诗都是一个"独立世界"。但这仍然并不是一种新的诗歌观,而是与弗洛伊德"诗是白日梦"那个旧观点近似的。而弗洛伊德的那个观点,就正是一个没有价值尺度的观点,所以,美国的符号论美学家苏珊·朗格在评论弗洛伊德这一观点时说:"这一理论却未能为艺术的优劣之间的区别提供一个真正的解答。"(转引自朱狄《当代西方美学》。)

第三,这个观念没有审美归宿。

诗歌艺术并不是诗人个人的私事,它是通过社会群体接受而产生心理感应,从而在促进人的心灵情操、精神境界提高的审美过程中获得审美效果的。西方现代的接受美学,尽管有些观点我们并不完全同意,但它认为任何艺术作品的艺术功能都是通过读者或观众的接受而实现,这却是合乎实际的。并不只是诗人的"本质力量"得到"创造性的展示"便是诗的归宿,诗中那些"超验性和超感性"的东西,必须通过语言媒介,由社会读者群体在审美欣赏过程中做出心理反应,才算是有了归宿。因此,诗中那些"超验性和超感性"的东西,在社会读者群体的艺术审美过程中常常是要转化为现实社会生活中可验性、可感性的事物或精神内容,才能被接受领悟。诗要"架起从有限到无限,从必然到自由的桥梁",每挪动一步,都要通过"人"才能实现。而过分强调"超验性和超感性",有时甚至会给社会群体的接受造成心灵上的隔膜,这是不能不注意的。

基于上述的几点理由,我认为,作为一个流派的艺术信念或艺术主张,诗人和诗论家可以有他个人的自由,但如果要把"诗是独立世界"作为我们时代的一种普遍适用的新的诗学观来推行,则显然是不合适的。

诗之不能是"为诗而诗",我有一个简单的(也许还是笨拙的)看法:诗,是人写的,写给人看的,通过别人看了受到感动而在人类社会上起作用的。诗之不能"独立",不是"为诗而诗",就因为诗有一个为人服务的目的性。没有人际的情感交流,不会有诗。

有一种专门研究"诗歌艺术本体"的理论,对诗之为诗的各个艺术环节进行研究,不为无益。但如果像有一位理论家指出的那样"遗弃了人",则那种"艺术本体"也只是找不到人身依附的艺术幽灵。只有人,才是诗歌艺术的主体,也只有人,才是诗歌艺术的目的与归宿。诗,不是"自在"的,不是"独立"的,是"为他"的,即使"自我表现",也只能是"自我"用艺术语言在与"他人"的情感交流中做"表现"。我很惋惜有一些极有才华的青年诗人,为一些"自在""独立""纯艺术"之类的理论,迷住了七窍玲珑之心,花很大精力去写一些在语言情感上都与社会接受群体远相隔绝的诗歌,以致弄得现在出现一种所谓"诗人写得热闹,读者看得冷淡"的畸形现象。

艺术的更新,打破僵滞的"统一规格、平均面孔"是必要的。在任何时代,诗歌界都会有一部分"曲高和寡"的艺术"先锋",也是不足怪的。但有的诗歌刊物硬把"诗写得别人看不懂了,就进步了"作为铭文似的印在扉页上,则我实在不懂其中奥妙。有的诗派,主张诗人用"前文化意识"写诗,但他们写的"宣言",却全部都是"现代文化意识"的语言,并没有用"前文化意识"的"非非语言"来写。这类使诗迷失为"人"目的性的努力,我认为只是耗散精力于无效劳动,即或能炫奇于一时,终归是做不出成果的。

诗,只有在"为他"的关系中,才获得了"自我"相对独立的位置,如果把诗强调到一个完全只为自己做表现的"独立世界",则现实世界上就反而会没有诗的位置。据科学家说,星球在空际的位置也是相对的,也只有相对独立的意义,完全独立的东西,在宇宙间不能存在。这些科学常识,是不是也值得诗人和诗论家去做一次艺术的沉思呢?

在诗与人的关系上,我希望诗人和诗学家在探求现代诗歌艺术真理的时候,也不要忘记古希腊哲学家的一句名言:人是万事万物的尺度。

1988年5月12日　卫星湖
载《诗刊》1989年第2期

意象新探二例

意象手法在诗歌艺术中的妙用,已引起了诗歌爱好者较为浓郁的兴趣,因而也有了从理论上去进行探讨的要求。我觉得,叶文福的《钟乳》与北岛的《诱惑》,可以看作两个各具特色的例子。把这两首诗做一比较,可以窥见意象手法的运用,有它自身的特殊规律。

一、叶文福《钟乳》

《钟乳》诗很短,只有六行:

友人送我一石钟乳
我爱它一滴一滴凝成非凡的气度
我把它摆在桌上细细地观赏
蓦地,听见它深情地倾诉
——十万年后,我该是一架大山
人类的爱,是我的痛苦

这诗,托于石钟乳的物象而抒发出一种"不甘于作小摆设"与"不受人怜"的积愤与沉思,含蕴是很深远的。诗中不仅反射出作者的心灵烙印,而且,展示了对人生哲理的憬悟。诗短而精,对石钟乳的描述,只有"一滴一滴凝成非凡的气度"一句,勾勒出物象的精神特征,而并不细致地摹写它外在的形状与色彩,就是说,只用那一点做成"意象"。

人们常常谈论,诗要用形象思维,但有时却忽略了诗中形象的特性。诗中的形象,不仅与绘画用线条色彩来具现的形象不同,它与散文、小说中以语言描绘提供可想见的视觉形象也还有很大差别。诗,往往并不提供可见与可想见的视性完形形象,而只提供心灵感受的"意象"。意象是可感而不可见的,它只给人以某一特征概念的感受,来启发人的心灵情感。

在叶文福的这首诗中,"钟乳"这个实物,究竟是长的、扁的、尖的、秃的、峰形的、峦形的、多孔的、光滑的、乳白色的、灰黄色的……都被略去,因为那与诗无关。与诗有关的只在那"一滴一滴凝成非凡的气度",使人感到这石钟乳是一个由卑渺向宏大不息前进的自然生命,这是诗人心灵所寄托的"意象"。由此可见,在诗的形象思维过程中,意象的诞生,只是客观物象中某一点为诗人艺术目的与心灵意念所指向的特征,融会于心而结成"意象",它并不需要对实物可见形象做过多的摹写与陈述。因此,它是非视性的,非完形的,可感而不可见的。

在《钟乳》诗中,诗人所要表达的情感,主要凝集于"十万年后,我该是一架大山/人类的爱,是我的痛苦"这两句中。诗人是通过"蓦地,听见它深情地倾诉"这一出神状态,把自己的心灵情感移入钟乳,然后,把物化于钟乳的情感,作为自己艺术观照与表现的对象。这就是这种意象手法运用的规律。

意象手法,在东方和西方都起源甚古。它经过了漫长的艺术实践的历史时期,才逐渐具有了较为完整的理论形态。在我国传统诗学中谓之"神化论",在西方现代诗学中谓之"移情论"。立论的基点不同,对"意象"原理的解释,却是基本相通,大致相近的。

从《钟乳》诗中可以见到,诗中"意象"是以意取象,借物寄情。而所"取"所"借",仅仅在于所必需的那一点。因而,这就有利于把诗写得含蓄、精炼。诗短,而容量却相当大,是由于诗有多层的含义。

首先,这诗所表现出来的第一层意义,是人格化的石钟乳有一种"不甘于作小摆设"与"不受人怜"的情绪,这在诗中是凸现得很明白的。其次,如果我们进一步探究,它为什么会是这样?我们就可以深入一层,体会到钟乳的处境:钟乳由于被人们爱赏,以致被人为地割离了它所赖以自然生长的环境,失去了自己的生机,成为人们的玩物,从而陷入了一个再也不可能成为一架大山的绝望境地。这处境是不由它自主的,是它无力改变的现实,与它那被爱、被欣赏、被置于引人注目的地位,恰巧形成尖锐的矛盾。钟乳的这种处境,也就表现出诗人的心境。更进一步,我们就可以从钟乳那遭遇和命运得到一种启示:钟乳,当它在大自然中自由自在地生长着的时候,它是不被人爱重的,它的生命力微弱,要耐心地等到十万年后,才能成为一架为人瞩目的大山。作为这样一个存在物,在大自然中的卑渺地位,很容易使它产生出希望被人爱、被人注意、被人赏识的欲念。但是,一旦有人把它从旷野的大自然中拾回,把它摆在受人爱赏的显眼位置,它却发现自己从此失去了生机,再也没有成为一架大山的希望了。因而,它感到这被爱、被欣赏的"小摆设"与"玩物"的处境,是更可悲的,反而失去了原来在大自然中生长的宏大目标。这里给人启示的,是一种足以使人憬悟的人生哲理:虚荣可以丧志,显位可以丧生。

于是,我们从"钟乳"这一意象,一层见情、二层见境、三层见理,领会到了诗中的深层含意。

《钟乳》诗的这种意象手法,可以看作是对中国传统诗歌艺术方法的继承和发展,其特点是:1. 诗中作为主题象征的是一个实物,主要表现技法是"物的人化"和"人的物化",也就是说,在意象构成的方式上,是以

"借物寄情、托物言志"为其基本特点。2.诗的主题内涵,在诗的语句中隐约可见,但它是含而不露、说而不尽的,留下了深长韵味与思索余地,所以,在语言表达方式上,有一种"含蓄见意、言浅意深"的特点。3.这样的诗,是以客观外在的物象,来表现诗人主观内在的心灵,所以,它是以心物对应的互相谐和,作为艺术的极致,也就是说,在其艺术评价的尺度上,是以"情与境谐、意与象合"为其审美标准。

当然,这都只是就诗歌艺术方面来谈,没有涉及诗中思想情感的社会意义与"人学"的精神评价。这里着重要说明的是,叶文福这首诗,虽是以新诗表现现代生活内容,但在艺术上却大致都与中国传统诗学的创作原则相合。中国传统诗学一般都强调情感是诗的启动力,主题是情感的升华,意象是传情的手段,即所谓根情立意,以意取象,以象传情,传情为主而理在情中。叶文福这首诗,也是感情的分量特重,而哲理的含寓则是较为深隐的。

这首诗,技法纯熟,内涵深刻,含寓着面对人生的严肃思考,可以说是短诗中的佳作。

二、北岛的《诱惑》

《诱惑》共十四行,分为两节:

那是一种诱惑
亘古不变
使多少水手丧生
石堤在阻挡

倾斜的陆地滑向海底

海豚跃过了星群
又落下,白色沙滩
消失在融融的月光中
海水漫过石堤
漫过空荡荡的广场
水母搁浅在每根灯柱上
海水爬上台阶
砰然涌进了门窗
追逐着梦见海的人

北岛这首诗,也是采用意象手法,但主要是借鉴西方现代派的意象手法,诗的内涵,纯任意象暗示,对主题没有做任何说明,全凭读者自己直接从意象所构成的诗境中去领会。

这样的诗,由于它在诗境结构、取象角度、感情色调与表达方式等方面,对中国现时的读者来说都不免有一些新异与陌生的感觉,所以,很多人觉得它不好懂。但比较起来,在我国现时采用现代派手法写诗的青年诗人中,北岛的诗,由于他习用常态的意象和通俗的语言,比起那种用畸变意象与诡异语言来表达的诗,还算是较为容易懂的。

《诱惑》第一节的内容,是对一种说教的象征。诗中语言所表现的(从语气上可以领会到)是老人们对向往大海的孩子们的谆谆告诫:"(你们以为大海有什么好处吗?)那是一种诱惑／亘古不变／使多少水手丧生／(我们现在正在防止海水)石堤在阻挡／(不然的话)倾斜的陆地(就会)滑向海底"。诗中这些关于"防止海水诱惑"的说教,是对社会生活中与之有相似性的一种说教的象征。

这里，用作象征的，不是一件实物，也不是一件实事，而是作者把自己感受到的某种社会现象，通过比喻性的想象，实者虚之，在内心做成那一现象的幻影，然后，用这个幻影去影射实际生活中的那种现象。所以，这诗中的意象，就是这个心造的幻影。对这样的诗，若不从象征影射的角度去理解，那么，对其诗意云何，便会莫名其指归。

诗的第二节，也是用一个幻影式的意象，来作为某种社会心理的象征。诗中用夸诞的语言所描述的，是一个类似"海水漫天、神州陆沉"的梦境。作者用这个"海水梦"来象征持"诱惑论"的老人们的一种心理错觉，同时，即隐含着对这种心理错觉的嘲讽。

这个梦，在诗中被描述得迷离恍惚、滑稽突梯，而又使人感到惊奇和紧张。一开头就突如其来地"海豚跃过了星群"，这太惊人了，即使海水淹没了全宇宙，海豚也不可能跃过星群。(哦——做梦的人迷迷糊糊的感到这可能是自己的错觉，也许只是看到了海豚跃过了星群映照在海中的倒影吧？但他弄不清楚，只看到那海豚……)"又落下，白色沙滩"。(海豚从海里爬上沙滩，在做梦的人错觉中，好像是它跃过星群而落下沙滩，沙滩是白色的)"消失在融融的月光中"(这景象说明海水已经漫上沙滩，沙滩才会消失在融融的月光中)，"海水漫过石堤／漫过空荡荡的广场"(水来得很猛，水势很大，水位很高，以致……)，"水母搁浅在每根灯柱上"(这太可怕！海水漫天而来了……)，"海水爬上台阶／砰然涌进了门窗"(紧张！海水淹到我们住的房子里来了，啊！海水……)"追逐着梦见海的人"(哦！原来这使人惊吓紧张的海水漫天而来和追逐着人的景象，都只是"梦见海的人"的梦境)。

这第二节诗中对梦的描绘，是对一种社会心理，做"梦幻化"的象征表现。梦境从做梦的人的意识流中显现，略去了他的潜意识活动，故诗句之间的接续，有时用"跳句"，像电影的蒙太奇，所以，对于不习惯于欣赏现代派诗歌的人来说，这诗是不易懂的，但如果读者注意到诗的最末一句,点醒了这是一个"梦见海的人"的"梦",那就找到了理解全诗的钥匙。因为,作为"梦"来看,就连"海豚跃过了星群"也是不难理解的。

《诱惑》这诗,也可以由表及里做层层深入的理解。首先,从表层来看,这是用一个荒乎其唐的"海水梦",来作为对"诱惑论"说教的嘲讽,带有幽默的情趣。其次,从深层来看,诗中的每一句话,骨子里都包含着对"诱惑论"的说教的辩驳,比如说人对海有多方面的需要,海对人并非只是一种诱惑;水手在海里并不那么容易丧生;石堤并不能阻挡住海水;陆地虽然看来有些倾斜,实际上却并不会滑向海底……因而,这些说教本身是没有根据的,所谓"海水诱惑",只不过是老人们哄孩子的话。而会产生这些说教的原因,则是由于老人们的"海水梦"。这梦,是由于老人们的心理错觉,演化为自己信以为真的幻象,以致对孩子们的命运和陆地的安全都过分担心,产生了不必要的恐惧情绪。再次,在上述的两层意义之外,诗中还留下了一片空白,好像并没有显示诗人自己的面貌,喊出他自己的声音。但正是在这空白之处,可以想见诗作者的声音笑貌与情怀气概:一个自信能征服大海的、乐观无畏的青年人。

由此可见,这种与常见的意象诗不同的"纯意象诗",在诗意内涵的层次上,是浅层见情,深层见理,象外传心。而且,《诱惑》不仅是"纯意象诗",它所运用的意象手法,还带有西方现代派的那种特点:第一,诗中的意象,主要不是从一个客观实物取象,而是作者把自己的生活感受,通过艺术想象从心灵中幻化出来的。它不是对应于自己的心情,摄取外物特征做成的"实象",而是对应于社会事物,从内心拟想向外投射的"虚象"。第二,诗的主题内涵,全不道破,纯任意象暗示,让读者直接从意象启示中去领会诗意,以达到心心相印的默契为目的。同时,由于作者认定意象就是一切,还故意避免留下说破的痕迹,以"羚羊挂角、无迹可求"为艺术的极致,所以往往还特地用朦胧隐晦,甚至是恢诡谲怪的语言来表达。第三,在诗中,作者自己的情感意念,全都是隐没在意象中的,只有在诗的全部意象之外,诗行结构的空白之处,才可以想见那不露面的作者的精神面貌与心灵信念。

《诱惑》这样的诗,不重抒情,倒像是偏重启示某种事理,是以理为主,理居情上,情浅理深,情随理显。有些青年诗人,说这样的诗是一种"智力结构",也有一定的道理。不过,诗当然不可能全凭智力启动,"智力结构"多半也还是由潜在的情感在起支配作用。但这里倒可以看出一个问题:西方现代派的诗学,有时在理论上强调全凭直觉认识世界,说在诗的创作中可以全凭意象的直觉觅取灵感,也全凭意象的"直觉品"做艺术表现,可以排除理性。这种理论,和意象诗的创作实践,实际上是并不符合的。事实上,一些借鉴西方现代派手法的青年诗人的诗作,非但不排斥理性,有时倒反而是用诗中的全部意象来说明某一个道理,实际上是偏重理性的。

北岛这首诗的社会生活内涵,我认为可以无需多说了,读者可以通过自己的思考来做评价。诗歌的艺术水平与精神水平,有时也不是同一高度,但从《诱惑》这样的诗中,我们多少总可以看出一些当代青年诗人艺术探索与生活探求的矢向,无论作为艺术信息或心灵信息来看,都是值得重视的。

1985年12月17日　卫星湖

载《星星》1986年第5期

低谷的沉思——"第三代诗"的得失

青年诗人杨雪在1989年第1期的《龙眼树》诗歌双月刊上,发表了一篇文章:《诗坛:1988年的低谷》,其中谈到了这样的现象:

一窝蜂潮涌的先锋派诗、超现实诗、反传统诗被感觉诗盖过后,我们只看到内容大同小异的重复、苍白、乏味,这对于作者和读者都是双重的悲哀。

杨雪的这种"低谷"感,可能带有普遍性。我联想起1989年1月的《诗歌报》上,也有篇谈"低谷"的文章:《实验诗:走出低谷》(作者:建之)。那里面有一大段对"第三代诗"歌运动的描述,说:

势若十八路反王的后现代主义或伪现代主义的追随者,不谋而合地发动了非崇高、非优美、非诗、粗鄙化、口语化、充满悖论的反文化诗歌运动,他们反文化、反崇高,反诗,他们反他们自己……这是时代病发出的古怪滑稽幽默调侃的鼓噪与哀嚎……由于缺乏政治宣判的高压和强火力的笔伐墨剿,第三代人冲出最初的断崖以后就渐渐失去了激荡冲腾的能量……唏嘘一声落入低谷是再自然不过了。

在我看来,该文对"第三代诗"的评价并不十分公允,尤其欠缺科学的分析,对"第三代诗"扩大诗歌艺术影响的历史性作用也欠缺实事求是的衡量。但是,那样的描述,是在《诗歌报》上发表出来,看来,"第三代诗"的"后新潮"泛滥一阵之后,留下了一个诗歌艺术的低谷,这已经是大家不再讳言的事实了。

也是在《诗歌报》上,看到过诗人徐敬亚写的《历史将收割一切》。他在文章里面对"第三代诗"的历史成果做了肯定评价,并对它的"后现代主义"艺术特征做了概略的说明,他把"第三代诗"的特征归纳为"反英雄"(包括"非崇高""非庄严")和"反意象"。

我觉得徐敬亚的归纳,虽然未能全部概括"第三代诗"的特征,但他把"反英雄""反意象"作为"后现代主义"的主要特征,仍然是合乎实际的。

按照徐敬亚的意见,并不是一切现代诗都可划入"第三代"。石光华等人的"汉诗"一派,他认为是一种"新传统主义"现代诗,不属于"后现代主义"。那么,我想,廖亦武、杨远宏等人的"实验诗",实际上也只是后意象主义现代诗,也不属于"后现代主义"。这样一来,我们现在谈论的"第三代诗",就应该界定在以"反英雄""反意象"为主要特征的"后现代主义"诗歌范围以内,而把原先"现代诗大展"中被卷入或误列入"第三代"的现代诗除外(这一点,与杨雪、建之的观念有些不同)。

这"第三代诗",即指经常运用"随意性、口语化"和"反讽"手法作"冷抒情"表现,以"非崇高、非庄严"风格出现的诗歌。这样,我们把"第三代"这个原本有些模糊的概念,先做一个界限的划分,看来是必要的。

我看过一些"第三代诗",其中,如尚仲敏《钢铁是怎样炼成的》,用随意性口语化的反讽,表现当代大学生中的一种怀疑、厌倦、使不上劲、豁不出味、无可奈何、欲笑不得的复杂心态,确有他独擅之处。因为那种心态,是很难用意象表现的。可见"后现代主义"的"反意象",自有其联系于"非崇高、非庄严"精神目的之妙用,并非全是无因无由的闹台锣鼓。

程蔚东的《朋友状态》(载《星星》1987年5期),以深度的幽默,闪烁的语言,表现出一种淡化了的内心隐忧的忧患意识,颇有一些在清醒的倦怠中睥睨世事的风味。这样的诗,淡而实深,隐而可见,也并非无动于衷的凑趣。

李子的《故事第三回》(载《星星》1987年8期),用反讽与讽刺相结合的手法,表露出淡化和倦怠化了的日常生活批判意识,明显地是压抑着的民主情绪的反弹,即使用规范性的政治尺度来衡量,它也是有正面意义的。

像这样的诗,虽然不算艺术精品,总不能说它是"无意之作"。当然我的视域非常有限,但仅就上述这几首诗来说,我也可以判断,"第三代诗"并非全无佳作,也绝非没有有才能的诗人。所以,对"第三代诗"陡然"崛起"陡然"滑落"这一现象,我们应该做一次"低谷的沉思",而不应单纯地责难和讪笑。

我认为,上述的几首诗,之所以可算是"第三代诗"中较好的作品,主要是在于其精神内涵,近于现实性的平民意识。虽然它表现为消极倦怠的"非崇高"状态,但那是由于诗人现实性觉识到自身"非崇高"的平民地位,因而只限于表现了平民的"非崇高"心态。在精神实质上,内心潜隐的忧患意识仍然是"庄严"的而不是"非庄严"的,这不同于某些牵强地把现实"荒诞化"而完全采取"玩世不恭"态度的诗。

这里,可以拿李钢的《明天》(载《星星》1988年1期)一诗做比较。

李钢是川渝的名诗人,这里有必要多说几句。李钢前期的诗,热情澎湃,才华横溢,但艺术手法是传统的直言抒叙,侧重传情感染,诗风狂放少变。稍后,他的诗渐趋向于自我中心的浪漫抒情,有一些较婉曲的感情倾诉。在受现代派影响后,他的诗风起了个较大的变化,艺术手法倾向于"意象化"或"感觉化"的表现,语言隐晦,手法灵动,艺术上明显地进于熟练,但诗的精神与情感内涵,则比前期的诗大为减弱了。而《明天》这首诗,则已经同化于"第三代"的"后现代主义"风格。诗中所谓"明天是一条河 / 在水的形式之外 / 明天是一个季节 / 在所有的季节之外

/明天是一种温度/在摄氏和华氏之外/明天是一种幻想/在一切幻想之外"以及"我们在明天之内/明天在世界之外 之外",整个这首诗所表达的是对"明天"的不信任与只追求"今天"的玩世情调,是一种认为人生荒诞,前路不可知的迷惘心态。这种"非崇高""非庄严"的表现,是对人生目的、现实责任荡然无存的否定,它不是现实性的平民心态,而是超现实的"局外人"心态。拿这首诗与李钢前期的诗相比,可以说,无论在精神上、情感上,都已经发生了逆反性的畸变,艺术上也显得单调贫乏。

从上述不同的例子中,我以为可以探索到"第三代诗"走向低谷的主要原因,那就是"非崇高""非庄严"的口号,在诗歌创作实践中,容易导向对诗歌艺术目的与价值的漠视。因为,"非崇高""非庄严"这样的口号,不仅由于它本身是可做不同理解的模糊概念,而且,它还包含着内在的矛盾。

上述的一些例子,已经表明,所谓"非崇高",有"平民意识"的"非崇高";有"局外人"的"非崇高"。如果用"人和人是平等的"作为"非崇高"的理论基点,那么,"局外人"意识,显然就包含与"非崇高"相悖的精神优越感即"自崇高"心理,这是"非崇高"口号的内在矛盾。就拿上述几首诗中那种"平民意识"的"非崇高"来说,实际上也只是消极性的"平民意识"的表现,如果向积极的方面转化,则消极的平民自卑意识立即会转化为积极的平民"自崇高"意识即"民主意识"。

由此可见,"非崇高"这个笼统而模糊的口号,在众多个性不同的诗人的诗歌艺术实践中,必然会有两极化的"自崇高"心理出现。如果诗人不能由自卑意识上升到"民主意识",则"非崇高"很容易变成一种外衣,里面包着的是"自崇高";而一旦上升到"民主意识",则恰好又是对"非崇高"的否定。这就是说,"非崇高"这个口号,在实践中,由于两极都有"自崇高"出现,它本身会虚化,成为一种虚假的精神外衣。

实际的情况,也是和上述的理论分析完全一致的,打着"非崇高"旗号的"第三代诗"人,几乎每一个都是自视甚高,才气自负的,并没有谁是安于平庸或准备真格"非崇高"一辈子的。有些人的理论并不见得真正"崇高",却是非常爱以"崇高"自命的。"第三代诗"人中的聪明人也许早已有这样一种感觉:"非崇高"这个口号,可能是"自崇高"的理论家造出来指导别人的,而且,这种指导或多或少带有点愚弄的意味。

不过,"非崇高"这个口号,并非没有社会心理基础,它在"第三代"同龄青年人中,确有相当广泛的心理基础。这是因为"第三代"的同龄青年,基本上都是在"十年文革"后走向社会的,由于"文革"的破坏,青年人有很大一部分失去了理想的追求,对世界上是否有真理,是否真有"崇高"的东西,从根本上产生了怀疑,就是说,原先的价值观念,在他们的眼中是不可信的。因此,心灵不免于迷惘,觉得世界上唯一可信的是自己和自己亲身经验过的东西,加上,他们一走向社会,就发现自己现实地处于"小字辈"与低层次的地位,社会上高层中层的位置上,都挤满了白胡子或黑胡子的老年人、中年人,他们没办法挤着爬上去,也不屑于低三下四地去挤去爬。看某些高位上的人,精神上并不"崇高",也促使他们产生出对"崇高"的怀疑甚至厌恶的心理。于是,他们感到自己生不逢时,"来迟了!"好像从内心中萌发出一种与生俱来的失落感,失去了出头的时机,他们感到自身无力,渺不足道,卑微地位平庸生活使他们厌倦,于是,自卑感,厌倦感,形成了心理上的沉重负担,但为了维护自己作为一个青年人的自尊,心理上的"自我防御机制"使他们本能地爆发出对理想、对崇高、对现实的不信任,产生出一种希望世界上一切人都和自己一样的"平等化""平民化"思想。但现实社会实际上不可能立即出现这样的"平等化""平民化",于是,他们想超离社会现实去追求精神领域内的"平等"。认为反掉了"崇高"就可以实现精神领域内无贵贱贤愚的"平等",所以,他们乐意"反崇高",它实质上,标志着精神领域内的"平等化""平民化"幻想。用社会学的语言说,它是一种"乌托邦民主思潮";用心理学的语言来说,它是一种"民主梦游症"。

至于"第三代诗"的"反文化",那原本只是"第三代诗"里一个"派"(非非主义)的主张,后来是凭借"对语言的不信任"这种特殊理论,才得到更多人的附和。其实,所谓"反文化",并不是什么新鲜理论,它是西方"文化造反"和中国"文化大革命"的历史,在青年一代中的无意识心理积淀,一旦触发就会形成一种"反文化狂躁后遗症"。

中国的"文化革命"有过两次:一次是"五四"运动,那是客观历史发展到封建文化的垂死时期,中国各阶层人民及其先进分子顺应历史潮流而掀起的一次真正的"文化革命"运动。它是客观历史条件与社会主体要求相结合的产物。而另一次号称"史无前例"的"文化大革命",实际上是少数人利用社会群体陷于个人迷信的盲目性政治狂热,假借"文化革命"名义制造的政治动乱。它是个人迷信、唯意志论与政治阴谋和社会愚昧相互杂交的产物。"第三代"诗,想在诗歌运动中去"反文化",不仅客观条件主观力量都不具备,而且,根本是无法实践的。这只要看主张用"前文化意识""非非语言"去写诗的"非非"派,其《非非主义宣言》并不能用"非非语言"去写,就足够证明这一点。那只不过是"狂躁"的一种症状。

所谓"对语言的不信任",只要懂得点弗洛伊德精神分析学的人就可以知道,那实际上是由于某些"第三代诗"人,"对自己运用语言能力的不信任",由于心理上的"自我防御机制"而"向外投射",把"不信任"投射到"语言"身上。就和小孩子跌了一跤,不怪自己不小心,却怪那块地"不乖"是一样的。

只要大家都冷静地思索一下,就不难发现,"第三代诗"从"崛起"到"滑落"其所以会在很短时间内形成由高频振荡的噪音到红外线微波式的衰变,主要是由于他们错误地偏执"非崇高"与"反文化"的口号,用一种"乌托邦民主思潮"与"文化造反"的盲动意识作为自己的精神向导,因而,使自己陷入了一种"狂躁梦游综合症"的精神症状。它只能在"第三代"同龄青年人中,唤起基于失落感自卑感的短暂幻想与阵发躁动,却没有能使之持续发展的现实社会条件与群体精神力量的支持。

当然,诗歌界一些人会有不同看法,例如,有些青年人和诗评家,认为"第三代诗"之所以会陡起陡落,一方面,是他们的"反意象",导致了诗歌艺术的贬值,"随意性、口语化"的诗歌,不能满足社会群体的审美需求;另一方面,是由于他们标榜"青年性、民间性、前卫性"形成聚众哗噪的诗歌运动,试图淹没诗坛,因而招致了诗坛传统力量和其他力量的合力反拨。

这种看法,有一定道理,但实际上这对于"第三代诗"的"滑落"来说,只是一些比较次要的问题。"第三代诗"在"崛起"之初,受到过一些阻扼,但随后,它一度形成洪流泛滥之势,并没有受到什么强有力的制约与"反拨",诗坛只是在"第三代诗"退潮之后,才有了从另一些青年诗人中发出的"回到传统""回到现实"的呼声。而且,客观看来,"第三代诗"之"反意象",并不是全无道理,因为,"朦胧诗"崛起后,吸取西方意象派手法推动诗歌艺术革新,虽曾一度形成热潮,但由于他们偏重"纯意象暗示"和用隐晦语言表达,诗写得非常难懂,无形中大量地遗弃了读者,有的"朦胧诗",不经诗评家的"导读"与诠释,就会莫名其指归,后来,"导读"与诠释似乎也只能有一个"诗无达诂"的结局,读者觉得那一切都是多余的。这样,"朦胧诗"艺术价值的实现,就受到了它自身的限制,而且,由于意象艺术有传习方面的困难,初学写诗的青年人感到不好学,发生反感,认为它障碍了青年人走上诗坛的通道。在这样的情况下,"第三代诗"以"随意性、口语化、反讽、冷抒情"作为对"朦胧诗"的反拨,其能得到更多青年诗人的认同,是必然的,也是有站得住脚的理由的。

不过,"第三代诗"之"反意象",其有理由的,应该说只限于反对过度隐晦难以通达读者心灵的纯意象表现,而不应该笼统地一般地"反意象"。因为,"意象"实际上是诗歌艺术表现的一个基本范畴,笼统地"反意象",使"第三代诗"自行缩减了一大片诗歌艺术表现的领地,这显然是一大失误。这一失误,使得"第三代诗"自己剥夺了自己运用艺术想象的手段,陷入了艺术手段的单调与贫乏。"随意性、口语化"只能有助于诗情诗意的自由传达,"反讽、冷抒情"也只能诱发读者心灵的阵性快感,缺少了艺术意象的中介,根本无法满足读者的艺术审美期待,同时,也失去了诗歌艺术蕴涵的深度。所以,"反意象"反得太笼统,结果并不是得失兼半,而是得不偿失。

尽管如此,我仍然认为,"第三代诗"的走向低谷,主要原因,不在于它的艺术手段,而在于它的主导精神。说到底,"非崇高"是和人类本能的主体自尊心不能相容的,所以,"第三代诗"人在"非崇高"的诗歌艺术实践中,无法摆脱自我心灵内在的矛盾,无法祛除自己精神的惶惑,无法建立起坚实的艺术自信,这是"第三代诗"歌不能持续发展,必然自行"滑落"的心理基因。

1989年4月1日　卫星湖
载《星星》1989年第8期

《牧场》与《长干曲》的比较

美国著名诗人罗伯特·弗罗斯特《牧场》一诗,与我国唐代著名诗人崔颢的《长干曲》中的两首,在艺术风格和艺术手法上,有非常明显的相似之处。我想,从这两者的比较中,也许可以窥见东西方诗学对诗歌艺术规律的某些共同理解。

《牧场》一诗,据《美国现代诗选》编译者赵毅衡在译注中的介绍,是弗罗斯特《自选集》和《诗合集》的压卷之作,全首八行:

我去清理牧场的水泉,
我只是把落叶撩干净,
(可能要等泉水澄清)
不用太久的——你跟我来。

我还要到母牛身边,
把小牛犊抱来。它太小,
母牛舐一下都要跌倒,
不用太久的——你跟我来。

这首诗,不用一点形象的描画,把诗的情境和诗中人物的心灵品性,全都在人物所说的几句极为平淡素朴的语言中表现出来,含而不露,自然灵妙,在西方现代诗歌中确实是罕见的佳作。

作者并没有点破诗中人是何许人,但只要一看她对小牛犊是那么温情怜爱,就可以知道这是一位在牧场工作的女性。作者并没有描述诗中的情境,但那"不用太久的——你跟我来"一句话暗示出,在她身边站着一个亟待和她聚会谈心的情人。作者对这个女性并没有一个字的评语,可是,从诗中透露出她在情人在身边等着的时候,还要去清理水泉、把落叶撩干净、把小牛犊抱来,她显然是一个诚实勤劳而心地善良的人。而她一再用"不用太久的——你跟我来"这样的话,去安抚等待得焦急的情人,又显得她是何等温情,何等珍惜那与情人聚会的时间。整个这首诗,没有一个多余的字,可谓精练至极,达到了"自然",而它留给读者想象的空间,却非常广阔。你可以想象,这是一位在牧场工作的年轻姑娘和她初恋的情人的一次聚会,他们只有在工余时间,才能在一起谈心,可是,年轻的情人因为急于要会见她,在她还没有收工时候,就提前来到了,因而就出现了这样的情境。你也可以想象,她的情人,可能是来约她去参加一个舞会或与亲人朋友会面,因而心情是很兴奋很急迫的;而她为了探测情人的诚意,一面推说自己还有事情没有做完,一面却瞅着情人那等得急迫的神情,内心充满了喜悦。这样的诗,在语言之外,留下了可以任凭读者驰骋艺术想象的一大片空白,是一种"寓形于神""空中有象""倚声传情""意在言外"的特殊表现手法。

我国唐代诗人崔颢的《长干曲》,是千载传诵的名篇,其一、二两首,每首四句,也全是"隐泯形象、直写心灵"的艺术手法。

君家何处住?妾住在横塘。
停船暂借问,或恐是同乡。

家临九江水,来去九江侧。
同是长干人,生小不相识。

这两首八句诗,全是一女一男萍水相逢的隔船对话。看来女子是一见到男方就先生爱慕之情,她大胆地打开了"相逢不相识"的僵局,首先发问:"君家何处住?"接着就自我介绍:"妾住在横塘。"她可能是在两船邻近的时候,听到男子的口音,也可能是看到男子的装束有乡土风味,但她毕竟还带着陌生的羞怯,所以:"停船暂借问,或恐是同乡。"一个"暂"字,一个"或恐",都把那希望亲近又怯于陌生的柔媚之情,刻画得惟妙惟肖。男方的回答,首先是把自己家里住的地方和自己常常往来的行止路线告诉了她。"家临九江水,来去九江侧。"这话潜在的意思是:你在这些地方很容易再遇到我。显然,他也接受了这爱情的试探。接下去说"同是长干人,生小不相识",表达了一种同乡的亲切和对幼小时没有能及早相识的惋惜之情,也表达了心灵的默契。

这两首诗,也给读者的想象留下了非常广阔的空间。你可以想象这女子,可能是初离故里、远适他方、风行水宿、心有未安,所以一听到同乡的声音,便想亲切地攀谈,聊解旅途的郁闷。她对那同乡人心存爱慕,但也许只是无意中的自然流露。你也可以想象,这可能是一个遭逢不幸、沦落风尘、漂泊无依、心灵孤寂的女性,她深深怀恋着故乡的风土人情,早想寻觅一位钟情的同乡人,带她回去,拾回那童年的旧梦。她的言语试探,实际上掩藏着爱的祈愿。同样地,对于诗中对话的男子,你可以设想为一个健壮的船家青年,他的答话,纯然是淳朴的应对,还带有几分腼腆。你也可以设想他是一位温雅的商人贾客,他的答话,是以深谙世故的庄重,克制着内心的喜悦。所以,这样的诗,确实是所谓"不落言筌""不涉理路""片言百意""响外别传"的特殊艺术风格。

从弗罗斯特的《牧场》与崔颢《长干曲》的比较中,我们可以看出,这两者有艺术手法与艺术风格的几点相似之处:

1. 两者都是从日常生活中随处可见而又极难于表现的普通人两性交往间的微妙关系吸取作诗的题材,有重视"人情味"的共同取向。

2. 两者都是弃绝了形象描写与意象隐喻,直接采取用语言声调传达情感的方式构成诗境,在艺术手法上有重视"心理表现"的共同特点。

3. 两者都给诗的读者留下了可以驰骋艺术想象的广阔的余地,又重视在诗歌审美接受过程中,在读者"艺术再创造"的心灵反应中去扩大诗的审美效应的共同特点。

4. 两者都用最精练的语言做表现,在美学理想上表现了有追求"纯情感表现"与追求"诗的无言之美"的共同特点。

5. 两者在艺术形式上,崔颢是采用有严格规定的中国古代格律诗(绝句)形式,弗罗斯特是采用迭唱与自然音节的西方现代格律诗形式,有重视诗的"形式美"的共同特点。

两者的明显不同之处,在于崔颢的诗所表现的是公元八世纪中国古代的民间生活,而弗罗斯特的诗所表现的则是本世纪的西方现代民间生活。两者之间,有一千一百多年的时间差。

那么,从这样的比较中,我们可以得出一些什么样的结论来增进我们对诗学的理解呢?

1. 从相距一千一百多年的中国古代诗歌与西方现代诗歌在艺术手法、艺术风格上有极为相似之处的这种事实,我们可以窥见:我们所认知的诗歌艺术规律,是不受时间、地域与民族界限所限制的,是人类共同的精神财富,任何一个民族对别的民族的诗学成果,都不应采取排他性的"民族文化沙文主义"态度,应该对中西诗学交流的积极意义,有正确的理解。

2. 我们对诗歌艺术规律的认识,在任何时候,都不应该僵固、凝定,应该随着诗歌艺术实践的进程,有新的创造,来增进我们的认识,并在诗学的世界性交流中,开阔我们的视界。比方,从弗罗斯特的《牧场》一诗中,可以看到,他对诗中人物的性别,也全不说破,全从语言情调表现出来,这就比崔颢《长干曲》中毕竟要用"君、妾"的称呼点明性别,有更见精微的妙用。我们对诗歌艺术规律的认识,就可以在中西诗学的比较研究中,有所增进。

3.诗学,在人文科学中是一门独特的心灵艺术科学。由于它是科学,有与其他科学的共同性,即共同的"科学性",但它也有与其他一切自然科学、社会科学完全不同的特殊性,即"心灵艺术性"。在现代,由于我国在自然科学领域和社会科学领域都处于某种程度的暂时落后状态,这当然不能不影响到我们诗学研究的现状。但是,在诗学这个领域,我们切不可以忘记,我们有比世界各先进国家、先进民族远为优越的"得天独厚"的条件,这就是:我国有过约三千年以诗歌为主要文学形式的历史,有过延续达数百年的唐诗、宋词、元曲的"诗歌艺术的黄金时代",我国的诗学遗产特别是诗歌艺术创作与审美的经验性理论,积累得无比丰富,在诗学这方面我们绝不是破落户贫穷的弃儿,我们倒像是还没有学会炼金术的金矿的主人。我们当然需要在诗学的世界性交流中学习现代的诗学理论,但我们不应该完全蔑弃我们民族丰厚的诗学遗产与诗歌艺术创作经验。试看,弗罗斯特《牧场》一诗的基本艺术特点,就是西方现代诗学中"心理现实主义"一派的表现方式,但这种艺术表现方式,在一千一百多年前我国唐代的诗歌艺术中,就已有过崔颢《长干曲》那样的滥觞与实验,可是,我国古代诗学,只把它看成一个独特的例子,有赞赏的评论,却没有从中探索到有普遍意义的诗歌艺术规律。由此可见,我们迫切需要的,是要学会用科学的探讨,更新我国的诗学观念与理论,却不是要把几千年诗歌艺术实践的经验也一起否定。我们既不要"老子先前阔得多"的阿Q式民族自大心理,也不要"外国月亮比中国圆"的殖民地民族自卑心理。在中西诗学交流中,我们要虚心,也要有自信,我们的目的,是学会炼金术以便做金矿的主人。我们应该相信,探索和建设走向未来的中国的新的诗学理论体系,必将极大地丰富全人类的诗学精神财富,促进诗歌艺术的世界性发展。

1988年6月3日　卫星湖
载《中外诗歌交流与研究》1989年第1期

诗学断想（二题）

一、西西弗斯的神话

有人认为,诗歌艺术的命运,就像希腊神话中的西西弗斯故事:他竭力把巨石推上山,但刚到了山顶,巨石就滚下来,直落到低谷,于是,他又必须再做一次努力。这样,一次又一次地推上去、滚下来,形成了一个无限期的苦役。诗人向艺术高峰攀登的一切努力,都像是西西弗斯式的没有成功希望的徒劳。

我觉得,这个希腊神话故事,很可能在有一点上是没有说清楚的:西西弗斯面对的那座山,也许正是像喜马拉雅山那样,是一座在大自然造山运动中不断向上增长的山。西西弗斯之石,每一次从山顶滚下来,再推上去时,他并没有徒劳,而是登上了另一个新的高度。这样解释这个神话,就可以领悟到,诗歌艺术的命运,并不是悲剧性的。

诗的命运,与哲学家们常常谈到的自然命运(天命)、历史命运(世运)都不相同,毋宁说,它是在与"天命""世运"的抗争中,创造与开拓自己的前路。尽管不免于有蹉跎跌仆与落下低谷的苦恼,但诗人的一切努力都不会是无望的徒劳,每一次努力,都会在精神上、艺术上,到达一个新的境界。

有一种"回归论",认为诗在现代的新潮过后,必然会向传统回归。从外表上看,确实有类似"回归"的现象,如台湾诗坛在现代派的高潮过后,出现了向传统的回归;中国大陆诗坛在"朦胧诗""第三代诗"的新潮过后,也出现了"回到古典主义"的呼声。这是不是说,西西弗斯之石终归只能一次又一次地落下低谷呢?我看,且不说诗的回归,不会像整师整团奉命撤退的士兵那么步伐齐一(有的士兵还在坚守阵地,有的已成散兵游勇,也还在打游击,步伐并不一致),即说是大体上"回归传统"吧,它也是带上了新的成果、新的力量来"加入传统",给"传统"带来新色,而且,在新的起点上,会继续推向一个新的高度。

二、尼采的决裂悖论

有呼唤"回归"的声音,也有呼唤"决裂"的声音。有人说,诗应该和传统实现全方位的彻底的"决裂",才会有进步。

诗学,并不是只图快意的口号。诗学的习惯,是面对难题依据实践经验与已有的知识做科学的深思。

"决裂论"是从尼采开始的,但尼采的"决裂论"实际上是"决裂悖论"。尼采认为,一个人要创造性地行动,就必须学会忘却。尼采的"忘却",就意味着和过去的一切决裂。

这种"决裂"的困难,有两个方面。一方面,人是有记忆的生物,成人很难回到没有记忆的新生赤子的状态;另一方面,如果人们不知道什么是"传统",又如何知道应该反的是什么传统和如何去"反传统"呢?要和传统决裂,就必须有明确的"决裂意识",意识到自己是在和什么样的传统决裂,以及为什么必须决裂,如何去实行决裂。于是,就需要对传统进行研究、反省。这样一来,就在"决裂"的行动起步之前,已经回到了对传统的研究与反省,为了"忘却"传统,反而必须对传统理解得更深,记得更牢。于是,"传统"和"决裂"就像粘得紧紧的两块磁石(一个S极,一个N

极),"决裂"的意向不消失,"传统"的内容也不消失。

据说,尼采曾试图这样来解决难题:即把这任务交给下一代"能忘却历史也能忘却创造"的青年人。尼采的意思是:要使下一代的青年人既不知道什么是"传统",也不知道自己是在"反传统",这样,他们就不期然而然地和"传统"没有任何关系,干干净净地"决裂"了。但是,尼采这种既是"天才"又是"天真"的幻想,仍然没有解脱"悖论"的处境。因为,这"任务"要"交"给青年人,必须有个"交"的方法和"交"的过程,必须说明这个"任务"。也就是说,必须通过对下一代青年人进行"忘却历史也忘却创造"的教育,要把为什么必须"忘却历史也忘却创造"的道理,及其要达到与传统"决裂"的目的,都教给了他们,这个"任务"才算是清楚地"交"给他们了。这样"交"的结果,就是在"交"的过程中,已经使下一代青年回到对传统的研究与反省中去了,原先本来不知道的反而都知道了。下一代,再下一代……还是摆脱不了这个"悖论"的处境。

我们中国人,对于尼采的"决裂悖论"有过最切近的实验:"文革"时的"批林批孔"运动,目的就是要和孔老二的传统决裂。"批"的结果,竟教会了很大一群原先并不知道孔老二的人,不仅知道了孔老二,还多少懂得了一些所谓"克己复礼"的道理。而且,"文革"以后,研究孔老二那一套的"新儒学"还忽然又兴盛了一阵。历史,往往在悲剧的结尾,出现笑剧的收场,在"决裂悖论"的笑剧收场以后,什么都没有"忘却"。

这笑剧在诗学研究上还要重演吗?

西方学者批评尼采的"决裂悖论",说他把"传统"做成了一个封闭的圆圈,把"现代"又做成了另一个封闭的圆圈。这批评非常深刻地揭示了历史的连续性、传统的开放性。

我从常识的角度来看,觉得:所谓进步,历来都是指在走过的路的终点上再向前走,才叫进步,并非要把走过的路全不上算,从头走过。谁能把中国五千年历史抹去"从头走过"吗?尼采的"决裂悖论"也无非是历史的产物。

当然，在历史和传统所到达的终点上"再向前走"时，人，可以选择新的路向，可以偏离原先确定的惯性的轨道，这就是实践中的创新觅路，是具体可行的"反传统"，也就是"现代化"的意向。

但从历史连续性与时间的瞬间消逝性来看，任何"现代"的东西，既是从"过去"发展而来，又随着每一秒钟的消逝而成为"过去"。"传统"并不是一个封闭的圆圈，它和"现代"衔接；"现代"也不是一个封闭的圆圈，它向"未来"开放。因此，"现代"的东西，在"未来"终究也要成为历史，成为传统。所以，"现代"的创新，虽然现实是"反传统"的，但从历史宏观地看来，它终将带着新的成果、新的力量"加入传统"，也就是"发展传统"。

如果把视界放开，就可以看到，"传统"也并不只是时间性的，它也有空间性。

中国文化、中国诗学，有中国的传统；西方文化、西方诗学，有西方的传统。它们都不是封闭的圆圈，不可能"老死不相往来"。在文化交流中，不同空间的异域文化，由于质的差异，有时，在中国会觉得西方的是新的，有时，在西方会觉得中国的是新的，加上，中西文化的发展并不同步，在某一时刻、某一方面中国可能是先进的（如造纸术、火药由中国传向西方），在某一时期、某一方面，中国也可能是落后的（如现代科技，中国还落后于西方）。要进步，必须研究外来的"新"的东西，特别是要吸取有利于发展中国文化的"新"东西。这样，由于文化交流而出现某些"反传统"的现象，是不足为奇的，它不可能完全吞没中国传统文化，至多只是为中国传统文化的发展提供参照或加入一些新成分而已。我们没有必要像义和团式的请出关圣帝君的青龙偃月刀来对付洋枪洋炮，也没有必要全部把文庙改建成基督教堂，我们可以选择，在文庙和基督教堂对峙的地方，从中修建我们需要的现代高速公路与立体交叉桥，使文庙和基督教堂都只成为我们的"路"与"桥"的历史纪念物。

传统文化必然会随着时间进程和异域文化的交流而向前发展，它是无法废弃的，但它会变化，会加入新的东西。诗学也是一样。

伽达默尔的现代解释学，把诗学的发展，看作是受传统制约的，同时又是一系列超越传统的更新发展，永不僵固，永无止境。这种现代解释学理论，尽管作为普遍应用于世界事物的哲学来看，它只提供了"解释世界"的方式，而缺乏"改造世界"的确定目标，但仅就它在诗学领域内对历史与传统的看法来说，是比较切合实际的。

现在偶尔还能听到有人说要和一切传统实行全方位彻底决裂的大话，说要做到"苟日新，又日新，日日新"。我想，当三千几百年前的汤之《盘铭》文"苟日新，又日新，日日新"还在自家脑子里占住一个重要位置的时候，又如何能说得上和传统文化"决裂"呢？

可见，这也只是"决裂悖论"的表演。

实际上，"反传统"只能是在现时实现对传统的超越，不是废弃或忘却传统。同时，"反传统"也只是有限的、具体的反对某一种或某一些传统，而不可能反一切传统。十分浅显明白的道理就是：你根本不可能不用传统的民族语言文字写诗。传统之最深远的根基，就在这里，它已经深入你的灵魂和脑细胞，无论是你的诗学或你的"决裂悖论"，都不过是历史传统在其发展中的偶然产物。

1991年10月22日　卫星湖

载《星星》1992年第2期

诗学的龃龉

1.诗学并不是一片宁静的园地,历来都有各式各样的龃龉。

有政治倾向的龃龉,有文化传统的龃龉,有不同意识形态的龃龉,也有各种艺术流派的龃龉。这龃龉永远不会终止。如果终止了,诗学就会变成无发展的停顿状态,就会僵死、衰亡,直至无声地消逝。

因此,不应该幻想一劳永逸地终止诗学的龃龉,应该使诗学在"百家争鸣"的龃龉中获得进步性的发展,以促进诗歌艺术"百花齐放"的繁荣。

也不应该把"百花齐放、百家争鸣"只看作是对诗歌艺术与诗学龃龉的宽容,它实际上是生机所系。它有点像男人脖子上的领带和女人脖子的项链,平日,看似无关紧要的外表美的装饰,但只要扭紧一把,就可以在刹那间断绝人的生命。

2.从三十年代以来,中国诗学经历过"革命与反动"的龃龉,"左与右"的龃龉,"中与西"的龃龉,"传统与现代"的龃龉,"一元与多元"的龃龉,"姓资与姓社"的龃龉。这种种龃龉,客观地看来,对诗学发展都是有益的。只是,在过去政治斗争激烈的年代,无论是诗坛的选择或社会的仲裁,都不能不以政治标尺的衡量为第一准则。这种做法,就某一时期的情势来说也许是必要的,但如果形成了惯性,它就会导致对诗学"争鸣"之过度压抑。有些诗学上的龃龉没有能按"百家争鸣"的原则合情合理地展开,往往是由于诗学之外的原因而弄得半途而废,甚至在一个问题的"争鸣"之前,先已有人依据成见准备好了结论。这种做法。到了改革开放的时期,显然已不能适应了,否则,它很容易导致强压抑与软对抗的僵持,而僵持只不过是无声的龃龉,并不是龃龉的消失。

无声的龃龉是不正常的现象,它非但不利于诗学的发展,也会被视为现代社会文明所力求避免的精神病症。

只有"百家争鸣",公是公非,才最能适应改革开放时期诗学和一切科学发展的需要。因而,首先要重视的是"怎样才有利于改革开放"的时代议题,如果在这一方面也有龃龉,那么,或许是在这一意义上,才有必要说:"防右,但主要的是反左。"

3. 中国诗学从孔夫子起就偏重"诗有什么用"的探讨,所谓"兴观群怨",就是把鼓舞人心、体察人心、聚合人心与激发人心的作用,看作是诗歌艺术最基本的人学"教化"功能。所谓"迩之事父,远之事君",更标明是从社会功利出发的伦理诗学。这种以"诗教"为中心的伦理诗学传统,发展到中国人民的大革命时期,就自然会把诗的人伦教化各方面的社会实用功能简化集中到一点,即革命化的"政治第一,艺术第二",缪斯服从于宙斯,诗歌艺术服从于革命的目的,诗学服从于政治学。

西方诗学从亚里士多德的《诗学》、贺拉斯的《诗艺》开始就偏重"诗怎样写得好"的探讨,说诗是模仿,模仿是人的天性,诗要写得好,要研究诗的原理。《诗学》研究的是"诗的艺术本身",《诗艺》讲述的是写诗的艺术经验,他们都偏重对诗的内部结构与作诗的艺术方法的研究,说诗人要和画家一样,他画的人可以比原来的样子更美,说诗人的愿望是给人益处和乐趣,等等。这是一种从人的爱美天性出发,着意于探讨诗在美化人性方面的艺术功能,以"诗艺"为中心的审美诗学。西方诗学的这一传统,发展到现代,形成了西方诗学与诗歌艺术许多流派争鸣竞技不断更新的"艺术多元"局面。

中西诗学在其远古的源头上就已经有了根本观念与路向的分歧,经过漫长历史时期的发展演变,虽有不少交流渗透,但西方偏重"诗艺"与中国偏重"诗教"的传统,至今仍然是中西诗学最显著的差异。西方有些

"为诗而诗"的诗学理论,根本排斥诗歌艺术之外的社会功利目的,谓之"外在的目的性",认为那是于诗歌艺术美的创造有妨碍的,而中国的诗学则几乎从古至今都把"为艺术而艺术"看成离经叛道或舍本逐末。

有差异就有矛盾,有矛盾就有龃龉,世界各民族同住在一个星球上,各方面的龃龉是不可免的。但除了为维护各自的民族利益、国家利益而发生的政治龃龉容易形成对抗外,科学与文化方面的龃龉(包括诗学的龃龉),都可以采取非对抗的对话方式,通过对话而达到交流与互补。

尊"诗教"何妨也重"诗艺",重"诗艺"何妨也尊"诗教"呢?在把诗从"人学"方面做一元评价的同时,可不可以同时从"美学"方面去做"艺术多元"的分析与评价呢?难道这两方面完全不可以互相结合起来吗?在改革开放时期,眼界放宽一些,也许就可以看到:狭隘的艺术流派意识与僵固的文化传统观点,在我们的这个星球上,正在逐渐地为历史所扬弃,因为,这个星球已经变得很小,而各民族之间的交往却越来越多,随着东西方文化信息的普遍交流,科学的国界、诗学的藩篱都会逐渐变得因失去存在的依据而成为历史的遗迹。

4.模仿论——再现论是西方古典诗学的鼻祖,到19世纪中期,在再现论基础上发展起来的现实主义理论,成了西方诗学的主潮。而在中国,虽然古代诗学曾在艺术方法上把"赋、比、兴"(写实、象征、表现)并列,但从毛公传《诗》,独标兴体,屈子《离骚》,特重象征以后,历代的诗歌大都是推崇比兴,对写实并不十分重视。可以说,象征、比兴是中国传统诗歌最常用的主要艺术方法,在中国诗史上,每逢诗歌艺术不景气的时期,"比兴都绝!"这句话,就是诗学家最深沉的慨叹。

西方诗学发展到二十世纪的后期象征主义,美国诗人庞德从中国古诗吸取了意象手法,创立了意象派,开西方现代主义之先河。从这件事来看,西方现代主义诗歌在其发轫之初,原本是接受了中国传统诗歌艺术的影响,渗进了中国传统诗学的精血。对中国人来说,这种意象派诗歌,应该是没有陌生感的。

可历史是复杂的,它往往糊弄人的耳目,颠乱人的头脑,很轻易地造成误会,很顽固地使误会变成偏执。自从三十年代中国文学受西方现实主义主潮影响以后,现实主义诗学理论就作为一种进步的新潮被推崇,特别是从苏联把现实主义加上社会主义标志,硬性地规定其为苏联文学统一的(唯一的)创作方法以后,中国"一边倒"地学苏联,就也把"社会主义现实主义"规定为中国文学的"最好的创作方法"。与此同时,也学苏联一样,把象征、表现等艺术方法,全都看成"反现实主义"的或"姓资"的东西,长时期地采取批判、排拒或漠视的态度,中国古老的传统被忘却了。

所以,当"文革"以后,一些青年诗人学习用西方意象派艺术手法写诗时,许多在"比兴都绝"的几十年中习惯了看明白如话的现实主义大众化诗歌的读者,觉得不好懂,因而把它叫成了"朦胧诗"。其实,读过中国古诗的人都知道,古诗大多是朦胧的。大概也只有一些读过古诗的人,才会对意象诗产生出一种仿佛"中国传统回归"的认同感,并与因其陌生而有新趣或因其陌生而采拒斥态度的人,都有所不同。当然,"朦胧诗"确有因不好懂而难于为当代读者普遍接受的弱点,这是毋庸讳言的。但我觉得,纯粹把它看成受西方诗学影响而看不到它与中国传统的深远历史联系,是欠缺历史性考察的。

现实主义当然没有什么不好,在中国近几十年的革命大潮中,现实主义的文学(包括大众化的诗歌)在最广泛的人民群众中,产生过极为深刻、极为巨大的影响,有许多作品永照汗青,功不可没,这是必须肯定的。但是,像前苏联那样长时期地一味推崇现实主义,排斥其他诗学与其他艺术流派的艺术形式、艺术方法,非但并无必要,实际上是于社会主义文化的发展有害的。

一种诗学,通常总包含两个方面:一是它的理论,一是它的实践方式

(即艺术方法、艺术形式之类)。实践方式一般都是从艺术实践的成果与经验中提炼出来的,因而都是可以借鉴与吸取的。至于理论,其中又包含两种不同的成分,一是社会意识形态的成分,一是科学成分。对不同的社会意识形态,当然可以采取批判或保留的态度,但对一种理论中的科学成分,则应该是以研究和参照吸取的态度来对待它,才是对的。我以为对待西方的现代主义诗学,一般都可以采取这样一种实事求是的态度。

绝对对立地排拒西方现代主义诗学,无视其艺术成果与科学内容,笼统地把学习或借鉴西方现代主义诗歌艺术手法艺术形式的"新潮"诗歌,全都看成"自由化"倾向,我以为是不正确的。应该重新思索:是不是过分了点?

诗学和诗歌艺术,看来像是很脆弱的东西,任何人的一次挺击,都可以把它打伤。但诗学和诗歌艺术实际上又是最坚强的,它能承受住任何打击,而和时代一同进步、和历史一同发展、和世界共生共长。

1992年8月　卫星湖
载《星星》1993年第1期

诗人的弱点

作诗,通常也被看作一种工作,即"文学工作"。但"文学工作"可以是一种职业,诗人却不是一种职业。认真说来,诗人只有当他作诗的时候才是名副其实的"诗人",其他时候,他和社会上的普通人、三教九流闲杂人等都差不多,也并没有多高的社会地位。有的诗人因为当了官,因其官位功绩而享有较高待遇,也不一定是因为诗比别人作得好。诗作得好,可以出名,但"名"都只是虚名,并无实利。诗人往往要付出毕生心血,才能成名,而这"名"对诗人来说,并不一定就是好事,有时候"名兴谤随",有时候"因名贾祸",大半都因为诗人容易遭到社会的误解。

社会对诗人的误解,愈是在一些最有成就的大诗人身上,愈会留下最刺眼的痕迹。中国诗史上那些最辉煌的名字:屈原、李白、杜甫、白居易、柳宗元、韩愈、苏东坡、陆游、辛弃疾……有哪一个不曾遭到放逐、贬谪、排斥、压抑的厄运呢?几乎每个历史时期,都能列出一长串"不幸的诗人"的名单,他们代表着人间最天真的心灵、最炽热的激情,也代表着不被理解的忠诚、不被珍惜的才能。

不幸的是,这名单还一直延续到现当代,在艾青、胡风和"七月派"诗人,以及公刘等诗人……甚至被公认为严谨的学者型诗人公木的身上,都留有历史厄运的痕迹。

诗人往往是在死后,他的意义和价值,才能逐渐得到社会的理解与追认。所以,当李白说"且乐生前一杯酒,何须身后千载名"时,他的内心是充满矛盾和痛苦的。当杜甫说"千秋万岁名,寂寞身后事"时,他充分意识到了诗人生命历程的悲剧性。

诗人之容易遭到误解,与诗人自身的弱点有关。这弱点是相当普遍地存在于诗人身上的一种共性,通常我们把它叫作"诗人气质",这指的是诗人敏于感受,富于激情而弱于理智的那些特点。

这种"气质",有人认为是天生的,但我觉得,大半与诗人的工作有关,也许,它就是由于经常作诗而养成的习性。因为作诗和其他文学工作(如散文、小说、戏剧等)都不一样。作诗,往往不是从清晰的理性意识出发,而只是从个人一时的生活感受与瞬间的心灵情趣出发。如果说诗人也有较稳态的内在情操,那也是长时间文化教养在其内心深处隐而不显的积淀,与理性的显意识不同。纯粹从理性意识出发,是作不成诗的,至少是做不好的。所以,诗,通常都是诗人情感或情绪活动的艺术表现。单纯用理性意识的尺度去衡量诗,就会觉得它是不规范的、不明确的、夸张的、片面的、杂色的、非常态的意识表现。

诗人工作的这种特点,久而久之就会养成诗人的习性,表现为不同于别人的"诗人气质"。而敏感、激情、直率、狂放、逞性傲物、不计利害、不习惯于遇事做冷静周密的思虑等,在社会上是很容易犯错误的。所以"诗人气质"虽是诗人天真可爱之处,却往往就是他致命的弱点。

《红楼梦》里的焦大,在王熙凤眼里是"没王法的奴才",但从焦大骂府的情况来看,他那脱口而出的直言,一针见血的揭露,俨然以维护道德的执言者自居的气概,处于奴才地位而敢于蔑视主子的民主精神,以及他不被尊重的好心,不被理解的忠诚,实际上也都是一种"诗人气质"的表现。这种焦大型的"诗人气质",其实,就是从"忠而受谤"的屈原、杜甫、陆游、辛弃疾等大诗人那里,一脉相承地传下来的。虽然在聪明人眼里,显得可悲可笑可恶可鄙,但比起贾府中那许多俯首听命逢迎谄媚的奴才来，他的品质是比较可贵的。但这种可贵的品质，也是他致命的弱点。所以，原先太老爷打仗的时候，他虽有过出生入死的功劳，后来在贾府上，也只当奴才养。一旦贾府后辈王熙凤等人掌了权，他就不能避免被灌一嘴马屎的下场。

诗人要克服自身的弱点，首先就得警惕地防止自己身上"焦大气质"的发作。

古代吟风弄月的田园诗人，是比较幸运的，现代专写爱情诗的青年诗人，也是比较幸运的，可现代的评论家，对诗的评价往往侧重社会意识形态的分析与用社会功利的尺度来衡量，对"远离政治""淡化政治"都不甚以为然。可是，一旦与政治过于靠得近，诗人身上的"焦大气质"有谁能理解或谅解他吗？所以，愈是在现代，诗人的处境就愈显得困难了。

什么时候，评论家能理解诗人的弱点同时也是一种可贵的气质，那时，诗的世界，就会是一片开阔的、壮丽的、波澜起伏的大海。

1992年8月20　卫星湖
载《诗刊》1992年第11期

诗人的"蝉蜕期"

一个诗人的一生中,往往要经历三个不同的时期。从初学写诗到能在诗坛崭露头角,这一时期,诗人锐意于超越同辈,表现自我,如新笋脱壳,冉冉出林,可以名之为"新笋期"。随后,由于时代环境与心灵探求的变化,诗人要求超越自我,更新自己的艺术生命,像新蝉蜕壳,响重飞高,可以名之为"蝉蜕期"。到最后,人生观已经成熟,艺术上渐趋定型,就如夕阳返照,余霞散绮,向人世做最后的展示,那就是"晚霞期"了。这三个时期,一般与诗人的年龄阅历有关,但也并不那么呆板,某一时期来得早来得迟及所历时间的长短,各人都不相同。有的诗人一生中诗风有多次变化,"蝉蜕期"很长,可分为几个阶段;也有的诗人,一生中诗风变化不大,"蝉蜕期"不明显。总的来说,"蝉蜕期"是诗人艺术的上升期,有非常重要的意义。

培贵已近中年了,他的第二个诗集《风景树》,可看作是他进入"蝉蜕期"的标志。这集子里的诗和他第一个集子《彩色人生》里的诗比较起来,在艺术表达方式与语言、心境等方面,都有明显的变化。

在《彩色人生》里,他的诗,大多取材于对外界生活感受的咏叹,而在《风景树》里,却主要是对自己的内心情感的抒发。这一"向内转"的变化,使培贵的诗显得深化了许多。当然,这集子里的诗,大部分是爱情诗,诗的情感内涵,无疑是促成这一转变的重要因素。

从语言运用方面来看,培贵显然有一个大跨度的进步。在这个集子里,实写直抒的语言较少,意象化、通感化甚至陌生化的语言,结合于泛隐喻的表达方式,已较为普遍。因而,诗,较富于现代的艺术新色。

例如《入秋之雨》一诗的开头四句:

雁声滴落成雨
几页日历在哭
那支火辣辣的乐曲突然冷却
音符自每棵树上枯落

这意象化与通感化的语言,既新颖灵动,贴切地表达了那种悲怆心境,而又非常精练自然,在语言艺术上,这是不容易的。尽管"悲秋"这个主题从宋玉以来已经过了二千多年,但现代人用现代语言现代方式表现出来,其情感的宽度与意蕴的深度,却都是只能用新时空坐标来衡量的。

另外,这集子里有的诗,似乎是传统句法与现代词汇的参合运用,其情境表现却独具特色。如《背影》第一节:"开始于陌生　结束于陌生／中间　我被你的背影召唤／悄悄随了你／你是我占卜的命运／我是你脚步的跫音";到末尾一节:"仅仅是这样　这样／即使你永不回头／以一朵慈笑向我／我也有了如梦如画的收藏／直到你步入密林／在我突然寻觅的张望里／留下满目树的形象"。这通首的情境表现,似乎非常单纯,只是一种痴憨的爱的跟踪追寻,可是,拉开距离来看,整个诗境又像是白日梦式的想象,"背影"是一个象征。

在《烛光舞会》中,诗人表现他在现代世俗生活中的孤寂,很能凸显他的个性。他眼中的舞会是:"现代色彩从壁画中走下来／给每张脸戴上面具／笑仅仅是表情的饰物／真实的唯有小号　吹奏疯狂"。这以静观动,以冷眼看繁华的特殊感受,显示了诗人的性格。尤其是末尾一节:"我独自静坐／以一句长而细的叹息／垂钓／斑驳纷纷的影子"非常微妙地凸显了不屑于随俗浮沉的高寒心境。

《千千情结》是这个集子里最动人的一组诗,26首如一线穿珠,每一首都是深情凝聚的精品,其自然、亲切、委婉、深挚、清纯、高雅,最能见出培贵的本色。我以为,这可作为培贵的代表作之一。试从这26首中摘取一些句子来看(序号表第几首):

1."我知道你没有失去飞渡激流的信念／随手摘一片竹叶折成小船／递给你一个常绿的祝愿／如果无情的风暴再度袭来／请相信我的胸壁／将为你筑成忠诚的港湾"

3."问哪颗星是照耀你命运的／星辰,我要摘取／亲手戴在你的指环上"

5."世界上只有我和你／但凭着害羞的微笑与害羞的微笑／在水泥长凳上娓娓交谈／而那个最美妙的动词／总是胆怯地躲躲闪闪／于夜幕的后面／于雨帘的后面"

7."让我的吻成为地平线上的太阳／共同创作一个全新的黎明"

12."我差点哭了,却怕／泪水把残存的希望淋熄"

15."云朵一样织满透明的天空／展开无数奇异的幻觉／有些事情往往总是这样／不要说破／想象会给人更多"

23."我怕我们的握手是下雨后的虹／纵然绚丽却是一道虚幻／最终还是无言的一瞥／希望目光如纤／如果你是激流中的船"

在这样一些诗句中,我们看不到任何蓄意雕琢,字字句句都如一泓清水,从心灵的谷口自然流出,全是不假虚饰的真情。常读诗的人都可以体味到,诗的新意妙理、奇词丽句,固然可以生发出引人入胜的美感,但真正使人感动的,毕竟还在于诗中所流露的真挚的情感。培贵诗的可贵之处,也正在于他求美而不事虚矫,求新而不离本色。所以,他的"蝉蜕期"虽然来得较迟,但我们可以相信,他会飞得更高,响得更远。这集子里好诗很多,可惜我无法细说。

中国当代诗坛,有的人死守先人庐墓,不出故居,生怕吹上一口海风就会伤风咳嗽；有的人则一旦穿上时装就只看见镜子里的模特儿，而不知道哪个是我，迷失自我也迷失世界。我想，也许应该张扬一下"蝉蜕"的道理。天地间一切生命，都是经常在自我更新的。松柏之所以长青，也无非因为它年年都用新生的绿叶换去枯黄的叶子，若是不换，自身就会枯朽。蝉，蜕去一层旧壳，就更新了自己的生命，但它的生命更新了，并不失去自我，只是把故我变成了新我。诗人的艺术生命更新，大都与"蝉蜕"相似，看来好像只蜕去了一层皮，但实际上是生命历程中的一次飞跃。

1992年2月　卫星湖

载《重庆日报》1992年9月15日第三版

文学的迷宫与理论的穷途

也许文学本是一座迷宫,不入迷宫不足以言文学。但我有时也不免怀疑,迷宫在很多情况下,可能是由某种理论制造出来的。看了《人民日报》(1989年2月14日)上所载几位评论家关于文学价值观的对话,我心里的这疑团,又一次地被触到了。

我始终猜不透的一个谜是:什么是文学的"艺术本体"?

新时期,在否定了"文学为政治服务"的强制性规范以后,不知是否由于一种心理的反弹,在有些理论家的文章里面,似乎便同时否定了文学服务于人类社会的任何功利性与目的性,倾向于一种"艺术至上"的观点。有的理论家认为,文学的"艺术本体"是全然不涉社会功利的,只有这种"艺术本体"的审美价值,才是文学自身的价值。

按照这种"艺术本体"理论,"艺术本体"自身是目的、价值,而不是工具、手段。如果我们要求文学服务于人类社会,有一个为人类社会求进步的功利性目的,那就是把文学当成了手段,当成了"文以载道"的工具,也就贬低了文学"艺术本体"的意义与价值。

如果我没有误解或曲解这种理论的基本观点,那么,我想,这种"艺术本体"的审美价值观,可能就是近几年中影响到某些文学作品远离社会功利去追求"纯诗"或"纯艺术"永恒价值的意识导向。

在《人民日报》所载的那篇《评论家的对话:文学的价值观》里面,参与"对话"的四位理论家,对文学各有所论,涉及了文学启蒙、民族灵魂的重铸等非常重要的问题,而且,都有十分深刻的见解,非浅学如我者所能穿凿。唯一触动了我的,是四位理论家中,除其中一位正面地强调了文学的社会性、功利性外,雷达、陈思和两位的见解,都涉及了文学的"艺术本体"问题。我感到,从这篇"对话",确实可以感受到当代文艺理论思维的某些脉象。

例如,谈到文学"启蒙"问题,陈思和把"启蒙"划分为两个不同的概念,一种是用文学的手段来启蒙,一种是文学范畴里的启蒙。他认为用文学的手段启蒙,"已经不是文学本身了"。他说:"如果我们的文学作品营造出一个真正美的境界,它或许涉及不到'民主与科学',也不对社会做什么直接的批判,但它能净化、升华人们的灵魂,能使灵魂肮脏的人面对它感到愧疚,受到感动,我认为这也可以说成是一种'启蒙',而且是很高层次的启蒙。"

陈思和的这种见解,我感到似乎没有能说明他自己在划分两个概念时所界定的标准。读者可以提出这样的问题:为什么文学涉及"民主与科学"或"对社会做什么直接的批判"就只是"以文学为手段"的启蒙并已经不再是"文学本身"呢?而文学作品"营造出一个真正美的境界",固然可说是"文学本身"了,但那"文学本身"岂不仍然是以"一个真正美的境界"去充当"启蒙"的"手段"吗?这"文学本身"怎么能避免作家拿它去做启蒙的"手段"呢?

我想要弄清的疑团,主要就在这"文学本身"或"文学本体",究竟是怎样一回事?

在我看来,世界上真实存在的,只有文学作品和艺术作品,都是看得见、摸得着的东西。所谓"文学本体""艺术本体",是从一切文学作品、艺术作品抽象出来的总体观念。所谓"文学的审美的艺术本体",则更是把文学作品的审美艺术特性,单独抽象规定为文学的"本体"。这类"本体"观念,渊源十分古老,是柏拉图哲学的历史遗产。在西方现代解释学美学中,伽达默尔又曾就观赏者对"艺术作品本体"意义的"参与",阐述了一整套"艺术作品本体"理论。不过,上述"对话"的理论家,还并没有涉及伽达默尔美学,这里姑且不要牵扯太多,只就他们所涉及的这个柏拉图式的"本体"观念,来做一点探讨,或者说,来猜猜这个谜。

从历史发展的情况来看,柏拉图的"本体"观念,是一个纯粹理性观念,这个观念,作为理性主义思维科学的范畴,对西方科学文化的发展,起过巨大的作用。例如,西方的理性主义文化,在物理科学方面所取得的巨大的进展,就与他们对一切事物做形而上的思维追求"本体"认识有关。"本体论"早已成为哲学的最重要部分。

不过,由于自然科学与思维科学的发展,人们早已意识到,像柏拉图那样把抽象观念当作先验存在的"本体",而把事物本身当作是"本体"观念的摹本,那是不切实际的。实际上,"本体"观念只不过是从事物抽象而来,因而,脱离实际单纯按"本体"观念去认识事物,就难免不发生谬误。所以,我们不应迷信"本体"观念,而要以科学的态度从实践去验证它,如果能在实践中复制出与抽象"本体"相符合的东西,那就证明"本体"观念是正确的,否则,就是不正确的。

在精神生产领域,"本体"观念遇到了特殊的困难。因为精神生产统摄于人的心灵活动。心灵活动的诸范畴如思想、情感、意志、想象等,只在名称上可以按性质做符号的划分,而在精神生产实践中,它们都是由于心灵内在联系互相渗透而无法划断的。所以,如果要把心灵活动某一方面排除其他干预,单独抽象出来当作所谓"文学本体""艺术本体"观念的内涵,往往不符实际。

比如说,一座"乐山大佛",可算是个艺术品。可是,在善男信女心目中,却只有一个法力无边救苦救难的"佛"的观念,与艺术审美无关。在历史学家眼中,这大佛是佛教在某一时期盛行于中国的历史凭证,并可以从中考见印度佛教石刻艺术对中国石刻艺术的影响。这个观念虽然涉及了石刻艺术,仍然只是一个历史学的科学观念,也与审美无关。如果一个心理学家,看到这大佛屹立于险滩恶水之滨,那么,他可能并不特别注意这大佛建于何年何月,而首先使他敏感到的,倒是佛教徒选定这样一个惊险之处建立起一座安详沉静的佛像,显然是利用它镇定人心的心理效应来作为在民间建立佛教信仰的实用手段。这个观念,虽然有对佛像造型结构的心理感受,但也不是艺术审美观念,只是一个心理学科学观念。只有在雕塑家和美学家的眼里,这佛像才完全是被作为艺术品来做审美欣赏,不管雕塑家是否更注意刀法技巧,美学家是否更注意形神契合,他们对佛像庄严美、静穆美的观念,无疑都是艺术审美观念。

可是,即使如此,雕塑家与美学家的那个"审美观念",仍然无法独立地形成一个与其他观念根本无关的纯粹"艺术本体"观念。因为,对这座"乐山大佛"的审美,首先,是与"佛"的观念联系着的,它的美,不是任何一种别的美(例如说,不是英雄或美人的美),而只是"佛的美"。对这个佛像的审美,无法摆脱人们对"佛"的观念的联系,甚至可以说,这种审美是建立在"佛"的观念基础之上的。其次,这"佛"的观念,也包含一种社会意识,它是在社会生活苦难中辗转挣扎的人们企望得救的意识幻化出来的一个"至善"与"万能"的人格神,所以,它与社会功利,仍然有着精神上(尽管是幻化了)的联系。再次,这个佛像是建立在乐山那个险滩恶水之处,它的美,是在这个特殊的、令人惊骇的地理环境中才突现出来,并且有镇定人心的精神作用即实用的社会功利价值,如果离开这个环境,则不仅它的这种价值将会失去,它的美,也将因失去环境的衬托而大为减损。由此可见,艺术的审美,一般都不能撇开其种种外部联系来孤立地进行,撇开一切,将无法做出切合实际的审美评价。

如果雕塑家和美学家坚持要撇开一切其他观念,对"乐山大佛"做纯粹的审美艺术欣赏,那么,"佛"不是审美对象,"乐山"也不是审美对象,把"佛"的观念和"乐山"的地理环境观念都撇开,剩下来的就只是一尊"石像"。但"石"也不是审美对象,只有再进一步抽象,撇开"石",对"像"做纯粹的艺术审美欣赏。这样,得来的纯粹艺术审美观念,就只能是那"像"的"庄严美""静穆美"之类的观念。是的,这无疑可以说是"纯粹艺术审美"的观念了。但是,"纯粹艺术审美"到了这一步,所得到的"庄严美""静穆美"之类的观念,已经最后地超离了"像",转化成为纯粹抽象的符号性观念、美学观念,它的内涵所指,是包括万万千千同类艺术形象的美学共性。因而,它"本身"是不再有具象性的,即所谓"大象无形"。因而,它"本身"是不可复制的。说得更明白点:一个纯粹的美学共性观念,它"本身"并不能独立地显现,它只有依附于艺术载体,并在各种其他(社会的、历史的、心理的等)关系中,才能把"自身"显示出来。否则,它"自身"不能存在,也无从把握。

一句话:文学或艺术的"纯粹艺术审美"得来的是一个不能作为"本体"而独立存在的观念(纯粹抽象的符号化观念)。我认为,这就是"艺术本体"的谜底。

如果人们要想在文学艺术领域里去追求某一件作品,能完全排除其他非艺术审美的东西的干预,单纯地体现出"艺术本体"的"纯粹的美"或"完美境界",我认为,这也就类似于离开"白马""白石"的具体形象去追求纯粹的"白",纯粹的"马",纯粹的"石"一样,是一种不可实践的纯粹玄想。

特别是当理论家把"艺术本体"观念,从其他艺术领域转移到文学领域时,似乎还没有考虑到文学不同于其他艺术的特殊性。

文学,是不同于其他艺术的一种特殊的艺术,它没有物质载体,是它显然区别于其他艺术的特点。文学是什么样的艺术呢?就其主体来说,它是心灵信息的艺术;就其载体来说,它是语言符号的艺术。文学的"艺术本体"在哪里呢?它只能存在于人类心灵和语言所能做出的一切表现之中。文学作为心灵和语言的艺术,它的难于穷尽与瞬息流变的特性,使它比有物质载体的其他艺术更难于抽象地把握它的"艺术本体"。这是任何理论天才都不能不为之束手扼腕,为之徒唤奈何,为之望洋兴叹的事。

我想说:柏拉图,你害得我们好苦哇!

数典可以忘祖,夸玄可以蔽实。

在我们否定"文学为政治服务"时，原本只是为了摆脱那种"文学从属于政治"的不利于文学繁荣的处境。当时，为了辩明那种强制性教条规范之不合理，不能不强调地说明文学艺术的审美特性，说明文学的政治功能以及信息传播与思想启蒙等方面的文化功能，都要与文学的艺术审美功能相结合，才能由艺术魅力的感性吸引达到心灵共鸣与理性启迪的效果。同时，也不能不更深入一步，单从文学艺术审美在陶冶性灵情操方面的潜移默化作用，说明它合于人类提高与美化自身的进步需求。这在理论上，是经得起实践检验的，也激活了文学的艺术创造活力。但是，否定"文学为政治服务"与强调文学的艺术审美特性，并不意味着文学有一种抽象的"艺术本体"的纯粹审美价值，而且它能无所依附地独立存在于一切功利性目的之外。

不，任何文学艺术作品的价值，都不是单指"纯粹艺术审美价值"。文学的价值是多元复合的，是人学与美学的综合评量。不能割离其他价值因素而把价值单纯归之于纯粹的艺术审美。否则，纯粹的艺术美，就会由于失去对人学精神内容的依附，而使得它的价值难以得到人类社会的确认。

当然，在当今世界，由于人们在美学领域的探索还没有获得公认为可信的绝对知识，许多基本问题一直还在争论。关于美，有说美是主观的、有说美是客观的、有说美是主客观统一的、有说美是实践创造的……一时难于定论。但我想，即使这些关于美的形而上学的探讨没有得出结论，应该也不妨碍我们依据经验与常识判断文学的"艺术本体"是否能够独立存在的问题。常识告诉我们：文学既不可能是脱离人的思想感情的纯粹美的幻想，也不可能是没有逻辑意义的纯粹艺术语言，那么，文学"本身"之不是"纯粹艺术审美"，就是很容易明白的事情。因此，理论家仅仅依据一个把"纯粹艺术审美"属性规定为"文学本身"或"文学的艺术本体"之类的抽象观念，来要求"文学回归文学本身，排除非文学因素"，我想，那如果不是像佛教徒要求现存世界的芸芸众生回归"西方极乐世界"一样困难,至少也不会比物理学家要求世界上的一切水都回归"纯水"的困难少些。

在《人民日报》上发表的前述"对话"中,陈思和曾谈道:"诗和散文严格地说都是不可能负担政治使命的,都是一种抒发性灵的东西;要它们去反官僚主义、反不正之风毕竟不是正常的出路。"同时,他认为:"特别到今天,小说已经成为人们最主要的宣泄工具,艺术的、美的感受丧失了,只剩下把文学当成在其他地方得不到的精神需求的补偿,或者当成社会工具。"

显然,理论家对文学"正常出路"的这种看法,不仅要求文学完全超离反官僚主义、反不正之风的使命,而且要它超离社会、超离生活情感的宣泄与精神需求的满足,以为这样才能避去做政治工具、社会工具、宣泄工具,从而也才能保住文学"艺术本体"的纯粹"艺术的、美的感受"不致丧失。我想,理论家的这种文学价值观,大概已不只是"淡化时代",而是把文学的"艺术本体",提升到了超离人间烟火、超离尘世劫难、超离社会一切悲壮与痛苦的呼号、超离人的一切爱憎怨恶、喜怒哀乐与希望欲求的那样一种"纯粹艺术乌托邦"的纯美境界。

原来理论家给文学提示的"正常出路",恰好就是文学的"迷宫"。

文学的价值从何而来?我觉得,文学的价值,一方面是来源于主体(作家)的艺术创造,一方面是归宿到客体(社会)的审美评价。

文学为什么不再提"为政治服务"呢?那无非是为了争取文学创作的自由。这"自由"是不是为了卸脱一切"政治使命",包括"反对官僚主义、反对不正之风"的现实民主性"政治使命"呢?我以为不然。

所谓文学的创作自由,是作家在从事文学创作时实现主体人格心灵意向的基本条件。作家如果没有独立人格与心灵自由,就不能真正成为文学创作的主体。所以,从文学价值的来源方面来说,作家主体心灵自由,就是文学价值的基础。

当然，作家也必须有足够的文学素养与艺术想象能力，才能进行艺术美的创造，使作品的精神内容融合于艺术形式之中，作品的价值才能充分实现。文学艺术审美价值之所以重要，就在于它是作品艺术质量的标志，但这并不是说，文学创作纯粹是以艺术审美价值为目的。不，相对地说来，作家主体心灵的自由表现与作品的社会时代内容相融合，是作品价值的基础，是目的，使这个目的融合在具有艺术美的形式中得以高质量实现，是手段。尽管在文学作品的艺术创作实践中，内容与形式的构思总是密切结合在一起，难于机械地作第一、第二的划分，但相对地说来，作品的美学目的是人学目的得到富于艺术魅力的实现，所以在这一意义上它又是手段。而且，我们这样说，并没有贬低作品艺术审美在作品价值构成上的重要意义，我们只是实事求是地说明，作品的艺术审美价值不能脱离作品价值基础而独立存在。

古今中外的文学创作历史，大概都可以为这个问题提供事实的说明。最明显的是，一些具有很高精神价值的作品，是用素朴的艺术形式做表现，而其价值不减；一些具有精美形式的作品，却由于丧失作家主体心灵真实，其艺术审美价值不能得到确认。李白所谓"一曲斐然子，雕虫丧天真"，就是对这类作品的评价。

如果把文学价值问题，从艺术创作方面转到社会接受方面来考察，那就更可以看出，社会对文学作品价值的确认，经常是与各个时代的社会功利、时代意识、民族情感、人类共同理想等千丝万缕地联系着的。所谓"艺术审美价值"，无非是和这种种关系结合在作品的独特内容中表现出来的。社会接受群体对文学作品，一般都是整体接受与综合评量，通过艺术审美欣赏领会作品的精神意义，不能设想《罗密欧与朱丽叶》的悲剧美，能够与那种冲决宗族偏见和封建桎梏的爱情理想相分离，也不能责备《阿Q正传》太偏重鞭挞"阿Q精神"而没有排除他的癞疮疤来提供纯粹的艺术审美。因而，就"政治使命"来说，也并非一切政治使命都必须排除在"文学本身"之外，只要不是压抑与扭曲作家人格，使之丧失主体心灵自由的"政治使命",那就不会妨害艺术美的价值创造。作家的创作自由,本质上也是一种民主自由,它与反官僚主义、反不正之风的民主性"政治使命",精神上是一致的。作家在负起这样的"政治使命"时,非但不会丧失主体心灵自由,相反,他会觉得那是自己作为"主体"存在的目的与条件,因而,那使命感会激发其内心奋发的民主热情与崇高献身精神,使他们的心灵自由活动幅度磅礴于天地之间,从而能倾尽全生命的艺术创造潜力,卓越地发挥自己的文学天才,在当今改革大潮中创造出与时代精神和人类理想相结合的具有很高艺术审美价值的作品。

其实,除了文学的艺术审美价值,文学理论也有科学认识、艺术实践、社会功利、人类进步等方面的精神价值,理论的价值也是多元复合的。人类社会之所以在文学创作之外还需要有文学理论,一方面是文学需要认识与反思自身,一方面是文学需要探索及参与人类社会的进步性变革。文学理论之最可贵的品质与功能,在于科学地探明前路。理论工作是艰难的,需要知识也需要勇气。我们如果要在变革的时代置身于理论的前哨,那就也要有理论的时代意识与自觉的使命感。如果我们有意无意地超离时代回避使命,专注于抽象"文学本体""艺术本体"纯粹艺术美的追求,恐怕在虚化文学虚化艺术的同时,也虚化了理论的价值,虚化了自己的主体与人生。

"文学本体""艺术本体"是文学的迷宫,走向迷宫的道路是理论的穷途末路。

据说,古代诗人阮籍曾经在穷途恸哭。我以为不必哭,寻条活路走吧!

1989年5月22日　卫星湖
载《当代文坛》1989年第5期

后记

《广场诗学》后记

这本书终于在我七十岁的时候出版了,我像一头拉盐车上太行的老病疲牛,感到从重轭下解脱出来的松快。但同时,我也感到遗憾:因为我毕竟无法拾回我精力充沛的青春年华,无法把我想做的都一一做到,我对诗的研究,只好就在这里暂时地画上一个句号。如果读者认为我已为中国现代诗学的重构画出来一个模糊的、有许多缺失和舛误的草图,我也已足够欣慰了。而如果这本书能引起青年诗人和诗学家的兴趣,使他们在进一步的研究中,能以崭新的理论思维成果,切实地批判与纠正这本书的缺失和舛误,那就是我深心企望着的中国诗学复兴的征兆。

《广场诗学》原本有一个"大构架"的设想,只是因为年龄、精力以及个人知识与经验的限制,迫使我不得不放弃原来的打算,而以现在的这个样子呈现给读者。就这本书来说,由于我只能着重于对当代诗学中的一些疑难问题,以"去蔽"的精神,做科学的辨析,所以,在其他方面,有许多从略的地方。特别是在语言艺术与不同风格的审美欣赏等方面留下了许多空缺。如果天假以年,也许我今后还能有所补苴,但这恐怕是不能由我做主的了。

"附编——谈诗散墨"所收入的文章,是我近些年在报刊上发表的诗学论文,其中,间有几篇涉及对作品的评论。但其他专于评诗的文章,这里都没有收入,只好待以后另行编辑出版。这里所收入的文章,有的是对当代诗坛重要问题的专题探讨，故有对《广场诗学》做理论补充及互相印证的意义。在收入"附编"时，大都未做修改。

　　为了使这本书得以出版，老友姚北桦、丁又川，曾为我提供许多帮助；青年作家陈伯君曾为我奔走推荐；最后由青年诗人钟代华具体安排了这本书的出版事务，这才越过了"出版难"这一特大难关。谨向他们致以诚挚的谢意。我的妻子袁珍琴，为我写作和出版这本书，付出了许多辛劳，没有她的协力，这件事是做不成的，就让这本书，也作为我们共同生活的一个纪念品吧。

石天河
1993年8月30日　卫星湖

《石天河文集》第四卷
——《广场诗学》后记

《广场诗学》是我的诗学专著,1993年曾由西南师范大学出版社出版过单行本,这次合编为《石天河文集》的第四卷,除校正错讹及有个别字句修改外,其他均一仍其旧。只另写了这篇后记。

我研究诗学,原先本来只着眼于中国古代的诗歌艺术理论。我从小爱诗,通读过中国古诗典籍和很多古代名家的诗集,以及唐宋以来的诗话。20世纪50年代专业从事文学工作以后,就曾想研究一下中国古代的诗歌艺术理论。那时,我觉得,我们一些讲文学理论的书,往往只着重于讲"现实主义""典型环境的典型性格"……把文学艺术的原理讲得很抽象。讲诗歌往往也只着重于讲些"现实主义"与"思想性""艺术性""阶级性""人民性"之类的观念和评价标准,很少讲到各种各样的艺术方法、艺术技巧及诗歌艺术审美的方式,更少有谈到诗境审美和读诗的审美心理情趣等问题。文学理论书使人觉得干巴巴,没趣。其实,中国古代谈诗的"诗话"书很多,内容也是非常丰富的,虽然大部分是经验之谈,其中也有很高明的理论。我想,如果能把中国古代的诗歌艺术理论,结合到我们现在的文学理论里面来讲,一定会生动得多,也有趣得多。我的这种想法,并没有来得及去做,不久,就被一场无情的诗祸打断了。

那场诗祸,使我深深感到中国当时主宰文学命运的那些基本理论观念,几乎完全是从苏联硬搬过来的死板教条。帽子满天飞,实际上都是捕风捉影,并无事实依据。为什么会这样呢?后来,我在二十多年的苦难生活中,反复地想过这个问题。我想,这是由于那种教条化的理论,造成了一种风气:对诗和文学作品不讲艺术审美,不从对作品的实际感受出发,只凭教条观念的"二分法"把一切都划分为"敌我双方",主观武断地去做判决,一棒打死,不容分辩。而且,他们从没有想过:在现代国家,文学作品即使不好,也只是文学批评的事,用政治手段去处理文学问题,只会造成对文学的扼杀。文学作品并不一定都和政治有关,比如对爱情诗,一般就不应该去做政治分析。文学作品即使有对政治的批评,也是不违法、不损害人民利益的,并且,批评很可能是对政治有益的。一不讲理,二不依法,动不动就大兴文字狱,实际上是倒退到封建暴君时代的做法。有什么必要呢? 这种害人的教条,绝不是真正的理论。理论是人的理性思维的高级产品,它应该能遏制残暴,保护文学,为什么会有残害诗人、虐杀文学,好像是专为害人准备的理论呢? 这除了政治偏差,一定也有文学理论自身发展的各种原因,包括社会思想史、文化史、革命史等方面的历史原因。这是应该研究的。

在"《星星》诗祸"期间,四川大学中文系主任、著名的国学家张默生教授,出于爱护青年人的老人心肠,仗义执言,提出了"诗无达诂"的传统诗学观点,来为我们几个受批斗的编辑人员做辩护,反对把诗附会到政治上去批判,说明诗可以有各种不同的解释,作者原意与别人的解释,很可能是根本不同的。为此,他也被划成了"右派分子"。我在监狱里的时候,常常这样想:要是当政的人,略微懂得一点"诗无达诂"的道理,那中国会少出多少冤枉事呵!

不过,"诗无达诂"这流传了上千年的古典诗学观点,到底是不是真理呢? 我也弄不明白。从表面看,它好像是回避问题,取消答案,也好像是为了搁置争议、达成妥协与宽容,甚至它自己也无法把自己的道理说清楚。所以,在"大批判"盛行的年代,它是很容易被强暴而僵固的权力话语压倒的。但是,"诗无达诂"这四个字,它出自古代名家之口,我直觉地感到,它分明是有深度内涵的。这一问题,我想了很多回,脑子里仍然是一桶糨糊,分辨不清。

直到我落实政策以后,遇到了20世纪80年代初"朦胧诗"问题的论战。当时,反对"朦胧诗"的人说:"'朦胧诗'读不懂。"喜欢"朦胧诗"的人说:"诗不应该一读就懂,应该慢慢咀嚼,去品味,去破译,由读者自己在心灵默契中去做出各自的解释。"随之,问题就涉及了诗中意象的多义性和诗歌审美解释"不可确定"的问题。拘于传统的文本观念,开初,我也觉得"不可确定"的说法,好像不合常情,不大有说服力,但是,它又勾起了我对"诗无达诂"的回顾:如果我们承认诗可以有"确定"解释,或只能有一个"最准确"的解释,那岂不是给权力话语的武断开了方便之门吗?而且一经"确定"解释之后,诗岂不都变成了木乃伊,它还能有读者的主观解读欣赏吗?可是,如果认为诗只能任人去做主观随意的解释,完全不可以从分析考察去取得客观公认的解释,那也等于给"乱扣帽子"的"批判家"提供了害人的理论依据,而且,诗的意义与价值,也就在无限纷繁的主观解释中因"不可确定"而迷失了。那么,诗作为一种语言艺术还能用于人际的交往吗?在这样一种为诗歌的解释问题所困惑的情况下,我重读了中国古代的诗话与文论,也读了些外国的文学、美学、哲学理论著作,我才渐渐明白,诗歌艺术的审美解释,确实是一个难题,读者对诗的领会,都只是个人的主观领会,并没有客观确定性的意义。要说诗只能有一种完全准确的解释,那只能是权力话语的武断,但要说诗全凭个人领会而可以否认社会客观评价,那也是很片面的。因为,诗的解释虽然不可能有绝对的、唯一的、终极性的确定解释,但诗歌文本在人际交往与社会阅读感受中所形成的接受反应,一般是有相对确定意义的,那实际上就是一种或几种意义相近的通行解释。从根本上说,诗是存在于不断更新解释的流传中,诗的解释是开放性的。中国古代"诗无达诂"的说法,由于来自读诗的经验,没有理论化,所以说不清复杂的道理。但是,正因为它是从历史经验中来,它在今后历史的任何一个时期,仍然是可以重复的经验,它的内部,确实包含着诗歌艺术审美解释开放性的原理。重要的是,要去研究它,要借鉴西方的理论与方法,去对它做科学的说明。这样一来,我就有了把中西诗学融合起来的想法。

我开始重新研究诗学的时候,看到"文革"以后诗歌艺术复兴的气象,心里很高兴。但随着诗歌新潮一浪一浪地展开,也发现了一些问题。其中特别使我感受得深的是,有不少学诗的青年人,由于"文革"中"停课闹革命"和"接受贫下中农再教育",实际上没有读多少书,文化素养很差,没有关于诗歌的基本知识,甚至造句也不顺畅,但他们心里积压着许多辛酸感慨,有许多话要说,一般就只是模仿着报刊上发表的诗的样子来写,写得差不多像是孪生姐妹一样,甚至连词汇也雷同,"麦子、鸟儿、阳光、星星、小草……"大家都那么写。我当时想,"文革"后,诗歌艺术复兴的希望,只能寄托在青年人身上,他们心中积蕴含着浓郁的诗情,是会发声的,但"文革"给他们造成了一种文化知识上"先天不足、营养不良"的状态,可能会影响他们的未来,也影响诗歌艺术的发展,因此,应该有一部适合青年人阅读的诗学著作,为诗歌艺术的发展,起培养基和助推器的作用。

当时,报刊上谈诗的文章是不少的,不过,在"文革"的极左禁锢之后,乍然开放,人们最感兴趣的是从西方传来的各种思潮所挟带的各种理论。那一浪又一浪的诗歌新潮,都是在西方各种思潮的精神和理论影响下掀起来的。而西方的文化,是一种理性主义文化,人文理论受科学技术日新月异之发展的影响,多半强调理论的更新与反传统。中国的青年诗人受西方思潮的影响,"反传统"的情绪也非常强烈。而他们心中的"传统",一般就是指从苏联传来的"现实主义"("社会主义现实主义"或"革命现实主义")传统,而其实,那并不是中华民族的诗歌艺术传统。中国的诗歌艺术,在封建统治的漫长历史时期,受封建统治思想的熏染,精神上都带有封建思想的烙印,但并不是一无可取,历代诗人在艺术上的开创与经验积累,仍然是一笔丰厚的历史遗产。而且,中国古代诗歌的人道主义、民本主义精神,至今也仍然是不可磨灭的。我认为,从人类文化发展的历史情况,宏观地看来,人文领域与科技领域的发展是大不相同的。科技的发展是更新换代式的,新的取代旧的,故每一步都必须"反传统"才能进步,而在人文领域,文学艺术的发展,却必须有批判的扬弃与合理的继承,才能在历史的基址上,建立起宏大而辉煌的新建筑。我们在诗歌领域内的"反传统",在精神导向上,应该合适地制约在"反对封建主义""发扬民主精神"的方位上,而在艺术上,则应该有对中国传统艺术方法、艺术审美方式与艺术理论的合理继承。所以,我觉得,在"文革"后,西方各种新的文学艺术思潮涌进中国的时期,应该寻求中西诗学对话的契机,通过对话与交流,一方面,可以使中国传统的诗学理论,经过科学的洗礼而更新为现代的理论形态;另一方面,也可以使西方的诗学理论,通过对话的融合而取得中国本土化的语言方式。这样,对中国青年诗人吸取外来诗学与继承中国传统,两方面都是有促进作用的。这就是我写《广场诗学》时关于"中西融合,化古生新"的一种想法。

  写《广场诗学》的过程,也是我对西方文化思潮及其诗学理论,进行学习和思考的过程。我过去的理论思维方式,基本上是黑格尔哲学与马克思主义的辩证思维方式,对二战后西方哲学、美学思潮的发展,几乎一无所知。在诗学研究过程中,我感到辩证思维的"正、反、合"三段论式,在现代,显然已不能适应于新问题的研究,我不得不对西方二战后各种新思潮的发展,有所涉猎。如:存在主义、结构主义、现象学、解释学、解构主义等等。我感到,这些对世界有广泛影响的思潮,其深邃的理论内涵与其全新的思维方式,是对人类文明有重大促进作用的,只要我们不采取抱残守缺、盲目排外、固执祖宗成法的愚氓态度,它们的理论成果,都是可以批判吸取的,甚至可以说,它对我们的思想解放与学术理论的革新重建，是有十分重要的参照意义与积极作用的。因而，我对西方的文化理论，不盲从，也不盲目地排拒，凡是我觉得可以参照吸取或变通融合的地方，我都采取"拿来主义""西学中用"的态度，变通地融入我的理论研究之中。

西方的哲学理论，有的是很不容易把握的，例如，胡塞尔现象学，我对它的许多特殊概念，严密的"现象学还原"的方法，并没有懂透，也不完全信服。但它那"搁置"存在，追求从现象获取直观明证性认识的精神，却对我很有理论思维的启发作用。我从胡塞尔现象学那里拿来一个"搁置"观念，把它用作对某些理论是非暂行"中止判断"的方法，但我在"中止判断"以后，并不采取胡塞尔"现象学还原"的方式，从描述、分析去做"本质的直观"，我只追求对作为研究对象的那种理论的实践效果，从社会接受效果与审美心理效果两方面，去尽可能地取得直观明证性与感知可验性的认识。我觉得，这样一种简化的方式，虽然是与现象学的要求不符，甚至是背道而驰的，但在"摆脱成见、追求明证"的精神和目的上，却是与现象学方法基本一致的。我认为，在理论研究中，对形而上的"唯心／唯物"争议或意识形态性的观点分歧，采取"搁置"方式，从实践效果去获取可以直观感知的认识，这可能是把现象学方法与"实践检验真理"的观点融合起来的一种可行性实验。当然，这只是我的一点体会，在诗学研究中，我除了把它用作研究工具，还无法用它去做理论说明。但它确实提醒了我，在理论研究工作中，必须确立以"科学可信性、逻辑合理性、经验有效性、实践可行性"为理论检验的准则。

在《广场诗学》的写作过程中，我感到，对我思想启发最大，使我深为受益的是伽达默尔的现代解释学，是它帮助我在现代新思潮一片"反传统"的噪声中，仍然确信传统之不可废弃。因为，伽达默尔解释学很清楚地说明了：古代的文学作品经过解释学的释义，它就可以"对每一个现今时期都是当代的"。这个道理，在我们中国是很容易证实的：唐诗宋词的历史距离已那么遥远,可现今仍然有人用它为自己抒情,岂不证明它仍然是当代的吗？我从而领会到：所谓传统与现代的对立,是可以消除的。通过新的解释,使传统作品得到当代意义的重建,在历史的连续性中,传统与现代的对立就消除了,在不断从"前解"到"新解"的解释学历史进程中,一切古代的都可以重建其当代的意义。从而,我试探地在中国传统诗学与西方现代诗学之间寻求对话,这样做的结果,也使我感到在两者之间可以达到"视界融合",从而丰富诗学的内容,推进诗学的发展。

在《广场诗学》的写作过程中,我也对解构主义思潮做了反复思考。我觉得,这种思潮,是西方理性主义文化危机的产物,它有推翻一切神圣教条、破除一切迷信话语、彻底解放人的思想的重大意义与历史进步作用。这是在马克思主义与相对论之后,人类思维所取得的一个极为重要的理论成果。但它本质上带有现代怀疑主义色彩,并有导向虚无主义的可能。所以,它本身的价值,还有不可确定的一面。在我看来,二战以后,由于核武器的出现,人类在世界上是否还能永远生存下去,已经陷入无可保证的危机。现代科技对人类生活与精神的操纵与压抑,使人性异化,也已经是明显的事实。这种情况,使人文科学家不能不怀疑自然科学的无限度发展,是否会导致人类自身的毁灭。因而,自然科学探索宇宙奥秘的成果,究竟是否有造福于人的价值,不能不引起人们根本上的怀疑。进一步,人文科学家也自然会发现,人类的理性思维本身是没有道德尺度的。在二十世纪后期的"科文论战"中,人文科学对自然科学思维模式(即单纯理性思维模式)的质疑与批评,已经亮出了自然科学与理性主义文化危机的信号。解构主义思潮的出现,正是以哲学理论的形态,表现了人类对理性主义文化的根本怀疑,并有要摧毁理性主义文化基础的攻击力。这种思潮,对于解放思想,消除人们对神学本体论"终极真理"观念,以及种种"乌托邦"理想之迷信,消解"逻各斯中心主义"形而上学在场之思辨理性的权威,都是于人类文明的进步性发展,大有益处

- 407 -

的,是我们可以参照吸取的。只是,这种思潮在中国的传播,明显可见的效果是二重性的:一方面,它有彻底解放思想的积极作用;另一方面,它对中国传统文化观念与主流话语权威的消解,恰好加深了"文革"后中国青年人中的"信仰危机"。这种思潮之"只破不立"的特点,确实已呈现出导向虚无主义的消极作用。在诗歌艺术领域,消解艺术的"非诗"与消解精神价值的"痞诗"之出现,就是这种思潮之消极影响的明证。因而,对解构主义思潮,我采取了分析批判的态度,并写了专题论文(见《石天河文集》第三卷)。我知道,我对这种思潮的研究是不够深入的,但是,由于我从它的理论与实践效果两方面,有科学的分析与直观的感受,我仍然相信,我的看法,并不纯然是出于民族文化本位的偏见,而是有学术意义的。

解构主义思潮对我的思想震撼,也帮助我更清醒地认识到了理论工作的悲剧性。理论工作一向被看作是追求真理的事业,可是,人的理论认识尽管在不断地进步,却是不可能取得什么"成功"的。庄子早已说过:"吾生也有涯,而知也无涯。以有涯随无涯,殆已!"所谓"真理",只不过是人类知识向前发展的一个无限的过程,是没有终点站的。解构主义的理论说得对:"终极真理"只不过是一个形而上的假设,在我们的现实生活中,人的一切理论认识,都不具有绝对可靠的确定性。自古以来,许多求真问道之士,常常感叹地说:"朝闻道,夕死可矣!"可他们谁都一样,到死也不知道"道"是什么,"道"在哪里。理论工作,就像是把自己的生命,投向一个无底的深渊,听不到一点回响,所以,理论工作是悲剧性的。如果说这悲剧性的工作,对人类的生活还具有什么重要意义的话,那么,最重要的,也许就在于要把"任何理论知识都并非绝对可靠"这一点,清楚地告诉人们,以"破除迷信,解脱障蔽"。在《广场诗学》里面,我一面期盼着诗学理论的进步性发展,一面也力求从理论上"破迷""解蔽",祛除教条主义的迷雾,揭破以"真理代言人"自居的权威话语的假面。在最后的"结语"中,我借一个禅宗的故事,坦然地说明了:"一切诗学理论都是'假传'。对于诗歌的艺术创新,对写诗的人能否成为诗人,诗学理论是无能为力的。"解构主义理论帮助我解脱了自我的障蔽,我知道,我的《广场诗学》文本,也只是一些书写的"痕迹",在时间的流逝中,它也一定会被"抹去"或改写的。我并不遗憾。

从《广场诗学》第一次出版迄今,已历九年,我曾接到许多读者的来信,希望能够早日再版,但由于个人力薄,无法支应。在这次《石天河文集》出版时,我仍然感到学术理论书籍出版之艰难。在此,我谨向历次为我的诗集、文集出版而尽力相助的老友丁又川、穆仁、张慧光诸兄,和青年朋友陈伯君、钟代华、张惠琴诸君,表示感谢。特别感谢香港天马图书出版公司蓝海文先生对内地作家出书的热情支持。

由于我的文集出版拖得太迟,以致在今年去世的几位老友,都没能看到我的文集出版。他们里面,有我一生最敬重的老友姚北桦同志、"《星星》诗祸"中患难与共的朋友王志杰同志、万骏同志。谨向他们致以沉痛的哀悼。

石天河

2002年6月22日　重庆永川渝西学院

附录

诸神下界与诗学家的使命
——兼评石天河的《广场诗学》

蒋登科[①]

近些年来的诗歌理论界流行这样一种现象：追求"热点"，贩卖"花环"。凡是诗坛上出现什么新的动向，就会有人群起而趋之，于是各种各样的新名词、新观点充斥诗坛，有些观点完全是牵强附会，对新诗和诗学的发展没有多少实在的推动；有些评论文章，只说好话，左右迎合，似乎整个诗坛已达到完美无缺的顶峰。有人将这种现象美称为"创新"，但是，只要我们认真清理一下就会发现，这种"创新"观念缺乏根基，既对优秀的诗歌传统缺乏深入的观照和有益的弘扬，也未能用发展和联系的观点来全面、客观地把握当今诗坛的实质。"创新"应该是以求实为前提的，缺乏求实的"创新"只能是一种虚假的现象，难以推动现代诗学的真正发展。

与此相对应，关心诗学基本理论课题的诗论家越来越少，因为研究诗歌的基本理论是一项寂寞的工作，难以形成瞬间的"热点"效应，似乎

[①] 蒋登科，中国作家协会会员，西南大学中国新诗研究所教授，博士生导师，重庆市作家协会副主席，重庆市北碚区作家协会主席。

与讲究实惠的生存环境相去太远。但是，诗学的实质对诗歌基本规律的探索，它不仅关注中国传统的、外国的诗学和诗歌现象，而且要关注当今的诗歌发展现状，涉及面很广，理论抽象度很高，不仅对当今而且对未来的新诗发展和诗学发展都有十分重要的意义，它让人想到的不仅是某一个人的创作、某一种诗歌现象，而且让人对整个的诗歌历史都会产生重新的思索与打量。

在我看来，一篇优秀的诗学论文或一部优秀的诗学著作应该具有这样的效应：读过之后，它会引发人的多方面思索，不仅打量传统，而且打量现在并凝思未来；不仅思索正面的路向与经验，也让人去分辨反面的教训；不仅有理论上的接受，而且会引发求实的创造欲望。近年来，读吕进的《中国现代诗学》和石天河的《广场诗学》都会给我这样的感觉。这两部著作，切入的角度不同，论及的重心不同，前者注重宏观和微观的双重切入，高屋建瓴，后者更注重微观的深入，但它们都是对新诗文体规律的求实的描述，都在推动现代诗学的发展方面做出了实质性的贡献。

在近些年的诗歌创作和诗学研究中，传统的诗学理论已不是人们关心的"兴奋点"，有人甚至只把它作为摆设的"古董"，"现在流行的诗学，几乎都是外来的各种不同的'主义'，这些'主义'都各有一套关于诗的基本概念和理论，往往各是其是、各非其非、自立门户、互相对立"。（《广场诗学·引言》）这就使我们对"什么是诗"的命题产生了多种思考，就新诗的发展来说，"多元"是可喜的，它表明诗歌的探索走向了开阔与深入，但是，"多元"必须归"一"，必须在诗的基本规律中运作，否则，诗将不再成其为诗了。因此，诗学家应该在种种诗歌现象和诗学现象中进行求实的清理。诗歌艺术的发展没有止境，诗学的发展也就不会停止。在目前这种"诸神下界"的现实中，石天河认为："诗学家明白自己的使命，是要紧紧抓住这个历史转折期的良机，在与世界各民族诗学交流融合的过程中，为中国诗学的复兴，为发展与重建中国现代诗学，做出努力。"（《广场

诗学·引言》）

《广场诗学》就是这种努力的成果。除了书后"附编——谈诗散墨"收录的十余篇独立成篇的诗学论文以外，全书的主体部分共分六章，包括"诗的原发过程——诗情的启动"、"诗的继发过程"（共分三章，分别谈论"诗意的蕴涵""意象的诞生""心灵的音响"）、"诗的表达过程"（共分二章，分别谈论"语言的妙用""形式的选定"）。可以看出，《广场诗学》是以诗歌生成的顺序来设计的，但它不是一般的指导创作的著作，而是一部涵盖面极广、涉及众多诗学课题的诗学著作。

一般来说，优秀的诗学理论或者说对现代诗学有所推动与拓展的诗学理论，应该具备三方面的特点：开放意识、求实意识、创新意识。以这三方面为参照考察《广场诗学》，我们便可以比较准确地把握它的地位与价值。

《广场诗学》是开放的。石天河坚持这样的观点："诗，不是'自在'的，不是'独立'的，是'为他'的，即使'自我表现'，也只能是'自我'用艺术语言在与'他人'的情感交流中做'表现'。"（《关于诗是"独立世界"的思考》）他认为诗歌是一个开放的体系。基于此，在诗学研究上，他的视野也是开放的，纵观中国诗歌传统和新诗的创作现象，横览外国的诗歌经验，由此建构崭新的现代诗学。他说："但我相信，我们有几千年传统诗学的丰厚遗产可供研究，有新诗百年来的艺术实践经验可供探讨，又有当代世界各民族的诗学可供参照，只要我们不采取过去那种没祖没宗、无亲无友、自我封闭、自我孤立的态度去对待一切，那我们就可以在传统诗学的纵向采择与外来诗学的横向交流中四通八达地去吸取精神营养，在知识的广场上纵横驰骋上下腾飞，去探索诗歌艺术的真理。"（《广场诗学·引言》），书名中的"广场"实际上就含有视野开阔、广采博纳的意思。

全书虽然以诗的生成过程为顺序展开，但是，所涉及的问题很多，采纳了多种观点,对传统派、现代派的诗学主张多有吸取。作者的有些看法甚至是从对多种观点的具体评析之中生发出来的,比如在论及"纯诗"时,作者就对"纯诗"的理解、布拉德雷的神秘"想象"、瓦莱里的"钻石"语言等进行了全面考察,从而对"纯诗"有了比较清楚的表达。这种纵横交叉的研究在比较中可以让许多含糊不清的问题变得明朗。在论述中,作者没有唯我独尊、排斥"异己",而是心平气和地说理,把一些看来是矛盾的诗学现象沟通,寻找各种诗学观点之间的异同,从而形成自己的观点。

《广场诗学》是求实的。所谓求实,就是不做单纯的理论推导,而是以诗歌创作的具体现象作为研究的对象,从中抽象、概括出带有普遍性的诗学规律。《广场诗学》有这样一个特点:在探讨诗歌本质的时候,作者采用了不少例证;在提出某一观点的时候,他也要从古今中外的诗歌中找出作品予以证实。这一方面让人觉得书中的观点很实在,另一方面又形成全书的一种风格:深入浅出。

在"诗的表达过程(Ⅰ)——语言的妙用"一章中,作者论及了作为诗歌文本基础的语言,但他没有像一般学者那样笼统地下一个结论,而是具分体分析了诗歌语言的独特性。特别是在"特殊的修辞"一节中,作者先以新诗、古诗中的实例众罗列了诗歌语言的独特修辞手法,如"定语幻化的修辞""谓语谬化的修辞""宾语诡化的修辞""全句谜化的修辞""拼贴画式的修辞""主格隐没的修辞""转接虚化的修辞""假对等的修辞""不定位的修辞""弗晰性的修辞"等,在进行具体分析之后,作者提出了这样的看法:"1.诗歌语言偏重情感与形象的艺术表现,不很重视一般的叙述与说明。2.诗歌语言为追求创造性的艺术表现,往往不严格遵守语法修辞的常规,时常采用非逻辑性的、打破常规的特殊修辞手法。3.诗歌语言在某些特殊的结构与运用中,有时把语感的美学效应看得重于语义的表达功能,因而可能超越语言'一义性'而有语义与所指的弗晰性。"由于有具体而求实的分析,由特殊到普遍,这样的结论就十分令人信服。

求实地探讨诗歌的文体规律而不先入为主、虚张声势是本书的一大特点。

《广场诗学》在对一些诗学问题的探讨中有所创新。在诗学研究中,仅有求实还是不够的,它有时会让人觉得只是别人观点的复述或综述。还必须有所创新,通过对既有诗学的研究和新的诗歌现象的探讨,提出一些新的观点。但创新必须以求实为基础和前提,离开了求实的创新是虚假的,因而也是没有什么诗学意义的,石天河在《信息论诗学平议》一文中谈及的所谓"新形态的诗学"——"信息论诗学"就有这样的毛病:它违背了诗歌的基本规律。

石天河是一位颇有创新意识的诗论家。他对诗坛上出现的各种新现象都十分关注,对包括《诺日朗》在内的"朦胧诗"、对"第三代"诗,他都较早地论及了它们的得失。同时,他还善于吸收中外诗学中的一些新观点来丰富自己的诗学体系,由此而形成了属于他自己而又立足于中国新诗创作的体系。

比如人们在论及通感时主要谈了它的来源与特性,石天河也谈及了"通感的性质""通感与语言艺术""古诗通感句例",但他更论及了"通感的审美作用与意义",从诗的审美的角度探讨了通感的美学效应,这是对通感理论的有益的推动。

在"诗的表达过程(Ⅱ)——形式的选定"一章中,作者主要论及了诗的形式问题,对历来诗学上的不少观点进行了评述,特别提出"内容并不决定形式"的观点,对传统的诗学主张进行了反对。他认为:"在一个有自主性意识的诗人面前,根本不存在任何'形式'已经由'内容'决定死了的庸俗考虑,他认定这'内容'只有由自己做主使之'形式化',才会是在形式中得到艺术美化的'内容'。'形式'可使'内容'以各种不同的样子表现出来,甚至,可以表现在许多人都感到陌生的新形式里面,并不妨碍'内容'得到最充分的美化表现。"这个观点是对"诗是以形式为基础的文学样式"的有机生发,是新的,但也是符合诗歌艺术的基本规律的。

诗学研究中求实的创新不仅能够对新的诗歌现象做出合理的解释,而且可以拓展诗学的发展。换句话说,诗学的创新既是诗歌发展的要求,也是诗学发展的呼唤。石天河所提出的新的诗学观点不是"唯新",不是哗众取宠,是他从丰富的诗歌现象中总结、概括出来的,因而具有诗学的意义。

从以上几个方面,我们可以看出,石天河在踏踏实实地完成着现代诗学家的使命,那就是尊重艺术事实,在传统诗学、外国诗学的大背景下,求实地探讨诗歌艺术的独特规律,力求建立现代中国的诗学体系。在这样的使命感驱策下建立的诗学体系才可能是求实的、创新的,才可能对既有的诗学体系有所推动与发展。

当然,《广场诗学》也并不是十全十美的,任何未来的发展都能证实今天的某些事实的不合理性。同时,作者原来有一个"大构架"设想,"只是因为年龄、精力以及个人知识与经验的限制,迫使我不得不放弃原来的打算,而以现在的这个样子呈现给读者"。(《广场诗学·后记》)有诸多诗学问题未能涉及,有些结论仍然有值得推敲的地方。并且,全书旨在辨析当代诗学中的一些疑难问题,虽然在某些探讨中比较深入,但体系还不够完全,整体性还不够强。我在想,如果作者没有因为1957年那场飞来横祸而沉冤二十多年,他的诗学研究肯定会更深入,更厚实。不过,《广场诗学》仍不失为一部优秀的诗学著作,作者探求真理的勇气、毅力对当今的诗学研究也应该是有相当的启示的。

1994年8月8日夜,于西南师范大学中国新诗研究所
载《台湾诗学季刊》第9辑(1994年12月)

让诗学走出理论的误区
——石天河《广场诗学》述评

马立鞭[①]

出书难,出好书也难。经过多方努力,石天河先生前几年就脱稿的《广场诗学》终于出版。这是一本高质量、高水平的诗学专著。

十多年前,我在一篇文章里曾引用歌德的话:"直到今天还没有人能够发现诗的基本原则;它是太属于精神世界,太缥缈了。"(《诗与真》)并认为歌德这句写于17世纪的话,至今仍基本适用。文章发表后,我曾被人指责为"悲观论者"。自然,对于诗的一些艺术规律,我们并非一无所知。然则,即在又过了十多年后的今日,谁又能断言,对于诗的基本原则,已被我们完全掌握。

事实上即使在今日,诗的不少问题,仍然众说纷纭,莫衷一是。比如,对诗学首先要遇到的诗的"定义"问题,就可以说至今没有一家的定义是经得起推敲的。这是因为,诗本身就具有"不可定义"的性质。大概有感于此,黑格尔老人早年才说:"凡是写过论诗著作的人几乎全都避免替诗下定义或说明诗之所以为诗。"(《美学》)更何况,诗向来就流派繁多,旗号不一。当今诗坛,更是众路好汉割据争雄的局面,诗就更难定于一尊。对此,本书作者的做法是聪明的,即不去枉费心机地企图对诗做能涵括一切的定义性说明,而只介绍有代表性的各派诗家的观点,便于读者从不同的视角理解诗。作者在本书一开头也写道:全世界的诗学并

---

① 马立鞭,重庆第三十中学校原高级教师,著名文艺评论家。

不像数学那么统一。从我们祖宗的祖宗那时候起,古代诗学就分成了许多派,各立门户,互相争论,一直到现在,也没有公认的结论和令人信服的仲裁。"确实如此。其实,即纯从逻辑学观点看,定义固然是明确概念的好办法,但"定义"也不是万能的。正如太简单的事物不必定义,极少数内涵与外延过于复杂的事物也无法定义。诗就属于后者。近代物理学也有"测不准原理",如对微之又微的电子,一切测量手段在它面前就皆无能为力。

自然,这不是说诗学从此就一筹莫展。在诸家学说之间,毕竟有离真理的远近或真伪之分。分清真伪,辩惑解难,"拨乱反正",倒正是诗学家的大有作为处。石天河先生也正是想在这个基础上建设自己的诗的理论大厦。"人所易言,我寡言之;人所难言,我易言之:诗便不俗。"宋姜白石论诗歌创作所说的这句话,可借用来说明此书的写作守则。为此,该书不求体例的完整,而着意追求见解的深刻。比如"诗的表达过程(Ⅰ)——语言的妙用"这章的第二小节,是专门讨论修辞的。但作者已把一般诗学专著常提到的修辞手法,诸如比喻、拟人、借代、夸张、对比等修辞的介绍尽行略去,而只讲诗歌语言的非常规与佯谬性等一类较特殊的现象。然则,对一般诗学专著往往语焉不详,或根本未予重视的诗的情感自身究竟具有怎样的性质这一问题,则列了专节加以讨论。要言不烦的提出了情感结构的三个层次。即:一、来源于自然天赋的"性情";二、来源于社会生活的"常情"(或曰"世情");三、来源于人类文化精神教养对人的心灵的深永影响。可以说,这科学的剖析是千古第一家,把我国文论史上李贽的"童心说",刘熙载的"诗可数年不作,不可一作不真"的"真情说",以及叶燮的"作诗有性情,必有面目"的"个性说",向前推进了一大步。同时,这剖析,就全书的写作来说,也具有高屋建瓴的作用。因为把这个根本问题说清楚了,诗的理性与非理性之争,诗的感情"净化"问题,以及后面其他章节作者反复倡导的诗的人学与美学的综合评价尺度,也都顺理成章,迎刃而解,即有了立论的依据和基础。从"性情"的自然流露看,诗的情感世界明显的有非理性(或曰"迷狂")的性质;而从"高情"的终极把握来说,诗之情又不能不受理性(这时诗又应是"清醒"的)的约束与规范,诗的情感的理想境界无疑是诗人高风亮节的艺术表现。千古妙诗,也无不在这"迷狂"与"清醒"之间的临界点上有恰到好处的抉择。也正是据此,作者在"诗的继发过程(Ⅰ)——诗意的蕴涵"一章中,做了精彩的"纯诗之辩"。

是的,诗不能太为了什么。太为了什么的结果必将会导致诗自身的丧失。一段时间有人因为诗的额外负担过重而提出要给诗"松绑",提出"诗应回到诗自身",实乃事出有因无可非议。对诗的非诗要求太多无疑不利于诗的提高与繁荣;然而,反过来,又把这"回到自身"推向另一极端,即片面强调诗的什么也不为,把诗人应以自己的高尚情操与高洁情怀去影响读者的心灵都当作非诗的东西拒之门外,又正确吗?答案只能是否定的。这样,对这个现代诗学无法回避的难题,作者做了一次探本溯源的考察。

英人布拉德雷是西方很有影响的哲学家和诗学家,他的《为诗而诗》与法国著名诗人瓦莱里的《纯诗》都是近代西方诗界奉为圭臬之作。译介到我国后,其中一些诗学主张也曾被一些追随者引用。对此,作者做了鞭辟入里的剖析,指出前者的"价值内在论"完全是没有客观依据的主观自为论证,指出他的"纯诗"理论从根子上说,只是一种艺术神秘主义的"神秘想象论";是既经不起科学分析也经不起实践验证的美学空谈。而对后者的"钻石"语言一说,则既肯定他的极度纯化诗歌语言的主张,虽是不可实现的"语言艺术乌托邦",却仍有其合理的内核。而另一面,也毫不含糊地指出其理论误区,主要也在于"纯艺术的价值观"。中外诗史上的一些杰作表明,诗的价值并不"纯"在语言艺术一个方面。诗是人格力量的最高表现,它更有其不可忽视的铸造人类灵魂的巨大作用。为此，作者力主诗学的人学与美学的综合评价尺度，在该书多处均有剔抉入微的分析，这里就不赘述。

如果说"纯诗"的理论误区的导致是盲目引进的结果，那么，一段时期统治我国文坛的似是而非的"内容决定形式"一说，则可说是土生土长的东西。对此进行刨根究底的探讨，也是该书把诗学引出误区，"拨乱反正"的一个重要方面。而这一"土特产"也曾披上一层西方的包装。石天河宣布："所以，我们至多只能说，'内容决定形式'的观点，是由于误解了黑格尔美学中的某些片段理论而导致的谬误。至于将这一谬误又转加于马克思主义文艺观，那更是毫无根据的。"其实，"诗的内容和形式都决定于诗人独立自由的'自主性'创造与选择"，"内容并不决定形式"。"在一个有自主性意识的诗人面前，根本不存在任何'形式'已经由'内容'决定死了的庸俗考虑，他认定这'内容'只有由自己做主使之'形式化'，才会是在形式中得到艺术美化的'内容'。"接着在"形式美"一节中，石天河又从实践角度，进而指出艺术形式美追求实乃内容的"形式化"过程。内容与形式创造与选择是很难机械地做第一、第二与谁决定谁的划分与认定的。

可以说，科学的可信性与实践的可行性，以及逻辑的合理性与经验的有效性，乃是作者得以洞察幽微，穿透理论雾障的金刚眼睛。而其根基与学养，则来自作者融会中西，纵观传统，横扫现代的治学态度与胸襟。无论对东方与西方，传统与现代，作者都能既尊重别人一得之见，又能放出眼光，别有发现地熔铸于自己的笔下，提出自己的独到见解。一扫目前那种夸夸其谈，人云亦云，目中既无别人，笔下又无自己的不良学风。如对近年的"探索诗"与"实验诗"，作者既满腔热忱地支持，认为任何艺术的发展与进步，除了进行摸索与实验，实在并无一种马到成功的良方。然则，也绝不简单地不分青红皂白地一味唱赞歌。不用说，对于较为复杂的艺术现象，要做出头头是道的分析和句句都能搔到痒处的批评,既要有高度的求实精神,更须有洞若观火的水平。唯有如此,才能做到"深"与"浅"的统一,既理论精深而又语言浅近。这方面,作为该书"附编——谈诗散墨"之一的《低谷的沉思——"第三代诗"的得失》一文是此类文字的典范。作者的学养与识力也由此可见。所谓"真僧只说家常话",正是此理。如果不是真僧而是假和尚,又怎能把经念得明白。时下不少论述"探索诗"与"实验诗"的文章所以使人有"越看越糊涂"的感觉,关键的一点,也是囿于作者的识力,即远未达到"真僧"所具有的那种对人间世象的大彻大悟,以及由此而来的洞若观火的水平。

载《重庆社会科学》1995年第1期

评石天河的《广场诗学》

翟鹏举[①]

我知道全国有几位研究新诗的朋友都在不约而同地写新诗学,这自然是看到中国这样一个诗的大国,至今没有一部像样的诗学这一现状而着想的。十年过去了,写出来了并真正"像样的"还真是寥寥,这就可见这件事做起来之难。振兴中国诗学,是一项巨大的工程,可能需要几代诗人和诗学家的共同努力,当然不会是一蹴而就的事情。所以敢于吃第一只螃蟹的人,总是难能可贵的。石天河的《广场诗学》不算捷足先登,但无疑是这一巨大工程的奠基力作。它是迄今为止我所见到的自成体系、最富创见的一部新诗学;是学院气最少、求是精神最多、联系理论实际和创作实际最密切的一部新诗学;是以"释疑解蔽"为己任,而又最公允持平的一部新诗学;也是一部以"人学"精神价值为标尺而融会中西、涵盖古今的新诗学。

石天河长于理论思维,几十年的精神淬砺,更练就了他独立思考、辩证思维的头脑。因此,他的理论既是建立在对艺术经验深意悟解的基础上,又是建立在科学的可信性、逻辑的合理性、经验的有效性与实践的可行性基础上的。由这样的诗人兼诗学家在七十高龄写成的《广场诗学》,自当刮目相看。

石天河自己说:"《广场诗学》原本有一个'大构架'的设想,只是因为年龄、精力以及个人知识与经验的限制,迫使我不得不放弃原来的打算,

---

① 翟鹏举,重庆著名文艺评论家。

而以现在的这个样子呈现给读者。就这本书来说,由于我只能着重于对当代诗学中的一些疑难问题,以'去蔽'的精神,做科学的辨析,所以,在其他方面,有许多从略的地方。特别是在语言艺术与不同风格的审美欣赏等方面留下了许多空缺。"

作者是以不无遗憾的心情写下这些话的,但我以为恰恰是这个"释疑去蔽"的构想,为此书立了头功。因为正是它使《广场诗学》有了很强的针对性和实用性,因而能在中外诗学中独树一帜。

让我们沿着这个思路,看看作者究竟是在哪些问题上为我们"释疑去蔽"的。首先,在"诗是什么"的问题上,作者从诗歌创作的"原发过程"研究着手,得出与中外诗学各家派别迥然有别的全新的结论:"诗,是从人被激发的高级感情中启动。"这个定义抓到了诗"主情"的本质特征。"诗主情",为诗界所共识,但石天河是把个中"三昧"阐述得最透辟的第一人。这个定义告诉我们,说"诗是理性的"或说"诗是非理性的"都各有所偏。因为,"人的情感基本是非理性的",而"理性"又对人的情感有导向作用,因此,从诗歌创作的整个过程("原发过程"与"继发过程")来看,显然是理性与非理性的统一。这个为中外诗学流派纠缠不清的难题就这样被澄清了。这个定义还告诉我们,诗,不能脱离人民,脱离生活,但诗的原发启动力却不在外,而在内。"我们反复地思考,从'原发'的意义来看,外界刺激只有应合于主体内在生命力的活动,才能成为诗歌艺术创作机制的一个外在因素。"而诗歌艺术创作的原发启动力是基于人们的生命活动,是人的内在情感。所以,"诗,根于情",抓到了诗的根本特性。诗的原发启动力,只能存在于人的主体生命活动之内,只能是人的情感。这是全新的诗学观。

其次,提出新的"净化"说。以往的文学家、美学家、心理学家讲过"净化",说法不一,但针对读者或观众一面而言,却是一致的,主要是指诗或其他艺术品在审美欣赏过程中对读者或观众所起的"净化"作用。

石天河用这一概念反观诗人，就看到在诗歌创作的"原发过程"中，诗人自己"原发的情感"，也有个"净化"问题。这是因为诗人生活在世俗社会中，他的心灵也难免于世俗社会的沾染，所以在他的情感里面，有"高情"，也有"俗情"；有"真情"，也有"伪情"。诗人在作诗的时候，就要尽力排除"俗情""伪情"的干扰，这就有个情感升华的过程，即"净化"的过程，否则诗艺的真与美就要大打折扣。这个发现非常重要，它提醒诗人们："净化"是作诗的一个必要环节，是诗艺的一条规律，而并不是什么俗情俗念都可以入诗。诗要能有"净化"读者心灵的艺术功能，诗人在创作时就得首先"净化"自己的情感。"净化"是双向的，不是单向的。这就大大地丰富了"净化"的内涵，提出了一条新的美学原则，为诗学宝库增添了极有价值的新货。

有了这样一条新的美学原则做参照，诗是不是或要不要"自我表现"的争吵也就迎刃而解了。诗是心灵的艺术，当然不能不表现"自我"，但不是"自我"的一切都可以在诗中表现。诗中的"自我"，应该是"净化"了的"自我"，愈是有艺术创作经验的诗人，愈不会忽略这一点。以上就是"净化"说对人们的全新启示。

再次，提出"内容并不决定形式"的新观点。"内容决定形式"，一向被认为是马克思主义的观点长期统治着人们的头脑，石天河却认为这是误会，在马克思理论体系中并无根据。原来是某些文艺理论家，把黑格尔说过的类似的话"一定的内容就决定它的适合的形式"，做了错误的演绎与附会性理解后，附加到马克思头上的结果。黑格尔是辩证法大师，绝不是"内容决定形式"的机械决定论者。他所说的"决定"，只是形式终归要为内容做表现的意思；他所说的"适合"，是指在"千变万化"的艺术形式中寻找到"适合"于一定内容的表现形式。可见黑格尔的"内容与形式统一"的观点，既不是"一种内容只能用一种形式表现"的观点，也不是"内容派生出形式"的观点。事实是：一定的内容，既可用这种形式表现，也可以用那种形式表现；同样，一定的形式，既可以表现这个内容，也可以表现那个内容，根本不存在任何形式已经被内容决定死了的机械论规定。正如马克思在《评普鲁士最近的书报检查令》一文中所质问的："你们赞美大自然悦人心目的千变万化和无穷无尽的丰富宝藏，你们并不要求玫瑰花和紫罗兰散发出同样的芳香，但你们为什么却要求世界上最丰富的东西——精神只能有一种存在形式呢？"

推倒了"内容决定形式"的糊涂观念，也就为诗人自主探求并创造艺术新形式敞开了绿灯，实在功不可没。

石天河的《广场诗学》仅从上面所述的三条成就看，对当代诗学的贡献也算巨大了，但远远不止于此。他还在下面涉及诗学命运的一系列问题上，提出了系统的有价值的见解：

在文学的价值观上，提出"作家主体心灵自由"是"文学价值的基础"的观点；

在诗的审美问题上，提出"心灵综合审美"而以"人学精神内容为核心"的观点；

在"审美解释的难题"问题上，提出作者的"元评价"与"社会接受评价"兼顾并存的观点；

在对待不同流派的诗歌评价问题上，提出"人学"方面做一元评价与"美学"方面做多元评价的既相区别又相联系的观点；

在诗学观念上，提出"多元互补并存共进"的观点；

在对待诗人的弱点的问题上，提出理解诗人的弱点——"焦大气质"同时也是可贵的气质的观点；

在对待传统问题上，既反对"回归论"，又反对"决裂论"；

指出"信息论诗学"是"硬搬"的产物；

指出"第三代诗"的失落，主要原因不在于它的艺术手段，而在于它的主导精神；

指出"诗是独立世界"是对诗的"人学"内容的失察；

指出"文学本身"或"艺术本体"，只能通向文学的迷宫；

指出中国最古的一首纯意象诗，是《诗经·小雅》中的《鹤鸣》，把意象诗的专利权从西方夺回到了中国……

凡此种种，都有释疑解蔽以正视听的作用，且都是一些人所未见、人所未言的关系着诗学健康发展的大问题。而态度之公允，分析之精当，说理之透辟都是当代少有的。但我似乎觉得作者最大的优势还在于剖析作品，他对中外古今的一些作品的解说，真使人大开眼界。

如对谁也读不懂的台湾诗人碧果的《乃》和中国青年诗人杨炼的《诺日朗》的评析；对回文词《虞美人》的评析；对心理现实主义杰作《牧场》和《长干曲》的比较评析；对卞之琳的四句诗《断章》的评析；对贾岛的四句诗《访隐者不遇》的评析；对文天祥《正气歌》的评析；对波德莱尔《恶之花》的评析；对王志杰的六行诗《枯叶蝶》的评析；对叶文福的六行诗《钟乳》的评析；等等，无不丝丝入扣，无不启智愉情。仿佛给我们打开了一扇扇艺术宫殿之门，让我们登堂入室，眼界大开；又仿佛把我们带到一座神奇的深山巨谷，让我们神思飞越，流连忘返。毫无疑问，石天河对诗艺的感悟与剖析，在当代是独一无二的。

但也许石天河的《广场诗学》最了不起的功绩还在精神品格上：

他敢于违世俗而讲实话；

他敢于犯权威而护真理；

他敢于翻铁案而秉公正。

这三句话的前两句，是周汝昌、王湘浩的《红楼梦新探》所说的，我借用来评价石天河的《广场诗学》觉得是再恰当不过了。我加上第三句，觉得更全面些。这三方面的例子我想不必举了，读者只要认真读读《广场诗学》,自会了然于心的。

末了,我还必须引用作者在开篇《引言》中的一句话作为此文的结尾。这句话是:

但我相信:我们有几千年传统诗学的丰厚遗产可供研究,有新诗百年来的艺术实践经验可供探讨,又有当代世界各民族的诗学可供参照,只要我们不采取过去那种没祖没宗、无亲无友、自我封闭、自我孤立的态度去对待一切,那我们就可以在传统诗学的纵向采择与外来诗学的横向交流中四通八达地去吸取精神营养,在知识的广场上纵横驰骋上下腾飞,去探索诗歌艺术的真理。

《广场诗学》就是本着这个精神写的,石天河的目的达到了。

《广场诗学》是一面旗帜,将会有越来越多的人聚集在这面旗帜下,它的价值也会在不久的将来为愈来愈多的人所认识。

载《重庆师专学报(社会科学版)》,1995年第3期

石天河和他的《广场诗学》

地 山[①]

石天河先生是位老诗人,又是文学评论家。他的诗作意境深邃,八十年代初出版的长篇叙事诗《少年石匠》曾得到诗歌界的好评;他在文学评论方面的成就又超过诗作,八十年代中期集结出版的《文学的新潮》为其代表作,它的观点的严正,立论的新异和大气磅礴的文笔博得人们的称赞。1993年由西南师范大学出版社出版的《广场诗学》则是他集大成的学术专著了。

本书不同于一般诗论,它是以诗歌创作过程为线索阐明诗的本质与奥秘的。作者通过自己的创作体会,对诗情的启动、诗意的蕴涵、意象的诞生、心灵的交响、语言的妙用、形式的选择等诸方面进行了周密思考与研究。如诗的启动究竟是理性的,还是非理性的,作者细致分析了个人情感结构的三个层次:来源于自然天赋的性情,来源于社会习染的常情与来源于人类文化积淀的高情,说明人的情感的复杂性。它基本上是非理性的,但也不与理性绝缘。在"灵感之谜"中,作者对"自觉顿悟"说和"天然妙机"说进行了剖析,进一步指出灵感是诗人情感启动与客观作诗机缘处于互相适应的最佳状态,从而破除了对"灵感"的玄解和迷雾。

中国传统诗学强调立意,主张"诗言志""以意为主";西方诗学对此大抵持否定态度。作者始终坚持立意是诗歌创作的重要环节,至于立意

[①] 地山,本名王地山。曾供职于川南日报社和四川日报社,任记者、编辑。后任《青衣江》主编,四川省干部函授学院教授、编审。

的高下则与诗人的人生观和创作心境有关,意识在诗中的导向作用一般隐而不显或半明半昧,这无疑是符合创作实践的明智见解。

在意象的探讨中,更显示出作者的真知灼见。他认同意象是人类文明的源头,也是中国文化的母亲和诗歌创作的可靠手段,并非西方的舶来品。作者指出:中西诗学的源流之别,在于中国偏崇诗教,西方偏重诗艺,其实二者不可偏废。

在"诗的表达过程"中,作者反对"内容决定形式"的提法,认为"自主观点不是形式主义",呼唤诗人"自主地探索艺术规律,追求形式美",还认为语言有无限的潜能、诗艺有广阔的创新天地等等,能给读者有益的启迪。

本书理论精深而语言浅近,许多章节写得诙谐幽默,既有严谨的论证、抽象的概括,也有生动的比喻、有力的反诘,妙趣横生。一本学术性的专著能写出这等魅力是很不容易的。它实在是作者几十年研究的成果和创造性思维的结晶。

载《文史杂志》1995年第3期

石天河《广场诗学》的当代意义浅识

李天福[①]

《广场诗学》早已被公认为石天河先生的传世之作。该书于1993年由西南师范大学出版社正式出版，2002年收入《石天河文集》第四卷。

记得先生曾在《广场诗学·后记》中，希望"这本书能引起青年诗人和诗学家的兴趣"，并寄望于能以此催生诗学界"崭新的理论思维成果"，带来"中国诗学复兴的征兆"。再读《石天河文集》第四卷《广场诗学·后记》，我们更能体会先生写作该书的艰辛历程，更能体味先生辛勤著述该书的良苦用心。他是要写一部"适合青年人阅读的诗学著作，为诗歌艺术的发展，起培养基和助推器的作用"。

然而，石先生这部"融合中西、纵横参照、化古生新、独辟蹊径"的诗学研究代表作问世二十多年来，除了马立鞭、翟鹏举、蒋登科先生等有过专文评析之外，并未引起诗歌界和学术界足够的重视，这不能不说是一大遗憾。所以，我们有必要重提《广场诗学》之于诗歌教育、诗歌创作乃至诗歌研究的当代意义，以期引起诗歌界和诗学界的深思，以不负先生倾注几十年的心血与精力为重构中国现代诗学的一番苦心和百般努力。

作为一部研究诗歌创作论的专著，《广场诗学》具有"解疑去蔽"的特征，针对诗的原发动力、诗的双向净化功能、诗的内容与形式关系等当代诗学中的一些疑难问题，以"去蔽"的精神，做科学的辨析。这使全书不求体例的完整，着意追求见解的深刻，具有很强的针对性和实用性，在诗学论著中具有独树一帜的地位。其实，"求真去弊"一直是石老坚持的诗

---

① 李天福，重庆文理学院文化与传媒学院教授。

学研究追求。历史的风雨已把先生从诗学理论迷雾中解脱出来,锤炼出了现代人文学者在"怀疑/实践"中不息前进的"行道者"的心态。这是《广场诗学》对于诗歌理论雾障具有洞若观火和大彻大悟境界的深层原因。如今,石老已九十高龄,但这种心态使他仍然保持着对文学与现实世界的足够敏锐与清醒。

朱光潜先生曾经说过,"不通一艺莫谈艺"。作为一位有丰富创作经验并兼具中西诗学知识的诗人,石老是有足够资格谈诗论诗的。他的《广场诗学》具有其他许多诗歌理论家所不具有的"从创作实践出发"的优点。他从诗歌创作实践过程出发,由实践上升到理论,把所涉及的问题一项项谈得深入浅出,不涉玄虚,不假文饰,力图使人知道诗歌实际上是怎么一回事。这种学风与文风,在中国当代诗学研究领域是十分难能可贵的。

石老创造性地将诗歌创作划分为"原发过程、继发过程、表达过程"三个互相关联的过程,而且在每个部分都颇有创见。

在"诗的原发过程"中,他对既成理论的超越是着重从分析人的内在情感结构出发,把人的情感区分为来源于自然天赋的"真情"、来源于社会习得的"常情"、来源于人类文化教养的"情操"三个层次,从而说明人的生命内在的艺术创造力如何在生活中发而为诗的问题,说明人的情感基本上是"非理性"的,它是诗歌艺术的原发启动力。在诗歌艺术创作过程中,"理性"的导向作用是在"继发过程"中才显示出来的。石先生的这一创见既吸取了西方现代心理学的成果,又融合了中国传统诗学"诗主于情"的观点,并以诗歌创作的实践经验去加以印证,从而合理地解决了过去长期争论不休的问题。这是《广场诗学》的一大贡献。

在"诗的继发过程"的探讨中,先生最大的创见是提出了"纯精神"性的"纯诗"的不可习得性。他指出,这种"纯精神"性的"纯诗",也就是康德和黑格尔的美学中所谓表现"崇高"的诗。而这种表现"崇高"的诗是直接以诗人人格精神做表现的,不依赖于艺术表现,没有艺术性,往往只有素朴直白的语言外观。这种诗从历史上看,往往是极少数杰出诗人"蕴于一生,发于一旦"的精神表现,既不可以从语言方面去学习,也不是从艺术方法的改进所能达到的。石老在引述了古今中外这类诗的例证后，认为如果要求或引导刚入诗坛的青年诗人去追求这类"纯诗"是根本不适宜的，甚至是错误的。他对西方"纯诗"理论的这种辩证思考是别的诗学家所没有谈论过的，他的探索有助于向往"纯诗"而陷于理论困惑的青年人澄清思想。

在"诗的表达过程"部分，石先生从"语言的妙用""形式的选定"两个方面切入，着重探讨了诗怎样通过"语言"和"形式"的表达而完成其艺术创造的问题。他认为诗从其根源于人的心灵活动来说，是心灵艺术，但它又是以语言形式直接呈现在人们面前的。所以从其现实存在的方式来说，诗又是语言艺术。因而，语言运用是否精到、是否灵巧、是否新颖、是否有独特的艺术表现力，直接关系到诗人的艺术目的能否实现。

石先生对新旧诗的态度值得一提。他认为：新诗一方面接受外来艺术，一方面继承中国古典诗歌的艺术遗产，新诗的发展前途是乐观的；而旧诗是中国民族文化的巨大宝藏，有永恒的艺术生命，会在变革中发展，旧诗要有现代意识，要有现代精神情感；目前新诗旧诗并存，都在发展，新诗不成熟，变化多，问题多，这是发展中的必然现象，不足为奇；而旧诗好像问题少，但问题少可能是大问题，因为循着古人，永远不能超越古人。这些见解，在今天仍然具有重要的认识价值。

此外，石老关于诗歌意象系统、深透、独特的理解和阐释，关于关照诗歌"人学"精神的主张及独特、精细、透彻的解诗风格，无论对于青年诗人诗歌创作艺术的提升，还是对于我们写文章和教学生表达范式的革新，都具有历久弥新、不容忽视的当代意义，具有多方面的启迪意义和借鉴价值。

正是在这个意义上，无论是文理学院还是永川文学界，我们都有责任通过课程开设、课题研究等方式，加强对石天河先生的关注与研究，传承我们身边的大师的文脉，提升学子及自身的诗学素养。

载《红岩·重庆评论》2014年第4期

《广场诗学》的学术语境与理论意义

万书辉 祝新艳[①]

石天河是我国当代著名诗人和文学评论家,也是不少作家和研究者十分敬重的学者。然而,对这样一位文坛老人和难得的学术资源,学术研究并没能完全跟上,以至于在其八十大寿的现场致辞中,先生吐露了其人生三大憾事,是为:"道之不行,志之不遂,学之不传。"前两者关乎政治主张和社会抱负的实现,与本题无关,姑且不论;后者无疑是学术界和教育界的遗憾,也是我们可以并且应该去做些弥补的。"学之不传"的原因,我想主要来自两个方面:一是直到20世纪80年代,学术界和教育界都很难摆脱历史原因导致的意识形态束缚,影响了对先生文学思想的研究和其诗歌艺术价值的探寻;另一方面,学问不比酒,终归是怕"藏之深山"的。先生后期教学和研究所在的重庆师专(现重庆文理学院),地处渝西地区的永川郊外一个背山靠水、犹如世外桃源的地方,交通不便、信息不畅,整体的研究能力、对外的交流平台等因素对学术研究和传播的制约较多、影响较大。虽然学校先后由中文系主办了几次专题研讨会,发表了市内外部分学者的一些研究成果,但相对于石天河在当代文学史上的贡献和地位而言,尤其相对于当下中国文学和中国文坛的一些根本性和本源性的问题而言,对他的研究仍然存在相当的差距。综观已有的研究成果,无论是整体研究的深度和广度,还是对其多维的理论视野及

[①] 万书辉,重庆文理学院文化与传媒学院教授,文学博士。祝新艳,重庆文理学院图书馆副研究馆员。

其与复杂的实践问题相结合等方面的研究,都有进一步深化的必要。从更加宏观的意义上讲,这也是大西南文学研究乃至中国当代文学研究应当补上的重要一课。

一、石天河的著述情况

石天河先生学养深厚,一生潜心诗歌和诗学的研习,自幼通读"中国古诗和很多古代名家的诗集,以及唐宋以来的诗话"[①],广泛涉猎"外国的文学、美学、哲学理论著作"[②]。他的著述,虽然集中在文学方面,但举凡文学、历史、哲学、艺术、政治等无所不包,涉猎范围很广。应该说,这也是老一辈知识分子的共同特点,他们既有专注的学术兴趣,也有包罗万象的关注空间。在他们那里,学科边界虽有,却并不刻意局限自己,甚至,畅游于不同学科门类之间似乎更有探究的乐趣和释放的快感。难得的是,晚年的石天河先生,也是最早触网的学者,不仅学会了上网,还研究网络诗歌。而今,石天河先生虽已近百岁,一只眼睛也不太好,只要精力许可,仍然在电脑前阅读、写作。

2002年,重新整理后的四卷本《石天河文集》问世,这是他此前所有重要作品和论著的合集。第一卷《复活的歌》是诗集,第三卷《劫后文心录》是评论集,这两个集子是其诗人和诗评家的身份表征。第二卷《野果文存》是杂文、随笔,第四卷《广场诗学》是诗学理论。这说明,先生的文学身份,是诗人、评论家、杂文家和诗歌理论家。

他是一位优秀的诗人,"旧体诗功力深湛""娴熟练达"(毛翰),新体诗如《少年石匠》等影响巨大,而且诗中包含了一种特殊的美,即诗人最

---

① 石天河:《广场诗学》,天马图书有限公司,2002,第437页。
② 石天河:《广场诗学》,天马图书有限公司,2002,第440页。

宝贵的赤子之心。许多学者十分看重其诗歌的美学价值，认为他新时期的诗歌不仅呈现出鲜明独特的风格，而且"具有重要而特殊的文学史意义"，他"用一种呕心沥血的歌吟创造了一种悲怆的诗美"，并"使之成为中国当代诗歌美学的一种特殊范式"（晓风）。有学者从作家的精神追求出发，认为他始终恪守一个文学家的高尚操守，"虔诚信奉人道、自由、正义以及理想主义的文学准则"，理应被列入"中国当代'真正的文学家'之一"（黄洁）。

其实，这样的评价还只是基于他短暂的创作经历和有限的诗作而言的。1953年，他创作的首部童话诗《天孽龙》发表后引起巨大反响，被广泛改编为川剧、舞剧和连环画。当时，他曾有连续创作五部童话诗的计划。到1957年，《杜鹃》已完成，《荷花》有了初稿，《泰山石》有了章目提要，《少年石匠》已写完四章。此时，正值创作巅峰期的他突然遭遇那场众所周知的"诗祸"以及随之而来的22年牢狱生活，其间，上述所有未来得及发表的心血之作彻底遗失。试想，如果这些诗稿得以问世，他在诗坛上还会绽放出怎样的光彩，还会达到怎样的创作高度，这是谁也说不好，但谁也不会怀疑的事情。

相较于早期诗歌创作方面的巨大成就，石天河的文学评论虽出现较晚，影响却超过了诗歌。他的评论，不少是以当代有争议的作家、作品和文学现象为对象的，以眼光犀利、分析深透著称，对许多作者和学者都产生了深刻影响，尤其是，他对朦胧诗的评析和对新时期青年诗群的关注和研究，真正进入文学的内部和关键，被认为提升了诗歌分析的高度，拓展了评论的深度，也奠定了他在当代文坛独特而突出的地位。所以，学术界一般认为，由于其独到的见解、公允的评判和极具说服力的分析，他在文学评论方面的成就和影响更大。当年，四川的《晚霞》杂志社在成都举办《石天河文集》研讨会，诗人木斧就说："从出版的四部文集来看，我以为他的诗不如他的论文，但诗也有特点，即古今并重。"类似观点还有很多,比如,"他在文学评论方面的成就又超过诗作"①,以及"但我似乎觉得作者最大的优势还在于剖析作品,他对中外古今的一些作品的解说,真使人大开眼界"②。

在理论研究方面,石天河最重要的成果是本文要着重论述的《广场诗学》。这是一部以"破迷启智"为问题导向和根本指向的学术专著,最早于1993年由西南师范大学出版社出版。该书结合中西诗学理论和诗歌创作实践,以迥异于当时其他论著的风貌,提出并探讨了一系列诗学界没有说透或没有说清的理论问题,从而奠定了他作为我国当代极其重要的文学理论家之一的学术地位。这部书是怎么产生的呢?

20世纪50年代后,石天河开始从事专门的文学工作,大量研读中外文学理论,从那时起,他就试图撰写一部"中西融合,化古生新"的不一样的新诗学。不过,这一想法还没来得及实现,他就因"《星星》诗案"被划为右派并判刑劳改长达22年。1980年平反后,他成为重庆师专(现重庆文理学院)一名现当代文学教师,教学研究过程中,写一部诗学专著的想法得以延续。由于兼具诗人、诗评家、教师和诗学学者的跨界身份,石天河对中国诗歌和中国诗学中的问题都很清楚,而他的研究正是基于诗学实践和诗学研究中的一些普遍问题的反思而写成,因而呈现出独特的美学价值和理论品格。

那么,从当代文学研究或当代文学中的大西南文学研究来说,又应当如何看待石天河的学术意义呢?

首先,石天河的文学活动主要在大西南地区。从文学地理看,石天河先生作为《星星》诗刊执行主编时的文学活动在成都,后期的文学活动和文学教育活动在重庆永川。其早期的文学影响、中期的"《星星》诗案"、后期的学术成就大都发生在大西南地区。不仅如此,谈论当代文学

---

① 地山:《石天河和他的〈广场诗学〉》,《文史杂志》1995年第3期,第47页。

② 翟鹏举:《评石天河的〈广场诗学〉》,《重庆师专学报(社会科学版)》1995年第3期,第56页。

和大西南文学,不仅要谈论作家作品和文学现象,还应谈论其中富有创见的理论和石天河。因此,对石天河的研究可以是多样的和多维的,可以研究他的诗歌、杂文和评论,还可以或者更加应该研究他的诗学理论。

其次,石天河的文学经历已然成为"十七年文学"的重要组成部分。除文学贡献和影响外,他作为亲历者的那场"《星星》诗案",对文学史研究中反思特殊阶段文学活动与政治活动之间的关系具有重要价值。走进这场诗案,才能"真正地走进更加真实的十七年文学",才能"避开那些流行而空洞的话语",仔细聆听"文学史内部生长的声音,辨析它挣扎的过程";而走进石天河这样的个案,可以为中国文学所经历的苦难历史提供"忠实的见证"。

再次,大西南文学研究,石天河注定是绕不开的一位。即便以创作实力、创作与理论并举、研究创新与突破、文坛乃至社会影响力等指标来衡量,他也是一位当之无愧的大家,是可以写进文学史的人,值得深入、持久地研究下去。在今天这样一个文学创作的大众化乃至网络化时代,新人辈出,新的文学现象不断涌现,文学也被视为文化快消品,像石天河这样的老一辈诗人和学者却很容易被有意无意地忽视。站在重写文学史的角度,我们相信,今日的忽视,可能刚好是他日石天河被学界重新关注、专门研究甚至成为热门的理由。

目前,学术界对石天河先生的诗歌创作和文学评论的研究已经有了一些成果。诗歌研究方面,华侨大学文学院毛翰教授的研究一直持续着,他甚至把对石天河先生的诗歌研究作为一个研究方向,延续到了其所带研究生那里。相对说来,对石天河诗学的研究显得薄弱一些,虽然马立鞭、翟鹏举、地山等人都给过很高的评价,也有粗线条的、客观公允的论述,但因篇幅所限,几乎都没能深入展开。总体说来,无论是研究者的总体数量、研究队伍的持续稳定、对相关问题的深入探讨,还是学术影响等,已有的成果都还远远无法石天河先生的文学贡献相匹配。尤其是,石天河诗学的理论价值,还需要更多的人结合创作、欣赏和研究中的实际问题,从更多的理论视角来发掘、研究,这也成为我选择石天河诗学来研究的主要原因。

二、《广场诗学》诞生的学术语境

如果从"中国的诗学"和"当代的诗学"这两个关键点来审视,理论研究中的问题有很多。譬如,《广场诗学》石天河所关心的几个问题几乎都没有得到很好的回应,更没有得到很好的解答。我想,这正是他花费最大力气撰写《广场诗学》的学术动机。概括起来,《广场诗学》着力关注和解决如下三个问题,即:诗学研究是否应该解决诗人的困惑?是否应该贴近诗歌实际?是否有助于中华民族诗歌传统的伟大复兴?在后面的分析中,我们会一一呈现《广场诗学》对这些问题的回答。不过首先,我们应该弄清楚的是,《广场诗学》石天河何以要从上述问题切入对诗歌的研究,在这些问题的背后,隐含着他对中国当代诗歌研究哪些问题的反思和回答?带着这一问题,我们对《广场诗学》诞生的学术语境做一番考察。

(一)缺乏真正的中国诗学

中国当代诗学研究在许多方面的努力都值得肯定,尤其是在借助西方诗学理论解释诗歌创作中新的现象、新的流派方面更是功不可没,这一点毋庸置疑。不过,这并不影响我们对当代诗歌研究中所存在问题的考察。因为,从否定性的评价中,我们可以更好地理解后来的研究者是基于哪些去撰写一部与众不同的诗歌论著。所以,我们都听到过很多对于诗歌理论研究的否定性评价,这一点同样毋庸置疑。

中国当代的诗歌研究存在哪些问题呢?有人说:"中国这样一个诗

的大国,至今没有一部像样的诗学。"或者,真正像样的诗学成果寥寥无几。这种说法固然有些武断和片面,不过其中所流露出的对理论研究整体状况的不满情绪有一定的代表性。至于具体的问题,比如失语说、食洋不化等观点是就过于西化的研究倾向而言的,食古不化是就未能很好领会中国古代文论精髓和未能灵活运用古典文论资源而言的。类似的还有很多,比如,说诗歌理论脱离诗歌实践,对提高创作水平和鉴赏能力没有帮助,等等,不一而足。

从提出批评意见的主体来看,除了评论界有这样的声音,来自创作界的类似声音或许更多。以当代著名诗人于坚为例,在一次访谈中,谈及诗人如何看待理论与创作的关系,他说:"其实总是理论说理论的话,诗歌说诗歌的话,二者风马牛不相及。"虽说这更多是就诗歌和理论二者有完全不同的认知和表达方式来说的,并无对理论的贬低之意,不能据此简单否定理论的价值。换言之,其本意是:"写诗应该听从内心的召唤,而不是听从外来的观念或者理论的召唤。"但这段话也的确表达了诗人的这样一个认识,这就是:缺乏说服力或完全脱离诗歌实践的理论,不仅不能让诗人对艺术美的领悟有所提升,还会对其创作产生不利的干扰。如果说这些还不够明确的话,他进一步的表达就更加清楚了。他说:"但我觉得论文的话,完全可以不看。当代的论文完全可以不看,理论上必须只看经典。"直接将当代诗学研究中的相当一部分砍掉,只肯定部分语焉不详的理论经典的学术价值。自然,这段访谈有很多问题没有说清楚。事实上,作为诗人,他本来也主张全不说破,像读诗一样去理解他所说的话。所以,他的观点我们可以做很多申辩。不过,我们仍然可以从这段话找到一些确定的东西,这就是,他对当代诗歌理论的总体态度是批判性的,或者说,总体上持否定的立场。综观当代诗坛,持这种观点的诗人不在少数。

与此不同,《广场诗学》中,石天河对当代诗学研究没有采取简单否定的态度,而是实事求是地分析了当代中国诗学研究所存在的问题及其历史、文化和社会原因，从而间接阐述了他撰写本部诗学的学术动机，以及《广场诗学》力图解决的主要问题。他指出，中国诗歌有三千年辉煌的历史，"辉耀于世界的古代文明"，诗歌艺术几乎对其他艺术领域发挥着支配作用，而中国的诗学论著也对诗歌艺术做出过许多深邃的探讨。遗憾的是，18世纪以后，由于思想的封闭和文化的落后，中国诗学几乎处于停滞不前的状态。"五四"新文化运动期间，自由体中国新诗得以创立，大量西方诗学论著涌入中国，诗歌理论得到极大发展。然而，20世纪50年代起，由于国际政治环境的影响，中国学界独尊苏联现实主义理论模式，几乎放弃了传统诗学和其他外来诗学。20世纪80年代以来，西方学术思潮重新成为国内知识分子主导的理论资源。当然，也有不少学者潜心于对中国传统诗学理论的研究。即便如此，苏联模式在相当长的时间内还影响着广大知识分子。这样的学术渊源带来三个后果：一是受苏联模式的影响，学者们专注于对"原理"的抽象分析，把复杂多变的诗学规律固化为死板的教条，干瘪乏趣；二是否定艺术经验之于诗歌研究的作用，强调客观确定性，否定主观差异性；三是突出文学与政治的关系，排斥诗歌的审美解释。

这些问题的解决有很多种方式，石天河又是如何看待和解决的呢？由于他早期专门研读中国古诗，研究古代诗歌理论，20世纪50年代后阅读了大量的西方文学理论，包括黑格尔和马克思的辩证法，以及存在主义、结构主义、现象学、解释学、解构主义等，具有融汇中西的学术修养。所以，他清醒地认识到，新诗学的探讨，必须做到视野异常开阔，"在传统诗学的纵向采择与外来诗学的横向交流中"[1]广泛汲取养分，才有可能探索出诗歌艺术的真理。说到底，直到20世纪80年代，中国的诗学研究仍然没能很好地解决中西融合的问题。

那么，中国当代诗学研究是否果真如石天河所说，存在这一问题呢？

---

[1] 石天河：《广场诗学》，天马图书有限公司，2002，第9页。

(二)缺乏中西理论资源的有机融合

中国古代的传统诗学,具有中国式的表述话语、阐释方式、关键问题、思维习惯和特色资源,所以是典型的中国式诗学,以至于它们也因此成为中国文化极其重要并有鲜明特色的构成要素。到了当代,随着社会生活、作者身份和社会思潮等因素的急剧变化,人们发现,西方现代主义各流派的诗学能够更加有效解释诗歌艺术的各种问题。反之,人们觉得中国古代诗学面对当代诗歌现象和诗歌创作已经失范和失效了。受此猛烈冲击,几乎整个学界和创作界都不约而同形成了对西方诗学的追逐,和对中国传统诗学的遮蔽,缺乏诗学研究中的中国范式和中国思维。难怪以曹顺庆为代表的一批学者,从对中国古代文论的深入研究和对中国当代诗学状况的比较出发,向整个诗学界大声疾呼,要"重建中国文论话语"。

这种情况,在实际的成果中分为两类:一类是中国当代学者以国外诗学或诗学家为研究对象。这类研究几乎是当代诗学研究的主流,以近些年的成果为例,很是对西方文论家学术思想的分析与阐述。另一类以中国诗学为研究对象,但理论资源和表述方式都是比较西化的,几乎是西方诗学的翻版。独不见中国的话语、问题和中西融通的诗学。

相对而言,有特色的中国式诗学研究成果不多,代表性的论著比如田子馥《中国诗学思维》[①],该书对生命思维、神话思维、梦幻思维、取势思维、叙事思维、比兴思维、隐喻思维、感悟思维、意象思维、诙谐思维等问题的论述是十分新颖的,也有鲜明的中国古典诗学的问题意识,但该书只关注了诗歌创作方面的问题,并不是诗学问题的综合论述。

那么,中西诗学之间是否存在对话、融通的可能呢?回答是肯定的,但是,实际的成果主要出现在比较诗学领域,主要以对中西诗学中一些理论观点的整理和比较为主,并非从诗歌自身问题出发做一个系统的阐

---

① 田子馥:《中国诗学思维》,人民出版社,2010。

述。典型的比如黄药眠、童庆炳先生主编的《中西诗学比较体系》(上、下)①，显然，比较诗学研究不能等同于中国当代诗学研究。我们这里所讲的，是在对诗学理论的系统建构中，如何做到中西对话和交流的问题。

(三)缺乏诗学研究的人学、美学和科学精神

如前所述，过于抽象的原理式研究，缺乏对诗歌内部规律的解释和审美分析，以及用政治代替文学的苏联诗学模式对中国当代诗学影响很深，在深层次上，它在较长时间内制约着当代学者对诗歌研究中人学精神、美学精神和科学精神的自觉追求。

首先，诗学研究注重对抽象的诗歌规律的研究，注重探讨超越具体的诗甚至超越诗人的形而上的诗学。这样的诗学是缺乏人学关注、不以诗歌实践为指向的诗学，见诗不见人，见理论不见实践是其所呈现的基本状态。典型的比如《中国当代诗学论》②一书，无论整体架构还是具体内容，都是把诗歌视为一种客观研究对象来论述的，目的也是要试图建立具有普遍规律的客观诗学。

这种情况在中国诗学研究中较为普遍，大学教科书中这种情况更为普遍。究其原因，随着近代以来大量西学的进入，我们的诗学完全效法西方的研究方式，总是以本体论诗学的理论建构为指向。这种研究追求学理逻辑、追求概念抽象和逻辑推理，注重讨论诗歌的定义、来源、功用等形而上问题，以及流派、风格、手法等诗歌创作与欣赏中的一般性规律。不关注诗学研究中人的因素、不关注人与诗的复杂关系、不回答诗学作为人学实践中尚未解答的许多疑问和困惑，没能产生基于人学精神的审美诗学。

其次，基于本体论的诗学研究注重从哲学、美学、心理学等学科交叉中发现诗学问题，并从概念溯源、准确定义和抽象论证角度去说理。诗

---

① 黄药眠、童庆炳:《中西比较诗学体系》(上、下)，人民文学出版社，1991。
② 张孝评:《中国当代诗学论》，西北大学出版社，1995。

学研究普遍缺乏科学精神，只是理性思辨，不需要研究者与创作者的对话，不需要审视理论在实践中和美学上的效用，不需要或者很少有对理论表述的实证。成果陷于理论的迷雾，玄妙空洞却对实践美学的问题无能为力，所以，对迄今为止的诗学，我们很难产生实事求是、科学论述的印象。

再次，诗学研究注重对知识学的阐述，不注重从整体上关注和阐发诗歌艺术最为核心的审美特征，诗学理论缺乏美学精神。即使有些研究关注诗歌审美问题，也只是把诗学的审美等同于哲学的追求和形而上的抽象，并不触及具体实践中的审美情感、审美心理、审美形式、审美价值等问题，以及包含在这些问题中的更加具体复杂、似是而非或者充满争议乃至谬误的问题。实际上，这些问题是诗学研究中更为迫切需要解决，难度也更大的问题。正是在这个意义上，《广场诗学》石天河将传统的本质论诗学视为"假传"，而将探讨诗歌实践，以人学价值为指引、以科学辨析为方法、以审美阐释为内核的诗学称为"真传"。

导致中国诗学研究问题的原因很多，根深蒂固的本体诗学观念、研究者学术和艺术修养不够、知识结构较为单一等等。其中深层次的原因，一是研究者身份和知识结构单一，难于在诗歌研究中做到跨界和融通。这个问题在当代尤其普遍，由于学科和教育的细分，许多诗人和诗学研究者没有接受长期、扎实的传统诗歌熏陶，也没有接受全面系统的中国古代诗学洗礼，对西方诗学也只了解一点皮毛。或者反之，只对中国古代诗学有一些认知，对西方诗学却不甚了解，反映在研究中，不少人很难对各种理论的真伪优劣加以甄别，也使研究不接地气，说服力不够。二是当代科研成果评价方式单一，致使多数学人贪多求量，不注重对学术修养的锤炼和研究质量的提升。不少研究者缺乏固定方向，同时在多个方向出击，使得本就不扎实的研究更加千疮百孔。三是学术成果研究时间短暂，不少研究人员在其研究领域内缺乏长期积淀和反复钻研，只是写篇文章或学位论文的临时需要，短期内看了些别人的东西就开始建构自己的理论,显然是做不好研究的。这方面远不及一些传统学者,他们穷尽一生钻研诗学问题,既能中西融通、横跨古今,又能从诗学中延伸开去,进入更加宽广的理论空间。

三、《广场诗学》的理论贡献

《广场诗学》正是基于石天河对诗歌研究的持续关注,对其中那些普遍问题的深刻反思而诞生的。虽然学术界对它的研究远谈不上深入,但它的特殊价值早已得到翟鹏举、地山、马立鞭等石天河的一致肯定。比如,翟鹏举认为:"石天河的《广场诗学》不算捷足先登,但无疑是这一巨大工程的奠基力作。它是迄今为止我所见到的自成体系、最富创见的一部新诗学;是学院气最少、求是精神最多、联系理论实际和创作实际最密切的一部新诗学;是以'释疑解蔽'为己任,而又最公允持平的一部新诗学;也是一部以'人学'精神价值为标尺而融会中西、涵盖古今的新诗学。"[①]类似的评价还有很多,而且,这些评价虽然已经过去整整20年,不过在今天看来,这样的评价依然是准确与客观的。这同时表明,虽然《广场诗学》最初出版至今已经30余年,但蕴含在这部《广场诗学》中的精神财富还值得我们持久、深入和系统地去开垦和传播。

那么,到底应该如何评价《广场诗学》的理论价值呢?我们以为,如果把这部《广场诗学》放在中国当代诗学研究的大背景下来看,其突出的理论贡献可以概括为:融合诗学、反本诗学、问题诗学和开放诗学。

---

① 翟鹏举:《评石天河的〈广场诗学〉》,《重庆师专学报(社会科学版)》1995年第3期,第55页。

(一)融合诗学

这里的"融合"有两层含义:一是中西理论资源的融合,二是理论与实践的融合。所以,《广场诗学》首要的贡献在于,其不仅有中西理论资源深度融合的理论自觉,更将这种理论自觉变为研究实践,在理论参照、问题筛选乃至表述方式方面,极其难得地处理好了中与西、理与实的关系问题,构建了一部中西诗学思想深度结合的"融合诗学"。

这里,我们重点分析一下中西理论在其中的融合问题。《广场诗学》理论的构建,源于石天河对当代诗学理论资源的理性思考,源于他对构建一部怎样的诗学的斟酌。在他看来,诗学知识好比一个广场,由纵向和横向两个维度构成,正是在这个意义上,他的《广场诗学》如此命名。纵向的知识是以中国古典文论为核心的诗学遗产,在新的诗学建构过程中,需要以"化古生新"的态度去面对这些遗产,既要延续古典文论的精神和精髓,又要扬弃其中不够科学的部分,更要依据理论发展和创作实践提出和解决新的问题;横向的知识则是西方现代诗歌理论。近现代以来,西方产生了大批新学说新理论,借助这些最新成果,有助于开阔研究视野、更新诗学观念,尤其是其所倡导的科学精神和美学精神,对我们构建新的诗学具有十分重要的意义。有鉴于此,石天河说:"如果能在中西诗学间筑成一座互相通达的立体交叉桥,那对中国诗学的振兴,无疑会有重要的意义。"[1]不能不说,对于打通与融合中西诗学,石天河有着高度的理论自觉。

然而,长期以来,面对民族传统和西方现代两种理论资源,学术界一直没能很好地解决融合问题。石天河也有过同样的困惑。首先是随着国外新思潮的涌入,传统还要不要?奇特的是,他的答案不是来自固守传统,而是源自对西方理论的参悟。通过阅读伽达默尔的解释学理论,他注意到,经过解释学的释义,古代的文学作品同样可以"对每一个现今

---
[1] 石天河:《广场诗学》,天马图书有限公司,2002,第314页。

时期都是当代的",也就是说,借助阐释,传统的东西可以"化古生新"。正是这一理论,让他在充斥着"反传统"的新思潮中,仍然可以确信"传统之不可废弃",从而为本部著作"中学"的扎根奠定了思想基础。而对于西学,虽然也有以自我封闭、抱残守缺的办法抵制西方文化"入侵"的人,但毕竟不多,总体看,当代诗学研究自然是少不了西学这一主潮的。问题在于,学界一直秉承"拿来主义",但拿来的多,照搬的多,囫囵吞枣的多,甚至以此完全否定或排斥"中学"的多,真正做到"中学为体,西学为用"的很少,甚至几乎没有看到。所以,现实情况是,中西融合仍然是学术界一个未解的难题。

难得的是,《广场诗学》切实地体现了在中国传统诗学和西方现代诗学之间寻求对话的用心。以第六章"诗的表达过程(Ⅱ)——形式的选定"为例,石天河根据论述需要,不仅介绍了律诗的形式、民歌的形式,也介绍了英国的十四行诗和苏联诗人马雅可夫斯基的"梯形句式"和诗人碧果等人的形式创新。在理论资源方面,则综合选用了黑格尔《美学》中关于内容与形式关系的论述,何其芳关于"建立新格律诗"的见解,超现实主义"原样的语言",格式塔心理学美学"整体形式"等不同内容,并从中看到了中国传统诗学审美观念的陈旧落后和对艺术创新的鼓励态度,由于中西理论资源的有机融合,使得其论述很有说服力。

对于中西融合中的一些难题,石天河采取实事求是的态度,比如从胡塞尔的现象学理论中,他悟出:可以搁置某些说不清的理论是非,从"社会接受效果与审美心理效果两方面"去追求理论的实践效果。诗学理论融合的结果让石天河感受到,两者之间完全可以达到某种视界的融合,"从而丰富诗学的内容,推进诗学的发展"。

(二)反本诗学

所谓的反本诗学,就是以反思"本体论"诗学为前提写成的一部论著。在"结语"部分,他以"诗学的真传与假传"为题,明确阐述了他对诗学理论的反思,认为:"一切诗学理论都是'假传'。"既浩繁驳杂又不能指导实践,"对诗的精神价值的提高与艺术美的创新发展,从根本上说,几乎无能为力"。这样的诗学可以使人成为"会写诗的人",却不能使人成为真正的"诗人"。在写给诗人白桦的书信中,他再次强调了这一点,认为《广场诗学》以颠覆传统诗学"假传"为目的,专注于探索诗学的"真传"。作为一种明确的学术追求,所谓的"真传",既不是卖弄玄虚的假学问,也不是石天河的自吹自擂,而是倡导诗人"以心传心",像禅宗故事里在实践中用心感悟,从而在不知不觉间抵达至善至诚境界的小和尚那样。受此启发,石天河所要建构的,不是一部以讲经说法、阐述科学理论为指向的本体论诗学,而是一部试图将"客观科学理论转化为主观实践精神"的实践论诗学,一部"以诗人统一的艺术实践与生活实践"为统摄,探讨诗人是如何"凭一颗向善向美的真心独立自主地介入生活"的诗学。

正因为石天河本人对《广场诗学》的写作有着清醒的理论反思和高度的行动自觉,他才有充分的理论自信提出"真传"与"假传"这一问题。对此,我们该如何理解呢?《广场诗学》中,石天河虽有论述,但比起他想表达的,我认为还没有完全点破和说够。实际上,对这一问题的理解需要结合书中的具体论述才能获得。那么,究竟什么是他所说的"真传"和"假传"? 概括说来,"真传"的诗学主要有三个特征:一是转理论。这不是说不要理论,而是要辨别理论的真伪,把握理论的精髓和不同理论之间的关联,更重要的,是将客观的理论转化为"主观实践"的理论。反对理论上的不懂装懂,为理论而理论,主张不要借助晦涩的理论去阐述道理,倡导白话式的、交流式的和朴实平易的理论表述风格。二是重实践。在他看来,一切诗学的问题都存在于实践中,真正的诗学必须回应诗歌实践中的问题,脱离实践的诗学不是真传,不解决诗歌实践问题的诗学也不是真传。所以,凡是真传,都是可以简化为实践性原则,一张纸就可以说清楚的。而如果一种理论"若不能超越自身的理论形态转化为实践,它就不可能一步步接近真理",就是"假传"。显然,他强调诗学研究始终立足诗人和诗歌的实践,结合实践去阐述诗学的真知,也让读者从实践中去感受诗学的规律,这也成为《广场诗学》不同于其他许多诗学的根本之处,也是真传和返本的核心。三是抵真善。诗学实践的方向在哪里?石天河指出,这种实践存在于诗人人生实践与艺术实践相统一的过程之中,存在于让诗歌"参与人的心灵塑造",使人性向美向善的过程之中。这个统一性的实践过程也正是诗学研究的主要内容,其核心,是诗歌对人性真善美的发现与揭示,是诗学对诗人心灵如何抵达至真至善的感悟。不难看出,通常的诗学只谈论诗歌,而且是本体论意义上的讨论,《广场诗学》既谈论诗歌也谈论诗人,而且是结合诗人的心灵境界来谈论诗歌,认为诗人的真与善决定了诗歌的品格与境界。所以,《广场诗学》所有诗学的问题,首先是关于诗人的实践问题,关于诗人心灵修养与艺术创新的问题。这一点,石天河自己是这样说的:"我特别要重复强调的是,研究诗学,如果不从它本质上是'人学'精神内容去看问题,那是无法对诗的价值做出判断与认识的。不但不能辨别优劣,甚至会分不清真假。"[①]

以禅宗为喻,于一部诗学的写作而言,似乎有些玄,也是历来的诗学所未曾提出和尝试过的。《广场诗学》中,石天河依据诗人创作实践的三个主要阶段,具体论述中特别强调诗人的精神心理境界的提升,无不体现出对"诗人的诗歌"这一问题的根本关注,从而显现出其与"学术的诗歌"这类本体论诗学的根本不同。

(三)问题诗学

当代诗学研究存在诸多问题,比如:研究内容同质化问题、理论与实践脱节问题、诗学与人学分离问题、普泛性知识较多但真正诗学难题回应较少问题、中西理论难以融合问题等。以研究的同质化倾向为例,不少研究谈论同样的问题,进行相似的固定的论述,缺乏对真正问题的深

[①] 石天河:《广场诗学》,天马图书有限公司,2002,第347页。

入研究。这些问题形成的原因,除了研究者是否真懂诗、懂诗人、懂诗学理论这些基础性因素之外,还与研究者对其研究的学术定位这一根本因素密切相关。概言之,我们到底是做跟随型的研究还是独创性的研究?是做知识学的研究还是做解决问题引领发展的研究?

如前所述,《广场诗学》石天河想写的,是一部诗学的真传而不是理论的假传。所谓真传,归根结底有两个标准,一是能够付诸实践,二是可以将理论简化而集中到一点。这两个标准,也就成为撰写《广场诗学》的根本导向和问题提出的基本原则。依据这一导向,石天河大胆舍弃一般知识学的详尽罗列与烦琐考证,直接切入最容易出现创作迷雾的实践问题和理解争议的理论问题。譬如,《广场诗学》从实践论出发,以诗学即人学为逻辑起点,以"诗歌是诗人的诗歌"为基础性命题,继而依据"诗究竟是如何产生的"这一自设问题,将全书内容分为原发、继发和表达三大部分。由于集中关注诗人是如何创作诗歌的,诗人的诗歌是怎么来的这些问题,《广场诗学》明显摆脱了学院派的学究气和自说自话,体现出鲜明的问题意识,体现了诗学问题之于诗歌实践的相关性与针对性。

遵循问题导向,《广场诗学》以"疑""问"和"解"为显著特征,研究内容就是石天河基于"释疑解弊"精神提出问题并进行的阐述。其中,部分内容虽在其他论著中也有论述,但《广场诗学》进行了完全不同的阐述,比如情感、净化、灵感,以及立意、意象、移情、声韵、通感、修辞、风格等;另有许多内容着力阐述一般诗学语焉不详或论述不清的实践问题和美学问题,比如蕴涵、纯诗,以及非声韵化、天籁与人声、情调、特殊的修辞、隐秀与通变、形式的自主性等。以"修辞"为例,通常的论著都会谈论赋、比、兴或隐喻、借代、对比等内容。《广场诗学》则舍弃这些一般的知识问题,专注于"特殊修辞"这个问题,以例证和评述的方式介绍了新诗和古诗中的一些特殊表现,比如新诗的"非常规语言""语言佯谬",古体诗的"主格隐没""转接虚化"等极为特殊又足以厘清实践困惑的话题加以论述。值得一提的是,石天河深厚的诗学积淀,令他在这样的评析中无论举例、抓问题还是分析阐述都显得游刃有余,因而,每一处分析无不让读者深深领略到诗歌艺术的超凡魅力。这样的特色在《广场诗学》中随处可见,与其他研究相比,仅贴近诗歌实践和熟谙艺术规律这一点,就绝非一般的理论研究者所能切实做到的。

在具体论述和展开分析过程中,《广场诗学》严格体现了"实践"和"简化"这两个问题原则。首先,以第一章"诗的原发过程——诗情的启动"为例,不同的研究者对此有各不相同的理解,但《广场诗学》大胆舍弃对普泛性知识的列举和求证,将纷繁复杂的问题简化而集中到一点:"情感",让情感成为原发过程的问题源,在具体论述中再以情感问题带出诗歌创作中理性与非理性相关问题及其关系的论述。其次,在石天河看来,中外诗歌理论有一个重要的问题未能说清楚,这就是情感的净化。因此,《广场诗学》进行了专门论述,突出了诗人与受众的双向情感净化。再次,诗歌创作中的灵感问题始终让人觉得神秘,虽然古往今来多有论述,石天河仍然觉得有话要说,于是结合自己的研究和评论做了专题阐述。总之,情感问题是石天河研究诗歌原发过程时简化而集中起来的问题点,为了让这一问题得到更加鲜明的体现,他更直接以"诗情的启动"作为"诗的原发过程"的副标题。这种写作方式,本属于学术论文的写作,学术专著鲜有采用,《广场诗学》这么做,绝非简单的形式创新,而是石天河做一部诗学真传的研究需要。

(四)开放诗学

2013年1月29日,石天河先生在写给诗人白桦的信中曾谈到他的《广场诗学》。信很短,但其中的内容却可以视为研究《广场诗学》的指南。譬如,"这《广场诗学》,是我这一生费最大力气写成的",这样的感慨为我们研究《广场诗学》提供了价值的参照。另,关于诗学"真传"与"假传"的问题,这是此前的研究者从未看到、从未看透或者不敢承认的事情,前面已有论述,这里不再赘述。

此外,在这封书信中,先生还谈到另外一个诗学界从未有人提及的话题,那就是诗学研究的开放性问题。他说:"我历来认为诗学是一个永远没有完成的体系,一切建立了完满体系的诗学,都是'伪科学'或'神学'。"这一论述中,"诗学是没有完成的体系"是基本观点,"历来认为"和"永远没有完成"是对这一观点毋庸置疑地强调。这是《广场诗学》一个突出的特点,体现了石天河挑战固有研究模式的理论勇气,他大胆承认自己的诗学是"不完满"的,"没有建成体系"的。这一说法是针对"诗学研究应该有完满的体系"这一认知而言的。在中国当代学术界,任何理论研究必须具有严密的体系几乎已经成为一种常识,也正因为如此,几乎从没有人对此进行过反思。从这个意义上说,石天河是当代诗学研究史上第一位强调理论开放性的学者。

如前所述,先生的这部《广场诗学》,本质上是一部反思的诗学,不仅对"诗学研究什么"这一问题进行深刻反思并选择了完全不同的路径,对如何研究诗歌同样进行了深刻反思。对研究对象的反思主要表现为三种方向的选择:研究形而上的诗歌本身,研究与文学创作和审美欣赏有关的诗歌,研究诗人创作过程中的诗歌。最终,他以诗学的"真传"与"假传"为理论出发点,舍弃前两者选择了后者。同样,对研究方法的反思也主要表现在对三个问题的反思:诗学体系是否必须是完满严谨的,诗学话语是否必须以科学范式为衡量标准,诗学表述是否必须是抽象推理。

这里,结合诗人自己所强调的,我们就《广场诗学》体系的开放性问题略加说明。在石天河看来,诗学的体系不应该是完满封闭的,而应该"向未来开放",他这部书正是这种尝试的结果。因为,体系完满的诗学虽是石天河毕生甚至数代人心血的结晶,有难能可贵的价值,但毕竟,它只是一家之言,也是封闭的、固定的和确定无疑的说法,它所呈现的,是在充满无限丰富性、可能性和不确定性的知识领域的威权式暴力垄断。《广场诗学》中石天河所要反对的,恰恰是这种垄断式的权威。如他所说:"任何人都不可能垄断诗学,也不可能有对诗学的专利。"显然,对这个问题,石天河是经过深刻地理论反思才提出来的,绝非偶然为之。

在具体论述中,他明确回答了诗学的体系与开放的关系、诗学体系如何开放、向谁开放等问题,令人耳目一新,其理论意义远超《广场诗学》实际所做出的理论贡献。《广场诗学》并非如其所在的"实体"本身,"诗学的广场"才是它如其所是的真正实体。《广场诗学》开篇即谈到,石天河以纵向的中国古典诗学和横向的西方诗学资源为母体,以"释疑解弊"的精神融合中外、化古生新。所以,作为一部研究诗人创作过程三阶段规律的论著,它是完整且成体系的。但作为"广场诗学",它不是一部已经写完的书,而是一座刚刚开启的"诗学广场"。在这个融汇古今、连接中外的文化广场上,诗学资源的交汇没有时间的终结,也没有空间的终点,它接纳八方、面向未来。我想,这就是石天河所阐述的开放性的内涵。

那么,如何开放以及向谁开放呢?他希望:"未来的,一代一代的诗人,都可以把他们的诗歌艺术经验和对诗学领域的新开拓,汇入诗学广场,成为《广场诗学》的新形态。"这段话首先回答了向谁开放的问题,答案就是:面向未来的诗人开放。值得注意的是,这个答案,不仅阐述了这部诗学朝向未来的延伸,更明确将其对象锁定在诗人而非诗学研究者。何以如此呢?这和对如何向未来开放的理解有关。

诗学究竟应该如何向未来开放呢?第一步,自然是充分理解《广场诗学》的思想精髓,理解《广场诗学》对诗歌的理解,理解石天河谈论诗歌的方式、提出的问题等。《广场诗学》倡导诗人"凭一颗向善向美的真心独立自主地介入世界",倡导以此为前提的诗学研究,认为"使诗人的心灵成为一个真善美的创造性实践的动力源",这样的研究才有可能成为的诗学"真传"。总之,《广场诗学》的最大意义就在于通过开启智慧,"启示人自己去获得真理性悟解"。所以,充分领会这些,是诗学开放的前提。第二步,未来的诗人以这样的方式开启自己的智慧,融入自己新的诗歌艺术经验和新的理解,从而构建起一个永续不断的、无形的诗学广场。唯有这样,才能真正承续中华民族伟大悠久的诗歌传统。所以,为什么诗学的开放是朝向未来的诗人而非诗歌研究者呢？因为他们所带来的，才是全新的"诗歌艺术经验和对诗学领域的新开拓"，是对诗歌复兴的实实在在的贡献，而不只是提供一些诗学的"假传"。也正是在这个意义上，石天河毫不讳言，《广场诗学》虽然提出了这些问题，阐述了这些道理，但从开放诗学的意义上讲，其中的每一个字，都是"可以抹掉另写的"，因为它的作用仅仅在于"开了个头"。

结　语

作为一部诗学论著，《广场诗学》呈现出迥异的写作风格和鲜明的理论特色，体现出特殊的理论意义：它不仅是真正意义上对诗歌自身问题的深入研究，提出了诸多启迪心智的真知灼见；也是石天河对诗学研究深刻反思的集中体现，将传统的、习以为常的理论研究称为"伪科学""神学"，体现出石天河不惧权威、不人云亦云的斗士精神。记者对诗学"假传"的反思，对完满体系的反思，以及主张真正做"释疑解弊"的诗学，就是要让具有神圣光晕的《广场诗学》研究走下神坛、走向普罗大众，恢复其世俗的、让人亲近的真实面目。同时，实现从石天河的诗学到读者的诗学的转变。在当下的大众文化时代，在一个诗歌创作已经走下神坛，走入网络和自媒体的时代，呼唤中华民族诗学传统的复兴，当从呼唤诗学观念和诗学研究的革新入手，这才是其真正的用意。

载朱寿桐、白浩主编《大西南文学论坛》第2辑，中国文联出版社，2017年出版

"佯谬语言"好
——读《广场诗学》

彭斯远[1]

小序:此文于20世纪90年代中期写成,一直放在抽屉里尚未刊发。此次石天河夫人袁珍琴因整理《广场诗学》一书而电话问我是否写有该书的评论,我才想起此稿,于是翻出旧作略加修订而成。

1982年,在重师中文系教了20年写作课的我,突接领导通知,让我到北师大中文系进修儿童文学。由此我便从一般文学钻研,转入对于儿童文学特别是儿童诗创作的专门研习与审视中去了。

阅读大量儿童文学,使我发现新时期以来,我国儿童诗创作倾向,已从昔日的明朗浅显走向含蓄乃至艰深晦涩。譬如,昔日认为"明快易解"是优秀儿童诗的标志之一,而此时的儿童文苑却大量出现写得过分含蓄甚至晦涩的作品。

还有,当时的儿童诗还出现过突破和超越语法,即"反语法"倾向。好些儿童诗作者敢于大胆拧断语法的"脖子"而形成被昔日汉语语法体系视为的"病句"。其具体表现在下述三个方面:

首先,词性活用的现象大量涌现。

诗句中该用名词、动词、形容词的地方,作者偏不采用这类词汇而往

---

[1] 彭斯远,重庆师范大学教授。

往以其他词语代替。譬如形容词当动词用或名词当形容词用。其典型例句如：

银杏树挺拔着巨大的绿荫
银河在遥远的地方忧郁

其次，汉语语句的六个组成部分，即主语、谓语、宾语、定语、状语、补语，虽可由不同词性的词或词组充当，但在相互配搭时，应遵守合于逻辑、合于约定俗成习惯的规律。违背了此一规律的语句，就被视为病句。可是，当今儿童诗创作却大量出现句子成分突破常规配搭的"病句"现象。

再次，诗歌在修辞方式上，除常用比喻、排比、拟人等手法外，还大量使用国外象征派诗歌中广泛使用的通感。如下面这句就因使用通感修辞方式而令造句显得格外别致，但小读者理解起来，却多少有些费劲：

爷爷天鹅绒般的目光，深深地埋藏着沉郁的思想。

以上所举诸多事实，构成了我国当代儿童诗从昔日韵律化向散文化方向大幅度转移所呈现的美学特征。昔日童诗的韵律化，历来被学界视为作品吸引读者的一个重要手段。而今韵律化特色早已被淡化，在很大程度上，已被人们昔日所针砭的散文化所取代。散文化不再像过街老鼠那样遭遇"人人喊打"的尴尬局面，它已从贬义走向其反面。诗的散文化，使昔日认为不合法度的某些语言表述，像语法结构配合不当、不合生活逻辑的语言跳跃与粘连，通通被诗歌所热情接纳了。

如果对当代儿童诗创作予以理论表述，我们可以说，这在实际上已形成了一个原定理成立，而逆定理同样成立的二律背反的悖论。可是，到底应怎样理解那存在于我国儿童文学创作中的悖论现象呢？

开始，我百思不得其解。后来阅读钻研了石天河于1993年在西南师大出版社出版的《广场诗学》一书，原有的疑难才慢慢找到了答案。原来在该书第213页论述到新诗的所谓"语病"时，作者说过这样一段话：

因为，诗人用概念性的语言符号去表达灵动多变的情感、想象与复杂微妙的心理感受，如果完全按照常规的语法逻辑造句，常常会感到语言的艺术表现力不足。所以，诗人有时不得不打破常规，改变语法来增强诗句对情感与想象的表达。但是，这样做的结果，就使得诗歌语言在很多情况下，都变成了一种不太严格遵守语法规定的特殊语言，甚至是显然不合逻辑的非逻辑语言。对这种语言，诗人有的把它叫作"妙语"；有的把它叫作"俏语"；对其中明显不合逻辑的一类，诗学家叫它作"佯谬语言"。

石天河把那种明显不合逻辑，甚至也不合乎语法的当今诗歌语言称为"佯谬语言"。虽然这也属石天河的借用，但从论者本意看，所谓佯装谬说的诗歌语言，乃是得到他高度首肯和赞美的。因为作为讲究创造性的诗人，石天河是一贯反对平庸的。正如他所说，"按照常规的语法结构逻辑造句，常常会感到语言的艺术表现力不足"，基于此，他是特别赞赏那些佯谬而实在一点也不荒谬的语言表达的。

不仅如此，石天河还在《广场诗学》中，将当代诗歌中那些句子成分的不恰当配搭，加以分门别类的归纳，并将它们分别称为"定语幻化""谓语谬化""宾语诡化"和"全句谜化"。句子成分如此出现"幻化""谬化""诡化""谜化"之后，看似不合逻辑和语无伦次的表达，实际就成为很耐人寻味的"悖理"语言了。这些语句采用或象征、或隐喻、或夸张、或荒诞的手法，突出显示了比常规语句更切合于诗意诗境的深刻而逼真的艺术表现。

至于通感在开辟新诗语言创新途径时,诗歌界就更有人呼唤,应该给新诗以更新语言的权利。而通感恰恰起到了为诗歌追求崭新语言开路和打先锋的作用。通感使诗歌的语言不仅更富于想象,而且更具有表现的张力。通感让诗歌的语言更加出新、更加优美华丽,自然,也更加耐人寻味。

再有,当今新诗语法结构因变形而生成"弹性语言"、生成与逻辑混乱有着本质区别的"悖理语言"时,诚如德国诗人歌德所说,只有"悖理",才能赋予诗歌以"特殊的魅力"。如果再从美国新批评派理论家布鲁克斯的"悖论原则"出发,我们也可对包括当代儿童诗在内的新诗"悖论"语言做出一个崭新的判断:儿童新诗的悖论语言,乃属"表面上荒谬而实际上真实"的一种特别富于表现力的"陈述"。

从上述分析中,我们不难看出,当代新诗特别是儿童诗虽然因尽可能"少受语法规范的限制",而导致其"缺乏明确的语义内涵",但这并没有什么可怕。就像我国"五四"运动时期著名女作家冰心诗作所描述的那样:

婴儿,
是伟大的诗人,
在不完全的言语中,
吐出最完全的诗句。

当今不少儿童诗与此描述正好相似:一方面它"在不完全的言语中,吐出最完全的诗句";另一方面,它又在不合逻辑、不合语法、似乎也缺乏确切内涵的语义中,表现最切合于童心的孩提生活。因此,理论界有人称此种"对语法规范的桀骜不驯"态度,为"扭断语法的脖子",或"打破语言的牢笼"。如此对于儿童诗创作中出现的不合语法现象予以诙谐的界定,和石天河把句子成分的不恰当配搭分别称为"佯谬语言"和"定语幻化""谓语谬化""宾语诡化""全句谜化"的理论解读,完全是异曲同工的科学理论表述。石天河说出了我们想说而未能说出的话,这是他学术水平高明的地方,也是他足以作为我辈先师而存在的一个明证。

石天河把他这本新意迭出的、系统探讨新诗创作的专著称为《广场诗学》,表明他对自己诗歌理论所持的谦逊而又深信不疑的态度。他要读者都来研究诗歌理论,就像路人在广场上热情阅读刚散发的传单一样。他的诗歌理论绝不是摆在书斋里的高深玄学,而是像传单那样,人人都能把握运用的"诗意美"学。当然,这也是诗人对于自己的诗歌美学,将深入民众的一种自信而又自谦的表现。

在阅读石天河关于"佯谬语言"的阐释中,我慢慢对于诗歌特别是儿童诗创作中出现的二律背反悖论现象,有了远比原来较为深入的理解,于是那时我先后写作和发表了《儿童化与成人化——中国当代儿童文学悖论现象考察》《儿童诗的韵律化与散文化》《浅显与深度——中国当代儿童文学悖论现象考察》等探讨儿童文学创作悖论现象的系列论文。回忆上述事实,并不是为了夸耀自己,而只是证明个人在学术上的一点进步,都是从石天河的《广场诗学》中所吸取营养的结果。

1996年夏秋之际初稿,2023年7月21日修订

再版后记

想起一些难忘的事

蒋登科

我和石天河先生认识、交往有三十多年。

对于石先生的大名,我早就知道了。我在中学时代就断断续续地阅读《诗刊》和《星星》,它们是我记忆最深、对我影响最大的两家当代诗歌刊物。我从一些文献中了解到石天河先生是《星星》诗刊的创始人之一,而且经历过很多艰难曲折,是中国当代诗歌界具有传奇色彩的诗人和评论家。在读本科和研究生的时候,我读到石先生的不少诗歌、杂文和评论,包括他的著作《文学的新潮》,为他的扎实、敏锐、新锐所折服。那时候,出生于1924年的石先生已经年过花甲。不过,对他来说,花甲之年才是他的人生、事业之路的又一次开启。

我第一次见到石天河先生是在1986年9月,他应邀到刚刚成立不久的西南师范大学(现在的西南大学)中国新诗研究所参加"全国新时期诗歌研讨会"。我当时还是刚刚进入大四的本科学生,受吕进先生邀请,担任会务组工作人员,接待参加会议的诗人和专家,于是有机会和石天河先生进行了交流。那次会议是我第一次面对面地见到了不少以往只能在书籍、报刊上见到名字的诗人、学者,对我后来学习诗歌研究产生了不小的影响。

和石天河先生的更多交往起于20世纪90年代初。1993年,我和诗人培贵主编出版了《中国跨世纪诗丛》第二辑,收入全国各地的诗人、评论家的作品二十部。具体的组稿、编辑、校对甚至后面的寄发工作基本上都是由我一个人承担的。1993年初,经诗人钟代华介绍,加上和其他印刷厂的比较,我们选择了位于永川的重庆印制八厂作为这套丛书的承印单位。印刷厂当时使用的依然是铅字排版,大多数厂家还没有使用电脑排版制版,也无法通过即时社交软件或者电子邮件传递文件,和出版相关的所有工作都只能线下进行。那一段时间,为了排版、校对、印刷的需要,我到永川的次数非常多。当时从北碚到永川只有长途大巴,走的是老路,需要奔波好几个小时,所以每次到永川,我都会待上三五天,住在代华家里,把排版出来的书稿校对完之后再返回北碚。大半年时间里,我基本上都在北碚和永川之间奔波。

钟代华是著名的儿童诗诗人,当时担任《海棠》编辑,在永川的人缘很好。有好几次,恰好是我在永川的时候,永川文学界举行了文学活动,我也应邀参加。石天河先生在平反之后,到过自贡,但待的时间不长,最后任教于重庆师范专科学校(即现在的重庆文理学院),对永川的文学爱好者非常关注和关心,他也数次参加文学活动,和大家分享文学创作经验。他当时住在距离永川城区较远的卫星湖畔(他的很多文章末尾都标注了写作地点"卫星湖"),有时活动结束较晚,就由代华安排他住在城里的旅馆。因为这种缘故,我和石天河先生便有了数次同居一室的经历。

晚上,我没有别的事情可做,就听石天河先生聊天。他讲述他的人生经历,如何离开家乡,如何编报纸,如何创办《星星》诗刊,如何被打成"右派",成了"反革命集团"的头子,如何在劳改农场求生存,如何在自杀的边缘又不甘心死去,最终获得了新生……我记得,我们有好几次聊到了凌晨三点左右,每到动情之处,六十多岁的先生甚至泣不成声。我的经历不多,阅历尚浅,对石先生他们那一代人经历的事情,只是听说过,没有感同身受的体验,所以也不知道怎样安慰他,就这样默默地看着他,或者握着他的手。

在20世纪90年代到新世纪之初,因为钟代华的关系,永川的儿童文学活动很多,几乎每年都有。代华几乎每次都会邀请我参加。于是,我和石天河先生有了更多的交流,除了会场上的探讨,我们还曾经漫步在卫星湖畔,闲聊人生,有时还到在他家里喝茶。石先生有一句话给我的印象很深,他说他六十岁之后的岁月都是捡来的,他要用余下的人生说真话、写真文。于是我们读到了他的很多诗歌作品、评论文章以及锋利的杂文。在后来的日子里,我和石天河先生的交流没有像20世纪90年代那样频繁,但平常的联系还是不少的,偶尔在永川参加活动的时候,还是可以和他当面交流。他的身体和精神状况一直比较好。我曾经在他九十岁的时候向他请教过高寿的秘密。他说,就他的经验来说,一定要有梦想。是啊,石先生从小就怀揣梦想参加革命,从事诗歌创作,但他的梦想的真正实现是在六十岁之后;石先生经历过很多人生的坎坷,但他都以强大的心智和对梦想的坚守扛过来了。

2023年3月13日,九十九岁的石天河先生因病去世。在去世前一个月左右,他在成都的华西医院接受治疗,我和他通电话,他虽说话有点累,但还是乐观地告诉我,主要问题是肠胃不太好,吸收困难,浑身疼痛,但要争取活到一百岁。我还开玩笑说,都九十九了,一百岁的目标太小了。但他最终没有活到他期待的一百岁,不过,相比于中国人的平均寿命,他肯定已经是高寿了。

《广场诗学》是石天河先生的代表作,他以一个诗人和评论家的良知打量诗歌和诗坛,思考了诗歌的原发、继发、表达等多方面的问题,讨论了诗情、诗意、意象、情感、语言、形式等多个话题,在表述中,他解读了古今中外的大量优秀诗歌文本,借用了大量的诗学主张,内容相当丰富。他在讨论中使用了诗意的语言,而没有追随潮流堆砌概念,读起来较为轻松,具有明显的代入感,能够引发我们的感悟与思考。该书于1993年9月由西南师范大学出版社(现在的西南大学出版社)出版,责任编辑张先金。出版之后,受到诗歌界、诗学界的广泛关注和好评。后来,石天河先生又将这部著作编入《石天河文集》第四卷,于2002年8月由天马图书有限公司出版。

石天河先生去世的时候,我和石先生的学生胡宏都去参加了石天河先生的告别仪式。在私下聊天的时候,胡宏说,石先生的《广场诗学》非常有价值,应该再版,希望我想想办法。我觉得这个建议非常好,于是我们立即征求了石天河先生的爱人袁珍琴、儿子周独奇的意见,他们完全赞同和支持。

其实,我当时有一个很乐观的想法。既然《广场诗学》是西南师范大学出版社出版的,出版社应该保存了相关材料,重印并不复杂。回到单位之后,我向出版社的相关同事了解这部书稿的相关资料,结果发现,《广场诗学》出版时间较早,采用的还是铅字排版,没有办法保留当时的文件,而且,当年的版权页、书号等信息和现在的规范差异很大,重印是不可能的,只有重新进入出版流程。我把这个情况告诉了袁珍琴老师和胡宏兄。胡宏兄的意见坚决而果断,那就重新出版。同时,我和袁珍琴老师商量,既然重新出版,书稿后面可以增加一个附录,收录石天河先生后来的一些重要文章和诗歌界、诗学界评价《广场诗学》的文章。没有想到,我的这个建议给袁老师带去了很多麻烦。袁老师把《广场诗学》的电子版进行了认真审读,校正了其中的不少错漏,而且为了收集相关评介文章,袁老师根据石天河先生生前留下的简单信息,多次往返重庆主城,到图书馆、报刊社查找相关文章,还通过朋友在成都的相关报刊查找资料。经过大半年的奔波和辛苦的案头工作,书稿最终成为现在的样子。袁老师说,老头子(指石天河先生)应该满意了。

我把袁老师的工作情况告诉了胡宏。他非常感慨,说遇到袁老师是石老后半生的最大幸福。她不但精心照顾石老师的生活,支持和配合他的创作、科研,让石老享受到最美好的人生时光,而且在石老去世之后,袁老师把精力全部用于收集、整理石老的作品,梳理他的人生轨迹,以此来慰藉自己对爱人的怀念。

经过袁珍琴老师、胡宏兄和西南大学出版社相关人员的共同努力,新版的《广场诗学》就要出版了,这是对石天河先生的最好纪念。受袁珍琴老师的委托,我以一个晚辈的身份写下了以上的这些粗浅的文字,以表达对石天河先生的敬意和怀念。

2024年3月25日,于重庆之北

我想说的几句话

袁珍琴

《广场诗学》就要再版了,我终于可以舒一口气,仰头向天空,对天堂上的老公说:"老头子,你的愿望实现了,你还满意吗?"

这部书,是老头子花了好几年的时间才写成的诗学专著,也是他落实政策后所写的最重要的文字。

老头子曾对我说过他写这部诗学的目的,他说,他这辈子,因诗而得名,又因诗而受难,所以,他必须要把"诗"弄个明明白白,才不会辜负那23年所耽误的时光。这个目的,他达到了。

这本书,是一个关心中国新诗发展道路的老人的呕心沥血之作。从书中,可以感受到一个诗人的激情,一个诗评家的敏锐,一个理论家的深刻,一个学者的睿智。

这次《广场诗学》再版,除了对原著作了些标点符号和错字的修订外,也按出版社要求对个别篇章做了删节,同时新收入了几篇他人评价《广场诗学》的文章。

《广场诗学》的再版,得到了老头子的学生胡宏先生,老头子的朋友蒋登科教授的大力支持,没有他们的帮助,这本书是不可能再版的,在此,谨向他们表示衷心的感谢!

老头子,《广场诗学》经过修订后就要出版了,你交待给我的事情我总算完成一件了,你也可以安心了!

2024年5月